Os Ladrões da Fé

RICHARD
DOETSCH

OS LADRÕES DA FÉ

Tradução de
Natalie Gerhardt

EDITORA RECORD
RIO DE JANEIRO • SÃO PAULO
2010

CIP-Brasil. Catalogação-na-fonte
Sindicato Nacional dos Editores de Livros, RJ

D6731 Doetsch, Richard
Os ladrões da fé / Richard Doetsch; tradução de Natalie Gerhardt. – Rio de Janeiro: Record, 2010.

Tradução de: The Thieves of Faith
ISBN 978-85-01-08236-7

1. Ficção americana. I. Gerhardt, Natalie. II. Título.

10-1489 CDD: 813
CDU: 821.111(73)-3

Título original em inglês:
The Thieves of Faith

Editoração eletrônica: Abreu's System

Texto revisado segundo o novo Acordo Ortográfico da Língua Portuguesa.

Impresso no Brasil

ISBN 978-85-01-08236-7

Para Virginia,
minha melhor amiga.
Amo você de todo o meu coração.

Quando a tenho em meus braços, e você me abraça,
É o momento mais puro... É a perfeição... É quando me sinto em casa.

Obrigado por fazer nossa vida superar os meus sonhos.

AGRADECIMENTOS

A vida é bem mais agradável quando trabalhamos com pessoas de quem gostamos de verdade e que respeitamos. É com muito prazer que agradeço às seguintes pessoas:

Gene e Wanda Sgarlata, pelo apoio contínuo. Sem a amizade deles você não estaria lendo essas palavras. Irwyn Applebaum, por tornar um sonho realidade; Nita Taublib, por dirigir o show; Kate Miciak, por cuidar de minha carreira e me ensinar mais do que pode imaginar. Josh Pasternak, por aparecer do nada com inspiração, orientação e entusiasmo. Fico muito feliz de trabalharmos juntos. Madeline Hopkins, cujas edições habilidosas me erguem quando tropeço. Joel Gotler por aquele conselho sobre a Costa Oeste. Maria Faillace e a todos na Fox 2000, por criarem o entusiasmo inicial e contínuo na série *Ladrões*.

E, acima de tudo e todos, Cynthia Manson. É muito raro neste mundo encontrar um amigo verdadeiro, com quem trabalhar é algo verdadeiramente mágico. Obrigado por seu pensamento inovador, sua fé sem fim e sua completa teimosia.

Agradeço também à minha família: Richard por seu espírito criativo, caráter e senso de humor diante das adversidades. Marguerite por sua persistência em relação à vida, seu coração carinhoso e seu senso infinito de estilo, não importando as circunstâncias. Isabelle por seu riso, perfeccionismo até nas pequenas coisas e seu constante questionamento em relação ao mundo à sua volta. Meu pai por sempre ser meu pai e por ter me ensinado aquelas lições que eu finalmente consegui entender depois de todos esses anos.

Mais importante: obrigado, Virginia, por aguentar o meu interminável hábito de escrever no meio da noite. Você é a minha musa, a música da minha alma, você é a razão de tudo de bom na minha vida. Você enche minha vida de riso, alegria e amor. Você faz meu coração dançar.

Por fim, agradeço a você, leitor que nunca ouviu falar de mim, mas que comprou *Os ladrões da fé*. Espero que o livro supere suas expectativas. E, aos que leram *Os ladrões do paraíso*, obrigado por estarem de volta.

DOLOMITAS ITALIANAS

Elevando-se aos céus, cobertas de neve e erguendo-se majestosamente sobre o vale Cordina na região nordeste da Itália, as Dolomitas da província de Belluno projetam uma sombra maciça de 50 quilômetros do horizonte, cobrindo o vale, privando-o dos últimos raios de sol do meio do inverno.

O pequeno chalé ficava aos pés da montanha, as paredes feitas de madeira retirada das florestas de pinheiros que cercavam a região e o telhado de palha eram mais à prova de água do que qualquer projeto moderno. Exceto por pequenos reparos, o chalé continuava exatamente como era um século e meio antes. Os móveis rústicos feitos com a madeira retirada da mesma floresta de pinheiros eram poucos e espartanos. A cabana simples não possuía nenhum dos confortos modernos: a água vinha de um poço; o aquecimento, de uma lareira; a luz, de antigos lampiões a óleo. Na verdade, não havia como dizer que ela se encontrava no século XXI, a não ser pelo laptop e pelo telefone por satélite sobre a mesa de jantar de madeira. A tela exibia uma pasta de contas do Safra Bank, em Luxemburgo. Genevieve Zivera abriu cada uma delas, examinando-as com a precisão de um relojoeiro, notando que cada uma de suas contas fora saqueada repetidas vezes.

* * *

O homem caminhou por 6 quilômetros subindo o vale, os sapatos de neve afundando quase 1 metro na superfície fofa. O vento do leste, embora roubasse o calor, convenientemente apagava a trilha de sua existência. A roupa branca de neve camuflava seu corpo, e a mochila apertada contra as costas servia-lhe de apoio. Sua respiração explodia em nuvens pesadas que lhe saíam da boca, oculta por uma densa barba negra manchada de neve. O cabelo negro e comprido escapava do gorro de lã branco e voava ao sabor do vento cada vez mais forte. Não parou nem uma vez durante a jornada de três horas pela floresta invernal, até, finalmente, sair de entre as árvores e chegar a uma clareira abaixo das montanhas afiadas e cinzentas. Havia cronometrado a subida com perfeição — o sol se punha, e ele teria tempo suficiente para realizar o trabalho e fugir, tendo a noite como proteção. Os perigos de hipotermia, ulcerações de frio e até morte esmaeciam diante da possibilidade de ser pego. Ninguém podia saber daquela missão.

O chalé de Genevieve tornara-se seu refúgio do mundo. Fazia muito tempo, mais do que ela podia se lembrar, que costumava ir até ali para clarear a mente e ouvir o coração. Estava isolada de tudo, sem distrações, e era assim que sempre encontrava soluções para os problemas que a atormentavam. Era seu hábito caminhar pelo terreno difícil das montanhas, sobrecarregada pela ansiedade, pelos obstáculos que a vida lhe impunha, pensando sobre problemas aparentemente insuperáveis. E depois de uma única semana descia não apenas com a cabeça e o coração claros, mas também com soluções, respostas e determinação renovada. Era sempre como um renascimento. Uma renovação da mente, do corpo e do espírito. Uma redescoberta de esperança.

Já estava ali fazia três dias e havia resolvido todos os problemas que trouxera consigo para a montanha. Todos, exceto um, e tratava-se de um problema bem maior do que poderia ter imaginado em todos aqueles anos. Pois recusava-se a se curvar diante dele, recusava-se a dar-lhe o que ele buscava de forma desesperada. Ele tentara usar charme e dinheiro, persuasão gentil e ameaças veladas, chegando à intimidação direta. E ela passara por tudo, sempre se recusando a se render.

E então, ele a atingiu usando sua influência, seu poder e sua riqueza para desmantelar a vida dela, sem pensar nas pessoas a quem seus atos afetariam. Acabou com seus amplos investimentos. Suas contas bancárias estavam a zero, o orfanato foi desfeito, e as crianças, dispersadas de forma abrupta pelo mundo de lares adotivos. Ainda assim, ela não se dobrou; sua força de vontade não poderia ser vencida.

E então ele veio no meio da noite. Saqueou sua casa e a queimou, pois não encontrou o que procurava. Sua vida ficara à beira de um colapso financeiro, físico e mental.

Era só uma questão de tempo. Pois agora ele a caçava sem descanso e era cruel em sua busca.

Quando o homem de barba colocou o último explosivo na face rochosa da montanha, a neve deu uma trégua momentânea e a cortina de nuvens abriu-se, revelando um pedaço do céu azul. Ele olhou para o vale abaixo enquanto os últimos raios do sol pintavam o mundo com um brilho dourado. A paisagem era calma e pura, uma imensidão sem fim. A não ser pelo pequeno chalé a distância, não havia sinal de civilização até onde os olhos alcançavam. Então o vento voltou a soprar e a cortina de nuvens se fechou, permitindo que a noite envolvesse a região, e a neve voltou a cair com intensidade.

O homem arrumou a mochila e olhou para o relógio. Retirou um pequeno dispositivo e o segurou de forma desajeitada nas mãos enluvadas. Ajustou o pequeno timer até que o visor mostrasse os números 20:00 e pressionou um botão ao lado do dispositivo. Momentos depois, dentro de fendas feitas na face da montanha, espalhadas à distância de 20 metros, as sete cargas mostraram um brilho vermelho. O primeiro mostrador exibia 20:00, enquanto cada carga sucessiva aumentava o tempo em dois segundos e seu brilho avermelhado desaparecia sob a cortina de neve que descia.

O homem lançou um último olhar para o chalé e seguiu o caminho de volta pelo outro lado da montanha.

Pela primeira vez na vida, Genevieve conheceu o medo: não o medo de ser capturada, nem o medo da morte, mas o medo de que o homem encontrasse o que procurava, o que pensava ser seu por direito desde o nascimento. O que procurava não podia ser comprado nem adquirido, e nada deteria sua busca. Na verdade, ele era a última pessoa no mundo que deveria deter tal conhecimento, um segredo escondido do mundo havia muito tempo.

Conhecia o homem. Sabia das atrocidades que já cometera, da violência que perpetrara contra as pessoas de quem era mais próximo, tudo isso por causa de sua crescente ambição.

Então Genevieve voltara-se para a única direção que esperava poder evitar, já se arrependendo de ter apelado ao amigo. Tratava-se de algo muito maior do que um simples pedido, era um pedido para fazer o impossível, algo que violava seu senso de moral e ética, mas ela sabia que, às vezes, mesmo os feitos mais sinistros eram necessários na batalha contra o mal maior.

Não tinha nada que pudesse usar como pagamento, nada de valor; tudo o que tinha eram palavras simples. Sabia que alguns segredos nunca poderiam ser revelados. Alguns segredos nunca deveriam ser descobertos nem contados.

* * *

Enquanto o vento frio da noite assolava as torres rochosas das Dolomitas, desabou uma tempestade, e uma nevasca caiu dos céus, atacando o topo das montanhas, cobrindo-os com neve fresca. O silêncio era absoluto enquanto os flocos macios caíam, absorvendo os poucos ruídos que ecoavam pelos picos.

E então, sem aviso, um trovão cortou a noite: uma série de explosões sucessivas ao longo das rochas das Dolomitas de Belluno. E a força acabou com a face da montanha e camadas de rocha se soltaram, deslocando gelo e neve por onde passavam.

Enquanto o eco reverberava pelas montanhas, finalmente morrendo, absorvido pela neve que caía, um novo trovão soou. E mesmo que o primeiro tivesse sido ensurdecedor, nem se comparava com aquele urro repentino, que crescia a cada momento, como um trem que se aproxima, cada vez mais alto, cortando o silêncio da noite.

E, embora a onda de neve descesse pela montanha, engolindo tudo que estava em seu caminho, arrancando árvores pela raiz como se fossem sementes retiradas com uma pá, era uma sorte que essa parte específica da montanha tivesse permanecido totalmente intocada. Não havia vilas em seu caminho, nem esquiadores obrigados a procurar um abrigo; havia apenas um chalé simples de 150 anos de idade. E ninguém daria falta dele.

CAPÍTULO 1

Michael St. Pierre correu o mais rápido que podia na subida da rua Mont-Blanc em Genebra, Suíça, desviando-se de carros e ônibus, postes e mendigos.

Eram 2 horas, madrugada de quinta-feira. A neve de final de inverno caía de forma inesperada, vinda das montanhas, e cobria as ruas da cidade, já escorregadias, com um manto branco e fresco. Os prédios históricos, com as cores desbotadas pela recente precipitação, pareciam um borrão ao passar por ele, que corria o mais rápido que já tinha corrido na vida. Haviam se passado apenas 45 segundos desde que deixara o conforto do aquecimento moderno, e já sentia os ouvidos arderem. Os olhos azuis profundos lacrimejavam devido ao vento, e cada floco de neve era como uma navalha cortando seu rosto, enquanto o cabelo castanho era açoitado pelo ar frio da noite.

A mochila pesada nas costas conspirava para tirar-lhe o equilíbrio enquanto virava em uma rua estreita e passava por vielas vazias, seguindo para o centro histórico. Perdeu-se nas sombras, seu macacão preto apertado fundindo-se à cor da noite enquanto o som de sua respiração ecoava nos prédios adjacentes.

Finalmente, chegou aos fundos do número 24 da rua Fleur. A casa comum de cinco andares parecia vazia aquela noite. Mas Michael sabia melhor do que ninguém que coisas de grande significado e valor costumavam ser escondidas em lugares inesperados e banais.

A neve diminuía; Michael enterrou os dedos entre os espaços dos blocos de granito, testando a pegada, grato por estar com luvas texturizadas que lhe davam mais segurança. Olhou para o telhado: a neve fazia com que tivesse a impressão de que a subida o levaria para um submundo fantasmagórico e branco.

Concentrou a mente errante, esquecendo-se de todas as distrações. Tinha menos de um minuto antes que o frenético show começasse; tinha menos de um minuto para cumprir o último desejo dela.

Michael apertou a mochila contra as costas e começou a subir.

— *Nascentes morimur:* no momento que nascemos, começamos a morrer — disse o padre, enquanto seu cabelo escuro lhe batia no rosto.

Era alto e tinha ombros largos. As mãos ásperas seguravam um rosário e o polegar esfregava a primeira conta sobre a cruz. Padre Simon Bellatori parecia mais um coronel grisalho do Exército do que um sacerdote, a voz profunda e italiana parecia mais adequada para dar ordens do que bênçãos.

— Alguns acham que o corpo é uma prisão que nos prende à nossa existência mortal, enquanto nossas almas são eternas, simplesmente aguardando o momento em que serão libertadas da carne terrena. Alguns acham que a vida é finita, mas aqueles que têm fé, aqueles que acreditam, são preenchidos pela esperança e pela promessa do Paraíso. Pois é lá, no Paraíso, que a vida eterna existe de verdade, e é nesse lugar que nossa irmã Genevieve viverá para sempre.

O pequeno grupo estava de pé diante de um túmulo antigo no subúrbio de Roma. O inverno italiano cinzento causou um tremor em Michael, e ele ergueu o olhar em direção à cidade, e ao Vaticano a distância. Baixou a cabeça enquanto ouvia as orações do amigo. Algumas pessoas seguravam folhetos de missa e de orações, mas as mãos de Michael envolviam com força um envelope de papel pardo, adornado com um crucifixo azul, que recebera exatamente uma semana antes.

Ela lhe entregara aquilo fazia sete dias, assim que ele abrira a porta. Estava sentada no degrau da frente de casa, fazendo carinho na barriga dos cachorros enormes de Michael, Hawk e Raven, que a haviam cumprimentado com os latidos felizes de sempre.

— Bom-dia, dorminhoco — dissera, olhando-o com um sorriso caloroso.

Vestia um casaco longo branco e prendera o cabelo escuro em um coque. Uma única fileira de pérolas envolvia-lhe o pulso e um crucifixo antigo enfeitava-lhe o pescoço. Era educada e refinada, o que fazia Michael dar um sorriso mais amplo ao vê-la sentada no piso de pedra molhado de neve, acariciando os dois cães da raça bernese.

Michael saiu no frio da manhã de inverno.

— Se eu soubesse que você viria...

— O quê? Teria feito a barba e limpado a casa? — perguntou Genevieve, com um leve sotaque italiano.

— É, algo assim. — Michael sentou-se ao lado dela. — Se quiser, posso preparar um café da manhã.

Fitou-o. O olhar era caloroso, mas não conseguia ocultar a tristeza, uma emoção que Michael nunca vira na amiga.

Conheceram-se quando a esposa de Michael falecera. Genevieve fora enviada pelo padre Simon Bellatori, o coordenador dos arquivos do Vaticano, para expressar as condolências do Vaticano e do próprio papa pela morte de Mary St. Pierre.

O fato de Genevieve ser dona de um orfanato era mais do que irônico; Simon não a enviara por acaso. Michael era órfão e, embora tivesse sido adotado por pais amorosos que já haviam falecido, sentia-se ligado àqueles que haviam sido abandonados... e àqueles que abriam o coração e ajudavam os perdidos.

A relação de Genevieve e Michael crescera nos últimos seis meses. Michael descobriu que ela era como uma irmã mais velha, que compreendia sua angústia e sua dor. As palavras de conforto que dizia eram sempre breves e sutis, pois sabia que cada indivíduo vivenciava a perda de forma diferente, enfrentando o luto à sua maneira. Nunca julgou Michael por seu passado, dizendo que às vezes éramos abençoados e sobrecarregados com talentos não convencionais e o que nos definia era para que fins usávamos esses talentos. Michael ficara surpreso com sua perspectiva, seu modo de sempre ver a vida pelo lado positivo, não importando as circunstâncias. Ela não tinha medo de nada e conseguia ver o bem até na mais escura das almas.

— Então, aqui estamos nós, não podemos dizer que somos vizinhos, já que Byram Hills fica a mais de 56 mil quilômetros de distância da Itália. Portanto, não acho que você tenha vindo até aqui para pedir emprestada a minha máquina de limpar neve.

Genevieve sorriu para Michael, um riso suave escapando-lhe dos lábios, mas que rapidamente se desfez.

— Preciso pedir algo a você — disse ela rápido, como se tivesse de desabafar.

— O que você precisar.

— Por favor, não responda ainda. Vou pedir que pense a respeito do que estou prestes a dizer.

— Tudo bem — respondeu Michael com voz suave.

Inclinou a cabeça de forma compreensiva, pois nunca a vira tão preocupada.

— Existe um quadro. Um quadro que é meu, Michael, algo que está na minha família há muito tempo. É um dos dois quadros existentes pintados por um artista obscuro. Achei que estivesse perdido, mas descobri recentemente que ele apareceu no mercado negro. Ele contém um segredo de família, um segredo de consequências enormes. — Genevieve fez uma pausa breve enquanto recomeçava a acariciar a barriga de Hawk. Manteve o olhar fixo no cachorro enquanto continuava. — Não é que eu o deseje de volta; na verdade, gostaria que fosse destruído antes que seja adquirido pela única pessoa que não deve nunca possuí-lo.

Michael ficou sentado ali, compreendendo que ela estava lhe pedindo para cometer um crime em seu nome. Michael olhou para o envelope, para o crucifixo azul do brasão da família de Genevieve. O momento parecia arrastar-se enquanto o frio da manhã começava a penetrar em seu coração.

— Estou sendo caçada, Michael. Caçada para revelar o segredo dessa obra de arte.

— Como assim, caçada? — perguntou Michael, deixando escapar um tom de raiva defensiva na voz.

Sentou-se ereto, ouvindo-a com mais atenção.

— O homem que está tentando adquirir esse quadro tem um coração ruim. Trata-se de um homem sem compaixão, sem remorso. Não é impedido por nada até chegar aos seus objetivos. Nenhuma vida é tão significativa, nenhum feito é profano demais. Ele está desesperado, é como um animal preso em uma armadilha, capaz de roer os próprios membros para fugir, um homem desesperado que não conhece limites, nenhum limite. E o caminho que ele busca, o caminho para o qual esse quadro o conduzirá só levará à morte.

— Como você sabe? — perguntou Michael em tom compreensivo, sem nenhum traço de ceticismo. — Como você pode ter certeza de que não está tirando conclusões precipitadas? Caçar um outro ser humano... Quem poderia ser tão frio?

— O homem de quem falo, envergonha-me muito dizer, o homem que está me caçando... — Genevieve olhou para Michael, e a dor em seu coração refletia-se em seus olhos — ... é o meu próprio filho.

Michael ficou ali, absorvendo suas palavras, mas sem deixar de se fixar em seus olhos, que sempre foram tão fortes e confiantes, mas que agora mostravam desespero, sem saber o que fazer, como os olhos de uma criança perdida.

Por fim, Genevieve abriu o fecho de metal da bolsa de couro marrom e pegou as chaves do carro. Ficou em pé, passou a mão na roupa, reassumindo a compostura e a dignidade.

Michael levantou-se em silêncio, ficando ao seu lado, olhando-a.

— Não sei o que dizer.

Genevieve inclinou-se e deu-lhe um beijo suave no rosto.

— Não diga nada. Estou envergonhada pelo que acabei de pedir. — Gentilmente, colocou o envelope pardo na mão de Michael. — Entenderei se não aceitar; na verdade, espero que não aceite mesmo. Sou uma tola por ter vindo aqui.

— Genevieve... — começou Michael, sem saber o que dizer, enquanto ela se afastava.

— Ligo para você daqui a uma semana — disse ela, antes de se virar.

Michael observou enquanto ela caminhava pela neve que cobria a entrada, entrava no carro e partia.

Nos dias que se seguiram, Michael pensou no pedido de Genevieve: será que ela estava exagerando, uma resposta paranoica ao seu amor materno traído? O desespero em seus olhos... era tão contrário à sua personalidade; e as palavras da amiga tocaram-lhe a alma. Embora a cabeça de Michael estivesse cheia de dúvidas, não questionou a intenção de Genevieve nem uma vez, pois seja qual fosse o significado da pintura, ela acreditava naquilo de todo o coração.

O pedido de Genevieve pesara muito para Michael; ela pedia que ele reentrasse em um mundo que deixara para trás, um mundo ao qual não voltara desde a morte de Mary. Uma vida que ele ficara feliz em abandonar em memória da esposa, cuja moral era mais forte do que aço. Além disso, suas habilidades estavam enferrujadas e temia que sua mente tivesse começado a perder a agudeza. Genevieve pedia-lhe que não apenas roubasse um quadro, mas também que se assegurasse de que ele nunca caísse nas mãos do próprio filho.

Três dias depois, Michael pegou o telefone para discutirem o assunto e oferecer-lhe um apoio emocional como ela oferecera a ele. Deixaria a recusa educada para o final. Ela queria que ele entrasse em uma galeria que só existia no mercado negro, que era apenas um rumor lançado ao vento. E mesmo que conseguisse encontrá-la, seria um lugar praticamente impenetrável.

Mas seu coração quase parou quando descobriu que o telefone de Genevieve fora desligado. Telefonou imediatamente para Simon.

Michael não precisou ouvir as palavras; foi o tom da voz do amigo que lhe disse tudo.

Genevieve estava morta.

Belange era apenas um rumor no mundo das artes. Uma firma que vendia mercadorias do mercado negro, do mercado cinza, mercadorias para quem tinha gosto refinado e que estavam fora do mercado. Pinturas, esculturas, joias e antiguidades: artigos que se acreditavam perdidos para sempre. Uma organização que comercializava artefatos lendários. De fato, o rumor *era* fictício. Belange era um código para Killian McShane, um homem que era uma organização de uma pessoa só. Seu local de trabalho ficava em dez endereços espalhados pela Suíça e Amsterdã. Embora McShane fosse um verdadeiro amante das artes e essa fosse sua única ocupação, nenhum dos endereços carregava qualquer evidência do fato. Cada prédio era, na verdade, uma elegante casa na cidade, e seus ocupantes prestavam serviços financeiros. McShane mantinha um escritório no porão de cada um desses endereços e visitava cada um desses locais apenas duas vezes por ano.

McShane agia como um mercador clandestino para os tesouros esquecidos do mundo da arte, cobrando 15 por cento sobre todas as transações. Sua promessa de confidencialidade e discrição só era superada pelo nível de segurança, e a segurança do número 24 da rua Fleur era do mais alto calibre. Havia três guardas o tempo todo: um na entrada principal, um no saguão e outro no telhado. Não se tratava da simples contratação de um policial para realizar o serviço. McShane só escolhia ex-agentes da polícia militar, aqueles treinados com as habilidades necessárias para fornecer o nível adequado de proteção para os seus negócios. Eram contratados por seus dois maiores talentos, detecção e pontaria, sendo instruídos a não hesitar em usá-los quando julgassem necessário. Os recursos eletrônicos eram de última geração, contando com um planejamento militar de alto nível e dispositivos de segurança usados em museus, todos desconhecidos do público, a não ser daqueles versados no mundo dos ladrões.

Cada quadro ou objeto a ser negociado era levado sob forte segurança para um prédio sem qualquer distinção e colocado em exibição em um porão climatizado e seguro. Após a conclusão das negociações, o pagamento era feito e entregue a McShane. Nenhuma das partes conhecia a identidade da outra, e o próprio McShane mantinha-se no anonimato, trabalhando por meio de intermediários. O pagamento era feito estritamente por meio de títulos ao portador, de modo a evitar a burocracia inconveniente e rastreável dos bancos. Os títulos eram entregues e mantidos por 24 horas para verificação da validade. Depois desse período, tanto o pagamento quanto a obra de arte seriam entregues para as partes em questão sem nenhuma evidência de que a transação fora feita.

O espetáculo luxurioso começou exatamente conforme o planejado, a distração perfeita para enganar os olhos bem treinados do guarda do telhado, tirando-o do seu posto já que o instinto tinha uma influência primordial mesmo nas mentes mais atentas. Tratava-se de uma performance íntima. Duas damas da noite chegaram ao telhado de um prédio adjacente, que tinha um andar a menos do que a casa, acompanhadas por um estudante e, ignorando o frio da noite, tiraram os casacos de pele, revelando seus corpos nus, macios e perfeitos. Colocaram uma música techno no aparelho de som e começaram a entreter um garoto de 20 anos com uma sensualidade que ele jamais poderia ter imaginado, com isso produzindo um show para distrair o voyeur solitário sobre o telhado do outro lado da viela.

Michael deslizou pelo parapeito do outro lado sem ser detectado pelo guarda distraído e excitado. Tinha escalado a casa de cinco andares, cujos blocos de granito espaçados de forma uniforme forneceram-lhe espaços perfeitos para encaixar os dedos das mãos e dos pés. O anteparo do elevador serviu como cobertura enquanto ele abria silenciosamente a mochila, retirava uma corda de escalar e a prendia para uma futura fuga rápida. Colocou dois grandes ímãs na parte de cima e de baixo da porta do anteparo — a externa, que havia no corredor de cada andar —, congelando, assim, o sistema de alarme e, consequentemente, tornando-o incapaz de detectar uma invasão. Trabalhou de forma rápida na tranca da porta do elevador e entrou, fechando a porta silenciosamente atrás de si, sem fazer um clique sequer. Por meio das informações de Genevieve e de seus contatos no submundo, Michael conseguira descobrir o endereço atual da Belange e confirmar a transação pendente. Comprar a planta do prédio foi bem mais difícil, e só conseguira concluir a revisão na última hora.

Michael olhou para o poço escuro do elevador de 100 anos; sentiu cheiro de terra e mofo. Pegou na mochila o eixo de transmissão de cames para a descida e fixou-o na estrutura do elevador, que alcançava o teto. Prendeu o arnês na corda de descida, verificou a mochila às suas costas e desceu silenciosamente os seis andares até chegar à escuridão.

O eixo funcionou na velocidade determinada pelo controle remoto em sua mão. Na verdade, esse equipamento não era tão importante para a descida, mas para uma saída bem-sucedida, pela rapidez que propiciaria na hora de tirá-lo do porão.

Diminuiu a velocidade até parar a 5 centímetros do topo da cabine do elevador, que naquela noite estava parada no subsolo. Ficou de pé em cima do elevador e encostou o ouvido contra o metal da porta externa. Ouvindo apenas o silêncio, abriu-a com cuidado, fechando-a em seguida e entrando no corredor escuro.

O mundo das artes, como todos os outros, visa ao lucro. Um carro, um computador, até mesmo uma prostituta têm mais valor quando são novos, sem os danos da idade, do uso e da vida. O valor de uma obra de arte, por outro lado, é como um vinho sofisticado: leva tempo para ser apreciado. Somente quando seu criador morre e não pode mais colher os frutos merecidos da criação de sua alma é que sua obra-prima conquista o verdadeiro valor. A pintura, como a maioria das artes, é realizada por meio da interpretação do artista: vista por seus olhos e sua mente, filtrada pela alma e expressada pelo coração. Cada obra constitui um trabalho único de amor, como um filho a ser amado, do qual se ter orgulho, moldado pela dor e pelo sofrimento da criação. Ainda assim, apesar de todo esse trabalho árduo, é muito raro um artista que consiga ver reconhecido o valor do próprio trabalho e o potencial de sua criação. É o investidor, a pessoa que tem dinheiro, que sabe como explorar o mercado, que aproveita os espólios: indivíduos que não sabem a diferença entre uma tela e um pedaço de papel, um pincel e uma caneta-tinteiro, tinta e óleo. Embora talvez apreciem o que comercializam, é o senso de posse que realmente os enche de orgulho. Pois eles possuem objetos únicos, objetos que não podem ser reproduzidos pelo criador já falecido.

É o desejo de possuir o inacessível que move o verdadeiro colecionador. Possuir algo que os outros não podem possuir. Itens que já se foram há muito tempo, perdidos em algum lugar da história, em guerras ou devastações. E, como o modelo econômico determina, o preço realmente é definido com base na oferta e na procura.

O legado, pintado por Chaucer Govier, representava o ponto alto da carreira do artista, uma verdadeira obra-prima em todos os sentidos da expressão. Era considerada uma de suas duas grandes obras, com tanta beleza e emoção que ele sabia que nunca ninguém conseguiria atingir tal nível de perfeição. Ele fora brevemente abençoado por Deus com uma inspiração de criação e conseguira um feito divino.

Govier não era um artista conhecido, mas fez história quando seu nome chegou às manchetes dos jornais. O diário de sua irmã fora recentemente encontrado e autenticado. Embora o diário detalhasse a vida de Govier, foi a última página que atraiu o interesse do mundo. O relato sobre sua morte em 1610 causou um alvoroço no mundo das artes. A vida de Govier rivalizava com a de Van Gogh em relação ao drama.

Para pagar pelas tintas, Govier trabalhava como uma espécie de faz-tudo no mosteiro Trinity. Toda semana, subia até as terras altas da Escócia, levando suprimentos e fazendo pequenos concertos. Era um domingo; enquanto aplicava piche em uma goteira no telhado, começou a conversar com um monge moribundo chamado Jitnik. Govier mal conseguia compreender o inglês com forte sotaque russo, mas falavam sobre o tempo, a natureza e a vida. A conversa acabou chegando à arte e a Deus, paixões que ambos carregavam no coração. Jitnik contou-lhe sobre as grandes obras de arte em Moscou e, principalmente, sobre o Krêmlin, arrebatando a atenção de Govier. Falou sobre as lendas e histórias de Deus e seus anjos, histórias que deixaram Govier fascinado até bem depois das 21 horas, quando o jovem artista se despediu do velho monge. Mas quando já estava saindo, o monge chamou-o até a cama e lhe deu duas telas. Pediu-lhe que criasse duas pinturas representando as histórias que lhe contara naquele dia e que as telas fossem entregues em um endereço no sul da Europa. Entregou a Govier a cruz que carregava no pescoço, pedindo que esta também fosse entregue junto com os quadros como sinal de autenticidade. O monge não podia oferecer qualquer pagamento além de suas orações e mandou Govier embora com suas bênçãos.

Encantado, Govier começou imediatamente a pintar, trabalhando sem descanso por duas semanas, colocando as histórias do monge na tela e criando as obras *O legado* e *O eterno.* Na manhã seguinte a sua conclusão, Govier chorou diante da beleza das obras, da representação fiel de Deus, e as enviou, juntamente com a cruz, conforme o pedido do monge. Seu coração, porém, partiu-se naquela manhã quando seu grande feito de gênio foi enviado, e ele saltou da Fonx Tower Bridge nas águas turbulentas do rio St. Ann, sendo levado pelas corredeiras. O corpo e o talento do artista foram destruídos nas rochas.

Embora sua obra-irmã, *O eterno,* tenha desaparecido, *O legado* foi mudando de mãos, passando por toda a Europa, até ser exposta com grande orgulho na casa da família Trepaud, fora de Paris, até 14 de junho de 1940: o dia em que os nazistas invadiram a cidade. Erwin Rommel guiou suas tropas facilmente, pegando todas as obras de arte que encontrava pelo caminho, inclusive *O legado.* A maior parte de seus espólios foi destinada à sua coleção particular e perdeu-se na história depois de sua morte — em 1945, nas areias da África.

Mas como todos os milagres de gênios, "perdido" é um termo relativo. *O legado* sobreviveu à destruição, passando por muitos donos, sendo comercializado em segredo e enriquecendo aqueles que o vendiam. Agora, estava em um cofre climatizado no porão da Belange, a firma do mercado negro, um local conhecido apenas por McShane, o comprador da obra *O legado*, e o homem de preto que corria pelo corredor do porão.

Michael estava pendurado no teto, os joelhos e as mãos presos ao suporte de alumínio, e o corpo fora do alcance da varredura da única câmera, que fazia um giro de 150 graus em um intervalo de vinte segundos. O aposento era simples, decorado apenas com duas cadeiras opulentas e um sofá. As paredes eram de cerejeira escura e a iluminação, sutil, fornecida por uma única lâmpada, além da iluminação do quadro. O chão era coberto por um tapete de tecido verde preso a uma estrutura de metal. Ninguém podia ver a trama oculta, mas um passo inadvertido no piso provocaria um choque equivalente ao de uma arma de choque, fazendo com que o invasor rapidamente caísse no chão, momentaneamente imobilizado.

Michael estudara a pintura de Govier durante horas e mais horas. Mas toda a preparação não fora suficiente para enfrentar a visão da obra diante dele. Perfeição era pouco para descrever o que via. Sua atenção voltara-se para o modo como a obra estaria pendurada, a espessura das paredes, a complexidade dos sistemas de segurança do prédio e o treinamento de seu pessoal. Mas agora, enquanto pendia do teto, percebeu que olhava para uma verdadeira obra-prima.

Michael observou enquanto a câmera varria o aposento, cronometrando o tempo e planejando seu movimento seguinte quatro vezes em sua mente como se realmente o estivesse realizando. Então, como se fosse algo rotineiro, Michael soltou as mãos e ficou de cabeça para baixo, preso apenas pelos joelhos. Sua faca era apenas um borrão circundando o perímetro da moldura, para cortar a tela de onde estava presa. Soltou a tela da moldura e, com um único movimento, colocou uma imagem para substituí-la. A parte de trás da figura magnetizada colou-se ao suporte de metal no qual a moldura estava presa. A réplica era apenas uma fotografia texturizada e ampliada, mas, para a câmera, funcionaria como uma mentira perfeita. Ergueu-se de novo na hora exata, enquanto a câmera varria o aposento de novo, passando pelo quadro.

Michael içou-se pelo teto, voltando até a porta, por onde saiu. Chegou ao chão e colocou a pintura diante de si. Olhou para a obra de arte de perto, admirando sua beleza por um breve momento antes de enrolá-la.

Enquanto olhava para a tela, ficou confuso. Passou a mão ao longo da pintura, sentindo sua textura, examinando a superfície cinza em busca de qualquer sinal de algo terrível que pudesse estar escondido ali, como Genevieve dissera. Michael, porém, nada encontrou. Além da assinatura de Govier na extremidade inferior, a parte de trás da pintura estava em branco.

Michael ergueu a tela, segurando-a no alto, e iluminou a parte de trás com a lanterna, mas a luz não penetrou a obra de arte. Por fim, Michael examinou as extremidades, virando a pintura várias vezes. Foi a espessura que lhe chamou a atenção.

Pegou a faca e passou-a ao longo de toda a borda, esperando que estivesse certo, rezando para que não estivesse destruindo uma obra de arte de valor incalculável por nada. A lâmina passou pela pintura até o cabo, perdida entre os dois lados da tela. Michael deixou que escorregasse por toda a margem, virando a lâmina em cada uma das pontas até que voltasse ao ponto inicial. As duas partes da tela se abriram como uma banana descascada. Michael pegou cada uma das pontas do que obviamente eram duas telas e as separou. Deitou as metades no chão. A parte de trás da obra de arte era branca. Mas a outra pintura... Michael olhou-a. Tratava-se de um mapa complexo que ocupava toda a extensão da tela com detalhes exatos, uma representação multidimensional de prédios transparentes cortados por caminhos rotulados em latim e em russo. Enquanto a pintura de Govier era uma obra de arte, a outra era algo mais. E era isso que assustava Genevieve e foi por isso que ela perdera a vida.

Michael colocou uma tela sobre a outra, enrolou-as, enfiou-as em um tubo preso às suas costas e apressou-se pelo corredor.

Warner Heinz desceu as escadas do telhado com o coração ainda acelerado pelo show do trio nu. Caminhou pelo saguão sem dizer uma palavra, passou por Philippe Olav, seguindo direto para a cozinha; jogou um pouco de água fria do rosto, pegou uma xícara de café e voltou para a escada.

— Tem uma festa rolando lá fora. Você devia ver a vida selvagem de inverno lá em cima no telhado — disse Heinz em alemão para Olav, outro segurança.

— Só vamos trocar de posto daqui a uma hora — respondeu Olav sem afastar os olhos dos monitores de segurança.

— Como quiser. — Heinz sorriu, enquanto voltava pela escada de incêndio.

Philippe suspirou, finalmente interessado.

— Tudo bem, conte-me sobre a vida selvagem.

— Depois que eu verificar o porão.

E Heinz desceu.

Michael correu pelo corredor, jogou duas cordas pelas costas e pulou no poço do elevador. Os movimentos de sua antiga profissão voltaram enquanto prendia o arnês à corda de subida e, sem perder sequer um segundo, apertou o botão do controle remoto. Foi erguido pela escuridão em alta velocidade, subindo os seis andares em menos de três segundos, até chegar ao anteparo do elevador.

Abriu a porta com cuidado, procurando pelo guarda, mas, surpreendentemente, não encontrou ninguém ali. Demorou-se um momento de pé no telhado, enquanto olhava para Genebra. A neve fresca começara a cair de novo, limpando a cidade e criando um efeito dos pequenos globos de neve sobre a arquitetura suíça. O rio Ródano cruzava a cidade antes de chegar à França através de Arles — onde Vincent van Gogh capturou a essência da água em *A noite estrelada* — antes de desembocar no Mediterrâneo. Não havia estrelas naquela noite, apenas a cidade silenciosa ainda banhada de beleza àquela hora tardia. Michael pensou em Genevieve, em como ela teria amado aquela cidade que tinha um nome tão semelhante ao dela. E enquanto pensava na morte repentina da amiga, um breve sorriso iluminou seu rosto por ter conseguido atender ao seu último pedido, seu último desejo. Mas a serenidade do momento acabou de forma abrupta.

A porta corta-fogo da escada de incêndio abriu-se com um estrondo, e balas de revólver passaram diante de Michael antes que ele tivesse a chance de ver seu perseguidor. Michael correu para a parede do parapeito, prendeu-se à corda que havia deixado ali e ia começar a descer. Mas havia balas vindo de um atirador abaixo, atingindo o granito em volta dele. Michael arrastou-se pela parede e, sem pensar, foi para o outro lado, enquanto as balas voavam por todos os lados, ricocheteando nas paredes do parapeito. Por fim, viu o perseguidor que estava no telhado, vestido de preto e segurando a pistola com as duas mãos, enquanto se ajoelhava com os braços ligeiramente dobrados. Não havia dúvidas: tratava-se de um profissional. Michael não parou para ver seu rosto; continuou correndo até a extremidade do prédio e, sem hesitar, pulou para a escuridão. Voou pelos 4,5 metros de altura, cinco andares acima da viela, pousando pesadamente no telhado do prédio adjacente bem no meio do trio nu. As garotas gritaram quando Michael pousou e rolou ao lado delas, e o garoto tentou pegar suas roupas. Michael levantou-se rapidamente e, enquanto corria, soltava a corda às suas costas, prendia-a ao arnês e continuava atravessando o telhado. Na extremidade oposta parou, prendeu a corda a uma abertura no telhado e mergulhou. Desceu por 18 metros, sentindo a fricção da corda queimar suas mãos através das luvas antes de atingir a calçada. Não olhou para trás enquanto corria pela rua Mont-Blanc; sabia que seus perseguidores logo estariam atrás dele.

E lá estavam eles. Eram três agora. Pareciam voar pela rua, aproximando-se cada vez mais. Michael correu mais. Era inegável a excitação que sentia por ser perseguido, uma excitação misturada com medo. E isso podia ser viciante. Mas tratava-se de um vício que se curava assim que se era capturado. E Michael não tinha a menor intenção de tratar esse vício hoje. Aproveitou o momento, enquanto o medo fazia com que corresse mais rápido.

A neve aumentava, transformando-se em tempestades intermitentes, vindas de nuvens carregadas sopradas pelo vento forte. A rua ficou escorregadia e seus passos, instáveis. Cair era a menor de suas preocupações. Michael precisou de todo o seu poder de concentração para evitar os carros e obstáculos que apareciam diante dele a fim de se manter à frente dos perseguidores. Pensou em Genevieve, na vida que perdera em uma avalanche; pensou em suas palavras e na pintura que carregava nas costas e continuou. Não lhe podia negar um último pedido.

Bem diante dele estava a ponte, que atravessava a largura de aproximadamente 500 metros do rio Ródano, com suas águas geladas ponteadas por massas de gelo. Era o destino de Michael, mas também poderia ser o local onde tudo iria por água abaixo. Era um gargalo que o deixaria em um local totalmente aberto, sem chance para se proteger se fosse alvo de tiros. Havia diversas ruas em todas as direções que poderiam lhe dar um refúgio momentâneo. Havia prédios e até túneis em que teria uma oportunidade para despistar os perseguidores. Quase todas as alternativas ofereciam uma chance melhor do que a ponte.

E, então, lá estavam eles, parando do outro lado do rio: seis carros de polícia, com as sirenes ligadas. Policiais saíram dos carros, as armas em punho.

Michael olhou para a rua e pensou um pouco. As palavras que Simon dissera no túmulo ecoando em seus ouvidos: "*Nascentes morimur:* no momento que nascemos, começamos a morrer." E...

Chegou à ponte coberta de neve como um cavalo saído de uma prisão. Três homens atrás dele, seis carros de polícia 500 metros à frente. Fora encurralado, não havia para onde ir. Mas continuou correndo, parecendo aumentar a velocidade, distanciando-se de seus perseguidores. Com a ponte livre, sem o risco potencial de vítimas inocentes a essa hora, a opção por uma força letal era uma possibilidade real. E, então, a neve começou a cair com mais força, estimulada pelo vento sobre a água. O tempo agora podia ser descrito quase como uma nevasca. O rio ainda corria, mas quase congelado, porque o clima recente conspirava para mantê-lo fluindo, mesmo que ponteado por blocos intermitentes de gelo. A temperatura da água, porém, devia estar em menos de um grau, o suficiente para matar.

A ponte iluminava-se com o azul e o vermelho que piscavam. Michael ficou no meio da rua, suas pegadas já apagadas pela tempestade de neve. Os três homens atrás dele diminuíram a marcha, e os policiais à frente assumiram suas posições atrás dos carros — as armas em punho, pistolas e fuzis, todas apontadas para ele. Ainda assim, Michael continuou correndo, deixando os que o aguardavam do outro lado confusos. Correu ainda mais rápido diante da miríade de armas apontadas em sua direção.

E então, sem aviso, hesitação ou motivo, Michael virou à esquerda, pulou o parapeito e mergulhou nas águas geladas do rio Ródano, desaparecendo imediatamente de vista. Os policiais ficaram pasmos, saindo de suas posições atrás dos carros. As armas foram baixadas enquanto eles olhavam, boquiabertos e com olhos arregalados, o salto suicida que o homem acabara de dar no rio congelado. Seguiram para a ponte, olhando através da cortina de neve como se seus olhos os tivessem enganado.

Ao mesmo tempo, os perseguidores de Michael chegaram ao ponto em que ele saltara e pararam. Debruçaram-se sobre o parapeito e olharam a água turbulenta, mas nada viram, a não ser blocos de gelo flutuando e batendo contra as colunas de sustentação da ponte. Não havia terra debaixo da ponte, nenhum lugar para se esconder. Mas os três guardas não queriam deixar nenhuma brecha. Heinz passou pelo parapeito e esquadrinhou o perímetro abaixo da ponte. Não havia sinal de Michael. Parecia que o tempo tinha parado. Os policiais murmuravam entre si, chocados demais pelo que tinham acabado de testemunhar.

Sem gritos ou alvoroço, um dos policiais apontou para o rio. Flutuando nas águas, um corpo vestido de preto havia emergido. Estava a uns 500 metros de distância. O policial usou um rádio para solicitar um barco. Os três guardas olharam em volta sem dizer uma palavra. Um deles manteve os olhos no corpo e os outros continuaram procurando nas águas.

Michael atingiu a água como se tivesse mergulhado em um tanque de lava. O rosto e as mãos gritavam enquanto a água gélida atingia a pele de seu rosto. Por baixo do macacão preto, o corpo estava protegido por uma roupa impermeável de mergulho, a mesma roupa que o mantivera aquecido durante a fuga, a mesma roupa que agora o manteria vivo. Michael nadou por baixo da água, lutando contra a corrente. Prendeu o cinto em uma grande bolsa de aço com trama de rede que estava ancorada à pilastra e agora o segurava. Enfiou a mão pelas aberturas da bolsa e removeu um regulador que levou à boca e respirou, levando ar aos pulmões. A corrente era forte o suficiente para carregar as bolhas na direção da corrente, onde emergiriam sem ser notadas.

Michael pegou um capuz com máscara de mergulho, exalou pelo nariz para tirar a água e olhou para o rio turvo à sua volta, enquanto colocava o tanque de ar, prendendo o colete equilibrador no corpo.

Olhou para o relógio: passara-se um minuto desde que mergulhara. Puxou a abertura da bolsa de rede e observou enquanto o boneco vestido de preto era arrastado pela correnteza, flutuando pelo rio. Sabia que levaria pelo menos 15 minutos antes que mobilizassem um barco e, para sua decepção, tirassem a isca das águas congeladas.

Prendera o equipamento na noite anterior sob a proteção da água e da escuridão. Usara uma roupa de mergulho mais grossa e subira o rio com a ajuda de um veículo de propulsão para mergulho. Havia uma pequena chance de que a bolsa com trama de rede se soltasse do ponto de ancoragem durante o intervalo de 24 horas antes do roubo, mas a sorte permanecera a seu lado. Michael agarrou o guidão do veículo de propulsão, olhou para a bússola acoplada ali e preparou-se para subir o rio. Ligou o motor elétrico e segurou firme enquanto o pequeno veículo o levava contra corrente a uma velocidade de cinco nós.

Michael emergiu mais de 1 quilômetro depois, em um bosque com árvores pesadas de neve. Observou o local e saiu da água, cavou a neve e retirou uma bolsa camuflada que escondera ali, secou-se e vestiu calças jeans e um casaco pesado para neve. Deixou que a corrente carregasse o equipamento que acabara de tirar, pegou a mochila e saiu do bosque que dava para um estacionamento.

Abriu a mala de um Peugeot 1983, tirou um tonel de 18 litros e o colocou no chão ao lado do carro. Calçou um par de luvas pesadas de borracha e, com uma chave de fenda, abriu a tampa do galão. Ergueu os olhos. Dava para ver a comoção que se formara no rio, enquanto o pequeno grupo de policiais observava o barco atravessar a superfície gelada para resgatar um corpo das águas congeladas. Michael não conseguiu evitar um sorriso ao imaginar o choque que sentiriam quando tirassem "o corpo dele" da água.

Voltou a atenção para a tarefa seguinte. Abriu o tubo à prova d'água, retirou o mapa e a pintura e os colocou no banco da frente do carro. Sabia o que tinha de fazer, mas era difícil mesmo assim. Tratava-se da criação de um homem, a expressão de sua alma e de seu coração. Era uma obra de arte que se acreditava perdida no tempo, e agora...

Observou o mapa, a verdadeira intenção do seu feito, e pensou no que tinha de fazer. Tratava-se de um mapa do subterrâneo extremamente detalhado, escondido abaixo de uma fortaleza de igrejas. Um mundo conhecido apenas por Genevieve, um guia para um mistério que enfeitiçara seu filho, ainda que a aterrorizasse. Michael não dava a mínima para onde ele levava ou o que revelaria. Só pensava que aquele segredo custara a vida da amiga.

Sem pensar mais, pegou a faca e cortou o mapa e a pintura de Govier em tiras. Mergulhou-as no pequeno tonel e observou enquanto se dissolviam rapidamente no ácido concentrado. A obra nunca mais seria vista por ninguém. Dessa vez, o segredo do monge, a obra-prima de Govier, um mistério de uma época imemorável, seria realmente apagado da existência.

CAPÍTULO 2

Paul acordava sempre às 6h30, independentemente da hora que tivesse ido dormir. Mesmo que tivesse se deitado às 6h15, saía para correr na praia ou levantar peso na garagem às 6h32. Desde sua aposentadoria, conseguira fazer com que sua estrutura de 1,95 metro entrasse em forma, de modo que os músculos começassem a ficar definidos de novo. Às 7h30 entrava no banho e às 7h50 estava pronto para suas obrigações de pai de família. Tomava café da manhã com a esposa, Jeannie, e os filhos de 6 anos — nascidos com apenas 11 meses de diferença — Robbie e Chrissie. Levava-os até o ponto de ônibus às 8h15, reservava um momento para olhar à sua volta, sentir o cheiro do mar e apreciar o momento e a vida que tinha. Embora só tivessem se passado três meses, a aposentadoria lhe fazia muito bem.

Paul entrava no seu Corvette, baixava a capota e deixava o vento secar o cabelo louro-claro. Parava na Shrieffer's Deli para tomar uma xícara de café e comprar o jornal. Conversava com qualquer conhecido com quem esbarrasse. Às quintas-feiras e aos domingos, comprava um bilhete da loteria. Era como uma nova droga para ele, um otimismo recém-adquirido em relação à riqueza tomava sua alma. Ao colocar o bilhete no bolso, andava confiante de que tinha um bilhete que seria premiado no próximo sorteio. E esse espírito o acompanharia nos dias e noites que se seguiam, deixando-lhe um sorriso no rosto e um tom caloroso na voz. O humor eufórico provocado pelo bilhete duraria até a hora do sorteio, quando se decepcionaria por não ter entrado no círculo de vencedores de novo, mas na manhã seguinte comprava um novo bilhete, sendo outra vez atingido por uma onda de esperança de que a riqueza se encontrava em seu bolso — até o sorteio seguinte, que ele tinha certeza de vencer.

Jeannie o pressionara para que se aposentasse. Embora relutante no início, adaptara-se muito bem à nova rotina. Sacara sua pensão em uma parcela só e comprara quatro coisas: um restaurante com um bar, um Corvette 1968, uma guitarra Fender Stratocaster e o CD *Black Album*, do Metallica. Às 19 horas, entrava no Corvette, baixava a capota, colocava o CD do Metallica e seguia para o trabalho ouvindo a música "The Unforgiven", que considerava a sua música "foda-se o mundo".

Adorava ser dono de um bar, um sonho que acalentara por mais tempo do que podia se lembrar, mas, como acontecia com muitos sonhos, o antigo ditado que dizia "cuidado com o que deseja" não parava de soar em seus ouvidos. O bar era tudo o que desejara. Jeannie era responsável pelo restaurante, e ele, pelas bebidas e por contratar o entretenimento, mas depois de um mês, como muitas coisas na vida, virou uma rotina. Paul sentia falta da adrenalina, uma droga que parecia ter deixado na mesa de seu antigo emprego na força policial. Mas sempre tinha o lado bom. A morte não o espreitaria em cada curva e, por isso, Jeannie agora tinha um pouco de paz de espírito. Não poderia lhe negar isso, por mais que sentisse falta do trabalho.

Paul estava sentado na porta da frente, olhando para o Corvette amarelo, o único carro na entrada. Abriu o celular e apertou o botão de discagem rápida.

— Ei, você vai aparecer hoje à noite?

— Eu disse que iria — respondeu Michael. — Relaxe.

— Só queria confirmar. Onde você está?

— Estou em casa — Michael apressou-se em dizer. — E você?

Paul olhou para os cachorros de Michael enquanto os acariciava.

— Também estou em casa. Vejo você à noite.

Paul ficou de pé e andou até o carro. Abriu a porta e lançou um último olhar para a casa de Michael, meneando a cabeça. Fez mais um carinho na cabeça dos cachorros, ligou o carro e foi embora.

Michael estava sozinho no meio do cemitério Banksville, permitindo que a tristeza tomasse conta dele uma vez mais, sentindo de novo a perda que deixava um vazio em seu coração. Olhou para o túmulo de Mary. *O presente de Deus para Michael, o presente de Michael para Deus.* Já fazia um ano agora, mas o sofrimento e a tristeza não diminuíam. Não tinha dúvidas de que ela estava em um lugar melhor, mas nem mesmo isso servia como consolo para seu coração partido.

Quando o sol se pôs, tingindo de dourado o mar de lápides, Michael finalmente ergueu a cabeça e olhou para o cemitério; era a única alma sobre a terra naquele final de tarde úmido de junho. Olhou para a esquerda, para os túmulos da mãe e do pai. Toda a família que já conhecera o cercava com sua ausência. A morte de Genevieve ampliara a solidão que Michael sentia, a falta de uma razão para viver. Sua morte lembrou-o ainda mais da própria mortalidade e do funeral de Mary.

O celular vibrou no bolso de sua calça. Pegou-o para desligá-lo e o enfiou no bolso do casaco azul esportivo. Não usara aquele casaco desde a morte de Mary. Não sabia bem o motivo. Era um dos favoritos dela — um Ralph Lauren azul —, mas, desde que ela morrera, todos os objetos em sua casa, em sua vida, pareciam ter assumido algum significado. O último copo em que ela bebera, o último suéter que usara, a caneta favorita. Tudo agora tinha significado, onde antes não existia nenhum. Algumas coisas traziam um sorriso; outras, lágrimas. Nunca apagara suas mensagens do celular, ouvindo-as quase todos os dias apenas pelo prazer de ouvir a voz dela, apenas para sentir suas emoções.

Ela costumava usar suas camisas e casacos e sempre deixava um lembrete de seu amor em um dos bolsos: entradas para um jogo do Yankees, uma mensagem de um biscoito da sorte ou, em muitas ocasiões, um bilhete de amor.

Assim, quando Michael tomou coragem para vestir o casaco Ralph Lauren de novo, notou imediatamente a saliência no bolso e já sabia o que era, antes de tirar do bolso interno.

Não planejara ir ao cemitério naquela noite, mas a carta o compelira. Não fora uma decisão consciente; apenas subira na bicicleta e começara a pedalar.

Abriu gentilmente a aba do envelope, segurando-o próximo ao rosto. Quando afastou a carta, sentiu o cheiro dela, transportando-o para uma época melhor. As emoções passavam por trás de seus olhos fechados, enquanto memorizava seu cheiro, desejando seu retorno.

Desdobrou o papel e olhou para a letra elegante e benfeita, uma consequência de sua educação em um colégio católico. A letra borrada por lágrimas fez com que parasse.

Michael,

Esta é a carta mais difícil que já tive de escrever, mas sei que minha dor não é nada comparada com a que está sentindo agora ao ler as minhas últimas palavras. Quero que saiba que meu amor por você é eterno; que a curta vida que tivemos juntos foi uma vida cheia de paixão; que a alegria que você me deu foi maior do que a que eu cheguei a desejar.

Meu coração está partido por saber que tive de deixá-lo sozinho no mundo, sem filhos para chamar de seus, sem uma família para confor-

tá-lo durante o luto. Ninguém sabe melhor do que eu que você tentará enterrar sua dor, sua angústia, mas imploro para que não o faça, pois isso acabará com você e o transformará em uma pessoa amargurada.

Você provavelmente não usou esse casaco por muitos meses. Acho até que só usou sua jaqueta de couro preta, que já deve estar gasta e suja. Estou feliz de saber que finalmente vestiu algo decente.

Michael sorriu ao perceber o insight.

Não quero ser chata, mas... Certifique-se de comer pelo menos uma refeição saudável por mês, levar as roupas para a lavanderia e, acima de tudo, lembre-se de barbear-se com mais frequência para não esconder seu rosto bonito.

Passou a mão pela barba bagunçada e sorriu de novo.

Você tem tanto amor para dar e, embora eu saiba que você ficará zangado ao ler isto, você tem de tentar encontrar o amor de novo. Ver alguém tão carinhoso como você, sem ter alguém para sentir o seu amor, é um desperdício. Não insistirei nisso porque não quero chateá-lo. Você saberá quando a hora chegar e lhe garanto que esse dia chegará.

O que me leva ao real motivo pelo qual coloco a caneta no papel pela última vez na minha vida. Quero pedir-lhe que finalmente busque algo para si, que faça algo egoísta. Conversamos sobre isso várias vezes, mas a vida sempre pareceu ficar no caminho.

Eles estão lá, Michael, em algum lugar deste mundo. E você, com seus talentos e suas habilidades, deve ser capaz de encontrá-los.

Eu tive a esperança de encontrá-los para você. Comecei a procurar em segredo, analisando registros de nascimento, tentando entrar em contato com pessoas que trabalharam no orfanato em que os St. Pierre o adotaram. Mas todas as pistas que consegui deram em um beco sem saída. Tudo que tenho para lhe dar é o endereço de um advogado que faz trabalhos pro bono *para o St. Catherine. Recebi seu nome de uma mulher que conheci enquanto procurava registros de nascimento dos hospitais de Boston.*

Mas eu conheço você, Michael, e sua tendência a se colocar em último lugar; é por isso que estou lhe pedindo para encontrar seus pais verdadeiros não por você, mas por mim. É o meu último pedido, algo que permitirá que eu descanse em paz sabendo que você não está sozinho no mundo. A família tem um modo de nos tornar completos, preenchendo o vazio que se espalha em nosso coração, restaurando a esperança que acreditávamos para sempre perdida.

Amo você, Michael, sempre amarei. Sempre estarei com você, eternamente no seu coração.

Sua esposa, amante e melhor amiga,

Mary

No final da carta havia um endereço escrito a lápis: rua Franklin, 22, Boston.

Michael olhou para as palavras uma última vez, dobrou a carta, colocou-a no envelope e guardou-a de novo no bolso do casaco.

CAPÍTULO 3

Era início de junho e já estavam no quinto dia da primeira onda de calor do ano. E, entre todas as noites, aquela era a pior para se estar sem ar-condicionado. O ar estava tão quente que parecia queimar os pulmões a cada inspiração. E o ar estava ali, parado, sem circulação, como se quisesse abraçar as vítimas até que sucumbissem ao calor. Paul Busch tinha certeza de que o bar faturaria o triplo do que em uma noite normal. As pessoas compravam bebidas mais pelo gelo do que por qualquer outra coisa, e as pedras derretiam em questão de minutos. Estava começando a ficar nervoso; a embriaguez era geral, e a temperatura do ar estava insuportável. Tudo de que precisavam era que um ânimo se exaltasse, e isso infectaria a todos, terminando em uma briga sangrenta que quebraria todo o bar. Nada bom para uma noite de quarta-feira do mês de junho.

Valhalla era um restaurante luxuoso em uma cidade que acabara de se tornar sofisticada, servindo uma clientela rica. Serviam refeições da culinária americana de forma elegante. Os jovens com seus egos mal contidos costumavam ficar até depois das 23 horas, em busca de uma conquista, tentando levar suas presas no papo e oferecendo-lhes bebida. E a excitação da caça não ficava só com os caçadores; muitas caçadoras marcavam território começando nas noites de quarta-feira e terminando nas noites de domingo, sendo que a pontuação ficava, na verdade, em 60 a 40 em favor das mulheres.

O bar de cerejeira guardara apenas as sobras das antigas versões do restaurante: o Ox Yoke Inn, um restaurante só para homens, mulheres não entravam; o GG's North, um bar para ciclistas que fechou quando a concorrência ficou muito difícil para a força policial de 11 homens; o Par's, uma desculpa fumarenta para se comer carne. A madeira laqueada do bar era encerada até brilhar e poderia contar uma história bem mais decadente do que a de qualquer confessionário. Era o orgulho e a alegria de Paul, mas, no momento, estava oculta pela multidão que se acotovelava para obter sua atenção para a próxima rodada.

A música fluía de um piano Steinway de 1,80 metro feito em Queens, Nova York, aproximadamente em 1928. O pianista tocava várias músicas sempre conseguindo atingir a multidão que se amontoava no bar, equilibrando a seleção desde música popular atual até flashbacks da década de 1970, mantendo os padrões de Perry Como. Com a temperatura interna aproximando-se dos 37 graus e com o ar pesado e úmido, os clientes pingavam de suor, deixando manchas em baixo do braço das camisas, fazendo com que os cabelos lisos ficassem sem brilho e deixando os cabelos enrolados cheios de frizz. Os rostos corados e suados de todos faziam total contraste com o músico que conseguia tocar e manter-se seco. Nem sinal de suor em suas roupas ou nele mesmo, exceto por uma gota do lado direito da testa, escorrendo abaixo da massa de cabelo castanho. A voz de Michael St. Pierre era suave como uísque ou áspera como o cascalho, o que fosse necessário para atingir uma nota. Todas as noites de quarta-feira, ele tocava, e as mulheres enchiam o lugar, ficando no bar, tentando chamar sua atenção, atraí-lo com um sorriso sedutor. E toda quarta-feira à noite ele sorria de forma educada, evitando a armadilha de um contato visual, permanecendo em silêncio a não ser pelas palavras que cantava e um ocasional "obrigado".

Havia um toque de tristeza em seus olhos azuis enquanto cantava "Wonderful Tonight", de Eric Clapton, e todas as mulheres perceberam, desejando que ele estivesse cantando para elas e se perguntando quem era a mulher que inspirava a alma por trás da voz.

Quando terminou a música, Michael ergueu-se do piano com seu 1,80 metro de altura, pegou a jaqueta de couro — sua preferida, macia e envelhecida pelos anos de uso — e foi até o canto do bar.

— Estamos melancólicos esta noite — declarou Paul, deixando os outros clientes de lado para servir um uísque com gelo para o amigo e sendo bem generoso com o gelo.

— Está quente aqui, não? — brincou Michael, tentando mudar de assunto.

Com o dedo, enxugou a água do copo que suava e passou-o na testa.

— Só terei gelo por mais uns 15 minutos, depois esse lugar ficará vazio. — Paul voltou a servir os clientes, mas continuou conversando com Michael. — Quer ir lá em cima assistir à final do jogo dos Yankees comigo ou finalmente vai ceder ao charme de uma dessas damas e levá-la para casa com você?

Paul inclinou a cabeça, indicando um grupo de mulheres muito bonitas que olhavam para ele.

Uma das mulheres, ao ouvir as palavras de Paul, virou-se para Michael com um sorriso sedutor. O cabelo curto e louro parecia muito bem apesar da temperatura. Ela olhou para Michael e aproximou-se. Vários dos homens ali observaram enquanto ela caminhava na direção de Michael e abandonavam a fantasia de tê-la naquela noite.

— Você toca muito bem — elogiou.

— Obrigado — agradeceu Michael, lançando um olhar de "valeu, cara".

— Você não parece um pianista — continuou ela.

Realmente não parecia. Os ombros largos e as mãos ásperas tinham mais a ver com tarefas mais atléticas ou com o trabalho de um lenhador.

— Como um pianista deve ser? — perguntou Michael, com um sorriso formando-se nos lábios.

— Sei lá. Diferente — respondeu ela, sorrindo. — E não como você.

Ele riu e tomou um gole do uísque.

— Sinto muito.

— Por quê? — perguntou ela, inclinando a cabeça.

Michael ergueu a mão esquerda, exibindo a aliança no anelar.

— Sem problema — respondeu a moça, exibindo seu anel de casamento com um brilhante de 4 quilates. — Eu também sou.

Michael não conseguiu segurar o riso.

— De qualquer forma, obrigado.

Ela o olhou por um tempo, direto nos olhos, depois sorriu e foi embora.

Paul observou toda a conversa e, depois de terminar de secar os copos, aproximou-se do amigo.

— Por que você fez isso?

— Fiz o quê?

— Por que você ainda está usando isto? — Paul apontou para a aliança de casamento com um sorriso compreensivo. — Não acha que talvez já tenha chegado a hora? Você já honrou a memória dela, Michael. Mary gostaria que você fosse feliz, que encontrasse alguém para formar uma família.

— Não quero falar sobre isso hoje à noite.

Paul inclinou-se.

— Sei que não. Você nunca quer falar sobre isso quando Jeannie ou eu tocamos no assunto.

— Olha só, vocês têm uma família linda. Mas nem todos devem constituir família.

— A família é a coisa mais importante do mundo. É o motivo por que fazemos o que fazemos. Essas palavras são suas, não minhas.

Michael não disse nada, apenas olhou para o amigo.

— Você não pode seguir a vida sozinho, Michael.

— Ei, eu tenho você — replicou ele com um meio sorriso.

— É — concordou Paul, colocando a mão no ombro do amigo. — Mas eu não beijo muito bem.

— Não se denigra assim, Peaches.

— Michael, o que Mary diria se visse você sozinho?

Michael sorriu, terminou o drinque e pegou o casaco.

— A gente se fala amanhã de manhã.

E saiu pela porta dos fundos do bar.

CAPÍTULO 4

A Kensico Reservoir aproximava-se de seu para-brisa como uma tempestade no horizonte. Ela não gritou; na verdade, não emitiu um som sequer. É claro que, em sua cabeça, as coisas eram diferentes. Os pensamentos escorriam como mercúrio derramado. Segurou o volante do Buick branco com força, como se, de alguma forma, isso pudesse miraculosamente evitar a queda, mas no fundo sabia que não tinha como evitá-la. Avaliou que a ponte devia ter uns 18 metros de altura, e ela batera apenas meio segundo antes. Conseguia ver o pedaço do parapeito verde que fora arrancado da ponte e que a precedia na queda em direção à água. Observou enquanto a ponta do parapeito atingia a superfície da água como uma faca atirada em um alvo.

A queda de três segundos não deixaria tempo para orações... apenas arrependimento e um profundo remorso por ter se escondido atrás de uma avalanche e de obituários. Arrependia-se do subterfúgio, embora soubesse que aquele tinha sido o único modo de desaparecer. Ou assim pensara, porque eles a haviam encontrado.

As duas picapes Ford F-10 haviam se aproximado com os faróis desligados. Vindo de trás, saíram silenciosamente da escuridão. Emparelharam os carros com o dela, acelerando a 180 quilômetros por hora.

Então as luzes traseiras acenderam-se, tingindo o pesadelo de vermelho quando os freios foram ativados e os pneus começaram a soltar fumaça. Eles viraram o carro simultaneamente e pararam, para-choque com para-choque, bloqueando a saída da ponte. Dois homens saíram dos carros, com fuzis apontados como se ela fosse algum tipo de criminosa. Esperou até o último segundo, rezando para que fosse algum tipo de engano, para que os homens pegassem suas picapes e voltassem para o lado honesto da vida. Mas isso não aconteceu. Estava presa em uma armadilha, dirigindo em direção ao que sabia ser sua morte. Pensou, então, em fugir. Esperou até o último instante possível antes de virar o volante com força para a direita, mas o carro não respondeu como esperava — o pneu direito explodiu, e ela perdeu completamente o controle. Derrapou, enquanto afundava os dois pés no freio sem obter resultados. Depois que bateu no parapeito, o Buick mergulhou na noite, voando sobre o lago como um pássaro. Não chegou a ver um rosto ou a placa do carro e só reconhecera a marca do veículo porque um amigo possuía um parecido.

Notara um carro diferente — um Chevy Suburban prata — 6 quilômetros antes. Aproximara-se quando ela saíra da via expressa e a havia acompanhado por uns 200 metros. Quando ela parou para encher o tanque de gasolina, o Suburban desapareceu, e ela achou que se tratava apenas de uma coincidência. Paranoia talvez. Mas o viu de novo, seguindo-a, quando chegou à estrada cinco minutos depois, e a curiosidade transformou-se em suspeita. E foi essa distração que a fizera perder o foco, fizera com que não prestasse atenção à estrada, que não visse as duas picapes Ford. Nunca imaginara que haveria vários perseguidores, mas isso de nada adiantava agora. Se as coisas tivessem sido diferentes, talvez tivesse tido chance de reagir a tempo de evitar as picapes na ponte de quatro pistas. Sabia que morreria com muitas perguntas sem resposta e sentia muito por ter de deixar tanta gente para trás.

Doze metros do impacto: o cabelo e a maquiagem perfeitos não lhe davam o conforto que costumavam dar quando estava com problemas.

Vira Michael em seu funeral — um momento surreal, quando ouvira as palavras de pesar pela própria morte — enquanto se mantinha ao fundo, oculta por um chapéu de abas largas e óculos de sol estilo Jackie Kennedy. Viu a dor nos olhos dele, a tristeza que causara em um homem já de luto. A encenação de sua morte deixara uma trilha de dor em todos que a amavam, além do seu cúmplice. Enquanto descia as montanhas, enquanto viajava pela Europa de forma discreta por três meses, esperava que seu desaparecimento do mundo fosse permanente e que a apagasse da memória daqueles que a perseguiam. Mas, em retrospecto, foi um ato que serviu apenas para adiar o inevitável.

Estava a 6 metros do impacto, o carro em um mergulho vertical, quando pensou na bolsa. Genevieve esticou a mão para pegá-la no banco de trás, agarrando a bolsa de couro como se ela pudesse salvá-la de alguma forma.

E a frente do carro branco atingiu o lago, uma explosão de água na forma de um "v". Os air bags abriram na hora, envolvendo a mulher em uma concha de balões, protegendo seu corpo contra a força do impacto. O cinto de segurança a segurou firme, restringindo ainda mais o trauma da colisão na água. Sentiu como se seu corpo fosse atacado por milhares de pedras vindas de todos os ângulos, enquanto a orientação de sua mente ficava de cabeça para baixo.

Os faróis cortaram as águas claras 30 metros à frente, iluminando o fundo antes de apagarem. O carro balançou para cima e para baixo por um breve momento, enquanto o som da batida ecoava nas montanhas em volta, antes de o silêncio voltar a reinar no lugar.

Quando o carro finalmente parou de se mover, boiando em silêncio com a parte da frente totalmente submersa, o ar começou a escapar pelas aberturas das janelas traseiras, devagar no início e mais rápido depois, até que o assovio pudesse ser ouvido do outro lado do lago, como o grito de uma criança. Então, como se o lago erguesse sua mão, as águas envolveram o Buick como se fossem areia movediça. Em trinta segundos, todos os vestígios do veículo foram tragados pela água e a superfície voltou ao brilho plácido de antes.

CAPÍTULO 5

A Harley-Davidson Softail cortou a rua escura, o ronco do motor quebrando o silêncio da noite. As árvores escondiam o céu estrelado, mas o brilho da Lua se insinuava por entre os galhos, refletindo o cromo polido da motocicleta. O cabelo de Michael voava ao vento, o capacete na traseira da moto. Estava a 150 quilômetros por hora, o vento no seu rosto dando-lhe uma sensação de liberdade, sem ninguém para incomodá-lo ou sentir pena dele. A sensação do vento no rosto lembrava-lhe uma vida anterior em que saltava de aviões. Virou para entrar no caminho de cascalhos que levava até sua casa, deixando marcas dos pneus, e diminuiu a velocidade até parar.

A casa era mais do que isolada. Vivia sozinho ali, deixando o mundo bem para trás. Tratava-se de uma construção de apenas um andar com pé-direito alto, uma mistura do moderno com o estilo de um rancho, concebida pela mente de algum arquiteto da década de 1960. O exterior de pedra e madeira misturava-se com o ambiente à volta; além da garagem para três carros nos fundos da casa, ele não mudara quase nada desde que a comprara, seis meses antes. A empresa de segurança de Michael finalmente começara a dar lucro, propiciando uma renda estável e emprego para uma equipe de três pessoas. As casas e os negócios cada vez mais sofisticados da região forneciam-lhe um fluxo regular de instalações e contratos de serviço, e pouco antes ele incluíra o trabalho ainda mais lucrativo de consultoria.

Os dois cachorros da raça bernese correram, latindo e pulando na motocicleta até que Michael a desligou. Hawk tinha 5 anos e Raven, pouco mais de 1 ano. Finalmente cedera a seus desejos e comprara um segundo cachorro. Ela não era tão grande quanto Hawk e não parava de latir para as sombras, mas era uma boa companheira. Os cães o seguiram para dentro de casa depois que ele abriu a porta. Jogou a jaqueta na mesa de sinuca na sala de estar e seguiu direto para a cozinha. Abriu uma cerveja e tirou a carta do bolso. Já a lera duas vezes, sua mente tentando agarrar-se às últimas palavras de Mary.

Michael fora feliz, muito feliz, com ela: tão feliz que sentia medo de acordar e descobrir que sua vida anterior não passara de um sonho. Mary o completava de um modo que só o amor é capaz. Era o centro do seu mundo, alguém que o amava apesar de todos os seus erros e equívocos. Acreditara e tivera fé nele e o enchera de otimismo.

E tudo morrera com ela: a fé, o amor, o otimismo e a esperança.

Mas enquanto lia e relia a carta, esses sentimentos, essas emoções reacenderam-se dentro dele. Mary tinha um modo de fazê-lo ver as coisas de modo mais claro mesmo depois de morta.

Leu a última parte de seu pedido:

... é por isso que estou lhe pedindo para encontrar seus pais verdadeiros não por você, mas por mim. É o meu último pedido, algo que permitirá que eu descanse em paz sabendo que você não está sozinho no mundo. A família tem um modo de nos tornar completos, preenchendo o vazio que se espalha em nosso coração, restaurando a esperança que acreditávamos para sempre perdida.

O telefone tocou, arrancando-o de seus pensamentos. Atravessou a cozinha e atendeu.

— Michael St. Pierre? — perguntou uma mulher com voz impertinente.

— Sim?

— Departamento de Polícia de Byram Hills. O capitão Delia quer falar com você.

Michael não disse nada enquanto ouvia o clique da ligação sendo transferida. Seu coração disparou e o tempo pareceu ficar mais lento à sua volta. A polícia não ligava para Michael por motivos sociais. Nunca.

— Michael, preciso vê-lo.

Cinco minutos antes, Paul Busch limpava o bar, guardando as garrafas e os copos recém-lavados. A gaveta da caixa registradora estava mais cheia do que nunca. Aquele bar fora o seu sonho por mais tempo do que podia se lembrar. Sua esposa, Jeannie, o havia apoiado quando o comprara, pois sabia que o bar o tiraria da linha de perigo, uma vez que adiantaria sua aposentadoria. A renda era bem maior do que o salário que recebia como policial, e ele ainda tinha a vantagem de comer e beber de graça — embora sentisse falta da adrenalina de uma perseguição, da atração de uma caçada e da sensação que a acompanhava.

Estava esvaziando a caixa registradora quando o telefone tocou.

— Merda de telefone. Já passa da meia-noite. — Paul atendeu, pensando em arrancar o fio do aparelho: — O que foi?

— Paul, Bob Delia. Sinto muito por incomodá-lo tão tarde.

Paul engoliu a raiva e fez uma pausa.

— Sem problemas, capitão.

— Parece que um carro bateu no parapeito da ponte Kensico e caiu no lago.

— Há quanto tempo?

— Tempo demais. Não houve testemunhas, mas achamos que já se passou pelo menos uma hora. — O capitão fez uma pausa como um reconhecimento a quem quer que fosse que tivera uma morte tão horrível. — Escute, os irmãos Bennett estão passando a semana no Maine e não temos ninguém mais que mergulhe tão fundo. — Ele deixou a pergunta que não fizera pairar no ar. — E, Paul, se esperarmos até de manhã, a imprensa estará lá, e Deus sabe como os repórteres são enroladores e desrespeitosos. Não quero ver as pobres almas tiradas do lago durante o noticiário da manhã.

Paul conhecia o capitão Delia fazia vinte anos. Nunca foram amigos, mas tinham um respeito mútuo que datava da época em que ambos patrulhavam as ruas, um dando cobertura ao outro.

— Se houvesse outra pessoa eu teria chamado...

Quando Paul ainda estava na polícia, era o mergulhador principal, responsável pelo barco do departamento sempre que precisavam usá-lo. Preferia muito mais isso ao trabalho normal de polícia e com os condenados em condicional, mas a necessidade de uma unidade marítima era pouca ou nenhuma. Dava para contar nos dedos de uma das mãos as vezes que precisaram de um barco.

— Estarei lá em cinco minutos. Mas preciso que você me faça um favor.

— Pode dizer.

— Ligue para Michael; diga a ele para levar o equipamento e me encontrar lá.

Delia não disse nada. Paul esperava por esse tipo de reação, que era típica dele. Michael fora um dos condenados na condicional de Paul e acabara se tornando seu melhor amigo. Foi Paul quem voou para a Europa para ajudar Michael em um trabalho complicado, um feito que contrastava com tudo em que Paul acreditava. Mas Michael era o seu melhor amigo. Quando Paul voltou para os Estados Unidos ferido e machucado, Delia procurou qualquer desculpa para jogar Michael na cadeia, e Paul junto com ele. No entanto, Paul se manteve firme ao lado do amigo, jurando sua inocência. Delia deixou passar, em deferência aos anos de serviço de Paul, mas ainda nutria uma suspeita profunda em relação a Michael.

— Capitão, você sabe que eu não posso mergulhar sozinho — disse Paul por fim.

— Eu sei — rendeu-se o capitão de polícia, com um suspiro.

Michael e Paul atravessaram o reservatório com dificuldades, um refletor gigantesco sobre a ponte iluminava as águas em volta deles. A ponte estava bloqueada de ambos os lados e repleta de veículos de emergência. Não havia testemunhas do acidente, mas as marcas de derrapagem de 9 metros de comprimento terminando na seção em que um pedaço do parapeito fora arrancado deixava um ponto de interrogação óbvio.

Michael já passara pela ponte de quatro pistas milhares de vezes, apreciando a vista calma de águas amplas circundadas pela floresta fechada. Esse cenário sempre o acalmava nos dias em que dirigia preocupado, mas agora... Olhando as águas iluminadas pela Lua, sabia que aquele lugar nunca mais serviria de conforto. Não conseguia parar de imaginar o carro caindo e afundando, enquanto os passageiros gritavam aterrorizados por uma ajuda que nunca chegaria.

Paul e Michael usavam uma roupa completa de mergulho de verão: um único tanque de oxigênio, máscara, pés de pato e colete equilibrador. Cada um carregava uma faca, uma bússola, uma bolsa de mergulho e uma grande lanterna para mergulho com luz forte.

— Não nado aqui desde... Meu Deus, acho que já tem mais de vinte anos.

Michael olhou para as luzes fortes do holofote enquanto nadavam. Um pequeno grupo formara-se sobre a ponte e assistia em suspense.

— E ele achou que nunca mais trabalharíamos juntos. — Paul acenou para o capitão Delia, que aguardava na margem com seus oficiais, um médico de emergência e uma expressão zangada no rosto. — Acho que foi muito difícil para ele pedir sua ajuda. — Paul ajustou o respirador. — O que ele disse?

— Disse que o único motivo para estar me ligando era que precisava da sua ajuda, e, como resultado, você precisava da minha. E que eu não deveria inferir que ele estava me pedindo qualquer coisa que fosse.

— E...?

— Perguntei o que aconteceria se eu dissesse não.

Paul sorriu.

— Então...?

— Ele me disse para tomar no cu e bateu o telefone na minha cara.

Michael sorriu de orelha a orelha antes de cuspir na máscara e esfregar a saliva na lente.

— Esse é um modo de esfriar as coisas.

Paul e Michael tentaram manter o humor enquanto se preparavam para o que teriam de enfrentar; era um modo de mantê-los concentrados e ajudar a mente a lidar com os olhos dos mortos que talvez tivessem de encarar.

Nadaram até o ponto em que achavam que o carro caíra, verificaram o equipamento um do outro uma terceira vez e acenaram com a cabeça antes de começarem a descida. Depois ae afundar, Michael acendeu a lanterna, apurou os ouvidos e atravessou a água fria e fresca. O reservatório de Kensico era o principal fornecedor de água da cidade de Nova York, um lago feito pelo homem que resultara da inundação da cidade de Kensico em 1915. Evidências do antigo mundo ainda podiam ser encontradas no fundo: árvores fantasmas com seus galhos sem folhas esticados prontos para assustar um nadador distraído. As ruas cobertas de lama e prédios de tijolos aguardavam silenciosamente a volta dos antigos habitantes. Uma cidade fantasma na escuridão. Quando Michael e Paul tocaram o fundo, começaram a estudar de forma metódica cada seção. Michael seguiu para leste, e sua lanterna iluminou o antigo prédio de polícia, as barras nas janelas cobertas de lodo enquanto os peixes nadavam por ali sem esforço.

Continuou a procurar, e a sombra de um carro apareceu na escuridão. Michael pegou a faca, bateu no seu tanque para sinalizar para Paul e começou a aproximação. O Buick estava em um ângulo de 45 graus, escorado por uma grande pedra, a porta do lado do motorista, aberta e os dispositivos de air bag, flutuando como fantasmas. Michael parou por um momento, benzeu-se, rezando por quem quer que estivesse ali dentro, que nunca tivera a menor chance, e rezando para que, fosse quem tivesse encontrado a morte, não fosse uma criança. Iluminou a porta aberta, e a tensão que sentia acabou de repente. Verificou diversas vezes, olhando no acento traseiro e no chão, nas bolhas presas que dançavam no teto e, por fim, saiu do veículo, grato por não haver ocupantes. Nadou até o lado do passageiro e tentou abrir a porta, que não cedeu, presa por alguma rocha. Deu a volta e notou algo se projetando sob o banco. Esticou a mão e puxou uma bolsa de couro marrom. Iluminou-a com a lanterna, abriu-a e ficou mais do que surpreso por descobrir que estava quase vazia. Foi a ausência dos itens usuais que enfatizou a importância do único objeto. Não havia pente nem escova, nada de maquiagem, carteira, cartões de crédito ou dinheiro, nem sequer uma lixa de unha. Não havia coisa alguma dentro da bolsa, exceto um cartão de visitas. Felizmente a água não conseguira apagar a tinta.

Michael foi até o leito do lago, repentinamente ciente do silêncio só quebrado pelo som da respiração pesada tipo Darth Vader causada pelo respirador. Não reconheceu o nome Stephen Kelley e olhou mais de perto. Quando iluminou o cartão com a lanterna, sentiu um frio descer por sua espinha e tentou controlar os pensamentos. O ar parecia ter saído de seus pulmões como se o tanque tivesse ficado vazio de repente. Sentiu o pânico tomar conta dele. Forçou-se a não começar a hiperventilar. O endereço era claro sob a luz a 30 metros de profundidade. Um endereço de Boston, um endereço que já decorara seis horas antes. O exato endereço escrito com a letra de Mary: rua Franklin, número 22, Boston.

CAPÍTULO 6

Iliá Raechen estava sentado no canto do quarto de motel analisando as complicações. Comia carne de porco com molho agridoce, repassando as últimas oito horas na cabeça. Passara os três meses anteriores procurando por Genevieve Zivera em todo o mundo, quando, por fim, conseguira achar o seu rastro. A informação que recebeu mencionava Westchester County, Nova York, e Boston, Massachusetts. Os locais tinham alguma conexão entre si, mas não conseguira descobrir qual. Ficara em dúvida sobre como deveria pegá-la: se devia simplesmente sequestrá-la ou apenas aguardar até que chegasse ao seu destino, algemá-la e partir.

Essa missão pesava-lhe demais. Precisava ir para casa; prometera ao filho que não ficaria fora por mais de um dia. E, nesses anos todos, nunca quebrara uma promessa feita ao filho. E principalmente agora não queria falhar com ele. Seu único filho, Sergei, estava deitado em uma cama, em condições que se deterioravam a cada dia, e ele só tinha 6 anos.

Quando Raechen recebeu a ligação, protestou, mas seus antigos superiores não quiseram saber de nada. Apelaram para seu orgulho, seu dever e sua honra. Mas o que o movera, o que fizera com que Raechen deixasse a aposentadoria de lado e voltasse à ativa fora o apelo ao seu coração. Explicaram-lhe que, se fosse bem-sucedido, encontrariam uma maneira de salvar seu filho das garras fatais do destino.

Raechen tinha 1,88 metro e, aos 52 anos, seus músculos eram tão fortes como quando era um capitão de 26 anos do Exército Vermelho. O cabelo negro ficara grisalho na frente, mas os olhos cinzentos eram tão perspicazes quanto na juventude. Tinha uma aparência dura eslovaca, herança do lado da família materna. Seu rosto era duro e cruel, o que servia apenas para repelir as pessoas e despertar o medo. Tratava-se de uma aparência que lhe fora muito útil, mas não funcionara bem com as irmãs.

O homem era uma lenda nos piores círculos. Acreditava-se que sua reputação no serviço secreto da antiga URSS não passasse de rumores, pois os feitos que havia executado para seus superiores eram assustadores. Era um assassino, adepto de extrair informações à força; possuía um talento para idiomas e foi homenageado muitas vezes por ter se infiltrado em governos estrangeiros. Os rumores de sua morte persistiram durante anos, mas obviamente eram prematuros. Diziam que fora assassinado por ter mudado sua filosofia. Em vez disso, o homem sem consciência casara-se e, com o nascimento do filho, desenvolvera um coração. Mas parecia que ultimamente o coração regredira ao estado anterior, como evidenciado pelo seu recente retorno.

Ele baixou o garfo e pegou o arquivo sobre Genevieve Zivera. Suas ordens eram simples: encontrá-la e prendê-la. Embora Raechen possuísse as habilidades necessárias para feitos bem mais complexos do que sequestro, preferia manter essas habilidades aposentadas. Não matava fazia sete anos e agradecia por sua mente estar permitindo que o rosto das vítimas começasse a desbotar em seus pesadelos. Sua intenção era prendê-la sem alarde, sem incidentes e viva.

Raechen seguiu os rastros de Genevieve desde Boston, passando por Connecticut até Westchester. Quando as duas picapes Ford o ultrapassaram com os faróis desligados e as buzinas acionadas, sentiu um nó no estômago com a premonição. Observou, sem nada poder fazer, os dois veículos passarem por seu alvo e derraparem até parar, e dois homens armados saírem lá de dentro.

Gritou, mas não havia ninguém para ouvir; os eventos desenrolavam-se diante dele, enquanto a mulher tentava virar o Buick, mas perdeu o controle e arrebentou o parapeito. Pisou no freio com força e observou o carro voar no ar escuro da noite, atingindo a superfície do reservatório em uma explosão de água. Não pôde evitar o pensamento de que as esperanças para seu filho afundavam junto com o carro.

Quando olhou para as duas picapes, viu sombras que aceleravam e desapareciam na escuridão.

Raechen parou o carro em um caminho bem fora da estrada, correu pelo bosque e mergulhou no lago, rezando para que, de alguma forma, ela ainda estivesse viva. Nadou o mais rápido que os braços permitiram em direção ao carro que deixava bolhas na superfície da água. Apenas o porta-malas era visível acima da superfície. Deu a volta no veículo, tentando, sem sucesso, agarrá-lo. A água girava em redemoinho à sua volta, o motor quente soltava vapor e as bolhas de ar que escapavam conspiravam contra ele. Mergulhou na água escura, segurando a porta do lado do motorista, apenas para ser puxado para baixo à medida que a última parte do carro afundava.

Acompanhou o carro em sua descida lenta, acelerando como uma locomotiva ganhando velocidade. Segurou firme e foi puxado para baixo pelo veículo de 1,5 tonelada. Seus pulmões queimavam, até que começou a ver estrelas e chegou a ponto de quase desmaiar. Seus ouvidos pareciam prestes a explodir devido ao aumento na pressão. Raechen ignorou o próprio sofrimento, sabendo que o dela era bem pior, dirigindo-se para o fundo do lago, presa em um caixão de quatro rodas.

Agarrou a maçaneta com ambas as mãos e usou os pés para dar apoio enquanto abria a porta contra a pressão negativa. Colocou a mão na massa de air bags, chegando à forma inconsciente de Genevieve. Soltou o cinto de segurança, libertou-a, e o carro mergulhou no esquecimento.

* * *

Raechen pegou o último pedaço de comida chinesa na caixa, mantendo o olhar fixo na forma inconsciente de Genevieve deitada na cama. Estava fria, mas sobreviveria. Tinha duas costelas quebradas, uma concussão na testa. Sentiria como se tivesse sido pisoteada por uma manada de elefantes quando acordasse dali a 12 horas, mas sobreviveria. Retirou do bolso um pequeno frasco marrom de halotano e derramou uma quantidade equivalente a uma colher de chá em uma toalhinha. Fechou o frasco e colocou-o de volta ao bolso. Passou gentilmente a toalha pelo rosto de Genevieve, pois o efeito anestésico faria com que continuasse inconsciente. Olhou-a deitada ali, em paz. As fotografias que analisara fizeram-na parecer tão íntima dele quanto alguém da própria família. Ela possuía uma inocência que o fizera sentir uma vergonha repentina da violação que estava prestes a cometer, mas rapidamente afastou o sentimento, permitindo que o sofrimento do filho substituísse a desonra e o enchesse com o maior senso de determinação que jamais sentira.

Raechen achava que sabia quem eram os atiradores que causaram o acidente, quem também estava atrás de Genevieve. Se aparecessem de novo, teria de tirar os seus talentos da aposentadoria. Ninguém poderia pará-lo. Genevieve Zivera não escaparia por entre seus dedos depois do que acabara de passar.

Não falharia com seus superiores, não falharia com seu país, mas, acima de tudo, não falharia com seu filho. Ainda havia esperança.

CAPÍTULO 7

Alec Michael St. Pierre encontrava-se de pé em sua oficina. Na verdade, tratava-se de uma garagem, mas ele a convertera em uma oficina completa para trabalhos em madeira, metal e plástico. Muitos pais costumavam passar o tempo embaixo de carros potentes ou balançando e segurando tacos de golfe em busca da tacada perfeita, o pai de Michael gostava de criar. Moldando e definindo, esculpindo e entalhando. Transformava madeira em móveis, metal em arte, e plástico em qualquer coisa que o coração quisesse. Michael observava o pai concentrado, perdido em criações; parecia sair do aposento — não o corpo, mas com certeza a mente —, pois nada parecia fazê-lo perder a concentração quando mergulhava em um de seus projetos. Ficava surpreso com a destreza do pai apesar dos dedos tão curtos e grossos.

Quando Michael tinha 14 anos, não podiam ser mais diferentes. Michael era magro e musculoso; seu pai, baixo e troncudo. Michael tinha cabelo comprido e enrolado de um adolescente e não conhecia ninguém velho o suficiente para se lembrar do pai quando este ainda tinha cabelo. Alec era inteligente; Michael, embora esperto, tendia mais para o lado físico. Como é muito comum acontecer, porém, os opostos se atraíam. Michael costumava sentar pacientemente com o pai todo sábado de manhã antes de sair para praticar qualquer que fosse o esporte da temporada. Ali, conversavam sobre tudo e sobre nada. O pai tentava sutilmente despertar o interesse de Michael para o trabalho com suas ferramentas para construírem ou criarem algo. Insistiam que Michael tinha uma mente muito criativa e que se apenas se esforçasse um pouco, conseguiria criar o que quisesse. No entanto, como muitos adolescentes, ele não se sentia nem um pouco atraído pelas coisas que o pai fazia. Não se considerava rebelde; acreditava apenas que sua cabeça só pensava em esportes. E embora ouvisse e participasse um pouco, não curtia muito construir, embora nunca tenha dito uma palavra sobre isso, respeitando a paixão do pai.

Mesmo que Alec nunca praticasse esportes coletivos, não dava para perceber isso pelo modo como conversava, pois costumava ler sobre todos os esportes pelos quais Michael demonstrava interesse, a ponto de parecer um veterano falando.

— Segure isto — pediu Alec, com um sistema de metal na mão.

Michael atendeu ao pedido e inclinou-se para olhar as complexas engrenagens de um relógio de pêndulo de 1,80 metro quase completo. Cada peça fora feita do zero: a caixa de madeira, os carrilhões, a roda do relógio, as engrenagens e até mesmo o mostrador.

— Pronto para o jogo de hoje? — perguntou o pai, sem desviar os olhos do trabalho.

— Acho que sim, temos algumas jogadas novas, mas o Stepinac é um time muito bom.

Alec não respondeu, parecendo perdido no momento. Depois de uns bons minutos, porém, falou como se tivesse se passado apenas um segundo.

— É, mas eles não têm um zagueiro que consegue ler a defesa do outro time, como você. — Alec ergueu a cabeça, estabelecendo contato visual. — Você sabe como tem sorte por não carregar os meus genes nem os de sua mãe? — Alec deu uns tapinhas na barriga.

— Você jogava quando era jovem?

Alec sorriu.

— Eu era o garoto que agradecia só de ser escolhido por último — contou-lhe, esticando a mão. — Passe a engrenagem para mim.

Michael passou.

— Na verdade, por que você mesmo não a coloca bem ali?

Alec apontou para um pequeno suporte de metal. Michael olhou para a caixa do relógio e deslizou a engrenagem pelo eixo. Seu pai colocara 54 minúsculos pinos na haste do tamanho de um alfinete e fechou a parte de trás da caixa. Envolveu a estrutura de 1,80 metro com os braços curtos e fez um sinal para que Michael fizesse o mesmo. Michael se posicionou na base do relógio.

— No três. — O pai de Michael olhou para ele. — E... três.

Ergueram o relógio da bancada de trabalho e o colocaram no chão. Alec abriu o vidro que cobria o mostrador do relógio.

— Que horas são? — perguntou, enquanto seu indicador estava no ponteiro dos minutos.

Michael olhou para o relógio na parede.

— São 8h59.

— Perfeito, se é que me permite dizer isso. — Acertou os ponteiros e abriu a porta de vidro que protegia o pêndulo. — Por favor...

Michael esticou a mão e, com um movimento gentil, ergueu o pêndulo e soltou-o, deixando que balançasse.

Tic... tic... tic... A elaborada peça falava a língua comum dos relógios. Michael observou enquanto as diversas engrenagens começavam a funcionar com um pequeno clique, o ponteiro de segundos já girando pelo mostrador. E, com um som grave repentino, a engrenagem principal ativou os carrilhões, que soaram nove vezes.

Michael ainda ficava impressionado com o ritmo do relógio, seu horário ainda perfeito como no dia em que fora criado, uns vinte e poucos anos antes. Olhou para o enorme relógio, desejando poder voltar no tempo. Sentia saudades daquelas manhãs com o pai, que sempre tinha uma maneira clara de enxergar as coisas. Quando jovem, nunca valorizara totalmente sua sabedoria e experiência. Como muitos, tinha certeza do amor do pai e nunca soube o quanto precisava dele. Seu pai morrera alguns anos antes. Sua morte foi algo repentino, causado pela diabete. A mãe morrera de tristeza um tempo depois. Ele desejava poder ter tido mais uma semana com o pai, um dia que fosse, para fazer todas aquelas perguntas que nunca fizera; sempre acreditando que haveria tempo para elas, sempre achando que *haveria* um amanhã, sempre preocupado com o futuro e esquecendo-se de viver o momento.

Ele gostaria de ter sua companhia agora, mas, como um ano antes, quando Mary morrera, teria de continuar sem os conselhos do pai.

O pedido de Mary dominava seu coração e fora reforçado pelo cartão de visitas que encontrara e que trazia o mesmo endereço. O endereço de Stephen Kelley, um advogado que Mary acreditava poder ajudar Michael em sua busca.

O pai de Michael sempre o estimulara a tentar encontrar seus pais biológicos, explicando que era importante saber de onde viemos, do que somos feitos. Alec explicara-lhe muito cedo que ele tinha dois casais de pais: aqueles cujo amor o trouxera à vida e aqueles cujo amor o criara para a vida. Mas Michael repudiou o pensamento de procurá-los enquanto os St. Pierre ainda eram vivos. Sentia que isso seria uma traição aos pais, como se estivesse dando-lhes as costas, abandonando aqueles que o escolheram por aqueles que o abandonaram.

Michael estava no salão, os dois grandes cães adormecidos aos seus pés, olhando fixamente para a carta de Mary e para o cartão de visitas, um ao lado do outro sobre a mesa de centro diante dele. O endereço era em Boston, uma terra desconhecida para ele: rua Franklin número 22 não tinha qualquer significado. Para um fã dos Yankees, tratava-se da terra do inimigo. Dava para contar nos dedos das mãos as vezes em que estivera naquela cidade da região de Nova Inglaterra; preferia Cape Cod, um lugar que tinha um significado especial para ele e Mary, um local onde costumavam passar alguns finais de semana.

Sua cabeça estava confusa enquanto pensava sobre o cartão de visitas. Não era coincidência o fato de que o seu endereço combinasse com o endereço que Mary lhe dera; o relógio de pêndulo marcava 4 horas da manhã.

Michael pegou o copo, virou a dose de Jack Daniel's e, imediatamente, pegou a garrafa para servir-se de novo. Sentia-se perdido enquanto repassava as últimas quatro horas em sua mente, certo de que estava deixando algo passar, certo de que uma simples pista o enganara. Então, percebeu.

Sua mente, obcecada com o cartão, esquecera a bolsa encharcada. Pegou-a e colocou-a sobre a mesinha de centro. Tratava-se de uma bolsa simples com um fecho de latão e uma alça de tecido. Checou três vezes cada compartimento da bolsa e percebeu que fora a ausência dos artigos típicos que enfatizaram o significado do único item encontrado ali. Não havia nada de pessoal, nenhum dos itens femininos, de aparência cuidada ou não, que costumam encher a bolsa de uma mulher. Estava vazia, a não ser pelo cartão de visitas, sendo que a água não tivera tempo de apagar o que se lia nele.

Então Michael sentiu um frio na espinha e tentou acalmar a mente. Deu um passo para trás e olhou para a bolsa de novo. Não era seu design que lhe chamava a atenção agora, nem o cartão que encontrara ali dentro. A sensação nítida de reconhecimento veio à tona.

Não havia dúvidas em sua mente — já vira aquela bolsa antes.

CAPÍTULO 8

Iliá Raechen estava na ponte Delaware quando conseguiu respirar tranquilo. Dirigira o Chevy Suburban com insulfilm nos vidros durante as últimas quatro horas sem emitir um suspiro ou tocar nos botões do rádio. Passou pelo pedágio de Jersey, satisfeito por ter o cartão do pedágio que evitava a inconveniência de ter de falar com um atendente. Quanto menos pessoas o vissem, melhor. Era muito clichê viajar com uma vítima amarrada e presa no porta-malas, mas não tivera outra opção. Vans e picapes fechadas despertavam muita atenção depois do 11 de Setembro, e ele não podia se esconder atrás das credencias diplomáticas russas se fosse parado. Não havia muitas desculpas para o fato de viajar com uma mulher no porta-malas do próprio carro.

Durante toda a vida do filho, Raechen sempre lhe dissera: "Não se preocupe, papai vai proteger você e não vai deixar que nada lhe aconteça." Tratava-se de uma promessa que todo pai fazia e na qual os filhos sempre acreditavam. E não era uma promessa que Raechen estivesse cumprindo enquanto observava o filho escapar-lhe por entre os dedos, definhando em razão da doença. Mas as coisas estavam mudando, a esperança renasceria não apenas para seu filho, mas para ele também. Chega de promessas quebradas — salvaria o filho a todo custo.

Esperara até 5h30 para sair do motel. As luzes permaneciam apagadas e o estacionamento, vazio; nunca havia muito trânsito ao amanhecer. Carregou as duas pistolas, prendendo-as na parte de trás do cós da calça. Não disparava um tiro com suas Glocks idênticas havia sete anos, desde que se aposentara e começara uma família. Raechen rezou antes de entrar no Suburban pedindo que o dia que tinha pela frente não o obrigasse a ter de usá-las depois de tanto tempo.

Quando cruzou a fronteira e entrou em Delaware, pegou o celular e ligou para o avião, que deveria ser abastecido e estar pronto para partir em uma pequena pista na zona rural de Maryland, uma liberação diplomática usada para que saíssem do país sem nenhum problema. Ele acompanharia Genevieve e a entregaria pessoalmente não por lealdade ou orgulho; faria isso para assegurar o pagamento, para obter o tratamento de que o filho precisava desesperadamente. Estava contando com isso. O mais importante, porém, era que o filho estava contando com ele.

CAPÍTULO 9

O sótão era o playground dos homens, um aposento privado no andar de cima do Valhalla. Paul planejara cada detalhe, copiando uma imagem que tinha em mente desde os 16 anos. O aposento era longo e estreito, o teto que seguia o ângulo do telhado erguia-se a 6 metros de altura, exibindo as vigas grossas, escuras e polidas. A mesa de sinuca, a de carteado e a máquina de fliperama ficavam na parte de trás. Um sofá grande e duas poltronas ocupavam a parte da frente, em torno da enorme tela da televisão de plasma. Um pequeno bar no canto estava abastecido pelos distribuidores com uísque e cerveja como uma cortesia pelo negócio que Paul dirigia no estabelecimento do andar de baixo. Este era o seu santuário, frequentado apenas pelos amigos. Jeannie fora indulgente quanto a isso, desde que o trabalho no bar e no restaurante não fossem afetados.

Paul seguiu Michael até o aposento, baixando a cabeça para passar pela porta e fechando-a atrás de si. Serviu um drinque para cada um e disse:

— Não achamos sinal do corpo ainda. Quem quer que estivesse ali, saiu vivo. O carro foi alugado em Boston — contou Paul. — Sob um nome falso. Você conhece alguém em Boston?

Michael nada respondeu enquanto pensava no endereço de Boston que Mary lhe dera, o mesmo que estava no cartão de visitas que carregava no bolso.

— Acho que Genevieve Zivera dirigia aquele carro.

— O quê? — Os olhos de Paul fecharam-se enquanto ele caía na gargalhada. — Você acha que ela veio direto do céu para tirar umas férias ou algo assim?

Michael não disse nada, fazendo com que seu silêncio falasse mais do que qualquer palavra.

— Ela está morta, Michael — declarou Paul em tom sério.

— Eu sei. Mas ainda acho que dirigia aquele carro — insistiu Michael enquanto caminhava até a janela circular e olhava para a cidade de Byram Hills.

— O que está acontecendo, Michael? — perguntou Paul. — Você fica aí parado, dizendo que uma mulher se levantou do túmulo, encontrou um modo de ressuscitar, e depois fica em silêncio? Existe algum motivo para você ter chegado a essa conclusão. Que merda, somos amigos. Você pode me contar o que está acontecendo.

— Tudo bem — concordou Michael, caminhando de volta e apoiando-se no bar.

Paul pegou um taco de sinuca e começou a andar de um lado para o outro, tentando conter a raiva que se insinuava dentro dele.

— Antes do desaparecimento de Genevieve, quatro meses atrás, antes de morrer, ela me procurou.

Paul parou de andar e virou-se para o amigo, seus olhos cada vez mais severos.

— Ela me pediu um favor — continuou Michael.

— Michael — disse Paul, puto da vida. — Muitas pessoas pedem favores aos amigos, como uma carona para casa ou um empréstimo de alguns dólares. As pessoas não pedem esse tipo de favor a você. Que merda ela queria com você?

Enquanto Paul ouvia a história de Michael sobre sua aventura de inverno na Suíça, controlou-se para não xingar o melhor amigo. Paul nunca perderia seu código de moral, a crença segundo a qual vivia. A lei era a lei e fora feita por um motivo, mas enquanto ouvia os detalhes do que Michael fizera, agindo para atender ao último pedido de uma amiga que morrera, achou difícil julgá-lo. Michael não tivera benefício algum ao fazer aquilo. Na verdade, suas ações só haviam servido para colocar sua própria vida em risco, além de ameaçarem a liberdade que tinha. Paul não disse nada enquanto Michael terminava a história. Baixou o taco e buscou o apoio da parede, o corpo todo encostado ali enquanto jogava a cabeça para trás.

— Tem mais uma coisa — acrescentou Michael de forma relutante.

Paul respirou fundo e prendeu o ar. Sentou-se em um banco no bar. Aceitara a história sobre o que o amigo fizera na Europa, mas não gostava do rumo que as coisas estavam tomando.

— Havia uma bolsa no carro. É a mesma bolsa que Genevieve usava quatro meses atrás quando veio me ver.

Paul fechou os olhos.

— Lá vamos nós.

— Havia apenas uma coisa dentro da bolsa.

Michael colocou o cartão sobre a mesa de sinuca.

— Você roubou provas? — perguntou Paul, fechando os olhos. — Isso é muito ruim, Michael.

— Prova? Genevieve estava naquele carro, tenho certeza absoluta. E não há dúvidas de que este cartão deveria chegar às minhas mãos.

— O que está acontecendo, Michael? Você está escondendo algo?

— Não seja ridículo. Achei que tivesse se aposentado.

— Nem adianta começar.

Paul não podia mais se enganar, sentia falta de ser um policial, ser detetive e descobrir as coisas. Mas a esposa, Jeannie, o tinha obrigado a aposentar-se cedo demais. Não lhe dissera nada, mas se arrependera desde o primeiro dia de aposentadoria, e o arrependimento tomava conta dele agora. Sentia falta da emoção da perseguição, de resolver um crime, de corrigir o que estava errado. Acima de tudo, sentia falta da justiça. Agora, tudo o que via eram pessoas se afogando em uísque e cerveja, reclamando da vida entediante e terrível que levavam. Paul sonhara que o bar seria sua recompensa, um modo relaxante de aproveitar a aposentadoria, mas não era nada disso. Era tedioso. A verdade era que sentia falta do antigo trabalho. Tratava-se da síndrome de que o passado era melhor. Largara a polícia para viver o sonho de ser dono de um bar, deixando todo o estresse para trás. Mas sentia falta da adrenalina e da sensação de que seu trabalho fazia diferença.

— Se Genevieve dirigia aquele carro, onde ela está agora? — perguntou Paul, abrindo os olhos.

— Sei lá, mas não acho que esteja morta.

— Sinto muito dizer, mas se ela dirigia aquele carro, deve estar morta. Nós só não a encontramos ainda. Ou talvez esteja ferida. Ou talvez não estivesse dirigindo aquele carro e seja apenas sua imaginação, fértil demais, pregando-lhe uma peça.

Michael retirou a carta de Mary do bolso e a colocou ao lado do cartão de visitas. Os dois endereços idênticos um ao lado do outro.

Paul aproximou-se e pegou a carta de Mary. Leu-a sem comentários, depois a colocou em cima da mesa e pareceu perdido em pensamentos.

— Não me diga que é coincidência. — Michael fez uma pausa, tentando recompor-se e clarear os pensamentos, procurando manter a calma. — Porque isso pode ser qualquer coisa, menos uma coincidência.

Paul olhou de novo para o cartão de visitas.

— Quem é Stephen Kelley?

— Além de advogado? — perguntou Michael. — Não faço a menor ideia. Faz trabalho *pro bono* para a igreja e o orfanato em que fui adotado. Tentei entrar em contato, mas não obtive resposta.

Paul continuou com os olhos fixos no cartão, comparando-o com a carta de Mary.

— Paul, acho que meu pai está em algum lugar. E isso tem tudo a ver com ele. Não sei como. Mary indicou-me essa direção e Genevieve sempre insistiu que eu deveria procurá-lo. Ambas deram-me o mesmo ponto de partida.

Após um instante, Paul voltou a olhá-lo.

— O que você está procurando, Michael? O que espera encontrar? Isso é sobre encontrar seu pai ou é sobre Mary, sobre atender aos seus últimos desejos para curar a culpa que você carrega no coração?

— Não sei — respondeu Michael. — Mas...

— Michael — disse Paul com voz suave —, Mary se foi. Nada que você faça a trará de volta. Mas se quer encontrar seus pais verdadeiros...

Michael foi até a mesa, pegou a carta de Mary e olhou para o amigo.

— O que acha de irmos para Boston?

CAPÍTULO 10

O dia amanhecia e já fazia 23 graus. A umidade interminável condensava-se no vidro do carro de Paul, enquanto eles deixavam para trás a delegacia de Byram Hills. O lago fora dragado; mergulhadores esquadrinharam o fundo, e todos chegaram à mesma conclusão: a pessoa que dirigia o Buick, morta ou viva, não estava nas águas, nas margens ou em qualquer lugar próximo ao acidente. Encontraram pegadas nas margens, mas foram inconclusivas — poderiam muito bem pertencer a um pescador, a adolescentes, ninguém sabia ao certo. O carro fora rastreado, eles haviam chegado a uma loja de aluguel de carros no aeroporto Logan em Boston, mas o motorista ainda não fora identificado. Tudo isso só serviu para fortalecer as suspeitas de Michael.

Michael segurava o celular entre o ombro e a orelha. Já haviam se passado três minutos desde que o telefonista do Vaticano pedira que aguardasse. Ele e Paul já tomavam a segunda Coca-Cola do dia, pois Michael aderira à fonte de cafeína e açúcar preferida de Paul.

Ouviu três bips no telefone e depois a voz com sotaque italiano:

— Michael?

— Simon. — Michael não conseguiu disfarçar a emoção na voz, como se estivesse prestes a anunciar um nascimento ou a cura milagrosa de alguém que sofria de uma enfermidade terrível. — Ela está viva — declarou.

— O quê? Oi para você também — respondeu Simon, sem entender o que ouvira.

— Ela está viva, Simon.

— Quem está viva?

— Genevieve.

— Viva? — Michael quase podia sentir a confusão que passava na mente de Simon devido ao silêncio do outro lado da linha. — Isso não faz sentido.

— Eu sei que é difícil de acreditar.

— Você a viu? Onde ela está?

— Não, houve um acidente de carro... — continuou Michael, fazendo um breve resumo do que acontecera.

Sua história parecia inverossímil até para ele mesmo enquanto a contava, à medida que se dava conta de que poderia estar sendo vítima da própria imaginação e do desejo de que aquilo fosse verdade. Explicou a questão do cartão de visitas e como o endereço era exatamente igual ao da carta que Mary deixara no bolso de seu casaco. Disse também que a polícia não encontrara nenhum corpo.

— Mas você não a viu? — perguntou Simon, como se quisesse provar algo ao amigo.

— Não — respondeu Michael, relutante.

— Você procurou por ela?

— Começamos na noite passada, sem imaginar quem estávamos procurando. A polícia dragou o lago, mas sei que ela não está mais lá. Ela se foi, Simon. Não sei como, mas ela se foi.

Depois de passado o momento, Michael percebeu algo: Simon não questionou sequer uma vez a aparente ressurreição da amiga, seu reaparecimento repentino, como se ela nunca tivesse morrido.

— Tenho de ir — disse Simon bruscamente.

— Diga-me o que quer que eu faça.

— Nada. Fique fora disso, Michael.

A voz dele era extremamente séria, seu pedido soando como uma ordem.

— Você me conhece, Simon. Eu achei que ela tivesse morrido. Você celebrou o funeral. Pelo amor de Deus, o que está acontecendo?

— Fique fora disso — implorou Simon. — Vou encontrá-la.

— Mas se ela estava aqui, procurava por mim.

— Se ela esteve aí, já se foi há muito tempo.

— Como você sabe?

O silêncio arrastou-se por alguns momentos, sendo quebrado apenas pelo som da estática intermitente.

— Ela pode ter sido sequestrada — disse Michael. — Talvez esteja fugindo. Você não sabe onde procurar.

— Sei por onde começar — informou Simon. — Preste atenção. Sei que Genevieve é sua amiga, assim como é minha também. Mas acredite, Michael, você não pode protegê-la.

Um silêncio ameaçador parecia sair do telefone e tomar conta do carro.

— Protegê-la? — perguntou Michael, sua mente ficando alerta. — Protegê-la contra o quê?

Sentia o sangue começar a pulsar. Parecia que tudo tinha virado de cabeça para baixo.

— Por favor — pediu Simon, fazendo uma breve pausa. — Fique fora disso. Se ela estiver viva, eu a encontrarei.

Nos 18 meses desde que Michael conhecera Simon, haviam se tornado amigos. Mas Simon ainda era Simon. Um homem capaz de uma devoção implacável a Deus... e uma devoção ainda mais implacável aos amigos. Um homem que havia tirado mais vidas do que salvado. Um homem que nunca usava a expressão "por favor".

— Simon — disse Michael, desistindo de fazer uma busca e deixando a cargo de Simon encontrá-la —, achei que ela estivesse morta.

— Assim como todos — afirmou Simon com voz suave, e desligou.

CAPÍTULO 11

O barco atravessou o rio Charles com seu casco branco parecendo flutuar sobre a água de primavera como se o rio estivesse congelado. Os dois remos pareciam os de um brinquedo de corda, tamanha sua sincronia. Michael observou o barco desaparecer em uma curva enquanto o carro passava pela ponte Longfellow e entrava no coração de Boston. Saíram da delegacia de polícia às 5 horas da manhã e fizeram a viagem que costumava durar três horas em menos de duas horas e meia. Quando Paul dirigia seu Corvette, não acreditava em perder tempo. Concordaram que, apesar do pedido enfático de Simon, quando voltassem fariam tudo ao seu alcance para encontrar Genevieve.

Embora tivessem parado na delegacia com a desculpa de Paul verificar o andamento da investigação do carro afundado, na verdade tinham outro motivo para irem até lá. Mesmo que não fizesse mais parte da força policial, Paul ainda era o cara mais popular da delegacia. Novatos e veteranos costumavam procurá-lo em busca de conselhos pessoais e profissionais, do mesmo modo que ocorrera durante vinte anos. Na verdade, ele inspirava mais respeito do que o próprio capitão Delia. Então, quando pediu a Joe Grasso para ajudá-lo, o sargento não teve problemas em fazer vista grossa. Nunca questionou por que Paul precisava de informações sobre o dono do imóvel que ficava no número 22 da rua Franklin, em Boston. Simplesmente digitou o nome do banco de dados do departamento policial, vasculhando ainda mais ao entrar no sistema do departamento de veículos dos Estados Unidos e do FBI e nos arquivos do sistema legal LexisNexis. O resultado foi pequeno, mas surpreendente.

Stephen Kelley era um advogado de 58 anos e carreira bem-sucedida. Como ex-promotor público, costumava evitar a área criminal, optando, em vez disso, pela área de fusões e aquisições, e Michael achava que o homem ainda protegia criminosos. O fraco histórico que conseguiram era nebuloso e continha vários arquivos policiais lacrados da juventude. Contudo, depois dos 20 anos, o homem surgiu na região sul de Boston e conseguiu acumular um patrimônio de 75 milhões de dólares.

Seus esforços filantrópicos concentravam-se em duas áreas: política — com grandes contribuições a políticos do sul de Boston, o lugar em que nascera — e crianças, com ênfase em orfanatos e adoção.

Paul dirigiu até a região de Beacon Hill, o bairro da elite de Boston, os poderosos da capital da Nova Inglaterra. As casas da cidade eram refinadas e antigas, muitas datando de séculos antes.

— Jeannie vai ficar puta da vida quando descobrir que você está bancando o detetive. Vai achar que uma coisa levará a outra e que você acabará voltando direto para a ativa.

— Achei que só estávamos procurando os seus pais verdadeiros.

— E estamos, mas você não pode negar que está encarando tudo isso como um assunto legal que tem de ser resolvido. Você está aposentado.

— Você me conhece. Sabe que pau que nasce torto morre torto. Entende o que quero dizer?

Michael entendia. Paul era um policial. Sempre foi e sempre seria. O fato de haver trocado o distintivo por um bar não o mudava em nada. Michael sabia disso melhor que ninguém: Michael não se saíra muito bem com sua "aposentadoria" também. Instalar sistemas de segurança não tinha o mesmo charme de invadi-los.

— Mesmo assim ela vai ficar puta.

— Ela não vai ficar puta. Ela me pediu para ajudá-lo. Depois de ouvir sobre a carta de Mary, a parte sobre os seus pais, achou que seria uma boa ideia se eu viesse com você — contou Paul. — Você acha que esse cara sabe quem são seus pais?

— É o que estou prestes a descobrir.

Paul virou, entrou em uma rua com pavimento de pedra e passou na frente do número 22 da rua Franklin. A casa da família tinha dois andares amplos, os tijolos pareciam novos e a borda decorativa de mármore era tão branca quanto no dia em que fora entalhada. Os arbustos decorativos que ladeavam os degraus que levavam à porta de mogno eram perfeitamente simétricos, como se tivessem sido podados com um par de mãos de tesouras. Havia um lampião a gás de cada lado da porta, como ecos da época da construção, quando ainda não havia eletricidade. Tratava-se de um endereço distinto em uma rua de óbvia exclusividade; um troféu dos privilegiados, dos bem de vida, fosse por mérito próprio ou por herança — e, pelo relatório da LexisNexis que Michael acabara de ler, sabia que a riqueza de Stephen Kelley fora conquistada com trabalho duro.

— Quer que eu entre com você? — perguntou Paul quando virou a esquina e parou em uma vaga.

— Não me leve a mal, mas você tem um ar meio intimidador.

— O quê? — Paul pareceu chocado de verdade.

— Ei, se eu visse um cara de 1,95 metro de altura batendo na minha porta, não sei se estaria propenso a responder às perguntas que ele fizesse.

— Não sou intimidador — devolveu Paul.

Michael sorriu olhando para o amigo, que mais parecia um urso sentado atrás do volante do Corvette. O banco estava o mais para trás possível, e suas mãos enormes seguravam o volante.

— Olha só, o seu charme apaga essa primeira impressão que acaba deixando as pessoas na defensiva. Mas não sei se teremos uma segunda chance com esse cara.

— Saia logo do meu carro — disse Paul, meneando a cabeça.

Reclinou o banco e fechou os olhos.

Foi um momento. Michael olhou para o amigo e saiu do carro. Mas antes que fechasse a porta...

— Ligue para mim se precisar intimidar alguém — resmungou Paul.

Michael sorriu e virou a esquina para entrar na rua cheia de mansões. Paul era um bom amigo, o seu amigo mais próximo, e não tinha a menor dúvida de que viria correndo para ajudá-lo, como já fizera no passado. Mas Michael duvidava muito de que teria problemas em lidar com um advogado de 58 anos.

Michael subiu os cinco degraus de pedra e ficou de pé na frente da grande porta de mogno polido. A aldraba era um leão de latão, e o sol da manhã refletia um brilho dourado em sua juba. Ficou parado ali por um tempo, pegou o cartão de visitas e o relatório sobre o proprietário da casa. Olhou de novo para o endereço e precisou de um tempo para decidir-se sobre como abordaria Stephen Kelley. Michael preparou-se e ergueu a aldraba. O som da batida reverberou na casa enorme.

Aguardou uns trinta segundos e já estava pronto para bater de novo quando a porta foi aberta. Ficou desconcertado; não pelo fato de a porta ter sido atendida de repente, mas por quem.

Ela devia ter 1,70 metro, cabelos escuros compridos e penteados de forma profissional durante o dia e quem sabe como o seriam durante a noite. Não devia ter mais de 30 anos e vestia um paletó listrado que combinava com a saia, um terninho sob medida. Parecia atlética, mas, ao mesmo tempo, tinha um ar sexy sob a superfície profissional. Deixando tudo isso de lado, porém, foram seus olhos que fizeram com que a voz de Michael ficasse presa à garganta. Eles eram castanho-escuros, grandes, pareciam refletir sua alma e estavam fixos nele.

— Posso ajudá-lo? — perguntou a mulher.

— Bom-dia — cumprimentou Michael, refazendo-se. — Estou procurando por Stephen Kelley.

— Você tem hora marcada?

A voz firme e direta fez com que Michael esquecesse totalmente a atração que sentira havia pouco.

— Não. Meu nome é Michael...

Mas então um homem apareceu. Tinha mais de 1,80 metro, cabelo grisalho penteado para trás e parecia pronto para o trabalho. O terno era cinza-escuro, com dobras e caimento perfeitos. Colocou a mão esquerda sobre o ombro da mulher.

— Quem é você?

A voz do homem era grave e o tom, exigente.

— Meu nome é Michael St. Pierre — respondeu ele, aborrecido com o cumprimento rude daquele casal de almofadinhas.

O homem olhou para Michael por um momento, estudando seu rosto em silêncio.

— E...? — insistiu a mulher.

— E... — Michael agora estava com raiva e ficou feliz porque isso o tirou do estado de distração. Odiava ser tratado como se fosse uma pessoa inferior. Enquanto considerava a pergunta da mulher, pensava se não estaria em uma busca tola. A pergunta de Paul ecoou na sua mente. "O que você está procurando, Michael? O que espera encontrar?" — Minha esposa deu-me este endereço — disse Michael, de forma tão direta e firme quanto a do casal.

Stephen olhou para o cartão de visitas na mão de Michael.

— Posso?

Michael entregou-lhe o cartão. Stephen o levou até a altura dos olhos e o virou, como se aquele pedaço de papel contivesse a resposta para algum tipo de pergunta que não fora verbalizada. Olhou de novo para Michael, meneou a cabeça e o devolveu.

— Este é o meu cartão pessoal. Raramente o dou a alguém. Quem lhe deu este cartão?

— Foi encontrado em uma bolsa. E indicava este endereço — disse Michael, apontando para a porta. — O mesmo endereço que minha esposa me deu. Não acho que isso seja coincidência. E é isso que estou tentando descobrir.

Stephen olhou para a mulher.

— Susan?

Ela meneou a cabeça enquanto encarava Michael.

— Você é policial?

Michael negou com a cabeça.

— Não dei seu cartão a ninguém recentemente — continuou Susan.

— Então pronto. A senhora Newman e eu estamos atrasados — afirmou Stephen em tom desinteressado.

Ele colocou a mão direita na porta, pronto para fechá-la e, assim, concluir a visita inconveniente.

Michael olhou de um para o outro, surpreso com a frieza dos dois, e de repente passou a odiar advogados. Mesmo que parecesse haver trinta anos de diferença, eles obviamente eram perfeitos um para o outro, pois não poderiam ser feitos para mais ninguém.

— Disseram-me que você poderia me ajudar a encontrar meus pais biológicos, mas já percebi que isso foi um erro.

A voz de Michael estava carregada de sarcasmo quando se virou para descer a escada.

Susan entrou em casa, deixando Stephen sozinho na soleira da porta, enquanto observava Michael partir. Depois de um breve momento, ele chamou.

— Michael...? Espere.

* * *

Michael encontrava-se no escritório do homem, uma biblioteca. O aposento era quente e masculino. Paredes escuras de mogno cheias de prateleiras de livros, uma mesa imponente na frente de uma grande janela arredondada coberta com cortinas marrons. Uma pintura de um leão majestoso nas planícies da África pendurada sobre uma enorme lareira que tinha um jarro com flores da estação.

— Sinto muito — disse Stephen, fazendo um sinal para que Michael sentasse em uma grande poltrona de couro.

Michael olhou para o homem enquanto se sentava, ainda zangado com o pouco-caso que ele demonstrara antes.

Stephen tirou o paletó e pendurou-o no encosto de uma grande cadeira de balanço de teca. Era mais alto do que a primeira impressão de Michael sugerira. Devia ter um pouco mais de 1,82 metro e parecia em forma, preenchendo bem a camisa engomada Oxford. Os suspensórios combinavam com a gravata azul-clara; seus cabelos grisalhos eram bem cortados. Tudo naquele homem parecia ser exato. O cabelo, a roupa, a escolha de palavras. O homem era polido até o último fio de cabelo e mostrava uma forte presença enquanto o olhava. Michael já estivera na presença de pessoas duras, seja na prisão, em uma sala de interrogatório ou nas ruas, em companhia dos indesejáveis com quem se encontrava quando ainda envolvido na antiga profissão. Nunca, porém, Michael esteve na presença de uma personalidade tão forte que chegava a ponto de fazê-lo sentir-se intimidado. Mas procurou afastar rapidamente esse sentimento.

— Você gostaria de beber alguma coisa? Café? Tomar café da manhã, talvez? — ofereceu Stephen.

— Não, obrigado.

Stephen sentou-se no sofá, cruzou as pernas e descansou o braço no encosto.

— Você me pegou em um momento ruim.

— É sempre assim que você recebe as pessoas?

O ar era pesado, e ambos pareciam tentar achar algo para dizer.

— Depende do dia.

Stephen olhou por cima do ombro de Michael e pareceu perder a concentração, como se perdido na própria casa.

— Você está bem? — perguntou Michael, observando o rosto do homem.

A raiva que vira mais cedo sumira e fora substituída por tristeza.

— Sinto muito pela morte de Mary — disse Stephen por fim, parecendo voltar ao presente.

Michael ficou surpreso, derrotado pelo pesar que aquele homem expressava em relação à morte da esposa. Totalmente sem palavras e sem saber como responder.

Stephen levantou-se de forma abrupta e foi até a porta.

— Você... — começou Michael, confuso. — Você a conheceu?

Stephen parou e virou-se. Olhou para Michael, enquanto aproximava-se com um sorriso triste nos olhos. Sentou-se de novo.

— Não sei bem ao certo como ela conseguiu me encontrar. Era uma mulher que sabia o que queria, mas sim, eu a conheci. Já estava doente quando nos encontramos. Contou-me que você estava viajando a negócios na época e que ela tentava localizar seus pais biológicos.

— Quando foi isso?

— Há mais ou menos um ano. Falou de você com muito amor.

Michael desviou o olhar.

— Sinto muito por sua perda. Entendo isso muito bem, o vazio, o desespero que consome a alma — disse Stephen com um tom de tristeza que parecia genuíno.

Michael assentiu.

— Obrigado. Ela achava que você talvez pudesse ajudá-la, achava que talvez você pudesse me ajudar.

— Eu sei. Esperava vê-lo no ano passado. Achei inadequado uma discussão sobre os seus pais sem sua presença.

— Você sabe quem são os meus pais?

Michael não conseguiu ocultar a surpresa.

— A sua mãe. — Stephen fez uma pausa em sinal de respeito. — Ela morreu quando o deu à luz, Michael. Complicações no parto.

Michael não soube como reagir. Era como ouvir a notícia da morte de um estranho, alguém que você nunca conheceu, mas que, na verdade, fora a primeira pessoa a vê-lo, a segurá-lo no colo. E nem sabia como ela era.

— O seu pai — continuou Stephen, antes de fazer outra pausa. — Ele era apenas um adolescente, incapaz de cuidar de si mesmo.

— Claro — concordou Michael, baixando o olhar.

— Por que você está procurando por ele agora, depois de todos esses anos?

— Era o que a minha esposa queria. Ela achava que depois de sua morte eu precisaria de alguém com quem pudesse desenvolver laços de afinidade, que eu precisaria encontrar minha família.

— Mas esse não é o seu desejo? — perguntou Stephen.

Michael olhou para o homem, analisando-o.

— O meu pai, ele ainda está vivo?

Stephen respirou fundo, evitando a pergunta.

— O que você faz?

— Tenho uma empresa de segurança — respondeu Michael, começando a perder a paciência.

Stephen acenou com a cabeça.

— Bom para você. Não é fácil ter o próprio negócio nos dias de hoje. Nunca se sabe em quem se deve confiar... além de em si mesmo. Você já deve ter trabalhado para a polícia.

Michael encarou Stephen, suas palavras soando como um desafio.

— Algo assim.

— Gosta do que faz?

— Às vezes — respondeu Michael, já meio irritado.

— É — concordou Stephen. — Sei o que quer dizer. Alguns dias... Às vezes, temos de fazer coisas que não gostamos muito. Às vezes, para fazer o que é certo, temos de fazer coisas detestáveis. Um acordo moral, se é que me entende.

Os dois homens se encararam, ambos compreendendo e ambos evitando chegar ao momento. Michael foi o primeiro a desviar o olhar; observou o aposento, olhando as fotografias e a vida daquele homem. Sua mente estava a mil. Conhecia acordos morais bem demais e tivera de fazê-los em diversas ocasiões. E suspeitava de que Stephen também.

— Posso fazer uma pergunta?

Stephen concordou com a cabeça.

— Por que você me abandonou?

O escritório pareceu ficar pequeno e desconfortável, cada qual ouvindo as batidas do próprio coração enquanto o reconhecimento inevitável de sua ligação pairava no ar.

— Essa é uma pergunta que me persegue desde... a minha vida inteira. Metade de mim esperava por você no ano passado e a outra metade esperava que você nunca aparecesse.

— Como você poderia saber que eu o encontraria?

— Sua esposa parecia bem determinada.

— Ela sabia?

— Que eu era seu pai? Não. Como eu disse, não achei isso conveniente na época. Tenho certeza de que foi um momento muito difícil para você, e não era preciso mais um ingrediente para confundi-lo ainda mais. — Stephen fez uma pausa. — Mas fico feliz por tê-la conhecido.

Michael olhou para o homem com novos olhos. Estudavam-se, sem saber o que dizer nesse reencontro desconfortável.

— Você parece um Kelley — disse Stephen sem expressar emoção.

Michael não sabia como interpretar a afirmação. Analisou o homem diante dele: os olhos azuis, o rosto forte, a compleição atlética. Nunca pensara na aparência de seu pai biológico, mas não estava surpreso com o que havia encontrado. Mas, independentemente do que Stephen dissesse, Michael era um St. Pierre, sempre fora e sempre seria.

— Você tem filhos? — perguntou Michael.

— Um garoto — respondeu Stephen, olhando para as prateleiras atrás de Michael. — Além de você.

Michael seguiu o olhar do homem até um conjunto de porta-retratos mostrando o desenvolvimento do filho de Stephen. Tinha os mesmos olhos azuis do pai; os mesmos olhos azuis de Michael. E, então, Michael se deu conta... Ele tinha um irmão.

Michael assentiu.

— Legal.

— Tem algo que eu preciso dar a você.

Stephen levantou-se, demonstrando uma animação nos movimentos e na voz como se fosse Natal. Saiu do escritório e fechou as portas de correr atrás de si. Os pensamentos de Michael corriam a mil por hora. Aquele era o seu pai, o homem que o abandonara e que Mary encontrara. Será que ela desconfiara da verdade? Michael achava que sim, a intuição da esposa era sem limites.

Michael chegara sem expectativas, sem imaginar que encontraria o pai tão rápido. Chegara despreparado, sem uma lista de perguntas, sem qualquer curiosidade sobre o pai ou a mãe verdadeiros, mas agora, depois de ver aquele homem, estava confuso, querendo saber mais sobre o pai, sobre o irmão e sobre a mãe que nunca chegara a conhecer. Com tal exibição de riqueza à sua volta, Michael perguntou a si mesmo se o motivo que Stephen lhe dera por tê-lo abandonado era sincero ou se haveria algo mais. E, acima de tudo, se Stephen sabia quem Michael era, por que nunca tentara entrar em contato durante todos aqueles anos?

Michael ficou ali olhando em volta, a biblioteca assumindo um significado diferente do que quando entrara. Embora o aposento fosse acolhedor, parecia não ser muito usado. Havia poeira na beirada do interruptor do abajur, não havia sinal de jornais ou revistas, a lata de lixo estava vazia. As prateleiras eram cobertas de livros de todos os gêneros: biografias, romances, livros de viagens, mas nenhum deles recente.

Espalhadas sobre as prateleiras e mesas, havia fotografias de um Stephen bem mais jovem: abraçando uma outra mulher, que não era a que abrira a porta; cruzando a linha de chegada da maratona de Boston. Havia fotografias do filho de Stephen em diferentes estágios da vida: em uma bicicleta; com uma menina no baile de formatura; ao lado do pai orgulhoso na formatura da faculdade. Mas uma coisa era certa: exceto pelas fotos mais antigas, a mãe não estava presente, uma ausência berrante nos momentos mais importantes da vida.

E Michael entendeu que o que Stephen estivera olhando, o que inicialmente o deixara triste quando começaram a conversar, eram as fotos de sua vida.

Um barulho repentino na entrada assustou Michael, arrancando-o de seus pensamentos. As portas de correr abriram-se e, para surpresa de Michael, havia um outro homem ali, bem-vestido e com um ar de realeza.

— Sr. St. Pierre? — disse o homem alto e louro, entrando no escritório.

Carregava uma pasta de couro que parecia querer estourar a costura de tão cheia. Foi seguido por um homem grande com um pescoço largo demais, que fechou a porta depois de entrarem e encostou-se à porta como se fosse impedir a saída de Michael.

— Será que eu poderia ter um minuto de sua atenção?

Embora a voz parecesse amigável e não ameaçadora, em um contraste com a recepção rude que Michael recebera à porta um pouco antes, foi seu tom de voz amigável que o deixou nervoso, e o sotaque italiano fez com que um frio lhe descesse pela espinha.

* * *

Alguns momentos antes, a vida confortável no número 22 da rua Franklin fora destruída. Três homens moviam-se como se fossem um só, subindo os degraus de pedras azuis. Embora os rostos de origem da Europa Central não pudessem ser mais diferentes, seus corpos eram idênticos, como se fossem trigêmeos: fortes e largos, como os de um *linebacker*, mas com um grau surpreendente de agilidade. O maior dos três carregava um bastão policial de 50 quilos e, sem emitir um som sequer, acertou a fechadura, abrindo a porta de mogno e entrando na casa. Os três homens dividiram-se, enquanto um louro subiu as escadas, tendo um guarda-costas dois passos atrás de si; passou pela porta e ficou parado no saguão, observando as portas que levavam à biblioteca.

Os três homens não perderam tempo.

Susan saiu da cozinha, com um bagel na mão.

— O que vocês...?

Mas foi interrompida pelo homem do meio, que a ergueu como se ela fosse uma criança. E, embora ela se debatesse como um animal selvagem, exibindo muita força, o homem nem se afetou. Girou-a e imobilizou-a, enquanto o da esquerda cobria-lhe a boca com uma fita adesiva e a amarrava em questão de segundos. Ele abaixou-se e encostou o cano da arma contra o olho esquerdo da mulher. Sua luta acabara. Os três seguiram para quartos separados, todos olhando para um lado e outro com olhos atentos e alertas.

Então, Stephen apareceu, descendo correndo a escada elegante. Ao ver Susan amarrada, contorcendo-se silenciosamente no chão, por instinto, apressou-se em sua direção. Mas nem chegou perto; os três homens materializaram-se e partiram para cima dele. Stephen tentou socá-los apenas para ser atingido por um golpe na parte de trás da cabeça. Sentiu uma dor imensa e caiu no chão, então os homens colocaram um gorro preto sobre sua cabeça. Embora estivesse tonto, chutou, sacudiu os braços e acertou um dos atacantes no rosto, fazendo com que sangrasse. No entanto, perdeu a batalha rapidamente, assim que eles o amarraram. Durante toda a ação, nem uma só palavra foi dita, nem um único grito ou berro foi emitido, como se toda a cena tivesse saído diretamente de um filme do cinema mudo. Os homens eram eficientes, não desperdiçando movimentos e não demonstrando qualquer emoção.

Apesar de Stephen ter mais de 1,80 metro, o homem do meio o pegou sem esforço e o jogou sobre o ombro. Stephen não tinha como lutar, enquanto os três homens saíam pela porta da frente e seguiam para o carro preto que os aguardava.

Michael ainda estava sentado na poltrona, com o coração disparado no peito enquanto observava o homem alto caminhar pela biblioteca. Colocou a pasta preta em uma cadeira, abriu-a e tirou um envelope de papel pardo.

— Meu nome é Julian.

O sotaque era italiano, e o homem parecia ter uns 30 e poucos anos. Usava um paletó Armani azul-marinho sobre uma camisa amarelo-clara. Era educado e demonstrava um ar de superioridade. O cabelo louro estava cortado na altura do colarinho, de forma precisa. Seus olhos azuis e frios não demonstravam emoção, apagando a falsa sinceridade do sorriso. O rosto era bonito e parecia vagamente familiar a Michael, embora, por mais que pensasse, não conseguisse se lembrar de onde o conhecia.

Michael olhou para o guarda parado e em silêncio enquanto o chefe italiano andava pelo aposento, examinando tudo como se estivesse interessado em comprar uma casa.

— O que você quer? — perguntou Michael, levantando-se bruscamente.

— Eu ia perguntar o mesmo a você — disse Julian, abrindo a porta do bar que acabara de encontrar. — Uísque, cerveja, suco? Água, talvez?

O homem ofereceu a água a Michael como se estivesse em sua própria casa.

— Por que seu amigo está bloqueando a porta? — perguntou Michael.

Julian dispensou o guarda-costas com um aceno de mão.

Michael observou enquanto o guarda-costas corpulento saía da biblioteca e aproximou-se da porta.

— Onde está Stephen? Será que isso é alguma jogada dele?

— Nada de jogos. — Julian sorriu. — Pelo menos, não para mim. Por que você não se senta? Vamos conversar um pouco.

Michael parou e olhou para o homem. Apenas os que tinham poder ou ego inflado viajavam com guarda-costas e aquele homem não parecia capaz de abrir mão de nada; Michael não tinha dúvidas de que o guarda estava do outro lado da porta, mantendo-o preso ali. Ergueu as mãos como quem não entende nada.

— Onde está Stephen?

— Bem longe do seu alcance.

Julian entregou o envelope pardo a Michael, que o colocou sobre a mesa de canto sem nem olhar para ele.

Julian olhou para Michael, colocou a bebida na mesa e sentou-se em uma das poltronas, indicando para que Michael fizesse o mesmo. De má vontade, Michael seguiu a orientação do homem e, depois, encarou-o. Avaliaram-se por um momento, até que o rosto de Julian ficou mais concentrado e intenso.

Ele respirou fundo.

— Eu amo a minha arte. Passei anos adquirindo as melhores obras de todo o mundo. Uma grande parcela do meu tempo é passada buscando obras-primas que se acreditam perdidas na história. *Grandies Mon Chat*, de Rugio, *Hamilion on the Lake*, de Cvice. Algumas levaram anos para ser localizadas, por meio de fontes obscuras e informantes pagos. — Julian lançou um olhar para Michael. — E até de ladrões. O que quer que fosse necessário para adquirir o objeto do meu desejo, eu estava pronto para pagar e esperar. Às vezes... até sete anos.

Julian recostou-se na cadeira. Michael apenas observava enquanto o outro fazia uma pausa.

— Sete anos?

— Foi o tempo que levei para localizar *O legado.*

Michael tentou interpretar o homem, percebendo que estava entrando em um tipo de jogo de xadrez.

— *O legado*?

— Oh, desculpe-me. Talvez você tenha esquecido. O quadro que você roubou de mim.

À medida que absorvia as palavras de Julian, a mente de Michael entrou em um turbilhão, e as peças do quebra-cabeça começaram a se encaixar. O homem diante dele, aquele Julian, era Julian Zivera, o filho de Genevieve, o homem que Genevieve tanto temia. O homem que ela chamara de o mais perigoso do mundo. A confusão de Michael transformou-se em raiva quando entendeu que as coisas estavam apenas começando.

— Você roubou o meu quadro, Michael. Você entrou na Suíça e roubou o quadro que eu passei sete anos da minha vida procurando.

Havia uma calma quase surreal nas palavras do homem, tão estranha em uma situação daquelas.

Michael olhou para a porta fechada da biblioteca.

— Você está pensando para onde ir, o que deve fazer. Mas antes de fugir — Julian sorriu —, sugiro que dê uma olhada no envelope que lhe entreguei.

Michael olhou para o envelope na mesinha ao seu lado e percebeu que o que quer que contivesse só poderia ser um desastre anunciado. Lentamente o pegou.

— Você agora é meu, Michael — afirmou Julian, enquanto o sorriso falso se desfazia.

Michael abriu o envelope e sentiu o mundo sair dos eixos: estava cheio de reportagens sobre a misteriosa invasão a um prédio oficial na Suíça, seguido por fotos noturnas granulosas dele correndo pela ponte coberta de neve em Genebra.

— Não foi difícil descobrir isso. Afinal, você... — disse Julian, apontando um dedo para Michael — você era o ladrão favorito de minha mãe.

Michael olhou para Julian. Suas emoções se alternando entre medo e raiva.

— Sei que minha mãe pediu que você roubasse meu quadro. E sei que você tem o que estava escondido dentro dele.

Michael nada disse, sabendo muito bem que destruíra aquela obra, cortando-a em tiras e jogando-as em ácido até que se dissolvessem, fazendo com que aquilo deixasse de existir.

— Eu procurei esse quadro durante anos, e justo agora, quando estava ao alcance das minhas mãos... Bem, agora eu tenho algo melhor. Tenho o meu próprio ladrão pessoal. — O sorriso de Julian voltou a iluminar-lhe o rosto. — Você e seus talentos vão conseguir algo para mim. Você e eu vamos fazer um acordo, Michael.

Michael odiava ter um chefe, acatar ordens, estar à disposição de alguém e, acima de tudo, odiava ser chantageado.

— Esse acordo tem a ver com uma caixa que preciso que você encontre para mim, e estou disposto a negociar por ela. Muitos diriam que se trata de uma negociação justa. Eu não entregarei o arquivo sobre suas atividades para a Interpol e, além disso, oferecerei algo de muito mais valor. Algo insubstituível. Algo que você procurou e desejou.

— Eu não vou...

— Vai, sim — interrompeu Julian, a voz baixa e cheia de raiva.

Com o rosto vermelho e os tendões do pescoço distendidos, Julian exibia uma aparência bem diferente da calma anterior. Esfregou a testa, como se isso, de alguma forma, pudesse aplacar sua raiva.

— Como eu estava dizendo — continuou ele —, você tem de obter para mim um tesouro de valor incalculável, um tipo de caixa antiga chamada Albero della Vita. Uma obra de arte feita em ouro e escondida há séculos em um local que muitos acreditam ser terrível demais para se entrar. Mas para alguém com uma mente como a sua, isso seria o maior de todos os desafios.

— Não preciso mais de desafios para o meu ego — afirmou Michael, tentando controlar o tremor na voz, sem deixar que o ódio que sentia emergisse. — Não costumo me dobrar a chantagens. Sugiro que encontre outra pessoa. Alguém que tenha algo a provar, alguém que possua um coração ganancioso.

— Não creio que exista outra pessoa capaz de realizar essa tarefa sem que haja alguém disposto a aceitar a remuneração que posso pagar. — Julian falava devagar. — O pagamento que tenho em mente para esse trabalho só tem valor para você.

— Você não tem nada que eu possa querer.

— Trocarei essa simples caixa por Stephen Kelley, o seu pai.

Enquanto Michael digeria isso, sabia que o homem diante dele, apesar da aparência distinta e educada, do sotaque sutil e do sorriso e charme, era cruel. Ele era tão frio e perigoso quanto Genevieve era boa e gentil... e esperava usar o coração de Michael a fim de obter ganhos materiais.

— Eu nunca tinha encontrado esse homem até hoje. E, seja ele meu pai ou não, eu não me rendo àqueles que tentam jogar com os meus sentimentos em proveito próprio.

— Claro que não.

Julian sorriu de novo e meneou a cabeça.

Michael ficou sentado ali, sentindo todos os nervos pegarem fogo, cada fibra de seu ser desejando atravessar a sala e estrangular o homem que sequestrara seu pai. Um homem que caçara a própria mãe e destruíra o mundo dela.

— Como você pôde fazer o que fez com Genevieve, sua própria mãe? — perguntou Michael, enojado.

— Apesar do que você possa pensar, não fiz mal algum a ela. Você está errado. Amava minha mãe. Ainda a amo. — Julian começou a refletir, seus olhos voltados para o seu íntimo. — Achei que a conhecesse. Afinal, ela me criou e me amou. Mas ela tinha muitos segredos, Michael. Nunca suspeitei...

— Suspeitou de quê?

— Você sabe como é conviver com um membro da família que é praticamente um estranho, que oculta os segredos mais profundos de você? Sabe como é ter pais que somem da sua vida, deixando-o cheio de perguntas sem respostas? Quem são e de onde você realmente veio? — Julian fez uma pausa, perdido em pensamentos. Por fim, olhou para Michael e sorriu. — Agora nós temos algo em comum.

— O que há de tão especial sobre essa caixa? — perguntou Michael, relutante.

— O que há de especial nela? — repetiu Julian com um tom de desdém curioso.

Sentou-se de novo e encarou Michael. Depois de um breve instante, inclinou-se para a frente a fim de tentar explicar:

— O que há de tão especial na *Mona Lisa*, no *Juízo final* da Capela Sistina, no *Davi* de Michelangelo? São obras de arte únicas, expressões singulares da perfeição, que transmitem a interpretação de beleza do artista e, ainda assim, ocultam o mistério do próprio coração e da própria criação. — Julian fez uma pausa enquanto voltava a se concentrar. — O que há de tão especial nessa caixa, Michael, é a vida de seu pai; se você não me entregar a caixa, ele morre.

Julian ficou em pé e colocou o copo sobre a lareira antes de se voltar para Michael.

— Você vai encontrar essa caixa e trazê-la para mim.

Michael sentiu o mundo fechar-se à sua volta.

— Mesmo que eu venha a fazer isso, o planejamento, os mapas, as rotas, como encontrar o local exato, a logística, eu precisaria de recursos, inform...

— Isto será o começo. Servirá como uma pequena aula de história. — Julian bateu com a mão na pasta de couro que estava sobre a cadeira. — Você encontrará um homem chamado Fetíssov em Moscou, na praça Vermelha. Ele o ajudará com qualquer material ou informação de que precise.

— Moscou? — perguntou Michael, sem esconder o choque.

— Apague a versão da Guerra Fria da cabeça. Trata-se de um lugar muito cosmopolita, vibrante, um ótimo cenário para um ladrão como você. Quanto ao mapeamento de uma rota para o local em que a caixa se encontra... Isso é fácil de resolver. Basta seguir o mapa.

— Que mapa? — perguntou Michael.

— O mapa que você roubou na Suíça, o que estava escondido atrás do meu quadro. Não se atreva a insultar a minha inteligência e negar que não abriu as duas metades e olhou com espanto o que eu, por direito, deveria ter sido o primeiro a ver em quinhentos anos.

O corpo de Michael permaneceu parado, os olhos inabaláveis, enquanto o pânico tomava conta dele. Sim, ele *cortara* o quadro e olhara, com espanto — e confusão — para a representação oculta, para o mapa escondido atrás da outra pintura. E, atendendo ao pedido de Genevieve, destruíra quadro e mapa, atendendo o desejo dela de mantê-lo fora do alcance do próprio filho, Julian.

Zivera tirou um celular do bolso do paletó e o jogou para Michael, que nem tentou pegá-lo, deixando que o atingisse no peito e caísse no chão.

— Espero a sua ligação da praça Vermelha amanhã às 10 horas, horário de Moscou.

— E se eu não concordar?

— Bem, Michael, você está disposto a abandonar seu pai, do mesmo modo que ele foi capaz de abandoná-lo?

Michael encarou Julian direto nos olhos e, onde normalmente enxerga-se vida, não havia nada. Ele já tivera de enfrentar o verdadeiro mal antes, e não era muito diferente daquilo. O homem diante dele não tinha sentimentos ou respeito por nada além dos próprios objetivos. E Michael estava aterrorizado. Compreendia agora o aviso horrível de Genevieve e o medo que ela sentia do homem que chamava de filho.

— A culpa disso tudo é sua, Michael. Vamos deixar as coisas bem claras. Se você tivesse me deixado em paz, tivesse deixado meu quadro lá, não estaríamos juntos nesta linda casa de seu pai, enquanto ele está sendo arrastado violentamente para fora do país. Observei-o lutar de forma desesperada contra meus homens. Devo dizer que ele é bem durão para um homem de quase 60 anos. Mas não sei se seu coração aguentará a tortura que lhe infligirei se você não atender ao meu pedido.

"Não o matarei logo de cara. Vou deixá-lo sofrer. Direi a quem deve todo o sofrimento, tudo porque você roubou impulsivamente algo de mim.

"Os pais, não importa o que façam, moldam o nosso caráter, seja por amor ou por negligência, por atos de afeição ou abandono indiferente. Por mais que queiramos negar isso, foram eles que estabeleceram as bases de quem somos. E, como agora você pode perceber, os pais sempre pagam o preço pelas transgressões dos filhos."

— Você caçou sua mãe... — disse Michael entre dentes.

— E capturei o seu pai. E a única maneira de salvá-lo é fazer exatamente o que eu mandar. Se procurar a polícia, ele morrerá e você será preso... e não apenas por roubar uma obra de arte na Europa, mas pelo assassinato de Stephen. Se você ignorar a servidão que estou lhe impondo, ele morrerá. Não de forma rápida, devo acrescentar, mas de forma lenta e com muito sofrimento. Tenho certeza de que minha mãe explicou a você as minhas contradições, a minha perversão. — Julian pegou o copo e encaminhou-se para o bar, para se servir de mais um drinque. — Ela sempre me subestimou.

Michael sentiu o sangue fugir-lhe do rosto, perdendo o equilíbrio mental e sentindo a culpa insinuar-se dentro dele por ter colocado um homem que nunca vira, um homem que acabara de conhecer, um homem que Mary implorara para que encontrasse, em um perigo mortal. Não conseguia pensar no homem como seu pai; Stephen era apenas alguém que havia lhe dado as costas. Mas isso não impedia que Michael sentisse o sangue de Stephen nas mãos.

— Bem — disse Julian, dando de ombros e juntando as mãos. Seu humor deu uma guinada de 180 graus, e ele reassumiu o otimismo jovial. — A cidade de Moscou fica sobre uma vasta estrutura de túneis e cavernas, uma grande quantidade dos quais foi construída pelo homem e data de muitos séculos. Muitos desses túneis são mapeados e povoados por uma cultura subterrânea de mendigos, boêmios e aventureiros. Mas existe uma área na qual ninguém se aventura há mais de quinhentos anos. E os que se aventuraram nunca mais voltaram. É para lá que você vai. Você mergulhará em um lugar subterrâneo complexo e oculto pelo tsar Ivan Vasílievitch, um homem que o mundo chama carinhosamente de Ivan, o Terrível. Uma biblioteca que dizem possuir antiguidades e riquezas que ultrapassam a imaginação. Um segredo escondido em um local cheio de segredos.

Julian respirou fundo, como se precisasse se acalmar.

— Em que lugar no subterrâneo? — perguntou Michael, não querendo saber a resposta.

— Tenho certeza de que já ouviu falar desse lugar. Em russo significa "fortaleza". — Julian fez uma pausa para tomar um gole de seu drinque. — Mas o mundo carinhosamente o chama de Krêmlin.

Michael deu um riso debochado.

— Você só pode estar brincando!

— Eu lhe garanto, Michael, não brinco com assuntos como esse. — Seus olhos azul-claros adquiriram um brilho intenso. — Se você não estiver na praça Vermelha amanhã de manhã, matarei seu pai. Se você não recuperar o Albero della Vita em sete dias, nem um dia a mais, Stephen Kelley será assassinado antes que você tenha a chance de conhecê-lo.

Paul Busch agitou-se durante o sono. Sonhava com beisebol e Jeannie. Estavam sozinhos no meio do parque Fenway com os dois filhos, Robbie e Chrissie, que comiam cachorros-quentes. O Red Sox perdia por 12 pontos dos Yankees e a torcida de Boston aprontava-se para arrumar confusão. Todos os fãs vestiam as cores do Sox, todos exceto Paul e sua família, que vestiam a camisa listrada azul dos Yankees, e naquele exato momento todos os fãs do Sox notaram isso, e a raiva que sentiam pelo jogo que se desenrolava no campo voltou-se para os assentos do 12A ao D. Paul começou a suar, sentia a umidade descer-lhe pelas costas e pelo peito. Procurou uma saída. Ele e Jeannie pegaram a mão das crianças; Paul foi pela esquerda; Jeannie, pela direita. Ambos se mostravam desafiantes e caminhavam de cabeça erguida, certos de que escapariam. E, então, os torcedores começaram a se aproximar cada vez mais deles, e seus gritos elevavam-se como o rugir de um leão.

Paul sentou-se no carro com o coração disparado e uma camada de suor lhe cobrindo o corpo. Adormecera na rua Cambridge, de Boston, com o carro desligado e as janelas fechadas. O sol estava bem no seu rosto, e o calor no carro devia chegar a uns 40 graus. Paul olhou à sua volta e, depois, para o relógio. Abriu a porta do Corvette e aproveitou o ar matinal, que estava bem mais agradável do que dentro do carro. Xingou-se mentalmente por não ter baixado a capota. Saiu do carro, trancou-o e seguiu para a rua Franklin. Não havia sinal de Michael e ele não tinha ligado. Paul ficou preocupado, mas esperava que fosse apenas uma reação exagerada de sua parte. Caminhou pela fileira de casas elegantes até chegar ao número 22.

Quando notou que a porta estava aberta, seu coração disparou. Subiu as escadas em questão de segundos e deparou com uma mulher tentando se soltar das cordas que a amarravam. Paul nunca vira tanta raiva como a que percebia nos olhos da mulher.

Observou-a: os pulsos estavam feridos pelas cordas e a boca, ainda vermelha, por causa da fita adesiva. Ela tentava acalmar-se, voltando-se para dentro de si mesma, controlando a respiração enquanto se recompunha. Paul ofereceu a mão para ajudá-la a levantar-se, mas ela o ignorou.

De repente a calma desapareceu, e a mulher levantou-se rapidamente, seguindo para a porta da biblioteca. Michael estava ali, segurando a porta aberta. Tinha uma expressão atônita, como se houvesse deparado com o rosto da morte e não pudesse compreender.

Mas o punho da mulher atingiu seu queixo, arrancando-o do estupor em que se encontrava. Ela preparou-se para atacar de novo, mas Michael esquivou-se do golpe.

— O que você fez com Stephen? — gritou ela.

E ela não desistiu; seus socos eram cada vez mais rápidos agora. Michael esforçou-se na defesa sem revidar a agressão.

Por fim, Paul ergueu-a no ar, afastando-a do amigo, embora seus braços e pernas continuassem se debatendo apesar do tamanho e da força de Paul.

— Fique calma — disse ele em um tom conciliador. — Está tudo bem.

— Ele sequestrou Stephen...

— Ele não sequestrou ninguém. — Paul olhou-o com uma pergunta nos olhos, apenas para ter certeza de que ele realmente não fizera nada tão estúpido assim.

Michael atravessou a grande casa e foi até a sala de estar, onde se sentou em um sofá com estampa florida. Olhou à sua volta, tentando avaliar o aposento. Havia uma grande lareira em desuso no verão; em vez de lenha, havia um grande buquê de flores. Acima, uma pintura a óleo de uma nascente de água na montanha: não se tratava de uma obra-prima, mas certamente não era algo barato. A sala fora bem decorada: cortinas elegantes, cadeiras forradas de couro e camurça. Michael observou os detalhes da sala como se o aposento pudesse lhe dar uma resposta, mas só ouviu o silêncio. Não havia personalidade aqui. Nenhuma foto, nenhum livro, nenhum senso de identidade. Quando ergueu o olhar, sua mente voltou ao presente. Susan e Paul estavam ali, ambos hesitando em falar algo, como se isso, de alguma forma, fosse enfurecer Michael.

Por fim, Paul entrou na sala.

— Você está bem?

Michael virou-se, mas não respondeu.

— O que aconteceu?

Michael encolheu-se e assustou-se. Colocou a mão no bolso e pegou o celular. Olhou para o aparelho enquanto ele continuava a vibrar. Atendeu.

— Alô.

— E aí? — A voz de Julian soava fraca pelo telefone.

— E aí o quê? — perguntou Michael.

— Você está sentado na casa do cara tentando digerir o que eu disse enquanto o tempo já está contando. Vou ajudá-lo a poupar o esforço e assegurar-me de que comece a tarefa.

Então outra pessoa começou a falar:

— Alô. — A voz de Stephen parecia relutante e calma. — Olhe, eu...

— Como posso saber que você é realmente quem diz ser?

As perguntas giravam na cabeça de Michael. Acabara de conhecer o homem e não tinha qualquer prova do parentesco, nada além de palavras. Nunca se sabe em quem se deve confiar, dissera Stephen. Eram palavras mais proféticas do que ele podia imaginar. Michael queria acreditar, mas, ao mesmo tempo, esperava que estivesse preso em um sonho.

— Como posso saber que você e Zivera não estão me enganando e que isso não passa de algum tipo de plano elaborado para me enganar?

— É Stephen? — interrompeu Susan.

Michael ergueu a mão para silenciá-la e avisá-la para manter a distância.

— Mas que merda é essa que está acontecendo? — perguntou Stephen, ansioso.

— É o que eu quero saber.

Dava para notar o tom de raiva na voz de Michael. Do outro lado da linha, silêncio, até que Stephen disse:

— Então somos dois.

— Dê o telefone para mim! — exclamou Susan, aproximando-se de Michael.

Paul a segurou de forma gentil pelo ombro, forçando-a a seguir para o outro lado da sala e mandando-a acalmar-se em sussurros.

— Preciso de uma prova — disse Michael, entre dentes. — E preciso agora.

— Você nasceu no dia 15 de março...

— Isso não prova nada — cortou ele.

Susan afastou-se de Paul, correu até Michael e tentou arrancar o telefone de suas mãos.

— Deixe-me falar com ele.

Michael afastou o telefone dela e olhou para Paul em um pedido mudo de ajuda. Paul, novamente, a pegou pelo braço.

— Deixe-o falar.

— Essa é a voz de Susan? — perguntou Stephen.

— Não se preocupe com ela. Continue — ordenou Michael.

— Você foi adotado pelos St. Pierre...

— Ouça, você vai ter de se sair bem melhor do que isso se quiser me provar algo.

— Você acreditaria em Genevieve?

Michael ficou surpreso com o comentário e não soube como responder. Nunca mencionara Genevieve para Stephen. Foi um momento...

— Deixe-me falar com Susan — pediu Stephen.

Michael se voltou para a mulher e, relutante, entregou-lhe o telefone.

— Ele quer falar com você.

Ela arrancou o telefone e o encostou no ouvido como se o aparelho fosse um filho perdido havia muito tempo.

— Você está bem? Eles o machucaram?

Segurava o telefone com ambas as mãos, a fachada exterior de durona se desfazendo no momento que ouviu a voz dele. Começou a chorar enquanto ouvia com atenção, concordando com a cabeça e olhando para Michael.

— Stephen, quem são essas pessoas, o que eles querem com você?

Susan ouviu. Ela olhou para Michael e para Paul. Todos tentavam manter-se no maior silêncio possível, como se qualquer barulho fosse capaz de matar o homem do outro lado da linha.

— Onde? — sussurrou ela. A sala estava silenciosa enquanto ela pressionava o telefone, ouvindo por trinta segundos. — Não se preocupe, vamos salvá-lo.

Devolveu o aparelho para Michael e saiu correndo.

— E então? — perguntou Michael quando pegou o telefone.

— Susan vai dar-lhe a prova de que... — disse Stephen antes de ser interrompido.

— Chega de falar com o papai — interrompeu Julian. — Dez horas da manhã. Praça Vermelha.

E o telefone ficou mudo.

Michael fechou o flip do aparelho e olhou para Paul.

— Você se importa de me contar o que está acontecendo aqui?

Paul parecia confuso, mas antes que Michael pudesse responder, Susan voltou correndo para a sala, com uma expressão que misturava confusão e medo. Ela o olhou como se o visse pela primeira vez, como se fosse alguém muito importante.

— Stephen disse que eu deveria entregar isto a você. Disse que você saberia o que fazer.

Entregou-lhe uma caixa preta. Uma caixa-forte, medindo 45 por 60 centímetros e sem nenhum adorno. Uma caixa de segurança criada para dificultar que alguém não autorizado a abrisse. Michael já tinha visto algumas dessas antes. Com desenho semelhante ao de um cofre alugado em um banco, era feita de uma liga grossa de carbono, com dobradiças no interior para impedir que fosse arrombada. Impermeável e à prova de fogo por até três horas. A tranca era um cilindro, o que também dificultava qualquer tentativa de arrombamento. Mesmo com um maçarico, levaria horas para ser aberta... A não ser que alguém tivesse as habilidades necessárias.

— Stephen disse que você saberia o que fazer com isto — declarou Susan, enquanto olhava para a caixa no colo de Michael. — Disse que essa seria a prova de que precisa.

— Prova de quê? — perguntou Paul, enquanto andava de um lado para o outro. Sua aparência desgrenhada em forte contraste com o aposento refinado em que se encontrava.

Michael olhou para a caixa e depois para Susan.

— Onde ele conseguiu isto?

— Não sei. Mas veio com este bilhete — disse ela, entregando um envelope para Michael.

Ele o abriu e leu-o em silêncio.

Prezado senhor Kelley,
Obrigada por dispor-se a encontrar-me. Desejo ao senhor muita sorte na sua conversa com Michael. Tenho certeza de que procurá-lo de-

pois de uma vida é muito difícil, principalmente diante de sua perda recente. Fique tranquilo, porém: vejo muito de Michael no senhor. Ele é um homem bom e o senhor sentirá muito orgulho de tê-lo como filho.

Sobre o nosso acordo, por favor, entregue-lhe esta caixa. O conteúdo destina-se a ele e somente ele. Asseguro-lhe que não há nada ilegal de qualquer forma, mas de muito interesse e valor para algumas partes. É por esse motivo que temo carregá-la. Estimo muito a sua ajuda nessa questão e se houver qualquer coisa que possa fazer pelo senhor em agradecimento, por favor, avise-me.

Espero que vocês encontrem um solo fértil no qual possam construir uma relação. Nenhum dos dois poderá preencher o vazio que o outro tem, mas espero que vocês possam chegar a compreender um ao outro, pois não há elo maior do que aquele entre pai e filho.

Cordialmente,

Genevieve Zivera

Michael virou-se para Susan, os olhos tornando-se, de repente, focados.

— Onde Stephen conseguiu isto?

— Não faço a menor ideia — afirmou ela.

— Você sabe quando ele recebeu isto? Foi recentemente?

— Nunca vi essa caixa antes, e ele nunca a mencionou para mim. Por quê? O que está acontecendo?

Paul viu o sofrimento no rosto de Michael. Foi até o amigo e agachou-se, olhando-o nos olhos.

— Michael, o que está acontecendo? Quem é esse tal de Stephen?

Ele olhou para Paul, sentindo um misto de emoções no coração, e, por fim, respondeu:

— É o meu pai.

Não soube muito bem quem havia ficado mais chocado, Paul ou Susan. Ambos ficaram em silêncio, absorvendo o que Michael acabara de dizer. E, então, as perguntas vieram em uma confusão:

— O quê? Como ele pode ser seu pai? — perguntou Susan.

— Por que ele foi sequestrado, Michael? — cortou Paul.

— Quem afinal é você? — exigiu saber Susan. — Você não pode ser filho dele.

— Você não me respondeu, Michael. Por que ele foi sequestrado?

— Há algum pedido de resgate? — questionou Susan. — Porque a firma pagará qualquer coisa. Cinco milhões, 10 milhões, seja quanto for.

Michael virou-se para Susan e meneou a cabeça.

— Eles têm um resgate muito específico em mente.

As perguntas não paravam, mas Michael não os ouvia, enquanto olhava fixamente para a caixa sobre a mesa. Foi por isso que Genevieve foi procurá-lo levando o cartão de Stephen Kelley consigo. Foi por isso que alugou um carro em Boston. Isso serviria como uma evidência irrefutável... Ela estava viva.

Michael temia as respostas que permaneciam diante dele, dentro da caixa-forte que Genevieve tanto temia carregar e que queria desesperadamente entregar a Michael. Mas não se atrevia a abri-la diante daqueles dois.

— Olha só, vou dizer a vocês o que sei até agora. — Encostou-se no sofá florido. — Stephen Kelley foi sequestrado por um homem chamado Julian Zivera.

Paul, de repente, virou-se para Michael com a sobrancelha erguida.

— E o seu resgate é uma caixa antiga escondida na Rússia.

— Rússia? — perguntou Susan, confusa.

— Zivera? Como em Genevieve Zivera? — perguntou Paul.

Michael assentiu.

— Não acredito. Isso não é verdade.

— É verdade, sim — disse Michael, olhando para Paul. — Genevieve é a mãe de Julian.

— Mãe de Julian — repetiu Paul, como se tentasse se convencer disso. — Michael, acho que nos deparamos com algo muito ruim aqui. E quanto a esta caixa? O que é isso? O que tem aí dentro? E não me diga que são biscoitos...

— E como vamos conseguir pegar uma caixa na Rússia? É como um ovo Fabergé ou algo assim? — perguntou Susan, incapaz de manter-se quieta.

— Eles querem que eu a roube.

Ao ouvir as palavras de Michael, Paul sentou-se, apoiou a cabeça no encosto e fechou os olhos.

— Roubar? — perguntou Susan.

Michael olhou-a, mas não disse nada.

— Roubar? — Susan começou a andar de um lado para o outro da sala, sentindo os nervos à flor da pele. — Precisamos ligar para o FBI.

— Nós não vamos ligar para ninguém — disse Michael. — Eles matarão Stephen se qualquer reforço policial aparecer.

— E como você vai roubar esse negócio? — perguntou Susan, cheia de desdém.

Michael olhou para Paul, que permanecia em silêncio e de olhos fechados.

— Como? — perguntou ela de novo.

— Conte a ela — disse Paul sem abrir os olhos.

Por fim, Michael olhou-a.

— Eu tenho uma habilidade de...

— Você é um criminoso? — explodiu Susan. — Um suposto filho perdido aparece aqui e momentos depois Stephen é sequestrado.

Susan mal conseguia conter a raiva.

— Olhe...

Finalmente, Susan parou de andar de um lado para o outro, parando completamente.

— Isso tudo é culpa sua.

— Minha? — Michael levantou-se do sofá. — Você enlouqueceu?

Encararam-se, e toda a raiva despertada pela situação dirigia-se um ao outro.

— Acho que todos precisam se acalmar aqui — interveio Paul, ainda sem abrir os olhos. — É melhor cada um ir para um lado e pensar sobre isso.

Susan foi até a mesa onde a caixa-forte estava.

— Abra agora — exigiu.

Michael olhou para Paul, que finalmente abrira os olhos. Partilharam um sentimento não expresso de que ambos precisavam controlar-se para não bater naquela mulher. Voltou-se para Susan:

— Esta caixa é apenas para mim.

— Não se tem a ver com Stephen.

— Ela tem a ver comigo, e se eu decidir dividir seu conteúdo, será uma decisão minha. — Michael pegou a caixa e examinou-a. Sem erguer os olhos, disse: — Julian Zivera. O que você sabe sobre ele?

Susan pareceu confusa.

— Como assim? Nada, por quê? O que tem a ver com tudo isso?

— Já que foi ele quem levou seu marido, acho que tudo.

Susan olhou-o de cara feia. Se sua expressão estava cheia de raiva antes, agora estava cheia de ódio.

— Se tiver um computador nesta casa, sugiro que comece a procurar na internet...

— Não se atreva a me dizer o que fazer...

Paul finalmente levantou-se da cadeira, fazendo Susan parar no meio da frase.

— Acho que todos precisamos clarear os pensamentos se quisermos descobrir um modo de trazer seu marido de volta. Michael está certo, precisamos descobrir contra quem estamos lutando. Se você puder me mostrar onde fica o computador, vou verificar as informações sobre esse tal de Zivera. Por que não faz um café?

Paul arrependeu-se da sugestão assim que as palavras saíram de seus lábios.

— Café? CAFÉ? Eu sou advogada, ex-assistente da promotoria. Mas que merda. Eu não faço café!

Ele ergueu as mãos.

— Desculpe.

Susan saiu da sala, mas voltou. Olhou para os dois homens, respirou fundo e voltou a atenção para Paul.

— O computador fica na biblioteca. É só seguir o corredor — informou em voz baixa. Então, dirigindo-se a Michael: — Stephen não é meu marido.

CAPÍTULO 12

O Krêmlin. Michael já ouvira falar e já lera sobre ele, como a maioria das pessoas do Ocidente, porém achava que era apenas o centro de poder de uma nação que já fora superpoderosa. Na verdade, contudo, o Krêmlin era uma cidade dentro de uma cidade, uma fortaleza coletiva por trás de muros imponentes que datavam de mais de quinhentos anos antes. Formado por igrejas, arsenais, museus e palácios, aquele lugar já fora uma representação do orgulho russo que, durante os últimos cem anos, se tornara sinônimo para comunismo, opressão e serviço secreto.

No entanto, o Krêmlin era muito mais do que isso. Um mundo de profundas realizações artísticas, de beleza e estilo encontrados de forma única no reino do norte como em nenhum outro lugar no planeta. Um lugar de construções de complexidade arquitetural sem igual. Um local de contradições: a praça da Catedral concentrava um grande número de igrejas em um país onde a prática da religião fora considerada um crime por 75 anos. Um novo regime democrático que pregava a liberdade foi instaurado, mas ainda ocultava-se atrás de segredos. Um local de beleza e realizações artísticas, mas ainda esquecido quando comparado ao Louvre, ao instituto Smithsonian ou aos museus do Vaticano. Era um símbolo de uma terra em busca de uma nova identidade enquanto tentava deixar a reputação de tirania e domínio para trás.

Acima de tudo, no entanto, além de seus museus, beleza histórica e mistérios, o Krêmlin era a capital da sociedade russa, o centro de seu poder e morada de seu presidente. O Krêmlin era a identidade nacional da Rússia, assim como o local onde se concentrava todo o sistema de inteligência; desse modo, precisava de proteção contra aqueles que preferiam assistir à sua queda: de inimigos que vinham de dentro e de fora; inimigos que queriam voltar ao antigo regime; de adversários que desejavam apenas a destruição do novo governo e tudo o que ele representava. Assim, atrás daqueles muros fortificados, atrás das armas dos militares e além do olhar austero do Serviço Federal de Proteção, a capital do maior país do mundo possuía o maior nível de segurança já visto.

Michael estava sentado sozinho na sala de estar, tendo diante de si a caixa-forte de metal na mesinha de centro. Olhou para a tranca. Não havia chave ou indicação de que existisse uma.

Certas palavras que Julian dissera o incomodavam. Não tinham nada a ver com Stephen ou Julian, mas com Genevieve. Julian dissera: "Ela é muito mais do que você pensa." Não sabia se eram apenas palavras de um filho amargurado ou se continham alguma verdade. O desespero ao pedir-lhe que roubasse o quadro de Genebra, a morte misteriosa que fora um truque, tudo isso carregava um contexto muito contrário à pessoa que ela era, tão gentil e simples, que Michael pensara conhecer. E, agora, aquela caixa-forte diante dele: de alguma forma, ela encontrara seu pai, entregara-lhe isso e, sem dúvida, estava indo ao encontro de Michael quando desapareceu de novo. Genevieve realmente era muito mais do que ele havia percebido; era uma pessoa cheia de segredos.

De alguma forma, Michael sentia que Julian sabia que a mãe estava viva, escondida em algum lugar. Que era Julian a pessoa de quem Simon admitira estar protegendo Genevieve.

Michael chegou a Boston em busca dos pais; agora era chantageado, obrigado a executar um trabalho em um país estranho, em um complexo cuja segurança podia comparar-se à da Casa Branca. O Krêmlin não apenas era o centro político e histórico do governo russo, como também o repositório da maior parte de suas fábulas. Uma história romanceada, que alguns gostariam de apagar da face da terra. Esse lugar continha a tal caixa que Julian chamara de Albero della Vita, o objeto do seu profundo desejo e o fator decisivo para o destino do pai de Michael.

Enquanto Michael repassava mentalmente os eventos e exigências da última hora, chegava com cada vez mais certeza à conclusão de que Stephen Kelley estaria perdido e que o sangue de sua morte mancharia suas mãos. Perguntava a si mesmo se realmente valia a pena salvar Stephen. Não havia uma ligação entre eles, Stephen não tinha interesse em Michael. Nunca tentara encontrá-lo. Abandonara o filho que agora era sua única esperança. E se Michael decidisse tentar, se concluísse que Stephen valia a pena, a tarefa de realizar um trabalho em um cenário de segurança tão alta era quase impossível. Sem um mapa — o mapa que Genevieve lhe pedira para destruir —, ele não apenas não tinha a localização do que tinha de roubar, como também nem sabia o que procurava. Mesmo se quisesse aceitar o trabalho, o único resultado que obteria seria o fracasso. E esse fracasso não significaria apenas a morte do pai; sem dúvida, significaria apodrecer na Sibéria, devido ao ódio e ao desejo de vingança de Julian, cuja profundidade ele sequer poderia imaginar ou compreender.

Já tivera de enfrentar obstáculos supremos antes e fora bem-sucedido em conseguir chegar à vitória depois de alguns fracassos. Mas as complicações colocadas agora pareciam insuperáveis. Era algo além de seu alcance. Por um breve instante, considerou analisar qualquer informação que pudesse encontrar e procurar as autoridades, mesmo que isso significasse voltar para a prisão.

Michael recompôs-se e voltou a atenção para a caixa, esperando que contivesse soluções para os problemas que precisava enfrentar.

Enfiou o bilhete de Genevieve no bolso e olhou para a complexa tranca da caixa preta. Retirou uma carteira marrom do bolso e abriu-a, colocando as ferramentas na mesa à sua frente.

A rica madeira da mesa combinava com as prateleiras de livros e o painel que cobria o teto. Paul Busch nunca se sentara em um móvel tão elaborado, cercado por sinais de riqueza: tapetes persas escuros, cadeiras pretas de couro com espaldar alto, tronos para o capitão desse domínio. Contudo, esqueceu-se da opulência da biblioteca enquanto olhava atentamente para a tela do computador. Julian Zivera não era um homem, era uma indústria. Seus negócios compreendiam todos os campos, desde finanças até medicina, mas seu investimento principal era a religião e tudo o que tivesse a ver com o assunto. Zivera era o líder da religião chamada Verdade de Deus, uma mistura de cristianismo e ciência que já ultrapassava o número de meio milhão de seguidores fiéis em um período de apenas 25 anos. Fora fundada por um francês chamado Trepaunt, que a deixou para o genro, Julian, após sua morte.

A base de Julian e da Verdade de Deus ficava em um mosteiro, em um penhasco na costa da Córsega. A propriedade de 25 mil acres era formada por instalações de pesquisas, escritórios e laboratórios médicos, e tudo concentrava-se em torno de seu centro de operações. A estrutura, semelhante a um castelo, funcionara como um mosteiro por quase duzentos anos; antes disso, servira de residência de verão para a família real, que doara o castelo para a Igreja em 1767, evitando que caísse nas mãos da realeza francesa que comprara a ilha mediterrânea dos genoveses.

A Verdade de Deus comprou a estrutura dos monges que voltaram para o continente em consequência de sua constante redução. O prédio foi todo renovado a fim de abrigar as últimas gerações, embora sem desrespeitar o passado, um tema levado para a fundação e para as crenças da Igreja. A Verdade de Deus era monoteísta, um crescimento extremo do catolicismo que não podia continuar a obedecer a Igreja e suas políticas. Os fundadores da fé acreditavam que a religião organizada havia se deteriorado e se tornado ultrapassada, ignorando os fatos do presente, os fatos da ciência, a fim de manter uma estrutura de crenças estabelecida quinhentos anos antes. As crenças espirituais de alguém e da Igreja à qual pertenciam não compartilhavam a mesma filosofia e abordagem à vida. A Verdade de Deus era uma fé que acreditava em um Deus. Seguia muitos dos ensinamentos éticos da Bíblia, mas reconhecia os exageros do livro, como contos de moralidade. Preferia inspirar-se na ciência, em vez de ignorar os fatos sobre a criação do homem e do universo — embora isso não seja o mesmo que dizer que a criação não tenha sido planejada por Deus. Tratava-se apenas de reconhecer que o mundo fora construído em mais de seis dias, que o homem fora feito de algo muito mais complexo que argila e que a mulher não fora criada a partir da costela do homem. Não havia dúvida, para essa Igreja, de que Deus era o juiz dos homens e que todos deveriam responder ao Criador. Os milagres existiam, todos possuíam alma, e o céu ou o inferno aguardavam os merecedores de cada uma das moradas eternas.

E a Igreja tornara-se poderosa. Seus membros, diferentemente de outras religiões, não vinham de todas as camadas da sociedade, mas apenas de algumas: eram representados por ricos e poderosos, pelos bem-educados e bem-sucedidos. Chefes da indústria, membros da realeza e celebridades aglomeravam-se no campus, e as igrejas-membro se espalharam pelo mundo moderno. Como resultado, sua base financeira era mais forte do que a da maioria dos países. Com uma taxa mínima anual de cada membro chegando a 10 mil dólares, a sociedade inchava os cofres todos os anos. E a congregação não recebia apenas elevação e esclarecimentos espirituais pelas doações que fazia; eles participavam dos desenvolvimentos na área médica e de outros investimentos de

Zivera, aproveitando-se de sua perspicácia financeira. A Verdade de Deus prestava consultoria sobre ciência e finanças, e o fazia na hora. Se você fosse um seguidor, na verdade, você era mais como um acionista com benefícios. Creia e colherá a recompensa pela sua fé hoje, não depois de morto. Tratava-se de um modelo de sinergia que fundia as linhas do trabalho, da família, da fé e da ciência.

E foi isto que impressionou Paul: não havia igrejas da Verdade de Deus nos países de terceiro mundo, nenhum grupo missionário tentando converter para a fé as partes mais obscuras do planeta. Essa era uma religião para a elite, para os escolhidos, os bem-nascidos e os ricos. Apenas para aqueles diante de quem as religiões atuais não se dobravam. Um clube exclusivo para aqueles que escolheram enfrentar a tradição e ver novos costumes estabelecidos, costumes que atendiam aos seus pontos de vista. Tratava-se de uma religião planejada para o grupo de pessoas que acreditavam ser o centro do universo, para aqueles que, quando se deparavam com qualquer adversidade, abriam um processo para se sentirem satisfeitos. Para aqueles que culpavam os professores, os técnicos e os chefes pelas falhas e fracassos, pois, no mundo em que viviam, não podiam estar errados. E como um pastor se atrevia a dizer como deveriam viver suas vidas? A religião era uma questão de escolha. E se escolhessem ver Deus sob uma ótica diferente, que assim fosse. Julian Zivera estaria lá para olhar por eles.

Agora era moda ser membro da Verdade de Deus, ser um dos escolhidos, um dos esclarecidos. E nesse mundo de ilusões, uma vez que as celebridades entraram, as comportas se abriram, pois quem conhecia melhor assuntos como religião — sem mencionar política e a vida em geral — do que as celebridades?

Enquanto Paul lia, procurava por respostas, mas não havia nenhuma. Todos os recursos que consultava traziam notas de relações públicas elogiosas a Julian Zivera. Seus motivos, suas indiscrições e erros, tudo muito bem enterrado por uma empresa de relações públicas. Até onde todas as pessoas sabiam, Julian Zivera podia caminhar sobre a água. Mas Paul sabia mais do que isso. Havia muito mais coisa sobre esse homem do que a internet poderia revelar, do que o relatório anual poderia resumir, do que um panfleto de igreja poderia proclamar. Nenhuma dessas fontes ou qualquer outra sobre o assunto poderia responder à pergunta central que Paul buscava. Por que um homem com uma riqueza insuperável, de poder inalcançável, um homem com influência religiosa, sequestraria um advogado de Boston e pediria como resgate uma simples caixa?

Susan estava de pé no grande closet, maior do que a maioria dos quartos que se via nos apartamentos de hoje em dia. Estava cheio de ternos de trabalho, camisas sociais, roupas informais, sapatos, tênis e acessórios esportivos. E todas eram de homem. No centro havia duas fotografias: uma de um homem bonito que devia ter quase 30 anos e a outra de uma mulher que devia ter uns 45 anos. A porta do cofre — oculta por um espelho que ia do chão ao teto — de onde ela tirara a caixa-forte ainda estava aberta. Susan fez de tudo para desviar os olhos não apenas das fotografias, mas do quarto secreto também. Sentia que espiava os segredos mais profundos de Stephen, seu santuário pessoal, onde ninguém entrava. Ele lhe revelara o código da porta oculta para que ela pudesse entregar a caixa de metal a Michael. Stephen dissera-lhe para entregá-la a Michael e nada mais.

Agora, sozinha com seus pensamentos, deixou de lado o exterior durão que ostentava e sentou-se no chão do closet, encostando-se em uma cômoda. E as lágrimas vieram: lágrimas de frustração, medo pelo que parecia ser um mar sem fim de perdas na sua vida. Tudo fugira de seu controle um ano antes, e agora, quando achava que já retomava o equilíbrio, seu mundo ruía mais uma vez. Ela e Stephen haviam compartilhado uma perda que nenhum dos dois se preparara para viver e que até hoje cada um estava apenas começando a aprender como aceitar. A tragédia na vida deles os aproximara ainda mais. Só tinham um ao outro. Mas agora, com o desaparecimento de Stephen, ela estava sozinha. A única pessoa capaz de guiá-la se fora, e ela não tinha a quem recorrer. Ele sempre estivera lá para ajudá-la: conseguindo o seu primeiro emprego no escritório da promotoria, levando-a para a firma de advocacia e guiando sua carreira em ascensão. Devia-lhe tudo.

Recusava-se a deixar o mundo ver sua dor, suas lágrimas e sua fraqueza. Mas quando ficava sozinha, sem testemunhas, permitia-se expressar a angústia que sentia no coração. Soluçava de forma incontrolável, fazendo o corpo todo estremecer, as lágrimas escorrendo-lhe pelo rosto; deixou-as fluir por cinco minutos e, de forma tão repentina quanto começaram, elas pararam de cair. Clareou os pensamentos e focou em sua palavra de concentração, utilizando uma técnica de ioga em que buscava a paz interior. Era algo difícil, mas acalmou-se assim mesmo. Ficou de pé e entrou pela porta oculta. A luz ainda estava acesa naquele quarto, um quarto seguro, um refúgio no caso de uma crise ou invasão domiciliar. Mas hoje, não servia como o santuário que se pretendia que fosse.

Entrou no espaço, que devia ter 2,5 metros por 3 metros. Monitores de segurança ocupavam uma das paredes, exibindo vários cômodos da casa. Viu Michael St. Pierre na sala de estar tentando abrir a fechadura da caixa preta. O homem chamado Paul Busch encontrava-se na biblioteca concentrado no que via na tela do computador. No resto da casa, apenas silêncio. Deu as costas à parede de monitores e olhou para a outra parede. Havia caixas de armas ali, não havia tranca — afinal, todo aquele quarto era um cofre. Parou para pensar enquanto pegava uma das armas da prateleira, mas achou melhor não. Embora os dois homens lá embaixo fossem estranhos, não pareciam representar uma ameaça.

E, então, enquanto observava a parede, sentiu a respiração presa na garganta, do mesmo modo que sentira na primeira vez que entrara ali, uns cinco minutos antes. A parede era tomada por várias fotografias. Olhou para cada uma delas — havia mais de quarenta, a maioria com os cantos virados e desbotadas pelo tempo. Estavam penduradas e organizadas de forma meticulosa e, embora não fossem de Stephen, revelavam mais sobre ele do que sobre quem estava ali, dando um insight sobre o homem e revelando muito mais do qualquer coisa que ela já tivesse ouvido sobre ele antes.

A gaveta de onde tirara a caixa continuava aberta. Quando se aproximou para fechá-la, notou uma pasta vermelha e grossa, cheia de papéis. Na capa, havia um título simples: Michael St. Pierre. Pegou o arquivo. Ficou na dúvida se devia lê-lo ou não, mas resolveu não pensar muito; aquele não era um momento para se respeitar a privacidade.

Conforme lia, seu coração disparava no peito. Não era o que esperava. O arquivo continha artigos de décadas antes, da época em que Michael ainda era um colegial. Recortes de jornal sobre seus feitos no futebol americano, cópias de boletins escolares e notas da faculdade. Havia fotografias, algumas obtidas no anuário da escola e outras tiradas por fotógrafos distantes. Mas foi o último conjunto de notícias que gelou seu coração.

Susan fechou o arquivo rapidamente e colocou-o de volta na gaveta, notando que parecia haver mais arquivos sobre Michael St. Pierre. Fechou a gaveta e desligou os monitores. Pouco antes de apagar a luz, pensou melhor. Aproximou-se da prateleira de armas e observou a coleção de fuzis e pistolas. Stephen nunca os mencionara, nunca aludira ao fato de saber como usar uma arma. E ela se perguntou se aquela coleção era algo que ele admirava, orgulhava-se ou mantinha como um meio de proteção. Proteção contra o filho abandonado que poderia procurá-lo algum dia.

CAPÍTULO 13

O jato Boeing tomou velocidade na pista do aeroporto Logan, de Boston, e levantou voo. A manhã já terminava quando o jato particular ergueu-se no céu azul, seguindo para o Atlântico, Stephen Kelley em um quarto localizado na parte de trás do avião.

Depois de ter sido arrancado violentamente de casa, Stephen foi amarrado e jogado no assoalho de um carro. Um telefone celular foi encostado à sua orelha; um homem com um leve sotaque italiano falou-lhe com voz suave, afirmando que não seria ferido se conseguisse convencer Michael St. Pierre de que era o seu pai verdadeiro.

Depois, levaram-no direto para um hangar particular no aeroporto Logan; carregaram-no pelos degraus e jogaram-no no quarto no qual agora se encontrava. Mantiveram-no com o pano preto sobre a cabeça, enquanto tiravam do seu bolso telefone celular, cartões de crédito, carteira de motorista e dinheiro.

Quando descobriram sua cabeça, viu três homens grandes à sua volta, seus olhos implorando-lhe para que ficasse sentado e não tentasse fazer nada idiota. Stephen ainda era forte e estava em plena forma para um homem de 58 anos, pois mantivera a mesma rotina da juventude, de correr, lutar boxe e fazer musculação. No entanto, mesmo que fosse vinte anos mais jovem e estivesse no auge da forma, sabia que não teria a menor chance nem mesmo contra apenas um dos criminosos à sua frente. Eles eram altos, de compleição larga, e a forma como se moviam mostrava a Stephen que eram treinados na arte de matar. Enquanto o livravam das amarras, o líder dos três, um homem de cabelo escuro e curto, com pequenas entradas nas têmporas, caminhou silenciosamente pela cabine, mostrando-lhe o banheiro privativo, o bar bem provido com copos de cristal da Tiffany, colocados em contenções de couro para a decolagem, um pequeno armário com provisões de comida, jornais e revistas.

— Aonde nós vamos? — perguntou Stephen.

Os homens continuaram se movendo, juntando os pertences de Stephen e as cordas que haviam usado para prendê-lo, e ignoraram a pergunta.

— Quem são vocês? — insistiu Stephen em voz baixa.

E os três homens, sem sequer olhar para ele, saíram da cabine. O som pesado da tranca ecoou na cabine, deixando-o sozinho ouvindo apenas o som do motor do avião.

— Droga, mas o que está acontecendo?!

CAPÍTULO 14

Julian corria pelo playground coberto de neve. O garoto de 9 anos, dois passos atrás, não parava de provocá-lo, debochando de seu tamanho e de seu ar de sabe-tudo. O que começara como uma brincadeira ultrapassara o limite da diversão, e o jogo de pique-pega saíra totalmente do controle. Julian, com 8 anos, forçava as pernas a irem o mais rápido possível, mas estava ficando sem fôlego e seus pulmões lutavam para conseguir um pouco de ar. Por fim, Marco o pegou e o derrubou no chão gelado de inverno. Todas as crianças do playground vieram correndo, cercando o garoto louro e seu oponente de cabelo escuro. Os gritos de "briga, briga, briga" ecoavam nos ouvidos de Julian, mas ele apenas ficou ali respirando com dificuldade, sem saber o que fazer, o medo paralisando sua mente.

Julian olhou para os rostos debochados à sua volta, nenhum deles demonstrando compaixão. Ninguém tentando ajudá-lo. Marco agarrou-o e começou a enfiar neve dentro de sua camisa, batendo em seu rosto de um lado para o outro. Julian até tentou se proteger, mas estava completamente indefeso contra o ataque, enquanto os ensinamentos da aula de religião ecoavam em sua cabeça: "Faça aos outros o que gostaria...", "Não erga o punho...", "Ofereça a outra face...".

E então seus olhos pousaram em Arabella. A nova menina. Chegara dois dias antes, sua mais nova irmã. Ela só ficou ali, com os olhos colados nele enquanto embalava um gatinho branco que carregava no colo. Tinha 10 anos, era mais velha e maior do que todos os outros, mas ainda assim permaneceu em silêncio, enquanto Marco continuava a judiar dele.

E então aconteceu. Não fora a intenção de Marco, que não entendia as consequências de seus atos. Seus socos não foram tão fortes assim. Uma expressão confusa tomou conta do rosto de Julian. Ele não entendia por que não conseguia respirar. Parecia que estava embaixo d'água, lutando para respirar, para conseguir um pouco de ar. Mas de nada adiantava. Seu rosto começou a ficar vermelho e todos viram. Todas as crianças começaram a cochichar enquanto ele levava as mãos à garganta, tentando se livrar de mãos invisíveis que o impediam de respirar. E, então, as crianças entraram em pânico e começaram a gritar. Marco levantou-se e fugiu.

E o jovem Julian percebeu por quê. Estavam assistindo a uma criança morrer... E era ele quem estava morrendo. As crianças se dispersaram e Arabella ficou ali, olhando para ele em silêncio, sem dizer sequer uma palavra, apenas acariciando seu gatinho. Ficou ali parada, sem fazer nada, sem tentar ajudá-lo de forma alguma. E tudo em que ele pensava era que não queria morrer.

A escuridão cobriu seus olhos, e o mundo começou a perder o foco; seus pulmões ardiam enquanto ele tentava desesperadamente respirar. E não parava de pensar que não queria morrer.

Julian repousava na cama, o corpo de 8 anos aninhado embaixo de cobertores quentes. Não conseguia dormir, a mente jovem não parava de pensar, totalmente paranoica. O ímpeto dos ventos de inverno era tão forte que as chamas dançavam na lareira. Observou o quadro sobre a lareira de pedra. O anjo parecia olhar bem para ele. As asas brancas preenchiam a tela, enquanto levantava voo de uma árvore dourada em direção ao céu cheio de nuvens. A caixa dourada em suas mãos brilhava como o sol.

Ele não sabia o que acontecera, mas não tinha morrido. Acordara no playground coberto de neve, sua mãe e um ajudante debruçados sobre ele, com agulhas, estetoscópios e sorrisos de alívio. O ataque de asma cedera. Levaram-no para o hospital, onde foi examinado e confirmou-se que passava bem. Deram-lhe um inalador e o mandaram de volta para casa com a mãe.

Genevieve entrou no quarto e fechou a porta atrás de si. Deu um sorriso caloroso e sentou-se em sua cama.

— Como vai meu meninão?

— Estou bem.

— Só isso?

Ela ajeitou ainda mais os cobertores, como se quisesse protegê-lo o máximo possível.

Julian concordou com a cabeça.

Genevieve colocou o cabelo atrás da orelha e deitou-se por cima dos cobertores, ao lado dele.

— Às vezes as crianças podem ser cruéis. E é como lidamos com a situação que nos faz sermos quem somos. Julian, fiquei muito orgulhosa por você não ter revidado. Marco ficou muito chateado. Ele não sabia. Não queria machucá-lo tanto assim.

Julian não disse nada enquanto escutava a mãe.

— Ele vai sentir muita falta da TV e da sobremesa no próximo mês.

Genevieve deu um sorriso e recebeu um pequeno sorriso em resposta.

Julian sentiu-se um pouco melhor por saber que Marco recebera um castigo que ele odiaria receber.

— Você viu o gatinho de sua nova irmã, Arabella? — perguntou Genevieve.

Julian olhou nos olhos da mãe.

— Não.

— Desapareceu. Amanhã de manhã preciso que você me ajude a encontrá-lo. A não ser pelas roupas que ela veste, o animalzinho é tudo que Arabella tem no mundo.

— Ela é má, mamãe. Nem tentou me ajudar hoje.

— Ela só está com medo, querido, tem apenas 10 anos e está sozinha no mundo. É nossa obrigação fazer com que se sinta amada.

— Mamãe — chamou Julian em voz baixa e hesitante —, por que eu sempre continuo ganhando mais irmãos e irmãs?

Genevieve olhou-o bem nos olhos.

— Julian, existem algumas crianças neste mundo que não têm tanta sorte quanto você. Algumas não têm pai nem mãe.

Julian olhou para a mãe.

— É importante amar. É importante ser amado. Sei o quanto deve ser difícil ver toda hora rostos novos. Mas lembre-se sempre de que você é meu garoto especial. — Ela acariciou sua orelha com o nariz. — Quem mais tem o próprio quarto?

Julian sorriu para a mãe.

— Ninguém.

— Com quem eu passo mais tempo?

— Comigo.

— Quem é o meu único filho de verdade?

Julian deu um sorriso acanhado.

— Tudo bem, então. Fico feliz por termos resolvido isso. — Ela acariciou o cabelo louro do filho. — Já sei. Amanhã vai ser um dia só nosso. Você e eu. Faremos o que você quiser.

Mas ele não ouvia. Genevieve observou os olhos do filho enquanto ele olhava o quadro na parede.

— Mamãe?

— Sim, meu filho?

— O que tem dentro da caixa?

Genevieve olhou para o quadro do anjo pendurado na parede. Por apenas um momento, seu rosto iluminado pelas chamas perdeu-se em pensamentos. Por fim, ela se virou para Julian com um sorriso suave. Inclinou-se, deu um beijo em sua testa e sussurrou:

— Esperança.

Genevieve caminhou até a porta e virou-se para Julian.

— Durma bem. Amo você.

Então saiu e fechou a porta.

Depois que a porta se fechou, Julian contou até vinte, descobriu-se e saiu da cama. Ficou de quatro e olhou embaixo da cama, de onde tirou uma pequena caixa de papelão. Levantou a tampa e olhou para o pequeno gatinho branco, que dormia ali. Julian pensou em como a nova irmã não o havia ajudado, em como as outras crianças eram cruéis com ele. Chamavam-no de esqueleto, de esquisito, e todas o tratavam como se ele não pertencesse à sua própria casa. Elas eram as invasoras, mas faziam com que se sentisse um estranho dentro de casa. E isso o deixava louco da vida. Tão louco que não conseguia se controlar e começava a tremer, enquanto as lágrimas escorriam por seu rosto. Não podia contar à mãe, pois ela nunca entenderia. Odiava as outras crianças mais do que qualquer coisa no mundo.

Julian olhou para o gatinho e acariciou-o, passando os dedos no pelo macio. Sorriu, fechou a caixa e atravessou o quarto até a lareira. Puxou a tela e, sem hesitar, jogou a caixa no fogo. Observou enquanto o papelão escurecia, a tampa começando a subir e a descer enquanto uma patinha branca a empurrava e depois voltava para dentro de novo. A caixa começou a vibrar e tremer dentro das chamas, balançando de um lado para o outro enquanto um cheiro de carne queimada enchia o quarto. Os gritos do gatinho eram diferentes de tudo o que

Julian já ouvira na vida. Pensou em Arabella, em como desejava que os gritos desesperados fossem dela e que fosse ela presa naquela caixa de papelão. Por fim, a caixa ficou preta e foi tomada pelas chamas, seu brilho refletido nos olhos azuis infantis de Julian.

E quando os gritos pararam e não dava mais para distinguir a caixa da lenha, Julian atravessou o quarto e voltou para a cama. Olhou para o anjo do quadro na parede, iluminado pelas chamas, e sorriu, sentindo que estava livre da raiva e do ódio. Parou de pensar e adormeceu.

Julian sentou-se na poltrona, os sonhos da infância desvanecendo-se, mas deixando seu coração disparado. Olhou para o oceano abaixo e, depois de alguns momentos, sua mente começou a clarear enquanto ouvia os gritos de Stephen Kelley, os murros que dava na porta da cabine que ficava no fundo do avião, e sorriu.

CAPÍTULO 15

Michael recostou-se no sofá, a sala elegante parecendo desbotar ao seu redor. Apagou da mente tudo o que acontecera na última hora. Seu único foco era a caixa diante dele. Trabalhou na fechadura por 15 minutos, um luxo a que não podia se dar no ramo, no qual existiam testemunhas e sistemas de segurança monitoravam tudo, desde assinaturas de calor até a respiração nasal. As pequenas ferramentas que Michael sempre carregava consigo estavam enfiadas na tranca, e seus leves dedos de metal massageavam os complexos órgãos internos da caixa. Michael comandava-os com habilidade e paciência. Quando a última das 12 trancas foi solta, ergueu gentilmente a tampa e olhou o seu conteúdo.

Já tinha passado os olhos pela papelada que estava na pasta de couro deixada por Zivera. Resmas de documentos sobre o Krêmlin, sua história, sua arquitetura e seus mistérios. Fatos históricos, ficção e lendas russas. Um mundo rico de beleza, detalhes e charme que costumava ser ignorado pelo Ocidente.

Michael estudou o primeiro conjunto de documentos, guardando os fatos na memória:

Na queda do reino bizantino, o último imperador, Constantino XI, enviou a grande biblioteca e artefatos de seu reino como presente de ca-

samento para sua sobrinha, Sofia Paleolog, que se casaria com o grande príncipe de Moscou, Ivan III. E embora fosse um gesto magnífico, um presente de casamento sem precedentes, tratava-se, na verdade, de um subterfúgio extremo enviar um dos maiores tesouros da história para o mais longe possível do centro da civilização. A Rússia, naquela época, era a extremidade mais distante da civilização europeia, o lugar ideal para esconder uma coleção de conhecimento e riqueza que era disputada tanto por governos quanto por religiões.

Ao chegar à Rússia, Sofia encontrou uma cidade com profunda tendência para traição, roubo e incêndios; então, a fim de proteger seu grande tesouro, resolveu embarcar em uma jornada jamais empreendida na história. Chamou o renomado arquiteto italiano Aristotle Fioravanti, o primeiro de muitos, para introduzir as influências arquitetônicas italianas e bizantinas na Rússia. O projeto e a construção da catedral da Assunção ainda se erguem hoje dentro das paredes do Krêmlin como uma das maiores obras-primas da história russa. Mas o seu maior feito, que excede em muito sua reputação, só foi visto por poucos selecionados. Pois abaixo do Krêmlin Fioravanti planejou e construiu um grande mundo, dividido em diversas camadas, para a jovem princesa russa e sua biblioteca. O projeto incluía túneis, cofres e câmeras elegantes feitas de pedra branca. Um santuário particular para a princesa não apenas guardar, mas também esconder, seus livros e artefatos preciosos. Era um mundo cavernoso formado por rios e labirintos, passagens e criptas acessadas apenas por passagens secretas conhecidas por membros selecionados da família real. Ao concluir a obra-prima subterrânea, Fioravanti pediu para voltar para casa, na Itália, apenas para ser atirado na prisão por temerem que os detalhes do mundo subterrâneo vazassem.

A construção desses túneis, cofres e passagens foi continuada pelo neto de Sofia, o primeiro tsar da Rússia. O tsar trouxe outros arquitetos famosos, mas suas intenções não podiam ser mais diferentes.

Câmaras de tortura, cela, de prisão e túneis secretos para entrar e sair do Krêmlin eram o tipo preferido de Ivan IV — ou, como a história o conhecia melhor, Ivan, o Terrível. Ivan considerava seus planos mais práticos e chegou a encomendar um cofre mais elaborado para proteger e esconder o legado de sua família.

Quando a morte de Ivan se aproximava, ele providenciou para que todos que tinham conhecimento sobre o seu mundo subterrâneo fossem mortos. Declarou que a Libéria, junto com todo o seu conteúdo, fosse apagada da memória e se perdesse na história para todo o sempre.

Enquanto pensava sobre esse mundo subterrâneo, um mundo retirado de um livro de mitos, Michael era tomado por uma sensação de mau presságio não apenas porque sentia que aquela biblioteca e seu conteúdo — incluindo a caixa lendária — nunca deveriam ser encontrados, mas porque não fazia a menor ideia de como chegar lá.

Michael voltou a atenção para a caixa preta que tinha conseguido abrir e lá dentro viu uma tela. Retirou-a, abriu-a, desdobrando-a até ver toda a extensão de 1,50 por 1 metro. Viu uma representação bem semelhante à do quadro que roubara em Genebra. Essa pintura era do mesmo tamanho e fora pintada em uma tela grossa demais. Segurou-a. Tratava-se realmente de uma obra de arte, um anjo sereno elevando-se de uma árvore dourada, subindo até as nuvens, com suas enormes asas estendidas e carregando nas mãos uma caixa de ouro que parecia irradiar uma luz de dentro para fora.

Com uma sensação de déjà-vu, pegou a faca e passou a lâmina pela extremidade da tela, o aço afiado passando facilmente em torno da obra, separando o mapa da pintura. Deixou a pintura de lado e examinou o mapa. Tratava-se de uma réplica exata do mapa que destruíra em Genebra. Parecia haver cerca de dez níveis, organizados como uma clara representação tridimensional, cada qual com uma indicação em latim e em russo. O desenho mostrava estruturas da superfície, muitas das quais ainda existiam. Um registro complexo de uma caixa de ouro cercada por notações em russo dominava a camada mais externa. O detalhe da tampa da caixa podia ser considerado uma obra-prima por si só. Michael analisou a urna elaborada, guardando sua aparência na memória. Continha muitos detalhes e um desenho na parte superior de extrema beleza e simplicidade. Não era algo que uma pessoa pudesse imaginar.

E ao longo da parte inferior, na parte mais profunda do mapa, adjacente a um rio subterrâneo, havia a representação de três cavernas, câmaras grandes com um ameaçador quadro da morte pendurado em cada uma das portas. Michael não precisava saber russo ou latim. Estava claro para ele o que estava representado e onde teria de ir se quisesse encontrar a caixa da qual precisava para salvar a vida do pai. Para Stephen Kelley, a caixa era uma questão de vida ou morte, literalmente.

— O que você vai fazer? — perguntou Paul, sacudindo a carta de Genevieve para Michael.

Michael não se levantara do sofá desde que lera os documentos sobre o Krêmlin e estudara o mapa fornecido por Genevieve. Passara os olhos pelos documentos, impressionado com o conteúdo e o nível de detalhes, e tentava digerir a tarefa que tinha diante de si.

— Você me ouviu? — perguntou Paul de novo.

— Você leu o bilhete. O que acha?

— Sei lá, tudo parece uma coincidência muito conveniente — disse Paul em tom cético. — Isso é loucura. Não me entenda mal... mas o Krêmlin. Acho que você não vai conseguir.

— Não sei. Não podemos de jeito nenhum deixar que Susan veja esse mapa.

Paul dobrou-o junto com a pintura e colocou-o de volta na caixa.

— Ele é seu pai, Michael. O que vai fazer?

— Meu pai já morreu — respondeu Michael. — Assim como minha mãe. O sangue de Stephen Kelley corre nas minhas veias, mas ele não é o homem que me criou. O dia em que me abandonou também foi o dia em que desistiu de me chamar de filho.

— Que frieza. Lembre-se de que você veio procurá-lo. Parece que é a culpa falando por você, como alguém tentando construir um muro em torno do coração, de modo que possa se eximir da responsabilidade. — Paul tentou abrandar o tom quando se aproximou de Michael. — Achei que você quisesse encontrá-lo.

— Foi o que achei também, mas talvez... — Michael sentiu a carta de Mary no bolso. — Talvez eu tenha feito tudo isso pelos motivos errados. Acho que ele não queria que eu o encontrasse.

— Stephen é um homem bom.

Michael virou-se e viu Susan entrando na sala.

— Ele não merece isso — afirmou ela. — Se você o conhecesse...

— Não o conheço e não sei se ele chegou a querer me conhecer. Parecia saber quem eu era, mas nunca me procurou. — Michael meneou a cabeça. — Acho que é bem justo dizer que seu único interesse em mim se resume em salvá-lo.

Susan encarou-o e aproximou-se, tentando controlar a raiva.

— Venha comigo.

Michael olhou para Paul e depois para Susan. Levantou-se, saiu da biblioteca e a seguiu até chegarem a uma escada. Passaram por fotografias de rios e montanhas, vida selvagem e cidades agitadas. Era uma galeria de fotos que acompanhava toda a escada e continuava pelo corredor do andar de cima.

— Ele é um homem bom.

— Olhe, tenho certeza de que sim, só que mais de trinta anos é um tempo longo demais para ignorar o sangue do seu sangue. Aonde estamos indo?

Susan o levou até o quarto elegante, decorado com móveis de madeira escura, seguindo direto para o grande closet de portas duplas.

— Já que eu não consigo convencê-lo... — ela puxou o espelho que cobria toda a parede, revelando a porta do quarto secreto — ... talvez ele consiga.

Entrando no aposento, ela abriu duas gavetas no console da parede, virou-se e saiu, deixando Michael sozinho, olhando para o espaço escuro. Ele acendeu as luzes e entrou. Não prestou atenção às armas nem às medidas de segurança; ignorou as garrafas de vinho e de charuto cubano. Já instalara diversos quartos como aquele para clientes. Refúgios bem equipados para emergências que acabavam não passando de um armário para roupas, bugigangas e alguns artigos contrabandeados.

Michael apenas fitou a parede, a organização meticulosa de fotografias, perdendo-se na exibição que havia diante de si. Olhou para as fotos, cada qual de um único sujeito, um indivíduo. E eram todas dele: uma colagem desde a infância até a faculdade, uma memória fotografada. Passaram-se vários minutos até que Michael voltasse sua atenção para as gavetas grandes e lotadas de papéis. Havia duas delas. Grandes em largura e comprimento. Olhou-as e ficou perplexo, pois a mesma coisa que vira na parede, via ali, na gaveta: sua vida. Artigos sobre ele no jornal do colégio, fotografias de jogos, fotografias do time, fotografias de aulas, seus anuários. Uma cronologia completa da juventude.

Havia artigos sobre a grande vitória de virada contra o Stepinac, seu gol no final do jogo com menos de um segundo para vencer o campeonato regional de hóquei, um programa de um recital de piano em que tocara quando tinha 8 anos. E havia mais fotos, diversas, na verdade, com amigos, com os St. Pierre, em aniversários, todas mostrando uma família feliz e sorridente.

Em um primeiro momento, sentiu-se invadido, como se tivesse sido submetido a uma operação clandestina, sua natureza secreta vomitando um escudo contra todos os observadores. Tentou acalmar-se, pegou uma pilha de papéis e fotografias de uma gaveta e sentou-se no chão. Começou a lê-los. Leu tudo, analisando cada fotografia como se fosse nova, e percebeu que a vida para a qual olhava era da perspectiva de um homem que se importava, mas que não podia se aproximar. Um pai que admirava o filho a distância, que se manteve afastado em benefício do filho. E Michael sofreu, sofreu pelo homem que assistiu a tudo de longe, a quem foi negada a intimidade de compartilhar as realizações e os sucessos do próprio filho. Essa coleção não tinha nada de obsessiva e não tinha nada a ver com voyeurismo; era uma coleção de orgulho, de admiração por um filho do qual o pai tivera de desistir pelos motivos certos. E então percebeu que, embora Stephen o tivesse dado para adoção, nunca o tirara do coração.

Michael analisou todos os papéis, fotografias e lembranças. O pai possuía um histórico sobre ele bem melhor do que o seu próprio.

Por fim, juntou tudo, colocou tudo de volta nas gavetas. Lançou um último olhar para o quarto. Era extremamente bem organizado, assim como a aparência de Stephen. As armas guardadas nas prateleiras, e suas respectivas munições em caixas empilhadas embaixo de cada uma delas. Os charutos rotulados e empilhados por data. Havia uma lista datilografada de números de emergência ao lado do telefone. Michael pensou que o homem era meticuloso, mas havia uma foto obviamente ausente. E era a única que ele realmente desejara ver.

Não havia nenhuma foto de sua mãe.

— Meu Deus — disse uma voz.

Michael girou e viu Paul em pé na porta do quarto, olhando para as fotografias na parede, para o memorial de Michael.

Virou-se para o amigo, sem saber o que dizer. Já vira exibições como aquela antes: casas de criminosos, exibindo a obsessão por suas vítimas. Mas aquilo era diferente. Não havia dúvidas na mente de Paul: era uma parede de remorso, uma parede sobre o que poderia ter sido. Uma janela para os sentimentos de Stephen Kelley.

— Não acho que ele tenha desistido de você — afirmou Paul com voz suave.

Michael encarou Paul sem saber o que dizer. Desligou a luz e saiu do quarto secreto, retornando ao grande closet de Stephen.

— Nós vamos para a Rússia, não vamos? — perguntou Paul em tom relutante.

Os dois amigos saíram do closet, passaram pelos quartos e desceram as escadas.

— Não quero bancar o pessimista nem nada, Michael, e por favor não se ofenda, mas acho que essa coisa toda está subindo à sua cabeça. Estamos falando do Krêmlin, pelo amor de Deus. Não se trata de um museu. É o centro do mundo russo. É como se fosse a Casa Branca, o Capitólio e o instituto Smithsonian, tudo reunido em uma fortaleza russa. Isso vai demandar dinheiro, influência e sorte, e, sinto muito informá-lo, você não tem nada disso a seu dispor.

— Sempre posso contar com você para iluminar meu dia — disse Michael, olhando para o amigo.

— É, eu sei. E odeio ter de acrescentar: como você pode saber que eles não vão matar Stephen de qualquer forma?

Michael entrou na biblioteca de novo, sem saber o que dizer enquanto tinha a consciência de que o destino de Stephen Kelley, de seu pai, estava em suas mãos.

— Enquanto eles acharem que minha intenção é executar o que pediram, enquanto não tiverem a caixa, eles o manterão vivo.

— E o que vai acontecer quando eles a pegarem?

Michael pensou um pouco.

— Ainda não sei, mas vou saber quando a hora chegar.

— Eu vou com vocês — afirmou Susan da porta, lançando olhares suspeitos para Paul e Michael.

Michael nem lhe deu atenção, apenas meneou a cabeça e depois disse para Paul:

— Temos de achar um meio de...

— Acho que você não ouviu o que eu disse — interrompeu Susan.

— Eu ouvi — respondeu Michael sem sequer olhar para ela. Continuou falando com Paul: — Tenho menos de 16 horas...

Susan entrou na biblioteca, parando bem à frente de Michael.

— Eu vou com vocês ou vou chamar a polícia.

— A polícia está aqui — disse Michael, apontando para Paul.

— Poupe-me de suas mentiras! — exclamou Susan.

— Mentiras? — perguntou Michael com um sorriso confuso. — E o que você diria para a polícia?

— Que cinco minutos após a chegada de um ex-condenado a esta casa Stephen foi sequestrado. — Seus olhos acusadores pousaram em Michael. — Deixarei que tirem suas conclusões.

— Achei que você fosse uma mulher inteligente — respondeu-lhe. — Se fizer isso, terá assinado a sentença de morte de Stephen.

— O que o faz pensar que pode fazer isso? — perguntou Susan em tom de acusação.

— Um motivo: as pessoas que sequestraram Stephen acham que eu posso. Não me colocariam nessa posição se não acreditassem nas minhas habilidades.

— Habilidades? — Susan jogou um recorte antigo de jornal na cara dele. Era o artigo sobre a prisão de Michael em Nova York vários anos antes. — Você não passa de um ladrão, um criminoso comum. — Susan começava a perder o controle enquanto falava com Michael. — E tudo é culpa sua. Isso não tem nada a ver com Stephen e tudo a ver com você. A vida dele não podia estar nas mãos de alguém pior.

— Talvez você devesse se acalmar — disse Michael, olhando para o jornal e depois para Susan. — Tem muita coisa que você não sabe...

— Sei o suficiente — explodiu Susan, sem conseguir controlar a raiva. — Você não dá a mínima para ninguém além de você mesmo. Você não tem moral. Agora posso ver por que Stephen negou que o conhecia.

Os olhos de Michael estreitaram-se.

— Moralidade? Olha só, para alguém que transa com o chefe...

Susan deu-lhe um tapa no rosto. Com força. Ele nem piscou. Primeiro ficou chocado demais e depois sentiu raiva. O aposento ficou em silêncio. Ela levantou a mão de novo, mas Michael agarrou-a no ar. Esperou um momento e, entre dentes, disse:

— Olhe, sinto muito pelo seu namorado...

— Ele não é meu namorado — negou Susan, arrancando a mão da dele e atravessando a biblioteca.

Ela respirou fundo, encostou-se à mesa e olhou para a foto de um homem mais novo em pé ao lado de Stephen Kelley.

— Sabe como é perder alguém? — perguntou Susan, sem afastar os olhos da fotografia.

— Está brincando? — perguntou Michael, agora que as próprias feridas haviam sido expostas.

— Alguém que você ama ser arrancado de sua vida?

Michael apenas olhou para ela, sem querer entrar em detalhes sobre a morte da esposa.

— Já faz nove meses. Peter era uma dessas pessoas que podia fazer tudo. Brilhante de uma forma modesta. Terminou o ensino médio aos 16 anos, Harvard aos 19 e o curso de direito de Yale aos 22. Mas tudo isso perde a importância diante da grandeza de seu coração. Nunca pensava em si mesmo, sempre colocando os outros em primeiro lugar. Quando a mãe dele morreu, tinha 14 anos. Em vez de se afundar em autopiedade, permitiu que a dor da perda o ajudasse a crescer e ficou ainda mais próximo do pai. Ele não era arrogante e nem sabia o que orgulho significava. Sempre dizia "nós" em vez de "eu" e nunca procurava levar o crédito, sempre compartilhando ou não aceitando.

Um sorriso melancólico surgiu no rosto de Susan.

— Estava sendo treinado para assumir os negócios do pai. Ele seguiu seus passos, passando dois anos no escritório da promotoria. Em menos de cinco anos, havia trabalhado em todas as divisões da firma do pai, sabia tudo melhor do que seus mestres. Ainda assim, evitava os títulos que o pai tentava lhe dar, dando crédito a pessoas que contribuíram menos do que ele. Era uma pessoa realmente altruísta nesse mundo.

Susan fez uma pausa, seus olhos concentrados nas fotografias de Peter que enfeitavam as prateleiras.

— Todo mês de abril, Stephen e Peter iam à rua principal, em Hopkinton, no meio de 20 mil pessoas, e corriam por quatro horas os 40 quilômetros da maratona até cruzarem, juntos, a linha de chegada em Boston, lado a lado, como pai e filho. — Por fim, Susan olhou para Michael com um sorriso triste no rosto. — E o mais engraçado de tudo... Peter nunca contou ao pai que odiava correr mais do que tudo na vida.

Michael e Paul observaram em silêncio enquanto uma montanha-russa de emoções passava pelo rosto de Susan.

— Peter saiu tarde do trabalho uma noite, depois de ajudar um associado júnior com um relatório. — Ela fez uma pausa e baixou a cabeça, enquanto seus olhos se enchiam de lágrimas. — Um carro o atingiu de frente. Stephen mal foi capaz de reconhecer seu corpo.

"O orgulho de Stephen, sua razão de viver, seu único filho morreu naquele dia. E agora você, a antítese de Peter, a representação de tudo o que ele não era, chega à porta desta casa, a casa em que Peter cresceu..."

Michael não disse nada; a frase cortava seu coração.

— Aquele pobre homem passou nove meses de luto pelo filho; você morreria se sofresse uma perda como essa. Ele estava começando a se recuperar.

— E qual é o seu papel nessa história? A funcionária leal querendo preencher o vazio na vida do chefe? — perguntou Michael.

— Na verdade, não. Eu o considerava sangue do meu sangue. Stephen é meu sogro. Peter Kelley, meu marido. — As lágrimas escorreram silenciosas pelo rosto de Susan. — E agora eles provavelmente matarão Stephen, mesmo que você faça o que eles querem.

— Provavelmente — respondeu Michael.

Observou a expressão de choque no rosto triste de Susan. E, por mais zangado que ela o deixasse, sentiu pena. Compreendia sua dor e sua perda. Era uma ferida que nunca cicatrizaria, fazendo com que as emoções viessem à tona sem aviso. Por fim, olhou-a e disse com voz suave:

— Mas eu não vou permitir que isso aconteça.

Paul observou a mudança no comportamento de Michael.

Ele sentou-se no sofá e começou a contar a Susan exatamente o que estava acontecendo. Explicou o pedido de resgate, a caixa antiga que um obsessivo procurava que serviria como moeda de troca pela volta de Stephen. Contou-lhe sobre Genevieve e Julian e sobre as complicações que enfrentaria quando chegasse ao Krêmlin. Explicou tudo, do início ao fim, deixando bem claro como as chances eram pequenas.

— Preciso ir com vocês — disse Susan.

— Você não faz ideia do que está em jogo aqui.

— E você faz? — perguntou Susan, voltando a adotar a atitude durona.

— Bem mais do que você — respondeu Michael, um pouco chocado.

— Não posso ficar sentada aqui enquanto você tenta trazê-lo de volta.

— E o que você teria para oferecer? — perguntou Michael.

— Você pode ter um mapa, uma pesquisa sobre o local que tem de encontrar, mas não tem algo que eu poderia fornecer.

— Que seria...

Susan apenas inclinou a cabeça e sorriu.

CAPÍTULO 16

O jato comercial Boeing pousou na pista e taxiou até uma caravana de carros pretos. A pista particular, na ilha mediterrânea da Córsega, fazia parte do complexo conhecido como Verdade de Deus. Era uma das poucas pistas particulares para pousos e decolagens na Europa, a permissão concedida devido a uma grande doação ao governo francês.

A Córsega era uma joia no Mediterrâneo com uma história fabulosa. A ilha de 14 mil quilômetros a oeste da Itália foi onde Napoleão Bonaparte nasceu. Devido à localização estratégica, a ilha montanhosa ficara sob diversas lideranças desde Cartago, passando pelos romanos e vândalos, até o Império Bizantino em 522 d.C. Depois vieram os árabes, os lombardos e os mouros — o país ainda trazia o emblema dos mouros na bandeira —, até encontrar a estabilidade com os genoveses, em 1284. Quando estes foram à bancarrota, venderam a ilha para a França, em 1768. Intocada pelo desenvolvimento moderno, a ilha continuava sendo uma combinação de praias e florestas que mantinha as belezas naturais; um local perfeito para a Verdade de Deus conduzir seus negócios longe dos olhos curiosos do mundo. Tratava-se de uma propriedade que se estendia por 25 mil acres desde a costa até o monte Cinto, com seus 2 mil metros de altura, sendo cercada por montanhas e florestas que tinham mais a ver com o clima do norte da Europa do que com as praias do Mediterrâneo da costa da Córsega.

Julian saiu do jato e olhou para as estrelas, nunca as tendo como certas, já que representavam, para ele, o desconhecido, os mistérios a serem descobertos. Desceu a rampa seguido por dois guarda-costas e entrou no primeiro carro. Os seguranças flanquearam as portas e olharam para cima enquanto Stephen Kelley era tirado do jato. Um saco preto cobria-lhe o rosto, mas ele não estava amarrado: seus três acompanhantes sabiam que não tinha para onde fugir. Guiaram-no na descida da rampa, colocaram-no no segundo carro, e a caravana seguiu caminho.

Deram a volta no jato e aceleraram em direção ao portão, que era folheado a ouro e, 16 metros à frente, abria-se para dar as boas-vindas ao dono. A estrada do complexo era de barro vermelho, ladeada por pedras pelos 5 quilômetros de extensão. Cortava uma floresta antiga que fora invadida pela construção. Pela janela embaçada do carro, Julian olhava a miríade de prédios. Sua equipe de médicos não ficava atrás de nenhuma outra, atraindo as maiores mentes da época, não apenas devido ao pacote generoso de remuneração, como também pelas instalações de última geração e pela liberdade para explorar até mesmo as teorias mais incomuns. Julian orgulhava-se da mentalidade de reflexão de sua organização. Medicina criativa, finanças criativas, religião criativa. Não acreditava no moderado e no tradicional. A humanidade já seguira por tempo demais o mesmo mapa. Julian sentia prazer em explorar novas rotas, pois elas poderiam render o maná dos deuses, assim como a busca de Colombo por uma nova rota para as Índias o levara a, sem querer, descobrir o Novo Mundo.

A casa de Julian ficava acima do complexo como um senhorio tomando conta de seus serviçais. Mas era muito mais do que uma casa. Era dali que ele conduzia os negócios, onde recebia os dignitários e pregava aos seguidores. Era o centro de seu império e o centro de seu coração. A estrutura semelhante a um castelo erguia-se em quatro andares feitos de pedra. Construída em 1690, servira como residência de verão para a família que governava Gênova, que a doou para a Igreja em 1767, um pouco antes de a Córsega ser comprada pela França. Fora uma negociação de última hora, feita com a intenção de minar a França e, ao mesmo tempo, comprar um lugar no céu.

A Verdade de Deus adquirira a propriedade, que se tornara um mosteiro, e modernizara seu interior, sem, contudo, desrespeitar a arquitetura original. A área de 7 mil metros quadrados incluía salões de baile, vastas salas de jantar, calabouços, cinemas, torres de vigília e uma cozinha do tamanho de um restaurante. Tinha vista para o Mediterrâneo, e a parte de trás de sua fachada misturava-se com o penhasco sobre o qual se erguia e contra o qual as ondas arrebentavam 600 metros abaixo. Quando alguém se aproximava pelo mar, parecia que Deus esculpira o grande castelo no sexto dia da Criação para Ele próprio morar.

O carro de Julian parou sob a *porte-cochère*. Ele saltou e entrou em casa pelas portas de madeira, que tinham mais de 6 metros de altura e tábuas de 5 centímetros unidas por ligas de metal de 8 centímetros que pareciam tão novas quanto no dia em que foram forjadas, trezentos anos antes. Atravessou o vestíbulo de mármore e dirigiu-se para a biblioteca, que ficava no canto sudoeste do castelo. Era sua fortaleza de solidão, o local onde pensava melhor, onde se sentia confortável, cercado por paredes de mogno e uma coleção de 5 mil livros. Houve uma comoção no vestíbulo enquanto os três guardas guiavam Stephen Kelley pela grandiosa escada até o quarto andar, mas Julian não deu atenção, apenas serviu-se de uma dose de Johnnie Walker Blue, a rara mistura de uísque acalmando-o enquanto lhe descia pela garganta.

Estivera fora por dois dias. Não costumava se envolver diretamente nas operações mais clandestinas da organização, a não ser para dar as ordens, mas aquele caso era diferente: tratava-se de uma busca pessoal.

O eterno e *O legado* datavam de quinhentos anos antes. Quando criança, Julian deliciava-se com as fábulas que a mãe contava. Escutava suas histórias sobre a pintura na parede do quarto; histórias sobre anjos e o Éden, sobre vida e morte, céu e inferno, sobre a verdade oculta em nossas almas. Histórias sobre o quadro-irmão de *O eterno* perdido havia tanto tempo, desde que desaparecera da casa de um colecionador na França, arrancado de lá em uma noite da Segunda Guerra Mundial. Eram quadros criados por um coração tocado por Deus. Em uma tela cujo coração continha um segredo do diabo.

Mas quando ele estava na adolescência, porém, ela vendera *O eterno* para pagar pelo cuidado com as crianças, prover fundos para a operação do orfanato; ele nunca questionou sua decisão. Acreditava nela de todo o coração; o quadro se fora havia muito tempo, o mais cruel dos destinos. Nunca pensou em questioná-la; ela nunca mentira para ele ou o enganara. Afinal, era sua mãe.

À medida que envelhecemos, porém, aprendemos que algumas verdades não passam de fábulas e que algumas fábulas são verdadeiras. Pois Julian descobriu uma verdade, uma verdade que lhe chegara dois anos antes, durante uma simples consulta médica, quando surgiram suspeitas sobre sua herança. Depois de uma pesquisa em seus registros e um gordo pagamento em dinheiro, ele confirmou a verdade: Genevieve não o carregara no ventre. Ele era apenas mais uma criança colocada na sua porta, um bebê abandonado ao nascer. A mãe mentira para ele, sempre afirmando que ele era seu único filho verdadeiro, que ocupava o mais alto posto em seu coração, mais do que qualquer outro. As noites em que o colocava para dormir, os dias especiais que passavam longe dos outros órfãos, uma ligação entre mãe e filho. Tudo não passara de uma mentira, um estratagema.

Julian nunca entendeu o porquê. Mas se ela mentira sobre isso, todo o resto também podia ser mentira. Sua vida, sua história, quem era sua verdadeira família, e tudo que a mãe nunca lhe contara. Pensou sobre *O eterno*, em como desaparecera de seu mundo, em como não estava mais pendurado na parede da casa da mãe. Agora que sabia que ela era capaz de contar tamanha mentira, não questionou a conclusão à qual chegou: de algum modo ele sabia... Genevieve nunca vendera o quadro.

Foi tomado por um misto de emoções e raiva. Mas a mentira, a fábula sobre seu nascimento, fez com que concluísse que se algumas verdades eram fábulas, então algumas fábulas poderiam ser verdades.

E, assim, Julian usou seus recursos para dar início à busca. Começou a investigar a fim de encontrar os dois quadros de Govier. Gastou dezenas de milhões de dólares nessa busca obsessiva por razões que só ele conhecia.

Caminhou até a mesa enorme e abriu a gaveta do meio, de onde retirou uma pasta sanfona. Passou os dedos pelos documentos sobre a mãe: extratos bancários, registros telefônicos, fotografias. Genevieve estivera sob contínua vigilância por dois anos, até o dia do seu desaparecimento. Embora não se falassem mais, Julian sabia tudo sobre ela: negócios, amigos, contas bancárias, até o nome de cada uma das crianças que criava. Então, quando chegou a hora de pressioná-la a fim de descobrir onde o quadro de sua juventude realmente se encontrava, sabia exatamente onde atacar. E quando ela permaneceu em silêncio, recusando-se a cooperar, a falar com o filho com quem não conversava havia anos, ele desmantelou o mundo dela mais rápido do que qualquer um poderia imaginar. Ainda assim, a mãe não se dobrou e não desistiu. Ela fugiu para as montanhas, onde morreu, mas sua morte não passou de outra fábula.

E embora ele suspeitasse de que ela ainda possuía *O eterno* ou pelo menos sabia onde se encontrava, enquanto virava o mundo dela de cabeça para baixo em sua busca, foi o outro quadro, *O legado*, que apareceu primeiro; encontrado no mercado negro, o quadro conquistou sua atenção maior.

Enquanto Julian pensava na questão, fitou o enorme quadro pendurado sobre a grande lareira, do tamanho de um carro. A mãe olhava para o mundo com olhos ternos, os mesmos olhos que confortaram Julian na infância. Mas para ele, durante os dois últimos anos, aqueles olhos mudaram; tornaram-se mais profundos e misteriosos, carregando um mundo de segredos, um mundo de traições. Antes ele achava que eram uma janela a permitir que sua alma caridosa brilhasse para o mundo; agora, eram olhos escuros, como se uma sombra os atravessasse, uma sombra que ocultava sua alma, escondendo-a do mundo. Havia uma ligação inexplicável entre tudo: as pinturas, a caixa de ouro e Genevieve. Julian não sabia como tudo se conectava, mas alimentava suspeitas. Genevieve não escondia apenas a falácia maternal ou obras de arte, escondia segredos mais profundos do que qualquer um poderia imaginar.

Sua morte nas montanhas da Itália não passara de outro estratagema. Seus homens a viram. Viram seus olhos aterrorizados quando pararam com suas picapes com fuzis apontados para o Buick que acelerava pela ponte em direção a eles. Observaram quando o veículo bateu na grade e caiu no reservatório, provocando uma cascata de água.

Julian ergueu o copo em um brinde mudo à mãe, à sua beleza, inteligência e natureza secreta. Ela lhe foi tirada, sequestrada antes que seus homens pudessem sequestrá-la, mas isso só atrasaria o reencontro deles. Apesar de todas as mentiras, todas as traições, Julian a amava assim como todos os filhos amam as mães. E a queria de volta. Precisava tê-la de volta, e o que seus sequestradores não sabiam era que haviam ultrapassado uma linha muito perigosa.

Ele ouvira o pedido de resgate e rira; pensara sobre isso durante todo o voo dos Estados Unidos até ali. Não tinha a menor intenção de pagar em cinco dias. Não tinha intenção de pagar de jeito nenhum. Na verdade, não tinha como. Apesar dos seus bilhões, tratava-se de um resgate que não possuía. Mas não tinha problema, isso não mudaria o resultado. Apesar da ameaça à vida da mãe, não havia dúvida em sua mente de que ele e a mãe se reencontrariam. Os sequestradores tentaram jogar com seus sentimentos, mas ele conhecia esse jogo melhor do que ninguém, tinha anos de prática em fazer as pessoas se dobrarem aos seus desejos, de brincar com suas emoções, de fazê-las ver a luz. Afinal, era um pregador, um homem de Deus.

E, com Deus a seu lado, traria a mãe de volta e, então, mataria aqueles que se atreveram a atravessar seu caminho. Ele encontraria suas famílias, seus filhos e amigos... E mataria a todos.

CAPÍTULO 17

Stephen Kelley saiu para a varanda e olhou para o mar, sua vastidão acentuando sua própria insignificância. Observou a topografia e não foi capaz de determinar onde se encontrava, mas o penhasco escarpado abaixo de suas janelas e a água azul cristalina confirmava uma coisa: não estava nos Estados Unidos.

Pensou que sua vida saíra de controle antes mesmo dos eventos daquele dia. Ele achava que sua vida não poderia ser pior do que já fora. Seu filho Peter, fonte de seu maior orgulho, fora-lhe tirado nove meses antes.

E agora Stephen estava ali, preso como uma isca para o pagamento de um resgate, e sua vida encontrava-se nas mãos do filho que abandonara assim que nascera. Um filho que virara um criminoso.

Stephen carregava uma carga extremamente pesada por ter abandonado o primeiro filho. Não o fizera por medo ou egoísmo. Na verdade, fora um ato de grande altruísmo. Ele e sua primeira esposa, Jane, eram namorados desde muito jovens e, tendo vindo de lares problemáticos, ambos haviam lutado para quebrar os moldes e a maldição de sua linhagem. Embora tivessem crescido em certo abandono, esforçavam-se nos estudos para que pudessem ir para a faculdade assim que conseguissem juntar algum dinheiro. A gravidez inesperada de Jane, como era de se esperar, os assustou. Ambos eram católicos e não consideravam o aborto uma opção. Casaram-se rapidamente sem a presença de nenhum membro das respectivas famílias, pois ninguém se deu ao trabalho de comparecer, e se mudaram para um pequeno apartamento na West Broadway, ao sul. Stephen trabalhava nas docas durante o dia, carregando e descarregando a carga de navios, e passava as noites na academia local como parceiro de treinamento para competidores que queriam lutar pela Golden Glove. Jane era garçonete e manteve dois empregos até o dia do parto. Ambos juntavam dinheiro e, no outono seguinte, Stephen começaria na Universidade de Boston. O plano era que Stephen se formasse para que Jane pudesse começar a estudar. Dividiriam as responsabilidades com o bebê e trabalhariam. Amavam-se e, embora soubessem que os anos seguintes seriam difíceis, aguardavam a chegada do bebê com ansiedade. De alguma maneira, conseguiriam fazer tudo funcionar e teriam uma vida boa para eles e para o filho que nasceria.

Em 15 de março, Jane entrou em trabalho de parto; de manhã, conforme o previsto, e tudo encaminhava-se como o esperado. Mas tudo mudou naquela tarde. Stephen estava na sala de parto. As enfermeiras imploravam para que Jane respirasse e fizesse força. O bebê já coroava. Stephen sentiu um misto de emoções enquanto assistia à esposa passar por tamanha agonia, por tanto sofrimento. Trazer um filho ao mundo não era nada do que ele esperara.

Mas depois que ela fez força mais uma vez, ele nasceu. Era um menino. Lágrimas escorreram pelo rosto de Stephen e de Jane, enquanto o recém-nascido sugava seu seio. Stephen nunca sentira amor tão intenso quanto naquele dia, tanto pela esposa quanto pelo filho. Nada poderia detê-lo, nada poderia acabar com a alegria que sentia. Beijou a esposa repetidas vezes, tirando o cabelo castanho de seus olhos. A vida adquirira um novo propósito naquele dia, e ele faria o melhor para dar tudo à família, pois era um dos homens mais altruístas que o mundo já conhecera.

A enfermeira pegou a criança, colocou-a em um pequeno berço e tirou-a da sala.

Stephen inclinou-se para a esposa:

— Amo você.

— Também amo você — disse ela, com o sorriso mais radiante que Stephen já vira.

— Você me deu um filho.

— Disponha — disse Jane, sem parar de sorrir.

Stephen olhou para ela, achando-a mais linda do que nunca, apesar do suor e da aparência.

— Prometa que nunca vai deixar de nos amar.

Stephen fitou-a nos olhos.

— Gosto quando você diz nós. — Olhou para ela por um tempo, guardando cada detalhe de seu rosto na memória, inundado de alegria. — Eu prometo.

— Senhor Kelley — chamou a enfermeira, que voltava trazendo de seu rosto toalhas limpas nas mãos. — Sinto muito interrompê-los, mas precisamos cuidar de sua esposa.

Stephen assentiu.

— Por que não vai ver o que estão fazendo com nosso filho e certificar-se de que ninguém vai machucá-lo? Você é responsável por outra pessoa além de mim agora — disse Jane, dando-lhe um breve aceno enquanto olhava Stephen sair pela porta.

Ele seguiu pelo corredor até chegar ao berçário. Depois de procurar por alguns minutos, achou o filho. Estavam realizando os exames de rotina, dando-lhe banho e uma aparência mais respeitável do que a que tivera ao nascer. Stephen maravilhou-se com os pequenos dedos das mãos e dos pés, impressionado com as unhas dos dedos, tão pequenas e rosadas e, sem dúvida, perfeitas. Naquele momento, Stephen sonhou em ensiná-lo a andar de bicicleta, jogar beisebol, torcer pelo Red Sox.

Seriam unidos, pai e filho. Ficou ali por quase uma hora observando o filho dormindo, enroladinho na manta.

Por fim, Stephen saiu do berçário e foi para o quarto de Jane. Não a viu. Não deu atenção ao fato e voltou para a sala de parto. Olhou pelo vidro da porta e a viu lá, deitada na maca. Entrou, e ela não se mexeu. Caminhou até onde ela se encontrava, olhando para seu rosto, observando-a dormir, como sempre costumava fazer. Ficou em silêncio por um tempo. Alguma coisa pareceu-lhe errada. Tocou seu rosto: estava frio.

— Jane? — sussurrou Stephen.

Nada.

— Jane? — chamou mais alto dessa vez, tocando seu braço.

Nada.

— Jane?! — gritou Stephen, sacudindo-a.

As portas vaivém abriram-se, e médicos e enfermeiras entraram.

Mas era tarde demais.

Seu coração, tão cheio de alegria e amor, parara de bater.

Duas horas mais tarde, depois de ouvir os médicos lhe explicarem a parada cardíaca e expressarem pesar pela perda, ele percorreu o corredor e voltou ao berçário.

Enquanto olhava para a criança inocente, dormindo tão tranquilamente enrolada na manta azul de algodão, tão cheia de paz, sua mente começou a divagar: *O que direi ao meu filho sobre a mãe? Como a vida pode ser tão cruel a ponto de roubar de um recém-nascido o direito à mãe antes mesmo de ter a chance de ser amado?*

A agonia da perda de Stephen só foi superada pela agonia da decisão que tomara a respeito do filho. Sem Jane, sabia que não conseguiria. Sem uma parceira, seria incapaz de criar um filho da maneira que ele precisava ser criado. Não tinha ninguém na família em quem confiar, nem do seu lado, nem do lado de Jane. Ninguém viria ajudá-lo, ninguém ofereceria ajuda. Ele e o filho ficariam sozinhos no mundo.

As freiras do orfanato St. Catherine compreenderam sua decisão e explicaram que encontrariam rapidamente um lar adequado para o menino. E assim o fizeram.

Stephen acompanhou a criação de Michael de longe, sem nunca revelar sua identidade aos St. Pierre. Eles eram seus pais agora, eram sua família. Fizera uma verificação sobre o casal e não poderia ter ficado mais satisfeito com o casal que criaria o filho. De vez em quando aparecia em Byram Hills, um homem não identificado assistindo a eventos esportivos, observando Michael St. Pierre vencer um jogo de futebol ou de hóquei. Soube que as notas de Michael no colégio católico eram boas. Stephen ficava orgulhoso, mas nunca invadiria a sagrada família dos St. Pierre. Stephen sabia que tomara a decisão certa.

Com a morte dos pais de Michael, Stephen pensou em revelar-lhe a verdade, mas, consciente do amor que ele sentira pelos pais, sabia que não haveria espaço em sua vida para outro pai. Decidiu, então, que era melhor deixar algumas verdades escondidas.

E, então, lera sobre a prisão de Michael na cidade de Nova York, em um muro do Central Park. Pego roubando um crucifixo valioso de uma embaixada. Michael fora condenado e mandado para a prisão. A raiva de Stephen foi devastadora, sendo ultrapassada apenas pela vergonha que sentia em julgar um filho que abandonara. As ações de Michael o surpreenderam por serem tão contrárias às suas suposições, ao que vira no filho. Será que aquilo teria acontecido se não o tivesse abandonado? A ironia da situação é que Peter poderia ter sido o promotor que condenaria Michael se o incidente tivesse ocorrido em Boston. Atormentado e confuso, Stephen parou de procurar saber sobre a vida de Michael; por três anos ele o tirara da cabeça, renunciando a qualquer ideia de algum dia vir a entrar em contato.

Mas então Mary o procurou. Veio em busca do pai do marido, o pai de Michael. As freiras do orfanato deram-lhe o nome de Kelley como o maior benfeitor da instituição, um advogado com boas conexões, e ela foi pedir sua ajuda sem saber sua verdadeira identidade. Stephen viu a doença que acabava com seu corpo, a morte em seus olhos, e reconheceu que era uma questão de tempo. Ele sabia como era perder alguém que se ama, seu motivo para viver, a única razão para se ter esperança. Conhecia bem demais a agonia de ter o coração arrancado do peito, tendo perdido duas esposas e o filho.

Em todos os anos de vida, Stephen não compartilhara nada com Michael, agindo como um espectador distante — até agora. A tristeza era o denominador comum mais cruel.

Enquanto permanecia ali na varanda, e a brisa do mar não passava de uma distração, a ironia atingiu-o; essa era a sua punição por ter renunciado à sua obrigação de pai. Este era o seu destino, o seu carma, pois agora a sua vida, a sua sobrevivência, estava nas mãos de Michael St. Pierre, o filho que ele abandonara.

CAPÍTULO 18

Michael abriu a porta do passageiro do Corvette.

— Desculpe por não ir com você — disse Paul no banco do motorista, enquanto oferecia a mão ao amigo.

Michael apertou-a e sorriu.

— Não precisa se desculpar. Jeannie me esfolaria vivo se eu o arrastasse para os meus problemas.

— Tem certeza a respeito disso? — perguntou Paul, sério. — Estamos falando de seu pai, eu sei. Mas, veja bem, é algo grande demais, até para você.

— Você faria diferente se estivesse no meu lugar?

Michael pegou a mochila no carro e jogou-a nos ombros.

— Provavelmente não — respondeu Paul, depois de um tempo. — Tenha cuidado. Não está em meus planos ter de entrar em um avião para salvá-lo de novo.

Michael sorriu e saiu do carro.

— E ouça, tome conta da tal de Susan.

— Como assim?

— Você sabe o que quero dizer. Essa mulher tem problemas em lidar com a raiva. Ficar na Rússia com ela é de acabar com os nervos de qualquer um. — Paul fez uma pausa. — Mas até que ela é bonita.

Michael riu e meneou a cabeça. Fechou a porta e viu quando Paul partiu. Virou-se e seguiu pela calçada de um enorme hangar de avião.

Kelley & Kelley. A placa polida com o brasão brilhava ao sol do meio-dia, as letras grandes ideais para um bar irlandês. Michael olhou-a, imaginando que aquele era o nome da firma de advocacia do pai, rebatizada para incluir o nome de Peter. E, pela primeira vez, sentiu que aquela pessoa era seu irmão — meio-irmão, mas irmão mesmo assim. Michael fora criado como filho único pelos St. Pierre, mas sempre desejara ter um irmão. Bem, agora ele tinha... Ou tivera.

Abriu a porta e entrou no hangar. A aeronave era um Bombardier Global Express XRS, um jato corporativo para longas distâncias usado para levar Stephen e seus associados para onde quer que o dinheiro ou seus clientes exigissem. Comportava confortavelmente 19 pessoas, atingia uma velocidade máxima de 900 quilômetros por hora e contava com uma tripulação de três pessoas. Era um luxo de 38 milhões de dólares. Um grupo de empregados arrumava o jato, enchendo o tanque, fazendo ajustes, limpando e carregando suprimentos e bagagem.

Caminhou pelo enorme hangar, que mais parecia uma caverna, carregando a pasta de Julian, o mapa de Genevieve e nada mais.

Susan, na base das escadas, acompanhada por dois homens vestidos como advogados, tinha uma expressão de surpresa no rosto.

— Você não precisa de suprimentos?

Michael apontou para a cabeça.

— Isso é tudo que preciso carregar. Quando chegarmos lá e eu avaliar o terreno, vou bolar um plano e só depois pegarei as coisas necessárias.

Susan lançou-lhe um olhar preocupado e, depois, voltou-se para os dois homens. Continuaram conversando em voz baixa, e Michael não conseguia ouvir o que diziam. Michael aproveitou o momento de desatenção de Susan e olhou para ela. Era como se a visse pela primeira vez. Paul estava certo: era bonita, sua aparência não era prejudicada pela personalidade agressiva. O cabelo escuro emoldurava o rosto e acentuava os olhos castanhos. Michael se perdeu no momento, mas recobrou-se rapidamente. Embora os dois homens tivessem o dobro de sua idade, era ela quem estava no comando da conversa; parecia um macho alfa, ou fêmea, nesse caso. Falava com confiança, apesar da pouca idade, e sempre direta e firme em suas convicções. Michael sentiu um pouco de medo. Seu excesso de confiança, o ar de sabe-tudo e a resposta pronta para qualquer cenário poderiam atrapalhar os planos de Michael. E se as coisas não fossem feitas a seu modo, o resultado poderia ser a morte. Ela podia estar no comando ali nos Estados Unidos, mas, quando chegassem à Rússia, teria de se contentar com um papel de Amélia: teria de fazer exatamente o que Michael dissesse, ser sua fornecedora e ficar fora do caminho. E embora soubesse que isso não daria certo, ele estava ansioso para ver como ela reagiria.

Susan terminou a conversa e subiu as escadas do avião. Quando Michael entrou na área dos passageiros, ficou surpreso com a decoração cara e o cuidado nos detalhes. Os móveis eram do mais alto padrão de qualidade, cortinas de teca, uma grande mesa de carvalho, um sofá de camurça. Michael sentou-se em uma grande poltrona de couro que parecia mais adequada para uma sala de estar do que para um jato.

Um homem mais velho, careca e já ultrapassando a meia-idade, sentou-se à mesa, bem na frente de Susan. Pegou uma mala de couro marrom e abriu-a, revelando vários maços de notas de 100 dólares.

— Aqui tem 1 milhão extra, caso você precise. Acho que isso deve dar — disse o homem careca. — Tem certeza de que não quer chamar o FBI?

— Temo que isso só levaria à morte de Stephen.

Michael ouviu-a usar o mesmo argumento que ele usara contra a ex-oponente, que naquele momento já se tornara sua aliada.

— Não se ofenda, Susan, mas você é a pessoa menos qualificada para isso. Eu realmente acho que deveria ter alguém para ajudá-la

— disse o careca. — Você nunca esteve na Rússia. As coisas são bem diferentes lá.

— Martin, desde que você venha conosco, essa é toda a ajuda de que preciso.

O careca voltou-se para Michael, o rosto cansado e sem rugas de sorrisos. Parecia que o homem nunca rira na vida.

— Se qualquer mal acontecer com a Sra. Newman ou o senhor Kelley, essa será a última vez que andará como um homem livre neste país.

Michael não sabia se ele estava se referindo à prisão ou à morte, mas conseguiu ler a resposta nos olhos daquele homem: a ameaça era para valer.

— Obrigada, Martin — disse Susan, liberando-o para ir para a cabine de comando.

— Martin já trabalha para Stephen há trinta anos. Sua lealdade beira a psicose. — Susan sorriu.

E esse foi o primeiro sorriso que Michael viu nela.

O motor do jato foi ligado com um barulho ensurdecedor, e o grande avião começou a mover-se enquanto as enormes portas do hangar abriam-se, revelando a pista de decolagem. Michael sentiu um medo momentâneo correr em seu sangue. Estaria sozinho lá. Susan não daria qualquer outra assistência além dos recursos financeiros. De modo geral, preferia trabalhar sozinho, mas diante daquela tarefa monumental, que significava a vida ou a morte do próprio pai, desejava ajuda. Se falhasse, as consequências seriam inimagináveis. Olhando pela janela, ele pensava se conseguiria voltar.

O avião saiu do hangar, enquanto a equipe de terra juntava as ferramentas e começava a fechar as portas gigantescas. O hangar particular localizava-se além das atividades rotineiras do aeroporto Logan. Michael observou enquanto aviões de todos os tamanhos decolavam a distância. Eles levariam alguns minutos para chegar à pista principal e entrar na fila. O avião começava a taxiar no asfalto quando um Corvette amarelo passou a toda velocidade pela área do hangar particular, cortando caminho por ele e, passando pelas portas que já estavam quase fechadas, atingiu o asfalto, acelerando atrás do jato.

O Corvette ultrapassou o jato, parou cantando os pneus a uns 20 metros do avião. Paul saiu do carro carregando uma mochila nos ombros, os cabelos louros compridos voando com a brisa, e fez um sinal com o polegar como quem pede carona.

CAPÍTULO 19

Sergei Raechen repousava na cama, em Alexandria, Virgínia. A respiração difícil sobrecarregava seu pulmão de apenas 6 anos. Vera Bronchenko enxugou sua testa e o cobriu. Sorriu-lhe com um brilho nos olhos. O rosto enrugado cheio de amor.

— Descanse agora, filho. Seu pai logo voltará para casa.

Sergei fechou os olhos, voltando para o sono misericordioso.

O sorriso sumiu do rosto de Vera assim que o neto voltou a dormir. Não conseguiria passar por tudo de novo. Era um déjà-vu. Não fazia nem quatro anos que cuidara da filha, Janalise, do mesmo modo, apenas para vê-la definhar e morrer. E a mão cruel do destino nem permitiu que a doença pulasse uma geração. Tudo começara cinco meses antes, deixando uma criança que costumava ser vibrante e alegre em um estado letárgico, o corpo tomado pela dor, enquanto se deteriorava de dentro para fora. Os médicos não tinham um nome para a doença, que dirá sua cura. Só havia a certeza de uma coisa: a doença era a mesma que matara a jovem mãe de Sergei.

Saiu do quarto do garoto e foi até a varanda dos fundos, o corpo enfraquecido pela angústia e pela falta de sono. Olhou para o quintal, para o balanço de Sergei e seu escorrega, brinquedos sem uso desde que o menino ficara doente. A casa do genro era elegante e ficava em um subúrbio exclusivo de Washington. Era onde a filha sonhara em morar e para onde se mudaram quando o genro se aposentou do trabalho na embaixada da Rússia. Estava cercada por todas as armadilhas da riqueza, o sonho americano, com o qual nunca se atrevera a sonhar quando ainda morava em Kiev. Mas para Vera não passava de uma maldição. O prêmio americano não passava de um olhar debochado enquanto ela era forçada a ver a família morrer à sua volta. Amaldiçoava Deus por não tê-la levado em vez da filha ou do neto. Era uma inversão cruel do destino; ela era vigorosa, forte e saudável nos últimos anos de vida, mas não teria ninguém com quem compartilhá-los. E agora via-se sozinha naquela casa, já que o pai de Sergei tivera de ir à Rússia em outra viagem tola em busca de uma cura milagrosa. Ele dissera que os médicos russos acreditavam que poderiam ajudar Sergei, mas precisavam dos serviços de Raechen uma última vez.

Vera assistira enquanto o genro, Iliá, se fechava de tristeza diante da condição do filho. Nunca superara a morte da esposa, mas se confortara por ela viver em Sergei. Agora, a última pessoa que ele amava escapava-lhe por entre os dedos. Ele buscara uma cura, falara com todos os médicos de todas as clínicas que conseguiu encontrar no mundo, mas eles apenas responderam com solidariedade e curiosidade médica a respeito da doença desconhecida que matava seu filho aos poucos. Iliá buscara a homeopatia, modificações na dieta e até a oração, mas sem sucesso. E quando o telefonema chegou com uma promessa de cura, Iliá não questionou seus empregadores. Pois eles haviam oferecido esperança, algo que se esvaía nele junto com a vida do filho. Iliá saíra no meio da noite e já fazia cinco dias desde que partira. Ele mantivera contato e prometera voltar logo para casa.

E embora Vera, sentindo o toque da esperança ao qual ele se segurava, esperasse uma cura, essa sensação logo foi substituída pelo medo. O que quer que houvesse sido pedido a Iliá para fazer, ela sabia que isso envolveria coisas ruins. Sabia o que o genro fazia antes de aposentar dos serviços prestados ao governo russo. Sabia do que era capaz. Especializara-se em tarefas das quais nenhum governo falava, os atos cometidos em nome da pátria. E embora ele antes fosse motivado pelo amor ao país e até mesmo pelo dinheiro, dessa vez seu incentivo era muito maior, movido pelo seu amor ao filho. Vera acreditava que não falharia, não importando os obstáculos que teria de enfrentar. Iliá era um homem sem alma; ele a sacrificara em nome da KGB décadas antes. Era um homem que já tinha matado pelo país, e ela nem queria imaginar o que seria capaz de fazer pelo filho.

Antes de se virar e entrar na casa, olhou para o balanço, imaginando Sergei ali, e pensou que talvez ele conseguisse curar-se. Rezou para que os empregadores de Iliá cumprissem a promessa. Depois que abriu a porta, fez uma última oração: que Deus abençoasse quem quer que entrasse no caminho de Iliá.

CAPÍTULO 20

Não havia nuvem no céu enquanto o jato cruzava o Atlântico. Atingiram rapidamente uma altitude de 37 mil pés sem nenhuma turbulência. Se Paul não tivesse visto o oceano abaixo, pensaria que descansava sentado em sua poltrona reclinada no andar de cima do bar. Ficara maravilhado com a decoração. Parecia que nenhuma economia fora feita para oferecer o maior luxo possível aos passageiros. TVs com telas de plasma, fones de ouvido em cada assento, uma cozinha bem provida e todo tipo de entretenimento que um passageiro pudesse querer. Isso sem mencionar a elegante mesa de reunião que seria mais adequada para um clube de homens da Quinta Avenida.

— Jeannie vai ter um ataque — disse Michael da grande poltrona de couro.

— Não vai, não — respondeu Paul, sentado em frente a Michael, mas com a cadeira reclinada.

— Vai, sim. E vai me culpar... de novo.

— Ela não vai ter um ataque... Ou pelo menos não outro. O pior já passou, ela *já* acabou comigo.

— Sinto muito.

— Não sinta. Fico feliz por ela ter gritado e esperneado. Já estou acostumado. O tratamento de silêncio é pior. É quando sinto que ela está zangada mesmo. Além disso, o que Jeannie poderia dizer? Quando expliquei a situação do seu pai, que você acabou de encontrar e que foi sequestrado...

Michael encarou Paul sem saber o que dizer. Preocupava-se por ele ter contado a Jeannie a verdade. Afinal, isso deveria ser um segredo.

— Sei o que aconteceria: você chegaria lá, se meteria em encrencas e precisaria da minha ajuda. Eu teria de pegar um avião às pressas e voar na classe econômica, sem TV de plasma nem poltrona de couro reclinável — disse ele, fazendo um gesto abrangendo o ambiente ao redor. — Depois teria de encontrá-lo e tirá-lo da fogueira. Então, achei melhor...

Paul fez uma pausa e inclinou-se para a frente, apoiando os cotovelos nos joelhos e fitando o amigo diretamente nos olhos. O tom jovial sumiu de sua voz e ele assumiu uma expressão séria.

— Vamos salvar seu pai juntos, vai ser assim ou nada.

Michael olhou para ele, assentiu e sorriu.

Susan veio pelo corredor em direção a eles.

— Além disso — continuou Paul, olhando na direção de Susan —, quem vai servir de juiz entre você e a Srta. Certinha?

— O que quer dizer com isso? — perguntou ela, lançando-lhe um olhar zangado.

Paul levantou-se, e sua estrutura de 1,95m fez com que seu cabelo encostasse no teto. Sorriu.

— Nada.

Foi até a parte de trás do avião e entrou na cozinha, surpreso pela variedade e pela quantidade de opções. Havia bebidas para todos os gostos e estilos, a comida variando desde filé e massa até balas e bolo. Ignorando tudo isso, encaminhou-se para o bar e serviu-se de uísque, de uma garrafa bonita cujo nome nunca ouvira antes, e pegou quatro sanduíches de uma bandeja de prata. Quando se virou para voltar à poltrona, deu de cara com Susan.

— Fique à vontade — disse ela, olhando a mão dele cheia de comida.

— Obrigado — ele agradeceu, sorrindo.

— Veja bem, este voo vai durar umas nove horas, e eu esperava que a gente pudesse tentar se entender — disse ela, com a mão na cintura.

— Desculpe. Eu não quis dizer nada com o "Srta. Certinha".

Ela tentou desajeitadamente passar por Paul, e quando conseguiu...

— Meus pêsames — disse Paul.

Ela o olhou sem entender.

— Pela perda de seu marido — explicou ele em tom sincero e de cabeça baixa.

Susan, surpresa com o comentário, apagou toda a raiva que sentira.

— Obrigada — agradeceu, servindo-se de uma taça de vinho tinto.

— Só para você ficar sabendo, aquele cara sentado ali — disse Paul, fazendo um gesto com a cabeça em direção à parte da frente do avião, apontando para Michael. — Aquele que você acusou de não saber o que é perder alguém... Bem, ele perdeu alguém.

A expressão no rosto de Susan suavizou-se.

— Já faz quase um ano. Ele acompanhou seu declínio, sua morte lenta.

Paul parou um momento, apertou os lábios e aguardou. Depois, voltou para a frente do avião, deixando Susan sozinha com seus pensamentos.

Paul ficou de pé ao lado de Michael, que permaneceu sentado.

— Tem certeza de que não quer nada?

Michael olhou para a mão de Paul, cheia de sanduíches, e riu.

— Não, estou bem. Sobre o que você e a Rainha de Gelo estavam conversando?

— Sobre o tempo — respondeu Paul, sentando-se, satisfeito por uma pessoa ter sido capaz de projetar uma poltrona de avião que o acomodasse de forma confortável. Colocou o drinque no apoio para copos e cheirou os sanduíches.

— Aposto que ela gosta mais de tempo frio e chuvoso — disse Michael.

O amigo virou a cabeça para olhá-la.

— Não sei não. Às vezes, as pessoas que gritam mais alto são as que estão com mais medo. Escondem-se atrás de uma fachada de aço e raiva.

— Nossa, como ficamos compreensivos de repente — alfinetou Michael com a sobrancelha erguida.

— Não, é a experiência falando.

Paul deixou que o amigo absorvesse suas palavras. Reclinou a cadeira e adormeceu antes que Michael tivesse a chance de perguntar quem tomaria conta do bar.

Susan sentou-se na cadeira de couro ao lado de Michael.

— Quer alguma coisa?

— Estou bem, obrigado — respondeu ele, observando pela janela oval o vasto oceano abaixo.

— Pousaremos em oito horas.

— Que horas são agora?

— Não sei.

Michael viu o relógio no pulso dela. Era um Patek Philippe, pequenos diamantes cercavam o vidro arranhado do mostrador.

— Não funciona — ela falou ao perceber a direção de seu olhar.

— Ah, sim. E você o usa porque...

— É o meu relógio da sorte. Peter me deu antes de nos casarmos. Desde então, eu nunca perdi um caso. — Susan olhou para o relógio. Michael sentiu que ela tentava esconder a emoção. — Mesmo depois que parou de funcionar. — De repente, recobrou-se. — Vamos pousar às 6 da manhã.

— Obrigado.

— Ouça, eu queria conversar com você — disse ela com voz suave, como se estivesse em um confessionário. — Sinto muito pelo comentário que fiz mais cedo.

Michael inclinou a cabeça.

— Sobre o quê?

— Sobre não saber como é perder alguém. Eu não sabia.

Michael olhou para Paul, que dormia, percebendo sobre o que o amigo e Susan haviam conversado na parte de trás do avião.

— Por quanto tempo você foi casado?

Michael virou-se, não querendo responder. Raramente conversava sobre Mary, a não ser com Paul, Jeannie e Genevieve, mas não tinha como se esconder de Susan pelas oito horas seguintes; então, relutante, contou:

— Fomos casados por quase sete anos.

Ela assentiu com um brilho de respeito nos olhos.

— Era a minha melhor amiga. — Ele não sabia por que continuava falando, principalmente com uma mulher que o esbofeteara duas vezes nas últimas cinco horas. — Tínhamos acabado de acertar nossas vidas. Foi câncer. Tentei de tudo, fiz tudo o que estava ao meu alcance para salvá-la. Às vezes, porém, nem o nosso melhor é o suficiente.

— Não sei quais foram as circunstâncias, mas você não pode se culpar.

Michael meneou a cabeça.

— Não me culpo. O câncer acabou com Mary de forma tão rápida... Não havia nada que pudesse curá-la. Mas isso me faz pensar em por que algumas pessoas vivem mais e outras, sem nenhum motivo aparente, morrem no auge da vida.

— É — disse Susan em voz baixa, desviando o olhar.

— Acho que você sabe sobre o que estou falando.

Susan assentiu.

— A morte de Peter me fez perceber que você não pode viver a vida como se fosse uma rotina.

— Temos de viver o momento — disse Michael, mais para si do que para ela.

Era como se ambos estivessem conversando consigo mesmos. Michael continuou:

— Quando você olha para a pessoa que ama, deve realmente olhar para ela, não pode permitir que sua mente esteja em outro lugar. Não pode falar sobre algum dia quando...

— O nosso um dia nunca chegou.

Michael ergueu a cabeça e seus olhos encontraram os de Susan.

— Nós não vivemos para sempre.

Michael desviou o olhar. Não sabia o que sentia, mas o que quer que fosse, causava-lhe certo desconforto; então, enterrou o sentimento e tentou fugir da conversa que o fazia sentir a dor de ter de viver sozinho. Ajeitou-se na cadeira e disse em um tom de voz neutro:

— Quando chegarmos a Moscou, precisaremos de um carro para chegar à praça Vermelha às 10 horas.

Susan ficou surpresa com a mudança súbita de assunto.

— Vai haver um carro nos aguardando no aeroporto. Ficará à nossa disposição pelo tempo que precisarmos.

— E de onde você conhece essas pessoas? — perguntou Michael em um tom que parecia mais adequado para um interrogatório.

— Martin contratou-as. — Ela respondeu com o mesmo tom de voz, enquanto colocava o ombro para trás e a conversa continuava cada vez mais dura.

— Eles são confiáveis?

— Você é? — retrucou Susan, como se o estivesse testando.

Michael olhou-a.

— Por que não fica no hotel? Posso ligar e mantê-la informada.

— Não vou a Moscou para ficar sentada em uma suíte e pedir serviço de quarto. Na verdade, quero observá-lo de perto.

— Como assim?

— Estou pagando por tudo isto. O que você acha que isso significa?

Agora Michael ficou puto.

— Você pode dar meia-volta neste avião agora mesmo se acha que vou trabalhar desse modo. Eu disse a você, antes de partirmos, que se você pudesse colocar dinheiro na mesa e se tivesse contatos, isso seria ótimo, já que serviria para ajudar a remover alguns obstáculos. Se não me falha a memória, lembro-me de você ter dito que tudo bem e que ficaria fora do meu caminho. Agora, parece-me que você está adotando o lema "minha grana, minha equipe".

— Desculpe. Não sabia que era assim que os ladrões trabalhavam.

Susan olhou-o, o coração fechado e o comportamento durão de volta. Michael tentou não explodir.

— É assim. Então, acho melhor...

— Não posso deixar vocês sozinhos por dois minutos, hein? — disse Paul, espreguiçando-se na cadeira e abrindo os olhos devagar.

Susan levantou-se, lançando um olhar de raiva para os dois, e seguiu para a parte traseira do avião.

Susan tivera uma vida de privilégios, raramente sabendo o que era querer algo. Era filha de Midge e Malcolm Newman, pessoas que achavam que suas carreiras e vida social eram o ponto central de sua existência. Susan vinha em segundo lugar, sendo um peso e uma inconveniência para a rotina deles. Embora fosse a filha única de pais ausentes, nunca estivera sozinha. Fora cuidada por diversas babás europeias, algumas carinhosas, outras não, e todas ficavam por pouco tempo. Com cada uma, Susan tinha apenas um objetivo: aprender o idioma delas. Assim, quando tinha 12 anos, já falava cinco línguas.

Em vez de amor, ganhava presentes, a possibilidade de fazer muitas compras e uma mesada sem limites. Tudo para substituir a falta de conexão de Midge e Malcolm com a filha. Susan não desejava nada. A única coisa menos conhecida na casa dos Newman do que afeição era a palavra "não". A menina cresceu sem nunca ter uma vontade negada, nem um pedido, e aprendeu rapidamente a não tolerar isso na vida. Quando se deparava com problemas, conseguia superá-los com obstinação, força de vontade e uma atitude do tipo "nunca diga nunca". Isso a tornou uma pessoa mimada, sem limites e fria, totalmente desacostumada com o fracasso.

Educada nas melhores escolas particulares e depois enviada para um colégio preparatório em Connecticut, tornou-se uma pessoa teimosa e distante, que só se confortava obtendo conquistas e desenvolvimento pessoal.

Estudou em Yale, onde se sobressaiu não apenas nos estudos, mas também na equipe de natação. Seu recorde nos 200 metros medley individual manteve-se por oito anos, até ser quebrado. Continuou em Yale, na faculdade de direito, e começou a trabalhar no escritório da promotoria de Boston dois dias após a formatura, quando se sentou em frente a Peter Kelley. No momento em que o viu pela primeira vez, sentiu como se seus olhos tivessem permanecido fechados durante toda a vida. Ele era bonito, charmoso e possuía o equilíbrio perfeito para a personalidade frenética de Susan. Embora ela adotasse uma postura mais do tipo "atire primeiro, pergunte depois", ele tinha uma abordagem mais sutil. Mas não importava a situação ou o problema, ambos sempre chegavam ao mesmo resultado: o sucesso. Susan aprendera desde cedo a projetar um ar confiante e superior, mas não passava de uma fachada que construíra desde a infância. Com Peter, porém, não havia necessidade de muros de proteção.

E, então, depois de dois encontros, ela planejou um final de semana surpresa. Jantar, cinema e café da manhã. Sentia uma empolgação que jamais experimentara na vida, uma sensação de antecipação que nunca vivenciara antes. Mas tudo foi por água abaixo quando descobriu que ele fora para Utah esquiar nas pistas de Deer Valley, suas primeiras férias em dois anos. Ele ofereceu-se para cancelar, mas ela insistiu em que ele fosse.

Susan dirigiu o carro até a saída da garagem do prédio decepcionada, mas grata por ter dois dias de folga. Iria apenas dormir e comer, dormir e comer, mas, assim como todos os planos que fizera naquela semana, esse também não deu certo. Ainda nem tinha saído da cidade quando recebeu o telefonema. Cindy Frey perdera a mãe e não teria condições de lidar com a audiência na segunda-feira de manhã. Susan recebeu seu primeiro trabalho solo às 19 horas de sexta-feira, sendo que a audiência era às 9 da manhã de segunda. Teria sessenta horas para estruturar o caso, sessenta horas até conhecer o fracasso, pois sabia que não teria tempo suficiente para formular uma estratégia bem-sucedida para um caso que não conhecia.

Manobrou o carro e voltou para o escritório. Subiu as escadas com o coração cheio de medo e a mente cheia de incertezas. Queria muito assumir um caso sozinha, lutara pela chance de liderar, mas não naquelas circunstâncias. Não teria tempo para se preparar, para montar uma estratégia, e ninguém a quem recorrer, apenas um escritório vazio. Destrancou a porta da sede da promotoria, acendeu a luz e entrou.

E lá estava Peter, esperando por ela, sua pasta e sua mochila com material de esqui no chão. Ele viu o pânico nos olhos de Susan, caminhou até ela, pegou seu pulso e colocou uma bala de cereja em sua mão. Ela olhou-o sem entender.

— Coloque-a na boca — orientou Peter.

Susan fez como ele pediu; sorriu, sentindo-se confusa.

— Quando entrar no tribunal na segunda-feira e começar a se sentir nervosa, coloque uma bala dessas na boca.

— Elas têm algum tipo de poder que eu não conheço?

— Não. — Ele sorriu. — Mas o gosto é muito bom.

Um sorriso escapou de seus lábios enquanto ela mastigava a bala.

— Todo mundo tem um talismã, um objeto de sorte, um pé de coelho. — Peter gentilmente pegou seu pulso de novo e, de algum modo, conseguiu colocar um relógio sem que ela notasse. — Considere isto seu pé de coelho.

Susan olhou para o mostrador com diamantes e para o ponteiro de segundos do elegante relógio. E, de alguma forma, sentiu passar por ela não a sorte ou algum tipo de poder especial, mas uma confiança renovada. Não foi o relógio que lhe incutiu a sensação de determinação, foi Peter. Ele retirou o foco de sua mente do nervosismo, permitindo que ela se concentrasse e percebesse que passaria o final de semana se preparando e conseguiria passar pelo primeiro julgamento.

Então, tiveram o final de semana surpresa, embora não como Susan tinha imaginado. Foi melhor.

Susan descobriu em Peter alguém que realmente a amava, que mostrava seu afeto por meio de olhares silenciosos e afagos carinhosos em seu rosto. Era tudo tão estranho, algo que nunca sentira em toda a sua vida. Era amor.

E o amor a fez desenvolver-se. Peter despertou o melhor dela, acordando a pessoa calorosa e afetuosa que ficara adormecida durante toda a sua vida. Com Peter, sentia-se completa e tornara-se uma pessoa melhor. Era feliz.

Ela abrira o coração e a alma, e eles se tornaram um. Mas desde sua morte, ela ficara à deriva, sem foco, seu coração estilhaçado em pedaços, e a dor e a amargura não conseguindo passar a superfície. Seus sentimentos variavam entre autopiedade e raiva, e ela não sabia como canalizá-los.

Agora, sozinha no mundo, seu único consolo era trabalhar e cuidar de Stephen Kelley. Embora devastada pela perda do marido, sentia uma dor ainda maior em Stephen. Nenhum pai ou mãe deveria ver o filho morrer, era a maldição de um provérbio chinês, viver mais do que os herdeiros e andar pela terra sentindo uma angústia sem fim. Observava Stephen perder a vontade de viver a cada dia. Ele enterrara a esposa e o filho e lentamente demonstrava o desejo de se juntar a eles; Susan temia que ele acabasse fazendo uma besteira. Por isso permaneceu ao lado dele; mesmo quando ele insistia que queria ficar sozinho, ela esforçava-se para ficar por perto e protegê-lo contra si mesmo.

Agora, depois de ter visto o quarto secreto de Stephen com fotografias de Michael, um filho sobre quem Stephen nunca contara a ninguém, começava a pensar se realmente conhecia aquele homem. O quarto era como um santuário de uma vida perdida, uma vida que poderia ter sido. Não sabia se ele o mantinha como uma expressão de culpa ou de honra. Mas, deixando tudo de lado, esperava que as memórias, as fotografias e os artigos sobre Michael que guardara servissem para convencer o filho havia muito perdido que, apesar de tê-lo dado para adoção, Stephen nunca deixara de amá-lo.

CAPÍTULO 21

A porta de cromo polido de 90 por 90 centímetros abriu-se com um clique, e o ar frio da unidade de refrigeração escapou para a grande sala. O Dr. Skóvokov empurrou a bandeja de aço com o cadáver de volta para o confinamento frio e preservador e fechou a porta, trancando o corpo por mais um dia. Virou-se e olhou para as instalações médicas recém-renovadas. Havia apenas duas cores: branco e cromo. Tratava-se de um ambiente limpo e puro, sem nada para contaminá-lo e pressurizado negativamente. O laboratório trazia os odores médicos de sempre: alvejante e desinfetante. Nada poderia danificar aquele mundo hiperlimpo. Fora reconstruído de acordo com suas especificações, em dois andares, e a qualidade não havia sido comprometida pelo cronograma de apenas três meses para as obras. Continha todos os equipamentos médicos de última geração: supercomputadores de alta velocidade para fragmentação e análise de DNA, microscópios eletrônicos e câmeras de fibra ótica para exames internos. No nível inferior havia um sala de cirurgia de última geração, ao lado de uma sala de observação que comportava até trinta pessoas. O prédio de dois andares rivalizava com o Johns Hopkins, o Cern e a clínica Mayo em termos de recursos. Não fizeram nenhuma economia, nenhuma tecnologia foi esquecida. Era tudo com que um médico pesquisador, um explorador do corpo humano, poderia sonhar.

Vladímir Skóvokov olhou para o laboratório. As sobrancelhas escuras em forte contraste com o cabelo grisalho. Seu rosto era todo marcado, carregando cicatrizes da varíola que tivera na infância, mas ele não se preocupava nem um pouco com a aparência. Não dava valor à beleza, apenas à mente e às suas capacidades criativas.

Sua vida parecia ser cheia de círculos. Quarenta anos antes, trabalhava naquela mesma cidade, naquele mesmo laboratório, um jovem médico de renome fazendo pesquisas médicas para a nação mais poderosa do planeta. Era um homem de privilégios em um país sem privilégios. Contava com uma excelente moradia, um salário generoso e um carro, e suas necessidades pessoais eram sempre supridas. Skóvokov não precisava enfrentar a fila do pão. Contava com uma equipe, com financiamentos sem limites e acesso ilimitado não apenas a todas as coisas russas, como também internacionais. A KGB estava à sua disposição. Se ocorresse alguma descoberta médica na Europa ou nos Estados Unidos, ele só precisava dar a direção, e logo receberia toda a pesquisa, todo o conhecimento e, se solicitasse, até a fonte original: já haviam sequestrado mais de um cientista, cuja mente exploravam e depois jogavam na Sibéria, onde ficava durante anos.

Tinha acesso a todas as informações soviéticas, confidenciais ou de conhecimento público do infame governo secreto. Era um homem poderoso em uma nação poderosa, e isso o encantava.

Foi em uma noite de domingo, 38 anos antes; ele lia sentado em seu escritório no Palácio do Congresso, no Krêmlin, com pilhas de documentos confidenciais diante de si. As resmas de documentos e fichas, contas originais e testemunhos históricos eram uma pesquisa sobre um único assunto. Tratava-se de uma lenda pela qual Vladímir se sentia fascinado desde os 11 anos. Agora, com tantos registros históricos ao seu alcance, cedia à obsessão da infância: a grande Libéria de Ivan, a maravilhosa e misteriosa biblioteca que se acreditava estar escondida sob o Krêmlin. Lia, fascinado, sobre as especulações acerca de seu conteúdo, sobre as diversas escavações em busca de sua localização, a respeito da frustração por nunca conseguirem encontrá-la. Mas havia um documento em particular que chamara a atenção do jovem médico: uma breve biografia do monge Dmitri Jitnik, o confidente em quem o tsar Ivan Grózni mais confiava. Ela esclarecia as razões que haviam levado Ivan, o Terrível, a querer ocultar de toda a humanidade a Libéria que pertencera a seu avô. Pois Ivan buscava a redenção para a própria alma; queria salvar a vida das pessoas que tão cruelmente matara. Em seu leito de morte, tendo Jitnik ao seu lado, Ivan compartilhou sua lógica, suas palavras finais e seu último segredo... Jogando ao vento a descrição da câmera oculta, antes de dar seu último suspiro, Ivan revelou a localização da fabulosa Libéria para Dmitri Jitnik.

Os dias do jovem Vladímir eram preenchidos com estudos sobre genética, bioquímica e medicina, enquanto as noites ele ocupava com pesquisas históricas e viagens pelo subterrâneo do Krêmlin e com especulações, enquanto buscava a biblioteca e todos os seus tesouros e segredos. Esse era o seu passatempo, uma maneira de relaxar a mente dos obstáculos do dia, um hobby recreativo.

Vladímir Skóvokov destacou-se na máquina soviética como uma mente brilhante aos 9 anos. Sua inteligência foi estimulada e exercitada a fim de formar um intelecto mais afiado do que o aço espanhol. Era capaz de fazer mais descobertas em um dia do que a maioria conseguia em uma vida. Era o orgulho e a alegria do antigo regime, trazendo renome e admiração à URSS por meio de pesquisas médicas avançadas, descobertas e tratamentos.

Mas seus métodos permaneciam atrás de uma parede de confidencialidade. O ego de Skóvokov era incontrolável. Sua compulsão beirava uma obsessão maníaca; nada poderia detê-lo. Assistentes incompetentes eram enviados para a Sibéria, onde permaneciam na obscuridade. Equipes que falhavam em atender seus padrões inflexíveis eram sujeitas a testes de suas últimas teorias. Seus métodos de pesquisa poderiam ser comparados aos de Mengele e Ishii.

Expunha indivíduos a doenças e a dor apenas para testar suas soluções e teorias. Mas seus resultados e sucessos falavam por si próprios e faziam com que as pessoas fizessem vista grossa para seus métodos.

Com o colapso do comunismo, os financiamentos e as instalações diminuíram até acabar. Ele assistiu ao mundo que conhecia, o mundo que o abraçara, se desfazer diante de seus olhos. Deixou Moscou em 1993 e seguiu para a Suíça. Passou por diversas universidades e assumiu várias cadeiras de ensino, sempre em busca da liberdade que gozara no passado, mas as histórias de abordagens nada éticas vieram à tona, e logo ele se tornou praticamente um pária na sociedade médica.

Durante o período de dificuldades, Skóvokov tornou-se uma pessoa amarga. Enquanto muitos enriqueceram, ele apenas envelheceu. Seus talentos não foram usados devido à sua reputação e aos seus métodos de pesquisa mais do que questionáveis. E embora desejasse a antiga Rússia de volta, sabia que esse era o sonho de um tolo. Um sonho que virara um pesadelo. Nem a história seria capaz de ver o comunismo como algo diferente de um experimento social malsucedido.

Assistia a uma palestra de biologia na Inglaterra quando foi abordado por Julian Zivera. O conhecimento daquele jovem sobre as pesquisas de Skóvokov beirava à obsessão, o que certamente massageou o ego do médico. Sentaram-se no bar do Ritz até às 4 da manhã, conversando sobre religião, ciência e lenda. Compartilhavam o desejo incomum de descobrir os segredos do corpo, os segredos da alma e os segredos do coração por meio de qualquer meio necessário. Skóvokov contou a Julian sobre suas teorias, sua perspicácia e os objetivos que não conseguira realizar. E falou sobre a biblioteca lendária ainda não descoberta enterrada no subterrâneo do Krêmlin, sobre os rumores de seus segredos e riquezas, sobre o mapa de Jitnik e sobre como isso sempre o intrigara, transformando-se na busca de sua vida. Julian contou-lhe sobre a Verdade de Deus, sobre suas instalações médicas e seus recursos ilimitados e sobre sua necessidade de encontrar alguém realmente talentoso. E então, no início daquele dia, formaram um elo e um relacionamento baseado em interesses e buscas em comum.

Skóvokov trabalhou por dois anos na Verdade de Deus: criou dez patentes e seis medicamentos em menos de 24 meses. Começou, porém, a ficar zangado, percebendo que a suposta sociedade que Julian lhe oferecera não era nada do prometido. Estava sendo usado. Sua mente era apenas uma fonte para enriquecer ainda mais Julian Zivera, o que fez com que se sentisse traído.

Quando já estava prestes a arrumar as coisas e partir, Julian o chamou ao castelo. Sentaram-se na biblioteca que tinha vista para o mar. O dia estava agradável e o céu azul refletia-se nas ondas do oceano que quebravam abaixo deles. Julian serviu Skóvokov de uma dose da vodca Grey Goose e, muito animado, contou-lhe...

Havia descoberto onde encontrar o mapa de Jitnik.

Era uma história inacreditável, mas que Julian insistia ser verdadeira. Pediu que Skóvokov fosse seu parceiro e guia, a contraparte russa na busca de Libéria e seu conteúdo místico.

O mapa, porém, nunca apareceu. Disseram a Skóvokov que fora roubado, mas ele não acreditou. Na verdade, achava que Julian havia reconsiderado a proposta e, uma vez mais, havia descoberto uma forma de enganá-lo e roubar o que deveria ser dele por direito.

Skóvokov já estava farto de Julian. Compartilhara com ele conhecimento, pesquisas e descobertas, mas não se dispunha mais a compartilhar seu sonho. Juntou suas coisas, suas patentes e medicamentos, e deu apenas um telefonema. Skóvokov se deu conta de que o dono daquele mapa teria uma fortuna além da imaginação, maior do que o PIB da maioria dos países. Não seria muito melhor restaurar a antiga glória da sua Rússia? Seria como antigamente no mundo de amanhã. A recompensa financeira era inimaginável. Skóvokov decidiu, então, que os frutos de seu trabalho não deveriam ir para quem pagasse mais, mas para sua terra natal. Devolveria ao seu país o que lhe havia sido dado de modo tão altruísta e garantiria para si uma generosa porcentagem.

Um telefonema depois, a máquina russa que tanto amava entrara em ação. Ativaram equipes para reconstruir as instalações médicas de Skóvokov. A FSB, sucessora da KGB, convocou o melhor homem que poderia ajudar a recuperar o lendário mapa. Raechen era esse homem, e a certeza de sucesso não fora equivocada; ele trouxera a única coisa que poderia persuadir Julian a entregar o mapa do subterrâneo do Krêmlin: sua mãe, Genevieve Zivera.

Skóvokov olhou para Genevieve. Continuava sedada, amarrada à maca em que fora trazida, sem saber de seu destino ou de onde estava: nove andares subsolo abaixo, onde se encontravam as construções mais seguras de toda a Rússia. Seu rosto era sereno enquanto ela jazia deitada sob cobertores brancos. Skóvokov ficou surpreso com a aparência jovem: cabelos escuros e pele sem marcas. Mas o que mais o surpreendeu foi o fato de Julian não se parecer em nada com ela. Esticou o braço e tocou o crucifixo pendurado em seu pescoço, perguntando a si mesmo se realmente era uma mulher religiosa ou se o adereço era usado como mero acessório, tanto quanto a fachada religiosa que seu filho apresentava todos os dias.

E quando Skóvokov a olhou, foi sem sentimentos ou emoção; não era diferente dos corpos sem vida que estavam nas unidades de resfriamento. Ele a via apenas como algo que seria trocado pelo mapa de Dmitri Jitnik. Não teria o menor problema de consciência em acabar com a vida dela se Julian não atendesse às suas exigências.

— Como está seu filho? — perguntou Skóvokov, enquanto apagava a luz do laboratório.

Raechen voltou-se. Tinha dificuldades de falar sobre a atual condição do filho para um homem tão cruel.

— Está fraco. Não sei por quanto tempo vai aguentar.

Os dois caminharam juntos pelo corredor, entraram em um elevador e subiram em silêncio os nove andares. O elevador parou e as portas se abriram. Dois guardas se viraram para eles e acenaram com a cabeça, permitindo-lhes a passagem. O médico e o assassino caminharam pelo grande vestíbulo de mármore sob o teto que se elevava a 6 metros de altura, os bancos de madeira encostados na parede imutáveis nos últimos 150 anos. Um relevo de uma águia bicéfala, o bronze esverdeado pela oxidação, ocupava a parede dos fundos.

As portas gigantescas abriram-se e o sol matinal os saudou. Saíram do Arsenal e, olhando para o Krêmlin, ambos tinham esperança no coração. Raechen pelo filho. Skóvokov pelo futuro.

— Que Deus esteja com vocês — disse Julian, enquanto apertava a mão de dois australianos. — Vocês encontrarão os detalhes sobre a nossa oferta farmacêutica junto com diversos investimentos que possam ter interesse dentro de um pacote confidencial que deixamos no banco de trás de sua limusine. Aconselho-os a tirar proveito de tudo o que a Verdade de Deus tem a oferecer. E costumamos dizer: "A devoção ao Senhor deve conceder pelo menos alguns benefícios antes de chegarmos ao Reino dos Céus."

Julian sorriu enquanto observava os dois homens de meia-idade entrarem na limusine e partirem. Finalmente, voltou para a casa e subiu as escadas dos fundos. Eram talhados na rocha e tinham uma frieza agradável.

Três andares abaixo do antigo mosteiro havia uma adega de vinhos, grande e com um estoque de mais de 10 mil garrafas; um mundo visto apenas pelos amigos mais próximos de Julian e pelos inimigos mortais. Datava de séculos antes e era o local onde os monges trabalhavam muito para fazer vinho, um propósito singular no serviço silencioso que prestavam à Igreja. Os enormes barris estavam polidos e em exibição, como um testemunho da história do aposento.

E depois de uma vida de devoção a Deus e à bebida, os corpos dos monges eram levados para a cripta abaixo, onde eram colocados para o descanso eterno. A cripta fora planejada para acomodar mais de mil corpos em tubas de mármore e pedra individuais, mas à medida que os devotos do mosteiro diminuíram, passou a ser cada vez menos usada, e metade de sua capacidade ficou ociosa. E, embora a produção de vinho houvesse parado muitos anos antes, o uso da cripta continuou desde a ascensão de Julian Zivera como líder da Verdade de Deus.

Os túmulos eram ocupados em sua maioria por devotos de séculos atrás — monges, padres e freiras —, mas havia vários que continham os restos mortais de uma leva mais recente: inimigos de Julian que foram despachados por motivos que variavam desde tentativas de assassinato malsucedidas até uma noite de amor insatisfatória.

Ele abrira pessoalmente o túmulo de número 799, removendo a tampa de mármore e colocando-a de lado à espera do novo ocupante. Julian escolheu um Montrachet da safra de 1978 de Domaine de la Romance-Conti. O vinho branco, comprado em um leilão nos Estados Unidos, era uma excelente escolha para um advogado americano. Embora o brinde fosse à vida, também seria à morte.

Pois assim que Michael St. Pierre concluísse a missão, Julian providenciaria para que todos os envolvidos fossem eliminados.

E Stephen Kelley seria o primeiro.

CAPÍTULO 22

Michael encontrava-se no meio da praça Vermelha, impressionado pelo seu tamanho e sua história. Já a vira diversas vezes na televisão, quando o governo passava todo o exército e poderio militar em revista no dia 1º de maio. As imagens de mísseis enormes sendo puxados por caminhões de reboque ficaram marcadas em sua mente. Lembrava-se de assistir, quando pequeno, à enorme quantidade de tanques e às dezenas de milhares de soldados marchando em filas organizadas e seguindo um ritmo severo, tudo exibido apenas para demonstrar a ameaça poderosa que representava e seu poder invencível. A ameaça da Guerra Fria como uma potencial destruição por guerra nuclear era uma realidade que pairava sobre todo o mundo até o colapso da União Soviética em 1991.

Já vira a catedral de São Basílio centenas de vezes, um símbolo da Rússia como a torre Eiffel para a França, o Big Ben para a Inglaterra e a Estátua da Liberdade para os Estados Unidos.

Era algo saído de um conto de fadas, sua vasta palheta com uma profusão de cores estendendo-se por cúpulas, arcos, torres e espirais: azuis, amarelos, verdes e vermelhos. A estrutura de tijolos vermelhos era composta por nove capelas coroadas por cúpulas em forma de cebola, cada qual com um motivo distinto, mas que mesmo assim se combinavam em uma disposição nunca vista em nenhuma outra parte do mundo. Como muitas coisas, porém, a parte externa era muito mais grandiosa do que a interna: seu interior apertado não tinha nada da criatividade de sua fachada e raramente era aberto para oração. O mais surpreendente para Michael era cada uma das cúpulas ser encimada pelo mesmo símbolo. Em uma terra onde a religião fora proibida por setenta anos, os crucifixos estavam erguidos como num julgamento à era do Medo Vermelho, lançando sombras à parada militar do mundo comunista.

À esquerda de Michael ficava o enorme shopping GUM, uma ampla rua de lojas com as tendências atuais não muito diferentes de qualquer shopping americano — Reebok, Pierre Cardin, Clinique, Levi's, Tiffany — e, à sua direita, o túmulo de Lênin, sem contar mais com a guarda de honra que por décadas protegera o temido líder e mentor da Revolução Russa e do comunismo soviético, o mausoléu de granito vermelho, uma pirâmide em degraus coroada por uma placa de mármore apoiada em 36 colunas. Logo atrás do mausoléu estava a Necrópole da Revolução, onde se viam túmulos adornados com bustos não apenas de Stálin, Brejnev e Andropov, mas também de muitos ícones da cultura russa, como o astronauta Iúri Gagárin e o escritor Maksim Górki.

Acima de tudo, porém, o que chamou a atenção de Michael foi o enorme muro atrás do memorial aos mortos. Contava com mais de 18 metros de altura e cerca de 6 metros de espessura. Estendia-se por quase 2,5 quilômetros com merlões bifurcados, intercalados com 19 torres, a maioria das quais construída no final do século XV por arquitetos italianos. Cada torre era encimada por um pináculo verde-jade distinto, coroado por uma estrela vermelha ou uma bandeira dourada. Tratava-se realmente de uma fortaleza saída do passado, uma fortaleza que fora bem-sucedida em deter dezenas de milhares de tropas antigas durante incontáveis batalhas, uma linha de frente impenetrável de defesa que continha a política e os mistérios do passado, do presente e do futuro da Rússia.

Olhando por sobre os grandes muros, Michael podia vislumbrar o topo do grande Palácio do Krêmlin e as pontas espiraladas da catedral do Arcanjo. Tudo fazia parte de um mundo estranho, mas familiar. Estava diante de uma cidade pequena e altamente defendida, que possuía o mais alto nível de segurança complementando suas defesas antigas da época medieval; diante de um dos lugares mais bem guardados do planeta, um lugar em que não apenas precisava entrar, mas penetrar em suas entranhas mais profundas, pois atrás e abaixo daqueles muros estava a caixa de ouro, a chave para a sobrevivência do pai.

Michael olhou para o espaço aberto à sua volta — quatro quarteirões da cidade — e, por um breve instante, maravilhou-se. A praça Vermelha era vibrante, metropolitana e não chegava nem perto do que ele imaginara. O céu azul de verão conseguia iluminar ainda mais este mundo de cores. Moscou era tão cosmopolita quanto qualquer cidade da Europa Ocidental. Michael fora vítima das imagens em preto e branco de sua infância e dos rumores de opressão, sem perceber que a Rússia realmente se tornara um sonho capitalista. A praça era um shopping a céu aberto: carros de sorvete espalhados, homens vendendo balões, turistas comprando bugigangas de ambulantes.

Embora houvesse milhares de pessoas, fossem turistas ou os próprios russos, andando pela praça, Michael não lhes deu atenção e voltou a concentrar-se no único propósito que o trouxera até ali. Memorizava os arredores, observando o fluxo da multidão, analisando as estruturas diante dele. Como o tempo que teria como turista seria curto, teria de aproveitar ao máximo o tempo como observador.

Olhou para o relógio: 9h59. Colocou a mão no bolso e retirou o telefone celular. Lutou para conter a raiva quando apertou o número pré-programado.

— Fico feliz que tenha conseguido — respondeu Julian após o primeiro toque. — Não tão feliz quanto seu pai, mas... Boa sorte.

E o telefone ficou mudo.

— Você parece bem óbvio aqui — disse uma voz com sotaque russo carregado.

Michael virou-se para ver quem falava com ele. Um homem de compleição pesada com uma barriga caindo sobre o cinto. O homem parecia um buldogue, 1,80 metro, tão largo na cintura quanto no ombro. O cabelo era preto demais: os cachos cor de ébano não poderiam ser mais artificiais. Usava óculos com armação pesada e lentes fundo de garrafa. O olho direito era leitoso e cego. Tudo nele era grosso: o nariz e os lábios, as bochechas e até mesmo o pescoço, tudo isso combinado em um rosto que apenas uma mãe seria capaz de amar. Embora a aparência fosse horrível, tudo era apagado com o sorriso perfeito.

— Nikolai Fetíssov — apresentou-se, estendendo a mão roliça.

Michael apertou a mão do homem.

— Tem certeza de que sou a pessoa que procura?

Nikolai tirou uma fotografia do bolso, analisou-a e esticou o braço até a foto ficar ao lado do rosto de Michael. O olho bom alternava-se entre a imagem e o rosto de Michael.

— Você é mais feio pessoalmente — disse, depois sorriu, enquanto fazia com que saíssem do meio da praça, andando de forma meio confusa.

Michael foi tomado por uma sensação de medo por ter de confiar em um desconhecido, já que aquele parecia ser o seu contato no país. Olhou para o rosto das pessoas na praça, perguntando-se quantos associados davam cobertura ao tal de Fetíssov. Não se deixou enganar pelo comportamento sociável e pelo sorriso fácil. Michael não precisava ler o arquivo pessoal daquele homem para saber que, apesar de sua aparência, ele era muito mais do que perigoso.

— Para onde nós vamos? — perguntou Michael.

— Temos um encontro.

— Com?

— Relaxe — disse Fetíssov, com seu sotaque carregado. — Você não tem com que se preocupar. Estou aqui para ajudá-lo.

Michael tinha suas dúvidas.

— É óbvio que Zivera o contratou por um motivo, e eu gostaria de saber que motivo é esse.

— O quê? Não vamos conversar sobre amenidades nem nada?

Michael meneou a cabeça.

Fetíssov parou e olhou para Michael, e seu olho bom ficou sério.

— Sou o que se chama de homem que tem ligações.

— Ligações com o quê?

Fetíssov olhou para as pessoas que andavam por ali, para a polícia fazendo a ronda e, por fim, para os muros do Krêmlin.

— Com tudo.

Sentado com Susan no grande banco de trás de uma limusine, Paul observava o fluxo do rio Moscou pela janela. Estavam estacionados na Ilinska Úlitsa. Haviam pousado em uma pista particular fora de Moscou. Paul tentava imaginar quanto devia ter custado para pagar as autoridades russas; ele e Michael ainda nem tinham saído do avião quando receberam seus passaportes de volta já carimbados. Martin, que agora estava sentado em frente a ele, resolvera tudo. O homem até poderia ser mudo. Não dissera uma palavra sequer nem no voo e nem na limusine. Paul achava que devia ter uns 55 anos. Seu pouco cabelo fora perfeitamente penteado e ainda não começara a ficar grisalho, mas seus olhos cansados diziam muito sobre sua vida. Concentrava-se em um livro, enquanto os dedos digitavam incessantemente em uma calculadora. Paul tentou puxar papo, mas o homem não apenas não respondeu, como nem ergueu os olhos, enquanto os dedos continuavam passando pelos números da máquina.

— Por que está demorando tanto? — perguntou Susan, impaciente.

Paul esticou os braços e estufou o peito, tentando alongar-se depois do voo.

— Por que você não volta para o hotel e o deixa trabalhar?

— Não comece a tentar me dizer o que fazer — retrucou Susan. — Você está aqui à minha custa.

Ela colocou a mão na maçaneta da porta.

— Olhe só, Dorothy, não estamos mais no Kansas, e você conhece o ditado...

Ela o olhou, perplexa, aguardando a resposta.

— O quê?

— Em Roma... fique sentada, a salvo, na limusine.

— Você só pode estar brincando.

Abriu a porta do carro e saiu.

Paul observou, surpreso, a porta do carro bater. Seu associado de negócios nem se preocupou em olhar o que acontecia, continuando o trabalho como se ela ainda estivesse no carro.

— Ela é sempre assim? — perguntou a Martin. Não que esperasse uma resposta. Saiu do carro e observou enquanto Susan seguia em direção à praça Vermelha. — E nós a trouxemos porque...? — perguntou a si mesmo, antes de sair em seu encalço.

A multidão aumentava na praça Vermelha: parecia haver mais de 2 mil pessoas andando por ali, mochileiros se encontrando e pessoas vagando pelos arredores. Todos se encaminhando para a área aberta. Paul não se distraiu com o ambiente enquanto tentava manter os olhos fixos em Susan. Seu ritmo cardíaco começou a elevar-se, enquanto seguia no encalço da jovem ingênua, desacostumada a não estar no controle. Paul começava a perdê-la de vista no meio da multidão e correu para alcançá-la enquanto ela caminhava rapidamente em direção à catedral de São Basílio.

Cem metros à frente, Paul viu Michael saindo da praça acompanhado por um russo robusto. Diminuiu o passo aliviado por ver que Susan se aproximava dos dois.

De repente, saindo do nada, um braço emergiu da multidão e puxou Susan para o meio de toda aquela gente.

Paul voltou a correr, seguindo para o local onde ela estivera. Virou-se para um lado e para o outro. Havia pessoas por toda parte, mas seus olhos não viam ninguém, apenas buscavam Susan. Por fim, Paul olhou para baixo, e lá no chão viu o relógio de brilhantes dela. Abaixou-se e o recuperou, surpreso por ninguém tê-lo pego nos dois segundos que ficara ali no chão da praça. Olhou em volta, os olhos apertados, esperando vislumbrá-la mais uma vez antes que fosse perdida para sempre.

Ela se fora.

O homem com barba observava, de um canto, os turistas que passavam pelos portões do Krêmlin. A pequena Glock descansando no cós da parte de trás da calça o confortava. Não precisava segurar a arma para se sentir seguro. Poderia sacá-la mais rápido do que qualquer pessoa; teria sido um perfeito xerife no Velho Oeste.

Estava impressionado com o número de pessoas que passavam pela ponte, entrando na capital russa. Realmente a procura de turistas aumentara nos últimos 15 anos, o que era um forte contraste com os 75 anos em que as pessoas a evitavam como a praga, temendo que só passassem pela ponte uma vez e nunca mais conseguissem sair dos enormes muros de tijolos.

O homem era alto e seu cabelo escuro e comprido cobria o colarinho da camisa polo branca. Chegara no dia anterior, seus documentos falsos seguros o suficiente para permitir que passasse pela alfândega sem problemas. Não trouxera nada com ele, mas tão logo chegara fora às compras. Comprara seis pistolas-metralhadoras Heckler & Koch, seis pistolas Glock e munição suficiente para participar de uma guerra. Seis bombas de fumaça com timers, seis bombas incendiárias para o caso de precisar e 9 quilos de explosivo plástico Semtex. Mal conseguira fechar o porta-malas de sua Mercedes.

Sentia muito por ter sido obrigado a matar o mafioso russo de meia-idade que parecia ser o responsável pelo comércio de armas, mas foi o homem que pediu por aquilo. Depois de pagar o preço acordado, o russo tentou chantageá-lo com a ameaça de chamar a polícia se não pagasse o dobro. Quando o homem de barba se recusou, o russo tentou sacar a arma, mas estava morto antes de seu dedo aproximar-se do gatilho.

E então, o homem de barba observou o russo atarracado passar pelo arco acompanhado pelo americano. Sabia para onde iam e o que faziam. E quando o momento chegasse, estaria pronto, custasse o que custasse, não importando quantas pessoas precisariam morrer. Tinha duas missões para cumprir, e nada o deteria...

Susan estava no banco traseiro de uma limusine Mercedes, as janelas tão embaçadas que não conseguia ver o lado de fora. Diante dela estava o homem que a atacara e, sob a mira de um revólver, a obrigara a entrar no carro. Não dissera uma única palavra, mesmo quando ela gritara com ele, furiosa. Sabia que deveria estar com medo, até mesmo aterrorizada, mas a raiva que lhe corria nas veias fazia com que quisesse bater no homem à sua frente. Ele não devia ter mais de 20 anos, as marcas de espinha ainda recentes do rosto. Os olhos jovens eram frios, não valorizava a vida ou a própria mortalidade. Ela desejava saber se tinha qualquer aspiração além do amanhã. Máfia russa, concluiu: cabelo louro penteado para trás, um casaco Armani esportivo e joias grossas e chamativas. Gostaria de entender por que todos queriam se parecer com os mafiosos do Brooklyn da era da discoteca.

— Há pessoas procurando por mim — informou Susan.

Ele, porém, continuou em silêncio, enquanto a olhava com uma expressão dura como pedra.

— O consulado dos Estados Unidos vai ficar...

O toque agudo de um celular a interrompeu. Ele pegou o aparelho no bolso.

— Alô — atendeu ele.

E isso foi tudo o que disse, enquanto acenava com a cabeça e grunhia afirmativas no telefone. Depois de trinta segundos, desligou.

Bateu no vidro da divisória e murmurou algo em russo para o motorista.

Susan olhou-o.

— Para onde está me levando?

O russo continuou a vigiá-la.

— Exijo saber para onde estamos indo.

E o jovem sorriu.

— Alguém quer vê-la — respondeu ele em um inglês inesperadamente bom.

— Quem...? — perguntou Susan, surpresa por ele ter lhe respondido.

— Alguém no Krêmlin.

E, por fim, ela começou a sentir o medo que mantivera sob controle até então.

CAPÍTULO 23

Nikolai Fetíssov acompanhou Michael até a pequena mas ornamentada torre Kutáfia na parte oeste do Krêmlin, que se erguia sobre uma ponte sob a qual o rio Neglínnaia costumava fluir — um fosso no verdadeiro senso da palavra — antes que seu curso fosse desviado por um cano colocado embaixo do jardim de Alexandre. Seguiram pela enorme torre Tróitskaia, a mais alta dos muros do Krêmlin. A estrutura de 70 metros de altura, construída em 1495, era coroada com um enorme pináculo cuja grandeza era apenas a precursora do mundo magnífico que existia lá dentro. Era a principal entrada pública e um perfeito gargalo para a segurança.

— Para onde vamos? — perguntou Michael.

— Alguém quer vê-lo — respondeu Fetíssov, ajeitando os óculos. — Mas achei que enquanto estivéssemos a caminho, eu poderia mostrar a você um pouco da hospitalidade russa.

Estavam cercados por grupos turísticos. Michael estimou que havia pelo menos dez, com guias falando diversos idiomas. Embora todos pagassem uma taxa, Nikolai Fetíssov apenas mostrou um passe, que Michael não conseguiu ver, e eles passaram rapidamente. Fetíssov fixou um crachá na lapela do casaco esportivo de Michael, e foi como se os mares se abrissem para eles. Os guardas de repente acenavam com a cabeça, as portas abriam-se e as pessoas sorriam sem emoção.

— Quem nós vamos ver? — perguntou Michael.

— Como tenho certeza de que você sabe, o Krêmlin é o local onde o governo russo está estabelecido, de onde se supervisiona um país que se estende por mais de 11 fusos horários. Uma grande parte do mundo soviético foi modelado dentro dessas paredes.

— Você não respondeu à minha pergunta — declarou Michael.

— Não está gostando de me ter como guia?

— Quero saber para onde vamos — disse Michael entre os dentes, enquanto paravam.

Fetíssov aproximou-se, chegando tão perto que ficou desconfortável. Michael sentiu o mau hálito do homem. Fetíssov virou a cabeça de modo que seu olho bom visualizasse Michael e sussurrou:

— Não faça uma cena, não levante a voz para mim outra vez, principalmente aqui dentro. Como ladrão, achei que você fosse um pouco mais discreto. Mas acho que errei em meu julgamento. Precisa saber contra o que vai lutar, o que vai enfrentar, e eu lhe mostrarei tudo. Você estava fazendo o reconhecimento do lado de fora dos muros do Krêmlin e agora estou lhe dando a oportunidade de fazer um reconhecimento do lado de dentro.

Michael olhou para o russo e, por fim, deu um passo para trás.

— Como você sabe o que eu preciso ver?

Fetíssov fez uma pausa para pensar sobre a pergunta.

— Dentro do Krêmlin, dentro da Rússia, eu sei tudo.

— Se você sabe tudo, então por que não encontra a caixa? — perguntou, virando-se.

Fetíssov olhou para Michael por um tempo antes de abrir um grande sorriso.

— Bem, talvez haja uma ou duas coisas sobre as quais eu não saiba.

Fetíssov virou-se para uma pequena porta lateral guardada por um louro alto, na verdade um adolescente com a pele marcada com cicatrizes de espinhas. Ele e Fetíssov conversaram em russo, ambos lançando olhares ocasionais para Michael.

Por fim, o jovem abriu a porta e fez um gesto para Michael entrar.

Michael entrou com cautela e viu Susan sentada em um sofá pequeno no vestíbulo. Uma expressão confusa passou pelo rosto de ambos, que se viraram para olhar os dois russos.

— Não sabíamos se ela estava com você ou seguindo você — declarou Fetíssov.

— Seguindo-me? Achei que você fosse o senhor Sabe-Tudo, que tudo acontecesse sob sua supervisão. — Michael, puto da vida, virou-se para Susan: — Você está bem?

Ela o olhou e assentiu, soltando um suspiro de alívio.

— Não estou gostando muito deste país. — Ela olhou para o jovem russo e depois para Michael. — Ou do povo daqui.

— Sinto muito se passou por maus momentos — desculpou-se Fetíssov. — Lexie aqui só estava me dando cobertura. Ele é um bom rapaz.

— Isso é questionável — respondeu Susan.

Fetíssov riu.

— A mãe dele vive dizendo isso.

Michael deu as costas para Fetíssov e olhou para Susan.

— Você deveria ter ficado no carro. — Michael tentou mandar uma mensagem pelo olhar, mas ela o evitou. — Onde está Paul?

— Fiquei ansiosa e não consegui ficar sentada sem fazer nada. Deixei-o no carro...

— Na verdade — disse Fetíssov, chamando a atenção de Michael —, seu amigo louro está andando pela praça Vermelha. Bem freneticamente, devo acrescentar. Não se preocupe. Enviarei um de meus homens para avisá-lo que vocês estão bem e que estão recebendo um tour de primeira classe e de graça. Ele pode voltar para o hotel e assistir a reprises de *I Love Lucy* dublado em russo.

Nem Michael nem Susan puderam dizer se ele falava sério ou não.

— Mas chega de perder tempo. — Fetíssov abriu a porta e fez um sinal para Susan. — Espero que vocês gostem de nossa pequena expedição.

Susan levantou-se devagar do sofá e seguiu Michael pela porta que dava para um pátio.

Em frente havia um prédio enorme cercado por oitocentos canhões. Dois guardas de olhar ameaçador e segurando firmemente fuzis junto ao peito protegiam uma passagem arcada de dois andares. Fetíssov ganhou um ponto ao afastá-los.

Michael não pôde evitar olhar para o prédio imponente com seus guardas igualmente imponentes.

— Que prédio é aquele?

— É apenas o Arsenal. São meio sérios por lá. Esse é o último lugar que veremos — disse Fetíssov, levando-os para um prédio mais moderno.

Feito de vidro laminado intercalado com colunas de três facetas de mármore branco, a construção fazia um contraste profundo com os outros prédios do Krêmlin.

— O Palácio do Congresso foi construído no início da década de 1960, para exibir o orgulho da máquina comunista. Pela primeira vez, todos ouviriam a retórica bombástica de Nikita Kruschov, e o maravilhoso congresso soviético uniu-se e bateu no peito. Hoje, é um bom local para se assistir a apresentações de balé ou concertos de rock com 6 mil amigos. Creio que vocês vão gostar da vista de algumas das janelas. — Michael e Susan viram uma série de escadas rolantes que desciam. — Metade dos prédios fica no subsolo. Nós, russos, gostamos de fazer coisas no subsolo, se é que me entendem.

E piscou o olho bom para eles.

— Quantos meios de se entrar no Krêmlin existem? — perguntou Michael.

Fetíssov sorriu.

— Muitos. Os caminhos públicos são apenas dois...

— Vou precisar que você os mapeie para mim.

— Feito — respondeu Fetíssov na mesma hora, antes de continuar a caminhar.

Michael observou-o enquanto mancava pela praça, perguntando-se quem aquele homem era de verdade, se realmente podia atender às necessidades de Michael e se de fato estava lá para ajudá-lo.

— O mestre, construtor e engenheiro italiano Aristóteles Fioravanti foi o primeiro arquiteto do Krêmlin, trazido da Itália a pedido do grande príncipe da Rússia, Ivan III, e sua esposa, Sofia Paleolog. Ele foi chamado devido à grande experiência e ao conhecimento adquirido na construção de castelos em Milão, fortalezas na Hungria e uma série de túneis em Roma. Os muros do Krêmlin foram construídos por ordem de Ivan, o Grande, para substituir as barreiras de pedras brancas que cercaram a cidade por mais de duzentos anos. Os muros de pedra vermelha foram construídos pelos mestres italianos Anton e Marco Fryazin e Pietro Antonio Solario. Têm 2,5 quilômetros de comprimento e elevam-se a mais de 18 metros, além de uma espessura de mais 6 metros e de serem coroados por 19 torres. A extremidade superior de toda a extensão serve como plataforma para batalhas que variam entre 1,80 metro e 4 metros de largura. Existem 1.045 merlões bifurcados que parecem dentes coroando o topo dos muros. As torres são interconectadas não apenas para fornecer uma tremenda defesa para a cidade, mas também são bem posicionadas para enfrentar qualquer força invasora de frente. As torres nos três cantos são arredondadas de forma que as tropas pudessem atirar em todos os ângulos. E nos locais onde há estradas estratégicas usadas para entrar no Krêmlin, torres duas vezes mais fortes e acessíveis por carruagem foram construídas. Nenhuma outra sede de poder do mundo moderno fica dentro de uma cidade murada, a não ser o Vaticano, que é como uma caixa de papelão comparada com um tanque de aço. Ninguém se atreve a invadir esses muros. — Olhou para Michael. — Nunca ouvi falar de alguém que tenha tentado, e, se existiu alguma pessoa tola o bastante para fazê-lo, simplesmente se perdeu nas sombras e foi apagada da existência. — Continuou olhando para Michael, depois abriu um amplo sorriso. — Assustador, não?

Ele riu e continuou a caminhar.

— Durante a época da União Soviética — continuou ele —, o Krêmlin era o centro, escuro e sombrio, de uma cidade morta e esquecida. Agora, mesmo que nenhuma das construções tenha mudado, esse lugar voltou a ser magnífico. É impressionante saber que os olhos pelos quais olhamos podem ser filtrados pelo coração e pela política.

Michael pediu que Susan parasse para tirar uma fotografia dela, assegurando-se de incluir o muro, os portões, os guardas e o fluxo geral de pessoas que entravam e saíam desse ponto turístico da Rússia..

Caminharam em silêncio por dez minutos, passando por estruturas ornamentadas que levavam a mente de ambos para a era medieval. Susan estava fascinada, e Michael, preocupado. Incontáveis guardas passavam pelo terreno, patrulhavam tudo pelas ameias da grande muralha e estavam em constante estado de alerta.

Todos eram observados.

Fetíssov parou e estendeu as mãos. Diante deles, erguia-se uma construção realmente enorme, um palácio no verdadeiro sentido da palavra. Uma estrutura ornamentada com arcos delicados, colunas e filigranas. Centenas e mais centenas de janelas cercadas por um exterior dourado e branco.

— Esta é a mais pura arquitetura russa. O palácio do Grande Krêmlin. Foram necessários 11 anos para construí-lo para a família imperial de Nicolau I. A fachada principal do palácio dá para o rio Moscou. O palácio tem cerca de 125 metros de comprimento e 47 metros de altura. A residência conta com quase setecentos aposentos decorados em diversos estilos, desde o barroco, passando pelo clássico, até o bom e velho renascimento russo. Antes do advento da eletricidade, eram necessárias 20 mil velas e 5 mil lampiões de querosene, por noite, para iluminar o prédio. Agora — continuou, virando o rosto, repugnado — o palácio só é usado para cerimônias. Suas salas e seus aposentos são usados para reuniões e recepções oficiais, para puxar o saco do Ocidente.

Fetíssov continuou o caminho tendo Michael e Susan logo atrás e Lexie por último. Foi até uma grande porta que levava ao interior da grande construção. Sem dizer uma palavra, abriu-a e fez um gesto para que os outros entrassem.

Caminharam em silêncio pelo corredor grande e largo, passando por aposentos decorados e repletos de tesouros da história russa. Tronos imperiais e coroas, vestimentas e carruagens delicadas, artefatos do seu passado fascinante e colorido, tudo organizado neste local como uma coleção suprema dos tesouros russos.

— Este é o nosso maior museu, que pode ser comparado ao Louvre, ao museu do Vaticano e ao Smithsonian. Ainda assim, vocês nem sabem seu nome.

Michael e Susan nada disseram, apenas assentiram com a cabeça.

— Tudo bem. A maioria das pessoas no Ocidente nunca ouviu falar do Armoury. Aqui, temos uma vasta coleção da arte russa do período imperial, mais de cinquenta ovos Fabergé, trajes de baile de Catarina, a Grande...

— Trajes de baile? — perguntou Michael, perdendo a paciência de novo. — E como é que trajes de baile vão servir como um insight do que preciso?

— Shhh, isso só vai levar dois segundos. Vocês vão gostar do local para onde estamos indo. — Fetíssov parecia um pai discursando antes de dar o presente de aniversário do filho. Continuou liderando a passos rápidos pelo corredor interminável do Armoury. — Relaxe, banque o turista por um momento, acho que você vai amar isto.

Chegaram a uma porta vigiada por dois guardas, que abriram caminho quando viram as credenciais de Fetíssov.

— O Diamond Fund: você quer roubar algo? Então é para cá que deve vir.

No cômodo havia uma maravilhosa coleção de pedras preciosas: rubis, safiras, diamantes. Centenas de pedras. Todas à mostra. Algumas em coroas, colares, braceletes, pulseiras, outras sozinhas, gritando seu significado histórico para o mundo.

— Esta é a Rússia. Bem aqui. É a parte de nossa história que acho que vai interessá-los mais. — Ele parou na frente de uma grande urna. — As joias da coroa e o cetro de Catarina, a Grande. Agora, para um homem com seus talentos, isso é de dar água na boca, não?

Michael e Susan olharam para a urna, fascinados pelo enorme diamante incrustado no cetro real de Catarina, a Grande. Era de longe o maior diamante que já tinham visto, sendo quase do tamanho da metade de um ovo. Estava colocado em uma armação simples do cetro de ouro e cercado por diamantes menores. Quem quer que o segurasse emanava poder.

— Em 1773, o conde Orlov comprou este diamante de 190 quilates, em Amsterdã, por 1.400.000 florins. Ele foi encontrado na Índia, roubado por um soldado francês que estava servindo lá na década de 1750 e se converteu ao hinduísmo a fim de entrar no santuário mais secreto do templo de Srirangem, de onde retirou a joia do olho de um ídolo hindu. O conde Orlov presenteou essa enorme pedra preciosa a Catarina, a Grande, na esperança de convencê-la a se casar com ele. Ela solicitou que a pedra fosse colocada neste cetro que vocês admiram agora, agradeceu pelo presente e o mandou embora. Era durona.

Fetíssov, Michael e Susan saíram pela porta do Armoury que Lexie mantinha aberta e caminharam sob o sol quente do meio-dia. Fetíssov os levou até o meio da enorme praça cercada por igrejas. Um silêncio natural tomou conta da multidão diante da santidade à volta deles. Cada estrutura era única, mas todas tinham algo em comum: eram espiritualmente espetaculares. Michael olhou para as diversas cúpulas; nunca vira tantos crucifixos, nem mesmo no Vaticano. Estavam cercados por uma concentração de casas de adoração em um mundo em que a religião fora proibida por 75 anos. E isso fez com que ele pensasse em seu amigo Simon, um padre que era a epítome da contradição, cujos atos ficavam bem distantes da representação pacífica de seu colarinho. Um homem que era igualmente adepto das armas e da oração, de forma bem parecida com a filosofia conflitante de crucifixos e comunismo.

— A praça das catedrais era o cenário das coroações, recepções e diversos eventos teatrais. E, como se sabe, a religião foi contra a lei durante os 75 anos do comunismo — informou Fetíssov, parando de caminhar.

Michael, Susan e Lexie, seguindo seu exemplo, pararam logo atrás e olharam à volta. Tratava-se de uma coleção inacreditável de igrejas medievais com projetos excepcionais em si, mas compartilhando o tema universal de Deus.

Michael olhou para a enorme catedral da Assunção, as cinco cúpulas douradas sobre as torres brancas de uma igreja de tijolos.

— Esta era a igreja mais bonita e importante do Krêmlin desde o final do século XV — explicou Fetíssov. — Do século XVI até a Revolução Bolchevista, em 1917, todos os tsares foram coroados aqui. O arquiteto italiano Fioravanti, que a planejou, assim como a muitas das estruturas do Krêmlin tanto no solo quanto no subterrâneo, foi recompensado por seus esforços com a prisão perpétua.

"Existe uma lenda que diz que no inverno de 1941, quando as tropas nazistas chegaram aos limites de Moscou, uma cidade devastada pela guerra, Stálin ordenou que uma missa fosse celebrada na catedral para rezar pela salvação do país."

Fetíssov inclinou a cabeça em direção a Susan.

— É engraçado como as pessoas rejeitam Deus até que precisem dele — acrescentou. — Por fim, em 1990, a igreja reabriu suas portas ao público como um museu em honra à sua história.

"Dentro de cada uma dessas igrejas há obras de arte de valor incalculável. Quase cada centímetro das paredes foi coberto com as mais lindas obras de arte que o mundo já viu. Mas isso ficará para outro dia."

— Isso tudo é ótimo. São construções muito bonitas — disse Michael em tom alegre, mas ficando impaciente. — Porém não me ajuda a planejar meu trabalho. Preciso saber onde ficam as entradas para as diversas áreas das estruturas conhecidas no subterrâneo.

— Você está me interrompendo — reclamou Fetíssov, virando-se para uma pequena igreja branca à sua esquerda, parcialmente oculta pela catedral da Assunção. — A igreja da Deposição de Robe foi nomeada em homenagem a uma festa izantina que celebra a chegada da vestimenta da Virgem Maria a Constantinopla.

Michael e Susan trocaram um olhar confuso.

— Veja — interrompeu Michael. — Tudo isso é ótimo, mas eu realmente preciso saber...

— Preste atenção. Ouça o que eu digo e olhe para onde eu vou — orientou Fetíssov em tom de reprimenda. — Nunca se sabe quando precisará conhecer os caminhos por aqui. Chegaremos ao local de que você precisa, só me tolere por mais um tempo.

Michael estava prestando atenção, muita atenção em tudo que tinham visto, cada porta, cada portão, cada seção do muro. Sabia muito bem que conhecer o terreno e o ambiente era um dos aspectos mais importantes do seu trabalho. Odiava, porém, não estar no controle. Odiava ter alguém como guia.

— A catedral da Anunciação é a única igreja totalmente projetada e construída pelos russos. Era a igreja particular dos grão-duques, das princesas e dos tsares, e era naquele templo que os membros da família real se casavam, os herdeiros recém-nascidos eram batizados e onde faziam a confissão. Mas os tsares governavam com mão de ferro, e duvido que qualquer um deles tenha realmente se arrependido de qualquer pecado.

Michael e Susan ergueram o olhar para as nove cúpulas douradas que brilhavam contra o céu azul, enquanto os nove crucifixos lançavam sombra sobre os turistas que andavam por ali. Os tijolos brancos eram acentuados pelo trabalho em madeira marrom nas janelas.

— Esta catedral é um amálgama de igrejas e capelas do século XIV até o século XVI, e a segunda catedral mais antiga do Krêmlin. As cúpulas, o telhado, os topos e os pórticos são folheados a ouro roubado da antiga cidade de Novgorod, depois que Ivan, o Terrível, a saqueou. Quantas das grandiosas construções americanas foram construídas com espólios de guerra? — Fetíssov piscou o olho ruim, o que parecia completamente artificial. — A obra foi concluída em 1564 e, depois, modificada de forma substancial, para permitir a Ivan acesso para assistir às missas depois que foi banido da Igreja. Em 1572, Ivan casou-se pela quarta vez, mesmo que a fé ortodoxa russa permitisse apenas três casamentos. O que quero dizer é que se você não consegue que dê certo na terceira tentativa... — brincou Fetíssov.

Mas ninguém riu.

— De qualquer forma — continuou —, ele foi proibido de ir à missa. Mas os pais da Igreja, não querendo despertar a ira do feroz tsar, permitiram que ele assistisse à missa de uma galeria anexa, acessada por outro pórtico, batizado de Gróznenski, o Pórtico Terrível. Enquanto estava nesse pórtico em 1584, o tsar viu um cometa em forma de crucifixo cortar os céus, o que interpretou como o prenúncio de sua morte iminente. Três dia depois... — Fetíssov fez uma pausa dramática — ... ele morreu.

Susan inclinou-se para Michael.

— Isto é uma perda de tempo?

— Só saberemos quando formos bem-sucedidos ou falharmos.

— E qual é a do cabelo? — sussurrou Susan enquanto olhava para a juba negra de Fetíssov. — Foi uma tintura ruim ou é uma peruca horrível?

— Acho que...

— Minha esposa gosta da cor, ela mesma faz o retoque duas vezes por mês — disse Fetíssov, sem olhar em sua direção. — Se você gosta da cor, senhorita, posso pedir-lhe que ela pinte o seu.

Susan sorriu, sem graça.

— Sinto muito. Foi rude da minha parte.

— Foi rude mesmo — concordou Fetíssov, virando-se para encará-la com o olho bom, como se a visse pela primeira vez. Sua pupila branca leitosa continuou fora de foco, vagando. Depois ele sorriu. — Mas tudo bem. Eu também não gosto muito do resultado.

— Está tudo muito bem — disse Michael, mais do que exasperado. — Mas eu realmente preciso do acesso ao lugar onde preciso entrar, e este lugar é a confluência dos sete rios.

Fetíssov parou, ajeitou os óculos e olhou para Michael.

— Onde?

— Uma junção de canais em algum lugar sob Moscou.

Fetíssov olhou para Michael, e um misto de emoções passou pelo seu rosto.

— Você fará isso pelo subterrâneo?

Michael concordou com a cabeça.

— Uma escavação, não é? Tive a impressão de que esta seria uma operação diferente.

Pela primeira vez, Michael viu a confiança esvair-se de Fetíssov.

— Sabe, existem rumores sobre lá embaixo. Acho que isso é tudo. Muitas pesquisas foram feitas tanto em nível oficial quanto extraoficial, mas, ainda assim, nada foi encontrado. Não havia sinal de ouro ou joias. Não havia câmaras de tortura ou biblioteca alguma. Provavelmente tudo ruiu e virou pó.

Depois, porém, seu entusiasmo retornou, e ele assentiu.

— Não tem problema. Vamos colocá-lo lá... de alguma forma. Encontrarei um modo de levá-lo a este lugar que não existe. — Deu alguns passos tranquilos para a frente. — Mas nesse meio-tempo... Tudo bem, vocês vão gostar desta: o arcanjo Miguel era considerado o santo patrono dos guerreiros russos que lutavam contra invasores estrangeiros. Meio redundante para você, não?

Michael ignorou a alfinetada enquanto tentava ocultar a impaciência e olhava para a igreja diante dele. A catedral erguia-se sozinha em um terreno aberto, quatro cúpulas em torno de uma enorme cúpula dourada, que se elevavam acima de um telhado triangular encimando arcos ornados. Complexos entalhes de flores decoravam a fachada de pedra branca e o talento artístico era abundante.

— A construção da catedral do Arcanjo começou em 1505, no lugar de uma igreja que datava de 1333. Esse foi o local em que os príncipes e tsares de Moscou de 1340 a 1712 foram enterrados, antes que Pedro mudasse a capital para São Petersburgo. Lá dentro, há quase cinquenta sarcófagos. Os túmulos de Ivan IV... aliás, *não achamos* que ele tenha sido tão terrível assim... e de seus filhos, Ivan e Teodoro, estão ocultos em uma capela. Todos os corpos que encontram descanso na catedral do Arcanjo são colocados em sarcófagos de pedra, esculpidos no século XVII. Urnas de bronze foram acrescentadas em 1903, com inscrições de nomes e datas em alfabeto cirílico antigo.

"Havia uma antiga tradição russa de que os mortos deveriam ser enterrados antes do pôr do sol, pois assim poderiam despedir-se do sol antes de ascenderem aos céus. Velas apagadas eram colocadas nos túmulos, enquanto um ícone bruxuleante ficava na frente, de modo que a memória dos parentes reais sobrevivesse. Hoje em dia, os filhos vão embora com qualquer herança que os pais lhes deixem, enquanto os deixam apodrecer e ser esquecidos. Chamamos isso de mundo moderno.

"O costume de usar a igreja como cemitério foi adotado pela Rússia inspirado na cidade de Bizâncio, onde a honra era concedida àqueles cujo legado sobrevivia mesmo depois da morte: reis, oficiais de alta patente e patriarcas. Os túmulos das famílias eram dedicados ao arcanjo Miguel, que, de acordo com a mitologia cristã, guiava os falecidos ao reino dos mortos. Daí o nome desta catedral."

Michael continuava tirando fotografias, bancando o turista enquanto sua mente trabalhava o tempo todo, gravando cada detalhe do mundo à sua volta. Voltou a atenção à torre do sino da igreja de Ivan, o Grande, que se elevava a mais de 80 metros em relação ao Krêmlin. Construída em pedra branca, ficava ao lado do campanário da Assunção, à esquerda. Um dos locais mais magníficos de toda a Rússia. A torre de Ivan era uma estrutura branca octogonal que se erguia sobre o Krêmlin e era visível de todos os pontos de Moscou.

— O campanário da Assunção possui quatro andares — continuou Fetíssov — e foi construído pelo arquiteto italiano Maliy. Contém o maior sino dos 21 sinos, o sino da Ressurreição, pesando quase 64 toneladas. Quando Napoleão começou sua retirada de Moscou, em 1812, depois da guerra, ordenou que a torre do sino fosse destruída depois que ele partisse. Mas como todos os franceses incompetentes... ele falhou.

Continuaram o caminho, passando por um jardim grande e arborizado que parecia fora de lugar confinado dentro daqueles muros de defesa. As árvores altas e os jardins sob o sol de verão despertavam uma tranquilidade que se projetou em Fetíssov e seus acompanhantes.

Por fim, chegaram a outro grupo de prédios antigos.

— Se vocês querem saber, este é o colégio militar do Krêmlin, construído para treinar oficiais. Atualmente, abriga departamentos da administração presidencial russa. E isto...

Chegaram a uma outra praça grande, onde, à direita, havia um enorme prédio triangular em dourado e amarelo com detalhes em branco que imitava a aparência do Armoury. Uma cúpula encimada por uma bandeira se erguia a partir do pátio principal.

— O prédio do Senado costumava abrigar o governo soviético. Esta construção é cheia de pátios internos e tem muita influência grega, com suas grandes colunas. Uma parte do mundo foi modelada aí dentro, para o bem ou para o mal.

Tinham contornado todo o Krêmlin e chegado ao ponto de partida. Havia centenas de canhões em exibição em torno do perímetro de um prédio enorme, paralelo ao muro do Krêmlin.

— Tomamos todos esses canhões de Napoleão durante a invasão de 1812, enquanto ele tirava aquele rabo francês de nossa pequena e gelada cidade. O arsenal e a torre do canto — explicou Fetíssov, apontando para a estrutura de tirar o fôlego — foram concluídos em 1736 para armazenar armamentos, munição e suprimentos militares.

Michael olhou para o prédio sólido e para os oficiais de aparência ameaçadora que guardavam sua entrada, com rosto de pedra, preocupados e alertas. O arsenal realmente era a mais assustadora estrutura de todo o complexo, fortificada e imponente. Fetíssov os guiou até a entrada da enorme construção de dois andares.

— Sendo um lunático militar, este prédio é o meu favorito — declarou Fetíssov. — Datado de 1701 e reconstruído na atual forma em 1828, o arsenal foi o ponto inicial de centenas de batalhas e ações militares em nome dos regentes da Rússia. Ele não apenas armazenava armas, canhões e munição para os reinos antigos, mas também abrigava as forças militares.

"O arsenal não faz parte do tour pelo Krêmlin, e a entrada de visitantes é estritamente proibida. O que se passa nesse prédio é confidencial. Trata-se do posto de comando do Regimento da Presidência, um contingente militar que é parte do Serviço Russo de Proteção Federal.

Essa força de infantaria assegura a segurança do Krêmlin e seus tesouros, além de proteger o presidente e os oficiais do Estado. Esta é uma das unidades militares russas mais bem treinadas, composta apenas pelos melhores entre os melhores. A guarda do Krêmlin costumava ficar sob as ordens da Nona Direção da KGB, que mais tarde se tornou o Serviço de Proteção Federal, GUO. São guardas deste comando que vocês viram nas ameias das muradas, nos portões e em todos os locais para onde olharem, e eles estão dispostos a dar a vida para proteger o coração da Rússia. Esta é uma cidade, dentro da cidade, e tudo está aqui. — Fetíssov voltou-se para Michael, apertou os lábios e inclinou a cabeça. — E, como eu disse, a base fica no arsenal."

— Que bom que eu não preciso entrar aí. — Susan sorriu. — Podemos ir agora?

Michael parou e olhou para Fetíssov, sem entender direito a mensagem que ele tentava lhe passar.

— O que você quer dizer com isso?

— Uma caravana chegou hoje cedo. — Fetíssov ficou muito sério. — Era liderada por um homem chamado Raechen. Ele carregava uma mulher.

— E...?

— Ela foi levada para um laboratório que acabou de ser reconstruído.

— Laboratório? — perguntou Susan. — Por que um laboratório?

— É seguro. Um bom lugar para mantê-la até que o resgate seja pago — respondeu Fetíssov, devagar. — Há muito mais coisas acontecendo aqui do que você imagina.

— Quem é a mulher sequestrada? — quis saber Michael.

— O sequestrador a deixou aos cuidados de um médico, um médico muito conhecido chamado Skóvokov, que ainda tem alguns amigos na hierarquia russa. Costumava trabalhar para Julian Zivera e sabe tudo sobre o mapa. Ele o quer em troca dela.

— Você não respondeu à minha pergunta — declarou Michael, lançando um olhar atravessado para Fetíssov.

— Genevieve — respondeu Fetíssov em voz baixa. — Eles pegaram a mãe de Julian, Genevieve.

Michael ficou chocado.

— Por motivos óbvios, Julian não tem a menor intenção de pagar o resgate, mas ele a quer de volta — continuou Fetíssov. — E quer que você a salve.

Michael tentou controlar as centenas de perguntas que surgiram em sua mente e manter o foco, segurando as emoções e tentando conseguir o máximo de informações que pudesse.

— Onde fica esse laboratório para o qual a levaram?

— Eles a trouxeram e desceram com ela pelo elevador de carga. — Fetíssov fez uma pausa como se estivesse prestes a revelar a morte de alguém. — Ela está dez andares abaixo de onde nos encontramos agora.

Michael não queria perguntar. Não queria saber o que já sabia.

— Onde fica esse elevador?

— O elevador para onde a mãe de Julian foi levada fica lá dentro — disse Fetíssov, apontando na direção dos dois grandes oficiais que guardavam a entrada do arsenal.

Michael olhou para a estrutura imponente do prédio, para os dois guardas grandes e fortes, analisando a impossibilidade de tudo aquilo. Genevieve estava viva, fora sequestrada, e seu cativeiro ficava em um prédio cuja segurança só era superada pelo contingente de guardas. Por mais inteligente e esperto que fosse para passar pela segurança, ele tinha de levar em conta que havia o envolvimento do elemento humano, no caso, homens fortemente armados, e a única coisa previsível é que eles atirariam primeiro sem fazer perguntas.

Michael tentou compreender a informação que Fetíssov lhe dera, mas ficou mais confuso. Enquanto olhava para a estrutura, pensou no pai.

Ele não estava fazendo aquilo por ouro, joias ou uma obra de arte. Era pela vida, pela vida de seu pai. Só estava ali por um motivo: salvá-lo. E, por mais impossível que a tarefa fosse, tinha esperanças. Se planejasse tudo direitinho, teria uma chance de encontrar a Libéria e recuperar a caixa para trocá-la pela vida do pai. Mas agora tinha uma coisa a mais para fazer... Faria qualquer coisa por Genevieve, mas sabia que realizar dois trabalhos neste mundo proibido seria realmente impossível.

Duas vidas dependiam dele agora, duas pessoas com quem se importava. E seu coração partiu, pois não fazia ideia de como poderia salvá-los.

— Tudo que sei é que ela está viva — disse Fetíssov, enquanto atravessavam a praça Vermelha e passavam pela catedral de São Basílio.

— Você acha que isso vai fazer com que eu me sinta bem? — perguntou Michael, enquanto tentava compreender a complicação adicional do sequestro de Genevieve.

— Apesar do que você deve ter ouvido, Julian importa-se com a mãe. Ele a ama muito — declarou Fetíssov.

— Ama tanto que a caçou como um animal?

— Olhe o que você está disposto a fazer por um pai que ainda nem conhece direito.

Michael lançou um olhar furioso para Fetíssov, o cúmplice russo de Julian.

— Famílias são complicadas — continuou Fetíssov. — A relação entre pais e filhos é sempre cheia de dificuldades e desentendimentos. Você obviamente nunca foi pai. Julian ama sua mãe e não quer vê-la morrer.

— Então, por que ele não paga o resgate? O mundo sob o Krêmlin pertence à Rússia. Ele tem dinheiro e poder. Considerando tudo, o que mais ele pode querer na vida? O que há de tão especial nessa caixinha?

— Será que eu preciso lembrar que é você quem tem o mapa e não Julian? E será preciso lembrá-lo de que ele matará seu pai se você não lhe entregar a caixa e Genevieve? Ele aumentou suas exigências: seu pai pela mãe dele. Seja grato por ele não ter pedido nada mais, ou a chance de encontrar com seu pai pela segunda vez na vida será limitada a vê-lo dentro de um caixão.

CAPÍTULO 24

A suíte que ocupava o andar inteiro do Le Royal Meridien National oferecia uma vista maravilhosa do Krêmlin, iluminado em toda a sua majestosa glória. A explosão de cores e os telhados arredondados pareciam ter sido tirados de um conto de fadas. Michael continuava tentando apagar a imagem de um lugar sombrio e terrível que havia formado sobre o mundo russo durante toda a vida. A Rússia que se descortinava pela janela do hotel certamente não era a Rússia de sua imaginação.

Sentou-se à mesa de jantar, examinando esquemas e papéis espalhados à sua frente. Eram 3 da manhã, a hora do dia em que pensava melhor. O mundo estava quieto e dormindo e não havia interrupções. Gostava ainda mais por causa do fuso horário. Achava que era a primeira vez que apreciava essa diferença.

Perguntou-se o que fazia em Moscou. Nunca na vida ouvira falar sobre um roubo no Krêmlin. Não duvidava de que deviam ter ocorrido algumas tentativas, mas sabia que nunca ninguém conseguira voltar, passando pelos muros do Krêmlin, para contar a história. Enquanto pensava sobre a tarefa que tinha pela frente, quase desejou estar planejando um assalto à Casa Branca: pelo menos sabia que enfrentaria um julgamento justo se fosse pego.

Puxou o mapa e examinou o subterrâneo do Krêmlin. O diagrama tinha quase 1,5 metro de largura e 90 centímetros de altura, uma representação abrangente do mundo abaixo do Krêmlin. Cada aposento marcado, cada caminho detalhado; tratava-se da chave que revelava a história havia muito perdida do Krêmlin, contendo instruções para se encontrarem riquezas, mistérios e controvérsias esquecidos. O grau de detalhamento era surpreendente, já que mostrava todos os níveis e trazia legendas e orientações escritas quinhentos anos antes. Rios e túneis, grandes cavernas e cômodos, tudo detalhado sob uma camada esmaecida a lápis das estruturas conhecidas do Krêmlin, da terra firme acima. A representação da pequena cidade não se aproximava de sua configuração atual e suas novas estruturas, mas isso não o preocupava. Por meio da extrapolação do layout atual, em combinação com a configuração do mapa do subterrâneo, tinha tudo de que precisava para encontrar o caminho não apenas para a Libéria, mas também para o laboratório recém-construído onde Genevieve era mantida presa.

O local da Libéria bizantina estava marcado na extremidade ocidental do mapa, não muito longe das margens do rio Moscou. Parecia estar a 36 metros da superfície através de uma série de túneis e canais, em uma estrutura considerada moderna quinhentos anos antes. Contudo, o mundo representado no pergaminho não falava sobre a deterioração provocada pelos séculos que se passaram. Michael não sabia se os caminhos delineados de forma clara ainda existiam ou se haviam sucumbido a desmoronamentos e escavações, se estava estudando um mapa cujo valor poderia ser apenas o de uma obra de arte para se pendurar na parede. De qualquer modo, descobriria na manhã seguinte se teria alguma chance de ser bem-sucedido.

Susan andava pelo quarto, vestindo um penhoar comprido de seda desabotoado que flutuava em volta de suas pernas enquanto caminhava. O cabelo negro caía-lhe pelos ombros e a maquiagem se fora. Michael se perguntou por que ela se preocupava com o ritual diário.

Tinha um desses raros rostos que não precisavam ser retocados, que dispensavam ocultar manchas ou acentuar traços para ter sua beleza aumentada.

Michael obrigou-se a se concentrar de novo no trabalho.

— Você também não consegue dormir, não é? — perguntou Susan, sentando-se em frente a ele.

— Não costumo dormir muito — respondeu Michael, mantendo os olhos no trabalho. — Precisa de algo? — perguntou, mais para tentar se livrar dela do que para ajudá-la.

— Só vim aqui dizer que sinto muito.

Michael ergueu o olhar.

— Por...?

Ela apertou os lábios.

— Acho que por um monte de coisas. Meus atos, as coisas que eu disse. — Ela fez uma pausa e, por fim, acrescentou: — Pela morte de sua esposa.

Michael olhou-a por um tempo.

— Obrigado.

E voltou a atenção para o trabalho.

— Como você consegue? — perguntou Susan em voz baixa.

— Consigo o quê?

Michael não ergueu o olhar.

— Continuar vivendo.

Michael fitou-a novamente, surpreso com o tom íntimo da pergunta. Percebia, porém, que ela tinha enfrentado uma perda semelhante. Pensou por um tempo e, depois, respondeu:

— Só tento controlar a dor... e me sinto melhor quando penso que ela está em um lugar melhor.

— Acredita nisso?

Michael passou a mão no rosto, como se a ação fosse dar-lhe a resposta que gostaria de dar. Fitando-a, disse em tom gentil:

— Depois de tudo que vi, acredito nisso de todo o coração.

— Como ela era?

— Mary era o ar que eu respirava. Era a minha melhor amiga.

Susan inclinou a cabeça como se compreendesse.

— Ninguém me conhecia melhor do que Peter. Ele não dava a mínima para as minhas mudanças de humor...

Michael deu um sorriso de lado.

— Devia ter a paciência de um santo.

— Ele me colocava em primeiro lugar. Eu não precisava tomar conta de mim, pois sabia que ele fazia isso. E nada mais importava desde que estivéssemos juntos.

O relacionamento de Michael com Mary também fora assim. E era disso que ele sentia mais falta. Coisas simples como estar junto, fazer pequenos favores um para o outro e ser recompensado com um olhar da esposa. O amor altruísta, sem querer nada em troca, sem ciúme. Tão simples e, ainda assim, tão raro.

Susan olhava fixamente para Michael.

— Você teria gostado de Peter. Ele sempre quis ter um irmão.

Michael não soube o que dizer.

— Você tem irmãos?

Ele negou com a cabeça.

— Não tenho mais família.

Susan tirou o cabelo do rosto e recostou-se na cadeira.

— Você tem seu pai.

O modo como ela disse isso foi como se Stephen sempre tivesse sido o pai de Michael. E quando ele pensou sobre isso, compreendeu que começava a pensar em Stephen desse modo.

— Acho que tenho.

— Ele é um bom homem, Michael. Vale a pena salvá-lo mais do que qualquer pessoa que eu já conheci. — Susan levantou-se, pegou algo no bolso, tirou uma fotografia de 10 por 15 e entregou-lhe. — Boa noite.

Virou-se e saiu do aposento.

Michael observou-a caminhar pelo corredor de mármore antes de olhar para a fotografia. Mostrava um jovem casal. Reconheceu o homem, cabelo negro como a noite e compleição atlética. Mas a mulher... Era apenas uma menina; na verdade, uma adolescente. Os olhos azuis o observavam pela fotografia como se pudessem ver sua alma. Não precisou perguntar para saber de quem se tratava. Ela era mais bonita do que esperara. Estranho. Ela tinha menos da metade de sua idade quando a fotografia fora tirada, parecia uma criança. Michael não podia imaginar o medo que devia ter sentido ao ficar grávida tão jovem. Sabia que morrera no parto. Assim que ele chegara ao mundo ela partira: duas almas, uma passando pela outra no caminho para o céu. Os anos de sua vida lhe foram roubados, assim como os de Mary. Sentiu diversas emoções que iam desde o amor, passando pela tristeza até, por fim, o apreço.

Imaginou que Susan tivera o cuidado de encontrar a fotografia antes que saíssem da casa de Stephan em Boston. Apesar de todos os gritos, pirraças e discursos, ela teve a presença de espírito de fazer algo bom. As suspeitas de Paul sobre ela estavam certas. A fachada durona era apenas um escudo contra a dor.

Michael ergueu os olhos, mas Susan não voltara; já tinha ido dormir. Olhou para a fotografia da mãe e do pai uma vez mais, antes de colocá-la no bolso junto com a carta de Mary.

CAPÍTULO 25

Julian, no meio do salão de baile, vestia um novo smoking Armani e tinha uma bela morena ao lado. Sheila era do Texas. Tinha pernas longas e um rosto esculpido pelo melhor cirurgião plástico de Beverly Hills que o dinheiro do pai poderia comprar. Voara até ali para entregar pessoalmente seu cheque para aquele homem de Deus.

Fora criada como protestante, recebendo uma educação religiosa bastante rigorosa. Entretanto, a retórica com a qual se deparou na Universidade de Stanford a obrigara a tentar rever as disparidades entre Deus e a ciência. Perdera a fé e dera as costas à sua Igreja por dez anos. Mas quando ficou mais velha e viu o terceiro marido sair de sua vida, soube que precisava de Deus novamente. Em vez de Deus, porém, encontrou algo muito melhor: Julian. Ele atendia a todas as suas necessidades: espirituais, médicas e físicas. Com a vantagem de ser bonito. Isso sem mencionar o ardor que demonstrava entre quatro paredes.

Observou enquanto ele a deixava e caminhava pelo salão de baile, subindo o primeiro lance de escadas, onde ficou diante dos duzentos convidados, todos bem-sucedidos, ricos e em traje a rigor. Todos aguardavam ansiosos para ouvir o que tinha a dizer. Tratava-se de um misto de acadêmicos sérios, celebridades excêntricas e titãs da indústria; almas voluntariosas em busca de algo em que acreditar. Cada um tinha influência em seu respectivo campo de especialidade, mas ali, para Julian, todos ficavam satisfeitos com o segundo lugar, esperando por um momento particular de sabedoria que poderia mudar suas vidas. Embora houvessem tido educações diferentes, havia algo em comum no que vestiam e na forma como agiam. Smoking e vestidos longos. Todos vestidos para impressionar. Impressionar Julian, impressionar uns aos outros, impressionar Deus.

Todos haviam conseguido acrescentar algum acessório púrpura na vestimenta: faixas, suspensórios, meias, gravatas, vestidos, joias, enfeites de cabelo. E não era um tom de púrpura qualquer; tratava-se do púrpura imperial, o púrpura original, de um pigmento cujo preço, em épocas antigas, superava em muito o valor do ouro. Fora a cor usada pela realeza e, assim, tornara-se a cor da Verdade de Deus.

Em todas as religiões, há joias e símbolos de reverência — cruzes, crucifixos, estrelas de davi —, sempre usados com o orgulho de mostrar as próprias crenças. Todas as sociedades sucumbiram a costumes semelhantes, usando braceletes de borracha ou laços coloridos na lapela em solidariedade a uma causa. E a Verdade de Deus não era diferente. Tinha seus próprios símbolos e objetos sagrados. Tratava-se da legitimidade de uma simbologia icônica. Um símbolo usado em colares com pingentes e em anéis com sinete. Um amálgama do símbolo do infinito, dos átomos girando e o crucifixo de Cristo, tudo em um fundo púrpura imperial, a cor que se tornara o símbolo do orgulho para as celebrações da Verdade de Deus.

Julian compreendia aquela multidão festiva e rica, rindo por dentro, mas mostrando uma aparência humilde. Baixou a cabeça, colocou os dedos na testa, esfregando-a lentamente como se concentrasse a mente. O aposento ficou em silêncio, e o momento estendeu-se até que ele ergueu a cabeça e olhou para a audiência.

— À medida que passamos pela vida, temos como certo a promessa do amanhã, o presente da vida que nos foi dado. — Suas mãos moviam-se como se dissessem cada uma das palavras. — Esquecemos que nossa carne é mortal, que nosso coração é frágil e finito. Quantas vezes um homem rezou em vão no leito de morte de um pai ou de uma mãe, enquanto assistia ao seu último suspiro, enquanto ficava ali, impotente em sua tristeza e sofrimento? — Julian fez uma pausa, olhando para o rosto dos presentes. — Se vocês pudessem dar qualquer coisa para salvar sua mãe ou seu pai, até onde iriam?

"Morte: é o destino que nos espera a todos. Enquanto a Bíblia fala sobre uma vida após a morte, devemos nos lembrar de um dos maiores provérbios do Grande Livro: Deus ajuda a quem se ajuda. Falamos de sacrifício, falamos de abrir mão dos prazeres imediatos em prol da promessa de benefícios futuros. Fazemos isso nos negócios, fazemos isso na vida, e algumas pessoas chegam a fazer isso em suas religiões.

"Agora, antes que eu os deixe esta noite, quero que pensem sobre algo. E se este fosse o último dia de vida de vocês, o que fariam se soubessem, com certeza, que não haveria o amanhã? E se vocês soubessem que só teriam mais 24 horas de vida? Imaginem-se nessa posição, pois é uma situação à qual todos chegaremos, apesar de nossos esforços. Fechem os olhos e imaginem que estão no final de seus dias, o seu acúmulo de experiências chegou ao fim. Vocês de repente apegam-se a Deus, esperando ir para o céu, vocês refletem sobre as suas vidas, um resumo de eventos ou... vocês procuram um modo de viver mais um dia? — Olhou pelo salão: todos estavam completamente atentos ao que ele dizia. — Se vocês pudessem fazer qualquer coisa para se salvar, até onde iriam? O que fariam?

"Agora pensem nisto: se vocês tivessem a oportunidade de comprar mais um dia, mais uma semana ou, quem sabe, mais um ano de vida, se pudessem comprar mais dez anos... Que valor isso teria para vocês? Qual preço vocês dariam às suas vidas?"

Julian fez uma pausa e olhou para os inúmeros seguidores, parecendo estabelecer contato visual com todos, que aguardavam prendendo a respiração. Por fim, ergueu a taça.

— *Cent'anni.*

E, em uma resposta quase coreografada, todos ergueram as taças e disseram em uníssono:

— *Cent'anni.*

Julian pegou o braço de Sheila e, juntos, desceram as escadas, passando pela multidão que lhes abria caminho em um silêncio respeitoso.

— Eu pagaria qualquer coisa para que minha mãe pudesse ter vivido mais um ano — sussurrou Sheila no ouvido dele. — Sua mãe ainda é viva?

Julian voltou-se para ela e olhou direto em seus olhos.

— Não sei.

Os olhos de Genevieve abriram-se. Não sentiu pânico. Não tentou se livrar das amarras nem se levantar da maca em que estava. Sua respiração era profunda e estável enquanto olhava à sua volta. As instalações médicas eram totalmente brancas, com uma aparência dura sob a luz fraca. O cheiro antisséptico invadiu-lhe os sentidos; tentou descobrir onde se encontrava.

Acordara apenas duas vezes durante o sequestro, uma vez enquanto estava sendo colocada em um avião e outra quando chegara onde quer que estivesse agora. Das duas vezes, acordou apenas por um momento, sem ter como recobrar completamente a consciência antes que um homem grande a drogasse de novo. Seu conceito de tempo estava completamente perdido, e ela tentava livrar-se da névoa que embaçava seus pensamentos. Não sabia onde estava nem quem a sequestrara, mas seus objetivos eram óbvios, os mesmos de Julian: conseguir o Albero della Vita, a caixa de ouro que ela desejava que tivesse sido apagada da história.

Sentia-se traída por Julian. Ele lhe roubara tudo o que ela tinha, deixando-a apenas com um vazio absoluto que não experimentava desde a perda do marido. Ele morrera muitos anos antes, e desde então ela vagava pela vida, sem nunca procurar o amor de novo, já que a dor da perda ainda era intensa, mesmo com o passar do tempo. Mas foi na alegria da maternidade que se reencontrou, que seu coração se encheu de calor. Esse calor, porém, foi esfriando e se tornou um doce amargo no que dizia respeito a Julian. Ele fora problemático desde o nascimento, uma criança frágil cuja crueldade nunca diminuíra.

O sequestrador entrou no aposento e a encontrou acordada. Sem dizer uma palavra, foi até um armário, retirou uma bolsa de medicamento intravenoso e foi para o lado da cama de Genevieve. Lançou-lhe um olhar breve, e ela viu que carregava no rosto uma expressão de sofrimento. Trocou a bolsa de medicamento, olhou-a mais uma vez e saiu. À medida que a droga entrava em suas veias, Genevieve sentia a mente embaçar de novo, arrastando-a uma vez mais para a inconsciência. Pensou em Michael, fazendo uma breve oração para que ele encontrasse o pai e recebesse o quadro e o mapa que lhe deixara mas sobre o qual não puderam conversar, pois os sequestradores a pegaram antes que pudesse lhe explicar o verdadeiro significado do mapa oculto na pintura.

Quando seus olhos se fecharam, a mente mais uma vez se perdeu em um sono induzido por drogas, uma lágrima escorreu-lhe pelo rosto. Não por si mesma ou por estar presa, mas por ter colocado Michael em perigo, pois ele não fazia a menor ideia do que cercava o mapa oculto em *O eterno* nem os mistérios do Albero della Vita. Uma caixa que um dos homens mais cruéis da história, Ivan, o Terrível, condenara a ficar escondida por toda a eternidade. Uma caixa cujo conteúdo era horrível demais até mesmo para o mais terrível dos homens.

CAPÍTULO 26

O subterrâneo da cidade de Moscou é uma lenda. Uma cidade embaixo da cidade. Um mundo que se estende por 12 níveis de profundidade, incluindo túneis e labirintos, abrigos antibombas e catacumbas, passagens antigas e rios turbulentos. Existem apartamentos ocultos bem abaixo da superfície; túmulos a mais de 90 metros de profundidade, que diziam estar abaixo do próprio inferno. E como em todas as cidades, a população subterrânea de Moscou era um pouco diferente de sua contraparte da superfície — aquelas pessoas ainda eram chamadas de ciganos: invasores e prostitutas, refugiados políticos e desabrigados. A cidade de Moscou proíbe que ex-condenados vivam nos limites da cidade, forçando os ex-criminosos a permanecer no subsolo.

A cidade de 850 anos, construída em solo aluvial, mostrou-se perfeita para aqueles que optavam por construir abaixo da terra e não acima. Começando com os avós de Ivan, o Terrível, cada um dos governantes da cidade deixou sua marca no subterrâneo de alguma forma, construindo câmaras secretas para esconder tesouros, túmulos para aqueles que se opunham ao governo, residências palacianas como casas seguras durante um golpe, igrejas para oração, apartamentos secretos para casos clandestinos, depósitos para armazenamento de armas. Stálin construiu uma via férrea subterrânea clandestina para que seus oficiais leais, suas armas e tropas pudessem entrar e sair da cidade. Pedro, o Grande, passou parte da infância nas perdidas câmaras da czarina. Catarina, a Grande, trouxe artesãos italianos para canalizarem o rio Neglínnaia, transformando-o em uma série de enormes canais de tijolos.

Michael, Paul e Fetíssov estavam em pé sob um arco alto de tijolos ao longo das margens de um canal construído pelo homem. Diante deles, havia uma enorme caverna, o teto arredondado elevando-se a 7,5 metros de altura. As lanternas fortes acopladas ao capacete de mineiro que usavam pintavam sombras nas paredes de tijolo vermelho. Centralizados em volta de um grande lago central havia sete rios feitos pelo homem, cada qual seguindo para um túnel diferente.

Haviam entrado na vasta estrutura de passagens por um cano de drenagem nos fundos de um restaurante em Kitai-Gorod — o bairro chinês de Moscou, embora nenhum chinês nunca tenha vivido ali — que ficava a mais de 1 quilômetro do Krêmlin. Nikolai Fetíssov, com apenas um olho bom, levara-os por uma série de túneis cuja altura e construção variavam a cada passo. Acima deles havia grandes condutos que levavam aquecimento, eletricidade e, provavelmente, cabos para escutas clandestinas que datavam da época da KGB. O russo lia um pequeno mapa desenhado à mão, as marcações em cirílico já borradas. Obtivera-o com exploradores do subterrâneo com um pagamento que o vendedor não antecipara: a própria vida.

Michael dera a Fetíssov uma lista de suprimentos e, fiel à sua palavra, Fetíssov conseguiu tudo, não deixando nada de fora. Cada um carregava uma mochila nas costas, levando equipamentos para cavar, mergulhar e qualquer outra eventualidade. Fetíssov não questionou as necessidades de Michael, apenas chegou às 5 horas com as três mochilas e o mapa simples que levava à confluência dos sete rios. Michael nunca o questionou sobre seus recursos ou perguntou sobre a mancha de sangue no canto esquerdo do mapa desenhado à mão.

Fetíssov, Michael e Paul andaram por vários quilômetros, passando por nuvens de vapor, spray de água que esguichava de canos quebrados e ventos secos de aberturas de ventilação. Levaram uma hora, embora Michael tenha perdido completamente a noção de tempo. Passaram por diversos grupos de pessoas que permaneciam nas sombras, considerando os três invasores como amigos ou inimigos. Alguns vestiam pouco mais que a sujeira e a imundície que lhes manchavam o corpo, enquanto outros usavam roupas mais caras que pareciam quase novas. Embora alguns tivessem olhos de loucos, a maioria parecia bem inteligente e era mais do que educada. Mas todos tinham uma característica em comum: estavam em estado de alerta, como se prontos para fugir, como se esperando a chegada de deuses ou demônios. Embora a população subterrânea no início tenha sido grande, depois de uma série de caminhos, curvas, ladeiras e escadas, os três se viram sozinhos.

— Tudo bem, esta é a Gruta dos Tsares, a interseção dos sete canais. Estamos bem ao lado do muro sudoeste do Krêmlin — informou Fetíssov, enquanto tirava o cabelo negro dos olhos. — Todos os ratos do mundo subterrâneo a conhecem, até mesmo os soviéticos a conheciam nos anos 1950, mas isso nunca os levou à Libéria ou a qualquer outro lugar, exceto a uma série de caminhos sem saída. Agora, será que você se importa de me dizer onde foi que conseguiu seu mapa?

Michael analisava atentamente um pedaço de papel de 60 por 90 centímetros. Era um mapa, mas não o que Genevieve lhe deixara. Tinha a impressão de que aquilo valia mais que ouro, sendo uma representação detalhada de um mundo subterrâneo que tinha bem mais valor do que as riquezas da cidade na superfície. Michael copiara apenas o que precisava na grande folha de papel que segurava agora.

— Sim — respondeu Michael, por fim.

Fetíssov nunca saberia sobre o mapa. Michael estudou os sete canais que levavam a sete túneis separados, dando atenção especial ao terceiro da direita para a esquerda, o mais escuro de todos. Olhou de novo para o mapa e voltou o olhar para o túnel.

— Tudo bem. Esta câmara é o nosso ponto de preparação e aquela é a nossa saída — disse ele, apontando para o terceiro túnel.

— Como vamos tirar a mulher daqui se ela estiver sedada? — perguntou Fetíssov.

— Deixe isso conosco. Você só faz o que mandarmos.

Michael lançou um último olhar para a grande gruta, depois para sua bússola e, em silêncio, tomou a dianteira no lugar de Fetíssov.

— Tem certeza de que sabe para onde vamos? — perguntou Fetíssov.

Michael tirou uma lata de spray do bolso lateral da mochila.

— Não, mas espero que o autor do mapa soubesse o que estava fazendo.

Removeu a tampa da lata e fez um ponto laranja na parede.

— Por que está fazendo isso? — perguntou Fetíssov.

— Migalhas de pão — respondeu Michael, enquanto continuava marcando o caminho a cada 6 metros.

Continuaram caminhando ao longo da margem do canal, que logo deixou de exibir os tijolos, substituídos por rochas naturais e caminhos lamacentos. O teto erguia-se alto, mas às vezes ficava baixo, obrigando-os a seguir de joelhos ou até rastejando sobre a barriga. Continuavam deparando-se com caminhos divergentes que se espalhavam para diversas direções. Michael tinha certeza de que, se perdesse o mapa, eles estariam perdidos para sempre naquele labirinto subterrâneo e enlouqueceriam lentamente assim que as baterias das lanternas acabassem, presos na escuridão sem ter ninguém para procurá-los. Então, continuou a marcar o caminho que seguiam, pois, se o mapa sumisse, eles poderiam se localizar.

Teve o cuidado de manter o mapa fora do campo de visão de Fetíssov. Não tinha a menor intenção de permitir que aquele homem de comportamento afável e sorriso cativante o visse sequer por um instante, pois tinha certeza de que ele o eliminaria e a Paul, assumindo a operação sozinho.

Depois de caminharem sobre o terreno irregular pelo que pareceram horas, passando por túneis e cavernas, chegaram a um lago turbulento que ficava dentro de uma grande caverna, cujo teto alto era pontilhado por estalactites. A câmara de 9 por 9 metros tinha apenas uma formação rochosa de cerca de 15 centímetros de largura sobre a água que se projetava a quase 1,5 metro. Os três ficaram parados na beira da água, observando-a bater contra a parede posterior, já gasta pelo fluxo constante do rio.

— Beco sem saída — disse Fetíssov.

Michael olhou em volta da caverna sem querer dar o braço a torcer, mas não havia como sair dali a não ser pelo caminho pelo qual entraram. A trilha que seguiram por quase meia hora chegara a um fim abrupto. Não havia nada diante deles, apenas a parede lisa de pedra do outro lado. Nenhuma porta ou passagem.

— Tem de haver um jeito de passar para o outro lado desta parede — acrescentou Paul.

Michael dirigiu a lanterna do seu capacete para o mapa, analisando a letra. Copiara o mapa de forma exata, tendo o cuidado de não deixar nenhum detalhe de fora. Olhou pela caverna em busca de algum sinal revelador, uma porta oculta, mas não havia nada. Enquanto estudava o mapa, sabia que estava a menos de 60 metros da Libéria, mas agora... ele poderia muito bem estar a milhares de quilômetros.

Os pensamentos de Michael voaram para Stephen, seu pai, cuja vida não estaria em perigo se não fosse por ele. E embora a culpa tomasse seu coração, o sentimento o ajudava a concentrar-se na tarefa que tinha à frente. Michael inclinou-se e examinou as águas turbulentas: elas corriam com velocidade do rio subterrâneo, mas pareciam desaparecer do outro lado, onde dava para vê-las revirando-se e formando redemoinhos que atestavam a saída invisível das águas. Michael abriu a mochila e pegou um bastão de luz fluorescente, quebrou-o para que começasse a brilhar e o jogou na água. Observou enquanto a luz amarela boiava na superfície, flutuando até a parede da outra extremidade como um barco fora de controle. Quando atingiu a parede, começou a subir e descer e, de repente, sumiu. O brilho amarelo fluorescente desapareceu, sugado para algum lugar sob a superfície.

Michael virou-se para Paul, que observara a mesma coisa.

— Nem pensar — disse Paul, parecendo ler os pensamentos de Michael.

Michael pegou a mochila, colocou-a sobre o piso rochoso, abriu-a e retirou uma máscara de mergulho, 15 metros de corda e um outro bastão luminoso.

— Não vou permitir que você entre na água — reiterou Paul, aproximando-se.

— Por que não? Prefere ir você mesmo?

Não se preocupou em olhar para Paul enquanto amarrava a corda em torno da pedra protuberante. Pegou a outra ponta e amarrou-a no bastão luminoso. Quebrou o bastão e observou a mistura química começar a brilhar até exibir um amarelo intenso. Colocou a máscara, vestiu um arnês de escalada e prendeu a corda.

Fetíssov observou a troca de olhares entre os dois amigos, dando um amplo sorriso.

— Você é um verdadeiro caubói. Gostaria de ter colhões como você.

— Isso não tem nada a ver com colhões — respondeu Paul, lançando um olhar fulminante para Michael. — E tudo a ver com burrice. Você não tem ideia da força de sucção, você poderia ser destruído antes que tivesse tempo de pensar.

— Relaxe, só preciso saber a largura da boca.

Michael pegou uma lanterna à prova de água e enrolou a corda.

— Qual a largura da boca? — explodiu Paul. — E se você for engolido...

Mas não conseguiu terminar a frase, pois Michael agarrou a corda enrolada e pulou na água. Segurou firme a corda com a mão esquerda, enquanto a soltava devagar com a direita, o brilho do bastão luminoso flutuando na superfície. Lentamente foi soltando a corda, permitindo-se ser puxado em direção à parede de pedra do outro lado. E, do mesmo modo que acontecera com o primeiro bastão, o segundo também desapareceu, engolido pela corrente forte, mas dessa vez ele segurou a corda e não permitiu que o bastão escapasse. Tomou fôlego, mantendo firme a corda com a mão esquerda, e mergulhou a 6 metros da parede.

Diante dele viu o bastão dançando sob a água, preso pela outra extremidade da corda, tentando desesperadamente se soltar, como um cachorro louco preso na coleira. Sua luz fantasmagórica iluminava a parede do outro lado, e 1,5 metro abaixo da superfície havia um cano de 1,5 metro de largura. Continuou segurando firme a corda com a mão esquerda, mas afrouxou a outra parte, permitindo que o bastão seguisse a corrente, observando sua entrada lenta no tubo, girando na torrente ruidosa. O bastão iluminou a boca do cano quando entrou, depois desapareceu. Michael acendeu a lanterna e viu que o cano tinha uma inclinação descendente em um ângulo de 45 graus. Em pouco tempo, o brilho amarelo do bastão começou a sumir, engolido pela escuridão.

Michael emergiu e, com o impulso das mãos, voltou para a superfície rochosa. Quando começou a retirar a corda da água, Paul o agarrou pelo colarinho e o ergueu, depois o jogou no chão.

— Você é um imbecil.

Michael ficou lá encharcado, tentando recuperar o fôlego, depois rolou e sorriu para o amigo.

CAPÍTULO 27

A Verdade de Deus havia sido fundada no início da década de 1970 por Yves Trepaunt, um médico que não conseguia aceitar que a Igreja rejeitasse os fatos científicos. Ele era um católico não praticante que queria continuar acreditando em Deus, mesmo abraçando a carreira médica, mas que achara a má vontade da Igreja de se desviar do criacionismo puro um tanto sufocante.

Trepaunt era o único filho de Jacques Trepaunt, um homem influente na França de Vichy e a conexão francesa com fabricantes de armas. Ele deixou a propriedade de 2 milhões de dólares para o filho, que, subsequentemente, abriu mão de uma carreira promissora na área médica e investiu a fortuna em sua busca religiosa. Yves comprou o mosteiro da Córsega, que antes fora o castelo da família real de Gênova, e o terreno adjacente de 25 mil acres. Só deixava o lugar para velejar sua balandra, chamada de *Verdade de Deus*, pelo Mediterrâneo.

Yves descobriu que havia muitos como ele, que percebiam a enorme disparidade entre os fatos científicos e a doutrina cristã; começou, assim, uma carreira não planejada de pai de uma Igreja. Construiu um séquito de mais de 10 mil fiéis e transformou o castelo abandonado do mosteiro nos penhascos da Córsega em sua sede.

Aos 21 anos, recém-saído da faculdade, Julian Zivera abraçara a mensagem de Yves e procurara mais seguidores. Chegou à Verdade de Deus com alguns diplomas universitários, uma memória fotográfica da Bíblia e um plano. Ele e Yves rapidamente se tornaram amigos, e, em dois anos, Julian tornou-se seu confidente, porta-voz e braço direito, usando seu dom da oratória para expor a interpretação de Yves da Bíblia e de Deus.

E Julian conseguiu aproximar-se ainda mais de Yves.

A filha de Yves, Charlotte, de 19 anos, apaixonou-se por Julian. Primeiro, enamorou-se do rosto bonito e forte, com cabelo louro-claro e olhos azuis cristalinos. Julian possuía uma presença tão controladora e carismática que intimidava qualquer um com quem encontrasse, exceto ela. Para Charlotte, esse foi o principal motivo para sentir-se atraída. Mas era mais do que uma atração física, algo bem além da luxúria. Ele era brilhante, detinha uma compreensão do cristianismo que ela jamais vira antes; conhecia não apenas as escrituras, como também seu significado subjacente. Ele tinha o dom de interpretações perceptivas que a inspiravam.

Tratava-se de uma relação que podia crescer, florescer e amadurecer devagar. Julian nunca a pressionava, nunca era agressivo em suas tentativas. O primeiro beijo só aconteceu depois de três meses, mas uma vez que se beijaram, não havia dúvidas de que o destino de ambos era passar o resto da vida juntos.

Diferente de Yves, o casal viajava para o mundo moderno. Passaram um mês de lua de mel passeando por Londres, Paris, Hong Kong e Mônaco. Raramente viam a luz do dia, enroscados um nos braços do outro, perdidos nos jogos entre lençóis. Julian colocava Charlotte em primeiro lugar. Ela nunca imaginara que tamanho amor pudesse existir. Acordava e se deparava com ele a observando. Ele costumava deixar pequenos presentes em sua bolsa, flores no travesseiro na hora de dormir. Antecipava cada uma de suas necessidades, cada um de seus desejos. Ela encontrava seu vinho e o queijo favoritos na mesinha de cabeceira depois de uma massagem; os sapatos que olhara na vitrine e pelos quais se apaixonara mas não comprara apareciam embrulhados com um laçarote em seu closet. Saíam à noite sem destino e acabavam no salão privativo de seu restaurante preferido. Terminavam a refeição e seguiam para uma praia particular, onde um mar de travesseiros e cobertores estava arrumado sobre a areia e sob o céu estrelado. Charlotte encontrara o amor, encontrara seu melhor amigo, encontrara um marido.

E Yves encontrara um filho. Eles não formavam apenas um triunvirato de inspiração religiosa para a fé, mas um exemplo de que amor e dinheiro, Deus e ciência poderiam funcionar e existir como um.

E as fileiras de seguidores cresceram. Por meio de um livro de MBA de Harvard, Julian introduziu ao mundo deles estratégias de negócios, finanças e marketing modernos. Quadruplicaram o rebanho em um ano e observaram-no crescer de forma estável nos dois anos que se seguiram.

Contudo, para que a Igreja prosperasse, precisavam de contínuos investimentos; não podiam esperar passar a sacolinha de doações. Então, diferentemente de outras religiões cristãs, cobravam uma taxa. Embora parecesse nojento, a religião era um negócio que exigia um balanço financeiro para que pudesse existir no mundo moderno. A vasta riqueza da Igreja Católica não fora formada por meio da intervenção divina. As sinagogas judaicas cobravam uma taxa de sócio; os ministros das Igrejas Batista e Metodista usavam uma técnica gentil de persuasão para conseguir doações de seus fiéis, fazendo-os se sentir culpados se necessário.

É claro que a abordagem de Yves e Julian era sutil e feita de forma elegante, e acabou, é claro, muito bem-sucedida. A grande maioria de seus seguidores era altamente educada, de modo que eles contavam com algumas das pessoas mais ricas do mundo entre seus seguidores.

A taxa anual de 10 mil dólares dificilmente era uma carga para os 150 mil membros da Igreja. O investimento de 2 milhões de dólares que Yves fizera tinha crescido e já ultrapassava os 3 bilhões de dólares apenas alguns anos após a chegada de Julian.

A pedido de Julian, Yves voltou para a medicina, fundando laboratórios de pesquisa nos terrenos da sede. Ele e Julian concordaram que cada um deveria tirar o máximo de vantagem de seus pontos fortes, que cada um deveria usar os talentos que Deus lhes dera. Julian geria os negócios da Igreja, enquanto a verdadeira vocação de Yves era a medicina. O desejo de Yves de curar ressurgiu. Seu principal objetivo era descobrir tratamentos e remédios para doenças e para o sofrimento e dá-los ao mundo, e não usar a condição médica adversa dos outros a fim de construir riqueza. Deixou o trabalho da Igreja a cargo de Julian e Charlotte e contratou os melhores médicos e especialistas biomédicos — muitos dos quais já eram membros da Igreja. Atraía-os com a promessa de recursos ilimitados, salários exorbitantes e um ambiente livre de pressão de acionistas e investidores.

A Verdade de Deus realmente se tornou um conglomerado religioso único do mundo moderno, uma fé na qual descobertas científicas eram consideradas revelações dos mistérios de Deus e não uma arma para atacar a Sua existência. Constantemente, reconheciam a presença de Deus na natureza, na ciência, em seus corações e no dia a dia. Como Yves sempre dizia, a Verdade de Deus sempre colocará Deus em primeiro lugar.

Em um fim de tarde de domingo, Yves e Charlotte saíram para velejar na balandra de Yves. Era um ritual que pai e filha dividiam desde que ela ainda era menina. Isso os unira depois que a mãe de Charlotte faleceu. Ambos eram velejadores experientes e alternavam-se em içar as velas e assumir o leme. Yves passara seus conhecimentos náuticos para a filha tão bem que estava certo de que ela poderia pilotar um iate de 140 pés sozinha. Quando Julian entrou para a família, convidaram-no a fazer parte da rotina dominical, mas ele declinou, insistindo em que Yves deveria manter a tradição como tinha sido pelos últimos vinte anos. Julian já havia roubado Charlotte de Yves, o mínimo que podia fazer era emprestá-la por algumas horas aos domingos.

Yves e Charlotte saíram para velejar às 16h30; o céu estava claro, as águas de setembro, calmas, e uma leve brisa sudoeste soprava. Partiram quando o sol de verão começava a se pôr. Pai e filha olharam um para o outro vivendo o momento, sem poder prever o futuro daquele mundo em que viviam, um mundo repleto de felicidade, amor e, acima de tudo, Deus. Ambos olharam para o mar aberto, a ampla vela branca empurrada pelo vento, levando-os para longe.

Nunca voltaram.

No dia seguinte, a balandra foi encontrada a 8 quilômetros da costa com as velas flutuando no mar. Iniciou-se uma investigação e várias especulações foram levantadas. A busca pelos corpos continuou, mas sem resultado. O tempo estava ideal, dois peritos velejavam nas águas, nenhum pedido de ajuda, nenhum sinal de luta no *Verdade de Deus* quando foi rebocado de volta para o porto. Restaram apenas perguntas sobre o desaparecimento de Yves e Charlotte, velejadores experientes que se perderam no mar. A investigação concluiu que a morte foi acidental.

Julian fez um discurso de partir o coração para as 10 mil pessoas que foram à cerimônia de despedida, feita a céu aberto aos pés do penhasco. Sofria muito, e o mundo via a angústia daquele homem de 26 anos de pé, sozinho, no altar externo que dava para o mar Mediterrâneo.

E Genevieve estava lá. Conhecia a dor de perder o cônjuge e decidira ficar com ele pelo tempo que o filho precisasse. Ficaria para confortá-lo, dar-lhe o carinho que só uma mãe poderia dar. Ficara muito orgulhosa dele, de suas conquistas, do fato de ter usado o diploma a serviço de Deus. Ficara felicíssima por ele ter encontrado o amor e a estabilidade, por ele ter construído uma vida para si mesmo, e agora tudo lhe fora arrancado como um truque cruel do destino, um ataque direto ao seu coração.

Contudo, depois do sermão e do memorial pelas almas dos corpos que nunca foram encontrados, Genevieve partiu sem dizer uma palavra. Reconhecera uma mudança no filho, uma frieza que não vira desde que ele era criança, quando o gatinho de sua filha adotiva Arabella desaparecera após Julian ter sido agredido no playground. Sabia o que Julian fizera naquela época... E sabia o que ele tinha feito agora. Olhou nos olhos do filho e soube a verdade.

Nenhum traço dos corpos de Yves e Charlotte foi encontrado porque todos procuraram no lugar errado. Os corpos quebrados estavam enterrados junto com os monges na cripta abaixo da mansão, que costumava ser um mosteiro.

Quando o sol se pôs no mar ao fim da tarde daquele domingo, Julian saiu da cabine da embarcação, para surpresa de Charlotte e Yves, enquanto uma lancha se aproximava. Com um sorriso no rosto, Charlotte correu para os braços do marido, feliz com outra das surpresas dele.

Sua alegria, porém, logo se transformou em choque e medo, quando viu em seus olhos algo que nunca antes tinha visto. Havia indiferença. Era como olhar nos olhos de um estranho, alguém sem alma. E seus temores se confirmaram quando sentiu uma lâmina penetrar-lhe a barriga, espalhando dor por todo o seu ser. Durante todo o tempo Julian manteve o olhar fixo nos olhos da esposa, assistindo silenciosamente, esperando ver o momento em que sua alma se separasse do corpo.

Yves ficou ali, em estado de choque, enquanto Julian colocava o corpo de sua filha sobre o deque. Paralisado de medo, enquanto Julian caminhava diretamente para ele, nem chegou a erguer a mão para se defender quando a lâmina foi enfiada entre suas costelas e ele ouviu Julian murmurar:

— Dê lembranças a Deus por mim.

Aos 26 anos, Julian Zivera tornou-se o único líder da Verdade de Deus, uma religião, um negócio, um conceito que lhe dava mais de 1 bilhão de dólares anuais, isento de impostos, para investir em Deus, na ciência e na vida. Herdou tudo, o terreno, o castelo do mosteiro, os fiéis, os laboratórios médicos e até mesmo o iate, *Verdade de Deus.*

Julian chegara à Córsega com alguns diplomas, uma memória fotográfica e um plano de assumir a religião de Trepaunt em dez anos. Ele sempre superava as expectativas; fez isso em apenas cinco.

CAPÍTULO 28

Michael olhou para a extremidade arredondada de um sensor a laser sobressaindo-se do duto de metal. O zunido baixo de um motor ecoava lá de dentro. Sabia que tinha encontrado o local correto. O sensor de laser Covini era de última geração, fabricado por uma empresa em Delaware. Os russos não haviam economizado nas medidas de segurança das instalações recém-construídas. A câmara de terra e pedra na qual estavam não tinha mais de 1,80 metro, uma área não utilizada da parte que fora escavada para a estrutura diante deles. O duto de ar-condicionado era preso à superfície rochosa por baixo e pela parte de trás, deixando os dois lados expostos. Cada junta contava com uma solda dupla, e a construção grossa de metal era revestida com uma resina de polímero de tripla densidade para manter a umidade do lado de fora. Entrava em um abrigo de concreto que desaparecia na rocha onde havia sido colocado.

Michael levou-os por uma série de túneis, retornando mais de vinte vezes pelo caminho que tinham feito até que, com a ajuda da bússola, conseguiu chegar até a declinação exata que marcara no mapa. Tiveram de engatinhar pelos últimos 100 metros atravessando uma protuberância de terra e abrir caminho através de barreira de terra. Estavam dez andares abaixo do arsenal. Tinham engatinhado em linha reta por cerca de 800 metros desde o grande lago de água que Michael acreditava levar para a Libéria, embora parecesse que tinham caminhado até São Petersburgo.

Michael deu a volta no duto, analisando-o, examinando cada uma das soldas como se elas pudessem lhe contar uma história.

— Tanto esforço para chegarmos aqui — disse Fetíssov.

— Dutos de ar costumam ser rebitados, mas isso ocorre quando são feitos de latão. Essas juntas foram soldadas. — Mostrou as linhas granulosas que uniam as pesadas partes. — E todas foram feitas pelo lado de fora. — Michael continuou caminhando em volta do duto, que depois desaparecia em uma placa grossa de concreto. Virou-se e voltou. — Todas as juntas, menos esta.

Ele parou, agachou-se e olhou para uma junção claramente lisa.

Paul e Fetíssov lançaram um olhar confuso para Michael.

Michael levantou-se.

— Quem quer que tenha construído este duto, o fez aqui. — Ele apontou para os pequenos fragmentos e marcas queimadas no chão sob seus pés. — Mas ele tinha de voltar lá para dentro. Então, deixou uma abertura por último. — Michael agachou-se de novo e passou o dedo pela junção sem marcas. — A última solda feita no último dia de trabalho, pelo lado de dentro do confinamento apertado de um túnel de 80 por 80 centímetros.

Michael olhou para o relógio: eram 6h30. Retirou um pequeno maçarico oxiacetilênico que Fetíssov colocara na mochila de Paul, acendeu-o e passou-o pela junção superior. O maçarico estalava e assoviava enquanto realizava rapidamente seu trabalho na solda, aquecendo-a até ficar maleável. Michael desligou o maçarico e, com uma faca, retirou o pequeno painel do duto. Usando a lâmina pesada, gentilmente o dobrou para cima, evitando encostar no metal quente. E à medida que o túnel de metal se abria como uma lata de sardinha, pontos de luz vermelha pipocaram lá de dentro, pintando o confinamento em que os três se encontravam de vermelho vivo. Paul e Fetíssov agacharam-se como se estivessem sob fogo cerrado.

Michael deu um sorriso para os dois homens, que ficaram envergonhados. Voltou para o sensor que se sobressaía do duto e examinou o dispositivo enquanto as luzes vermelhas continuavam dançando dentro do duto, ocasionalmente escapando para o lado de fora. O zunido do motor era mais alto agora que a passagem fora aberta. Usando sua faca, retirou a parte de cima do laser, expondo uma série de fios. Inclinou-se e examinou os três dispositivos que haviam sido construídos no seu país. Sentia certo conforto ao se deparar com uma tecnologia americana, mas sabia que esse conforto rapidamente sumiria se não fosse muito cuidadoso nos 15 segundos de que dispunha. Michael separou quatro dos fios, puxando-os para cima e afastando-os do mecanismo. Olhando para Paul e Fetíssov, cortou o fio branco. O zunido parou e o laser vermelho que brilhava no duto congelou-se na parede. Uniu as duas extremidades do fio e o zunido do motor recomeçou, enquanto a luz vermelha do duto se apagava. Desconectou o fio de novo e foi até a extremidade: olhou para dentro do duto e, sem dizer uma palavra, entrou.

Michael engatinhou pelo duto de metal e, depois de 3 metros, chegou a uma grade de metal que lançava uma sombra no interior do duto como as barras de uma cela de prisão. Michael avançou mais e espiou por entre as grades. A sala diante dele era totalmente branca, tudo, desde as paredes até os tapetes e os móveis. Tratava-se de um vestíbulo sem janelas, que contava com duas portas: uma grande porta dupla com dobradiças tipo vaivém e uma porta de elevador de carga. Havia apenas uma cadeira e uma mesa, sem nada além de um telefone sobre a superfície branca. As luzes do teto haviam sido diminuídas para a noite, suavizando a aparência antisséptica da sala.

Estavam dez andares abaixo do Krêmlin, em um mundo entalhado em camadas horizontais. Parecia não haver ninguém ali àquela hora, mas Michael lutou para manter o silêncio assim mesmo, enquanto removia cuidadosamente os parafusos que mantinham a grade da saída de ar no lugar. Retirou-a e a entregou para Paul.

— Alarmes de segurança? — perguntou Paul do lado de fora do duto.

— Dez andares abaixo. Uma falange de guardas na entrada principal. — Michael olhou para Fetíssov. — Você disse que este lugar foi reconstruído em menos de seis meses?

— É, mais ou menos.

— E o que costumava haver aqui?

— Durante os últimos dez anos, esses laboratórios eram apenas um arquivo morto.

Michael virou-se para Paul.

— Acho que conseguimos achar uma brecha na segurança aqui. Os governos que têm de ficar dentro do orçamento não gastam dinheiro em segurança para o arquivo morto. — Enfiou a perna direita na sala, pronto para entrar. — Mas estamos prestes a descobrir isso.

Desceu até a sala. Esticou o corpo e pulou o 1,5 metro que faltava para chegar ao chão, apoiado nas pontas dos pés e agachando-se. Aproximou-se da porta. Abriu-a e deparou-se com um longo corredor ladeado por seis portas. Michael apurou os ouvidos e, depois de um tempo, entrou no corredor.

Chegando à primeira porta, olhou para a placa sem compreender as letras do alfabeto cirílico.

— Dr. Skóvokov.

Virou-se e viu que Fetíssov estava bem atrás dele, olhando por sobre seu ombro.

— Este é o escritório dele.

Michael assentiu e continuou caminhando pelo corredor.

— Sala de conferência e um laboratório — informou Fetíssov, apontando para outras duas portas. Parou na penúltima. — Sala de observação para operações.

Michael abriu a porta devagar. Deparou-se com uma grande sala cirúrgica aberta, uma única mesa de procedimento no meio, luzes superiores ajustáveis e microfones pendurados no teto. Ao longo da parede do fundo, havia diversos monitores de computador, bandejas com bisturis, serras de ossos e afastadores de costelas e três câmeras de vídeo. Uma mesa coberta com microscópios, bioanalisadores e scanners de alta definição do outro lado. Em outra parede havia um vidro de 9 metros de comprimento, atrás do qual estavam quarenta cadeiras organizadas como em um cinema.

— Parece que eles vendem entradas — disse Paul, apontando para as fileiras de cadeiras atrás do vidro.

— Uma demonstração cirúrgica está marcada para as 11 horas, certo? — perguntou Michael.

— Eles organizam a audiência às 10h45 — respondeu Fetíssov. — Ouvi dizer que haverá umas vinte pessoas assistindo-o demonstrar um novo procedimento em um cadáver.

— Só podem estar brincando — disse Paul, enojado. — Posso até imaginá-los dissecando um alienígena ou algo assim. Isso é errado. Esses malditos russos.

Fetíssov lançou um olhar fulminante para Paul.

— Sem querer ofender — desculpou-se Paul.

Fetíssov tentou ignorá-lo.

— Devem trazer o corpo às 10h50. Skóvokov fará um breve discurso e começará o trabalho às 11 horas.

— Você tem certeza de que Genevieve está no subnível 9? — perguntou Paul.

— Bem acima de nós — confirmou Fetíssov, apontando para cima.

— Viva?

— Sim, mas sedada.

— Então, tudo depende da cronometragem — disse Michael, examinando a sala. — Uma vez que todos estejam em seus lugares, temos de remover todas as comunicações e desativar o elevador.

Michael saiu da sala de cirurgia e entrou na de observação. Olhou para a janela de vidro, nas quinas, atrás de plantas artificiais. Verificou a porta de aço, abrindo-a e fechando-a diversas vezes, testando-a.

— E se removermos alguns dos fones agora? — perguntou Paul.

— Eles saberão, e então cancelarão tudo — respondeu Michael. — Não podemos levantar nenhuma suspeita de que algo está para acontecer.

— Vou verificar o elevador — disse Paul, saindo da sala de observação.

— Você e seu amigo vão conseguir dar conta de tudo isso? — perguntou Fetíssov, também saindo.

— Tem certeza de que ela está acima de nós?

— Juro pela vida da minha esposa... e da minha amante — disse Fetíssov, com um sorriso.

— Vai ser uma missão de pegar e sair.

— Não foi isso que perguntei. Estamos falando sobre roubar uma caixa que, diga-se de passagem, você ainda não encontrou, e tirar uma mulher sedada daqui.

— Sei muito bem o que estamos fazendo — respondeu Michael, irritando-se. — Quanto Zivera está lhe pagando?

— Digamos que muito mais do que você poderia imaginar.

— Meu pai vai morrer se nós fracassarmos — informou Michael, tentando marcar um ponto. — O que vai acontecer com você?

Nikolai Fetíssov encarou Michael, e a raiva pareceu explodir dentro dele, deixando marcas vermelhas no pescoço que subiam lentamente até chegar ao rosto. Com um braço tão rápido quanto um raio, agarrou Michael pela garganta com dedos de aço.

— Não podemos fracassar.

Michael não reagiu, podia ver o ódio no rosto do homem, seu olho ruim dançando pela órbita. Fetíssov podia até estar trabalhando para Zivera, mas Michael percebeu que provavelmente não era por opção. Essa era a maneira que Zivera conseguia conjurar a motivação mais inigualável de todas, tornando o fracasso um ato fatal. Ele não atraíra Fetíssov apelando para a ganância; dobrara-o à sua vontade ao agarrá-lo pelo coração.

— Será que temos um problema aqui? — perguntou Paul, enfiando a cabeça pela porta.

Fetíssov soltou Michael sem quebrar o contato visual por vários minutos.

— Não — respondeu Michael, enquanto Fetíssov passava em silêncio por Paul e saía da sala de observação.

Michael passou a olhar para o homem de forma um pouco diferente. Fetíssov ainda era perigoso, mas seu compromisso com a missão era inquestionável.

Seguiu Paul até a porta semiaberta do elevador, enfiou a cabeça e pulou no poço.

Ambos olharam para o poço escuro e viram que era coberto com lasers que se cruzavam, centenas de fachos de luz semelhantes a agulhas que se fragmentavam pelo buraco como dedos vermelhos dançando, tão numerosos que pareciam uma barreira opaca.

— Foi o que pensei. Aí está sua segurança — disse Michael. — Ninguém entra nem sai, a não ser que esteja dentro do elevador. Imagino que o controle desses fachos esteja ligado à cabine do elevador. Só se desligam quando a cabine desce ou sobe.

Olhou para cima, pegou a lanterna e iluminou a porta para o subnível 9. O design era padrão, fácil de abrir pelo poço. Seria algo simples de se fazer, não fosse pela barreira de laser vermelho em volta, acima e abaixo. Genevieve estava atrás daquela porta; bem próxima, mas ainda assim Michael não se atrevia a tentar alcançá-la. Esperava que ela estivesse bem. Por fim, abriu o painel de eletricidade montado na parede lateral do poço do elevador.

— Será que não existe uma maneira de a pegarmos agora? — perguntou Paul.

— Quem me dera — respondeu o amigo, olhando mais uma vez para o brilho vermelho acima antes de voltar a atenção para os controles internos do painel. — Precisamos que o elevador esteja em movimento para que esses alarmes a laser sejam desativados. E, mesmo que pudéssemos pegá-la agora, eles saberiam como chegamos aqui, e a segurança no Krêmlin e por Moscou inteira chegaria a um ponto que não teríamos a menor chance de voltarmos para pegar a caixa, que dirá sair do país.

— Você realmente acha que vamos conseguir fazer isso?

— Você e eu?

— É, você e eu.

Michael respirou fundo.

— Por incrível que pareça, sim, eu acho. Não me leve a mal, mas acho que formamos uma equipe e tanto. Polícia e ladrão.

— Sempre fui parcial com caubóis e índios. O que foi aquilo entre você e o capitão Vermelho? — perguntou Paul, inclinando-se sobre o ombro de Michael para olhar o painel de controle.

— Para fazermos este trabalho, vamos ter de confiar em um cara que nem conhecemos — disse Michael, olhando para o diagrama do painel de controle.

Dava graças a Deus pelo fato de os diagramas serem universalmente conhecidos, pois as legendas em alfabeto cirílico eram grego para ele.

— O cara parece legal para um russo. Só não gostei do modo como a mão dele agarrou seu pescoço.

— Também não gostei muito disso — concordou Michael, esfregando a área.

Fechou o painel do elevador, observou o espaço confinado do local e lançou um último olhar para a parte de cima do poço, para a porta do elevador que havia entre ele e Genevieve; a porta protegida por uma profunda barreira vermelha de segurança.

— Tenho a impressão de que Zivera o controla com a mesma arma que usa contra você.

— É, também acho, mas... Algo me diz que ele não hesitaria em acabar conosco uma vez que conseguirmos o que viemos buscar.

— Então, não podemos deixá-lo chegar perto do que viemos buscar — disse Paul, sorrindo para Michael.

Os três homens engatinharam pelo túnel do duto de ar que levava para fora da instalação médica subterrânea, tendo o caminho iluminado pelas lanternas acopladas aos capacetes. Paul prendera a grade com um único parafuso e colocara o duto de metal no lugar. Seguiram a trilha de pontos cor de laranja que Michael pintara. Levaram apenas dez minutos para percorrer o caminho que haviam levado uma hora para percorrer na ida. Michael deixou várias latas de grafite cinza em pontos estratégicos para, na fuga final, serem usadas para apagar seus rastros e a trilha.

— Tudo bem — disse ele, olhando ao redor da pequena caverna, para os rios que fluíam ali e para os túneis escuros pelos quais as águas passavam. — Temos de voltar aqui às 5 horas.

— Por qual túnel sairemos?

Michael apontou para o terceiro da esquerda para a direita. Tirou três máscaras e três garrafinhas da mochila e passou uma de cada para Fetíssov e Paul. Sem dizer uma palavra, colocaram as máscaras e seguraram o pequeno regulador da garrafa de ar. Michael fechou a bolsa, lançou um último olhar para a caverna e pulou na água.

Nadou pelos 18 metros do canal e entrou no terceiro túnel da esquerda. A luz de seu capacete iluminou o túnel por 18 metros antes de se desviar para a esquerda. Estava impressionado que construções datando de séculos antes pudessem ser à prova do tempo, enquanto as estruturas erguidas em seu país não duravam mais de vinte anos.

Olhou para a frente e não viu nada além das cabeças de dois ratos que nadavam para longe da luz de seu capacete. Paul seguia 4,5 metros atrás dele, e Fetíssov bem perto. Michael começou a sentir uma corrente puxando; era mínima, mas assim mesmo o puxou. Quando virou uma curva, viu que o túnel se estendia por mais 18 metros antes que o teto começasse a formar um ângulo descendente até que, por fim, se fundia com a água. E a corrente era mais forte ali. Michael tentou lutar contra sua força, mas de nada adiantou. Continuou aproximando-se cada vez mais do ponto onde a água e o teto se uniam. Atrás dele, Paul e Fetíssov nadavam lado a lado. Michael não sabia se começavam a confiar um no outro ou se Paul estava sendo superprotetor, não permitindo que o russo saísse de sua vista.

E quando Michael olhou para a frente de novo, viu que o teto parecia cair sobre ele, conforme formava um ângulo descendente. Aguardou até o último minuto, enfiou o pequeno cilindro de mergulho na boca e mergulhou. O capacete em sua cabeça continuou ligado, iluminando a água lamacenta do córrego. Não havia como voltar agora. A corrente continuava aumentando, e ele notou que o túnel caía em um ângulo acentuado o bastante para impedir qualquer um que tentasse escalá-lo. Quando tateou a superfície escorregadia do cano, percebeu que não teria como se segurar para adiar a saída deste mistério esquecido. Nadou a favor da corrente, ganhando velocidade, usando toda a sua força para não bater contra a parede. Usou o pé para guiá-lo e se afastar de qualquer extremidade iminente. Por fim, caiu em um lago aberto, mas logo foi tragado para baixo de novo, desta vez para um túnel escuro que o cuspiu nas águas do rio Moscou.

Michael olhou para trás e viu o Krêmlin elevando-se na colina, o grande Palácio despontando atrás das muralhas de 18 metros. O mundo externo estava começando a despertar, carros dirigindo-se para a fortaleza, sem saber do mundo que se escondia sob sua grande herança arquitetônica.

De repente, Paul e Fetíssov surgiram ao seu lado.

O russo tremia, tossia e ofegava em busca de ar.

— Vocês americanos perderam o juízo?

— Achei que os russos fossem durões — disse Paul, começando a nadar até a margem.

— Perdi meu cilindro de ar — declarou Fetíssov em tom defensivo. Aproximou-se de Michael. — Tem certeza de que pode fazer isso?

Ele assentiu para Fetíssov com a cabeça. Sua autoconfiança projetou-se no russo, que nadou parecendo contagiado pelo seu otimismo.

Ele observou Paul e o russo nadarem na frente. Após ver o mundo subterrâneo abaixo do Krêmlin, após analisar o local para o qual precisavam ir e digerir o que precisavam fazer, Michael olhou para o céu e respirou fundo. Queria lembrar-se daquele momento, o céu azul acima, o ar fresco da manhã enchendo-lhe os pulmões, pois agora que sabia o que realmente teria de enfrentar, pensou que talvez aquele fos se o último gostinho de liberdade que teria na vida

CAPÍTULO 29

Stephen Kelley trocou de roupa, vestindo uma calça jeans e uma camisa social branca que encontrou no armário da suíte em que era prisioneiro. Não ficou surpreso ao descobrir que as roupas lhe serviam perfeitamente. Foi até o banheiro, abriu a torneira e jogou água no rosto. Apoiou-se na pia e olhou para seu reflexo no espelho. Não tinha pensado muito sobre isto, mas quando se olhou no espelho não pôde evitar ver Michael: os olhos azuis, o queixo forte, os ombros largos. Eram mais parecidos do que pensara. Não havia dúvidas de que eram pai e filho.

A culpa que Stephen carregava havia anos voltou a tomar seu coração. Embora parecesse que Michael não se importara com o fato de ter sido dado para adoção, isso não acabava com a sensação de que havia falhado com o filho, um sentimento que passara toda a vida tentando superar.

Depois de enterrar a esposa e desistir de Michael, Stephen mergulhou no trabalho e na faculdade, mal erguendo a cabeça para respirar. Jurou que se tivesse a sorte de se apaixonar de novo, esperaria antes de ter filhos; recusava-se a encarar novamente o abismo econômico que dificultara a vida daqueles a quem amava. Formou-se com honra pela Universidade de Boston e entrou direto para a faculdade de direito de

Yale, dessa vez usufruindo de uma bolsa de estudos. Lá, foi o segundo aluno da turma. O escritório da promotoria de Boston deveria ser apenas uma breve parada antes de seguir o caminho da vida corporativa, mas a sedução da Justiça era tentadora demais para escapar. Subiu na carreira lidando com todo tipo de questões criminais em nome da cidade. Antes que pudesse se dar conta, viu-se como o promotor de Boston. Embora tenha optado por manter o cargo apenas por um mandato, deixou sua marca como um dos promotores mais bem-sucedidos da história da cidade, com uma taxa de condenações maior do que todos os seus antecessores. Sua força-tarefa acabou com operações de drogas, jogos, prostituição e roubos. Recebeu os créditos pela redução do crime e por tornar a cidade um local mais seguro para todos os residentes.

Depois de quatro anos, deixou o setor público e recebeu diversos convites para entrar como sócio em algumas das melhores firmas de advocacia locais. Tinha outros planos, contudo. Abriu sua própria firma e a transformou em um escritório poderoso, contratando os melhores talentos jovens, não economizando para satisfazer os clientes. Era o único nome na porta. Não precisava de sócios. Sua reputação por si só atraía contratos e comissões bem maiores do que qualquer um dos escritórios concorrentes, com seus diversos sócios. Nunca sequer considerou um sócio até poucos anos antes. E só quando o filho Peter entrou para a firma.

A Kelley & Kelley era uma sociedade *in memoriam*. Uma mudança de nome para reverenciar o filho que perdera. Peter era um jovem brilhante que enchia Stephen de orgulho. Sendo que nunca tirou vantagem de seu nome, conquistando o sucesso — e o respeito — por meio de longas noites de trabalho duro e honesto, um homem fácil de lidar e uma pessoa caridosa, tornando-se aquele raro advogado de quem todos gostavam.

Peter nunca soube que não era o primeiro filho. Nunca soube que tinha um meio-irmão. Ele e Michael eram irmãos que não tinham conhecimento um do outro, tendo um contraste absoluto em suas respectivas carreiras. E embora Michael vivesse do outro lado da lei, Stephen sabia — por meio de seu voyeurismo distante e de seu coração — que o rótulo de criminoso era duro demais. Michael era uma pessoa boa, um bom homem, um bom marido, e embora Stephen soubesse que fizera a coisa certa ao dá-lo para adoção, ele carregara a culpa consigo todos os dias de sua vida.

Dois homens inteligentes, dois filhos, dois irmãos: Stephen imaginava quem venceria se um tivesse de enfrentar o outro.

Mas enquanto caminhava de volta para a varanda que dava para o mar, Stephen sabia que quanto a salvar-lhe a vida, não havia dúvidas em relação a que filho era mais bem preparado.

CAPÍTULO 30

O sol de meio-dia brilhava pela janela da suíte do hotel climatizada pelo ar-condicionado, iluminando a sala de estar bem decorada. Era uma mistura de móveis europeus, russos e americanos: sofás grandes e confortáveis, cadeiras elegantes que certamente quebrariam se Paul sentasse nelas, e antiguidades adquiridas por todo o continente. Vasos repletos de flores frescas adornavam as mesas espalhadas pelo quarto, o odor sutil dos botões perfumando o ar. As janelas estavam começando a embaçar devido à temperatura anormal que já chegava aos 32 graus e a umidade pesada condensava-se no vidro frio.

Fetíssov saiu da cozinha e jogou para Michael e Paul uma garrafa de Budweiser.

— Para vocês se sentirem em casa — disse Fetíssov, com um pesado sotaque russo.

Paul abriu a sua e tomou um longo gole.

— Se eu fechar os olhos e tampar o nariz, talvez.

Fetíssov voltou-se para Michael:

— Desculpe pelo pescoço.

Michael olhou-o, fixando-se no olho bom, mas nada disse.

— É só... a minha sobrinha. A irmã mais nova de Lexie. — Fetíssov fez uma pausa e afastou o olhar. — Nós, russos, nos achamos tão grandiosos, tão superiores, e, ainda assim, quando Chernobyl derreteu, mentimos para o mundo em vez de aceitar ajuda. Nosso orgulho nacional era mais importante do que nosso povo. Minha irmã estava grávida na época. Agora, Ilena, tão inocente, paga o preço do nosso orgulho. Ela está doente e ninguém sabe dizer por quê. Zivera prometeu que poderia ajudá-la, que a faria melhorar. Já conseguiu milagres antes e, se eu puder arrumar tudo para o sucesso da missão, pagará para que seus médicos façam milagres pela minha sobrinha. Se eu ajudar você a realizar o trabalho. — Por fim, voltou-se de novo para Michael. — Não posso deixá-la na mão.

Michael olhou para Paul, compartilhando um momento de silêncio antes de falar com o russo.

— Você disse que poderia conseguir qualquer coisa em um estalar de dedos.

Michael passou para Fetíssov uma folha de papel. Listara vinte itens essenciais de que precisaria no dia seguinte pela manhã.

Fetíssov estudou a lista, assentindo enquanto lia.

— Os tanques de ar devem estar cheios — disse Michael. — E certifique-se de que as baterias nas lanternas dos capacetes sejam novas.

— Certo. Eu posso fazer isso, mas para quem são as armas? — Fetíssov ergueu o olhar.

— Não gosto muito de armas, pois não pretendo esbarrar com ninguém. Mas é melhor não ser pego desprevenido.

Fetíssov perguntou a Paul:

— Você sabe usar uma arma?

Ele sorriu, olhando de Michael para Fetíssov.

— Pode deixar que me viro.

— Nem todos os policiais sabem atirar — disse Fetíssov, tentando explicar-se.

— Nem todos os russos bebem vodca.

E ergueu a garrafa de cerveja para Fetíssov.

Fetíssov analisou a lista.

— O que é uma antena de campo de indução?

— É uma antena usada por mineiros. São ondas de rádio de baixa frequência que passam pelas rochas. Não é algo absolutamente necessário, apenas uma precaução. Acha que poderia conseguir uma?

Fetíssov dobrou a lista e a enfiou no bolso, depois olhou para Michael.

— Vai levar certo tempo, mas você terá tudo de que precisa.

— Quanto tempo você vai ficar fora?

— Duas, talvez três horas — respondeu Fetíssov, seguindo para a porta, mas depois voltou-se para Paul: — Na verdade, todos os russos bebem vodca — afirmou Fetíssov com um olhar sério, lançando um insulto para Paul antes de desaparecer pela porta.

— Não entendo muito bem esse cara — disse Paul.

— Sério? Achei que você gostasse dele. Vocês se parecem. — Michael riu.

— Obrigado.

Susan entrou na sala e sentou-se no sofá.

— Aonde ele vai?

— Fazer compras — informou Michael, puxando uma segunda lista. — Martin tem boas conexões aqui?

Susan pareceu confusa.

— Conexões com o quê?

Michael entregou-lhe outra lista.

— Tem algumas coisas que eu não vou deixar nas mãos daquele cara — disse Michael, apontando para a porta pela qual Fetíssov acabara de sair.

— Por exemplo? — perguntou Susan.

— Nossas vidas.

* * *

Michael olhou para o objeto sobre o tecido preto. Passara uma hora e meia trabalhando nele, ajustando, restaurando, assegurando-se de que funcionaria bem, sem falhas. Michael sempre amara trabalhos manuais e tinha jeito para design, construção e consertos, uma habilidade que se provou não apenas muito útil para sua carreira, como também para sua mente. Trabalhos manuais, fossem eles com ferramentas de precisão ou com um martelo e um serrote, permitiam que sua mente reduzisse a marcha e funcionasse de forma mais eficiente. Ele aproveitava, agora, a oportunidade de se perder no momento, esquecendo-se da enorme missão que tinha pela frente. Lançou um último olhar para o objeto, cobriu-o com o tecido preto e guardou as ferramentas, a mente revigorada graças à curta pausa.

Depois caminhou até o outro lado da sala de jantar e olhou para o conjunto de documentos espalhados na mesa. Relera cada um dos papéis que Julian lhe dera, esperando que as informações que obtivera fossem suficientes para que resolvesse tudo. Sentou-se e estudou o mapa de Genevieve, principalmente a área na câmara. Orientou-se a partir da caverna onde estava o lago. O túnel formava um ângulo de 45 graus, um cano de drenagem com um fluxo contínuo de águas turbulentas. Michael estimava que a entrada para Libéria estivesse a 36,5 metros dali. O caminho fora construído havia mais de quinhentos anos; será que resistira ao tempo ou eles estavam em busca do impossível, correndo para encontrar um arquivo dizimado e enterrado sob entulhos?, ele se perguntava. Enquanto estudava o mapa, notou a entrada inicial construída cinco séculos antes. Tratava-se de um único corredor privado que se alongava por um pouco mais de 500 metros antes de sair na catedral da Assunção. Toda a extensão do corredor subterrâneo havia sido tampada e selada por ordens de Ivan. Michael não tinha dúvidas de que os homens que executaram o desejo de Ivan estavam sepultados ao longo da entrada anterior para Libéria.

Desenvolveu todo o plano, cronometrando cada minuto. Primeiro, pegariam a caixa; depois, Genevieve.

Susan entrou e sentou-se ao lado dele. Olhou para os papéis sobre a mesa e sua atenção, naturalmente, recaiu sobre o mapa antigo e elaborado. Olhou-o por um tempo antes de se voltar para Michael.

— Você acha que consegue fazer isso?

— Paul e eu vamos sair bem cedo amanhã de manhã; vamos buscar a caixa primeiro e depois pegamos Genevieve.

— Eu deveria ir com vocês.

Michael meneou a cabeça.

— Isso está fora de questão.

— Sei mergulhar.

— Que bom. Eu também. Paul também. Não me leve a mal, mas provavelmente ele é um pouco mais forte. Terá de ajudar Genevieve a sair. Talvez até carregá-la. — Sentiu um calafrio ao pensar que ela estava sendo mantida em cativeiro. — Vamos precisar que você e Martin nos peguem nas margens do rio Moscou. Precisamos partir no avião menos de uma hora depois.

— Por quê?

— Estamos mexendo em um vespeiro. Todo o governo vai atrás de nós. Quanto mais rápido sairmos daqui, mais seguros vamos estar.

— E se alguma coisa der errado? — perguntou Susan.

Michael ergueu a mão.

— Em primeiro lugar, você deve saber que as coisas podem dar errado. Não importa o quanto tenhamos planejado e pesquisado. Esse tal de Murphy e sua lei sempre estão espreitando a cada esquina. Essas coisas são como jogar xadrez. Você tem de pensar muitas jogadas à frente e preparar-se para o inesperado. — Ele começou a arrumar os documentos que estavam sobre a mesa. — Como você está indo com a minha lista?

— Martin já conseguiu o carro que pegará vocês e a seringa de adrenalina. O que mais posso fazer? Estou me sentindo uma inútil.

— Você forneceu os meios para que chegássemos até aqui e para sairmos daqui. Fez mais do que deveria. — Levantou-se e foi para a área de trabalho. Ergueu o tecido negro, pegou o objeto em que se ocupava antes, voltou para a mesa e sentou-se em frente a Susan. Sem dizer uma palavra, entregou-lhe o relógio. Ela olhou para o objeto por algum tempo, enquanto as lembranças enchiam sua mente, lembranças de amor e conforto, lembranças de Peter. Ao ver o ponteiro dos segundos passar pelo 12, seus olhos se encheram de lágrimas.

— Onde você...? — perguntou ela com a voz estrangulada. — Achei que eu o tivesse perdido para sempre.

— Paul o encontrou na praça Vermelha.

— Nunca perdi um caso depois que Peter me deu esse relógio — disse Susan, mais para si mesma.

Michael sorriu.

— Não funcionava desde que ele... — ela observou enquanto o ponteiro dos segundos se movia — ... morreu.

— Eu entendo um pouco de relógios — disse ele em tom suave.

Ela o fitou com os olhos rasos d'água, emocionada com o significado e com a gentileza. E sorriu para ele.

— Obrigada.

CAPÍTULO 31

Genevieve continuava sedada na maca. O pequeno quarto de observação era cheio de monitores de sinais vitais, embora nenhum deles estivesse ligado. Uma entrada intravenosa no braço esquerdo a mantinha hidratada durante o sono induzido.

Skóvokov olhou-a através do vidro em frente à sua mesa no laboratório de pesquisas. Tinha uma pilha de cadernos diante de si, e o monitor do computador exibia uma sequência de imagens de uma cavidade torácica humana, os órgãos sendo exibidos para um grupo de cirurgiões. Skóvokov trouxera com ele todas as pesquisas que desenvolvera enquanto trabalhava para Julian Zivera e já encomendara as drogas para produção e expedira pedidos de patentes. Ele estava estudando observações sobre um procedimento médico que estimularia os rins a aumentar a produção de EPO, o que naturalmente elevaria a produção de glóbulos vermelhos. Embora o tratamento fosse altamente benéfico para pessoas anêmicas e com outros distúrbios sanguíneos, a atração era bem maior para o mundo dos esportes, por ser um doping que não poderia ser detectado.

Skóvokov faria uma apresentação completa no dia seguinte para um grupo seleto de médicos russos, empresários e representantes do governo, o que incluiria uma apresentação do projeto por computador e uma demonstração do procedimento em um cadáver humano. Tivera a esperança de demonstrar o procedimento em uma pessoa viva, mas os "voluntários" só estariam disponíveis na semana seguinte.

— Alguma coisa?

Skóvokov ergueu os olhos e viu Iliá Raechen em pé na soleira da porta.

— Raechen, pode entrar.

— Como estamos? — perguntou Raechen.

Embora apenas dez anos mais velho que ele, Skóvokov era a antítese física da compleição musculosa de Raechen, um corpo pronto para tudo. Com o passar do tempo, Skóvokov tornara-se magro, curvado e enrugado, preferindo concentrar-se no exercício da mente.

— Não obtivemos nenhuma resposta de Julian.

— Ele não vai ceder. Está testando você, analisando as alternativas que tem — afirmou Raechen.

— Como você sabe?

— É um homem de negócios. Isso não passa de mais uma transação para ele.

— Mas estamos falando da mãe dele. Ele vai ceder.

Raechen olhou para Skóvokov por um momento.

— E quanto ao meu filho? Devo trazê-lo para a Rússia?

— Assim que eu conseguir o quadro, meu foco será no seu filho — disse Skóvokov sem um pingo de traição na voz.

Raechen caminhou pelo laboratório com os olhos perdidos, como se olhasse para dentro de si.

— Cada dia que passa... — Demonstrava dor e raiva em suas palavras.

Skóvokov voltou-se para Raechen e olhou-o com olhos compreensivos.

— Não terei como me concentrar totalmente na doença de seu filho até que eu consiga o meu mapa. Eu disse cinco dias.

— Então, deixaremos Zivera desesperado e seguiremos com o cronograma, deixando-o sem opções.

Skóvokov ouviu, gostando do que Raechen estava dizendo.

— E demonstraremos a seriedade e a finalidade da questão.

Raechen olhou para Genevieve.

— A antecipação do sofrimento é uma arma poderosa. E quando as pessoas a quem amamos sofrem, fazemos qualquer coisa que esteja ao nosso alcance para ajudá-las. — Raechen olhou para Skóvokov. — Você tem uma fita de vídeo e uma câmera?

— É claro. Por quê? — perguntou Skóvokov.

— Uma demonstração é sempre muito eficaz.

— O que está sugerindo?

Raechen virou-se para o vidro de observação e olhou para Genevieve.

— Sugiro que aumentemos a pressão.

CAPÍTULO 32

Fetíssov entrou na sala acompanhado por dois russos extremamente altos. Largaram no chão três bolsas de lona. Michael aproximou-se, olhou para Fetíssov e, sem dizer uma palavra, agachou-se ao lado delas. Abriu a primeira e olhou o conteúdo: máscaras, pés de pato, dois tanques e outros artigos de mergulho. Abriu a segunda e tirou dois arneses, vários rolos de corda, uma sacola de bastões luminosos fluorescentes e uma antena de baixa frequência. Abriu a terceira e encontrou armas, rádios, jalecos de médico e lanternas. Verificou cada um dos equipamentos, impressionado por todos serem novos e da melhor qualidade. E, embora estivesse grato, isso fez com que desconfiasse ainda mais de Fetíssov. Os suprimentos foram pedidos com urgência, e ele não reclamou nem encontrou obstáculos. Equipamento de mergulho em um lugar afastado do mar; equipamento para escalar em uma cidade longe das montanhas. As armas também eram novinhas em folha, pistolas Heckler & Koch que nunca haviam sido usadas, e só era possível obter explosivos Semtex por meio do Exército. O russo havia mostrado que era um homem de recursos, ultrapassando todas as expectativas de Michael, mas se era capaz de fazer isso em tão pouco tempo, do que mais seria capaz? Continuou olhando, mas um item ele não encontrou; olhou para Fetíssov.

— E os timers?

Fetíssov abaixou-se e pegou o Semtex: um pacote ziplock contendo três quadrados de argila marrom.

— Você sabe como usar?

Michael assentiu.

— E por que precisa disto?

— É um lance de escoteiro, sabe? Estar preparado. Não sabemos o que vamos encontrar lá embaixo. Quem pode dizer se não teremos de cavar ou encontrar uma câmara lacrada?

— Pode ser que você faça todo o Krêmlin ir atrás de você — avisou Fetíssov.

— É. Talvez. Mas eu sou um cara muito cuidadoso.

Fetíssov pegou três pequenos timers eletrônicos e os colocou junto com a sacola de plástico nas mãos de Michael, mas não os soltou.

— Bem, nós temos um obstáculo, é dos grandes, e não acho que esses explosivos vão poder nos ajudar.

Dizendo isso, soltou a sacola.

Michael, Paul e Susan voltaram a atenção para o russo, esperando que ele terminasse de falar.

Fetíssov virou-se para os outros dois russos e, com um aceno de cabeça, dispensou-os. Esperou até que saíssem da suíte e fechassem a porta.

— Eles mudaram o horário da demonstração cirúrgica.

— Por quê? — perguntou Michael, sentindo-se gelar por dentro.

— Eles vão tentar pressionar Julian.

— O quê? — disse Michael, confuso. — Como uma demonstração de um procedimento cirúrgico pode afetar Julian?

Fetíssov fez uma pausa, deixando o suspense no ar. Olhou para todos e preparou-se para o que tinha a dizer.

— Parece que se trata de um procedimento nos rins. Vão filmar para que Julian possa assistir.

— Não estou entendendo — disse Michael.

— Eles vão fazer a demonstração em Genevieve.

Michael sentiu a cabeça girar. As complicações aumentavam a cada segundo. Genevieve acabara de ser transformada em uma cobaia de laboratório, um pedaço de carne para exploração cirúrgica.

— Como podem fazer isso? Ela corre o risco de morrer na mesa de cirurgia.

— Eles sabem de nós? — perguntou Paul.

— Duvido. O chefe de segurança só está sendo excessivamente cuidadoso. Parece que foi ele que decidiu apressar as coisas e tornar Genevieve paciente para pressionar Julian. Ele também não gosta da pompa e da circunstância que cerca tudo isso. Não posso culpá-lo. A área de pesquisa médica não é lugar para um público ou uma atmosfera de circo. Eles querem que Julian saiba que não hesitarão em matá-la se ele não entregar o mapa, e esse será o primeiro passo, uma demonstração do compromisso deles.

Fetíssov caminhou pelo quarto e pegou uma cerveja do frigobar. Abriu a garrafa e tomou um longo gole antes de dirigir a atenção para os três pares de olhos que o fitavam, concentrados em cada palavra que ele dizia.

— O nome dele é Iliá Raechen, ex-agente da KGB e DRE. — Fetíssov fixou o olho bom em Michael. — Foi quem sequestrou Genevieve. Trata-se de um dos homens mais perigosos que você pode encontrar.

— Para que horas marcaram a cirurgia? — perguntou Michael, tentando readquirir o foco.

— Sete horas da manhã.

— Sete? Isso não nos deixa com tempo suficiente — explodiu. — Separei cinco horas para pegarmos a caixa e cinco horas para pegarmos Genevieve.

— Você disse que suas estimativas de tempo são ultraconservadoras. Será que isso não nos deixa uma brecha? — perguntou Paul.

— Minha estimativa de tempo nos deixa um espaço para erros e contingências. Não sabemos o que enfrentaremos quando mergulharmos para pegar a caixa. Você sabe tão bem quanto eu que esse mergulho é arriscado, mesmo antes de encontrarmos a câmara.

— E se pegarmos Genevieve primeiro? — sugeriu Paul.

— Se a pegarmos primeiro, não teremos tempo para chegar até a caixa e fugirmos sem termos de enfrentar o Exército russo; então, o meu pai morrerá. Se roubarmos a caixa primeiro, não chegaremos à sala de cirurgia a tempo, e Genevieve... — Michael viu o plano inteiro ruir diante de si. — Nunca vamos conseguir.

Fetíssov não disse nada; foi até a janela.

Paul se sentou no sofá.

— Se sairmos agora...

— Não — respondeu Michael, meneando a cabeça. — Oito horas é um tempo curto demais.

— E se vocês fizerem as missões simultaneamente? — perguntou Susan. — Você teria tempo suficiente se os dois trabalhos fossem feitos de uma vez só.

— Nem pensar. Não posso mergulhar sozinho, e é preciso duas pessoas para tirar Genevieve de lá.

— Você não está me ouvindo — reclamou Susan.

— Não posso estar em dois lugares ao mesmo tempo.

— Você não precisa. Fetíssov e Paul salvam Genevieve. — Fez uma pausa. — E você e eu pegamos a caixa.

— Definitivamente não.

Michael andou pela suíte, tentando acalmar os pensamentos. Olhou pela janela, mas o recorte do Krêmlin contra o céu parecia debochar dele.

— Poderíamos ir agora. Teríamos todo o tempo de que precisamos — disse Susan, devagar, tentando mostrar a lógica de sua ideia.

Michael olhou-a como se ela estivesse completamente louca.

— Você me deixaria entrar em um tribunal para ser o advogado de defesa de alguém? — Não esperou resposta. — Não, porque eu não tenho o treinamento nem a experiência para realizar esse tipo de trabalho.

— Uma coisa não tem nada a ver com a outra.

— Tem, sim — discordou Michael. — Sendo que em um tribunal a chance de alguém morrer é bem menor.

— Eu sei mergulhar e nado melhor que você, então pode abandonar essa postura machista e aceitar minha ajuda. — Ela virou-se para Fetíssov: — Certo? Você poderia ir com Paul, não é?

Fetíssov não respondeu nada, continuava olhando pela janela.

Susan lançou um olhar suplicante para Michael.

— Se você cancelar tudo, Stephen vai morrer.

As palavras de Susan ecoaram nos ouvidos de Michael. Ele sabia que não teria como salvar o pai sem a caixa, sem Genevieve, sem ter com o que negociar.

— Poderíamos fazer isso — disse Fetíssov, voltando sua atenção para o que acontecia na saleta. — Pela minha sobrinha.

Paul levantou-se e foi até Michael, puxando-o para um canto.

— Por menos que eu queira admitir... ela está certa.

— Não. Ela...

— Michael, é do seu pai que estamos falando. Essa é nossa única chance. Vão abrir Genevieve em menos de oito horas. — Paul olhou para o amigo e falou em tom suave: — Cada segundo de atraso nisso... Bem, eu não vejo outra saída.

Enquanto Michael estava ali, sentindo a esperança de salvar o pai se esvaindo, a foto dos pais pesava em seu bolso. Então, as palavras da carta de Mary tomaram sua mente:

... estou lhe pedindo para encontrar seus pais verdadeiros não por você, mas por mim. É o meu último pedido, algo que permitirá que eu descanse em paz sabendo que você não está sozinho no mundo. A família tem um modo de nos tornar completos, preenchendo o vazio que se espalha em nosso coração, restaurando a esperança que acreditávamos para sempre perdida.

CAPÍTULO 33

Julian Zivera estava sentado à cabeceira de uma longa mesa de jantar. A brisa agradável do mar passava pelas portas duplas, através das cortinas abertas, enquanto os últimos raios de sol brilhavam sobre o oceano, tingindo o céu de cor-de-rosa. Diante dele havia um prato de pato assado sobre um leito de verduras frescas. Na mão erguida, segurava uma taça de cristal cheia de champanhe.

— *Ceni'anni*. Que você possa viver cem anos — brindou Julian.

Stephen Kelley era o único convidado na outra extremidade da mesa. Usava uma camisa branca social e uma calça jeans que o anfitrião providenciara. Não tocara na comida, a taça repousava sobre a mesa e as mãos, no colo. Estava ali obrigado, mas quando os três brutamontes de Zivera o "acompanharam" até a sala de jantar, percebeu que não teria muita escolha. Talvez pudesse usar esse tempo para compreender a mente do seu algoz, mesmo que não gostasse de sua companhia.

— Seu filho logo estará aqui com o que preciso — afirmou Julian em um tom de sabe-tudo, como se Michael fosse apenas um garoto de recados.

Stephen olhou para a sala elegante, para os atentos serviçais em cada canto, prontos para atender a qualquer pedido do patrão, para os

Rembrandt e os Chagall, para as estátuas de mármore esculpidas por grandes mestres. Aquele único aposento tinha riquezas bem maiores do que um homem poderia sonhar.

— Você tem uma riqueza sem tamanho. De que mais você pode precisar?

— Existem coisas que nem toda a riqueza do mundo poderia comprar.

— Por exemplo?

Julian fez uma pausa, girando a taça de champanhe nas mãos.

— Os homens buscam riqueza, poder e fama durante toda a vida, mas quando chegam ao fim de seus dias, quando estão no leito de morte, trocariam tudo o que conquistaram por mais um ano na terra. Voltariam atrás naquele último cigarro ou naquele último prato de bacon. Pois não existe nada mais precioso do que a vida. Infelizmente, a maioria não aprende essa verdade até ser tarde demais. — Os olhos de Julian perderam o foco por um momento, depois ele voltou a atenção à conversa. — Se você pudesse encontrar a cura para o câncer, se pudesse oferecer mais cinquenta anos de vida a alguém, você ofereceria? Diga-me se não teria tentado salvar suas esposas e seu filho da morte.

Stephen olhou para Zivera, sem saber como ele descobrira esses detalhes tão íntimos de sua vida.

— A busca pela vida eterna é o principal objetivo dos homens — continuou Julian. — Todas as religiões se baseiam na vida eterna após a morte, todas oferecem a promessa de viver para sempre. Muitos inclusive pregam a renúncia dos prazeres terrenos para consegui-la. Mas independentemente das crenças das pessoas, enquanto os homens andam sobre a terra, estão em uma busca constante para viver mais. Modificamos nossos hábitos alimentares, tomamos vitaminas, fazemos exercícios, tudo para ficarmos saudáveis, bonitos e vivermos mais. E se um homem conseguisse isso? E se conseguíssemos descobrir uma forma de realmente prolongar a vida?

— Essa é uma pergunta que você realmente quer que eu responda? — perguntou Stephen, enquanto finalmente sucumbia à fome e começava a comer o pato.

Julian pegou a garrafa de Montrachat, safra de 1978, serviu-se e recostou-se à cadeira.

— No decorrer da história, os homens sempre procuraram respostas para perguntas sem respostas. A compreensão do homem sobre o mundo que o cerca vem em grandes saltos, mais ou menos a cada cem anos. A Era do Bronze, o Renascimento, a Revolução Industrial, a Era Atômica. Nada disso poderia ser imaginado antes de seu advento.

"Existe a época certa para o homem descobrir algumas verdades. No século XVI, ocorreu o nascimento da ciência moderna, a rejeição do mundo como uma tábula rasa. Então, os segredos da eletricidade foram descobertos. Os irmãos Wright nos fizeram ver que um homem poderia voar. Einstein provou que o tempo nem sempre anda, ele pode engatinhar, parar, provou que, com um grande telescópio, poderíamos olhar o passado. Ninguém imaginou que o mistério e o poder do átomo poderiam ser desvendados. Quem acreditaria que a simples ação de quebrar o menor dos objetos seria capaz de destruir uma cidade inteira? Coisas que se acreditavam impossíveis se tornaram comuns. Coisas que pareciam mágicas se tornaram tangíveis. Mil anos atrás, um homem não podia sequer imaginar poder se comunicar com alguém do outro lado do mundo, voar, viajar pelo espaço, pisar na Lua. Não podiam imaginar ser capazes de olhar dentro do próprio corpo e curar suas doenças. Um homem mil anos atrás acreditaria que a única pessoa capaz de tais feitos seria Deus.

"Agora, o que acreditamos ser impossível hoje será lugar-comum nos próximos quinhentos anos. As crianças aprenderão no jardim de infância o que as mentes mais brilhantes do MIT levam dez anos para descobrir.

"Imagine se pudéssemos descobrir as respostas de como prolongar a vida. A resposta para um dos maiores mistérios de Deus.

Julian ergueu-se, pegou a garrafa de vinho e foi até Stephen para encher seu copo.

— Acredito que essa resposta esteja na caixa que seu filho está procurando.

— Então, você fez com que meu filho corresse atrás de fábulas, fosse à procura de uma espécie de fonte da juventude?

— Fábulas? — perguntou Julian devagar, enquanto seus olhos pousavam em Stephen.

Stephen olhou-o, mas não disse nada.

— Tomemos o Dilúvio como um exemplo. Como você diz — continuou Julian, acenando com a cabeça enquanto voltava para o seu lugar —, isso não passa de um mito, uma fábula escrita com convicção na Bíblia. O bom livro fala muito bem de Noé e de sua família. De arcas e de quarenta dias de chuvas torrenciais, para limpar a terra e livrá-la de homens e feras. Mas todas as culturas longínquas, da África à China, do Peru à Europa, contêm uma história semelhante de uma tempestade maciça que inundou o mundo, varrendo da terra a maior parte dos seres vivos, a ira de Deus despejada contra o homem. Evidências científicas confirmam que em 6000 a.C. isso realmente aconteceu, uma grande inundação provavelmente matou milhões de pessoas. Algumas fábulas são, na verdade,... reais. Isso às vezes depende de onde depositamos nossa fé. E eu acredito que posso encontrar a resposta para a vida naquela caixa que seu filho está procurando para mim.

Stephen olhou para Julian como se estivesse diante de um louco. E, apesar da situação em que se encontrava, riu.

— Talvez existam algumas respostas que nunca devêssemos descobrir — disse Stephen. — Se soubéssemos o nosso destino, será que viveríamos da mesma forma? Se soubéssemos que o fracasso está em nosso futuro, será que não perderíamos a vontade de tentar? Se soubéssemos que seríamos bem-sucedidos na vida, será que não perderíamos a motivação e, dessa forma, mudaríamos o nosso destino? — Stephen tomou um longo gole do vinho e continuou. — Se pudéssemos tomar uma pílula para vivermos mais, será que isso não diminuiria as alegrias da vida, não deixaríamos de aproveitar o presente e atrasaríamos nossa vida, sempre acreditando que há mais tempo? A resposta para os mistérios da vida deve ser descoberta e não encontrada em uma caixa de conto de fadas.

Julian sorriu.

— Falou como um advogado, não deixando espaço para a fé na história, não deixando espaço para Deus nos tribunais.

— Pode parar. Você me sequestrou, chantageou meu filho, enviando-o para uma missão que pode resultar na morte dele em busca de um boato bíblico, enquanto se autointitula um homem de Deus. Se o mundo soubesse... Sou um cristão muito melhor que você, e olhe que perdi a fé.

— A revista *Time* discordaria de você. Disseram que sou o futuro da religião, um profeta moderno que incorpora o presente com o passado e com o futuro. Tenho seguidores em todo o mundo. Aposto até que pessoas que trabalham na sua firma de advocacia são meus seguidores.

— A revista *Time* também proclamou Hitler como o Homem do Ano. Duas vezes — respondeu Stephen com desdém. — Você não passa de uma seita.

— Talvez, mas onde fica a linha que divide religião e seita? O que constitui a diferença? Deixe que eu lhe diga. O tamanho da congregação. Menos de vinte, temos um clube, menos de 3 mil, temos uma seita. Mas quando você tem 500 mil seguidores, como nós, somos uma religião. Somos tão grandes quanto a cientologia, correspondemos a um vinte avos do judaísmo, sendo que fomos fundados há pouco tempo. Imagine o nosso tamanho daqui a 5 mil anos.

— Religião? Você só incorpora as partes da fé que correspondem às suas crenças pessoais e descarta o resto.

— Você quer dizer como o catolicismo, a ramificação do cristianismo, Henrique VIII querendo o divórcio e criando a Igreja Anglicana, a Igreja Ortodoxa Grega, a Igreja Ortodoxa Russa, os batistas, metodistas, a Igreja Episcopal, a Presbiteriana, a Protestante, todas criadas e estabelecidas com base em diferenças em relação à Igreja. Estou fazendo a mesma coisa.

— Não — discordou Stephen. — Você faz pelo dinheiro. É movido pela ambição e não pela fé. Sua devoção é centrada apenas no dólar todo-poderoso. Você não está oferecendo um novo tipo de esclarecimento espiritual nem uma nova orientação ética ou moral. Você oferece produtos. — Stephen riu. — Você é um conglomerado que se disfarça de religião. Seus seguidores são tão consumidos com o aqui e agora que nem devem mais pensar sobre a vida eterna.

Julian olhou para Stephen, o rubor subindo-lhe pelo pescoço. Pegou a taça e sorveu lentamente o vinho, tentando se acalmar. Colocou dois dedos na testa e começou a fazer movimentos circulares, como se isso fosse capaz de dissipar sua ira. Em uma fila silenciosa, os empregados saíram dos cantos e tiraram os pratos da mesa. Voltaram instantes depois, colocaram duas tortas acompanhadas com sorvete na mesa e voltaram para seus lugares discretos.

Depois de um tempo, Julian recompôs-se e começou a falar como se estivesse proferindo um sermão:

— As pessoas, em todo o mundo, passam a vida rezando para que sejam salvas, dedicam seus domingos para que possam alcançar a vida eterna. E se a vida eterna pudesse ser oferecida aqui?

Stephen riu, desviando o olhar por um tempo.

— Talvez não a vida eterna, mas uma vida de uns 150 anos. Pense nisso.

— Pense nos recursos necessários. Os homens lotariam o mundo.

— Eu nunca disse que *todos* poderiam viver tanto.

Julian olhou para Stephen com raiva.

— Ah, você quer dizer apenas os ricos.

O humor de Stephen acabou.

— Refiro-me às pessoas que, por meio de muito trabalho, podem arcar com uma vida mais longa. Não seria diferente do que acontece agora. Os ricos têm acesso aos melhores médicos, aos melhores tratamentos, ao passo que os países do terceiro mundo sofrem com o peso das doenças. Em Botsuana, a expectativa média de vida é de 39 anos, enquanto nos Estados Unidos é de 72. Se você nasce em Serra Leoa, sua expectativa de vida será de 26 anos. Se você vive na África e tem Aids, viverá apenas mais dois anos no máximo. Se você tem Aids mas mora nos Estados Unidos e tem dinheiro, sua expectativa de vida é de mais dez anos. Tudo isso é resultado do acesso à medicina. Diga-me que essa não é a forma como os homens vivem agora. Isso se chama lei de sobrevivência dos mais fortes.

— Não, isso se chama sobrevivência dos mais ricos, algo que você quer apenas explorar. Sua ambição não conhece limites.

— Não me venha com sermões sobre o acúmulo de dinheiro. Você vale 75 milhões de dólares, e o que fez para ajudar o mundo? Nem ao menos tentou entrar em contato com seu filho ou ajudá-lo durante as dificuldades pelas quais ele passou. Então, não se atreva a pregar sobre uma existência cheia de moral. Ele nem o conhece e está arriscando a própria vida para salvá-lo. Você faria o mesmo por ele? Arriscaria sua vida por um estranho?

Stephen ficou ali sentado enquanto digeria a verdade que Zivera tinha lhe jogado na cara. A raiva daquele homem só era ultrapassada pela raiva que sentia de si mesmo, porque por mais que tentasse negar, as palavras de Julian refletiam a mais pura verdade.

— E você será o líder neste grande avanço na medicina? Essa conquista de Deus em uma garrafa será vendida por um preço?

Julian olhou para Stephen, dando um sorriso sutil como resposta.

— Sem se importar com o custo para a humanidade?

— Nenhuma das descobertas da humanidade veio sem sacrifícios — declarou Julian. — Considere isso como baixas de guerra. Algumas vidas são perdidas para que muitas pessoas possam viver. Ou, citando um obscuro filósofo lógico: "As necessidades de muitos superam as necessidades de poucos."

— Você quer dizer que as necessidades dos ricos superam as necessidades dos pobres. Por trás de sua aparência bela e educada, você não passa de um bárbaro vestindo Prada.

Julian olhou nos olhos de Stephen. Virou-se para um empregado que estava em pé ao lado da porta, acenou com a cabeça e logo dois seguranças ladearam Stephen.

— Eles o acompanharão até o seu quarto. — Julian levantou-se, com o maxilar contraído e os dedos novamente pressionando a testa a fim de conter a raiva. — *Buonanotte.*

Enquanto Stephen voltava para o quarto, as palavras de Julian ecoavam em sua cabeça. A necessidade de muitos superava a necessidade de poucos. Tratava-se de um homem que apagara as pegadas e cobrira todas as bases. Stephen pensou muito sobre a conversa que tiveram e chegou apenas a duas conclusões: Julian beirava a loucura... e não tinha a menor intenção de permitir que Stephen vivesse.

Julian foi para a biblioteca e sentou-se à escrivaninha com um copo de conhaque, sorvendo-o lentamente, tentando se acalmar. Sentia a cabeça doer mais do que o normal. Os remédios já não ajudavam. Precisava concentrar-se profundamente para controlar a dor, fechando os olhos e tentando livrar a mente de toda a raiva e de todo o ódio.

Encaminhou-se para a adega e selecionou Garrafeira, um vinho do Porto que tinha comprado na última viagem que fizera a Portugal. Essa bebida sempre o acalmava. Serviu-se em uma taça de cristal da Tiffany, enquanto olhava o líquido marrom dourado e tentava esquecer a ansiedade cada vez maior. E logo ela cedeu.

Foi durante um exame de rotina que seu mundo virou de cabeça para baixo. Sempre havia sido um exemplo de saúde, não sofrendo qualquer doença desde os 8 anos, quando quase perdera a vida por causa de um ataque de asma. Desde aquele dia, sua respiração nunca mais lhe causara problemas. Nunca mais havia tido gripe ou febre, nunca sentira dor, a não ser raras enxaquecas em momentos de tensão. Submeteu-se a um exame físico completo, incluindo uma tomografia computadorizada de todo o corpo, um capricho para saciar a curiosidade de ver como o corpo era por dentro, nunca imaginando o horror que existia atrás da porta que abrira. Deseja poder fechar aquela porta de algum modo, desejava poder voltar no tempo e refrear aquele capricho.

Julian viu as tomografias do interior do seu cérebro. Viu-o preso ao corpo caloso, com raízes presas na região mais central do cérebro. Um tumor raro, que surpreendera seu médico, mas um tumor mesmo assim.

E uma cirurgia seria fatal.

Apesar de todo o dinheiro que tinha, apesar de todo o poder...

Estava morrendo.

Toda a pesquisa, todos os esforços não serviram para nada. Os médicos não chegaram mais perto de encontrar uma cura. Não lhe deram uma estimativa de vida, pois não faziam ideia do que aconteceria no futuro, exceto que ele morreria. Sua única esperança era conseguir um milagre, que estava dentro de uma caixa conhecida como Albero della Vita.

Quando o Dr. Robert Tanner lhe deu o diagnóstico final na biblioteca, Julian apenas sorriu. Ambos levantaram-se e encaminhara-se para este aposento em que ele estava agora. Escolheu um vinho Shiraz e brindou com o médico por todos os esforços que fizera. Tanner expressou profundo pesar. Não sabiam havia quanto tempo aquele corpo raro ocupava sua cabeça. Poderiam ser meses, poderiam ser anos. Tanner prescreveu um tratamento de quimio e radioterapia, mas explicou que isso só lhe daria mais tempo, não o curaria. Conversaram filosoficamente sobre a vida, sua qualidade e os obstáculos que tínhamos de enfrentar e em como ninguém sabe quanto tempo realmente lhe resta, acordando a cada manhã sem saber que aquele pode ser seu último dia.

Julian agradeceu ao Dr. Tanner por seus esforços e palavras de consolo, brindou à vida e, depois, enterrou-o no túmulo número 789. Era um lugar de honra, apenas três lugares após o túmulo da esposa e do sogro.

Ainda não se sentira doente, mas suas dores de cabeça haviam se tornado mais frequentes, e ele não precisava que um médico lhe explicasse o que aquilo significava.

Ficou ali olhando para a cripta construída havia tanto tempo, a caverna escura e assombrada que mantinha muitos mortos. E a morte parecia flutuar ali, espreitando nas sombras, nos recantos mais ocultos, como um animal violento aguardando pela próxima vítima. A escuridão e as sombras pareciam roubar a pouca luz que iluminava o aposento. E ele sentiu como se o puxassem também, sugando sua vida, tirando-lhe o pouco de esperança que carregava no peito.

Enquanto olhava para os túmulos, para as vítimas que fizera a fim de conquistar seus objetivos, sabia que seu destino era inevitável. Conhecia as Escrituras. Sabia que não receberia o prêmio da vida eterna.

Sua sentença de morte seria a escuridão eterna. Pois ninguém conhecia seus pecados melhor do que ele mesmo, a trilha de mortes, a sensação gratificante que sentira ao acabar com a vida de outras pessoas.

Sua única chance, sua única esperança residia naquela caixa de ouro, enterrada nas profundezas do Krêmlin.

E sua mente frágil raciocinou que se tivesse de enfrentar a morte, se sua chance de sobrevivência lhe fosse tirada, então todos sentiriam o peso de sua fúria. Se Michael falhasse, não seria apenas o pai dele que morreria, mas todos os seus amigos e os familiares de seus amigos. Todos que Michael St. Pierre conhecia sentiriam o ódio final de Julian. E Michael testemunharia a tudo bem daquele aposento, assistindo à morte de cada um.

CAPÍTULO 34

Michael jogou a corda à prova d'água na corrente turbulenta e observou a bola laranja presa em uma extremidade ser sugada e desaparecer da vista entrando no cano antigo sob a parede. Michael deixou a corda correr pelas mãos enquanto era puxada pela força da corrente. A corda de alta resistência estava marcada a cada 5 metros, e ele prestou bastante atenção à distância enquanto a corda corria por suas mãos. Quinze metros, 20, 25... A corda era um borrão enquanto o calor da fricção passava pelas luvas. E então parou, 75 metros. Olhou para Susan e depois para a corda que saía da água e balançava com a força da corrente. Amarrou-a em volta de um grande pilar de pedra e verificou duas vezes para se certificar.

A caverna rochosa tinha um brilho alaranjado da luz emitida pelos bastões fluorescentes que Michael quebrara e espalhara pelo perímetro. A câmara iluminada era maior do que imaginara, estendendo-se por 15 metros. O teto de 15 metros de altura tinha depósitos de cal que formavam miniestalactites que pareciam chamas de cabeça para baixo sob brilho artificial laranja. Michael olhou para o mapa desenhado à mão que copiara do original e selara com plástico resistente. Havia marcado e anotado não apenas a caverna onde se encontravam agora, mas o layout da Libéria, para onde esperava estar indo. Michael colocou a bússola sobre o mapa e calculou a distância do duto de água diante deles. Observou o que esperava ser a entrada para a câmara 36 metros abaixo do cano que formava um ângulo de 45 graus.

Michael esvaziou a última bolsa de lona. Pegou, verificou duas vezes e colocou dentro da mochila de mergulho um conjunto de ferramentas: uma pequena furadeira, um aparelho de desaparafusagem, um pé de cabra e um pequeno maçarico de oxiacetileno. Separou quatro garrafas pequenas de ar que forneciam cinco minutos de respiração cada uma e das quais precisariam para voltar para o mundo real. Colocou três pequenos cubos de explosivo Semtex junto com três timers na mochila de mergulho e a prendeu à cintura.

Michael desembrulhou e armou a antena de campo de indução. Tratava-se de uma faixa achatada de 10 centímetros de largura e 3 metros de comprimento. Formou um círculo com ela e anexou seu rádio. Sinais comuns de rádio eram absorvidos pela rocha, mas frequências mais baixas viajavam melhor por objetos sólidos. Assim, seu campo de indução seria capaz de penetrar a rocha por curtas distâncias. Paul e Fetíssov estariam apenas a uns 30 metros de distância em linha reta. Tratava-se de uma medida de segurança, mas essencial. Se acontecesse algum problema, teriam de manter contato.

Michael colocou o tanque nas costas e fechou a roupa de mergulho. Vestiu um arnês com diversos mosquetões pendurados e o prendeu à cintura, dois clipes presos na parte da frente do equipamento da Petzl para controlar a descida e um mosquetão de subida que os ajudaria na saída. Levava uma faca de mergulho em cada tornozelo e usava bolsas de mergulho à prova de água em cada lado dos quadris. O capacete preto sobre a cabeça estava equipado com uma lanterna forte de halogênio, três vezes mais forte do que as lanternas usadas no capacete de um mineiro. Deixou os pés de pato do lado de fora, decidindo que seriam um impedimento, já que planejava seguir caminhando pelo cano, permitindo que a sucção fornecesse propulsão na corda quando tivessem de sair.

Susan vestiu o arnês e o ajustou.

— Eu vou sozinho — informou Michael, sem se preocupar em olhar para ela.

— Já falamos sobre isso — respondeu Susan, ligando a válvula do tanque de ar e testando o regulador enquanto continuava seguindo os procedimentos para o mergulho.

— Você está vendo essa água? — perguntou Michael, virando-se para Susan. — É como um dreno, toneladas de água sendo sugadas por um cano estreito. Um cano pressurizado: um volume enorme tentando espremer-se em um buraco cinquenta vezes menor. Isso é muito mais do que perigoso. Você poderia morrer.

— Assim como você, principalmente se for sozinho. A primeira regra do mergulho é nunca descer sozinho. Temos apenas uma chance para conseguirmos fazer isso, e se você morrer... — Susan colocou o tanque nas costas e prendeu as tiras. — Stephen morre também.

Michael lançou-lhe um olhar carrancudo.

— Posso fazer isso sozinho...

— Você pode ser bom em escalar — cortou ela, tentando aliviar o momento —, mas eu sou excelente.

— Se você ainda não notou, vamos mergulhar e não escalar a K2 no Himalaia.

— Você não sabe *o que* teremos de fazer. Veja, você precisa de mim, só não se deu conta disso ainda, mas precisa. — Susan ergueu o braço para Michael. — Veja, estou com o meu relógio da sorte.

Michael prendeu três bolsas de suprimentos à roupa e virou-se para Susan. Odiava ter de admitir, mas ela estava certa.

— É uma péssima ideia — disse ele, enquanto a virava para verificar seu equipamento, pegando o tanque de oxigênio e checando o regulador.

Puxou o arnês com força, fazendo com que ela se sobressaltasse, mas Susan não reclamou. Ele colocou o regulador na boca, puxou o ar duas vezes e depois o tirou da boca.

— Você tem de prestar atenção em mim, fazer tudo o que eu disser para você fazer. Se conseguirmos entrar naquele lugar, você tem de fazer exatamente o que eu disser, ou eu a deixo lá. *Capisce?*

Ela concordou e cuspiu na máscara, espalhando a saliva pelo visor. Inclinou-se para a frente, enxaguou a máscara na água e a vestiu.

Michael colocou um capacete na cabeça dela e ligou a luz. Prendeu-a à corda, pegou o regulador e o colocou na boca de Susan.

— Eu vou na frente, você fica uns 2 metros atrás. Sei que você sabe escalar, mas isso não é uma escalada, será como carregar 500 quilos nas costas. Essa corrente é muito forte.

Michael prendeu o arnês à corda diretamente em frente a Susan, puxando com força. Puxou com força a corda esticada, satisfeito com a tensão e a proteção de segurança. Ambos olharam para a água, o brilho da lanterna iluminando a superfície e refletindo a luz pela câmara. E olharam um para o outro. Foi apenas um momento antes de Michael colocar a mão no ombro dela.

— Tudo bem?

Susan sorriu e assentiu. Não havia medo em seus olhos, apenas confiança. Michael ficou impressionado com sua força de vontade. E embora achasse que ela era otimista demais, estava satisfeito, pois se ela realmente soubesse o que enfrentariam, estaria com tanto medo quanto ele, e Michael não precisava lidar com isso agora.

Ele olhou para a água, observando o fluxo e o refluxo das águas em volta da corda. Concentrou-se, enfiou o regulador na boca e pulou na água. Puxou a máscara e submergiu, permitindo-se um tempo para se ajustar, deixando que a luz cortasse as águas turbulentas. A corrente era forte, sugando-o em direção ao cano. Não estava tão preocupado com a entrada quanto com a saída, quando teriam de se puxar pela corda, contra a corrente, algo que poderia se provar mais difícil do que qualquer outra coisa que ele já fizera antes.

O arnês de Michael o manteve no lugar enquanto as águas o puxavam. A sucção era mais do que aterrorizante, era como ser tragado para a morte, e ele permitia que isso acontecesse. Susan pulou na água e mergulhou bem ao lado dele.

Michael fez o sinal com o polegar e soltou a corda guia com a mão esquerda, enquanto a deixava passar pelo clipe. A água começou a puxá-lo, ele ia entrar primeiro com os pés, olhando para baixo enquanto seguia. Começou a ver o túnel à sua frente, a escuridão era total contra as paredes. A lanterna no capacete seguia seus movimentos. A abertura estava 4,5 metros abaixo da superfície e tinha um diâmetro de 1,5 metro. Via pequenas bolhas e sedimentos na corrente em rodamoinho que entrava no cano. Michael olhou para trás. Susan estava 1,5 metro atrás; não sentia pânico nela, embora isso pudesse mudar assim que entrassem no tubo.

Continuou dando corda e aproximando-se da entrada, mantendo as pernas juntas e os pés em ponta. Isso não exigia esforço, a sucção fazia todo o trabalho. E, antes que se desse conta, havia entrado.

Era como estar no meio de um tornado; a corrente girava em torno dele. Se não tivesse a corda para estabilizá-lo, com certeza teria sido atirado contra as paredes do cano durante toda a descida, tragado para um lugar que ninguém conhecia. Começou a contar os incrementos de 5 metros. Estimara que a estrutura de metal deveria ter aproximadamente 36 metros. Manter a orientação foi difícil, não havia como usar as bolhas para ver onde era em cima depois que eram absorvidos pelo rodamoinho.

Inclinou a cabeça e conseguiu ver Susan bem atrás dele, mantendo o ritmo.

Doze metros. Michael controlava a corda, lutando contra a corrente.

Vinte e cinco metros. Michael moveu a cabeça lentamente passando o facho de luz pelo tubo para ver se havia qualquer sinal de alguma grade.

Trinta metros. Susan mantivera a distância de 1,5 metro respeitando a orientação de Michael, que continuava olhando para trás, preocupado com a companhia indesejada. Embora a considerasse uma preocupação que o distrairia da missão, respeitava sua confiança, mais forte do que esperara.

Trinta e cinco metros. Nem sinal da entrada para a Libéria. Diminuiu a velocidade. Susan seguiu seu exemplo. Ambos olharam em volta, mas não havia sinal de qualquer passagem. Michael deu corda 30 centímetros de cada vez, virando-se de um lado para o outro.

E então viu, bem à frente, no ponto que marcava 40 metros. Seguiu até lá, com cuidado para não errar a entrada, pois sabia que demandaria um esforço enorme lutar contra a corrente e voltar. Mais importante ainda, precisava conservar sua energia para a saída. Enquanto se aproximava, percebeu que a entrada tinha 30 centímetros quadrados; na verdade, um recesso de 60 centímetros para outro túnel. Michael parou o movimento, ergueu a mão e encontrou uma grade. Usou-a como impulso para entrar no novo túnel e pegou uma faca. Olhou para a grade; não havia parafusos para desatarraxar ou trancas para abrir. Segurou-se no túnel e empurrou a obstrução de metal. Sem apresentar resistência, a grade cedeu, dobrando-se para cima sobre as dobradiças grossas.

Michael olhou para trás, para a corda de segurança, e entrou no novo túnel. Usou toda a sua força e puxou a grade, assegurando-se de sua viabilidade e resistência. Essa era a parte mais delicada e perigosa de toda a operação. Sabia que não podia falhar. Agarrou a extremidade da grade, amarrou uma nova corda e uma linha de segurança, depois prendeu-se nela. Então, soltou-se da corda guia e deu um impulso para subir.

Subiu nadando por 3 metros. A corrente ali era mínima se comparada com a torrente que havia enfrentado. Foi soltando a corda que estava em sua cintura à medida que avançava até que, por fim, chegou à superfície. Olhou em volta. Estava em uma cisterna. A luz forte de seu capacete dançava nas paredes molhadas. Tratava-se de um lugar grande, uma construção humana, com tijolos e granito, um teto baixo e lugares para tochas ao longo da parede. Havia uma única porta na extremidade do aposento.

Não perdeu tempo. Mergulhou e voltou. Susan ainda estava no cano principal e olhava para cima esperando por ele, a água dançando em torno de seu corpo. Michael fez um sinal de positivo com o polegar e indicou que podia se aproximar. Ela colocou a mão para cima e prendeu a corda de segurança à grade. A corrente ainda era forte; Michael via seu cabelo saindo do capacete e dançando em volta de sua cabeça.

Ofereceu-lhe a mão, mas ela ignorou. Deu um impulso para cima e em direção a Michael, e entrou no túnel.

Então, sem aviso, a barra à qual sua corda estava presa partiu-se em duas. E, com isso, a sucção puxou-a de volta para o túnel. Suas mãos esticaram-se, procurando algo em que se segurar, mas não adiantou. Antes que Michael pudesse perceber, ela sumiu, tragada pela escuridão do rodamoinho que descia pelo cano.

CAPÍTULO 35

Paul estava no meio da sala de operação, seus batimentos cardíacos mais acelerados do que nunca, mais altos até do que nos momentos mais tensos de quando ainda trabalhava como policial. Nunca se sentira mais longe da lei do que naquele momento. Dez andares abaixo do centro do poder do governo russo — prestes a roubar algo — certamente não era o local que imaginara estar depois de se aposentar. Pensou em Jeannie e nos filhos e na promessa que fizera: voltaria para casa ileso. Embora Jeannie tivesse lhe dito para não voltar nunca mais, sabia que, quando ela dissera isso, era a raiva falando. Não era a primeira vez que ela o expulsava de forma figurativa. Guardou esses pensamentos junto com seus temores na parte mais profunda de seu ser e olhou à sua volta.

O centro cirúrgico realmente era moderno: computadorizado e projetado com precisão até nas luzes autodirecionais no teto. As câmeras, posicionadas em vários locais, faziam com que o lugar parecesse mais com um set de filmagem do que com uma sala de cirurgia. Era como se estivessem prestes a dissecar um alienígena e não a operar uma mulher inocente.

— Não estamos aqui como turistas — disse Fetíssov na soleira da porta, olhando para o relógio. — Temos de ir.

Paul lançou um último olhar para a sala e virou-se para a outra extremidade, onde uma grande janela ocupava quase toda a parede de 9 metros. Olhou para o seu reflexo, sem poder ver o aposento atrás, quando as luzes se acenderam. Fetíssov entrou na sala de observação, as poltronas estofadas com tecido vermelho formavam várias filas. Fetíssov dizia alguma coisa, seus lábios se moviam, mas Paul não ouviu nada.

Paul passou pelo curto corredor e entrou na sala de observação.

— Ajude-me com isso — disse Fetíssov, entregando a Paul um rolo de pasta aderente marrom.

Fetíssov ofereceu uma extremidade para Paul e caminhou para trás permitindo que ela se esticasse pela largura do aposento como uma pequena corda. Fetíssov e Paul se agacharam e começaram a enfiar a corda de pasta aderente nas costuras do tapete ao longo da parede bem abaixo do rodapé. Tratava-se de uma mistura maleável que Michael fizera usando nitrato de potássio, açúcar e desflurano, tudo preso em volta de um cabo de magnésio. Fetíssov tirou do bolso uma pequena caixa com dois forcados. Foi até o canto da sala, pegou o vaso com uma pequena planta artificial, enfiou os forcados na pasta aderente que se sobressaía um pouco ali e colocou a planta artificial no lugar.

Sem aviso, o som do elevador assustou os dois homens. Fetíssov apagou as luzes e ambos se abaixaram. Paul fechou a porta com cuidado e ouviu o estalar da fechadura ecoar como um alarme nas paredes do teatro. Os dois subiram os três degraus e se esconderam atrás da fileira mais alta de cadeiras.

Depois de um tempo, alguém usando jaleco branco entrou na sala de cirurgia. Caminhava devagar, mas com propósito. Parecia ouvir alguma coisa, fechando os olhos por breves momentos enquanto dava passos longos e sem pressa. Era um homem magro que parecia ter uns 65 anos, embora Paul não tivesse certeza. Seu rosto era enrugado e tinha cicatrizes de espinhas. As sobrancelhas negras e sérias conferiamlhe uma presença autoritária que ele parecia projetar até em uma sala vazia. Caminhou por ali, às vezes tocando algum equipamento ou examinando uma gaveta cheia de ferramentas cirúrgicas. Era como um ator andando pelo palco horas antes de as cortinas subirem. Tentando controlar o nervosismo. Mas os olhos do homem demonstravam confiança e ele andava com segurança. Não havia dúvida: era o homem responsável pela operação.

O homem virou-se para a direita, em direção à janela. O reflexo de Paul e Fetíssov foi de se abaixarem mais ainda, mesmo que o homem não pudesse ver a sala escura. Ele inclinou a cabeça, encarando o próprio reflexo do mesmo modo que Paul fizera alguns momentos antes. Analisava sua imagem, puxando a gola da camisa e arrumando a gravata.

— Este é Skóvokov — sussurrou Fetíssov. — Ele não passa de um *kozel* arrogante.

Skóvokov, ainda olhando para o vidro, deu um sorriso sutil, fazendo o coração de Paul gelar no peito. Aquele era um homem apaixonado pelo próprio brilhantismo, pois obviamente não tinha orgulho do rosto marcado pelas cicatrizes das espinhas e pelas rugas do tempo.

— Todo médico que deseja uma plateia enquanto trabalha merece ser destruído pelo próprio ego — disse Fetíssov.

Paul olhou-o, sem saber exatamente o que queria dizer com "destruído".

Skóvokov virou-se e saiu da sala de cirurgia. Fetíssov e Paul soltaram um suspiro de alívio...

Então, a porta para a sala de observação abriu-se. Paul e Fetíssov encolheram-se no último degrau de cadeiras. Paul conseguia ver Skóvokov entrando na sala. Ele deu alguns passos e voltou-se para observar a área de operação, o seu palco.

Paul prendeu a respiração, enquanto em sua cabeça passavam várias orações de ajuda.

Skóvokov aproximou-se da janela, a mão direita no bolso, enquanto a esquerda coçava a parte de trás da cabeça. Paul vislumbrou o brilho de uma aliança de casamento e perguntou-se como alguém poderia amar um homem como aquele.

E, tão de repente quanto entrara, Skóvokov saiu da sala, fechando a porta.

Paul e Fetíssov esperaram três minutos antes de abrirem a porta com um estalido. O ar estava silencioso, não havia ninguém ali. Fetíssov saiu para o corredor e ouviu o som baixo do elevador.

— Ele foi embora.

Fetíssov seguiu Paul pelo corredor e parou enquanto Paul abria a porta do elevador. Paul acendeu a lanterna, curvou sua estrutura de 1,95 metro e pulou no poço. Fetíssov pulou logo atrás. Ambos olharam para cima enquanto a cabine do elevador subia pela escuridão do túnel. De repente, 3 metros acima de suas cabeças, uma série de lasers começou a dançar, seguindo a cabine do elevador. E, enquanto a cabine era engolida pela escuridão, o poço se tornou um mosaico de fachos de luz que se entrecruzavam.

— Eu diria que essa não é a melhor rota de fuga — declarou Fetíssov.

Paul voltou a atenção para o painel elétrico e o abriu.

— Tem certeza de que sabe o que está fazendo? — perguntou Fetíssov. — Esta não é exatamente sua área de atuação.

Paul ignorou Fetíssov enquanto examinava os fios do sistema.

— Tem certeza de que trarão Genevieve às 6h50?

— Tenho — respondeu Fetíssov, assentindo. — Como você sabe qual é o fio que precisaremos usar mais tarde? — insistiu Fetíssov.

— Preste atenção no que vou dizer: você não me questiona e eu não questiono você sobre como conseguiu todos os suprimentos, principalmente o Semtex. E nem sobre como você obtém todas as informações que só Deus sabe de onde vêm.

Fetíssov pensou um pouco.

— Justo.

Ele deu um passo para trás. Paul passou o dedo pelo esquema colado na parede e acenou com a cabeça. Voltou-se para o painel, passou o polegar por uma grande chave vermelha e sorriu, satisfeito por ter encontrado o que precisava.

— É este aqui; é só puxar, e a cabine para.

— Acho que Michael tinha razão — disse Fetíssov, enquanto observava.

— Sobre o quê? — perguntou Paul, fechando o painel de controle e lançando um último olhar para cima, para a barreira interminável de raios laser, e saiu do poço do elevador.

— Duas coisas, na verdade — disse Fetíssov, seguindo Paul. — Que você podia ser grande, mas não era burro.

Fetíssov saiu do poço e fechou a porta.

— Nossa, obrigado — agradeceu Paul, meneando a cabeça.

Seguiram pelo corredor em silêncio até o tubo de ar, 60 centímetros abaixo do teto. Fetíssov tirou-o da parede.

Paul veio por trás e deu um impulso na perna para entrar no tubo de ventilação. Paul segurou nas extremidades e espremeu o corpanzil pelo tubo estreito.

— E a segunda coisa? — ecoou a voz de Paul no túnel.

— Ele pediu que eu não dissesse.

Paul lançou-lhe um olhar de raiva enquanto colocava a grade no lugar.

— Hã? Que merda é essa?

Fetíssov riu.

— Ele disse que você responderia exatamente isso.

CAPÍTULO 36

Michael observou, horrorizado, Susan literalmente desaparecendo pelo cano. Puxada violentamente para a escuridão.

Sem parar para pensar, Michael prendeu-se novamente na corda guia e soltou-se da corda de segurança. Não se preocupou em usar o freio de descida, permitindo-se ser sugado com a corrente pelo cano, as paredes do tubo zunindo à sua volta. Enquanto descia, manteve o corpo duro; os pés esticados de forma aerodinâmica como um competidor de corrida de trenó. Conservava o queixo encostado no peito a fim de iluminar o caminho com a lanterna do capacete, mas tudo o que conseguia ver era a escuridão. Sabia que a corda pararia a 75 metros — que era 35 metros abaixo da entrada da cisterna. As marcas a cada 5 metros passavam voando. Não perdeu tempo pensando em nenhum "e se", concentrando-se apenas em chegar ao fim da corda a tempo de salvar Susan.

E então, bem à frente, viu-a, presa contra uma massa de galhos brancos e pedras, o corpo balançando contra a corrente, o regulador fora da boca agitando-se em volta de seu corpo como uma cobra sem cabeça, enquanto sua mão direita tentava desesperadamente pegá-lo. Michael levou a mão até sua corda de escalada e usou o freio de descida, diminuindo a velocidade até parar a alguns centímetros dela. Pegou um dos reguladores de segurança e o colocou na boca de Susan. Olhou em seus olhos aterrorizados enquanto ela respirava. Quando a respiração ficou mais lenta, ele pegou o regulador que balançava em volta de sua cabeça e o entregou a ela. Ergueu as mãos em um gesto de súplica para que se acalmasse. Começou a apalpar seu corpo, procurando por ferimentos, e foi quando os notou. Susan estava deitada sobre dois mergulhadores mortos, os corpos presos sobre o que ele pensou ser uma massa de galhos, mas não eram galhos; eram ossos, centenas, camadas e mais camadas. Tíbias, fêmures, crânios, tudo preso em uma grade no final do cano. Estavam lisos, sem pele nem roupas, e muitos já desgastados pela corrente contínua. Michael não podia imaginar quantos corpos havia ali, mas quem quer que fosse tragado para lá não tinha como escapar, ficando preso ali pela força inacreditável da sucção.

Voltou a atenção para os mergulhadores: seus olhos tinham o brilho da morte e os tanques de ar haviam sido destruídos. Uma corda fina com a ponta desgastada dançava ao lado dos corpos como se debochasse de suas mortes. Seu medo aumentou consideravelmente, não por causa do lugar em que ele e Susan se encontravam, não porque estavam na presença da morte, mas porque reconheceu um dos homens. Era Lexie, o sobrinho de Fetíssov. Em volta da cintura havia uma bolsa, rasgada pelo impacto contra a pilha de ossos. O rasgo não era grande, mas o suficiente para refletir o conteúdo assim que a luz da lanterna de Michael pousou ali. Estava cheia de ouro. Michael a tirou de Lexie e colocou o conteúdo dentro de sua bolsa de mergulho.

Susan lentamente virou a cabeça, e seu corpo ficou tenso quando percebeu em que se apoiava. Agarrou Michael, aproximando-se. Michael olhou-a nos olhos e apontou para as águas turbulentas que vinham do cano. Ela acenou em concordância.

Ele prendeu-a à corda e usou um mosquetão de segurança. Olhou para cima; estavam a 35 metros de um lugar seguro e, usando toda a sua força, ele puxou. Depois de cada puxada, soltava o grampo do freio e o subia na corda, repetindo inconscientemente o movimento extenuante. As águas turbulentas pressionavam seu corpo, resistindo a cada movimento. Era como tentar correr durante uma tempestade de vento, puxar um trenó ou se mover em areia movediça. Ele não apenas lutava contra a corrente terrível, mas puxava consigo Susan e a pesada bolsa de ouro de Lexie. Embora Susan estivesse se esforçando para ajudar, não adiantava muito. Ficara enfraquecida pela descida vertiginosa pelo cano e por tanto que seu corpo batera no leito de corpos e ossos.

Cada puxada que Michael dava exigia toda a sua força. Ele sentia os músculos queimarem, e a respiração acelerada no respirador resultava em várias bolhas que rapidamente eram sugadas para baixo. Passo a passo, passando cada uma das marcações da corda, ele subiu. Depois de 15 metros sentiu que não conseguiria mais, mas sabia que essa não era uma opção nem para ele nem para Susan. Quando atingiu os 20 metros, sentiu a carga diminuir, pois ela começou a puxar o próprio peso. Michael já conseguia ver a sombra escura da entrada da cisterna logo acima e, com a esperança renovada, conseguiu subir os últimos 5 metros.

Ele ergueu-se para a segurança do cano adjacente e prendeu a corda de segurança uma vez mais à grade, verificando quatro vezes para ver se os aguentaria. Virou-se e puxou-a para a segurança do cano da cisterna. Soltaram a corda guia e nadaram cano acima.

Chegaram à superfície com os braços cansados. Michael saiu do lago e ofereceu a mão a Susan. Com as últimas forças, puxou-a da água. Ambos caíram no chão de pedra, tirando os reguladores da boca, ofegando por ar. Ficaram ali pelo que pareceu uma eternidade, os olhos fechados e os corpos doloridos.

— Obrigada — sussurrou Susan.

Michael não disse nada. Odiava quando acertava. Embora o fato de Susan quase morrer tivesse sido um acidente, ela ainda não se dera conta da situação em que se encontravam. Haviam levado 15 minutos para subir 35 metros, passado cinco minutos no fundo do cano, e durante todo esse tempo estavam com a respiração acelerada, de modo que quase haviam esvaziado os tanques de ar.

Se, e quando, concluíssem a missão ali, enfrentariam uma escalada igualmente difícil para sair das águas turbulentas. Michael imaginou que levariam o mesmo tempo para chegarem à segurança, ou seja, 15 minutos. Verificou o computador de mergulho: menos de três minutos de ar... se tivessem sorte.

Decidiu que não diria nada a Susan ainda. Não precisava de pânico prematuro. Tinha de se concentrar no momento e deixar a mente lidar com o problema do ar mais tarde. Ficou de pé e tirou o equipamento de mergulho. Susan seguiu seu exemplo, balançando o corpo para a frente e para trás. Era óbvio que estava ferida e poderia se considerar com sorte se não tivesse quebrado nenhum osso. Michael pegou alguns bastões fluorescentes de luz e espalhou-os pela caverna. Quando a luminescência laranja cresceu, a câmara experimentou a sua primeira aurora.

— Desculpe — disse Susan.

— Por que não fica aqui e descansa? — sugeriu Michael, enquanto pegava o mapa e o analisava de novo.

A cisterna era aquela marca no final de um longo corredor que levava as três câmaras rotuladas como Libéria. Michael ficara mais do que surpreso de terem chegado tão longe. Embora não tivesse dito nada a Susan, considerara que as chances de chegar a esse ponto eram menores que de dois para um. Olhando para trás agora, estava satisfeito de perceber que seu otimismo superara as dúvidas e os medos. Só esperava ter otimismo suficiente para descobrir um modo de voltarem à superfície.

Susan continuou tirando o equipamento de mergulho.

— Sinto muito. Não vou deixá-lo na mão de novo.

Michael olhou para ela. Por mais zangado que estivesse, ficara impressionado por ela ainda não ter reclamado da dor. Imaginava que seu corpo estivesse descendo a toda velocidade quando batera na pilha de ossos. Apesar da dor, ela ainda se esforçara para escalar um bom pedaço da subida contra a corrente de águas turbulentas. Susan conquistara o respeito de Michael.

— Você está bem? — perguntou, aproximando-se dela quando notou uma linha de sangue escorrendo por baixo da blusa.

Quando chegou perto, viu que o sangue tinha origem no ombro.

— Vou ficar bem. — Assentiu e ficou de pé. — Mas aquela pilha de ossos... Aqueles corpos...

— Eu sei.

— Você acha que eles estavam procurando Libéria?

Michael ergueu a bolsa de mergulho, retirou o conteúdo da bolsa de Lexie e o espalhou pelo chão. Embora houvesse menos de trinta peças diferentes, o valor ia além de qualquer coisa que Michael ou Susan pudessem imaginar. Joias, taças, uma caixa, utensílios, tudo em ouro. Algumas peças eram cobertas com pedras preciosas, outras tinham esculturas intricadas. E todas esquecidas havia muito tempo.

— Acho que a palavra *encontrar* se aplica melhor nesse caso.

— Como eles...?

— Aquele era Lexie. Que tolo. Sua corda arrebentou.

— Se Lexie estava aqui, então... — Susan arregalou os olhos de medo. — Paul...

— É — concordou Michael, percebendo que se Lexie tentara entrar, certamente estava obedecendo a ordens de Fetíssov. E se fosse esse o caso, então Fetíssov, sem dúvida, tentaria trair Paul. — Deixe-me dar uma olhada no seu ombro.

— E Paul?

— Não há nada que possamos fazer por ele agora. Não se preocupe. Ele sabe cuidar de si.

Michael esperava que isso fosse verdade. Suas suspeitas em relação ao russo haviam se confirmado. Não havia dúvidas de que Paul corria perigo; Michael apenas esperava que ele se desse conta disso a tempo.

Susan, relutante, ergueu a camiseta e revelou as costas encharcadas de sangue.

— Não está tão ruim — disse Michael, dirigindo o facho de luz da lanterna para a ferida.

O sangue escorria de um grande corte no ombro esquerdo. Misturado com água, dava a impressão de um ferimento mortal, mas Michael sabia que não era esse o caso.

— Por que não se senta? — Michael pegou um pequeno kit médico na mochila. Encontrou uma agulha, linha e álcool. — Só não posso prometer que vai ficar bonito.

— Você sabe o que dizem sobre cicatrizes? — perguntou ela, enquanto se sentava no piso de pedra, levando os joelhos até o peito e abraçando-os.

Michael agachou-se atrás dela, examinando o corte mais de perto.

— Não. O quê?

— Melhor do lado de fora que de dentro.

— Isso vai doer um pouco.

Ele jogou o álcool sobre o ombro dela e começou a soprar do modo como sua mãe fazia quando passava mertiolate nos arranhões de sua infância. Susan não se moveu. Estava impressionado. Conhecia bem a agonia, pois já estivera no lugar dela mais vezes do que gostaria de admitir.

— Você está bem?

— Estou — respondeu Susan suavemente.

Seus olhos estavam fechados e a respiração, controlada.

Michael limpou a região e mergulhou a agulha no álcool. Colocou a mão no seu ombro, bem acima da ferida.

— Pronta?

— Pode costurar, doutor.

Ele gentilmente enfiou a agulha em sua pele, através da ferida, até chegar ao outro lado. Apertou o ponto e uniu a pele. A respiração de Susan manteve-se estável e controlada, apesar da dor que Michael sabia que ela sentia. Não pôde evitar ficar impressionado.

— Então, você viaja muito? — Michael odiou a pergunta, mas queria tentar tirar o foco do que ele estava fazendo.

Fez outro ponto e enfiou a agulha de novo.

— Não muito, agora. Mas estive em Roma um ano atrás.

— Sério? Eu também. Negócios ou lazer?

Ele uniu a pele com força e enfiou a agulha de novo.

— Um pouco de cada coisa. E você? — perguntou ela, sem sequer piscar.

— Só negócios.

E não estava mentindo. Passara uma semana no Vaticano, quase perdera a vida ao realizar uma missão muito audaciosa.

— É uma pena. O Vaticano é um lugar extremamente inspirador. Se você voltar à Itália algum dia, deve visitá-lo.

Michael sorriu.

— Vou anotar na minha agenda.

Michael chegou à metade do corte e já havia dado dez pontos. Pegou mais linha e começou de novo.

Susan olhou pela câmara de 3 metros quadrados, a luz do seu capacete movendo-se pelo aposento junto com sua cabeça, iluminando os suportes de tochas ao longo das paredes e os pequenos buracos de ventilação feitos no teto de granito que levariam a fumaça das tochas para fora dali. Prateleiras incrustadas nas paredes estavam vazias. Na verdade, não havia nada ali, além dos equipamentos que carregavam e a pequena pilha de ouro, e tudo isso lançava sombras nas paredes de granito.

— Quantos anos você acha que esta câmara tem? — perguntou Susan, ainda observando tudo.

— Pelo menos quinhentos. Sofia Paleolog ordenou sua construção antes que Ivan sonhasse em nascer.

— Mas ela não devia entrar aqui dessa forma.

— Não, havia outras entradas, mas foram seladas por Ivan. Essa era uma casa de banho privada ou a cisterna da princesa. — Ele deu o último ponto, amarrou e passou a camiseta sobre a ferida. — Você é uma boa paciente.

Ela o olhou por sobre o ombro.

— Pode admitir, fui sua primeira paciente, não fui?

— Além de mim? — sorriu Michael. — Foi, sim.

— Essa será uma história maravilhosa para contar quando estiver com um vestido tomara que caia em alguma festa beneficente.

Michael colocou uma enorme bandagem sobre a ferida.

— Tudo pronto para o próximo desastre.

Susan virou-se e fitou-o por um longo tempo.

Enquanto Michael a olhava, ele percebeu que se perdia naqueles olhos e sentiu um calor subir no rosto.

— Obrigada — disse ela, a sinceridade em seu tom fazendo com que o agradecimento soasse mais como um pedido de desculpas.

Michael sorriu e balançou a cabeça, depois levantou-se e pegou a bolsa de mergulho, retirando uma mochila de tamanho médio e colocando-a sobre os ombros. Pegou uma lanterna, ligou-a e retirou o capacete. Dirigiu-se para a porta do outro lado da câmara enquanto olhava no relógio.

— Precisamos ir.

Susan retirou o capacete e seguiu Michael para fora da cisterna, entrando em um corredor de tijolos vermelhos. Era estreito, não mais que 90 centímetros de largura, e tinha teto baixo. Seguiram por 15 metros antes que ele virasse à esquerda, mergulhando mais fundo na caverna. O chão começou a descer um pouco. Enquanto caminhavam, Michael notou que a umidade do ar parecia desaparecer, enquanto a atmosfera se tornava quase árida. Andaram por mais ou menos um minuto, a luz da lanterna de Michael mostrando o caminho, quando finalmente chegaram ao que parecia ser um grande vestíbulo cercado pela escuridão.

Diante deles havia uma única porta feita de pesadas placas de cedro com faixas largas de ferro unindo-as. A tranca estava no centro da porta e tinha uma grande fechadura. Tratava-se de um modelo antigo, um modelo que Michael já estudara e consistia em quatro ferrolhos da largura da porta que entravam no granito. Quase impenetrável na época por qualquer coisa menor do que um pequeno exército.

Michael pegou uma pequena furadeira e preparou rapidamente a placa da fechadura. As engrenagens internas eram grandes e, surpreendentemente, mostravam poucos sinais de ferrugem. Pegou um pé de cabra de uns 45 centímetros e colocou-o no centro das engrenagens.

Tentou virá-lo, mas não conseguiu. Colocou todo o seu peso, mas nada. Virou-se para Susan. Ela sorriu, aproximou-se e colocou as mãos perto das dele. Os dois puseram toda a força que tinham e, muito lentamente, as engrenagens chiaram em protesto. A barra começou a se mover enquanto a porta rangia, até que o mecanismo retrocedesse totalmente. Michael colocou o pé de cabra no chão e puxou a grande maçaneta antiga. A porta abriu lentamente. Um vento de ar quente saiu da câmara. Michael notou que a porta fora selada com um material grosso feito de alguma substância semelhante a piche, obviamente usada como uma barreira contra a entrada de ar. Quando a porta se abriu totalmente, Michael iluminou o interior da câmara com a lanterna e sentiu o ar preso na garganta. Susan seguiu seu olhar e quase tropeçou enquanto sussurrava:

— Ai, meu Deus.

CAPÍTULO 37

Havia trinta pessoas, a maioria médicos, homens e mulheres, alguns políticos e empresários de terno, frios e capitalistas em comparação com suas contrapartes intelectuais: uma representação verdadeira da medicina moderna. Grupos de dez pessoas saíam do elevador a cada dois minutos, o único elevador fazendo a descida e a subida em três minutos como um meio de transporte dolorosamente lento para os convidados VIPs. Todos estavam na recepção, aproveitando o café da manhã, que incluía *pirojki*, frutas e café preto.

O Dr. Skóvokov e sua equipe misturavam-se ao grupo. Todos queriam sua atenção, esperando obter favores do homem que dera à Rússia uma renovada proeminência e liderança no campo da medicina. Ele era como um astro do rock redescoberto após uma misteriosa ausência de 15 anos dos palcos. Era uma reunião de poderes entre a geração antiga e a nova em um mundo em que tinham sido relegados a um distante segundo lugar.

Um médico solitário num lado segurava firme uma bolsa de lona de tamanho médio, ignorando a conversa à sua volta. Parecia estudar o rosto de todos. Sua compleição grande e em forma fazia um grande contraste com os corpos flácidos das pessoas da área médica ao redor. Suas mãos eram ásperas e fortes, e não as mãos delicadas de um cirurgião, não as mãos de alguém obcecado por feitos intelectuais ou por contar dinheiro. Paul manteve-se nas sombras atrás da grade da saída de ar-condicionado enquanto o analisava. Para os outros russos, ele era apenas mais um médico, mas para Paul, para o ex-policial que havia dentro dele, não passava de uma ameaça. Aquele homem não estava ali por interesse pelo avanço médico ou por curiosidade intelectual.

Os pensamentos de Paul foram interrompidos por uma campainha baixa. O grupo ansioso começou a se mover em direção à sala de observação. Todos sorriram e acenaram para Skóvokov, desejando-lhe sorte como se ele estivesse prestes a subir em um palco. Todos seguiram para a sala de observação e sentaram-se diante do grande vidro, olhando para a sala de cirurgia, tomando seus assentos e conversando em voz baixa para não atrapalhar o artista. A pesada porta corta-fogo fechou-se atrás deles com um estalido alto, e todos ficaram em silêncio.

A equipe de Skóvokov juntou-se a ele no vestíbulo, suas vozes cheias de excitação, ouvindo as instruções de último minuto. E então, como se seguissem um roteiro, dois assistentes médicos trouxeram a maca na qual Genevieve Zivera estava deitada. Paul perdeu o fôlego quando viu seu corpo quase sem vida. Ninguém sentia pena da mulher, todos a olhavam com ambição, considerando-a um produto a ser explorado. Ele precisou de todo o seu autocontrole para conter a fúria contra essa agressão à alma dela.

Os assistentes a tiraram do elevador e a levaram pelo corredor até a sala de operações. Paul viu tudo atrás da grade de ventilação, enquanto o aposento vazio ficava em silêncio. Depois de um tempo, os dois assistentes médicos voltaram, entraram no elevador e desapareceram atrás das portas que se fecharam.

Paul silenciosamente removeu a grade de ar-condicionado e a colocou no duto. Pulou na área de recepção e ficou parado, aguçando os ouvidos e os olhos. Ajustou o jaleco branco e alisou-o. Ninguém realmente acreditaria que ele era um médico, mas isso não o preocupava; ele só precisava olhar para as pessoas pelo tempo suficiente para sacar a arma. Olhou para Fetíssov, que desceu pela abertura bem atrás dele, também vestido com um jaleco branco de médico. Enfiou a mão no buraco e tirou uma grande cruz de ferro composta por barras de 1 metro soldadas. Sem dizer uma palavra, seguiu pelo corredor. Passou pela porta fechada da sala de cirurgia e continuou até a sala de observação. Em silêncio, ergueu a cruz de 20 quilos e colocou-a contra a porta que dava para a sala. Na interseção da cruz havia dois grampos que Paul rapidamente prendeu à maçaneta. Com quatro viradas rápidas da manivela no centro da cruz, apertou o dispositivo até que se acomodasse à estrutura da porta e travasse a maçaneta. Tratava-se de um dispositivo que só poderia ser aberto por fora, já que travava a maçaneta pelo lado interno da porta. Ninguém sairia do teatro até que Paul e Fetíssov assim o decidissem. Paul tirou o jaleco branco, enfiou-o embaixo da porta e virou-se para o corredor; viu Fetíssov entrando no poço do elevador.

— Você o desligou?

Ele assentiu.

— Esta parte está fechada agora. Ninguém pode entrar nem sair deste buraco sem nosso consentimento.

— Vamos acabar logo com isso antes que a toquem — insistiu Paul.

E seguiram pelo corredor e sacaram as armas. Embora não houvesse outra forma de entrar, Paul continuou atento à retaguarda; não sabia por que, mas tinha uma sensação de que estava prestes a acontecer um desastre e não ignorou isso. Seus instintos sempre lhe haviam sido valiosos.

Chegaram à sala de cirurgia e posicionaram-se um de cada lado da porta. Fetíssov puxou um controle remoto e segurou-o.

— Pronto?

Paul concordou.

— Acho que um dos médicos é espião. Ele é duro demais para estar aqui.

Fetíssov colocou o polegar esquerdo sobre o botão.

— Guarda de segurança?

— Pode ser mais do que isso.

— Está na sala de observação ou de cirurgia?

— Acho que na de cirurgia.

— Se ele decidir bancar o herói, tenho as minhas soluções.

Fetíssov segurou o controle remoto com a mão esquerda e uma grande pistola com a direita.

Sem pensar duas vezes, o russo pressionou o botão. Houve um murmúrio baixo seguido por um grito e, depois, outro grito, até que começaram a ouvir sons de pânico vindo lá de dentro enquanto a porta da sala de observação começava a ser empurrada inutilmente. As barras de ferro não cederam e ninguém conseguiu sair, embora não parassem de tentar abrir a porta.

Fetíssov verificou a arma e olhou para Paul.

Paul seguiu seu exemplo, erguendo a arma e segurando-a com as duas mãos; depois fez um sinal e chutou a porta da sala de operações.

CAPÍTULO 38

Michael e Susan olhavam para o passado, como se tivessem voltado no tempo. A sala era um exemplo glorioso de uma era perdida havia muito tempo, quando os senhores feudais existiam junto com artistas, filósofos e pensadores da Renascença, cujos trabalhos continuam influenciando o mundo ainda hoje.

O vasto espaço se estendia por 23 metros e tinha 6 metros de largura. O teto era bem mais baixo do que Michael imaginara, 2 metros no máximo. Como todo o resto que vira, era feito de granito e tijolos vermelhos, mas este aposento era bem mais elaborado do que todos já vistos até agora. As paredes possuíam elegantes prateleiras de livros, decoradas com ouro e pedras preciosas, cada prateleira decorada de forma singular por artistas. Ali se guardavam não apenas livros, mas também rolos e pergaminhos. Quando Michael se aproximou, entendeu que olhava para um registro literal da história, compilado de forma cuidadosa e escondido para todo o sempre.

Pegou um livro da prateleira, sua curiosidade superando qualquer ideia de preservação. Tratava-se de uma Bíblia, toda impressa à mão e com cores ainda magníficas. Colocou-a de novo na prateleira e foi até os pergaminhos. Escritos em papiros, estavam secos, e diversos deles usavam os idiomas grego, aramaico, latim e russo.

Um testamento de posse através dos tempos. Notou que os pergaminhos em latim traziam uma marcação em que se lia "Alexandria", e não ficou surpreso por documentos da maior biblioteca de todos os tempos, considerados perdidos para sempre, serem encontrados ali. Afinal, tendo uma herança que chegava ao grande conquistador macedônio, a Libéria bizantina provavelmente possuía muitos dos mistérios perdidos da história. Michael percebeu que aquele lugar não era apenas a biblioteca bizantina lendária, levada para a Rússia: era um lugar que continha obras da biblioteca de Alexandria, da biblioteca de Adriano e até mesmo da Biblioteca Imperial da China na Cidade Proibida. Livros e pergaminhos, recolhidos e roubados em uma era na qual o acúmulo de conhecimento realmente constituía um modo de se chegar ao poder.

No centro do aposento havia várias cadeiras e sofás cobertos de poeira, mas sem sinal de deterioração. Pesados, não lembravam em nada a delicadeza das antiguidades francesas que tanto agradavam a Luís XIV. Cobertos com desenhos elaborados de veludo vermelho com faixas de seda verde, pareciam confortáveis e convidativos. Mesas grandes e pesadas feitas de cedro encontravam-se espalhadas pela sala, parecendo mais adequadas para uma cabana de caça do que para uma biblioteca, mas refletiam sua época e localização. O aposento era surpreendentemente seco — o lacre de piche fora eficaz —, o que ajudava a preservar o conteúdo. Apesar da poeira e do cheiro de ar parado, a elegante sala parecia tão nova quanto no dia de sua construção.

— Isso é inacreditável — disse Susan, mais impressionada com as prateleiras elegantes do que com seu conteúdo. — Você sabe quanto esta sala deve valer? — perguntou, enquanto ia caminhando, parando quando encontrava peças intricadas feitas de ouro e prata, taças, pequenas estátuas, espadas cerimoniais em exibição nas prateleiras.

— Não temos tempo — afirmou Michael, enquanto ia até a porta.

— Mas... — replicou Susan, estupefata com tudo o que via.

— Lembre-se do motivo que nos trouxe até aqui — disse Michael.

Ela lançou um último olhar para a sala e, relutante, seguiu-o. Ele fechou a porta atrás de si e trancou-a novamente.

— Por que está trancando a porta?

— Aquela sala é impermeável, e essa porta precisa estar completamente selada para preservar o conteúdo. Deve permanecer intacta até que outra pessoa encontre este lugar.

Michael caminhou mais 18 metros até chegar à outra porta. Na hora ambos notaram a placa da fechadura no chão.

— Lexie — murmurou Susan, o medo brilhando em seus olhos.

Michael inclinou a cabeça.

— É.

Ele abriu a porta e iluminou o aposento com a lanterna. Tratava-se de uma sala que devia ter metade do tamanho da biblioteca e era decorada com móveis bem mais elegantes: cadeiras de espaldar alto forradas com veludo púrpura, armaduras e espelhos com molduras de ouro. Tapeçarias enormes cobriam as paredes da sala, dando ao lugar um ar silencioso, sem ecos nem reverberações. Representando a realeza com roupas de pele pesadas sobre cavalos, caçadores com suas presas, contavam histórias do norte antigo, um mundo onde a brutalidade coexistia com o mundo de boas maneiras da aristocracia.

Michael rapidamente fechou a porta e avançou pelo corredor até chegar à terceira e última porta. Também não tinha a placa da fechadura.

— Não entendo — disse Susan. — Como você sabe que a caixa não está naquelas salas? Que tipo de aposento estamos procurando?

Michael abriu a última porta, iluminou o interior da sala e virou-se para Susan.

— Uma sala como esta.

Susan olhou o lugar, e a expressão em seu rosto era de completa surpresa. Embora as outras salas tivessem um valor inestimável, continham apenas uma fração da riqueza encontrada até agora.

— Isto é exatamente o que estávamos procurando — afirmou Michael.

CAPÍTULO 39

Simon Bellatori caminhou pela praça Vermelha, vazia àquele horário, antes do amanhecer, e olhou para uma bandeira pendurada perto da torre Nikólskaia. A bandeira vermelha mostrava o emblema russo da águia bicéfala, um símbolo que datava de centenas, até milhares de anos, um símbolo usurpado de um reino esquecido. Outro reflexo da influência abrangente de Sofia Paleolog e sua descendência bizantina. Não era apenas um símbolo bizantino, mas de seu precursor no domínio mundial, um símbolo do Sagrado Império Romano.

Simon olhou para a cidade agitada, grato por estarem no verão, pois os rigorosos invernos de Moscou mais pareciam uma punição de Deus contra os 75 anos de rejeição que o Gigante Vermelho lhe infligira em favor de modos ateístas.

Enquanto observava o Krêmlin, seus pensamentos e temores voltaram-se para Genevieve. Saber que ela estava presa ali dentro o enraivecia. Jurou que acabaria com seus algozes sem respeitar os Dez Mandamentos.

Haviam se passado quatro meses desde a última vez que a vira, desde que ela "morrera" em suas mãos. Sentado nos fundos do alojamento de esqui, nas Dolomitas italianas, ele deixara o café esfriar enquanto absorvia o pedido de Genevieve.

— Chegou a hora de eu desaparecer — dissera Genevieve, trazendo um sorriso triste e amargo nos lábios. — Meu filho não descansará até que descubra a verdade e consiga obter o que escondi dele.

Simon apenas continuara a fitá-la, digerindo o fato de que sua amiga acabara de lhe pedir que a "matasse", que causasse uma avalanche a fim de deixar a impressão de sua morte. Genevieve nunca parecera tão triste e tão cansada. Não podia imaginar a sensação de traição que ela sentia ao ver o filho destruir toda a sua vida: suas finanças, seu orfanato, sua confiança.

Simon e Genevieve se conheciam desde sempre. Ela era muito próxima da mãe dele. Quando a mãe de Simon foi brutalmente atacada pelo marido, pai dele, que lhe marcou o corpo com símbolos satânicos e a estuprou durante dias, foi Genevieve quem correu para acudi-la e oferecer-lhe conforto, enquanto Simon partia atrás do maníaco. Foi Genevieve que continuou a cuidar de sua mãe quando Simon foi preso por matar o pai. Genevieve tomou conta da mãe de Simon quando ela voltou a usar o antigo hábito de freira e enlouqueceu aos poucos. E estava lá quando Simon saiu da prisão.

— Para onde você vai? — perguntou ele, por fim.

— Ainda não decidi, mas não se preocupe. Vou ficar bem.

Simon sabia disso. De todas as pessoas na face da Terra, ninguém conhecia Genevieve Zivera melhor do que ele: sua história, seus cuidados e alegrias, seus desejos e temores. Conhecia todos os seus segredos, ou pelo menos assim pensava até aquele dia.

E embora protegesse os segredos do Vaticano, as coisas que não se encaixavam no mundo natural, ele mantinha alguns segredos até mesmo deles. Conhecia o significado histórico da Libéria bizantina perdida e todos os seus textos e tesouros. Sabia que a Igreja a procurava havia mais de quinhentos anos e sempre soubera que Genevieve era uma perita no assunto. Ela passara horas com ele, durante toda a sua vida, contando-lhe histórias de religião, de vida, de mistérios e segredos.

Simon ouvira as histórias e jurara que nunca as revelaria a ninguém a não ser que ela lhe dissesse para fazê-lo. Tinha um débito eterno com Genevieve por tudo o que fizera por sua mãe. Não tinha como lhe negar um desejo sequer, não importava se fosse grande ou pequeno.

Genevieve deu um longo gole no café, descansou os braços na mesa e inclinou-se para Simon.

— Antes de desaparecer, quero confessar-lhe algumas coisas que mantive comigo por mais tempo do que deveria. A primeira diz respeito à sua mãe. Sobre o que aconteceu a ela enquanto você esteve na prisão, o caminho que a vida dela tomou. Conto-lhe com profundo remorso, pois quebrarei uma promessa que fiz à sua mãe anos atrás. — Genevieve fez uma pausa, reunindo forças, como se estivesse prestes a revelar a morte de alguém que amava. — Trata-se de um segredo muito antigo, Simon, mas já é hora de você saber a verdade sobre sua família.

Ali na praça Vermelha, contemplando o Krêmlin, Simon pensou em Genevieve e nas exatas palavras que lhe dissera quatro meses antes. A verdade da questão o chocara, fazendo com que ele se questionasse sobre muita coisa em sua vida, forçando-o a pensar se tudo não teria sido diferente se soubesse de tudo. Tratava-se, porém, de uma verdade que o horrorizara, uma verdade que mudara o contexto de tudo em seu mundo.

Mas essa verdade empalidecia diante do que ela lhe contara depois. Genevieve forneceu detalhes de uma pintura que costumava ficar pendurada em sua parede, sobre o mapa que havia escondido no quadro e para onde esse mapa levava. Falou-lhe sobre a origem da obra, sobre seu envolvimento na sua proteção e, por fim, da caixa de ouro escondida na Libéria bizantina, perdida no subterrâneo do Krêmlin, o destino para o qual o mapa apontava. Em todos os seus anos de vida, depois de tudo que tinha visto, as maldades do homem e a escuridão na alma humana, Simon nunca conhecera o medo que sentira naquele dia. Pois Genevieve revelou-lhe o mistério da caixa que era conhecida como Albero della Vita. Um mistério que nunca poderia chegar às mãos de Julian Zivera.

Então, de pé na praça naquela manhã agradável na Rússia, Simon pensava em Michael e no que ele estava fazendo, nas vidas que dependiam da descoberta da caixa; e sabia que havia apenas uma escolha.

Michael devia ser detido.

CAPÍTULO 40

O tesouro era exatamente aquilo: não se tratava de um banco nem de um lugar cheio de dinheiro, mas de uma sala repleta de tesouros. Michael e Susan ficaram olhando aquilo, cegos pela riqueza que havia diante deles. Ouro e joias, estátuas e artefatos. Antiguidades de uma época que muitos já haviam esquecido. Os bustos de mármore ao longo da parede e seus olhos escuros pareciam julgá-los. Cálices e crucifixos incrustados com pedras preciosas; colares de rubis vermelhos como sangue, acentuados com safiras azul-escuras. Espadas elaboradas, com punhos enfeitados com pedras preciosas. Riquezas e mais riquezas, o espólio de conquistas, os bens de vários reinos. Um mundo de riquezas concentrado em uma câmara escura de pedra: o piso, as paredes, o teto que se elevava a 3 metros de altura, como se entalhado no coração da Terra.

Ao entrarem no aposento, Michael e Susan o iluminaram com as lanternas que carregavam, mas pararam de repente. Aquela câmara estava coberta por uma poeira fina que se erguia quando caminhavam. E viram algo que não esperavam, algo fresco e claro. Pegadas de alguém que entrara ali e caminhara de um lado para o outro, como se fosse um turista confuso. Um único par de pegadas espalhava-se por toda a sala antes de, por fim, voltar e sair pela porta. Eram passos estáveis, o que indicava uma pessoa cuidadosa. Pareciam parar na frente de cada artefato de forma meticulosa, mas confusa.

— Você acha que ele a pegou?

— Não estava na sua bolsa. Duvido que Lexie soubesse o que devia procurar.

— E você sabe?

Michael olhou-a, mas não disse nada, enquanto caminhava até o tesouro. Lançou o facho de luz da lanterna na parede do fundo, e a pilha de ouro refletiu o brilho de volta, refratando luz por todo o aposento, banhando-o com o brilho do amanhecer.

Michael caminhou pela sala, olhando intensamente tudo que se encontrava ao longo da parede.

— Paul está correndo grande perigo — sussurrou Susan.

Michael parou de andar e virou-se para ela.

— Eu sei, mas temos de manter o foco nisto aqui.

— Achei que ele fosse seu amigo — retrucou ela, arrependendo-se das palavras assim que saíram de sua boca.

Embora houvesse uma distância de 12 metros entre eles, Michael fulminou-a com o olhar, antes de lhe dar as costas. Sentia um medo devastador por Paul. Tentou suprimi-lo, bani-lo da mente, pois era algo debilitante pensar que seu melhor amigo enfrentaria, sem saber, um perigo mortal e que não tinha como avisá-lo. Michael não sabia ao certo se Fetíssov tinha um plano traçado ou se trabalhava sob as ordens de Zivera. Mas não importava, não poderia ajudar o amigo agora; a única forma de ir em seu socorro seria terminar sua missão e descobrir um modo de voltar à superfície.

— Estamos diante de bilhões de dólares — disse Susan, tentando mudar de assunto.

Ela pegou um cetro de ouro com a cabeça coroada de diamantes e examinou-o de perto. Colocou-o no lugar e pegou um capacete de ouro, a borda adornada com pele de animal que adquirira uma aparência frágil com o tempo.

— Por que Ivan selaria tudo isso? Por que não deixou o tesouro para os filhos?

— Ele matou o filho favorito, Ivan, em um acesso de cólera. Odiava os outros filhos e não considerava nenhum deles merecedor.

— Que desperdício. Sabe o que a Rússia poderia fazer com tudo isto?

— Acho que Ivan tinha um bom motivo para esconder o tesouro.

Michael parou diante de uma pilha de joias que devia ter uns 30 centímetros de altura, diversos colares, pulseiras e brincos. Pegou um colar de rubi do alto. Não era a maior joia, mas uma das maiores. Imaginou que deveria valer pelo menos 75 milhões de dólares. Pensou em Paul e em suas incursões diárias à loteria, seu desejo de poder dar mais à família e ter dinheiro para curtir a vida. Aquele homem sempre olhara por Michael e, literalmente, arriscara o pescoço mais de uma vez por ele, e tudo o que Michael podia lhe dar em troca eram palavras de agradecimento. Tratava-se de uma recompensa mais do que merecida, considerando que, uma vez mais, ele colocara seu melhor amigo em perigo. Michael olhou para o colar mais uma vez, bastante consciente do que acontecera da última vez que levara algo que não era parte do plano; aquilo lhe custara três anos na cadeia. Siga o plano à risca, era o que sempre dizia. Mas sabia que o colar nas suas mãos era melhor do que um bilhete da loteria. Michael conhecia um intermediário que compraria o colar e arranjaria tudo de modo que Paul pudesse pegar o dinheiro sem ter de pagar os impostos.

Enfiou o colar na mochila e continuou caminhando.

Por fim, chegou a um canto onde, sobre uma série de prateleiras, havia 11 caixas ornamentadas. Parou ali e ficou olhando-as, enquanto Susan se aproximava e via a nítida marca de uma caixa que não estava mais ali.

— Ai, meu Deus — sussurrou ela.

Michael lançou-lhe um olhar breve e voltou a atenção para as 11 caixas remanescentes. Todas tinham o mesmo tamanho: 25 por 20 centímetros e 15 centímetros de profundidade; mais ou menos do tamanho de dois livros empilhados. Cada uma era ornada de forma única e original, feita de ouro, com intricados entalhes representando paisagens. Michael examinou-as de perto. A arte era detalhada e antiga; certamente o design não era russo, grego ou italiano. O trabalho era mais antigo do que a história, de uma época bem anterior ao surgimento dos impérios dos homens, confeccionado numa era em que o único império verdadeiro era o único conhecido: o império de Deus, o Reino dos Céus. Os lados de cada uma das caixas eram iguais: pilhas de corda de ouro entrelaçadas que se encontravam na frente, onde havia uma pequena fechadura. No topo de cada uma havia representações de cenas aleatórias da natureza: rios, pássaros, animais, árvores.

Susan olhou por sobre o ombro de Michael.

— E se Lexie pegou a caixa verdadeira e... se pegou o que havia lá dentro?

Michael pegou uma caixa que trazia o desenho de um leão majestoso sobre as pernas traseiras. A boca aberta e as garras expostas, pronto para o ataque.

— É essa? — perguntou ela.

Michael colocou-a no lugar e pegou uma menos dramática: um campo de flores e árvores com o sol se pondo a distância. Observando a caixa de ouro, perguntou-se como algo tão pequeno poderia causar tanta reverência. Mas, na verdade, aquela caixa significava literalmente a vida de seu pai. Por fim, fez um pequeno aceno com a cabeça e olhou para Susan.

— Tem certeza?

— Absoluta.

— Não quer abri-la só para ter certeza?

Michael olhou para a fechadura; era um dispositivo mais do que simples de uma era ainda mais simples. Um milagre tecnológico em seu tempo, mas simples até para uma criança de hoje em dia. E examinando a fechadura, pensou melhor sobre aquilo. Sabia exatamente o que procurava, o mapa era claro quanto à aparência da caixa. Além disso, não tinha nenhuma informação sobre o conteúdo da caixa que pudesse confirmar sua validade além da aparência exterior.

— Sei o que estou fazendo.

— Tudo bem, então. Desde que tenha certeza — respondeu Susan.

Ela se virou e foi até a porta.

— Podemos sair daqui?

Michael não se mexeu, apenas fechou os olhos.

— O que está esperando?

— Estou pensando — respondeu ele em voz baixa, ainda de frente para a prateleira com as caixas de ouro, perdido em pensamentos.

Susan parou, lançou um último olhar para os tesouros à sua volta, para as joias, o ouro, o acúmulo de riquezas que seria a maior descoberta da história caso fosse revelada ao mundo.

Depois de quase um minuto, Michael enfiou a caixa na mochila e virou-se para Susan.

— Temos um problema.

Susan fitou-o, arrancada de seus devaneios sobre o tesouro.

— Do que você está falando?

— Estou falando de ar.

— Ar?

— Não temos ar suficiente nos tanques de oxigênio para nos tirar daqui. Temos apenas um minuto ou, no máximo, dois.

— Como assim?

— Usamos muito quando você foi tragada pelo cano.

Susan levou a mão à testa, como se de repente sentisse uma dor de cabeça.

— Só precisamos chegar à superfície. Isso não deveria levar mais de um minuto.

— Nós levamos 15 minutos contra a corrente para subirmos pela corda do fundo até aqui. Teremos de cobrir mais ou menos a mesma distância daqui até a superfície.

— Deve haver outra maneira de sairmos daqui... uma porta, um túnel, alguma coisa — disse Susan, tentando ser otimista.

— Não. Essas paredes têm 9 metros de espessura nos pontos mais vulneráveis. As passagens foram seladas pelos homens de Ivan. E eles fizeram um excelente trabalho.

Ela pensou um pouco.

— Ar. Temos ar aqui. Ele deve vir de algum lugar. Talvez pudéssemos escalar e passar por um túnel ou algo assim.

Michael olhou para cima. Havia duas fendas de uns 5 centímetros cortadas no teto de pedra.

— Não acho que passaríamos por ali nem se fôssemos esqueléticos.

— Então estamos presos?

Ele assentiu.

— Sim, estamos presos.

CAPÍTULO 41

Era uma cacofonia de movimentos, médicos socando a porta, forçando-a sem nada conseguirem. Incompreensíveis pedidos de socorro em russo, tosses e gritos. Enquanto a corrente corria pela faixa de magnésio a mais de 500 graus centígrados, vaporizava e liberava o nitrato de potássio, açúcar e desflurano no ar. O poderoso gás marrom rapidamente encheu a sala de observação, erguendo-se até o teto e descendo de novo. Os corpos começaram a desaparecer na fumaça, enquanto mãos desesperadas — que pareciam não estar presas a nenhum corpo — batiam no vidro. E então os movimentos começaram a diminuir, enquanto o gás fazia o seu trabalho, e os corpos começaram a bater contra o vidro e a deslizar para o chão, sumindo de vista. Todos sem saber que não morreriam, como temiam, apenas perderiam a consciência por um breve momento.

Paul foi tomado por um enorme sentimento de culpa enquanto observava o caos, esperando que suas ações não fossem tão ruins quanto o mal maior que tentavam corrigir. Virou-se para ver Skóvokov em pé, sem se mexer no meio da sala de operações, cercado por enfermeiros e assistentes. Fetíssov os encurralara, sacudindo a arma, sua aparência despertando o efeito desejado enquanto a sacudia da esquerda para a direita, mantendo-os sob controle. Os gritos lembravam a Paul crianças chorosas perdidas em lojas de departamento em busca de suas mães, mas os pedidos de ajuda em russo eram inúteis para os ouvidos não treinados de Paul.

E durante todo o tempo Genevieve permaneceu em repouso, com sua cruz no pescoço e um lençol branco sobre o corpo; emanava dela a única sensação de paz na sala de cirurgia. Paul achou isso incongruente com a desordem à sua volta. Agora, ligada a monitores, seus sinais vitais encontravam-se estáveis e constantes. O único coração que batia em um compasso calmo era o dela.

Os gritos na sala de observação pararam; a não ser por um gemido ocasional, toda a área estava em silêncio. Dava para sentir o cheiro do medo no ar — médicos não acostumados com a violência agora diante dos seus piores pesadelos. Paul olhou para Skóvokov, o médico-chefe, o homem no comando que foi rapidamente arrancado de seu pedestal. Pensou na ironia do momento: o homem que sequestrara Genevieve e que estava para abrir seu corpo vivo agora encarava a morte, aquilo que tentava a todo custo derrotar. Mas durante os momentos caóticos, os olhos de Skóvokov não se voltaram para Fetíssov nem para Paul. Mantiveram-se colados na grande janela que dava para a sala de observação cheia de fumaça, como se sua salvação pudesse estar ali.

E foi um momento, o silêncio deixando Paul nervoso. Não sabia por que, mas ele sentia uma antecipação na sala, como se algo estivesse prestes a acontecer. Olhou para Fetíssov, mas ele não parecia sentir o mesmo, enquanto obrigava os médicos e enfermeiras a encostar na parede dos fundos. Paul estudou o rosto de Skóvokov, via nos olhos do médico que ele sucumbia à expectativa do momento como se pendurado em um precipício. E era como se tivesse planejado tudo.

A fumaça começou a clarear na sala de observação, flutuando de um lado para o outro, dando a ilusão de ser um aquário. Mas não havia movimento ali. Paul tinha certeza de que o gás fora eficaz, deixando toda a audiência inconsciente no chão.

A nuvem virara uma neblina que se espalhava. E, de repente, começou a mexer-se. Do meio da névoa, um fantasma apareceu, em pé e sem sinal de emoção. Tinha 1,80 metro e seus ombros pareciam estourar o jaleco branco. Os olhos ocultos atrás de uma máscara fantasmagórica: lentes escuras e um pequeno respirador cobrindo-lhe a boca e o nariz. E todos o olhavam, médicos, enfermeiras, Fetíssov — enquanto uma expressão confusa se instalava em seu rosto. Mas foi Skóvokov que fez o coração de Paul gelar por dentro, pois ele via as emoções no rosto do russo que anunciavam o desastre: alívio e salvação.

Na hora em que Paul se virou, o fantasma erguera os dois braços, segurando uma pistola em cada mão, as mangas do jaleco arregaçadas sobre os braços tatuados. Paul mergulhou para a esquerda quando a primeira bala explodiu das armas.

Mas para sua total surpresa, o vidro não se quebrou, apenas tremeu com a força do tiro, parecendo um martelo batendo contra o aço. O único dano: uma pequena marca, que nem chegava a um arranhão. Outro tiro, e a concussão barulhenta no vidro. Paul observou enquanto a pequena marca crescia. O homem acertava cada tiro na marca do anterior. E não parou até que o vidro à prova de balas adquiriu uma aparência aracnídea.

Para completo choque de Paul, as balas começaram a voar pela sala de operações, mas elas não vinham da sala de observação e sim da arma de Fetíssov, que mirava a equipe de médicos. O famoso médico russo Vladímir Skóvokov deu uma volta no lugar, como se dançasse, os olhos cheios de confusão desafiadora enquanto caía no chão. Fetíssov parecia um louco, o rosto sem expressão e os olhos sem emoção, enquanto continuava atirando contra a equipe médica, ejetando e carregando os cartuchos sem hesitação. Os médicos caíram um por um no chão frio de mármore. Cada um balançava e caía nas garras da morte enquanto seus jalecos ficavam rubros e os rostos irreconhecíveis após a fúria assassina de Fetíssov.

Toda a situação tinha ido de mal a pior em um piscar de olhos. Paul observou Fetíssov assassinar os médicos diante dele sem poder fazer nada. E durante todo o tempo o corpo de Genevieve continuava sobre a maca em calmo repouso.

O homem mascarado na sala de observação não tinha se movido, a não ser pelos dedos que não paravam de apertar o gatilho, e o vidro já começara a rachar e a ceder. Era uma questão de tempo conseguir passar. Com uma elegância simples, o homem ejetava pentes e recarregava as pistolas sem perder o ritmo.

Quando o último médico caiu no chão da sala de operação, Paul voltou-se para Genevieve e olhou para o corpo inerte deitado sobre a mesa. Tirou a seringa do bolso e, sem parar, ergueu-a no ar.

— O que está fazendo? — perguntou Fetíssov, chocado.

Paul olhou para o russo e depois para o homem que atirava no vidro e resolveu o que tinha de fazer. Com toda a sua força, enfiou a seringa no peito de Genevieve, passando pela caixa torácica e atingindo o coração. O polegar pressionou o êmbolo, injetando a dose de adrenalina.

Os olhos de Genevieve abriram-se na hora, arregalados de susto. Ela gritou quando Paul retirou a seringa e sentou-se na maca. Uma expressão confusa tomou conta de seu rosto quando viu o banho de sangue no chão e o homem atirando contra o vidro. Sem entender a situação, o que quase acontecera com ela nas mãos de um médico amoral com um bisturi na mão, perguntou:

— O que está acontecendo?

Paul olhou-a nos olhos a fim de acalmá-la.

— Não tenho tempo para explicar, mas preciso que confie em mim. Estou aqui com Michael.

— Onde está Michael?

O corpo de Genevieve tremia, a respiração acelerada devido à dose de adrenalina que lhe corria nas veias.

— Na Libéria.

Genevieve agarrou o pulso de Paul.

— Albero della Vita? Ele foi buscar a caixa?

— Não se preocupe, sim?

— Não abra a caixa. Diga-lhe! Ela nunca poderá ser aberta. Tem de ser destruída. Deve ser lançada nas profundezas do oceano. — Genevieve sacudiu o braço de Paul com toda a sua força. — Está entendendo?!

— Falem sobre isso mais tarde — disse Fetíssov, indicando o homem que continuava atirando contra o vidro. Ele agarrou a maca de Genevieve e forçou-a a se deitar, correndo para fora da sala. — Temos de ir agora.

Mas antes que Paul tivesse a chance de reagir, um tiro explodiu no corredor. Fetíssov cambaleou para trás e caiu aos seus pés. Paul ouviu uma grande comoção no corredor, e o som de passos às pressas começou a sumir. Ele correu até a porta, com a arma em punho.

Pelo canto dos olhos viu o olhar suplicante de Genevieve. Tudo começava a acontecer em câmera lenta: três homens usando macacão de paraquedista pegaram a maca e a levaram em direção ao vestíbulo. Paul baixou a arma, temendo atingir Genevieve, e correu atrás deles. Chocado, viu quando os homens alcançaram o elevador. Correu até as portas apenas para vê-las se fecharem diante dele, acabando com qualquer chance de salvá-la.

— As profundezas do oceano — berrou Genevieve de dentro do elevador que subia, fazendo sua voz sumir.

Sem hesitar, Paul voltou correndo à sala de operações. Inclinou-se sobre o corpo de Fetíssov, os olhos semiabertos olhando para o teto.

Ele gemia e lutava para respirar. Seu jaleco tinha um único buraco de tiro e não mostrava sinais de sangue. Esforçou-se para sentar, apoiando-se nas mãos.

Paul apoiou-lhe as costas, tocando o colete à prova de balas do russo.

— Que filho da puta sortudo. — Paul se inclinou contra a porta tentando conter a fúria enquanto olhava para os corpos ensanguentados no chão da sala de cirurgia. Lançou um olhar de raiva para Fetíssov. — O que foi isso? Ninguém deveria morrer.

Os tiros contra o vidro continuavam no mesmo ritmo, enquanto o atirador prosseguia calmamente a tarefa.

O barulho era ensurdecedor, deixando Paul confuso. Ele lutou para manter a concentração.

— Precisamos chegar lá em cima rápido.

Fetíssov ficou de pé.

— Onde está Genevieve?

— Como eles chegaram até aqui? — perguntou Paul, jogando o peso do corpo sobre o russo. — Você deveria ter desligado o elevador.

— Onde está Genevieve? — repetiu Fetíssov, como se estivesse em transe e sem temer o americano de quase 2 metros de altura.

— Ela se foi.

Então, o som de vidro estilhaçado interrompeu o momento. O homem na sala de observação finalmente encontrara uma saída.

CAPÍTULO 42

O display do pequeno computador de mergulho mostrava que tinham três minutos. Um pequeno LED piscava em um canto. Michael deixou o computador de mergulho de lado e olhou para a água na pequena cisterna à sua frente. Três metros abaixo da superfície havia uma corrente feroz de água que só poderia levá-los à morte.

— Ficaremos ofegantes ao tentar escalar contra a corrente turbulenta.

— Será que não poderíamos respirar em intervalos, prender a respiração por parte do caminho?

— Gastamos quase todo o ar que tínhamos ao subir do fundo do cano até aqui. Acho que teremos de cobrir quase a mesma distância para sairmos daqui, o que equivale ao mesmo esforço. — Michael olhou para o aposento, e a luz dos bastões fluorescentes já começava a apagar. — Não importa o que façamos, precisaremos de muito mais ar.

— Existe algum modo de enchermos os tanques aqui?

Michael negou com a cabeça. A sensação de frustração era crescente; chegara tão longe apenas para não conseguir ir adiante. Não estava disposto a decepcionar o pai ou Susan. Nem a si mesmo, na verdade. Concentrou o pensamento, tentando descobrir um modo de aumentar o oxigênio, mas não havia como fazer isso. Mesmo se usasse os dois tanques para tentar chegar à superfície, substituir as garrafas de ar pelas sobressalentes e voltar para pegar Susan, só teria ar suficiente para chegar à metade do caminho. Não tinham o necessário para lutar contra a força da sucção.

Então descobriu a solução. Encaminhou-se para a porta.

— Venha comigo — disse.

Susan ergueu o olhar, mas Michael já passara pela porta, a luz de sua lanterna desaparecendo na curva escura do corredor. Ela o encontrou na sala antiga, analisando as paredes.

— Se importa em dizer o que vamos fazer?

Michael não disse nada enquanto caminhava até a parede, examinando a grande tapeçaria. Tinha cerca de 3 por 3 metros, exibindo um grupo real de caça, espadas na cinta, cães de caça russos correndo ao lado de cavalos negros. Michael agarrou a ponta daquela obra de arte de tapeçaria e, com toda a força, arrancou-a da parede. Sentiu um pouco de resistência, mas o tapete soltou-se das presilhas antigas e caiu no chão. Enrolou-o, foi até a próxima tapeçaria e fez o mesmo. Enquanto trabalhava, virou-se para Susan.

— Importa-se de me ajudar?

— Ajudar com o quê? O que você está fazendo?

— Não precisamos de mais ar. Temos o suficiente. — Ele apontou para a parede do outro lado. — Pegue aquele ali e vamos embora.

— Estou tão confusa — disse Susan, atravessando a sala, e, sem hesitar, arrancou a tapeçaria russa da parede. — Que desperdício.

Michael não disse nada enquanto saía dali carregando os dois tapetes embaixo dos braços.

Susan pegou o dela e foi correndo pelo corredor até a cisterna. Encontrou Michael desenrolando os tapetes no chão.

— Será que pode me dizer o que está planejando? — perguntou.

Michael não lhe deu atenção, concentrado na análise dos grandes tapetes.

— Não temos ar suficiente porque temos de lutar contra a correnteza. Ficamos tão concentrados em encontrar uma maneira de vencer a força da corrente que não pensamos na solução óbvia.

Susan encarou-o como se de alguma forma tivesse entendido o que ele acabara de dizer.

— Tudo bem — disse ela, meneando a cabeça. — Não estou entendendo.

— Só precisamos de mais ar porque precisamos vencer a sucção e por causa do esforço que temos de fazer para lutar contra a corrente de água que desce pelo cano. Mas se a sucção parar...

Susan olhou, pensativa, para a tapeçaria e sorriu.

— Você vai entupir o cano.

Michael fitou-a, impressionado, e sorriu também.

— Vamos entupir o cano.

Michael pegou a bolsa de mergulho, retirou os três timers e os colocou no chão. Depois, retirou a sacola fechada que continha três pacotes grandes de explosivo Semtex maleável e embrulhados separadamente.

— O que vai fazer com isso?

A visão dos explosivos a deixou um pouco nervosa.

— Quando o cano entupir, a água não vai conseguir ir para onde tem de ir. Isso vai fazer com que a área lá em cima, onde temos de encontrar Paul, seja inundada, ou pior, as águas podem subir aqui e inundar a Libéria.

— Mas você vai usar os explosivos para quê?

— Precisamos programar o tempo certo. Vista-se. — Verificou seu tanque. — Teremos de jogar cargas programadas lá embaixo. Depois jogaremos as três tapeçarias. Isso deve ser o suficiente para bloquear o cano, o que aliviará o fluxo de água. Teremos de fazer uma parada rápida de descompressão na marca de 9 metros, mas precisamos sair da água antes que as cargas explodam; caso contrário, seremos tragados para o fundo, e desta vez não haverá grade de ossos para impedir a nossa descida.

Vestiram-se rápido. Tanque, capacete, máscaras.

Michael retirou a caixa de ouro da pochete presa ao quadril e examinou-a por um breve instante antes de colocá-la na bolsa de mergulho à prova d'água. Pegou o cordão de rubis que pegara para Paul e rezou para que, outra vez, não pagasse pelos seus pecados.

Colocou-o junto com o kit médico e os suprimentos dentro da mochila, que enfiou na bolsa de mergulho, como uma precaução extra.

Pegou os timers, programou-os para sete minutos e colocou-os nos pacotes de Semtex. Preparou cada um de forma separada, tendo o cuidado de recolocá-los nas embalagens plásticas a fim de se assegurar de que o timer não se soltaria na corrente quando batesse na grade de ossos e corpos na extremidade do cano. Prendeu-os na bolsa que carregava na cintura e virou-se para Susan:

— Preciso que você leve um dos tapetes. Quando estivermos perto da entrada do cano principal, você vai ter de segurar os três tapetes e me entregá-los conforme eu pedir.

Susan concordou com a cabeça.

Michael olhou de novo para a câmara; muito provavelmente, aquela seria a última vez que o aparelho seria visto por alguém durante anos. Achou que era uma pena ter tantos tesouros escondidos, mas sabia que alguns segredos nunca deveriam ser descobertos. Pegou dois tapetes grandes e pulou na cisterna. Prendeu a corda de segurança e deixou-os encharcar-se de água. Susan entrou atrás dele.

— Mantenha os olhos em mim — orientou-a, enquanto verificava as diversas bolsas de mergulho presas ao corpo.

Amarrou a corda de segurança em Susan, e ambos mergulharam. Os tapetes eram pesados e difíceis de carregar enquanto nadavam pelo tubo de 1,5 metro de largura. Quando se aproximaram do cano principal, Michael sentiu a corrente, a luz de seu capacete iluminando pequenas partículas que serpenteavam à sua frente, descendo para o esquecimento. Michael segurou-se na boca do cano que levava à cisterna, abriu a bolsa de mergulho, que estava presa ao quadril, e tirou as três cargas, cujos mostradores de tempo indicavam sete minutos. Olhou para Susan e acenou com a cabeça para se certificar de que ela estava pronta. Ela assentiu em resposta, segurando o primeiro tapete.

Michael ligou o primeiro botão e jogou a primeira carga do cano principal, observando enquanto desaparecia instantaneamente na corrente. Liberou a segunda e a terceira bombas e observou-as desaparecerem na corrente. Virou-se para Susan e pegou o tapete pesado. Lutou para passá-lo e jogá-lo no cano principal, mas uma vez que o tapete foi atingido pela corrente, ganhou vida própria e desceu girando até o fundo. Susan passou-lhe o segundo tapete e ficou observando enquanto ele passava como um tapete voador apenas para velejar rapidamente na corrente. Virando-se, fez o mesmo com o último tapete, pegou Susan pela mão e levou-a até a boca do cano da cisterna. Deixou o terceiro tapete desaparecer e segurou a corda principal. A tremenda força da água parecia querer quebrá-lo; usou toda a sua força para lutar contra as águas turbulentas. Prendeu a corda principal, virou-se e soltou a corda de segurança. Quando começou a prender Susan na corda principal, a corrente ficou mais fraca e parou de repente, o som baixo e constante desaparecendo como se o volume tivesse sido desligado. O lodo e os sedimentos começaram a girar em todas as direções, pois, sem a força que os puxava, perderam o rumo e começaram a flutuar sem destino.

Michael puxou Susan para fora do tubo e fez sinal para que ela começasse a subir pela corda através do cano de 45 graus. Seguiu atrás dela. Não precisaram se esforçar muito. Seus braços ganharam força renovada depois de terem se acostumado com a constante luta contra a corrente. Antes de se darem conta, chegaram à marca dos 10 metros. Michael segurou Susan e pararam para deixar o nitrogênio sair de seus pulmões. Tinham levado mais de 15 minutos para cobrirem 35 metros.

Dessa vez, fizeram a subida de 25 metros em menos de sessenta segundos, Michael manteve os olhos no relógio e, depois de dois minutos, acenou para Susan. Subiram os últimos 10 metros em menos de vinte segundos, finalmente chegando à superfície.

Susan tirou a máscara e cuspiu o regulador.

— Nunca pensei que ficaria tão feliz em chegar a este lugar.

Ela olhou a caverna escura feita pelo homem, enquanto a luz de seu capacete dançava nas águas agora calmas.

— Pare de falar e saia da água.

Michael observava o nível da água subir em volta deles. Não tendo para onde ir agora, a água elevava-se pelas paredes tentando chegar às margens.

Os dois nadaram até a pedra protuberante e saíram, enquanto as águas continuavam a subir.

— Procure um lugar mais alto — insistiu Michael. — Só temos mais um minuto antes que as cargas explodam.

Uma vez que as bombas estourassem a grade do fundo, a água ficaria turbulenta de novo. Michael subiu em uma pequena inclinação e recostou-se em uma parede de pedra, tentando recuperar o fôlego. Susan sentou-se ao seu lado e começou a tirar o equipamento.

De repente, ouviram um som vindo do rádio de campo de indução que estava no chão ao lado das coisas deles. Michael pegou o walkie-talkie.

— Michael, onde você está? — perguntou Paul por meio de muita estática.

Michael consultou o relógio e olhou para a água.

— Relaxe, estamos voltando.

Olhou mais uma vez para as águas plácidas e, no instante em que o ponteiro dos segundos passou pelo 12, ouviu uma série de explosões abafadas. De repente, as águas calmas começaram a girar e a descer pelas paredes, voltando ao nível original.

— O que é? — perguntou Michael. — Vocês já estão a caminho?

— A caminho? — perguntou Paul.

E Michael sentiu o estômago contrair-se. Não precisava perguntar, ouviu tudo o que precisava na voz do amigo, tudo desmoronando.

— Michael, seja lá o que fizer, não abra a caixa, entendeu? Você tem de sair...

A voz de Paul foi cortada, ficando ininteligível, encoberta por sons de tiros.

Paul e Fetíssov correram pelo corredor, fugindo das balas que atingiam as paredes em volta. O enorme russo saíra da sala de cirurgia com o cano das pistolas fervendo e abrindo fogo contra eles. Paul abriu a porta da sala de máquinas do elevador e pulou no poço de 1,20 metro. Fetíssov caiu bem ao seu lado, em uma poça, ainda esfregando o peito onde a bala o atingira, e o teria matado não fosse o colete que protegia seu torso.

— Brilhante, agora estamos presos — reclamou Fetíssov, o sotaque russo parecendo mais carregado.

Paul ignorou-o quando ele colocou a mão para fora da porta e devolveu o fogo. Seus tiros eram respondidos com as balas cuspidas pelas duas pistolas do grande russo. Paul abaixou-se, pegou a lanterna e iluminou o poço do elevador. O cheiro de graxa e óleo impregnava o ar, e sua mente tentava encontrar uma solução.

— Que ótimo, eles estão fugindo — gritou Fetíssov, olhando para cima. — E nós vamos morrer aqui.

As balas continuavam ricocheteando nas paredes em torno da porta do elevador, e uma chegou a atingir a porta de metal. Paul examinou rapidamente a porta aberta e voltou-se para Fetíssov:

— Tenho uma ideia — gritou. — Preciso de cobertura.

Deu impulso para sair do poço e seguiu apressado pelo corredor.

O russo inclinou-se para fora da porta e fez uma chuva de disparos, obrigando seu perseguidor a recuar. Paul correu pelo saguão enquanto as balas de Fetíssov passavam zunindo por ele. Foi até a porta da sala de operação, agarrou a cruz de ferro que usara para prender os 25 médicos e empresários russos, desparafusou-a da porta, removeu-a e depois voltou correndo. Os tiros explodiam à sua volta. Pulou de novo no poço. Fechou rapidamente a porta do elevador atrás de si e usou a cruz de ferro sobre a maçaneta rapidamente, aparafusando o dispositivo, prendendo-os no poço.

Fetíssov lançou-lhe um olhar fulminante.

— O que está fazendo?

Paul usou a lanterna para iluminar o painel do elevador na parede e, depois, ergueu o olhar para o túnel. A cabine já havia subido cinco andares, e os lasers vermelhos de segurança começaram a brilhar. Olhou de novo para a série de controles e pressionou o botão do meio, que tinha uma legenda em russo com uma chama vermelha. O elevador a 18 metros de altura parou de repente, o barulho ecoando por todo o túnel.

— O que vim fazer.

Então ouviram outro barulho, pois o elevador começava a descer, respondendo ao botão de chamado de incêndio em uma velocidade bem mais rápida do que de costume.

Os tiros vinham do lado de fora, do saguão, e desta vez atingiram a porta.

— Quantas pessoas estão no elevador? — perguntou Fetíssov.

— Dois, talvez três guardas.

— Como sabe que eles não trabalham para o cara do outro lado da porta?

— Eu não sei, só espero que seja isso.

Os tiros não paravam. Com o barulho das balas e o som do mecanismo do elevador, o barulho no poço era ensurdecedor.

O elevador continuou sua descida, e estava apenas dois andares acima de suas cabeças, os lasers já começando a desligar.

— É melhor você se abaixar — gritou Paul, agachando-se.

— Não temos a menor chance de entrarmos no elevador sem sermos mortos — respondeu Fetíssov, abaixando-se ao lado de Paul.

Agora o elevador estava apenas um andar acima deles.

— Quem disse que vamos entrar no elevador?

A cabine parou bem acima de suas cabeças, e de repente o poço tornou-se um espaço claustrofóbico.

E os tiros pararam. O silêncio repentino resultou em uma imobilidade assustadora na pequena sala de máquinas.

Ouviram barulhos confusos quando a cabine do elevador parou. Silêncio absoluto e, depois, o som de fuzis sendo erguidos e três armas sendo travadas e carregadas.

Paul e Fetíssov se entreolharam sem fazer nenhum movimento.

Perceberam ruídos da porta se abrindo, seguido por uma explosão repentina de tiros ensurdecedores que ecoavam em todo o poço, arrebentando os ouvidos de Paul. Gritos em russo vinham da cabine.

Paul pressionou um botão do elevador. A porta fechou-se. Os tiros continuaram a ecoar na recepção, ricocheteando na porta do elevador.

Paul olhou para Fetíssov, guardou a arma e enfiou o braço em uma grande trave de suporte na base da cabine. Fetíssov arregalou os olhos.

As engrenagens rangeram, e o elevador começou sua lenta subida.

Paul segurou-se firme à trave, sendo lentamente erguido do chão.

Fetíssov o viu subir e depois, relutante, pulou para agarrar-se à cabine ao lado dele. Olharam um para o outro, mas ficaram em silêncio enquanto eram levados para cima.

Subiram um, dois, três andares. Paul olhou para baixo, os pensamentos confusos, perguntando-se o que fariam quando o elevador chegasse ao destino. Seus braços doíam devido à força que tinha de fazer para aguentar o corpo de 115 quilos.

Depois de cinco andares, olharam novamente para baixo, mas o chão havia sido engolido pela escuridão. Seus pés balançavam no espaço; concentraram-se mais e respiraram mais fundo, como se isso, de alguma forma, pudesse lhes dar mais força.

Então ouviram um clique sutil, começando lá embaixo, seguido pela emissão de raios vermelhos que se entrecruzavam, os lasers de segurança sendo religados, movendo-se em sucessão, subindo sem parar em direção a eles, direto para as pernas penduradas de Paul e Fetíssov.

O elevador parou de repente, quase os derrubando. Estavam sete andares acima, não os dez que esperavam. Era possível ver a luz entrando pela greta da porta do elevador em frente a eles: subnível 4.

Os lasers de segurança continuaram subindo, apenas quatro andares abaixo deles agora, e de repente pararam, aguardando que o elevador recomeçasse seu movimento.

A porta da cabine abriu-se, e eles ouviram a maca sendo retirada de dentro dela.

Paul podia ver o contorno da escada do poço na parede do outro lado, a 1,5 metro do abismo abaixo dele. Sem parar para pensar, começou a balançar as pernas para a frente e para trás, ganhando impulso, e soltou-se da trave. Voou pelo túnel escuro e começou a cair, mas agarrou-se a um degrau da escada. Conseguiu erguer-se na escada e virou-se para Fetíssov. Havia medo nos olhos do russo quando ele começou a se deslocar pelas barras sob a cabine como se fosse um macaco pendurado em um brinquedo de um parque.

Então alguém entrou no elevador e as portas se fecharam. As engrenagens estalaram e a cabine começou a se mover. Fetíssov congelou, iniciando a subida e se afastando de Paul.

Os olhos do americano suplicaram ao outro que pulasse. Fetíssov parou, uma expressão de medo lhe contorcendo o rosto. Fechou os olhos, respirou fundo, balançou-se e pulou, atirando-se em direção à escada. Mas o impulso não foi suficiente e ele começou a cair. Paul segurou-se firme à escada com a mão esquerda e inclinou o corpo para fora, esticando o braço direito. Fetíssov quase não conseguiu pegar o braço que lhe era oferecido e bateu de cara na parede. Paul lutou para segurar o russo e conseguiu balançá-lo até um apoio logo abaixo dele.

Descansaram por um tempo, tentando recuperar o fôlego e lutando contra a tentação de olhar para baixo enquanto rezavam para que o elevador não descesse e os arrancasse da escada.

— O que há do outro lado desta porta? — perguntou Paul num sussurro.

— Escritórios. Alguns laboratórios.

— Quantas pessoas?

— Ninguém até às 8 horas.

— Segurança?

— Não. Não antes dos andares superiores, nada protege este nível.

E, enquanto o elevador subia, os lasers de segurança começaram a subir pelo poço de forma lenta, estável e implacável.

Paul subiu rapidamente os dois degraus e foi até a porta do elevador. Puxou uma barra fina, ao que a porta deslizou e abriu. Esperou um momento e depois enfiou a cabeça.

Os lasers de segurança estavam apenas um andar abaixo de Fetíssov.

Paul olhou para um longo corredor que se estendia por uns 60 metros e entrou. Fez sinal para Fetíssov, que ainda se agarrava à escada, os raios laser a apenas 2 metros, o brilho vermelho iluminando seu rosto, enquanto continuavam subindo, o som que produziam predizendo a aproximação do sistema de segurança.

Paul agarrou Fetíssov pelo braço direito, jogando-o no corredor vazio bem na hora que o laser alcançou a escada. Paul deslizou a porta do elevador e fechou-a, evitando que fossem detectados pelo constante chiado do sistema de laser.

— O que tem lá em cima? Para onde a levaram? — perguntou Paul, enquanto olhava para um lado e para o outro do corredor vazio, rezando para que Fetíssov estivesse certo quanto à ausência de pessoas àquela hora.

Fetíssov caminhou pelo corredor, examinando cada uma das portas.

— É o depósito de carros e caminhões oficiais.

Por fim, encontrou o que procurava, abrindo, então, a porta que dava para a escada de incêndio. Correram e pararam no subnível 3.

— Haverá gente neste andar. Muita gente.

— Guardas?

Fetíssov meneou a cabeça.

— Não. Militares.

E abriu a porta.

Depois de ouvir o som de tiros pelo rádio, Michael teve de agir por instinto. Sem pensar, largou os tanques de ar, guardou a antena de rádio, agarrou as bolsas de mergulho, as pequenas garrafas de ar e Susan e em menos de 15 segundos estavam correndo. A luz de seus capacetes iluminava o caminho e os túneis. Seguindo a pé, engatinhando e até rastejando, eles cobriram quase 1 quilômetro da rota subterrânea, seguindo as marcações que ele deixara para levá-los até a Caverna dos Tsares.

— E quanto a Paul? — perguntou Susan, os olhos arregalados de medo.

— Não se preocupe.

— Como você pode dizer isso? Aqueles eram sons de tiros — disse ela ofegante.

Michael ignorou sua pergunta. Não ia desperdiçar o fôlego para dar uma resposta. Ele e Paul tinham combinado que se as coisas dessem errado ou se um deles se metesse em encrencas, o outro fugiria para um lugar seguro. Sua mente ficava confusa com muitas perguntas. Não sabia se era Paul quem estava atirando ou se era alguém atirando nele. Mas de uma coisa tinha certeza: Fetíssov era muito mais do que tinham pensado. Se Paul ainda não se encontrava em grande perigo, logo se encontraria.

O que Susan não sabia e não tinha como saber é que Michael nunca deixaria o amigo para trás. Assim que levasse Susan e a caixa para um lugar seguro, voltaria. Não importava o que isso lhe custasse, não importava o preço que teria de pagar, mesmo que tivesse de pagar com a própria vida, salvaria o amigo.

Os pulmões de Michael queimavam; a distância que eles haviam levado meia hora para cobrir na ida, percorreram em menos de dez minutos na saída. Michael lançou um breve olhar para Susan, impressionado com sua resistência. Ela não entrara em pânico nem reclamara, mas não havia dúvidas de que seus olhos estavam cheios de medo: ela corria para salvar a vida.

As duas bolsas de mergulho presas aos quadris de Michael batiam em sua perna a cada passo. Mas o principal pensamento de Michael não era a dor nem o desespero do momento, era o aviso do amigo. Tratava-se de uma declaração simples que não tinha como ser mais clara: *Não abra a caixa.*

Bem à frente estava a caverna. Ainda não a vira, mas já ouvia seus sons: o fluxo de água ecoando pela caverna. E, então, chegaram: as luzes dos capacetes de Michael e Susan moviam-se na superfície escura da água, lançando reflexos assustadores que dançavam como fantasmas nas paredes. Michael rezou para não tropeçar no caminho de pedras e se apressou. Sem diminuir o ritmo, abriu a bolsa, pegou um cilindro pequeno de ar comprimido usado para emergência, que entregou a Susan, e depois pegou mais um para si.

Aproximaram-se da beira da água de apenas 6 metros. Sem hesitação, sem perder o ritmo, colocaram as garras na boca, pularam na água e desapareceram sob a superfície.

* * *

A enorme garagem estendia-se até onde os olhos podiam ver. Situada bem abaixo do arsenal — o lar do regimento presidencial, a Guarda do Krêmlin — estava cheia de limusines Mercedes pretas, caminhões e utilitários. Havia caminhões do exército e, até mesmo, uma meia dúzia de tanques.

Um estroboscópio vermelho iluminava a garagem escura e chamou a atenção de Paul para uma passagem onde viu a maca sendo colocada em uma ambulância.

— Vamos — sussurrou Fetíssov.

Paul virou-se para ver Fetíssov entrando em um jipe verde-escuro. Paul agachou-se e entrou no veículo. Assim que entrou, Fetíssov ligou o carro com a chave que estava na ignição.

— Está maluco? Como vamos sair daqui?

— Ei — disse uma voz, assustando ambos.

A voz vinha do rádio de Paul, que o tirou do cinto.

— Michael? Onde você está?

— Estamos em Kremliióvskaia. Cadê você? Está tudo bem?

Fetíssov arrancou o rádio das mãos de Paul.

— Ouça bem. Vá até a torre Nikólskaia. Na parte nordeste da praça Vermelha. Uma ambulância sairá pelo portão a qualquer momento. Não a perca de vista.

— O quê? Por quê?

— Outra pessoa pegou Genevieve.

— Não conhecemos as ruas — respondeu Michael, com um tom de raiva.

— Isso não importa. Fique de olho neles. A torre fica em frente ao Museu Histórico.

Três soldados que faziam a ronda se encaminharam para o jipe. Paul olhou para Fetíssov e indicou os homens que se aproximavam.

— Seja lá o que faça — continuou Fetíssov no rádio —, não perca a ambulância de vista. Caso contrário, perderemos Genevieve para sempre.

E os três guardas viram Fetíssov e Paul. Seguiram para o veículo com os fuzis erguidos, apontando para eles e gritando. De repente, aparentemente do nada, chegaram mais guardas, e, antes que tivessem chance, Paul e Fetíssov foram cercados por vinte tropas com os fuzis apontados e gritando para que saíssem do jipe.

CAPÍTULO 43

Em um único movimento, Michael e Susan deslizaram pelo banco de trás do carro enquanto Martin arrancava a toda velocidade, virando a curva e acelerando em direção ao portão do outro lado do Krêmlin. Eles haviam emergido no rio Moscou, depois de pegarem o terceiro canal, usando o cilindro de ar pequeno na boca. Nadaram por cerca de 1 quilômetro antes de saírem no ponto de encontro: um canal coberto com mato e grama que circundava um antigo cais. Martin aguardava com a porta aberta e o motor ligado. Dirigia um ZiL, o carro de luxo da Rússia, cujo status já fora ultrapassado havia muito tempo pelos Range Rover e Jaguar. Tratava-se de um carro grande e quadrado cujo motor tinha potência de 380 cavalos e que emitia um som semelhante ao de um jato. Embora fosse conversível, Martin manteve a capota levantada para evitar que alguém visse os passageiros molhados tirando o equipamento de mergulho.

Cortou a Maniéjnaia Chosse, passando pelo trânsito do início da manhã e saiu em direção à praça Vermelha. Forçou o motor na subida, rezando para que não fosse abordado por algum guarda de trânsito russo.

O carro parou, cantando os pneus, a uns 45 metros da torre Nikólskaia. Aguardaram com a respiração suspensa os portões do Krêmlin se abrirem. Martin manteve o pé no acelerador e as mãos no volante, aguardando o sinal verde.

— Vocês dois, saiam — disse Michael.

— O quê? — Susan virou-se para Michael, enquanto Martin o encarava do banco do motorista.

Michael tirou a mochila com a caixa de ouro da bolsa de mergulho e a entregou para Susan.

— Martin, pegue um táxi e leve Susan de volta ao hotel, depois prepare o avião. Vamos precisar de uma saída rápida.

Martin concordou com a cabeça em silêncio.

— O que eu devo fazer com isto? — perguntou Susan, segurando a mochila.

— Não a perca de vista e, aconteça o que acontecer — continuou Michael, repetindo o aviso de Paul —, não a abra.

Martin já saíra e estava de pé, esperando por Susan.

Susan continuou no carro olhando para Michael, e se deu conta da verdade.

— Você não vai entregar isso para Zivera, vai?

Michael não precisou responder.

— Como pode fazer isso com Stephen? — perguntou, parecendo confusa. — Ele é seu pai.

Michael colocou a mão no ombro dela, e Susan tentou afastar-se, enojada, mas Michael a segurou e a puxou.

— Não tenho a menor intenção de deixar meu pai morrer. Só o que peço é que confie em mim.

Susan fixou-se nos olhos de Michael. Seu corpo relaxou de alívio. Foi um momento silencioso no qual ambos se perderam. Susan tocou o rosto dele de forma gentil e delicada e sorriu.

— Acredito em você... — sussurrou.

Michael inclinou-se e beijou-a suavemente nos lábios. Não foi um beijo voluptuoso, mas sim delicado, sensual e carregado de sentimentos.

E a porta do carro abriu, e Martin estava lá, segurando-a mais como um meio de interrompê-los do que por cortesia.

— Você protege a caixa para mim — disse Michael em voz baixa, olhando para Susan. — E lembre-se do que eu disse.

— Não abra a caixa — sussurrou Susan. — Eu sei.

O momento finalmente foi quebrado, e eles saíram do carro.

— Martin, você poderia levar o meu equipamento para o avião? — pediu Michael, entregando-lhe a bolsa de mergulho.

— Claro.

Martin pendurou a bolsa pesada no ombro.

— Não sei se ainda precisarei dela, mas é sempre bom estar preparado.

— Quando você encontrar Genevieve, tem um plano para salvar Stephen?

— Claro que sim — respondeu Michael.

— Poderia nos dizer?

Michael sorriu para ela e negou com a cabeça. Susan lançou um olhar repleto de confiança e assentiu.

— Tenha cuidado — sussurrou ela, entrando no espaço de Michael.

— Não comece a dar uma de arrogante e a desobedecer Martin.

Michael olhou para Martin, que acenou de volta. Sentou-se no banco do motorista e observou-os atravessar a rua. Segurou o volante com força, até os nós dos dedos ficarem brancos, e ligou o motor.

Vinte fuzis estavam apontados para Paul e Fetíssov.

— *Ne dvigátsia* — gritou o guarda em russo.

— Talvez eu não saiba o idioma, mas ou ele disse "saiam do carro" ou "preparem-se para morrer" — disse Paul.

Pelo para-brisa, viam a ambulância de Genevieve saindo, a sirene de dois tons reverberando pela enorme garagem.

Fetíssov olhou para Paul e sorriu. Tirou os óculos de lentes grossas e, para choque de Paul, removeu a peruca escura para revelar um corte militar severo. Sua aparência ficou completamente diferente: a cabeça era como uma placa de granito, coberta por uma camada de cabelo grisalho. Paul esperou que removesse a lente de contato branca do olho ruim, mas, aparentemente, aquilo não era parte do disfarce.

Fetíssov baixou o vidro da janela, e as tropas assumiram um tom de temor submisso, em vez da agressividade superior que haviam demonstrado segundos antes. Todo o grupo assumiu posição de sentido e ergueram as armas em cumprimento. O soldado no comando começou a falar rápido em russo.

E, para surpresa de Paul, Fetíssov começou a conversar como se eles se conhecessem.

— Você só pode estar brincando — disse Paul.

Fetíssov virou-se para Paul.

— General ou coronel?

Fetíssov sorriu.

— General.

O russo fechou o vidro, pisou no acelerador, e o jipe saiu da garagem cantando pneus.

Michael, sentado no carro, segurava o volante com força e mantinha o motor ligado, enquanto aguardava para seguir a ambulância que surgiria a qualquer minuto. Olhava para a trilha de fumaça deixada pelo velho táxi. Martin não perdera tempo em tirar Susan dali. Michael estava grato por sua presença, pois Martin realmente era um homem cheio de recursos e que colocava os interesses de Susan em primeiro lugar.

Os portões pesados de madeira abriram-se lentamente, como se suspirassem, e, de repente, uma ambulância saiu a toda velocidade do portão, os pneus cantando pelo caminho.

Michael pisou no acelerador do ZiL e seguiu atrás da ambulância. O veículo de emergência, com suas luzes vermelhas e azuis brilhando e a sirene soando, fazia com que o caminho se abrisse por entre os carros até chegar à estrada. Michael manteve-se a dois carros de distância, seguindo cada desvio e freada da ambulância à frente, atingindo 130 quilômetros por hora. Ficara surpreso por não haver carros de escolta para o veículo, a fim de acabar com perseguidores como ele. Contudo, isso não significava que não enfrentaria resistência. Manteve-se alerta, esperando que uma chuva de balas saísse da janela da ambulância a qualquer segundo.

Alguém conseguira vantagem em relação a Paul e Fetíssov. Michael não podia imaginar quem havia conseguido penetrar no Krêmlin e resgatar Genevieve. Confuso, pensava em quem mais estaria atrás dela: poderia ser qualquer pessoa. Não podia imaginar o terror e o medo que ela sentia. Com certeza, ficara perto de sofrer um colapso nervoso depois de ser sequestrada no momento em que seria resgatada.

Michael olhou pelo retrovisor, não em busca da polícia ou dos guardas do Krêmlin, mas de Paul e Fetíssov, perguntando-se por que eles ainda não tinham se juntado a ele na perseguição.

Fora um alívio deixar Susan para trás. Já a havia exposto a perigos demais. E, por mais que quisesse negar, percebia que começava a gostar dela. Por mais que ela o enfurecesse, algo nela tinha aberto um caminho para o seu coração. Agora a via sob uma luz diferente. No início a achara uma mulher grosseira, que se protegia a ponto de se tornar inacessível, mas descobriu que, no fundo, era delicada e vulnerável. Sentia o coração disparar quando pensava nela, e talvez, se tivesse sorte de sobreviver às provas que teria de enfrentar, pudesse vê-la de novo, sã e salva, depois de toda aquela confusão.

Estava satisfeito por ela não estar com ele agora, no carro que acelerava pelas ruas desconhecidas de Moscou, sem saber para onde ia. Susan o distrairia, e ele não podia se incomodar com seus olhos escuros agora.

Suas decisões não deviam ser questionadas pelos outros, e ele tinha de se manter concentrado e atento.

Continuou grudado na traseira da ambulância, que seguia para Pilonóski Úlitsa. Segurava o volante com força quando fizeram uma virada repentina para a esquerda, entrando na Magórskia prospekt. O motorista da ambulância já devia saber que estava sendo seguido, mas, ainda assim, não havia evidências de que faria algo para despistá-lo ou detê-lo.

O fluxo do tráfego matinal começou a ficar congestionado à medida que a hora do rush se aproximava. Michael sentiu-se feliz pelo crescente volume de carros que parecia diminuir um pouco a sua busca. Já haviam se passado dois minutos e ainda não ouvira notícias de Paul ou Fetíssov. Rezava para que não tivessem sido pegos no Krêmlin; a punição pela invasão não seria nada menos do que a morte. Michael foi tomado pelo sentimento de culpa. Sua decisão de arriscar dois roubos simultâneos forçara Fetíssov e Paul a realizar um trabalho que não estavam preparados para concluir. Fora um erro, e agora eles pagariam por isso. Deveria ter ido sozinho, resgatado Genevieve e, depois, ter ido em busca da caixa. Vendo agora, o plano parecia tolo e desesperado.

O rádio em seu bolso assustou-o.

— Onde você está? — perguntou Paul.

Michael agarrou o rádio com uma das mãos, enquanto segurava o volante com a outra. O alívio ao ouvir a voz de Paul foi tão forte que quase perdeu a ambulância de vista, no momento em que passavam por vários prédios espelhados. Ele pressionou o botão do rádio.

— Merda. Eu não sei — gritou ele, por fim. — Acabei de passar por três prédios grandes e espelhados.

— Você está na Puhnik? — cortou a voz de Fetíssov.

Michael olhou à sua volta de novo, mas todas as placas estavam em cirílico ininteligível.

— Fala sério. Não faço a menor ideia.

Michael fervia de frustração.

— Apenas dirija e deixe que Susan faça a navegação.

— Eu a mandei de volta para o hotel.

Fetíssov fez uma pausa e então disse:

— Tudo bem, ouça. Em que direção você está indo?

— Estamos mudando de direção a cada trinta segundos, mas acho que vamos para oeste. — Então, Michael viu o rio bem à sua frente, e a ambulância virou à direita, seguindo para uma ponte adornada com bandeiras. — O rio Moscou está à minha esquerda, e estamos seguindo para uma ponte verde enfeitada com bandeiras.

— Mantenha-se com ele — orientou Fetíssov. — Vamos abrir caminho e cortaremos à frente de vocês algumas ruas adiante para encurralá-lo.

A ambulância voava pela pequena ponte que se estendia sobre o rio Moscou, enquanto Michael seguia logo atrás. O trânsito começou a aumentar em todas as direções, enquanto alguns corredores se exercitavam sob o sol matinal. A ambulância seguia a 110 quilômetros por hora quando as luzes de freio se acenderam de repente, arrancando fumaça dos pneus. Enquanto seguiam lado a lado, tudo pareceu acontecer em câmera lenta. Os carros estavam apertados como sardinha em lata, e o trânsito, congestionado. A sirene da ambulância soava, mas não havia como abrirem caminho para sua passagem. Frustrados, os motoristas acenavam pela janela, xingando ninguém em particular, enquanto as luzes da sirene continuavam a piscar. Sem aviso, um carro cortou Michael, e não bateu nele por pouco. Ele não se preocupou, a ambulância não iria a lugar algum. Mas então um outro carro entrou na sua frente, e mais outro. Era como se o consciente coletivo dos motoristas percebesse que havia um babaca no meio deles e desejasse explorar sua fraqueza, seu medo de ter um para-lama arranhado. Um outro carro tentou entrar, mas Michael pisou no acelerador e no freio, fazendo o carro avançar. Estava disposto a bater em qualquer um que entrasse em seu caminho. Não perderia a ambulância por causa de motoristas locais estressados e agressivos. Pegou o rádio.

— Não precisam correr — disse ele. — Está tudo engarrafado do outro lado da ponte.

— Isso pelo menos nos dá alguns minutos para alcançá-lo e entrar à sua frente — disse Fetíssov, seu sotaque russo carregado pela estática pesada do rádio. — Se a ambulância andar, não ligo se você tiver de subir na calçada e atropelar um bando de velhinhas, mas não a perca de vista. Não podemos nos dar ao luxo de perdê-la.

— Vocês se importam de me dizer o que aconteceu? — perguntou Michael, já sabendo que Fetíssov os havia traído ao enviar Lexie à Libéria, causando a morte do sobrinho.

— Você encontrou a caixa? Porque não temos como voltar ao Krêmlin — disse Fetíssov.

— Nós a encontramos — respondeu Michael, tentando controlar a raiva e temendo por Paul, que, sem saber, havia sido preso em uma armadilha.

— Onde?

— No subterrâneo do Krêmlin.

Michael não quis informar a localização da Libéria ou o fato de Lexie ter morrido.

— Isso é óbvio. Obrigado pela informação. Se você for detido pela polícia, não deixe que a peguem.

— Relaxe. — Michael não faria alusão a Susan. Manteve a mão esquerda firme no volante. A ambulância encontrava-se cinco carros à frente no trânsito congestionado e lento. — A caixa está segura. Agora, importa-se de me dizer o que aconteceu lá embaixo? — repetiu no rádio.

A massa de carros começou a se mover, não rápido demais, mas a uns 8 quilômetros por hora.

— Bem, se você quer falar sobre isso...

De repente, a ambulância virou para a esquerda, seus pneus cantando enquanto pegava uma rua vazia. Michael enfiou o rádio no bolso e seguiu a ambulância. Não prestou atenção à resposta de Fetíssov que vinha de seu bolso.

Fetíssov dirigiu o jipe verde-escuro pela ponte Putinskaia. Quando viraram à direita em uma ladeira de saída, Paul os viu: caminhões do Exército, barcos da polícia, luzes brilhando enquanto seguiam pela rua Kremliόvskaia do outro lado do rio. Estavam a menos de 1,5 quilômetro de distância. Paul sentiu o coração gelar dentro do peito. Não havia dúvida sobre quem queriam capturar.

— Você é bem relacionado? — perguntou Paul, olhando para trás.

Fetíssov seguiu a linha de visão.

— *Chert voz'rni!*

O tráfego à frente quase os fez parar, e Paul mal podia controlar a vontade de sair do carro e correr. Acionou o botão do rádio.

— Michael, há um comboio enorme vindo em nossa direção, parece do Exército, a polícia e só Deus sabe o que mais.

Fetíssov arrancou o rádio das mãos de Paul.

— Michael, ouça o que vou dizer, temos de parar aquela ambulância. Não vamos alcançá-la a tempo, e se ela chegar à estrada, nunca mais veremos Genevieve.

— E como eu vou fazer isso? — retrucou Michael.

Fetíssov fez uma pausa e olhou para Paul. Por fim, levou o rádio à boca e disse:

— Da forma que conseguir.

Cento e cinquenta quilômetros por hora. A ambulância agora se apressava. Michael seguia bem atrás. Estava tão perto que dava para ver a corrosão no cano de descarga. A ambulância ziguezagueava por entre os carros que não saíam da frente. Michael imitava todos os movimentos, tinha de fazer o veículo voltar para a rua secundária se quisesse alcançá-lo.

Michael pisou fundo no acelerador do ZiL, forçando ao máximo o motor de oito cilindradas, fazendo-o roncar alto. Emparelhou com a ambulância; olhou para a frente: 90 metros adiante havia a saída para uma rua lateral, e Michael começou a forçar a entrada ao lado da ambulância. Aguardou para entrar em ação. A rua lateral, a 45 metros, aproximava-se rapidamente. Michael deu uma guinada com o volante para a direita, arranhando a ambulância e forçando-a a entrar no beco. A ambulância freou e o veículo caiu direitinho no plano de Michael, derrapando e fazendo uma virada de 90 graus pela rua, e continuando o caminho perpendicular à rua principal.

As ruas secundárias eram estreitas e confinadas. A ambulância ia a toda velocidade agora, não obedecendo mais aos sinais de trânsito e não dando passagem aos pedestres. As sirenes soavam um aviso para tudo e todos que encontrava no caminho. Michael seguia a menos de um carro de distância. Se ele de algum modo conseguisse parar a ambulância, não fazia ideia do que enfrentaria, e sua única arma era a faca presa em seu tornozelo, pois se desfizera das armas. Detestava ter de encarar o desconhecido.

Michael emparelhou de novo com a ambulância. Dessa vez, não tinha a intenção de deixá-la entrar à esquerda ou à direita. Sua intenção era fazê-la parar a qualquer custo.

Michael puxou o volante com força para a direita, batendo a frente do carro na parte traseira do lado esquerdo da ambulância, que caiu para a direita. O motorista lutou para reassumir o controle, mas já era tarde demais. O veículo seguiu para um lado, derrapando pela rua. O motorista tentou compensar, virando tudo para a esquerda, quase dando uma volta completa, e, antes que ele tivesse tempo de recobrar o controle da ambulância, Michael bateu de novo. O grande veículo começou a girar e bateu em uma parede de tijolos de um prédio antigo.

Michael pisou nos freios, cantando os pneus até parar ao lado da ambulância. Não havia sinal de Paul e Fetíssov. Tentou o rádio, mas não obteve resposta. Não podia esperar. Não sabia se Genevieve tinha se ferido no acidente, mas não importava seu estado, ele precisava pegá-la e sair dali antes de a polícia chegar. Saiu do carro e abriu a porta de trás do ZiL mais próxima da porta traseira da ambulância.

Agarrou as duas maçanetas da porta da ambulância e abriu-as. No banco da frente, o motorista estava caído sobre o volante, lutando para respirar. O sangue escorria-lhe pela testa até que, por fim, perdeu a consciência. A maca estava presa no lugar. Michael olhou para os instrumentos médicos espalhados em volta do veículo devido ao acidente. Havia bisturis e rolos de gaze pelo chão, as portas de metal do armário de suprimentos abertas, um tanque de oxigênio apitando porque sua válvula havia se partido.

Então, sentiu o pânico envolvê-lo. Seus pensamentos ficaram completamente confusos, pois a maca estava vazia. Genevieve não se encontrava ali.

Fetíssov e Paul pararam. O motor mal calibrado do jipe do Exército causando uma vibração pesada no veículo. As sirenes que se aproximavam invadiam os pensamentos de Paul. Ele olhou para Fetíssov, que se mantinha concentrado no tráfego à frente, perguntando-se quanto deveria custar para aliar-se a um homem e fazê-lo trair seu país. Generais — homens do mais alto comando — eram cargos vitalícios, concedidos àqueles que dedicavam toda a vida ao amor que tinham à sua pátria. Ainda assim, ali estava um homem que servira durante e depois da Guerra Fria à Mãe Rússia, que parecia ter vendido sua lealdade pela oferta mais alta. Agora, com o que parecia ser todo o exército russo atrás deles, Fetíssov não dava o menor sinal de medo ou de qualquer outra emoção. Não demonstrava pânico nem nervosismo e não se remexia no assento ou checava sua arma — todas as reações instintivas ao perigo. Não demonstrava nenhuma. Toda uma vida no comando o treinara para lidar com qualquer situação com elegância.

Paul olhou para trás, para a ponte. O som das sirenes era ensurdecedor. Ainda assim, não havia sinal visual de sua aproximação, nem ninguém olhando, querendo saber o que acontecia, nenhum carro abrindo caminho a qualquer custo. Então o som começou a ficar mais baixo, só um pouco, mas mesmo assim mais baixo. A polícia e o Exército deviam ter passado por uma rua adjacente que ele não vira.

Então todas as pequenas peças se juntaram. As pequenas suspeitas. A ausência de medo de Fetíssov.

Paul ergueu a arma lentamente para Fetíssov.

— Você não tem nenhuma sobrinha doente, tem?

Fetíssov olhou para Paul. Uma frieza repentina brilhando no olho bom, destituído da alegria anterior.

— Tenho sim, mas não dou a mínima para o fato de ela morrer ou viver.

— Para quem você está trabalhando? — perguntou Paul, entre os dentes.

— Para as mesmas pessoas de sempre.

Fetíssov voltou a olhar para o trânsito à frente, ignorando o cano do revólver.

Paul inclinou a arma.

— Zivera nunca teve a intenção de soltar o pai de Michael, não é?

— Você realmente achou que alguém como ele poderia se dar ao luxo de deixar esse tipo de pista?

— Genevieve não está na ambulância, está? — perguntou Paul, enquanto segurava a arma com mais força. — A ambulância foi apenas uma distração para nos tirar do Krêmlin.

— Os meus homens saíram pelo portão principal há dez minutos. Eles já a estão colocando no avião.

— Para que você precisava de nós?

— Não pareça tão decepcionado, vocês tinham um propósito. Não tínhamos ideia de onde procurar a Libéria de Ivan, mas Michael tinha o mapa e as habilidades. Quanto a Genevieve, bem, pensamos que se vocês a salvassem em vez de nós, teríamos em quem colocar a culpa. Caubóis americanos sempre são ótimos para a imprensa. Ninguém suspeitaria de um general russo. — Fetíssov engatou a marcha do jipe; o tráfego começava a andar. — Vocês já cumpriram com seu papel aqui. Temos o que queríamos.

O som onipresente da sirene não amedrontava mais Paul, seus olhos estavam presos no homem sentado ao seu lado. Esticou a mão, agarrou as chaves, desligou o motor e jogou as chaves pela janela.

— É aí que você se engana. Você não tem a caixa.

— Nem você. E suspeito que nem Michael.

Paul pensou que provavelmente o amigo a mandara com Susan, mas deixando-a desprotegida.

— Acho que não será tão difícil arrancar a caixa das mãos de Susan, esteja ela viva ou morta. Foi muita burrice deixá-la com o tesouro.

— Você será condenado à morte por trair seu país — disse Paul.

Fetíssov sorriu.

— Quem disse que estou traindo meu país? A culpa de tudo recairá sobre você e Michael. Invadir o Krêmlin, roubar antiguidades históricas, matar os médicos mais proeminentes da Rússia. Eu vi tudo — contou Fetíssov, dando uma piscadela e um sorriso. — Meu Deus, serei um herói e me aposentarei com fortuna e fama.

Paul sentiu a traição cortar-lhe o coração. Zivera comprara um general russo não apenas para manter a vigilância sobre ele e Michael, mas também para agir como um executor quando a missão fosse concluída.

De repente, o som onipresente das sirenes parou. Não ficou mais baixo, apenas parou. O silêncio assustou Paul, que lançou um olhar fulminante para Fetíssov, pressionando o cano de sua arma contra a cabeça do homem e pegou o rádio.

— Michael, você está aí?

Mas Paul sabia que não obteria resposta. Se ainda não tivessem matado Michael, isso não demoraria muito. E Nikolai Fetíssov levara Michael a uma armadilha, permitindo que realizasse sua missão e depois o jogando aos lobos.

Paul tinha os olhos acesos de raiva e encarava Fetíssov, o homem responsável pela morte iminente de Michael, o homem que se livraria de tudo sem culpa, sem prisão e sem condenação.

A raiva por fim tomou-o por inteiro, e ele puxou o gatilho. O som do tiro ecoou no carro, o barulho dilacerando os tímpanos de Paul, a fumaça saindo pelo cano do revólver e tomando o interior do caminhão.

Mesmo assim, Fetíssov ainda continuava sentado ali, o sorriso dissolvendo-se lentamente até que foi substituído por raiva.

— Você acha que eu colocaria balas de verdade nessa arma?

Paul ficou trêmulo de ódio enquanto fitava os olhos frios do general russo. A arma que carregara durante o último dia, a arma que usara no tiroteio, a arma que lhe dera uma sensação de segurança — cada cartucho que colocara estava vazio. Tinha sorte de ter sobrevivido até ali.

Fetíssov fez um movimento para pegar a própria arma, mas Paul agarrou seu pulso, arrancando-a de sua mão e fazendo-a cair no chão. Socou diversas vezes a cara do russo, cujo rosto virou uma massa sangrenta. Agarrou-o pelo pescoço e começou a enforcá-lo.

— Para onde você vai? — perguntou Fetíssov, sem ar, seu rosto ficando roxo. — Você é um fugitivo em um país estrangeiro e sem domínio do idioma.

Por mais que Paul quisesse matá-lo, não conseguiu. Apesar de ter visto aquele homem matar a equipe de médicos, apesar do fato de tê-lo traído e a Michael, não conseguia matá-lo.

Sem parar para pensar, abriu a porta do jipe e saiu correndo para a manhã de Moscou.

* * *

Michael apoiou-se na porta. O som cada vez mais alto das sirenes era ensurdecedor. Não havia tempo a perder, tinha de tentar fugir do que, obviamente, era uma armadilha. Entrou no carro de novo e pisou no acelerador, mas era tarde demais. Uma frota de caminhões do Exército russo aproximava-se pela rua, bem à sua frente, seguida por carros de polícia. Observou o lugar, preparando-se para correr, mas não tinha para onde ir. Seus perseguidores pararam e o cercaram. As tropas assumiram posição, apontando as armas, prontas para atirar. Uma multidão começou a se formar a distância. Michael só podia imaginar os comentários sobre os velhos tempos, quando isso era comum. Mas isso era agora. Aquela era a nova Rússia, coisas assim não deveriam acontecer. A força à sua volta aguardou com o dedo no gatilho, esperando que tentasse algo. Mas isso não aconteceria; ele saiu do carro com as mãos levantadas.

Nenhuma palavra foi dita, nenhuma ordem foi dada. Ele achou aquilo estranho, mas manteve as mãos erguidas. Essas tropas esperavam por alguém. Alguém no comando. Alguém que planejara sua captura.

Então, Michael o viu. O homem caminhou em sua direção, o cabelo escuro salpicado de fios brancos e os tendões saltando do pescoço musculoso. Carregava uma pistola grande em cada mão; as tatuagens no antebraço brilhavam sob o sol matinal. Não disse nada ao se aproximar. A massa de soldados abriu-se para lhe dar passagem, uma deferência, enquanto ele seguia direto para Michael, parando apenas a centímetros de seu rosto. Michael nunca vira tanto ódio em uma pessoa.

— Meu nome é Raechen. — O sotaque russo do homem era discreto. — Lembre-se bem, para que quando Deus perguntar quem o mandou, você possa contar-lhe.

Raechen ergueu a mão direita e com uma força tremenda acertou Michael bem do lado da cabeça, derrubando-o na hora.

CAPÍTULO 44

Stephen Kelley estava em pé no meio do boxe de mármore, deixando a água quente massagear suas costas, desejando que ela apagasse os últimos dias. Estava sendo tratado como um hóspede VIP em um hotel de luxo. Refeições elegantes, jornais diários, acesso a uma academia particular totalmente equipada. A temperatura da piscina era de acordo com seu gosto e a mesa de sinuca na biblioteca ficava ao seu dispor.

Passara o primeiro dia naquele castelo confuso e zangado, furioso com os sequestradores e com a situação difícil em que se encontrava. A maior parte do tempo ficava na varanda do quarto, olhando para o vasto oceano azul e para um iate enorme e solitário no ancoradouro a cerca de 1 quilômetro da costa. E culpava uma única pessoa por tudo.

Ao descobrir que Michael era um ladrão, sentira uma vergonha profunda de que alguém do seu sangue pudesse envolver-se em uma atividade ilegal. Como podia ter tido dois filhos tão diferentes? Stephen jurara no dia da prisão de Michael que o esqueceria para sempre, passando a considerá-lo um erro e banindo-o de seu coração.

Mesmo depois que Peter, seu outro filho, morreu, Stephen não mudara de ideia. Mesmo que Michael fosse seu único descendente vivo, não cruzaria aquela fronteira. No fundo, porém, sabia que sua rejeição em relação a Michael era apenas um modo conveniente de evitar a culpa e abster-se de olhar nos olhos do filho que abandonara. Por esse motivo nunca retirara as fotografias do quarto secreto de sua casa. Remover aquelas fotos seria dar as costas a Michael de novo, manifestando uma rejeição que, dessa vez, seria eterna.

No segundo dia de cativeiro, Stephen refletiu sobre sua vida. Seus triunfos e fracassos, tanto no nível profissional quanto pessoal. Sempre vivera em busca de algo: sucesso, dinheiro, um modo de fazer a vida se encaixar. Nunca parava para viver o momento, nunca fazia uma pausa para apreciar o que tinha, sempre visando ao futuro, sempre o "e se" em vez do agora. Então seu filho Peter, sua única alegria na vida desde a morte da esposa, se foi. O sonho de um pai transformou-se em pesadelo. Não havia mais futuro, mais ninguém com quem compartilhá-lo. Pensou sobre suas perdas e sua solidão. Perdera um filho para a morte e desertara o outro. Stephen não podia evitar pensar que a perda de Peter era uma punição pelo abandono de Michael, e seu destino era ficar sozinho no mundo carregando no peito um coração vazio. Não havia nenhuma razão para viver e resignara-se ao fato de que não importava se continuasse vivo ou morto.

Mary St. Pierre fora ao seu escritório um ano antes, procurando ajuda para encontrar o pai de Michael. Stephen assumira uma expressão de jogador de pôquer e não permitira que ela descobrisse a verdade ou visse o choque em seus olhos. Ficara confuso com a coincidência e, embora ainda tivesse de lidar com os crimes que Michael cometera, a presença da moça, com sua doença, fizera seu coração amolecer.

E então Genevieve Zivera aparecera em seu escritório sem ser anunciada, carregando uma caixa-forte. Na hora que passaram juntos, Stephen adquirira um profundo respeito por ela. Ali estava uma mulher que buscava unir pai e filho. E, embora parecesse reservada e discreta, tinha muitos recursos e, de alguma forma, descobrira que ele era o pai de Michael. Ela havia demonstrado uma admiração genuína por Michael, contando-lhe como era altruísta, sobre o momento difícil pelo qual estava passando devido à perda da esposa. E, de certo modo, isso enfurecera Stephen; ela havia humanizado Michael, dando-lhe personalidade, desmascarando as suposições que fizera sobre o filho abandonado. Fizera com que ele visse o lado bom de Michael, reinfundindo nele o instinto paternal que havia purgado do coração anos antes. Genevieve dissera ainda que talvez ele aparecesse um dia procurando uma caixa de metal e pediu que Stephen a guardasse até que tal dia chegasse.

Então, quando atendeu à porta naquela manhã, três dias antes, e viu o homem, o filho que só conhecia por fotografias em pé na soleira da porta, sentiu um frio descer-lhe pela espinha, pois seu destino o alcançara. Embora quisesse estender os braços e abraçá-lo, sua reação foi qualquer coisa menos paternal. No início, Stephen renegou-o, ignorou-o e mandou-o embora, só para não ter de se sujeitar a enfrentar o que mais temia na vida: os olhos do filho que abandonara.

O breve encontro, o início de uma reconciliação, foi cruelmente interrompido por Zivera, que estava usando o coração de Michael para obter vantagens. Enviado para onde quer que estivesse agora, tinha de esperar seu destino. Stephen se perguntava se teria a chance de falar com ele de novo, de terminar a conversa iniciada e dizer que sentia muito.

Agora, no terceiro dia de cativeiro, os pensamentos de Stephen eram claros, deixando de lado as noções preconcebidas e as suposições feitas. Seus modos de advogado ressurgiram, e pensava se o filho encontraria o que Zivera desejava, se realmente havia alguma chance de sair vivo dali.

Passou a pensar como o promotor que fora no passado e olhou apenas para os fatos que conhecia. Enquanto seguia com sua rotina diária dentro da mansão, passara a conhecer bem suas adjacências. Conhecia as saídas, via os empregados da casa e os guardas na porta. Verificou a localização dos telefones, das janelas, dos carros na garagem. Os fatos. Estudou tudo o que tinha na academia, no quarto e no banheiro. Coisas que poderia usar de improviso. Suas conversas com os empregados da casa eram cordiais, mas não específicas. Eles eram bem treinados e não deixavam escapar nada que pudesse ajudar Stephen.

A liberdade gozada na enorme mansão tornou-se claustrofóbica. Cada um de seus movimentos era monitorado por empregadas e mordomos com sorrisos falsos no rosto, guardas com cães, carregando sabe-se lá o que no coldre. Estava preso e à mercê de seu anfitrião.

Durante os exercícios do dia, corria na esteira, ajustando a distância para 11 quilômetros. Nada mau para um homem de 58 anos. Sempre correra por diversão, para manter a forma e ter o coração saudável. Esforçou-se até o limite e, embora não competisse mais, imaginava cada corrida como se estivesse seguindo para a linha de chegada. Durante toda a vida, nunca imaginara que esse seria um meio de sobrevivência. Até três dias antes, nunca imaginara que teria de correr para salvar a própria vida.

Apagou o sentimento de autopiedade e desesperança. Sentia que tinha uma obrigação consigo mesmo, como um soldado em um campo de batalha. Era compelido, essa era sua responsabilidade. Não sabia como nem quando, mas já tomara a decisão. Não esperaria por Michael ou por quem quer que fosse resgatá-lo.

E à medida que fortalecia seu estado de espírito, ocorreu-lhe um pensamento: estivera tão preocupado em ser resgatado e salvo que esquecera de pensar em Michael e nos perigos que devia estar enfrentando. Percebeu que o filho corria um risco muito maior enquanto ele estava ali sentado naquela suíte à beira-mar. Prisão, ferimentos, morte — Michael arriscava tudo por um pai que nunca conhecera, um pai que o abandonara.

E, de um modo estranho, pensou que talvez não fosse Michael que precisasse salvá-lo, mas o contrário. Talvez tivesse de salvar o filho para finalmente se tornar o pai que nunca fora. Tinha uma chance de recuperar o filho que perdera, e desta vez não a desperdiçaria.

Stephen resolveu que, de alguma forma, iria escapar.

CAPÍTULO 45

Paul Busch corria pelas ruas de Moscou, sozinho e perseguido. A raiva e a sensação de traição que sentia em relação a Fetíssov só se igualavam ao medo de nunca mais ver a esposa, Jeannie, e os dois filhos novamente. Ela lhe dissera para não ir. Não o avisara, nem exigira, apenas lhe dissera para não ir. E estava certa.

Em mais de uma ocasião, ela dissera que um dia ele arriscaria o pescoço de tal forma que sua cabeça seria arrancada. Esperava poder provar que ela estava errada. Odiava seus acertos, o que acontecia quase sempre. E esse era um dos motivos pelos quais a amava. Amava acordar ao seu lado todas as manhãs. Amava seu jeito mais durona por fora do que qualquer pessoa que conhecera, porém mais gentil e humana por dentro do que qualquer um. Durante todos os anos que trabalhara na polícia, Jeannie nunca questionara sua devoção ao trabalho, nunca expressara seus medos em relação aos riscos do submundo. Contudo, desde que se aposentara, esperava que ele deixasse o perigo para trás, o que se provara muito difícil. Ele amava a sensação de perseguição, a adrenalina, a busca de fazer o que era certo.

E era exatamente isso que acreditava estar fazendo ali na Rússia: o que era certo. Julian Zivera, um homem que muitos acreditavam ser a essência da humanidade espiritual, usava a vida de Stephen para chantagear Michael. Stephen era o pai que Michael nunca conhecera Bem, Michael era seu melhor amigo, e Paul estava tão determinado a ajudá-lo a encontrar o homem quanto Michael. Paul era ótimo nessas situações: tratava-se de uma habilidade desenvolvida durante os anos que trabalhara como detetive. Paul adorava a caçada. Mas agora era ele que fugia em uma cidade estrangeira que falava um idioma que não conhecia. E odiava ser a caça.

Paul saiu do caminhão militar russo, deixando Fetíssov lutando para respirar. Meio que esperava ser atingido por uma bala nas costas enquanto corria, mas o tiro não veio. Concentrou-se em identificar de onde vinha o som das sirenes e encontrou a ambulância a apenas duas quadras de onde haviam ficado presos no congestionamento: todos os carros a cercavam. Era a ambulância que saíra do Krêmlin.

Paul observou a multidão de soldados afastando os curiosos enquanto seus colegas mantinham a presa sob controle no meio da rua. Michael estava cercado por, pelo menos, cinquenta soldados a cerca de 6 metros de distância dele. Todos aguardavam. Ninguém se mexia. Então, um único homem abriu passagem no grupo e aproximou-se de Michael. Não havia dúvida em sua mente sobre a identidade do homem. Ele o vira de perto. Embora não tivessem sido apresentados, reconheceriam um ao outro na hora. Haviam ficado cara a cara a menos de 3 metros de distância. O homem era musculoso, o cabelo grisalho imóvel ao vento. Com as mangas arregaçadas, segurava duas pistolas enormes e caminhava em direção a Michael. Os braços tatuados o denunciavam. Era o homem vestido de médico. O homem que usara a máscara de gás, que atirara até estilhaçar o vidro à prova de balas e entrara na sala de cirurgia, saindo da sala de audiência enfumaçada. Não havia dúvida em sua mente de que aquele russo apagaria Michael da face da Terra.

Paul ficou ali, tentando misturar-se aos curiosos. Seu coração disparado pela segurança de Michael. Não conseguiria assistir à sua execução, mas permaneceu ali mesmo assim. Não dava para ouvir a troca de palavras, e quase gritou quando viu o homem erguer a mão e atingir Michael. Pensou no amigo prestes a morrer, mas ficou aliviado ao ver que o golpe o deixara apenas inconsciente. Colocaram Michael na caçamba de um dos caminhões e partiram dali, levando-o para o único lugar em que Paul conseguia pensar: o Krêmlin.

Paul ficou até que a multidão se dispersasse e então se juntou aos pedestres ao longo da Vískia Úlitsa. Estava por conta própria, e seu melhor amigo corria risco se ser morto atrás dos muros secretos que cercavam a sede do governo russo. A necessidade de salvar o pai de Michael, encontrar Genevieve e assegurar a segurança da caixa tornaram-se secundários diante da missão impossível que precisava cumprir: voltar ao Krêmlin e salvar Michael. Não sabia como, mas encontraria um modo.

CAPÍTULO 46

Michael acordou em um quarto escuro. Havia apenas uma lâmpada de baixa voltagem no teto. A cama era estreita e o colchão exalava um cheiro de morte e urina. O quarto devia ter uns 3 metros quadrados, com paredes de blocos de pedra. Havia uma pequena porta descentralizada na outra extremidade e uma janela com barras que dava para um corredor — ele imaginou — cheio de acomodações semelhantes.

Correntes de ferro enferrujado pendiam do teto, presas a algemas abertas, à espera de um novo prisioneiro. Um crucifixo de madeira, com as partes presas no centro por uma corda pesada, estava preso à parede e trazia manchas antigas de sangue. Havia ainda uma prensa de cabeça, feita de madeira, diante da cadeira, encrostada de restos humanos de centenas de anos.

Não havia dúvidas de onde Michael se encontrava. Aquele local estava bem marcado no mapa subterrâneo de Genevieve, mas ele não tivera motivos para procurá-lo. Sua localização era considerada perdida até hoje. Mas esse obviamente não era o caso. Enquanto olhava para os dispositivos, pensou nos homens e mulheres que sofreram os mais atrozes atos, muitos dos quais perpetrados pelo simples prazer do criador daquele quarto. A câmara de tortura de Ivan, o Terrível, alcançara um status mítico, mas aquele para quem ele olhava não era nenhum mito.

Sentia a cabeça pulsar onde Raechen o atingira também por causa da lembrança da traição: como vira os sinais de aviso tarde demais, como não questionara as alianças de Fetíssov desde o início? Enquanto repetidamente repassava os eventos em sua mente, via que tinha de ser Fetíssov. Tinha de ser ele que capturara Genevieve. Ele enviara Lexie para a cisterna a fim de encontrar a caixa de ouro antes deles. Fetíssov sabia para onde a ambulância ia; fora ele quem dissera para onde Michael deveria ir, sabendo que aquela ambulância era apenas uma isca. Só Deus sabia para onde Genevieve fora levada e se ainda estava viva.

Então um pensamento apagou todos os outros: Susan. Se eles o haviam apanhado, talvez fossem procurá-la, e ele não podia suportar a ideia. Não havia dúvida de que alguém sequestrara Genevieve, e com certeza essas pessoas procuravam a caixa. Que tipo de salvação poderia existir em algo tão pequeno que fazia com que as pessoas matassem para possuir?

Rezou para que, por algum milagre, Susan conseguisse sair de Moscou; que Paul ainda estivesse livre; que Martin tivesse o dinheiro necessário para tirá-los secretamente da Rússia antes de serem pegos. De alguma forma, porém, sabia que eram esperanças vãs. O medo e a antecipação matavam Michael. Susan corria um enorme perigo. Ele tinha de sair dali, mas suas chances eram poucas, se não nulas. Reconhecia que era possível ficar escondido no Krêmlin por quinhentos anos sem nunca ser encontrado.

Ouviu passos aproximando-se pelo corredor. Sentou-se no catre, o pescoço tenso e dolorido. Passou a mão pelo rosto e pelo cabelo castanho como se isso, de alguma forma, pudesse clarear seus pensamentos e fazer com que descobrisse uma solução ali mesmo, na cela, mas não pensou em nada.

A tranca estalou e a porta abriu-se. Diante dele estava o homem que o atingira e o deixara inconsciente: Raechen.

— Você sabe que matou meu filho? — perguntou o russo alto ao entrar na cela.

Michael olhou-o em pé ali sob a iluminação sutil da lâmpada fraca. Uma tristeza profunda combinava-se com a raiva em seus olhos, o que Michael deduziu ser a pior combinação possível, fazendo com que um homem se tornasse desesperado, cruel e sem piedade. Michael conhecera os mesmos sentimentos quando descobrira a doença de sua esposa, Mary. Nada o detivera para salvá-la.

— Não entendo — murmurou Michael, ficando de pé.

— Ele tem 6 anos e está morrendo. Você roubou sua última esperança, sua única chance de sobreviver.

Michael fitou o russo com uma expressão confusa no rosto.

— Aqueles médicos que foram mortos, os médicos que você e seus parceiros mataram sem piedade e a sangue-frio eram as únicas pessoas que poderiam salvá-lo. Ele é a minha alegria, a única coisa boa que vejo neste mundo. Você roubou sua última chance e minha última esperança.

O sofrimento no rosto de Raechen revelou-se quase insuportável. Michael ficou impressionado com suas palavras. Começou a entender que a paixão que movia aquele homem era a mesma paixão que o motivara a salvar Mary.

— Sinto muito... Eu nunca machucaria seu filho de forma intencional.

Raechen agarrou o pescoço de Michael.

— Quando você matou aqueles médicos, matou meu filho.

— Não matamos ninguém — disse Michael, lutando para respirar.

Paul tinha dito que algo não saíra certo, mas não mencionara nada sobre...

Raechen deu-lhe um soco no rosto, lançando-o de volta ao catre. Michael sabia que lutar seria inútil e que serviria apenas para acelerar o cronograma de sua morte.

Raechen examinou a cela.

— Este aposento, esta cela, poderia contar histórias de agonia e sofrimento que parariam o coração de um homem. Pensei em aplicar alguns dos dispositivos de Ivan em você, mas não me resta tempo, e tenho um método bem melhor do que essas peças de 500 anos.

O russo agarrou os braços de Michael e o arrastou para fora da cela para um corredor comprido de pedra. O piso cinza estava coberto de poeira, uma evidência da falta de uso. Os corredores eram iluminados por lâmpadas intermitentes penduradas no teto de forma temporária, lançando sombras pesadas naquele mundo esquecido. Exceto por duas cadeiras de metal, uma mesa com uma jarra de café e uma garrafa de vodca pela metade, não havia sinal de civilização.

Raechen puxou Michael pelo longo corredor. Passaram por diversas celas antes de chegarem a um elevador aberto. Dois guardas protegiam a porta com os fuzis encostados no peito, enquanto olhavam para a frente. Raechen jogou Michael na cabine do elevador e pressionou um botão sem dizer nada. Michael manteve a cabeça baixa, mas estava guardando tudo na memória: o tamanho do corredor de celas, o tamanho dos guardas, as armas que carregavam. O número dos botões do elevador estava escrito em russo, havia oito e todos os andares eram subterrâneos, imaginou ele. Subiram três níveis e saíram em um corredor branco e claro, alinhado com salas de reunião e escritórios. Michael foi levado até uma sala cheia de monitores de segurança, computadores e equipamentos elétricos. Percebeu que, exceto pelos dois guardas que protegiam sua cela, não vira outra pessoa.

Raechen jogou Michael em uma cadeira de madeira dura, algemando-o aos braços sólidos de carvalho. Uma televisão não sintonizada estava diante dele. Raechen pressionou um botão e, de repente, viu as imagens do massacre. Médicos, homens e mulheres de jaleco branco e luvas cirúrgicas, tremendo em espasmos enquanto seus corpos eram crivados de balas. Embora o som estivesse desligado, Michael imaginou os gritos. Havia apenas um homem atirando. Michael ficou nauseado, sentindo o estômago revirar ao ver as imagens do massacre de inocentes. Não precisava ver o rosto do assassino. Sabia muito bem quem era Nikolai Fetíssov.

— Este não sou eu — disse Michael.

Raechen ficou de frente para Michael, lançando-lhe um olhar frio. O russo inclinou a cabeça, retirou uma faca e um isqueiro do bolso.

— Talvez você não tenha puxado o gatilho, mas isso não o exime da culpa.

— Você não entende — respondeu Michael.

— Entendo mais do que você imagina. — Raechen ligou outro botão, e a imagem da televisão mudou de forma abrupta. O coração de Michael gelou quando viu a imagem da parte externa do Krêmlin, o ZiL preto parado lá, com o motor ligado, e ele no banco do motorista. Raechen parou o vídeo. — Eu entendo o valor da vida. E vou mostrar-lhe o quanto.

Raechen ligou o isqueiro e o colocou sob a lâmina, fazendo a chama dançar contra o metal até que este ficasse vermelho. Olharam um para o outro. Michael procurava um brilho de compaixão, um sinal de piedade, mas não havia nada lá. Aquele era um homem sem esperança, alguém cujo amor fora substituído pelo sentimento de vingança.

— Veja você que um homem só fala quando não consegue mais aguentar a tortura — declarou Raechen sem emoção, enquanto o ar em volta da lâmina começava a dançar com o calor. — Mas alguns homens, e eu suspeito que você seja um desses, podem enfrentar a dor até que ela os mate.

Raechen colocou o isqueiro no bolso e colocou a faca brilhante diante dos olhos de Michael, segurando o cabo com força. Então a enfiou entre as pernas de Michael, enterrando-a no assento, a centímetros da forquilha de sua calça. Michael nem piscou, seus olhos não se afastaram nem um segundo do olhar de Raechen.

Raechen arregaçou a manga da camisa de Michael e agarrou-lhe o braço com punhos de aço. O cheiro de madeira queimada subia pelo ar.

Raechen agarrou o cabo da faca e puxou a lâmina vermelha e quente do assento.

Encararam-se. Michael lutou para manter a compostura, ocultando o medo que sentia. Sabia o que aconteceria e tentou desconectar-se do momento.

Raechen colocou a faca a poucos centímetros do braço nu de Michael, que podia sentir o calor que a lâmina emanava. Não quebraram o contato visual, nenhum dos dois nem piscou. Então Raechen encostou a lâmina no antebraço de Michael.

Michael enterrou a mente, enviando a dor para algum lugar profundo do subconsciente. Ouvia o chiado e sentia o cheiro de pele queimada. Mas recusou-se a render-se diante da agonia, recusou-se a render-se para o homem diante dele.

Subitamente, Raechen afastou a faca.

— Mas a tortura nem sempre precisa ser física — disse Raechen com seu ligeiro sotaque russo.

Colocou a faca sobre a mesa, pegou outra cadeira e colocou-a bem em frente a Michael. Pegou dois pares de algemas e prendeu-as nos braços da cadeira. Caminhou até o vídeo e pressionou PLAY. A imagem do ZiL dissolveu-se e foi substituída por uma que queimou os olhos de Michael, enchendo-o de dor e horror. Era bem pior do que a faca quente, pior do que se Raechen tivesse enfiado uma faca no seu coração. Era a imagem de Susan, sua mão tocando-lhe o rosto enquanto ele estava no carro bem do lado de fora do Krêmlin.

— A maioria não percebe que o maior aspecto da tortura é a antecipação, o horror psicológico. — Raechen indicou a cadeira em frente a Michael. — Quando ela estiver sentada à sua frente, olhando-o nos olhos enquanto eu corto cada um dos seus dedos; quando você me vir cortando suas orelhas e ouvir seus gritos, sinto que me dirá para onde levou a mãe de Julian Zivera e onde ele escondeu o mapa do subterrâneo do Krêmlin.

A imagem continuou se desenrolando. Como um voyeur, Michael observou enquanto ele e Susan se tocavam, viu a mão dela em seu rosto. As duas pessoas diante deles olhavam-se de forma apaixonada, compartilhando um momento delicado que culminou com um beijo gentil. Naquele instante, Michael percebeu como seus sentimentos por ela eram fortes. Agora via isso não apenas no próprio rosto, mas também no dela. E a experiência de analisar a si mesmo terminou quando a imagem voltou abruptamente para a mão de Susan em seu rosto e a cena recomeçou.

Foi tomado pela culpa. Por mais que Susan tivesse exigido se envolver na missão, fora ele quem o permitira. Contra todos os seus instintos, deixara que mergulhasse com ele para a Libéria, e ela quase morrera no processo. Agora, por causa de Michael, os bandidos iriam atrás dela como se ele tivesse assinado sua sentença de morte. E, para piorar as coisas, ela estava com a mochila que escondia a caixa de ouro.

— Quero saber para onde Genevieve Zivera foi levada — disse Raechen devagar.

— Você sabe que eu estava atrás dela, sabe que ela deveria estar naquela ambulância. Não faço a menor ideia de onde ela esteja. Alguém a roubou de nós.

— Quem? — perguntou Raechen, olhando para Michael.

Michael desviou o olhar.

— Por que você a quer?

— Não é óbvio? — Raechen inclinou-se, olhando direto no coração de Michael. — Para eu poder matá-la.

Michael encarou seu sequestrador sem nenhuma dúvida na mente. Havia uma crueldade serena naquele homem, uma calma que só podia vir de uma entre duas coisas: completa confiança em suas capacidades ou insanidade total.

— Zivera é um tolo hipócrita que finge um altruísmo piedoso para esconder um coração escuro e enlouquecido com o poder, e eu planejo fazê-lo sofrer. Julian Zivera vai sofrer dez vezes mais que o meu filho. Não descansarei até que todos vocês tenham sido caçados e despachados.

— Por que não ir atrás de Julian? A mãe dele é inocente e não deveria sofrer.

— Nem o meu filho.

As palavras do homem, seus sentimentos, eram muito próximas do que Michael sentira quando a esposa ficara doente. A raiva contra o mundo, a dor fazendo o coração definhar junto com a saúde da pessoa amada. Michael até poderia ter se condoído pelo homem se ele não expressasse a intenção de matar Genevieve.

— Você pode até não saber para onde ela foi levada, mas sua mulher sabe. — O russo tatuado foi até o console de vídeo e ligou todas as televisões, todos os monitores de computador, e cada um deles trazia a imagem da mão de Susan no seu rosto. A parede era coberta de telas, ocupando toda a sua linha de visão.

— Você nunca vai encontrá-la — disse Michael.

Raechen foi até a porta, abriu-a e virou-se para Michael. Um pequeno sorriso surgiu no rosto do russo; não um sorriso de alegria, mas de vitória.

— Eu já encontrei — disse ele, fechando a porta atrás de si.

Assim que a porta se fechou, a mente de Michael começou a trabalhar furiosamente. Não perderia tempo com pena ou medo. Só tinha um pensamento. Para que tivesse uma chance de salvar Susan, tinha de sair dali.

Olhou para as algemas que prendiam seus braços à cadeira e ao redor da sala procurando uma solução. As imagens continuavam sendo exibidas na televisão e nos monitores de computador. Fez de tudo para não vê-las. Tinha de manter o foco. Não poderia se deixar levar pelo coração.

Olhou para os braços da cadeira à qual estava preso. Eram pesados e sólidos como toda a cadeira. Nada de cadeiras delicadas e frágeis, fáceis de quebrar como se encontraria em um antiquário francês. Raechen não era burro; sabia exatamente o que fazia quando o prendera.

Mas ele não conhecia Michael.

Tentou alcançar o bolso da camisa. Precisava dos óculos de sol e precisava agora, mas as algemas impediam-no de alcançá-los.

Começou a balançar a cadeira para a frente e para trás até que seu corpo estivesse no chão. Caiu de lado, a cabeça batendo no chão. Ignorou a dor e rolou no chão até que ficasse de bruços e a cadeira na qual estava algemado lhe cobrisse as costas. Inclinou o corpo para a frente até que os óculos saíssem do bolso e caíssem à sua frente. Michael retorceu-se e pegou os óculos com a mão esquerda. Abriu-os com cuidado, posicionando as hastes abertas no chão, pressionando-as até que a haste direita se soltou da armação: tinha 10 centímetros de comprimento e bem menos que 1 centímetro de espessura, o que era perfeito.

Esticou o braço esquerdo, fazendo com que a algema ficasse pressionada contra o braço da cadeira. Lentamente, deslocando-se devagar e aos poucos, conseguiu mover a pequena haste de metal em direção à algema. Mas não à fechadura. Falácia das falácias. Embora muitas chaves de algemas fossem universais, arrombar a fechadura de uma algema não é nada fácil.

Michael ultrapassou a fechadura e manipulou a fina haste de metal em direção a uma pequena abertura, onde o dente da algema se encaixava na terminação fêmea, travando as algemas. A haste encaixou na estrutura que lhe prendia o punho. Com um movimento habilidoso, pressionou a haste com mais força na parte fêmea da estrutura até que ouviu um clique, a trava contra o dente foi pressionada e a algema se abriu, libertando sua mão. Fez um trabalho rápido na outra algema, removeu-as da outra cadeira e colocou os quatro conjuntos no bolso. Não precisaria delas agora, mas suspeitava de que se arrependeria se as deixasse para trás.

Levantou a cadeira e colocou-a em frente à mesa principal de controles. Apertou o botão que Raechen usara, e a profusão de imagens congelou e os aparelhos começaram a exibir diversas imagens do Krêmlin, tanto do lado interno quanto do externo. Igrejas, palácios, escritórios e celas de prisão. Michael assistiu enquanto grupos turísticos caminhavam pelo museu Armoury. Um segundo grupo podia ser visto saindo da catedral da Assunção. A imagem em cada monitor passava por uma série de pontos de vista. Isso lhe proporcionava uma visão privilegiada de todo o complexo. A legenda em russo sob cada monitor de nada lhe servia, mas não demorou muito para que ele descobrisse o que cada monitor representava.

Enquanto olhava à sua volta, percebeu que devia estar em um antigo posto de segurança. A mídia só vinha por meio de VHS e não havia aparelhos ou unidades de DVD nos computadores... Além disso, os computadores pareciam ter mais de 10 anos. Certamente, aquele local não era o principal posto de segurança; na verdade, não devia nem ser o secundário. Tratava-se apenas de atraso e falta de recursos.

Michael sentou-se e assistiu às imagens exibidas nos monitores. O aparelho na segunda fileira, no centro à esquerda, mostrava muita atividade; guardas correndo para responder ordens dadas por alguém não captado pelas câmeras. Ele observou três Suburbans pretos carregados com um contingente armado. Por fim, o homem que gritava ordens entrou no campo de abrangência da câmara. Era Raechen. A pequena caravana saiu da garagem e desapareceu das imagens do monitor. Michael recostou-se, tentando olhar para todas as telas a fim de procurar os veículos pretos; por fim, encontrou-os no monitor de baixo. O mesmo portão pesado do qual vira uma parte se abrir quando estava sentado no ZiL e os três veículos pretos saíram para o sol de Moscou.

Voltou a atenção para os armários, revirando-os em busca de armas. Não encontrou nenhuma, apenas livros, documentos e mapas (todos em russo), lápis, canetas e fita adesiva. Se queria salvar Susan, precisaria de mais do que material de escritório. Encontrou um grande carretel de cabo elétrico que devia ter uns 15 metros de comprimento e acrescentou-o ao arsenal improvisado.

Lentamente Michael abriu a porta que dava para o corredor branco. Tudo no mais completo silêncio. Não havia sinal de ninguém. Saiu para o corredor, abriu a primeira porta e deparou-se com uma sala totalmente vazia, sem móveis, janelas ou tapetes. Verificou as oito portas apenas para contemplar a mesma visão. O andar estava totalmente vazio, exceto pela sala de segurança abandonada.

Seguiu o corredor até chegar ao elevador. Era a única entrada e saída daquele lugar e, sem escadas, aquele andar era realmente uma armadilha. Pressionou o botão e voltou para a sala de segurança. O som das engrenagens soou. Michael ouviu a aproximação da cabine e rezou para que não estivesse trazendo ninguém para aquele andar vazio. O sinal soou e a porta se abriu. Michael espiou e viu que o elevador estava vazio. Seguiu pelo corredor e entrou na cabine, mantendo a porta aberta. Apertou o botão do andar mais alto apenas para confirmar suas suspeitas. O botão não acendeu. Os andares superiores estavam fora do alcance.

Michael começava a entender por que Raechen não o atirara de volta em uma cela. Não havia nenhum lugar para onde ir, a não ser de volta à cela de tortura de Ivan guardada pelos seguranças armados de Raechen.

Dmitri Grengenko entrou para o Exército Vermelho sonhando com operações de ação e lutas nas Spetsnaz, a força especial russa. Um garoto da fazenda de Kursk Oblast, chegara aos 18 anos durante a guerra do Afeganistão, quando a União Soviética ainda era uma potência influente, quando o Exército Vermelho enchia o coração dos inimigos de terror. Treinara muito para ser franco-atirador, fizera faculdade de guerra, sonhando em ascender na carreira militar até chegar ao topo e tornar-se parte do grande exército que derrotara Napoleão, vencera as forças de Hitler na Segunda Guerra Mundial e esmagava todos os invasores com um golpe decisivo.

Agora, sentado a uma mesa pequena, centenas de metros enterrada no subterrâneo, segurando a xícara de latão clichê com vodca misturada com café, sua posição não mais do que a de um guarda de prisão para um único prisioneiro americano que atendia pelo nome de Michael St. Alguma Coisa. O sonho de Dmitri despedaçou-se como a URSS depois da perestroika, esquecido como os 26 milhões de soviéticos que morreram na Segunda Guerra. Reduzido a conversas fiadas com o colega do Exército Pelio Kestovitch, Dmitri desejava estar em uma batalha, ter uma chance de mostrar seu talento e sua capacidade de luta. Queria uma chance para honrar a memória dos pais, colocar o treinamento em prática e servir à Mãe Rússia.

Nem ele nem Pelio entenderam por que foram colocados nos confins da terra, sem a certeza de que se tratava de uma punição ou apenas de falta de sorte. A repartição preta havia sido fechada havia anos, bem antes de qualquer um dos dois ter se alistado. Ouviram rumores de suas operações, como era costumeiro em relação a todas as divisões da era comunista, mas não acreditavam na sua existência mítica até que foram designados para trabalhar com Iliá Raechen — um homem cuja reputação era pior do que a do próprio diabo.

O som do elevador arrancou Dmitri de seus sonhos, despertando sua atenção tanto quanto a do colega. Ambos ergueram os fuzis, prontos para cumprimentar o comandante interino. Em pé e totalmente eretos, observaram as portas se abrirem, ambos prontos para impressionar Raechen, mas não era ele. Na verdade, não era ninguém. As portas abriram-se para revelar uma cabine vazia no centro da qual havia apenas uma cadeira vazia. E, sem aviso, as portas se fecharam. O elevador desapareceu zunindo. Os dois guardas olharam de um para o outro e, quase em sincronia, sentaram-se.

Mas a porta do elevador soou de novo e ambos levantaram-se em formação, apenas para se depararem com o elevador vazio. Dessa vez, trocaram olhares antes de observar as portas se fecharem. O zunido do elevador foi ficando mais baixo enquanto subia.

Sentaram-se de novo, mas era apenas o barulho do elevador mais uma vez. Levantaram-se de forma relutante enquanto as portas do elevador se abriam. Ambos sorriram quando elas se fecharam. Mas, dessa vez, Dmitri não se sentou. Deixou seu camarada e aproximou-se do elevador com problemas de funcionamento e aguardou sua chegada inevitável. E, como um relógio, o elevador soou de novo.

Quando as portas se abriram, Dmitri olhou para a cadeira no meio da cabine e ocorreu-lhe que a cadeira diante dele parecia ser bem mais confortável do que a de metal que ocupara nas últimas oito horas. Pendurou o fuzil no ombro, entrou na cabine e pegou a cadeira.

Não chegou a ver o prisioneiro, Michael St. Alguma Coisa, espremido em um canto, aguardando para atacar. O nó corrediço passou pela sua cabeça coberta por cabelo louro, cortado no estilo militar, e apertou seu pescoço com força, mas em vez de levar instintivamente a mão à garganta, Dmitri tentou atingir seu atacante com socos que fizeram Michael bater contra a parede da cabine do elevador. Michael deu três socos sucessivos, que pareceram não afetar o soldado. Dmitri não se preocupou em pegar a arma enquanto olhava para Michael; sabia que seria questão de segundos antes de dominar o prisioneiro. Bateu com o punho na cabeça do estranho, lançando-o ao chão, onde ele se contorceu, debatendo as pernas.

Sentiu um puxão leve no nó corrediço em volta do pescoço quando Michael chutou a cadeira de madeira para fora do elevador. Não deu atenção ao gesto do prisioneiro quando as portas se fecharam e a cabine começou a subir. Agarrou Michael pelo pescoço, esperando tirar todo o ar do americano até que este perdesse os sentidos. Preparou-se para dar o último soco. Mudou o peso de perna, concentrando toda a sua força no punho quando foi puxado violentamente para trás. O nó feito com cabo elétrico preso ao seu pescoço ficou cada vez mais apertando, cortando-lhe a respiração.

Então entendeu. O cabo estava amarrado na cadeira que o americano chutara para fora do elevador e, quando a cabine subiu, transformou-se em uma âncora mortal. A força do elevador subindo o puxava para baixo, e ele soube que esse seria seu último pensamento antes que o cabo ficasse mais apertado e começasse a se enterrar em sua pele. De repente foi puxado para o chão. Começou a lutar e a gritar, mas o elevador não parou de subir. Foi puxado violentamente contra a porta, a cabine ainda ascendendo, e seu rosto ficando rubro, o cabo enterrado cada vez mais fundo, cortando sua pele. Agarrou o nó com força, mas era inútil. O elevador começou a chiar devido ao obstáculo; ficou preso, e o motor começou a soltar fumaça, mas a máquina resistiu. Com um estalo violento e alto, o cabo quebrou o pescoço de Dmitri, arrancando a cabeça do corpo de forma grotesca.

Michael olhou para o corpo mutilado sobre uma poça gigantesca de sangue, que continuava saindo pelo pescoço enquanto o corpo se contorcia em espasmos. Pegou rapidamente os fuzis do guarda na piscina vermelha que crescia e se espalhava e apertou o botão do andar mais baixo de novo. Ergueu a arma e colocou o dedo no gatilho. Não havia dúvidas de onde o outro guarda estaria depois de assistir ao início da luta com seu parceiro — sem mencionar a curiosa cadeira presa por um cabo.

As portas do elevador se abriram e as suspeitas de Michael se confirmaram. Pelio nunca soube o destino do parceiro, pois uma bala explodiu em sua cabeça.

Michael colocou a cadeira na porta, segurando-a no lugar. Jogou os dois corpos e a cabeça arrancada em uma cela vazia, controlando-se para não vomitar a bile que lhe subia pela garganta — nunca se sentira confortável em matar. Tirou as pistolas, os fuzis, os rádios e as chaves dos soldados e fechou a porta. Voltou para o elevador, tirou o tapete ensanguentado e usou a vodca e a camisa dos guardas para limpar a sujeira das paredes da cabine.

Subiu dois andares pelo elevador e voltou à sala de controle. Checou os monitores, mas não viu sinal dos Suburbans.

Fez uma lista dos suprimentos que tinha: duas pistolas carregadas, dois pentes extras de balas, dois fuzis. Um molho de chaves — além da chave do elevador, quem sabe que novos mundos aquelas chaves abriam. Dois rádios praticamente inúteis, já que ele não conhecia o idioma. Duas facas, sua arma preferida. O cabo elétrico, seis mapas turísticos do Krêmlin e alguns papéis. Guardou os dois fuzis no armário e ajeitou uma cadeira. Enfiou uma das pistolas no cós da calça, cobrindo-o com a camisa. Pegou a outra cadeira, à qual se sentou e a cujos braços prendeu as algemas. Pegou o rolo de fita adesiva e enrolou diversas camadas dos dentes das algemas para que elas não trancassem. Testou-as diversas vezes a fim de se assegurar de que abririam facilmente, deslizando sem agarrar.

Esperaria Raechen voltar com Susan, mas dessa vez o encontro seria nos seus termos.

CAPÍTULO 47

Susan saiu do elevador no Le Royal Meridien National e percorreu rapidamente o corredor até chegar à suíte, o cabelo ainda molhado preso em um rabo de cavalo. Entrou na sala e serviu-se de um drinque no bar. Estava preocupada com Michael. Ele precisava ligar para dizer o que estava acontecendo. Tudo o que sabia é que haviam perdido Genevieve, que fora levada antes que Paul e Fetíssov conseguissem tirá-la do Krêmlin. Rezava para que Michael estivesse bem e pensou que — levando em conta o seu passado — de alguma forma ele se manteria a salvo.

Retirou a caixa da bolsa e a colocou sobre a mesa de centro. Não havia nada igual. O brilho dourado espalhou-se pela sala, refletindo e acentuando o sol matinal que entrava pela janela da suíte. E enquanto a admirava, entendeu que aquele era o preço que teriam de pagar para que Stephen voltasse são e salvo. Ele estivera ao seu lado como um pai e, ao mesmo tempo, lidava com a perda do filho de forma estoica e solitária. Nunca a desapontara, e ela não permitiria que morresse. Protegeria a caixa e não a deixaria até que Stephen estivesse a salvo.

Foi até a porta da suíte, deu duas voltas na chave, pegou a caixa e foi para o banheiro. Ligou o chuveiro, colocou a caixa no balcão e cobriu-a com uma toalha. Tirou as roupas e ficou de pé, nua, aguardando a água esquentar. Olhou para o corpo no espelho, para os ferimentos e arranhões que marcavam a pele outrora perfeita. Nunca pensara em si como perfeita, mas nunca tinha se ferido tanto. Mesmo quando era uma garota levada e brigava no playground no Central Park, era ela quem costumava deixar os outros sangrando e raramente se machucava. Virou-se de costas. Tinha sido atingida com toda a força quando fora tragada pelo cano e caíra sobre a pilha de corpos e ossos que havia sobre a grade. Tirou a bandagem e passou os dedos sobre os pontos nos ombros, fazendo uma careta de dor. Embora tivesse fingido força quando Michael cuidara dela — ele tinha excelentes modos —, a dor tinha sido excruciante.

Por fim, notou que todo o seu corpo doía, dos pés à cabeça, e sabia que na manhã seguinte seria ainda pior. Entrou no chuveiro, deixando a água quente correr pelo cabelo negro e descer pelos ombros. Era uma bênção e um sofrimento, porque, embora a água quente relaxasse os músculos doloridos, também causava ardência nos arranhões e feridas, particularmente nos pontos.

Enquanto se ensaboava, pensou sobre os últimos dias. Nunca conhecera um homem como Michael. Ele era absolutamente o oposto de tudo o que já procurara em um homem, além de uma contradição total em relação ao meio-irmão. Embora não tivessem se conhecido, sentia que Michael e Peter teriam sido unidos. Ambos eram homens bons, só tinham abordagens de vida diferentes.

E pensou uma vez mais no beijo de Michael. Nos seus lábios sobre os dela. Foi um beijo carinhoso e delicado. Não sentia aquele tipo de calor lhe subir pelo corpo desde a morte de Peter. Sua opinião preconcebida sobre ele estava errada. Michael não era egoísta; na verdade, podia ser qualquer coisa menos isso.

Saiu do banho e se enrolou em uma toalha grande. Descobriu a caixa e olhou para ela de novo. Tratava-se de uma das obras de arte mais lindas que já vira. Os detalhes eram vívidos: animais correndo, pássaros voando pelo ar. O sol, no canto superior esquerdo, brilhava mesmo. Ainda assim, o fato de aquele simples objeto ser trocado por Stephen a enraivecia. Como alguma coisa poderia valer mais do que a vida humana? Não conseguia entender como algumas pessoas não consideravam a vida o mais precioso dos presentes.

Há momentos cruciais na vida que todos experimentam: uma encruzilhada, uma epifania, um ponto em que se reavaliam os objetivos. Enquanto olhava para a caixa, Susan percebeu que o que lhe era importante já não tinha o mesmo peso de antes. Dedicara-se à carreira sem se importar com quanto isso lhe custaria. Não pensava em deixar o trabalho, mas a carreira não seria mais o centro de sua existência. O trabalho tornara-se apenas uma fortaleza em torno de seu coração, um lugar onde enterrar seus sentimentos sem enfrentá-los, quando 18 horas por dia a mantinham em uma realidade falsa, na qual não precisava lidar com o resto de sua vida. Um lugar para se esconder do risco de ter de abrir o coração para outra pessoa. Usara a raiva de ter perdido o marido como um escudo contra qualquer pessoa que a desafiasse. O fato de ter precisado viver uma circunstância extrema para enxergar as coisas de forma clara a entristecia.

Passara o ano anterior pensando em si e na perda que sofrera. Peter se fora. Ela precisava seguir em frente. A vida era para ser vivida, e agora encontrara em Michael alguém de quem poderia gostar. Isso não significava que estava deixando Peter para trás ou que o amava menos. Apenas já estava mais do que na hora de acabar com o luto.

Secou-se e vestiu uma calça jeans e uma blusa de moletom. Adorava roupas casuais, uma indulgência que raramente se permitia. Usava sempre terninhos e vestidos, saias e camisas que lhe restringiam os movimentos, a vida e o conforto.

Sentou-se na cama, a caixa nas mãos.

O aviso de Michael era claro e ecoava em seus ouvidos: "Não abra a caixa." Olhou-a imaginando o que deveria guardar. Sabia que embora o tesouro em ouro valesse uma fortuna incalculável, o objeto de desejo de Julian Zivera era o que estava dentro da caixa. Um desejo que valia a vida de um homem. E quanto mais pensava sobre isso, mais percebia que Zivera estava disposto a matar quem quer que entrasse em seu caminho para poder realizar esse desejo.

E durante todo o tempo a tentação estava ali. Era como se Michael a tivesse seduzido com esse simples pedido. O que de tão valioso poderia ser guardado em um recipiente do tamanho de uma caixa de charutos? Que segredos Michael não queria que ela visse? O que ele não queria que ela soubesse, mas estava disposto a entregar a alguém perigoso como Julian Zivera? Que segredo poderia valer a vida de um homem?

Olhou para a fechadura. Era um buraco simples. Abriu a bolsa de viagem, tirou uma lixa de unha e a inseriu na fechadura. Encaixava de forma perfeita. Conseguia senti-la pressionando o cilindro simples.

Michael pedira-lhe, ou melhor, dissera-lhe para não abrir a caixa.

Mas o *por que* e *o que* lhe consumiam o pensamento, como um sino incessante em sua cabeça, chamando-a. Que segredo colocara tudo em movimento e fizera com que eles partissem naquela busca? Que segredo permanecera oculto por quinhentos anos? Um segredo que Ivan, o Terrível, um dos homens mais cruéis da história, acreditou ser perigoso demais para o mundo.

Olhou para a fechadura e ficou pensando se Michael fora tão categórico apenas para que ela sentisse essa excitação. Aventurar-se onde não se deve, abrir trancas para riquezas ocultas.

Toda a lógica pareceu fugir de sua mente. Toda a sua educação foi ignorada. Avisos para obedecer foram esquecidos. Era a tentação, a sedução do desconhecido, o conhecimento do proibido que ignoramos quando crianças.

E então a lógica assumiu. Ela tinha o poder de resistir: já era adulta e possuía a capacidade de controlar sua curiosidade.

Continuou olhando para a caixa, criada milhares de anos antes. Reis, rainhas e tsares a haviam segurado antes de se perder por quinhentos anos na história. Susan ergueu-a, virou-a nas mãos, admirando sua perfeição e beleza, impressionada com a habilidade de uma era que antecedia as ferramentas modernas e as máquinas.

E da mesma forma que convencemos a nós mesmos que é certo dirigir acima da velocidade permitida quando estamos atrasados, que não há problema algum em comer mais um pedaço de torta ou ligar para dizer que está doente em um dia perfeito para ir à praia, Susan tomou uma decisão. As consequências são sempre minimizadas antes de se realizarem, mas essa é uma lição raramente aprendida. Por isso as pessoas continuam recebendo multas por excesso de velocidade, engordando mesmo quando estão de dieta ou sendo flagradas com um bronzeado depois de uma suposta gripe.

Susan inseriu a lixa na fechadura e virou-a. Sentiu uma pequena resistência, mas depois de um instante a tranca simples não resistiu, e ela ouviu um pequeno clique. Olhou para a caixa. Ninguém nunca ficaria sabendo. Contra toda a lógica, em um lapso momentâneo de razão, abriu lentamente a tampa. A luz refletida na tampa desceu pela parede à medida que a caixa era aberta.

Susan olhou para a escuridão dentro da caixa. Levou apenas um segundo para que entendesse.

E gritou.

A porta foi arrombada. O quarto virou um caos. De repente, a suíte do hotel foi ocupada por seis homens vestidos de preto, seus fuzis Kaláchnikov apontados para ela. Sua mente estava tomada por um misto de medo, confusão e raiva.

Antes que pudesse dizer uma palavra, fechou a caixa.

O líder agarrou-a pelo braço e arrancou-a violentamente da cama. Nem permitiram que ela recobrasse o equilíbrio, arrastando-a para fora do quarto.

* * *

Paul deu a volta no Royal Meridien duas vezes, a fim de se certificar de que não havia policiais, militares ou qualquer esquadrão da morte cercando o lugar à sua espera. Estava prestes a entrar para se encontrar com Susan, mas parou na hora em que viu três Range Rovers. Uma equipe de soldados vestidos de preto saiu dos veículos. Paul sentiu o coração afundar no peito e prendeu a respiração enquanto esperava o inevitável. E depois de menos de um minuto, aconteceu. Susan foi arrastada para fora do prédio gritando e chutando com toda a energia que sua pequena estrutura aguentava. Foi atirada no Range Rover do meio, e um soldado armado com uma pistola sentou-se ao seu lado e fechou a porta. O líder caminhou até o veículo de trás e ficou em posição de sentido enquanto Fetíssov saía do carro. Ouviu atentamente, assentindo, enquanto o soldado falava rapidamente. Por fim, Fetíssov esticou a mão esquerda com a palma voltada para cima. O soldado enfiou a mão na bolsa e tirou uma pequena caixa de ouro. O reflexo do sol da manhã explodiu na caixa, maravilhando visivelmente Fetíssov, que deu um sorriso cruel. Ele pegou a bolsa do soldado e colocou a caixa ali dentro.

Paul, do outro lado da rua, viu Fetíssov entrar no carro e os três Range Rovers partirem em formação. Ficou ali, sentindo a cabeça girar e o coração bater disparado, enquanto a caixa e Susan desapareciam na manhã de Moscou.

A ansiedade que Paul sentia lhe subjugava todos os sentidos. Tudo tinha dado errado, o caos tomara conta de tudo e todos se foram: Michael, Genevieve e agora Susan e a caixa.

Ele explicou tudo isso a Martin enquanto eles cruzavam as ruas de Moscou em um Jaguar guiado por Martin, que se mantinha sentado sem nada dizer e sem demonstrar qualquer emoção no rosto, enquanto Paul contava em detalhes tudo que ocorrera nas três horas anteriores.

Dirigiram até o aeroporto particular fora das fronteiras de Moscou e entraram no hangar privativo. Havia quatro homens de terno movendo-se rapidamente, mas rapidamente pararam o que estavam fazendo tão logo Martin saiu do carro. Paul não notara o que a presença de Martin provocava; era um homem que comandava sem precisar dizer ou mostrar. Seus movimentos eram econômicos. Só dizia frases curtas e não deixava transparecer emoção. O nó de sua gravata era perfeito, seu terno, imaculado como se tivesse acabado de sair da loja. Paul sabia que aquele homem não seguira sua verdadeira vocação: aquele homem podia administrar as operações do dia a dia da firma de advocacia, mas, na verdade, era um homem de campo, um perito em gerenciamento de crises.

Embora Martin trabalhasse para Stephen Kelley e estivesse à disposição de Susan, para aqueles homens ele representava Deus. Rapidamente eles o cercaram enquanto ele falava em voz baixa, dando ordens. Chamou dois homens que protegiam o jato da empresa. Não eram tão educados quanto os outros e tinham o rosto grande e duro, típico dos eslovacos.

Martin enfiou a mão no bolso e tirou um pacote de dinheiro. Contou vinte notas para cada um, e eles rapidamente deixaram o hangar. Martin voltou a atenção para Paul:

— Eu literalmente comprei algum tempo para nós.

Paul lançou-lhe um olhar interrogativo.

— Pelo que você disse, as pessoas estão procurando por você e pelo avião em que chegamos. Mas para todos os efeitos, este avião já saiu do país. Pelo menos é o que os registros de voo vão mostrar.

— Como?

— Tudo neste mundo tem um preço, principalmente na Rússia.

— Preciso descobrir onde prenderam Michael — disse Paul.

— Por favor, tente entender, eu não quero ofendê-lo, mas minha preocupação é com Susan e Stephen. — Martin virou-se e foi até a mesa que ficava no centro do hangar, abarrotada de papéis e mapas. — Em que direção os carros seguiram depois que pegaram Susan?

Por mais puto que Paul tivesse ficado, conseguia entender a posição daquele homem. Cada um deles tinha um amigo desaparecido. A prioridade de Martin era Susan.

— Suspeito que ela tenha sido levada para fora do país — respondeu Paul, aproximando-se da mesa. — Fetíssov entregará tudo para Zivera: a caixa, Genevieve e Susan.

Martin ergueu o olhar do mapa.

— Como você sabe? Susan não lhes serve de nada, talvez já esteja morta — disse Martin, sem demonstrar qualquer emoção.

— Duvido muito. Se pretendessem matá-la, já o teriam feito no hotel. Por que se preocupar em levá-la se não tivesse valor?

— E que valor ela poderia ter para eles? — perguntou Martin.

— Não sei. Seguro de vida seria o meu chute. — Paul virou-se e olhou para o jato. Estava abastecido e pronto; ainda assim, não tinha nada para carregar. — Eles iriam querer sair daqui o mais rápido possível. Há alguma forma de ver os aviões que saíram do país?

— Não é tão fácil assim. Se deixaram a Rússia com Fetíssov, talvez tenham partido de uma base militar.

— Acho que não. Susan não foi pega em um veículo militar. A não ser que a Rússia esteja distribuindo Range Rovers de 90 mil dólares para todo mundo.

Martin olhou para Paul por um tempo. Por fim, voltou-se para seus homens.

— Jason. — O mais alto dos quatro veio rapidamente até eles e ficou aguardando as ordens. Martin pegou o telefone celular e dirigiu-se a Paul: — Verei o que consigo descobrir. Por que não come alguma coisa?

Paul subiu os degraus e entrou no avião. Jogou-se em umas das poltronas de couro, os pensamentos em Michael. Tinha muitos problemas diante de si. Sabia que não conseguiria resolver todos de uma vez e teria de lidar com cada um em separado.

Paul tinha duas preocupações: Michael e a caixa. Susan não fazia ideia do que carregava. Assim como Paul também não. O grave aviso que Genevieve lhe dera o aterrorizara; era muito profundo, muito ameaçador, mas ainda assim o significado era evasivo. Não houvera tempo para os detalhes uma vez que ela lhe foi roubada.

Fetíssov pegara Paul de surpresa. Estava zangado consigo mesmo por ter confiado tanto no russo, só para ver o general destruir tal confiança de modo tão cruel. Ele realmente o julgara mal, mas de uma coisa tinha certeza: Fetíssov não ficaria na Rússia por mais tempo do que o necessário. Partiria imediatamente para entregar tudo a Zivera. E era apenas uma questão de tempo até que Zivera abrisse a caixa, revelando sabe-se lá Deus que segredo para o mundo.

Embora Paul fosse um ex-policial, tivesse boa pontaria e soubesse juntar informações, suas habilidades não seriam muito úteis para resgatar Michael. Precisava de um aliado, alguém com habilidades além das suas.

Só pensou em uma pessoa.

Ele era um paradoxo: devoto, mas mortal; podia perdoar os pecados contra os Mandamentos que ele não hesitava em quebrar. Ninguém era mais eficiente ou letal do que o homem que ele conhecia apenas como Simon. Suas habilidades de combate desarmado só eram páreo para sua capacidade quase perfeita com armas. Fora treinado pelo Exército italiano e realizara missões que Paul não podia sequer imaginar.

Por mais letal e impessoal que fosse, Simon se tornara um amigo não só para Michael, mas também para Paul, pois tinha muitas afinidades com o homem, com sua vida solitária. Embora tivesse dedicado a vida a Deus, Paul sabia muito bem que sua devoção diferia da dos outros padres. Não havia jogos de golfe às quartas-feiras, não havia encontros da família, nem missas aos domingos. O chamado de Simon era bem diferente. Seu chamado era para onde seu talento se encaixasse melhor. Como resultado, Simon era realmente solitário.

Tanto Michael quanto Paul tentaram manter contato, mas só o conseguiram de forma parcial. Simon perdera-se em algum outro projeto e voltara ao comportamento secreto desde que se despedira um ano antes. Simon o ajudara e a Michael a recuperar as duas chaves de um magnata alemão em Berlim, quando os três quase perderam a vida. De todas as pessoas que Paul conhecia, Simon era a única que poderia pensar em um modo de salvar Michael.

Ergueu o apoio de braço, enfiou a mão no bolso e discou um número. Tocou três vezes antes de alguém atender com um sutil sotaque italiano:

— Arquivos.

— Gostaria de falar com o padre Simon — pediu Paul.

— Sinto muito — respondeu o homem. — Ele está viajando.

— Deixou algum contato? — perguntou Paul.

— Sinto muito, mas está de férias.

— Quem está falando é o amigo dele, Paul Busch — disse, esperando que a palavra "amigo" fizesse o homem lhe dar alguma informação. — Você sabe para onde ele foi?

Algo pareceu transparecer na voz em italiano.

— Creio... — O homem fez uma pausa. — Creio que ele disse que iria para Moscou.

CAPÍTULO 48

Passaram-se três agonizantes horas. Michael aguardava sentado, observando a tela de vídeo e já perdendo as esperanças. Talvez Raechen já tivesse começado seu trabalho com Susan, quebrando sua alma a fim de descobrir algo que ela não sabia.

Mas então viu pelo monitor os Suburbans estacionando. Raechen saiu do primeiro veículo. Michael prendeu a respiração, esperando ver Susan. Contudo, apenas os homens de Raechen saíram e os carros partiram. Não sabia se devia se sentir aliviado ou desesperado. Onde ela estaria? Será que Raechen a encontrara e já obtivera a informação de que precisava? Pensou em sair dali, mas e se Susan estivesse presa em outra área do Krêmlin? Ele não teria chances de encontrá-la. Tentou afastar as imagens que tomavam conta de sua mente. Recusava-se a acreditar que estivesse morta.

Ligou o botão do vídeo, e os monitores se encheram novamente com as imagens deles dois. Sentou-se na cadeira e prendeu as algemas nos pulsos. Permitiu-se olhar as imagens de Susan que enchiam a sala. Quanto mais olhava para ela, mais sentia por ela. Se conseguisse tirá-la daquela confusão, talvez estivesse pronto para seguir em frente com sua vida.

E aguardou. Os segundos pareciam horas. O ranger do elevador ecoava no corredor vazio. Rezava para que Raechen não descesse até as celas primeiro e visse os guardas mortos. Ouviu a porta do elevador abrir e o som dos passos de uma pessoa.

A porta abriu-se e lá estava Raechen, sozinho. Michael quase podia sentir a raiva no rosto do homem, e preparou-se para a luta. O outro entrou, jogou o casaco e as duas pistolas que carregava no balcão e foi diretamente até Michael.

Michael levou alguns momentos até compreender e sorriu.

— Você não a encontrou, não é?

Raechen lançou um olhar fulminante para Michael.

— É melhor apagar esse sorriso do rosto — disse Raechen com o sotaque russo sutil. — Você acha que ela está a salvo? Alguém chegou ao Royal Meridien antes de mim. O que é muito ruim. Talvez eu a deixasse viver, mas o homem que a pegou, ele não permitirá que isso aconteça.

O alívio que Michael sentiu e o brilho em seus olhos desapareceram na hora.

— Nikolai Fetíssov não gosta de deixar ninguém vivo.

O coração de Michael quase parou. Ele, Susan, seu pai, estavam cercados por inimigos: Zivera, Raechen, Fetíssov. Todos tinham objetivos que seriam pavimentados com a morte deles.

Michael se achara muito esperto, pensando que poderia salvar Susan. Mas agora ela não iria a lugar algum.

Raechen respirou fundo e apoiou-se no balcão.

— Se Fetíssov já tem Genevieve, por que sequestraria a sua amiga? O que ela tem?

Michael sabia que só havia um motivo: um motivo escondido na mochila que ele lhe entregara.

— Você não estava apenas resgatando a mãe de Zivera. O que mais estava fazendo? O que você roubou, Sr. St. Pierre?

Michael não conseguiu ocultar o choque no rosto, a surpresa por Raechen saber quem ele era e, o pior, o que ele era.

— Não pareça tão surpreso, acha que a Rússia não tem recursos? Você me seguiu até aqui desde sua cidade, a mesma cidade onde sequestrei a mãe de Zivera. — Michael não conseguia ocultar a raiva que crescia dentro dele. — Ela... ela é sua amiga, não é? Mas não acho que você tenha vindo para a Rússia apenas por ela.

Michael não respondeu. Lutava para controlar a raiva, e sua mente aguardava o momento para agir.

Raechen deu as costas a Michael, indo até o outro lado da sala. Michael soltou-se das algemas, agarrou a pistola que tinha sob a camisa e apontou para Raechen.

— Vire-se — disse Michael.

Raechen parou e lentamente virou-se. Olhou para a arma e depois para Michael, sem o menor sinal de medo, como se estivesse olhando para uma criança.

— O que vai fazer com isso? — Raechen olhou para o balcão do outro lado da sala. Suas pistolas estavam a 7 metros de distância. Começou a caminhar em direção a Michael. — Se você vai atirar em mim, sugiro que o faça antes que eu tire esse revólver de sua mão.

Raechen continuou indo em direção a Michael, que o observava se aproximar. Seis metros, 4 metros... Michael precisava sair rápido dali se quisesse ter chances de salvar Susan e Genevieve. Então, tomou a decisão. Não perderia mais tempo naquele lugar.

Raechen estava a 3 metros de Michael agora e andando mais rápido.

E Michael atirou. A bala atingiu a coxa direita de Raechen, atravessando-a e acabando na parede. O buraco feito pela bala foi contornado pelo sangue que saía da ferida.

Raechen caiu no chão com um som surdo. Michael pulou da cadeira com a arma em punho, enquanto pegava um par de algemas e prendia os braços de Raechen atrás das costas. Agachou-se e checou os bolsos do russo, pegando o telefone celular, as chaves e dinheiro. Rasgou a calça do homem em torno da ferida por onde a bala saíra. A bala não atingira a artéria, passando pelo músculo da coxa. Michael levantou-se, pegou o casaco de Raechen e o amarrou na perna. Michael ficou de pé e manteve a arma apontada para a cabeça do homem.

— Vá em frente, atire — disse Raechen.

— Não, obrigado. Não quero carregar sua morte na minha consciência.

— Não me venha com consciência. Ladrões não têm consciência.

— E você tem? Nem comece. Não tente justificar suas ações pela melhoria do país.

Raechen riu.

— Meu país? Eu me aposentei e vivo no estado da Virgínia há cinco anos. — Ele fez uma pausa, revirando os olhos enquanto pensava. — Meu filho tem 6 anos e já passou por mais dor na sua curta vida do que qualquer pessoa normal em uma vida inteira. Passei todas as horas dos meus dias em busca de uma cura para ele. Você não faz ideia do que é assistir alguém que você ama morrer e ser derrotado pelo sentimento de desamparo.

Embora Michael conhecesse essa dor e a entendesse muito bem, não disse nada.

— O poderoso governo do meu país, com seus médicos brilhantes, deu uma esperança ao meu filho. Pediram que eu sequestrasse a mãe de Julian Zivera, que eu a trouxesse, e então eles salvariam meu filho. — Fez uma pausa. — Eles me atraíram usando a vida do meu filho. Não dou a mínima para a Rússia, para os Estados Unidos ou qualquer outro lugar do mundo. Tudo o que quero é uma cura para o meu filho, e eu falhei com ele.

— Você realmente acredita que eles poderiam curá-lo?

Raechen olhou direto nos olhos de Michael.

— Diante da morte, nos agarramos a qualquer esperança, por menor que seja.

As palavras soaram verdadeiras aos ouvidos de Michael. Quando olhou o homem aos seus pés, viu a si mesmo. Entendia Raechen melhor do que ninguém. Quando Mary adoecera, nada o detivera na busca para salvá-la, e era isso que aquele homem estava fazendo.

— Qual é o nome do seu filho?

— Sergei.

Arrependeu-se na hora por ter feito a pergunta, pois isso humanizava Raechen. Você nunca pensa em um criminoso como um ser humano, embora seja, exatamente isso. Todo mundo é filho de alguém, pai de alguém. Eles são vistos de forma diferente pelas pessoas que os amam. E ao olhar para aquele homem, Michael sofria e não o via mais como o homem que o torturara ou como alguém que não hesitaria em matá-lo. Estava olhando para um pai que tentava salvar o filho.

Os médicos russos jogavam com seus sentimentos; eles haviam descoberto a maior motivação do mundo. Por mais leal que alguém seja ao país, nada supera o amor. Nada fica no caminho, nada vem primeiro do que aqueles a quem amamos. Esses médicos, Julian Zivera, todos eram cruéis ao extremo, manipulando os sentimentos para saciar uma ganância sem limites.

O filho de Raechen nunca tivera chance.

— O nome do meu pai é Stephen. E eu só o conheci alguns dias atrás. Agora, ele está preso. Foi sequestrado e não faz a menor ideia de que eles o matarão mesmo que eu consiga resgatar a mãe de Zivera.

— Mas você foi contratado para conseguir algo mais além dela, não é? É por isso que levaram a jovem.

Os pensamentos de Michael retornaram para Susan. Não apenas o pai e Genevieve corriam um perigo mortal, mas também ela. Três vidas estavam em suas mãos.

— O que ela tem que eles querem? O que você roubou? — perguntou Raechen.

Michael já lhe dera mais informações do que deveria e, por isso, ficou em silêncio.

O rosto de Raechen suavizou-se.

— Devo confessar a você que há uns vinte anos eu o teria pendurado de cabeça para baixo, faria buracos em seu corpo e observaria o sangue escorrer até obter todas as respostas. Mas eram outros tempos, e eu não dou a mínima para o que mais você está procurando. Meu filho está morto. Não literalmente, mas a última esperança se foi.

— Nós dois fomos usados. Nossos corações, dobrados ao desejo dos outros. Esses médicos, sinto muito que estejam mortos, mas eles o teriam traído no final. E digo com a mesma certeza que tenho de que Julian Zivera e Nikolai Fetíssov me traíram. É algo terrível dar a alguém falsas esperanças.

Enraivecia Michael o fato de haver pessoas que acreditavam que o mundo existia apenas para ajudá-las a conseguir o que desejavam. Era muito comum que homens poderosos manipulassem o coração e o desejo dos outros para atingirem os próprios objetivos. Sejam os diretores de empresas levando vantagem na ambição das pessoas e em sua sede de dinheiro; padres e pastores vendendo a salvação; médicos e farsantes vendendo curas milagrosas e mais anos de vida ou, pior de tudo, aqueles que manipulam a fragilidade do coração humano.

— Logo meu filho estará morto e em um lugar melhor — disse Raechen, sentando-se no chão, algemado, ferido e sangrando.

Michael podia ver a esperança, o otimismo pelo sofrimento do filho esvair-se de seus olhos. Embora Raechen o tivesse surrado, embora tivesse toda a intenção de torturá-lo e a Susan, Michael sentiu pena sincera daquele homem e de seu filho. Sentia muito pela crueldade do destino e pela destruição que podia causar em uma família.

— Sinto muito — disse, constatando a dor de Raechen, a dor da perda, a dor de se sentir impotente para salvar alguém que se ama.

Uma dor que ele não estava pronto para sentir de novo. Se tivesse uma chance de salvar o pai e encontrar Susan, precisava sair dali.

Inclinou-se sobre Raechen, já se arrependendo do que faria. Amarrou as pernas do russo com o fio e prendeu suas mãos algemadas ao pé de uma mesa pesada cheia de monitores. Já passava das 15 horas e os tours terminavam às 17. Eles eram a única chance que Michael tinha de fugir.

Virou-se de novo para Raechen.

— Sinto muito por você... e por seu filho...

E saiu pela porta.

Michael subiu seis andares antes de sair do elevador. Mantinha uma arma no bolso e a outra presa ao cós da calça. Quando as portas se abriram, deparou-se com pinturas russas abstratas que adornavam a enorme parede, um mundo moderno pendurado em paredes antigas. Estava em um dos mais novos prédios do Krêmlin: o Palácio do Congresso, a antiga arena de gritos da retórica comunista. É claro que os gritos agora vinham de astros do rock e cantores de ópera. Mas não havia shows hoje, apenas grupos de turistas e guardas. Michael cobriu a arma que estava no cós da calça com a jaqueta. Tirou um mapa turístico do bolso e nele enterrou o rosto, antes de sair do elevador. As pessoas andavam por ali, ouvindo o discurso dos guias, enquanto olhavam à sua volta e conversavam entre si. Pegou o telefone de Raechen e discou o número de Paul. Tocou quatro vezes antes de cair na secretária eletrônica.

— Paul, espero que esteja vivo. Estou no centro do Krêmlin, no Palácio do Congresso. Vou tentar sair com um dos grupos de turistas. Fetíssov pegou Susan...

Dois guardas que faziam a ronda viram Michael. Ele desligou o telefone e se apressou em direção a um grupo de uns cinquenta turistas, juntando-se a eles em silêncio. O grupo era uma mistura de europeus, e diversos idiomas ecoavam nas paredes do vestíbulo. Michael seguiu na direção de um grupo com oito casais e duas mulheres — britânicos e americanos, todos discutindo sobre onde deveriam comer. Sua guia era uma mulher com forte sotaque russo. Ocultou-se no mapa e esperou o grupo avançar.

Subiram a escada rolante, chegaram ao nível da superfície, saíram do Palácio do Congresso e foram banhados pelo sol de fim de tarde. Era a primeira luz natural que Michael via desde a hora do rush. E embora os olhos lhe ardessem, rezou para sentir o calor do lado de fora dos muros do Krêmlin.

O grupo andou unido pela calçada e passou pelo arsenal, do outro lado do Krêmlin, seguindo até o pátio das igrejas. Michael não conseguira apreciar sua beleza quando andara por aquela área antes, com Susan e Fetíssov. As cúpulas douradas brilhavam sob o sol da tarde, uma explosão de cores e design russo tão singular que nenhum lugar do mundo chegara a imitar. A beleza não deixara uma impressão na primeira vez que vira sua magnificência. Agora, as cúpulas pareciam bem mais grandiosas. O fato de estar sendo perseguido aguçava todos os seus sentidos, sua memória e seus pensamentos. Conseguia lembrar-se de forma vívida de cada trabalho que fizera, cada passo de suas fugas, e agora desejava que não estivesse criando mais lembranças desse tipo.

O grupo já estava no meio do pátio quando soaram os alarmes. O grupo de turistas levou um susto, enquanto eram tomados por um medo coletivo. Guardas e soldados pareciam emergir de todas as portas e de todos os cantos. Uma força cem por cento preparada materializou-se dos muros como se todos estivessem aguardando aquele momento.

Não havia dúvidas quanto ao que causara o distúrbio. Fora ele. Michael, como quem não queria nada, misturou-se mais ao grupo.

Fingiu surpresa com o distúrbio, mas não precisou fingir medo. A multidão permaneceu parada, sem saber se o pânico faria com que os guardas os atacassem.

Os soldados gritavam uns com os outros enquanto se dirigiam para o Palácio do Congresso. Michael podia ouvir um dos estudantes traduzindo as palavras rápidas dos soldados.

— Eles estão procurando um homem que parece ser muito perigoso. Alto, cabelo escuro. Droga — disse o estudante, olhando para o grande grupo. — Essa descrição se aplica a todos nós.

Alguns estudantes riram da piada, mas os mais velhos não acharam a menor graça, pois lembravam-se da época de opressão e do medo que emanava de dentro do lugar no qual se encontravam agora, lembranças de um tempo não tão distante assim.

Michael nunca conseguiria chegar ao portão principal agora ou a qualquer um deles, na verdade. Os guardas revistariam todo mundo, perguntando sobre o americano com cabelos castanhos. Estava preso em uma armadilha e sabia que, se fosse pego, as implicações não afetariam apenas a ele: seu pai morreria, assim como Susan.

Sabia que só havia um modo de fugir: seu ponto de fuga original. Ele e Paul haviam resolvido que, se algo desse errado, fugiriam pelas entranhas ocultas do Krêmlin. Mas para chegar lá, ele teria de atravessar os 275 mil metros quadrados até o arsenal, pegar um elevador que o levaria até o laboratório médico e abrir a entrada para a caverna. Como sabia muito bem, porém, o arsenal era o ponto principal, o centro de todas as operações do regimento presidencial, a Guarda do Krêmlin, uma força composta pelas tropas de elite da Rússia, sob o comando de líderes treinados como antigamente. Michael teria de entrar no santuário deles. Teria de entrar no vespeiro para conseguir fugir.

Se conseguisse chegar até o elevador que o levaria até as instalações médicas, os guardas nunca seriam capazes de localizá-lo através dos túneis e cavernas antigos. Ele decorara os caminhos de fuga. Os caminhos labirínticos seriam seus aliados e a derrota dos perseguidores. Mas primeiro precisava chegar até lá.

Um contingente de guardas saiu para auxiliar os que já tinham sido despachados, todos fortemente armados e buscando a pessoa que violara seu capitólio. Michael já testemunhara a determinação e a raiva que o Serviço Secreto dos Estados Unidos e a polícia da capital do país haviam demonstrado quando a capital americana fora violada. Esses soldados não seriam menos severos. Atirariam para matar se a oportunidade surgisse.

Michael sabia que não devia correr; seria um alvo sozinho e certeiro e estaria morto antes de perfazer 15 metros. Precisaria de cobertura.

Então, sem aviso, uma pequena explosão ocorrida nas muralhas do outro lado do Krêmlin ecoou, exibindo uma fumaça preta a distância. O medo transformou-se em pânico. A guia turística era jovem e inútil, totalmente despreparada para uma situação como aquela. Perdeu-se na própria histeria, fugindo sem pensar nos turistas que acompanhava.

Michael olhou ao redor. A explosão não era coincidência. Pegou o celular e fingiu fazer uma ligação. Vários homens ingleses o encararam. Ele acenou com a cabeça e deu as costas ao grupo.

— Tudo bem — disse ele. — Sei onde fica.

E desligou.

— Ouçam por favor — disse ele, voltando-se para o grupo de pessoas que estavam umas coladas às outras. — Precisamos chegar a um lugar seguro. Sugiro que saiamos do campo aberto.

Todos o olharam, um homem que nunca tinham visto.

— Minha esposa disse que o Palácio do Congresso ainda está aberto. Poderíamos aguardar lá enquanto tudo se resolve.

Continuaram a olhá-lo, como se fosse louco.

— Tudo bem, façam como quiserem — disse Michael, virando-se e começando a andar.

As pessoas olharam de uma para outra em busca de um líder, alguém que pudesse lhes dar uma solução alternativa, mas ninguém aproveitou a ocasião. Michael continuou caminhando, e então, como se todos sintonizassem o mesmo comando, começaram a segui-lo. Eram vinte. Ingleses e americanos. Michael virou-se e viu-os se aproximando. Misturou-se a eles, enquanto se moviam em direção ao Palácio do Congresso. Ficava a 100 metros do arsenal, bem em frente a ele.

Os guardas estavam em frenesi. Grupos corriam em direção ao ponto de onde a fumaça preta se erguia, enquanto outros tiveram a presença de espírito de continuar procurando pelo homem de cabelos escuros.

O grupo de Michael caminhou como um bloco, passando pela Escolar Militar Executiva Central, pelo prédio do Senado e atravessando o pátio; todos em silêncio, mas os olhos brilhando de medo. Michael manteve os olhos na frente, o líder de um grupo de pessoas que, na verdade, não sabiam que o protegiam. A fumaça continuava a subir na direção do muro oriental, em algum lugar próximo da torre Spásskaia. Michael reconhecia ajuda quando via. Paul estava em algum lugar por ali, mas Michael não via nenhum rosto familiar nas redondezas.

Chegaram à praça do Senado e ali se depararam com dois guardas do Palácio do Congresso, os dois guardas que o viram ao telefone. Lembraram-se e caminharam em direção a Michael.

— *Ostunovka* — disse o líder.

O grupo inteiro parou.

Os dois guardas ergueram os fuzis com o propósito de enfatizar a ordem.

— Parem — repetiu o guarda em inglês.

O grupo de vinte pessoas ficou paralisado. Todos, exceto Michael. Seus olhos percorriam as adjacências em busca de um modo de escapar. Mas não havia para onde ir. Não podia arriscar que os guardas abrissem fogo, pois certamente um dos turistas acabaria sendo atingido. Virou-se para o grupo:

— Andem o mais afastados de mim que puderem.

Ele virou-se para os guardas, que estavam a uns 20 metros agora, e levantou as mãos na altura dos ombros. Os dois guardas continuaram concentrados nele, enquanto os turistas se afastavam, saindo do seu campo de visão, deixando Michael sozinho na praça do Senado agora vazia, o antigo prédio amarelo olhando-o em silêncio, como se debochasse dele.

Michael não podia ser capturado de novo. Tivera sorte, mas já contara demais com ela, não havia mais como escapar. Não seria apenas Raechen desta vez. Teria de enfrentar todo o contingente russo que o procurava por ter matado os médicos russos, por ter roubado artefatos históricos e, por fim, por ter explodido bombas no Krêmlin. O líder pegou um rádio e falou algo. Michael percebeu que não teria tempo para pensar, apenas para agir.

E saiu correndo o mais rápido que já conseguira na vida.

Sentiu as costas frias; era um alvo e esperava ser atingido a qualquer momento por uma saraivada de balas.

O guarda largou o rádio e começou a gritar; ambos ergueram os fuzis e começaram a gritar.

Michael não precisava de um tradutor para saber o que falavam. Correu ainda mais rápido.

Os guardas olharam de um para outro. Teriam de decidir o que fazer, pois não estavam em contato com o comando. Ambos posicionaram os dedos nos fuzis Kaláchnikov. Eles o ergueram e miraram em Michael.

Michael sentia os músculos das pernas queimarem e os pulmões pareciam prestes a explodir. O arsenal estava a 18 metros de distância. Talvez conseguisse. Mas sentiu um frio ainda maior nas costas e sabia que o momento estava chegando.

Ouviu, então, dois tiros, disparados quase ao mesmo tempo e ecoando entre os prédios. Michael fez uma careta, tropeçou, mas não caiu. Parou de repente e verificou o corpo, passando as mãos pelo tronco, procurando por sangue, acreditando que os nervos haviam suplantado a dor, mas não fora ferido. Quando se virou, viu dois corpos: os dois guardas russos caídos no pátio e os fuzis não usados ao lado deles. Ambos estavam mortos antes de atingirem o chão. Um tiro em cada um, direto na testa. Michael procurou o lugar de onde os tiros haviam partido, mas não viu nada.

Desvencilhou-se do momento e voltou-se para a praça do Senado. E lá estava ele, com as pistolas já guardadas. Um metro e oitenta e oito, o rosto coberto por uma barba escura que se misturava ao cabelo, dando quase a impressão de um mendigo. Havia deixado o cabelo crescer desde a última vez que Michael o vira, quatro meses antes, e agora ia até o colarinho. Apesar de ter descuidado do cabelo, não permitira que a forma física decaísse. Estava magro e em forma. Simon usava roupas largas, deixando o hábito de padre de lado, optando por uma calça escura e uma blusa de moletom azul-marinho da Universidade de Oxford.

— Roupa legal — elogiou Michael, enquanto ele e Simon caminhavam na direção dos portões principais.

— Faz com que eu pareça um estudante, você não acha? — disse ele com sotaque italiano. Simon entregou-lhe um boné de um time de beisebol. — Coloque isto.

— Você não está um pouco velho para se passar por universitário? — perguntou Michael, ajustando o boné na cabeça e colocando o cabelo atrás das orelhas. — Foi um toque legal a bomba de fumaça.

— Se bem me lembro, a distração é um de seus efeitos favoritos. Desculpe o atraso.

Contornaram uma curva e depararam-se com uma massa de turistas em pânico, todos se empurrando em um esforço vão para fugir da crise desconhecida.

— Há quanto tempo está aqui?

— Há algumas horas. Imaginei que você acabaria se revelando em algum momento.

— Tem sorte de não ter sido pego com uma aparência dessas.

Simon coçou a barba.

— Não é uma má ideia. Essa é a minha versão de viver no limite.

Michael sorriu enquanto abriam caminho pela multidão.

Simon manteve a mão baixa e tentou passar-lhe, discretamente, uma arma.

— Pistola?

— Você sabe que odeio essas coisas — respondeu Michael acenando com a mão.

— Atitudes antiarmas só servem para quem não se encontra em situações de vida ou morte.

Michael ergueu a ponta da camisa, revelando as duas pistolas.

— Da próxima vez, você deve usá-las — disse Simon, enquanto continuavam a misturar-se à multidão, perdendo-se no mar de pessoas. — Com tantos lugares para roubar, Michael.

— Como assim?

— Estou surpreso por você não ter escolhido a Casa Branca.

Embora já não se vissem fazia meses, não poderia haver um momento melhor para encontrá-lo do que agora.

Com toda a confusão, a massa de turistas ocupava a praça, tentando sair pelo acesso principal de turistas, passando pela ponte Tróitski. Um contingente de guardas e administradores do Krêmlin gritava ordens em diversos idiomas, dizendo que todos seriam revistados e que isso levaria algum tempo. Mas seus esforços se perderam entre a multidão de turistas confusos e histéricos. Michael e Simon abriram caminho até chegar às margens da multidão, que, por sorte, chegava às centenas e havia se reunido ao lado do caminho que levava ao arsenal. Havia três soldados uniformizados guardando a entrada, suas armas desembainhadas, como um aviso para os tolos.

— Algum plano? — perguntou, inclinando-se para Simon, tentando fazer-se ouvir sobre a cacofonia de turistas em pânico.

Simon acenou com a cabeça e misturou-se à multidão. Michael o seguiu de perto, passando por umas cinco pessoas. Os turistas empurravam-se e gritavam em diferentes idiomas, ficando cada vez mais impacientes e nervosos como se estivessem prestes a ser vítimas de algo terrível. Todos os olhares fixos na saída, nos guardas que vigiavam o portão principal, que pegavam cada pessoa, estudavam-lhe o rosto e as revistavam sem se desculparem pelo inconveniente.

Ninguém viu Simon baixar a mão e puxar a arma. Todos estavam ocupados demais, empurrando e tentando sair, distraídos pela única preocupação de escapar do confinamento do Krêmlin. Ele ocultou a arma enquanto destravava o pino de segurança. Simon olhou devagar de um lado para o outro, tentando controlar os turistas agitados, enquanto procurava alguém no meio deles. Sem demorar muito, Simon deu três tiros rápidos para o chão. O barulho alto silenciou a todos por um breve instante, um silêncio cruel como se a multidão tivesse encolhido.

E, então, o pânico se instalou.

Todos começaram a correr em todas as direções, dirigindo-se para a saída como ondas em um lago. Gritos de medo erguiam-se das massas, e seus instintos de autopreservação tomaram conta de todos. Simon e Michael se misturaram a um grupo que corria para a entrada do arsenal para se proteger, lutando contra os guardas surpresos que não sabiam o que fazer diante da multidão em pânico.

A confusão reinou enquanto o grupo de trinta pessoas se abaixava e se abrigava no túnel de tijolos, pessoas ofegantes e chorando de medo por suas vidas. Com todo o caos reinante, uma porta lateral foi aberta, e Michael e Simon esgueiraram-se para dentro.

Entraram em um vestíbulo pequeno do arsenal, escapando ao barulho e à confusão que reinavam do lado de fora e caindo no mais absoluto silêncio. Olharam para um grande corredor vazio que se estendia por muitos metros. O teto de mármore polido tinha mais de 9 metros de altura. O lugar estava deserto, pois toda a equipe fora chamada para lidar com a situação do lado de fora. O longo corredor era adornado com estátuas e obras de arte, todas retratando as grandes vitórias sobre os invasores estrangeiros. Uma vasta mostra do poderio militar que só fora vista pelas fileiras privilegiadas do regimento presidencial e por convidados VIPs.

Michael e Simon não tinham dado dois passos quando ouviram tiros vindos do lado de fora, vindos de todos os lados e quebrando as janelas e perfurando as paredes. Michael e Simon mergulharam no chão para se protegerem atrás das pesadas portas de madeira, que tinham 15 centímetros de espessura e, no momento, eram bem melhores que um colete à prova de balas.

Os guardas assumiram posição do lado de fora, flanqueando os dois lados da porta. Na frente da passagem arcada e até mesmo os telhados do Palácio do Congresso do outro lado do pátio. Os guardas não tinham a menor intenção de capturá-los. Cada um deles sentia o cheiro de sangue no ar e queria o crédito pela morte.

Uma rajada de tiros quebrou o momento. Dois guardas dirigiram-se para a porta quando os tiros pararam. Simon estava deitado de bruços no chão de mármore do lado de dentro da porta. Não tinha a intenção de deixar os guardas no comando se aproximarem dele. Com dois tiros frustrou a aproximação.

O elevador ficava do outro lado do corredor em que estavam deitados. Os tiros intermitentes passavam pelas portas e as balas ricocheteavam nas paredes de mármore, fazendo com que estilhaços explodissem à volta deles.

— Você tem de entrar no elevador — gritou Simon acima do som dos tiros.

— Eu sei, mas estou tendo um pouco de dificuldade.

Simon não respondeu, apenas mirou e gritou:

— Vá.

Michael partiu para o elevador, arrastando-se sobre a barriga. Simon deu dois tiros na direção dos guardas que praticavam tiro ao alvo em Michael e nele.

Chegou ao elevador, apertou o botão e rezou.

Paul correu pela caverna, seguindo o mapa que Michael lhe dera e os pontos laranja pintados ao longo da parede, sua estrutura enorme apertando-se pelo túnel de ventilação enquanto observava o laboratório médico que ficava dez andares abaixo do arsenal do Krêmlin. Observou e esperou durante meia hora por algum sinal de atividade antes de remover a grade e pular na sala imaculadamente branca. Na mesa do canto, ainda havia, espalhados, os restos da comida servida aos médicos naquela manhã; as frutas já escurecidas, um pedaço de pão duro e xícaras com restos de café frio.

Manteve a arma em punho e pronta para atirar, movendo-se pelo corredor, checando rapidamente as salas. Voltou e chamou o elevador.

Sabia que teria pelo menos um minuto antes de o elevador chegar. Conservou a arma erguida enquanto voltava pelo corredor. Examinou a sala de cirurgia. Os médicos já tinham ido embora e os corpos haviam sido removidos. As manchas de sangue eram poças marrom-escuras de 4 metros. Parecia que o sangue de todos os médicos tinha saído pelos ferimentos à bala. O nojo que sentia por Fetíssov serviu para afastar a mente do chão manchado.

Viu os cacos do vidro que o enorme russo havia quebrado a tiros, o mesmo que capturara Michael. As cadeiras da sala de observação estavam vazias e provavelmente nunca mais seriam ocupadas. Os espectadores foram evacuados para interrogatório antes de serem enviados para casa para terem colapsos nervosos.

Enquanto Paul olhava o caos, perguntava-se se tinha valido a pena. Cinco pessoas haviam morrido. Michael e Paul não tentavam mais salvar apenas o pai de Michael. Haviam perdido Genevieve e Susan estava desaparecida.

E a caixa misteriosa que Genevieve havia implorado para que Paul destruísse tinha caído nas mãos de Fetíssov e Julian. Pensava o que realmente havia dentro da caixa que pudesse ser tão perigoso. Mas sabia que se tratava de uma noção tola. Uma colher de chá de gás VX poderia matar milhares de pessoas. Pragas mataram milhões. Não sabia o que havia na caixa, mas sabia nas mãos de quem ela estava: das últimas pessoas que deveriam possuí-la.

O elevador silvou. Paul seguiu para o vestíbulo e passou pela porta da cabine. Puxou o botão de parar, mantendo as portas abertas, a cabine reservada, e aguardou. Olhou para o relógio. Simon disse que chamaria o elevador no lobby principal quando estivesse com Michael. Mas se o botão de chamada não acendesse até as 17 horas, ele deveria não apenas sair do prédio, como também voltar para Martin e sair do país.

Paul foi arrancado do momento quando viu diante dos olhos uma arma. O guarda russo entrara em silêncio no elevador, pegando-o de surpresa. Ele pressionou Paul contra a parede da cabine e tirou a pistola de suas mãos. Gritou um monte de perguntas, todas em russo e todas inúteis, enquanto Paul ficava de pé ali, amaldiçoando-se por ter sido pego desprevenido.

E então, para seu desespero, o botão de chamada do lobby acendeu. O guarda lançou um olhar fulminante para Paul, esticou o braço, pressionou o botão de parar e observou as portas se fecharem lentamente. Percebeu o medo no rosto de Paul e, enquanto mantinha a arma apontada para o enorme americano louro, ergueu a arma de Paul, apontando-a para a porta, pronto para atirar em quem quer que entrasse quando as portas se abrissem.

* * *

Michael ouviu as engrenagens do elevador gemerem quando a cabine começou a se elevar do porão, seu senso de fatalidade cedendo. Se conseguissem aguentar por mais um minuto naquela fortaleza antiga... Olhou para as enormes estátuas dos heróis militares russos que cobriam as paredes do corredor, rezando para que o espírito deles não reagisse a essa blasfêmia em seu santuário.

Dois guardas de repente chegaram à porta do arsenal, flanqueando-a. Simon virou-se no chão livrando-se por pouco dos tiros. Acertou um dos homens no pescoço e outro no olho esquerdo.

— Ande logo, o elevador já está subindo.

Simon verificou suas armas: estava sem munição.

— Jogue-me suas armas.

Michael fez as duas pistolas não usadas deslizarem pelo chão polido. Simon pegou-as em um único gesto e continuou guardando a porta. Michael rezou para que conseguisse mantê-los afastados tempo suficiente para o elevador fazer a subida de dez andares.

Michael ergueu os olhos da posição em que estava. O elevador já estava no subnível 8, aproximando-se lentamente. Simon continuava atirando, mirando as balas onde criassem mais medo e mais terror nos guardas. Precisava mantê-los longe por mais um minuto, mas estava ficando sem munição.

— Você não tem mais uma bomba de fumaça na manga, tem? — perguntou Michael.

O silêncio do outro foi sua resposta. Olhou para cima. O elevador estava no subnível 9 agora.

— Já está quase aqui.

Simon viu três homens aproximarem-se do prédio; deu três tiros na direção deles e tentou um quarto, mas a arma estava vazia.

Virou-se para Michael com olhos interrogativos.

— Faltam três.

E Simon deslizou sobre a barriga até onde Michael estava.

Os tiros pararam. Um silêncio repentino quando o ataque cessou. E então ouviram o som de passos, rápidos, ecoando pelo espaço cavernoso. Eles vinham de todas as direções, tanto de dentro como de fora. Os guardas começaram a entrar com as armas em punho.

Michael e Simon prepararam-se para o fim. Sentaram-se e encostaram-se na porta do elevador. Ambos ergueram as mãos.

Então as portas do elevador abriram-se lentamente.

Simon e Michael permaneceram sentados de costas para o elevador, enquanto os guardas, com as armas a postos, esperavam que alguém saísse da cabine, mas ninguém saiu. Todo o contingente estava concentrado nas próprias armas.

Michael e Simon não se mexeram, nem piscaram.

E então, de dentro da cabine, veio uma saraivada de tiros. Rápidos e concentrados, três russos caíram no primeiro ataque. Os guardas reagiram, abaixando-se e procurando cobertura.

Michael e Simon caíram na cabine ao lado de um corpo quando as portas do elevador se fecharam. O rosto do homem inconsciente parecia ter sido atingido por um trem. Michael podia jurar ter visto uma marca na bochecha do homem que combinava com a aliança de casamento de Paul.

— Desculpe o atraso — disse Paul com duas armas erguidas, olhando para Michael e Simon.

— Estou vendo que fez amigos — gracejou Michael, olhando para o homem desfalecido. — Devo encarar isso como uma conversa unilateral?

Paul sorriu.

— Você sabe que às vezes as ações valem mais do que palavras.

CAPÍTULO 49

Uma imagem perfeita da Lua refletia-se no oceano, os raios passando pelas ondas como dedos esticados em direção a Stephen Kelley. De pé na varanda do seu quarto, 76 metros acima do oceano, ele observava a estreita faixa de terra entre a mansão e o penhasco. Dois guardas passavam por ali a cada vinte minutos — quase exatos —, circulando o perímetro com olhos cuidadosos. Aqueles homens não eram policiais contratados para o serviço, mas ex-soldados, militares, pessoas treinadas com precisão. Era provável que, além de serem eficientes nas rondas, também fossem peritos no uso dos fuzis e pistolas que carregavam.

Stephen usava uma calça jeans que encontrara no armário, pois era a única alternativa que tinha além da camisa social com que chegara ou a camisa de botão branca que Zivera providenciara, e ambas chamariam a atenção sob a luz da Lua. Com a toalha de banho pendurada em volta do pescoço como se tivesse acabado de sair do chuveiro, sentia o coração disparar, como se fosse explodir dentro do peito, e ele ainda nem tinha começado a correr.

Checou todo o quarto de alto a baixo, mas não encontrou nada que pudesse usar como arma. Teria de contar apenas com os punhos e a mente. E era por isso que seu coração estava disparado: sabia que estava prestes a fazer uma besteira, mas sabia que ficar seria uma burrice ainda maior. Não havia por que tentar se enganar com um falso senso de segurança. Zivera podia parecer um gentleman, mas Stephen não tinha dúvidas: iria matá-lo e não demoraria muito.

Stephen passou as pernas pelo parapeito da varanda e olhou para baixo. Eram 15 metros. Se a queda não o matasse, os guardas certamente o fariam quando o encontrassem todo quebrado no chão dali a vinte minutos. Todos os quartos haviam sido planejados para ter uma vista do Mediterrâneo, capturando a grandiosidade majestosa, a vasta visão do mar aberto. Desse modo, cada um dos quartos contava com a própria sacada para permitir um lugar seguro sobre o oceano, um lugar para sentir o cheiro do mar e a suave brisa oceânica sempre que o coração assim o desejasse. Bem abaixo do quarto de Stephen, que ficava no terceiro andar, havia uma sacada, e, abaixo dela, ainda outra.

Ele subiu no parapeito e deslizou a toalha em torno da balaustrada, segurando uma ponta do pano em cada mão. Testou-a, forçou-a e, por fim, com os pés firmemente plantados contra a beirada da sacada, inclinou-se para trás até formar um ângulo de 45 graus; então virou a cabeça e olhou para a sacada abaixo da dele e o quarto escuro atrás dela. Não havia ninguém lá. Ergueu-se de novo e segurou-se nos pilares de mármore. Parou por um momento, equilibrou-se e ajoelhou-se. Segurou firme no mármore, suprimindo todos os medos. Seu mundo complexo que consistia em dirigir uma firma de advocacia de repente pareceu simplificado. Só tinha uma coisa em mente: não cair. Então, segurando firme a toalha com as duas mãos, soltou o corpo, que caiu apenas 1,5 metro, o comprimento da toalha. Ficou pendurado por um momento, os pés chutando enquanto procuravam um apoio e os braços doendo pelo tranco da queda. Por fim, o pé esquerdo conseguiu encontrar o parapeito da sacada abaixo, que serviria como um ponto de apoio.

Equilibrou-se, balançando no parapeito de mármore como se fosse uma barra de ginástica. Suou muito, mas não era como o suor provocado pela ginástica. Este suor espalhava-se por todo o corpo de forma quase instantânea. Era uma camada de suor frio que o cobria todo, acompanhado por um formigamento. Tratava-se do mais puro medo, algo que nunca sentira na vida.

Soltou a mão direita da toalha e, como um ginasta, aterrissou em um agachamento, agarrando o parapeito de mármore de 15 centímetros, onde se equilibrou de forma precária enquanto puxava a toalha com a mão esquerda.

Pulou na varanda e prendeu a respiração. Olhou para baixo, para trás e até para cima, uma sensação paranoica de que fora visto. Sentou-se na varanda do segundo andar, levando os joelhos até o peito. Tentou acalmar-se, recuperar o fôlego e convencer-se de que tinha chances de sobreviver e ver o amanhã. Depois da morte do filho e da perda de duas esposas, passara o último ano questionando sua vontade de viver. Mas agora não tinha dúvida alguma. Levantou-se, olhou o relógio. A impressão que tinha era que levara pelo menos dez minutos para descer, mas o relógio lhe disse a verdade: apenas um minuto havia se passado.

Olhou à sua volta; não conseguia afastar a sensação paranoica de que alguém o observava, concentrando toda a atenção no que ele fazia. Passou a toalha pelo parapeito e continuou até a outra sacada. Executou os movimentos de forma mais fácil da segunda vez e ficou aliviado, pois agora só precisava pular 2 metros para chegar ao chão.

Já corria quando alcançou a grama, indo na direção para a qual os guardas seguiram. Lançou um olhar para o penhasco e imediatamente decidiu não descê-lo. Tratava-se de uma descida escarpada por rochas afiadas, constantemente açoitadas pela força das ondas, que esmagaria qualquer pessoa que estivesse no mar.

Voltou para a mansão, permanecendo nas sombras.

Enquanto espiava por um canto do prédio, viu a garagem cheia de carros, um grupo de motoristas espalhado por ali, conversando. À frente de Stephen havia um grupo de pinheiros vigorosos e abundantes, parecendo ser o que havia sobrado de uma vasta floresta. Ao mantê-los em um terreno cuidado e planejado, o bosque diminuíra, mas, felizmente, continuava denso o suficiente para protegê-lo da luz da Lua. Era um lugar perfeito para fugir.

Stephen atravessou o gramado de 10 metros de comprimento que o separava do bosque. O solo da floresta estava coberto de pinhos e palha, formando um tapete macio sob seus pés e abafando o som de seus passos. Stephen correu com cuidado, cortando a escuridão. A pouca luz que atravessava a cobertura de vegetação era suficiente apenas para enxergar alguns metros à frente, nada mais. Acreditava que as montanhas estivessem 8 quilômetros a leste, mas, entre elas e o mar, não fazia a menor ideia de onde se encontrava. Tinha certeza, porém, de que estava muito longe de conseguir fugir. O complexo era enorme e certamente cercado. Correu em um ritmo lento e cuidadoso, mantendo os ouvidos aguçados e os olhos atentos, procurando o perigo.

E encontrou.

Bem à frente.

No limite da floresta: uma construção de um único andar, vinte guardas entrando às pressas em um veículo aberto. Haviam sido chamados, e Stephen suspeitava de que ele era o motivo.

Começou a pensar. Não levaria muito tempo até que o encontrassem; só havia percorrido 1,5 quilômetro desde a mansão. O perímetro de busca seria pequeno, e logo sua corrida para a liberdade terminaria. Era caçado, uma presa fácil. Olhou para a floresta. Não havia lugar para se esconder onde não pudessem achá-lo. Mas então percebeu que havia um lugar onde não o procurariam.

Passou pelas últimas árvores e parou quando chegou à parede lateral da estrutura que vira alguns momentos antes. Tratava-se de uma casa de fazenda revestida com estuque. Espiou pela porta por onde os guardas saíram. Viu uma sala ampla e larga, onde não havia ninguém. Com cuidado, entrou. Havia diversas mesas de trabalho ao longo da parede, computadores e consoles de rádio sobre elas. Olhou para a porta e para as janelas e, como não viu ninguém, correu pela sala, abrindo gavetas e armários. Não sabia o que procurava, mas saberia quando encontrasse. As telas dos computadores exibiam uma tela para o login. Os rádios eram protegidos por senha. Havia um mapa do complexo preso à parede. Arrancou-o e pegou uma caneta. Rapidamente encontrou sua localização e a circulou, depois fez uma linha ao longo do caminho mais curto para a saída. Enfiou o mapa e a caneta no bolso e estava pronto para sair quando chegou ao armário ao lado da porta. E encontrou o que precisava.

Roupas. Uniformes, para ser exato. Azul-escuros. A logomarca da Verdade de Deus bordada no bolso do peito. Nas costas, em letras grandes e grossas, SEGURANÇA. Rapidamente tirou o casaco e vestiu a camisa e o colete da segurança. Havia bolsos para rádio, munição, algemas etc... Mas estavam todos vazios. Não importava. Pelo menos poderia se misturar um pouco. Acabou de vestir a calça e colocou as roupas que usava antes no armário, depois pegou um boné com o bordado da equipe de segurança da Verdade de Deus e colocou-o na cabeça.

Sentia-se melhor. Antes era um desesperado sem esperanças, mas agora sentia que um plano estava se formando; talvez conseguisse.

O cano de uma arma atingiu-lhe na parte de trás da cabeça. Duro, brutal. Stephen caiu no chão, quase inconsciente. Virou-se e olhou nos olhos de um homem que não demonstrava emoções. O rosto ossudo parecia o de alguém que tinha como rotina diária derrubar pessoas, considerando isso algo tão comum e entediante como colocar o lixo na rua. Tinha a compleição de um cão selvagem: alto, magro e musculoso, a cabeça raspada sob o boné de segurança.

O guarda colocou o pé esquerdo sobre o pescoço de Stephen e apertou. Não o suficiente para esmagar-lhe a traqueia, mas o suficiente para mostrar que podia. Os instintos de Stephen fizeram com que agarrasse o pé do homem, mas soltou rapidamente, quando o guarda aumentou a pressão, restringindo a passagem de ar.

O homem falou ao microfone preso no ombro direito:

— Comando, aqui quem fala é Nash.

O sotaque do guarda surpreendeu Stephen. Era americano, do sul dos Estados Unidos, talvez da região da Geórgia. Como se pensasse melhor, o guarda desabotoou a faixa de segurança do coldre e sacou a pistola.

— Pode falar, Nash — respondeu a voz do outro lado.

— Estou com um homem branco, uns 50 e poucos anos, que se vestiu com as roupas da segurança aqui no quartel. Acho que é ele que procuramos.

— Entendido. Aguarde.

Stephen, deitado no chão, sentia a cabeça latejar, mas voltava a si. E não gostou nada de recobrar a lucidez, pois ela só serviu para confirmar a situação funesta em que se encontrava. Foi capturado apenas 15 minutos depois da fuga. Imaginou que o arrastariam de volta para o quarto a fim de aguardar a hora certa para o executarem. Seu lugar era em um tribunal, um local onde poderia controlar a percepção, onde poderia controlar as pessoas sem ninguém para controlá-lo.

— Nash?

— Sim, senhor.

— Não queremos incomodar as pessoas no complexo. Você tem um silenciador?

— Sim, senhor.

— Por favor, use-o. As ordens são para matá-lo.

CAPÍTULO 50

Michael subiu a escada para o jato, seguido por Paul e Simon. O motor ensurdecedor já estava ligado, pronto para a partida.

— Martin, onde posso colocar minha bolsa de mergulho? — perguntou Michael, pronto para esquecer as águas escuras de sob o Krêmlin.

— Guarde no fundo do avião — orientou Martin, enquanto pagava os últimos russos que contratara, acrescentando uma quantia extra de 50 mil dólares para comprar o silêncio deles.

— Preciso da minha câmera — continuou Michael, o coração ainda disparado por causa da fuga pelo subterrâneo do Krêmlin.

Horas antes, Michael, Simon e Paul haviam conseguido descer pelo elevador do arsenal, passar pelas instalações médicas e desaparecer pelos caminhos subterrâneos do Krêmlin. Seguiram Michael ao longo do caminho marcado com pontos laranja, mergulhando cada vez mais fundo nos confins da Terra e afastando-se dos soldados, dos guardas, das balas e da morte. Michael pegara a lata de tinta spray cinza que haviam deixado perto do tubo de ventilação e cobrira o caminho de pontos laranja à medida que passavam.

Chegaram à confluência dos rios, à Gruta dos Tsares, mas mudaram a rota de fuga, já que tinham certeza de que Fetíssov, por precaução, havia colocado homens no ponto em que emergiriam no rio.

Caminharam com dificuldade pelo túnel durante horas, perdidos, praticamente resignados de que nunca escapariam do mundo subterrâneo russo, quando sentiram o cheiro de comida. Chegaram a uma série de tubos de ventilação que levaram a diversos moradores do subterrâneo e, por fim, a escadas pelas quais alcançaram o porão de um edifício residencial a 3 quilômetros do Krêmlin, em Kitai Gorod. A 3 quilômetros de distância de qualquer guarda ou soldado que quisesse nada menos do que suas cabeças.

Pegaram um táxi e seguiram para o terminal, onde foram recebidos por um Martin bastante surpreso.

— Então, como você o encontrou? — perguntou Michael a Paul, apontando para Simon.

— Fui eu que o encontrei — disse Simon, jogando uma bolsa grande na cadeira. — Cheguei aqui há dois dias. Na verdade, eu vim para detê-lo.

— Deter-me? — perguntou Michael, enquanto Martin lhe entregava sua bolsa de mergulho.

— Você nunca se perguntou nem uma vez o que estava fazendo ao tentar encontrar a caixa para Zivera. — Simon ficou sério. — Você não faz ideia do perigo, do risco de deixá-la desprotegida.

— Então, o que tem dentro da caixa?

Simon fez uma pausa.

— Esperança para um, sofrimento para a maioria.

— De qualquer modo, não havia necessidade de questionar o que eu fazia — disse ele, enquanto remexia na bolsa e, por fim, a fechava. — Havia uma vida em jogo. A do meu pai.

— Um homem que você acabou de conhecer — retorquiu Simon com desdém.

Michael gelou e virou-se para Simon.

— Vá à merda — disse Michael, embora pensasse sobre a declaração precisa de Simon.

Nunca havia parado para pensar no que o estimulara a fazer aquilo. Será que fizera tudo pela memória da esposa morta, cumprindo seu último desejo, ou será que estava tentando salvar o pai, um homem que só encontrara uma vez e sobre quem nada sabia além do que Susan lhe contara? Não havia um elo entre pai e filho, uma relação construída ao longo do tempo que pudesse justificar essa busca. Mas, então, Mary o trouxe de volta à realidade, como fizera tantas vezes quando viva. Fora sua carta e suas palavras:

A família tem um modo de nos tornar completos, preenchendo o vazio que se espalha em nossos corações, restaurando a esperança que acreditávamos para sempre perdida.

E foi quando Michael notou que não buscava apenas o pai, mas também a esperança, a esperança que perdera com a morte da esposa. Temia que se perdesse Stephen, que se perdesse o pai antes mesmo de conhecê-lo, suas chances de encontrar a esperança de novo estariam para sempre perdidas.

— Não era isso que Genevieve queria — disse Simon.

— Então por que ela deixou o mapa e a pintura para mim? — retrucou Michael. — Ela me conhece, ela conhece o meu passado. Mas que inferno! Foi por causa dela que toda essa confusão começou. Ela me pediu para roubar o quadro de Julian em Genebra. Se ela tivesse me deixado fora de seus problemas, não estaríamos tendo essa conversa.

— Então você teria lhe virado as costas?

— Eu não disse isso. Nós quase morremos tentando salvá-la! — exclamou Michael. — Genevieve me deixou o mapa por um motivo. Confia em mim e quer que a caixa seja destruída — disse ele, na defensiva.

— Ela disse isso — interrompeu Paul, assentindo e rezando para conseguir mediar a conversa e acalmar os ânimos.

— É muito difícil destruir algo que não está em seu poder, não é? — perguntou Simon.

— Tudo bem. Já chega. — Paul levantou-se. — Então, como você sabia onde nos encontrar?

— Conheço a história de Libéria. Genevieve me revelou seus segredos. Eu a ajudei a desaparecer.

— Você sabia que ela estava viva enquanto eu chorava por ela? — explodiu Michael.

— Era a única maneira de ela desaparecer de verdade. Era isso que ela queria, Michael. E quando ressurgiu, procurando por você, eu sabia que só uma coisa a levaria a fazer isso. — Simon fez uma pausa e seus olhos escureceram. — Precisamos recuperar a caixa.

— Você me ajuda a salvar meu pai e Susan e eu o ajudo a recuperar a caixa e destruí-la.

Simon olhou para Michael.

— E Genevieve.

— E Genevieve — concordou Michael, a exaustão do dia tomando conta dele.

— E quanto a você? Está nessa? — perguntou Simon para Paul, sabendo como provocá-lo.

— Se estou nessa? Vocês já teriam se matado se não fosse por mim. Estou nessa... — Paul levantou-se, quase batendo a cabeça no teto do avião.

— É mesmo? — debochou Simon, sentando-se. — Você ainda estaria discando o número do Vaticano para pedir ajuda se eu não o tivesse encontrado.

Paul fechou os olhos, tenso, mas tentando não explodir.

Michael jogou a bolsa sobre os ombros, pegou a mala de Simon e caminhou pelo corredor até os fundos do avião.

— Vocês dois podem ficar aí discutindo, eu preciso de um banho para poder pensar direito.

Martin emergiu da cabine do piloto, fechando a porta atrás de si.

— Temos um destino, senhor?

— Córsega, Martin — respondeu Michael. — Precisamos chegar à Córsega.

CAPÍTULO 51

Stephen ficou deitado no chão da casa de segurança, a bota do sulista pressionando sua garganta. Sentiu o sangue gelar em suas veias, enquanto olhava para o cano da pistola. Em toda a sua vida, nunca imaginara que sua morte seria assim. Sozinho, sem saber em que país estava. Nunca encontrariam seu corpo; o túmulo ao lado da esposa e de Peter ficaria vazio por toda a eternidade. Pensou em Michael e no que poderia ter sido, pensou no filho que havia perdido para sempre, na promessa de esperança de um novo começo que nunca chegaria. E o sofrimento colocou seu cérebro para funcionar: tinha de sobreviver a qualquer custo. Embora suas mãos estivessem livres, não havia nada que pudesse pegar para usar. Tudo que tinha nos bolsos era uma caneta e o mapa.

— Você é americano, não é? — perguntou Stephen com esforço através da garganta apertada, mantendo as mãos paradas ao lado do corpo. — Acredito que seja da Geórgia.

O guarda olhou para ele por um momento e inclinou a cabeça.

— Você é americano?

— Sim, de Boston — respondeu Stephen, mantendo o contato visual com o guarda.

Com a mão direita, ele lentamente pegou a caneta do bolso.

Stephen percebeu, quando o guarda o olhou com seus olhos sulistas, que ele pensava em algo. Talvez o tivesse conquistado, talvez ainda houvesse um pouco de camaradagem compatriota neste homem.

— Boston, não é? — O guarda deu um sorriso, que depois se transformou em deboche. — Yankee de merda.

Ele preparou a arma.

Stephen agarrou a caneta com a mão direita; então, sem parar para pensar e com toda a sua força, fincou-a na panturrilha do guarda, cuja bota ainda pressionava sua traqueia. A caneta passou direto pela roupa do guarda, cortando sua pele e seus músculos até atingir o osso. O guarda tirou o pé, gritando de agonia, enquanto Stephen rolava para um lado, segurando firme a caneta enfiada na perna do guarda e puxando-a, fazendo, assim, com que o homem caísse. A arma disparou, causando um som abafado pelo silenciador. Stephen agarrou a arma do homem e afastou-a com toda a sua força. Com o resto de energia que ainda tinha, começou a socar o guarda, desferindo golpes fortes e mortais no rosto, na garganta e no corpo, socos que não tinha dado desde a época em que era pugilista. Stephen sabia lutar, sabia como bater e, o mais importante, sabia como atacar para causar os maiores danos e incapacitar o adversário.

O guarda ficou inconsciente, mas Stephen ainda desferiu mais três socos, a adrenalina correndo nas suas veias, levando a melhor sobre ele. Não sentia tanta sede de sangue desde a adolescência. Verificou o pulso do homem: ainda estava vivo.

— Nunca chame um torcedor do Red Sox de Yankee.

Stephen agarrou os braços do homem e o arrastou até o armário. Tirou o cinto, o coldre, o rádio e a munição. Revistou os bolsos do guarda e pegou sua carteira de identidade, as chaves do carro, uma pequena quantia de dinheiro e a respostas às suas orações: um telefone celular.

Colocou tudo nos bolsos, cobriu o homem com uma pilha de casacos e fechou a porta. Virou-se, pegou a arma e rapidamente a colocou no coldre.

Ouviu um rugido repentino sobre a casa, fazendo as fundações tremerem, assim como seus nervos. O som ficou cada vez mais alto para, por fim, parar um pouco antes de um agudo ecoar do lado de fora. Stephen acalmou-se quando percebeu que se tratava de um avião pousando em uma pista próxima.

Pegou o mapa no bolso, verificou uma vez mais sua localização e deixou o quartel de segurança. Caminhou até um pequeno estacionamento e pegou as chaves do carro no bolso. Apertou o botão de alarme, ao que um Peugeot azul apitou e piscou as luzes em resposta.

Stephen dirigiu o veículo pela garagem e parou ao lado da pista de pouso. O mesmo Boeing Business Jet que o trouxera taxiava até parar. Uma rampa foi colocada na frente da porta dos passageiros. Um homem quadrado saiu do avião acompanhado por duas mulheres e vários soldados. Stephen não conseguiu ver o rosto de quem entrava nos carros, mas achou que trabalhavam para Julian.

Esperou um momento, observando os veículos afastarem-se em comboio. Esperava que aquelas pessoas, fossem quem fossem, tivessem ido até ali por vontade própria. Sabia que a segurança triplicaria assim que descobrissem sua fuga.

Deixando isso de lado, dirigiu pelo complexo, passando por uma série de prédios de escritório e casas antes de a estrada ser cercada por uma floresta escura. O caminho descia por uns 3 quilômetros sem nenhum poste de iluminação, e Stephen não encontrou nenhum outro carro no caminho, o mundo escuro à sua volta acentuando o medo de ser pego.

Quando se aproximou da guarita principal, viu o portão. Não se tratava de um portão comum de madeira, que poderia ser facilmente atravessado, mas sim de ferro. Havia dois guardas conversando do lado de fora. Stephen pensou em suas duas opções: tentar se aproxima-se deles e sair, ou partir para cima do portão com tudo. Ambas as alternativas eram extremamente perigosas. Estava fugindo de novo e não fazia ideia de para onde ir. Não sabia qual era sua localização naquele instante; pelo que sabia, poderia estar a quilômetros de distância de qualquer sinal de civilização, ou pior: em uma ilha. A guarita ficava a uns 90 metros de distância, e os guardas notaram sua aproximação. Pararam de conversar e voltaram a atenção para ele. Stephen começou a acelerar. Verificou a pistola que segurava na mão esquerda, que mantinha encostada ao lado da porta para mantê-la fora do campo de visão dos guardas.

Estava a 18 metros do portão agora. Um dos guardas entrou na guarita enquanto o outro continuou observando Stephen.

E, para sua total surpresa, o portão se abriu. O guarda acenou e voltou para a guarita. Todo o medo e toda a ansiedade de Stephen cederam enquanto se afastava dali.

CAPÍTULO 52

O jato da Bombardier decolou para o céu azul do fim de tarde, saindo da Rússia o mais rápido que podia. Michael, sentado em uma das confortáveis poltronas de couro, tinha bolsas de gelo nas mãos e nos braços. Paul e Simon estavam no sofá com uma garrafa aberta de Jack Daniel's entre eles.

— Odeio vodca — declarou Paul, colocando o copo de uísque com gelo na mesa.

— Como está a cabeça? — perguntou Simon a Michael.

— Tudo bem — respondeu ele em tom suave, olhando pela janela a cidade lá embaixo.

Pensava na pintura e no mapa guardados na bolsa de mergulho e na história perdida da Rússia que eles haviam exposto. Considerou entregá-los ao governo russo, mas decidiu manter sua existência perdida no tempo. Os mistérios do país permaneceriam ainda por muito tempo, talvez por toda a eternidade. Era um mundo tão bonito, tão cheio de promessas, mas, como a maioria dos países, estava nas mãos do governo, e isso nem sempre era algo bom.

Fora até lá na esperança de salvar o pai, mas saíra sem conseguir realizar a missão, e agora ainda mais vidas estavam nas mãos de Julian Zivera. Além do destino de Genevieve, o de Susan agora pesava em sua consciência. De alguma forma, ela o tocara, aqueles olhos escuros atravessaram suas defesas para lhe aquecer o coração trancado. Uma mulher cuja primeira impressão o enfurecera encontrara um modo de derrubar as barreiras que ele construíra como defesa. E para abrir seu coração de novo... Por um instante, pensou que poderia seguir em frente com a vida sem macular as lembranças de Mary. Mas agora...

Martin surgiu da parte posterior do avião. Simon observou o advogado seguir até a cabine do piloto. Com o máximo de privacidade que poderiam ter no momento, disse:

— Michael, existe algo sobre Julian Zivera que você precisa saber.

— Antes que você me dê más notícias — disse Michael com um sorriso forçado —, gostaria de agradecer-lhe por ter me salvado. Se você não tivesse aparecido, eu estaria morto ou cavando neve em alguma prisão russa.

Simon fez um breve aceno com a cabeça, aceitando o agradecimento.

— De nada — interrompeu Paul.

— Ah, é, obrigado a você também. — Michael riu, depois voltou a dirigir-se a Simon. — Então, o que ela não me contou?

Simon acomodou-se melhor e começou:

— Os motivos de Julian Zivera não são os que você pensa. Isso não tem nada a ver com poder, dinheiro ou ganância. Julian sequestrou seu pai como um meio de se salvar. — Simon fez uma pausa. — Ele tem um tumor fatal na cabeça. Está morrendo e acha que a caixa é sua única esperança. Já exauriu todas as alternativas de cura: terapias de última geração, regimes à base de ervas, remédios antigos, drogas experimentais. Nem todo o seu dinheiro e poder podem lhe comprar uma cura. Ele, assim como nenhum de nós, pode comprar tempo e evitar a morte usando uma grande soma de dinheiro. Seus maiores amores, o dinheiro e o poder, provaram-se inúteis nesta busca pela sobrevivência. E isso o desesperou, fazendo-o agarrar-se a um sonho. Infelizmente, porém — fez outra pausa —, existe um pouco de verdade nesse sonho.

— Com licença enquanto eu me sirvo de outro drinque. — Paul levantou-se do sofá e foi até o bar, levando a garrafa.. — A história emocionante deste psicótico me deixou com sede.

Michael ficou sentado ali por um momento, mergulhado em pensamentos e perdendo a concentração com tantas complicações e revelações. Tentou voltar-se para coisas mais básicas.

— Simon, meu pai e Susan são reféns de Julian. Se há alguma chance de salvá-los, preciso saber. — Fez uma pausa. — Preciso saber de tudo.

— Acho que já ouvi histórias suficientes — disse Paul, sentando-se e servindo-se de outra dose de Jack Daniel's. — Acho que devemos invadir o complexo de Zivera, resgatar Stephen e Susan e deixar para as autoridades a tarefa de arrumar tudo depois.

Michael virou-se para Paul, respirando fundo.

— Por favor, estamos voando a 30 mil pés e não temos para onde ir. Preciso saber de tudo.

Simon olhou para Michael, levantou-se e foi até o bar; colocou mais gelo no copo e serviu-se de outra dose de uísque. O avião estava no mais absoluto silêncio, a não ser pelo ronco dos motores do jato. Retornou ao seu assento, acomodou-se, olhou para Michael e recomeçou:

— Desde o início dos tempos, o homem busca a vida eterna. Toda a humanidade, sem exceção, procura viver para sempre, seja em algum reino celeste ou em terra firme, espiritual ou fisicamente. Alexandre, o Grande, buscou isso; foi por esse motivo que Ponce de León navegou em busca de Bimini; a pólvora foi descoberta pelos chineses em sua busca pelo elixir da vida. Mesmo nos aspectos mais simples da nossa vida cotidiana, todos procuramos isso. Modificamos a dieta, fazemos exercícios, tomamos vitaminas, tudo na esperança de viver por mais tempo. O único propósito da medicina é subjugar as doenças e nos curar para que vivamos mais. A busca pela imortalidade é universal e representada de forma semelhante. Todas as religiões, todas as crenças buscam a vida eterna de algum modo. Esquecemos que a promessa de vida eterna é o principal motivador por trás da atração exercida pela religião. O tema das Escrituras Cristãs, a promessa de Deus: "Aquele que acredita em Mim terá a vida eterna." Evitar nosso fim faz parte da condição humana, pois nossos instintos foram programados para sobreviver.

Ele fez uma pausa e olhou para Michael e Paul, cujos olhos estavam fixos nele, acompanhando cada palavra dita em voz baixa.

— Cada uma das culturas fala sobre a eternidade, possui fábulas e mitos. E, como a história do grande dilúvio, existe uma história subjacente encontrada em qualquer parte. Uma história sobre a Árvore da Vida. Ela é central para a Cabala, os estudos míticos da torá judaica. É um tema recorrente nas religiões assírias e nas formas mais antigas da religião grega. A mitologia egípcia diz que Ísis e Osíris surgiram da Árvore da Vida, a qual chamavam de *Saosis*. Também é mencionada nas Revelações, capítulo 22, no qual a Árvore da Vida carrega 12 frutos que curariam as nações. Em lendas norueguesas, ela é conhecida como *Yggdrasil*. Na China, a árvore dá um pêssego a cada 3 mil anos, concedendo a imortalidade àqueles que comerem do fruto. Na mitologia árabe, existem árvores incrustadas com pedras preciosas que cercam a fonte da vida. E, é claro, a Árvore da Vida é mencionada no Gênesis, ao lado da Árvore do Conhecimento, da qual Adão e Eva retiram uma maçã. Essa árvore, porém, em vez de transmitir conhecimento, daria a vida eterna a quem comesse seus frutos. Mas Deus temia que os homens não fosses dignos de tal dádiva, pois isso os transformaria em deuses. Então, Ele enviou alguns anjos para guardar a árvore e evitar que qualquer homem conseguisse adquirir tal dádiva.

— Anjos? Fala sério. — Paul ficou de pé e olhou para Michael. — Você não está levando isso a sério, está? Olhe, eu o conheço e sei que já vimos algumas coisas muito estranhas, mas não sei se sou capaz de acreditar nisso.

— Não dou a mínima para o que você acredita — cortou Michael. — O que importa é aquilo em que Julian, o homem que sequestrou meu pai, Susan e Genevieve, acredita. Preciso saber tudo sobre a caixa, sejam fatos ou ficção. Então, por favor, sente-se e ouça.

Relutante, Paul obedeceu. Simon não deu atenção à discussão e continuou:

— Os anjos eram responsáveis por guardar o Éden e o segredo da vida eterna, mas se cansaram e se rebelaram. Colocaram o segredo no fundo de uma caixa dourada e a decoraram com imagens de morte para enganar os homens.

— Ainda estamos falando em fábulas? — interrompeu Paul de forma sarcástica, erguendo as mãos. — Só quero entender.

Michael lançou um olhar fulminante para o amigo, que recostou a cabeça e fechou os olhos.

— E a caixa foi escondida — continuou Simon. — Sua lenda cresceu como um aviso: quem quer que procurasse os segredos de Deus morreria ao fazê-lo.

"Durante incontáveis séculos, ela ficou nas mãos de padres e reis, pessoas que entendiam suas implicações fatais, embora alguns não tenham resistido à tentação, à atração, e tenham assistido, horrorizados, enquanto seus reinos eram reduzidos à ruína. Esta caixa era procurada por conquistadores e exércitos, imperadores e ladrões, tomada como espólio de guerra apenas para levar seus saqueadores direto para o túmulo por causa da ganância e imprudência quando abriam tolamente a tampa.

"A caixa de ouro finalmente foi guardada em Bizâncio, onde sua existência só era conhecida pelo rei quando da sucessão; reis que eram avisados sobre a morte, homens sábios que conheciam as implicações do desejo desenfreado. E com a queda do último dos impérios antigos, ela teve de ser levada para o mais longe possível da civilização, sendo enviada para a Rússia com a Libéria bizantina, onde a caixa foi enterrada no subterrâneo e esquecida pela história, transformando-se em uma lenda, em um mito.

Paul ficou ali sentado, os olhos fechados, balançando a perna em sinal de frustração.

Michael inclinou-se para a frente.

— Preciso saber, Simon. Nada de mitos ou histórias de ninar. Preciso saber exatamente o que há dentro daquela caixa.

Simon fez uma pausa, recompondo-se, como se estivesse mergulhando em sua mente, preparando-se para revelar uma verdade horrível.

— A vida eterna para aqueles que abrirem a caixa... mas a um custo extremo. Está cercada pelo pior mal que há. Um mal que não podemos permitir que escape; que sempre foi seguido pela morte; aqueles que não respeitaram o aviso e abriram a caixa, assistiram às pessoas à sua volta morrerem, aos seus reinos serem destruídos por pragas e pestes, guerra e seca e, por fim, à morte. Seu mundo era destruído e seu império, devastado. Trata-se de um mal que não é visto no mundo desde antes de Ivan resistir à tentação, uma tentação que ele só foi capaz de resistir por causa da fé e do temor. Michael — Simon fez uma pausa —, a caixa contém a escuridão infinita.

— Uma vez liberada, ela pode ser contida? — perguntou Michael de forma hesitante e já odiando a resposta.

— Não sei...

— Então você está dizendo que esse negócio é apocalíptico? — perguntou Paul com desdém, mantendo os olhos fechados e balançando a perna ainda mais rápido. — Diga-me, é uma doença, uma praga, um caso grave de gripe? Isso eu posso aceitar. Mas com algum Armagedon divino? Fala sério.

— Só para que conheça essas palavras que acabou de dizer, apocalipse significa revelação — disse Simon, tentando conter a raiva. — Revelação daquilo que está oculto. Vem da palavra grega que significa literalmente destampar algo. Você pode chamar do que quiser.

— Então, não temos muitas opções — disse Michael, tentando controlar o duelo de personalidades antes que chegasse ao limite.

Ficou ali sentado, com os olhos perdidos e a mente tentando digerir o que ouvira, mas era como se a realidade tivesse se transformado em uma ladeira congelada e ele estivesse escorregando. Tinham de lutar contra um homem que literalmente matara a própria família, as pessoas mais próximas a ele — a esposa e o sogro —, só para assumir e herdar um ministério de 1 bilhão de dólares; um homem que explorava a palavra de Deus apenas para saciar a própria ganância; um homem que pregava de forma hipócrita e contradizia cada um de seus sermões. Michael recostou-se na cadeira.

— Não há a menor chance de ele deixar alguém escapar – disse Michael, resignado.

— Esse homem não pode se dar ao luxo de deixar qualquer pessoa saber das atrocidades que já cometeu. Isso acabaria com seu império, deixando-o apenas com cinzas. Ele vai matar seu pai, Michael. E vai matar Susan e Genevieve.

— Acho que devemos pegar Susan e seu pai — sugeriu Paul. — E fugirmos para o mais longe possível desse cara.

— Quem dera fosse tão fácil assim — disse Simon. — Nada o deterá em sua busca para evitar a própria morte. As palavras sagradas que diz são traiçoeiras, servindo apenas para ocultar sua malevolência e sua mente distorcida. Julian é a escuridão em forma de gente. E agora, com aquela caixa, com o poder que vai possuir sem saber, é como se pegássemos o diabo e colocássemos todas as bombas do mundo em suas mãos.

Michael olhou para o oceano abaixo deles; a beleza da luz da Lua iluminando a superfície mascarava suas profundezas, seus mistérios e perigos. Isso o fazia lembrar-se da caixa, da sua beleza, de sua atração e de morte que carregava consigo. Sentiu como se estivesse preso sob a superfície, lutando para respirar, mas sem conseguir e temendo nunca mais voltar a respirar.

— Lembre-se de uma coisa, Michael — pediu Simon, inclinando-se para ele, olhando-o com uma compreensão incomum. — Mesmo nos momentos mais sombrios, sempre há esperança.

Michael ouviu as palavras de Simon, sem saber como poderia ter esperanças de novo. Vagava pela vida sem direção desde a morte de Mary. E agora um pai que nunca conhecera e uma mulher para quem abrira seu coração também morreriam. Sentia-se por completo impotente.

Martin saiu da cabine do piloto e pegou um telefone sem fio na parede da frente. Fez uma enxurrada de perguntas em voz baixa e começou a anotar algumas coisas, assentindo. Suas ações chamaram a atenção de Michael, interrompendo a conversa.

Por fim, depois de um minuto, Martin caminhou até Michael e entregou-lhe o telefone.

Michael olhou-o de forma interrogativa.

— Para mim? — Ele olhou em volta; as únicas pessoas que realmente considerava amigos estavam com ele no avião. — Quem é?

Martin encarou-o.

— Seu pai.

O avião pousou em uma pista antiga que datava da Segunda Guerra Mundial. Para os ocasionais jatos particulares que levavam os ricos e famosos para a costa da Córsega, no entanto, não era de muita serventia. Era cercada por barracões Quonset e hangares de latão que pareciam prestes a ruir com a brisa de verão. A clientela do aeroporto consistia em uma equipe acrobática que usava um pequeno bimotor e uma escola de aviação com apenas cinco monomotores Piper Cub da década de 1960. O controlador de tráfego aéreo, que operava de sua sala de visitas, gerenciava o depósito de combustível e, três vezes por semana, era o açougueiro da cidade.

Martin saiu do avião, mas todos os outros permaneceram em seus lugares. Michael observou-o atravessar a pista e ir até uma limusine que os aguardava, cujo motorista estava de pé ao lado da porta traseira. Martin falou rapidamente com ele, pagou em dinheiro e assentiu. O motorista abriu a porta e Stephen Kelley saiu do carro.

Os dois homens ficaram em silêncio por um momento, uma troca silenciosa de alívio antes de um aperto caloroso de mãos. Martin, na verdade, deixou um sorriso escapar. Era a primeira vez que Michael o via sorrir. Stephen usava um uniforme escuro de segurança, e a roupa parecia mais natural nele do que o terno da Brooks Brothers que usava quando Michael o conhecera, e não parecia nem um pouco pior. Lançou um olhar para o avião e ele e Martin subiram a rampa. Stephen parecia bem diferente da imagem de que Michael se lembrava de seis dias antes. O que mais chamava a atenção é que parecia descansado.

Stephen entrou pela porta, passou direto por Michael, Paul e Simon e, sem dizer uma palavra ou lançar um olhar, serviu-se de uma dose de Macallan no bar. Bebeu o uísque, jogou gelo no copo e colocou mais uma dose. Por fim, virou-se para as pessoas diante dele. Olhou para Simon e depois para Paul, como se examinasse o arquivo de um caso. E, então, seus olhos pousaram em Michael.

Olharam-se por uns trinta segundos, um mundo de pensamentos passando entre eles.

— Temos uma conversa para terminar — disse Stephen.

— Acho que é muito mais do que isso.

— Mas agora não é a hora — respondeu Stephen, olhando para Paul e Simon.

Michael assentiu.

— Martin disse que Susan lhe mostrou meu quarto secreto. — Referia-se ao lugar onde guardava as lembranças do primeiro filho.

— Mostrou — confirmou Michael, olhando para o homem como se o visse pela primeira vez.

Um homem cujo quarto e cujas gavetas catalogavam a vida dele em fotografias e artigos, a vida de um filho que abandonara não por irresponsabilidade, mas por amor, assegurando-se de que o filho recém-nascido fosse bem cuidado de um modo que nunca poderia fazer como pai viúvo e adolescente. Um pai que compartilhara da criação do filho apenas por fotografias e palavras escritas, nunca por conversas ou abraços calorosos. Susan decidira compartilhar as lembranças orgulhosas de Stephen com o filho. Ela quis que Michael soubesse que não fora esquecido. Michael olhava em confusão para o homem, sem saber o que dizer, enquanto o ar ficava pesado de tensão.

— Tudo bem, então... — disse Stephen, tentando mudar de assunto. Voltou-se para Martin: — Vocês já a avisaram que estou bem?

Martin não disse nada.

— Martin...? — perguntou Stephen.

Ele baixou o olhar.

— Onde está Susan? — perguntou Stephen, olhando em volta. Um silêncio caiu sobre o grupo. — Martin?

— Ela foi capturada, senhor.

O rosto de Stephen mostrou um misto de emoções: confusão, fúria, raiva.

— Como assim?

— Um general russo a pegou. Um dos homens de Zivera. Um avião partiu da Rússia ontem, temos quase certeza de que ele a trouxe para cá.

Stephen vira o jato comercial enquanto fugia, vira um homem e duas mulheres saírem do avião e entrarem rapidamente num carro. A raiva que sentia não era direcionada para Zivera nem para os homens diante de si, mas para si mesmo. Susan estava ao seu alcance, e ele a deixara escapulir por entre os dedos. Se tivesse esperado um pouco...

— Eu a vi. Meu Deus... — Suspirou, levando as mãos à cabeça. — Eu não sabia...

Martin olhou para o chefe.

— Você não poderia fazer nada.

Stephen olhou-o, suas emoções transformando-se em raiva.

— O que eles querem com ela?

Todos ficaram em silêncio.

— O que está acontecendo? Alguém, por favor, me diga o que está acontecendo!

— Imagino que vão matá-la — disse Simon, do jeito fatalista que lhe era peculiar.

— Matá-la? — perguntou Stephen, confuso. — Mas por quê? O que ela fez?

— Ela estava comigo — respondeu Michael, enquanto caminhava na direção do homem que descobrira havia pouco ser seu pai.

— Com você? Michael, o que você fez? — A raiva transparecia em sua voz. — Por que eles iriam querer matá-la?

Michael olhou para o pai, sua consciência tomada pela tristeza que via nos seus olhos, pela situação de Susan e por todas as coisas que Stephen ainda precisava saber: sobre a caixa, seu conteúdo e sobre o sequestro de Genevieve. E, embora estivesse aliviado por ver Stephen, feliz por não se sentir mais responsável pela sua vida, sua determinação não diminuíra, seu trabalho estava longe de concluído. Suas emoções atiravam para todos os lados, e ele lutava para acalmar os pensamentos. Recobrou a concentração e, por fim, pousou a mão sobre o ombro do pai.

— Talvez você não me conheça além das fotos na parede, mas eu não vou deixar que a matem. Juro para você que vou salvá-la, mesmo que eu morra no processo.

CAPÍTULO 53

O laboratório ficava na parte mais remota do complexo. A 9 metros da superfície, atrás de paredes que alternavam concreto e aço. Com 6 metros de espessura, eram capazes de resistir a qualquer coisa, exceto uma explosão nuclear. O sistema de ventilação avançado trocava o ar a cada vinte segundos, passando por filtros e recirculadores para obter ar fresco. Cada seção era fechada de forma individual e mantida sob uma pressão negativa.

Seu design era mais avançado do que os Centros de Controle de Doenças dos Estados Unidos e o Centro Europeu de Prevenção e Controle de Doenças, sendo capaz de conter os agentes mais mortais, tanto em termos químicos quanto biológicos.

Contudo, por mais avançadas que fossem as instalações, existiam métodos rudimentares que um homem precisava adotar, apesar de todas as tecnologias modernas. Ao lado do laboratório central havia um pequeno quarto, separado por uma janela de observação. O duto era ligado diretamente a essa sala e podia liberar qualquer toxina que precisasse ser evacuada da seção adjacente para mais experimentos. Tratava-se da ciência crua, datando de séculos, mas seu método brutal se provou eficaz. Então, o quarto adjacente estava cheio de níveis de vida selvagem, desde pássaros, passando por roedores, até pequenos primatas, cada jaula monitorando a saúde ou o declínio do respectivo animal: a abordagem "canário na mina de carvão" para a ciência.

Três cientistas desciam o elevador, com expressões animadas como a de crianças à porta de entrada da Disney World. Cada um deles era um especialista no seu campo. Hal Jenkins — veículos biológicos com foco em guerra biológica —, treinado na Johns Hopkins, com vinte anos de experiência no Exército dos Estados Unidos, era o principal perito em análise, construção e destruição de agentes biológicos. Madris Habib tinha uma aptidão semelhante em agentes químicos e no planejamento de contramedidas. Formado pelo MIT, levou seu conhecimento de volta ao Oriente Médio, tendo 18 anos de carreira bem-sucedida no seu território deserto. O Dr. Bill Lloyd, um ex-professor de Oxford e cirurgião conceituado, conhecido no meio acadêmico por possuir uma mente analítica que superava os supercomputadores que usava para a pesquisa médica e pelos avanços e descobertas no tratamento contra o câncer e apetite insaciável para vencer a doença.

Os três homens entraram no laboratório, lavaram-se e vestiram roupas de proteção que pareciam mais adequadas para uma viagem espacial do que para uma instalação médica. Debruçaram-se sobre a caixa de ouro com um misto de medo, curiosidade e orgulho. A arte e a beleza da caixa excediam em muito suas expectativas. Tratava-se literalmente de uma obra de arte como nunca antes vista: as figuras complexas entalhadas na superfície, esculpidas por um mestre cujas habilidades não haviam sido superadas em milhares de anos.

Os três cientistas entendiam o potencial da caixa que tinham diante de si; haviam passado o último ano lendo cada pedaço de papel que Zivera conseguira. A lenda falava sobre vida eterna, sobre segredos havia muito perdidos, sobre a mão de Deus. Como cientistas, possuíam um ceticismo mais profundo que o oceano. Não aceitavam menos do que uma prova substancial. Embora respondessem e agissem como profissionais em relação a Julian, comentavam entre si sobre a duvidosa sanidade daquele homem.

O Dr. Lloyd, porém, tinha esperanças. Já vira mitos bíblicos manifestarem-se no mundo moderno. Conhecia muito bem a referência da Bíblia em relação ao maná, o alimento reverenciado dos deuses. Os mesopotâmios antigos chamavam a substância poderosa de *shem-na-na* e os egípcios a descreviam como *mfkzt*, ao passo que os alexandrinos a veneravam como a Pedra do Paraíso. Feita em pedaços, o pó misterioso foi ingerido ritualmente por reis e faraós antigos. Foi referenciada como o alimento do "corpo leve, o *ka*", e também considerada uma substância que aumentava a consciência, a percepção e a intuição, além de ser vista como a chave para a vida eterna. E Lloyd vira sua redescoberta na era moderna como ouro no estado monoatômico, com muitas de suas propriedades míticas provadas como fato. O que se acreditava ser uma substância fantástica, quase risível, de poderes mágicos, era, na verdade, real. Então, Lloyd tinha esperanças na caixa diante dele. Rezava para que a lenda fosse, de fato, verdadeira e estava preparado para aceitar o mito como fato. Esperava testemunhar um milagre.

Mas Julian os fez preparar-se para o desastre, para o pior dos cenários possíveis: doenças e escuridão, morte e Armagedon. Enquanto cada um deles fitava a caixa de ouro, não podiam evitar achar certa graça, já que consideravam bastante improvável que uma caixa tão pequena e bela pudesse conter tanto horror. Todos esses homens, porém, tinham visto atrocidades causadas tanto pelo homem quanto pela natureza. E sabiam que não deviam subestimar a capacidade de algo pequeno acabar com a vida de milhões. Afinal, cada um deles havia criado ou combatido agentes mortais com capacidades semelhantes que poderiam ser guardados em um dedal.

Passaram a caixa por diversos scanners, farejadores químicos e espectrômetros, mas não encontraram nada extraordinário que os fizesse parar para uma análise mais profunda. A fechadura foi medida, avaliada e compreendida. Só precisariam de uma chave de fenda para abri-la.

Mesmo com a proteção dos trajes biológicos, optaram por abrir a caixa remotamente, no quarto protegido por um vidro de 90 centímetros de espessura e com o benefício de um ventilador de alta velocidade. Uma caixa de contenção que aguentaria um alto impacto cobria a caixa dourada. Extratores foram colocados, qualquer coisa que escapasse depois de abrirem a fechadura seria instantaneamente mantida em um contêiner que certamente seria mais seguro do que uma caixa de ouro, cuja idade ia além da compreensão.

Lloyd controlava um par de braços remotos que forneciam uma destreza tátil mais apurada do que as próprias mãos. Habib controlava o equipamento de vídeo, de modo que pudessem fazer observações precisas. E Jenkins controlava a ferramenta mais importante: os computadores de monitoramento e análise, que identificariam o conteúdo do Albero della Vita em questão de segundos depois de abrirem a tampa.

— Quando estiverem prontos, senhores — soou a voz impaciente de Zivera pelos alto-falantes.

Lloyd olhou para Habib e Jenkins. Embora se sentissem protegidos de qualquer perigo, isso o fez parar por um momento. Julian demonstrara grande confiança naquela equipe e nas instalações. Ele procurara cada um deles um ano antes para executarem esta tarefa específica, pagando-lhes um salário dez vezes maior do que poderiam ganhar em toda a vida. Por meio dos esforços conjuntos, eles supervisionaram o planejamento e a construção do laboratório para este único objetivo. E o local permanecera fora de uso até agora, aguardando pela caixa que, finalmente, estava do outro lado do vidro. Zivera assegurara-lhes que se o conteúdo da caixa fosse destrutivo, ele a enterraria imediatamente em um lugar seguro para que não pudesse causar qualquer mal ao mundo. Contudo, cada um deles já ouvira tal afirmação antes. A História já assistira ao desenvolvimento de tramas biológicas, químicas e nucleares, sendo que todas haviam começado como uma pesquisa benigna, a fim de descobrir respostas, procurar meios de ajudar a sociedade. Os governos sempre se dispuseram a financiar esse tipo de pesquisa, mas cientistas altruístas em busca do conhecimento sempre viram o governo reivindicar a posse do conhecimento, transformando suas descobertas em instrumentos para conquistar a supremacia militar.

Lloyd não via essa tarefa como uma busca religiosa em nome de Zivera. Entendia a Verdade de Deus, o casamento da ciência com a religião. Isso, porém, não era nem uma coisa nem outra. Essa missão nada mais era do que a obsessão de um homem em busca da própria imortalidade. Mas a chance de estar à frente de uma descoberta inovadora era sedutora demais para um cientista como ele, para os cientistas que estavam ao seu lado. Zivera pagara por tudo, pagara a eles, e agora esperava que realizassem aquela tarefa. Confiava neles, confiava nas instalações que haviam criado.

— Algum problema? — ecoou a voz onisciente de Zivera.

Habib e Jenkin olharam para Lloyd, compartilhando um momento silencioso diante da descoberta de uma nova fronteira, e sorriram para a voz. Pois por mais que Zivera confiasse neles, por mais que dissesse que não havia perigo, isso era o menos próximo do que estava prestes a acontecer.

Lloyd deslizou as mãos nas luvas de controle e esticou os braços. Os braços mecânicos atrás do vidro reproduziram o movimento. Flexionou cada um dos dedos, virou os pulsos, bateu palmas. As mãos mecânicas seguiram todos os movimentos, terminando em um som alto de metal contra metal. Habib acionou os gravadores digitais e ajustou o foco de cada uma das quatro câmeras. Jenkins executou mais uma leitura do ar para usar como parâmetro e acenou para Lloyd.

A mão mecânica esquerda pegou uma chave de fenda. Lloyd a inseriu gentilmente na fechadura e, com a mão mecânica direita, segurou a caixa de ouro. Virou o instrumento e ouviram o clique amplificado pelos alto-falantes.

Jenkins verificou a leitura do ar. Nenhuma mudança.

Habib ajustou uma das câmeras, colocando a imagem da caixa em close num dos monitores. Ligou um botão, ao que uma luz forte de halogênio iluminou a parte de cima da caixa, fazendo com que sombras douradas dançassem na sala.

Lloyd segurou a base da caixa com a mão mecânica direita e, com a esquerda, ergueu a tampa.

Habib, com os olhos colados no monitor, viu a tampa ornamentada abrir-se sobre as dobradiças. Os braços mecânicos obscureceram-lhe momentaneamente a visão, antes que Lloyd os afastasse. Todos prenderam a respiração. Lloyd olhou da caixa para a visão de close-up do monitor.

Habib inclinou o pescoço para ver melhor.

Jenkins verificou a leitura de ar duas vezes. As leituras vinham a cada décimo de segundo.

Eles haviam se preparado por um ano, levando em consideração cada cenário possível. No entanto, observando os monitores e a leitura do computador, se deram conta de que aquela fora a única contingência para a qual não haviam se preparado.

CAPÍTULO 54

Sentada numa poltrona de vime na varanda do terceiro andar da mansão de Julian, Susan olhava em silêncio para o oceano. Ainda usava a mesma calça jeans e o mesmo moletom com que fora sequestrada. A brisa do mar brincava com seu cabelo despenteado, enquanto ela bebia um pouco de água de uma garrafa. Observou quando um helicóptero branco levantou voo de um enorme iate na linha do horizonte. Parecia um simples inseto avançando para a praia, mas logo ficou maior e o barulho aumentou, enquanto as hélices giravam no ar com um som alto e rítmico. Voava diretamente em sua direção, e ela conseguiu ver o piloto louro nos controles. Por fim, desviou-se para o lado da casa, onde pousou, e o motor diminuiu a rotação até parar.

Ouviu um alvoroço, passos apressados. Zivera entrou no quarto e atravessou-o em passos rápidos, seguindo até a varanda que tinha vista para o mar.

— Onde está a caixa verdadeira?

A voz dele tremia de raiva. Susan nada respondeu, ainda olhando para o oceano como se estivesse de férias.

— Você gosta do mar? — perguntou Zivera.

Mais uma vez, ela bebeu água e recusou-se a lhe dar atenção.

— Espero que sim, porque se não responder às minhas perguntas, eu mesmo amarrarei pesos aos seus pés para que você possa ver o oceano a partir de uma perspectiva totalmente nova.

— Isso é tão... — ela fez uma pausa, parecendo escolher as palavras com cuidados — ... cristão da sua parte.

— Não se atreva a falar sobre Deus comigo.

— Por quê? Ah, talvez porque você seja um perito? Protegido pelos muros do seu mundo, arrecadando milhões, pregando para um rebanho ignorante apenas com o objetivo de esvaziar seus bolsos e vender-lhes sua visão particular de Deus. Por algum motivo, eu não acho que essa seja a mensagem de Deus ou a intenção d'Ele para a humanidade.

Ela usou um tom forte e confiante. Suas palavras e atitudes mostravam desafio e coragem, mas, por dentro, estava aterrorizada. Aprendera logo no início da carreira que, se você precisava convencer alguém de alguma coisa, devia demonstrar convicção, mesmo que soubesse que era algo falso.

Zivera foi até o parapeito da varanda, tentando recobrar a compostura.

— Onde está a caixa verdadeira? — perguntou com voz gentil. — Michael deve trazê-la para mim.

Susan remexeu-se na cadeira, olhando para o mundo.

— Se ele não confiou em mim para guardá-la...

Deixou as palavras pairando no ar.

Susan ficara furiosa com Michael quando abrira a caixa e descobrira que não passara de uma isca. Gritara de raiva pela mentira, por ele não ter confiado nela. E quando pensava sobre isso, ficava mais zangada ainda consigo mesma, pois fizera a única coisa que Michael pedira para não fazer: cedera à tentação. Era sempre tão prática, tão esperta e, ainda assim, demonstrara cegueira, seduzida pela curiosidade que, inevitavelmente, a dominara. Sempre se orgulhara de sua força e de seu autocontrole. Nunca cedera à atração por drogas, às pressões dos colegas na adolescência; ainda assim, quando ficara sozinha com a caixa, falhara completamente. E, no final das contas, o que a enfurecia mais era que Michael sabia que ela fracassaria. De alguma forma, convencera-a de que a caixa que agora estava com Zivera era a verdadeira. Agora, acima de tudo, sentia gratidão por não ser. Odiava-se pelo fracasso.

— Eu devia matar Fetíssov pela incompetência — declarou Zivera. — Mas pelo menos ele trouxe você para mim. E, por algum motivo, acho que será uma isca bem melhor para Michael St. Pierre do que o pai.

Susan ergueu o olhar, sentindo o coração despedaçar. Não conseguiu esconder a dor nos olhos e virou o rosto. Tudo o que fizera naquela semana servira para nada. Não ia aguentar ouvir que Stephen morreria.

— A propósito — disse Zivera, debruçando-se no parapeito e olhando para o mar —, não tente fugir como ele. Eu subestimei o velho. Mas para você, coloquei guardas adicionais, e eles receberam ordens de atirar.

Susan passou por uma montanha-russa de emoções. Não deu atenção ao fato de que poderia ser morta. Tudo o que ouviu foi que Stephen fugira. Saiu da profundeza do sofrimento para a mais pura felicidade.

Zivera a deixou com seus pensamentos, saindo do quarto sem dizer mais nada. Susan olhou para o céu sem nuvens, para o horizonte que se unia ao oceano de forma perfeita. Começou a acalmar a respiração, lenta e rítmica, tentando tirar todos os pensamentos da mente enquanto procurava clareza.

Olhou sobre o parapeito de mármore: 17 metros abaixo, havia dois guardas fazendo a ronda. Olhou novamente para o mar, o vasto oceano e toda a sua glória, o enorme iate pousado no horizonte à sua frente e ficou pensando se essa seria sua última visão do mundo.

CAPÍTULO 55

— Por favor, não me leve a mal — disse Simon. — Mas precisamos pegar a caixa primeiro ou salvar Susan não adiantará de nada, já que ela morrerá assim como todos nós se a caixa for aberta.

— O quê? — interrompeu Stephen. — Do que vocês estão...

Michael ergueu a mão.

— Eu explico daqui a pouco. — E virou-se para Simon: — Não se preocupe com a caixa.

— Não me preocupar? — perguntou Simon.

Michael assentiu. Simon ficou em silêncio, mas seu rosto ainda era uma máscara de preocupação.

Os cinco — Michael, Stephen Kelley, Martin, Paul e Simon — estavam sentados em torno da mesa de conferências do jato particular de Stephen. Martin encomendara mais comida e bebidas em uma pequena vila da Córsega a 24 quilômetros da costa. Embora todos estivessem famintos, quase não comeram nada, exceto Paul, que nunca deixava passar uma refeição.

Michael olhou para Stephen.

— Deu para você conhecer o terreno?

— Que caixa? — perguntou Stephen de novo, ficando impaciente, a exaustão da experiência difícil pela qual passara transparecendo em sua voz e suas feições. Ele apontou para Simon. — Sobre o que ele falava?

— Explico tudo daqui a um minuto — disse Michael, tentando acalmá-lo com o tom suave da voz. — Precisamos planejar como vamos entrar nas terras de Zivera e como vamos nos movimentar pelo terreno. O que você se lembra do lugar?

— Não me lembro de muitos detalhes. Estava escuro como o inferno. — Stephen recostou-se na cadeira e remexeu o bolso. — Mas conheço a casa principal. Parece mais um castelo. Quanto ao terreno, isso deve ajudar — disse ele, jogando um pedaço de papel amarrotado sobre a mesa em direção a Michael.

Era o mapa do complexo que ele tirara da parede do quartel-general da segurança quando tentava fugir.

Michael sorriu.

— Quem disse que não temos nada em comum? — Pegou o mapa e analisou-o por um tempo, antes de entregá-lo a Simon. — Você acha que pode encontrar um modo de entrarmos aí?

Simon olhou para o mapa, abrindo-o sobre a mesa para que todos o vissem. Tratava-se de uma visão geral, básica, do complexo, dando a localização dos prédios.

O telefone do avião tocou quando todos se debruçavam sobre o pequeno mapa. Martin ignorou o telefone da mesa de conferências, optando pela privacidade do aparelho fixado na parede. Atendeu-o, falando em voz baixa. Virou-se para Michael, olhando-o direto nos olhos, mas nada disse.

A cabine ficou em silêncio, todos com os olhos pousados em Martin.

— O que foi? — perguntou Michael.

Martin foi até o telefone da mesa de conferência e pressionou o botão de viva-voz.

— Sr. St. Pierre? — A voz parecia oca e intercalada com sons de estática. — Muito obrigado por resgatar minha mãe.

— Ela poderia ter morrido do modo como seu capanga russo a tirou de nós.

— Ah, mas está viva e junto com a família agora. Então, agradeço pelos seus esforços. Obviamente você sabe o motivo da minha ligação.

Todos olharam para Michael, que fechou os olhos, tentando se concentrar na voz.

— Para explicar por que você me traiu? — devolveu Michael.

— Traí você? — A voz de Zivera soava fria e estável.

— Deixou-nos fazer o trabalho difícil, e depois o seu general Fetíssov roubou Genevieve e a caixa de nós, deixando-nos lá para morrer. Acho que eu chamaria isso de traição.

— Mas ele não fez um trabalho muito bom, já que você ainda está vivo. E creio que isso é muita sorte minha, não?

— Não se a mídia mundial descobrir que um homem tão piedoso como você estava por trás de chantagem, sequestro e assassinato. — Michael tentava controlar a raiva. — E, pode acreditar, quando as pessoas descobrirem que um suposto guia espiritual, um pilar da fibra moral, violou de forma hipócrita cada palavra que prega, elas vão ficar um pouco aborrecidas... Ou melhor, deixe-me corrigir isso: vão ficar com sede de sangue. Principalmente porque doaram muito dinheiro.

Zivera soltou um risinho.

— A imprensa tem dificuldade em ouvir ladrões, Michael. Você já encontrou seu pai? E como vai seu amigo policial? Todos estão se divertindo? Ah, mas espere... Tem alguém faltando. Quem será?

— Onde está Susan? — perguntou Michael.

— Fetíssov esforçou-se bastante para não matá-la, mas o dinheiro é sempre uma boa maneira de controlar as ações passionais. Entregou-a a mim sem ferimentos. — Zivera fez uma pausa. — Isso não quer dizer que ela permanecerá assim por muito tempo. Na verdade, acho que o tempo de vida dela é de 24 horas.

— E você diz isso para... me assustar? — blefou Michael, sentindo a pele gelar.

— Não, para motivá-lo — contradisse Zivera.

— A fazer o quê?

— Pare com essa merda — explodiu Zivera. — Traga a caixa para mim.

Michael entrou no quarto de Stephen e voltou com a bolsa de mergulho. Pegou na bolsa de lona preta a mochila preta. Colocou-a sobre a mesa de conferências e abriu o zíper.

— Você vai matá-la de qualquer maneira — disse Michael.

— Não se você me entregar a minha caixa.

Houve uma pausa.

— Ela não está comigo — disse Michael, pegando a caixa de ouro e colocando-a no centro da mesa. Todos os olhos se fixaram nela.

Paul virou-se e sorriu para Simon.

— Por que será que eu não acredito em você? — perguntou Zivera.

— Talvez porque eu não acredite em você.

— Por que diz isso?

— Porque você teria matado meu pai se ele não tivesse fugido e porque você deixou a mim e Paul na Rússia para morrer.

— Parece que estamos jogando xadrez com palavras. Se você acha que vou matá-la de qualquer maneira, talvez eu deva matá-la agora mesmo — ecoou a voz de Zivera pela cabine do avião.

Michael ficou em silêncio.

— Traga-me a caixa e eu a deixo viver. Venha sozinho, Michael. Caso contrário, todos morrem.

Michael olhou para todos na mesa. Simon fez que não com a cabeça.

— Veja bem, Michael, talvez você até estivesse disposto a deixar o seu pai morrer...

Stephen olhou para ele, mas Michael desviou o olhar.

Zivera continuou:

— Não acho que você queira tratar Susan do mesmo modo. — Julian fez uma pausa, deixando suas palavras surtirem efeito. — Lembre-se, Michael: sozinho.

— Acho que eu não consigo chegar em 24 horas. — disse Michael, tentando ganhar tempo.

— Um homem tão cheio de recursos quanto você? Talvez você esteja certo. Então, sabe o que mais? Esqueça as 24 horas. Você terá apenas oito. O caminho não é tão longe do aeroporto em que você se encontra.

E desligou o telefone, o clique ecoando por todo o jato.

Michael estava no meio de uma estrada remota da Córsega, olhando para a pista de pouso ladeada de árvores, situada em um planalto, com o Mediterrâneo a menos de 2 quilômetros. A ilha francesa era enorme, exibindo uma topografia bonita e variada de montanhas, campos e penhascos banhados pelo mar. Mas Michael não via nada disso ao caminhar pela pista de pouso com Paul e Simon, concentrado que estava na tarefa que tinha diante de si.

Não sentia o menor remorso por ter enganado Susan, deixando-a com uma caixa falsa. Ele a encontrara na mochila que Lexie levara para o fundo do cano no subterrâneo do Krêmlin. Tirara a bolsa do jovem russo morto e olhara os espólios roubados ainda na cisterna. Pegara a caixa sem que Susan notasse e colocara em sua bolsa, sabendo que poderia ser útil. Nem ela nem Martin sabiam que a caixa verdadeira estava escondida na grande bolsa de lona junto com o equipamento de mergulho que ele entregara a Martin. Na verdade, Michael não revelara o estratagema para Simon e nem mesmo para Paul, sabendo que quanto menos gente soubesse do plano, melhor. Quando se tratava das complexidades da sua profissão, existiam segredos que ele nunca revelaria.

Mas o estratagema não funcionou para manter Susan fora de perigo. O subterfúgio foi tão benfeito que ela acabou sequestrada junto com a caixa e agora era refém em algum lugar no meio do complexo de 25 mil acres de Zivera. E ele tinha menos de oito horas para salvá-la.

— Sei que estamos correndo contra o tempo agora — disse Simon. — Sei que sua mente está concentrada no planejamento. Mas ainda temos de discutir coisas muito importantes.

Michael olhou para Simon, momentaneamente arrancado dos pensamentos.

— O quê?

— O que faremos em relação a Genevieve? Não podemos deixá-la lá — afirmou Simon.

— Eu sei.

— Michael, ela acabou no lugar em que mais temia ficar, com o homem, o filho, de quem fugia. Julian tirou todo o seu dinheiro, seu lar, seu orfanato, tudo que lhe importava, e agora temo que esteja disposto a lhe tirar algo mais: sua vida.

Michael olhou para Simon, sentindo-se frustrado e sem saber o que dizer. Genevieve era sua amiga, o motivo pelo qual tudo começara. Concordava com Simon, só não sabia como seria possível salvá-la e a Susan. Sem uma palavra, virou-se e voltou para o hangar. Paul e Simon o seguiram pela rampa e entraram no jato.

Simon pegou a bolsa de lona e colocou-a sobre a mesa de conferências. Michael pegou no bolso o mapa do complexo que Stephen lhe dera e o desdobrou.

Stephen saiu da cabine do piloto e olhou para os três enquanto caminhava para a traseira do avião, os olhos exaustos, sem foco, e uma toalha limpa pendurada no pescoço.

— Posso fazer uma pergunta? — disse Michael, quando Stephen passou por ele.

Stephen virou-se e olhou-o.

— Quantos guardas você acha que eles têm? — perguntou.

— Preciso tomar um banho para clarear os pensamentos. Conversamos depois.

— Pode me dar uma estimativa pelo menos?

— Mais de cinquenta.

E desapareceu pela porta, fechando-a atrás de si. Michael olhou para Simon, para ver sua reação.

— São muitos — disse Simon, meneando a cabeça.

— Nem sabemos onde a estão mantendo — disse Paul. — Detesto bancar o pessimista, mas...

— Então não banque — cortou-o Michael.

Não podia se dar ao luxo de ter a ideia de fracasso lhe rondando a mente.

Simon abriu a bolsa e pegou as armas guardadas ali: fuzis, pistolas, explosivo Semtex, bombas incendiárias. Espalhando-as pela mesa, começou a desmontar um fuzil, verificando cano, gatilho e câmara.

Paul pegou sua arma — a mesma que usara no subterrâneo do Krêmlin, a mesma que Fetíssov lhe dera —, ejetou um pente cheio de balas de festim e jogou-o, junto com dois pentes adicionais, em uma lata de lixo ao lado da mesa.

Simon olhou-o.

— O que você está fazendo? Vamos precisar de tudo que pudermos usar.

— Aquelas balas só ajudarão a matá-lo. São de festim.

— Nunca se sabe — disse Michael, pegando o conteúdo da lixeira e colocando sobre a mesa.

Michael abriu o mapa do complexo e analisou cada um dos prédios. Não eram elaborados com detalhes, mas o esquema lhe dava uma ideia geral da localização de cada estrutura.

— Stephen disse que ficou preso na mansão. Aposto que é lá que Susan está.

— Como você pode ter tanta certeza assim? — perguntou Paul.

— Não posso. Mas aposto que se verificarmos a segurança...

— Você não está esquecendo os cinquenta guardas?

— Ei — disse Michael, erguendo as mãos. — Não estou esquecendo, só que precisaremos de distração.

E ergueu os olhos do mapa.

— Podemos cortar a energia elétrica deles? — sugeriu Paul.

— Tenho certeza de que eles têm geradores de backup para os laboratórios e para as casas. — Olhou para Simon. — Alguma ideia para a distração?

— Já pensei nisso. Se pudermos checar as informações de segurança, talvez eu consiga encontrar Genevieve ao mesmo tempo — disse Simon, virando-se para Paul. — Mas vou precisar de ajuda.

— Você e eu? — perguntou Paul. — Trabalhando juntos? É melhor tentar me convencer primeiro.

— O que pretende fazer? — perguntou Michael, um pouco hesitante, a Simon.

— Eu encontrarei Genevieve. E farei um estardalhaço no processo.

— E quanto a Julian? — perguntou Paul.

— Vamos deixá-lo para outro dia — disse Michael.

Simon olhou para Michael.

— Se eu tiver a chance, vou aproveitar — declarou Simon.

— Simon — começou Michael —, nossa missão aqui é pegar Susan e, se pudermos, Genevieve.

— Eu sei — respondeu o padre, assentindo. — Só se eu tiver a oportunidade.

E isso amedrontou Michael, pois ele sabia que Simon era o tipo de homem que criava oportunidades em vez de esperar por elas. Temia que a tentativa de penetrar no complexo de Julian seria bem mais difícil, complicado e perigoso do que esperavam. Mas foi a determinação nos olhos de Simon o que o encheu de suspeitas. Simon estava determinado a salvar Genevieve, mas havia algo mais; ele tinha outros planos em mente.

* * *

Michael fechou a porta da cabine do piloto.

— Você não me contou tudo.

Simon encarou Michael. Estavam sozinhos na cabine de comando.

— Não posso lidar com surpresas, Simon. Você sabe disso. O que está escondendo?

Simon olhou para Michael; dava para perceber que pensava em algo. Até que, por fim...

— Você conhece a história dos meus pais: como meu pai sequestrou, estuprou e torturou minha mãe para depois fugir — disse Simon, resumindo a história que já tinha contado a Michael antes. — Mas não pôde se esconder para sempre. Nunca me arrependi por tê-lo matado nem dos três anos que passei na cadeia por isso.

"Ele entalhou e queimou símbolos horríveis do mal na pele de minha mãe, uma mulher a quem amava. Então, quando ela voltou a usar o antigo hábito de freira, pensei que fosse para cobrir as marcas terríveis. Mas o que eu não sabia era que ela, na verdade, escondia uma gravidez, o resultado do estupro. Eu estava preso na época e nunca soube da criança. Na verdade, eu não sabia de nada disso até quatro meses atrás.

"Quando minha mãe teve a criança, sabia que não teria como cuidar do menino. Era mentalmente instável e não queria que ninguém soubesse o que acontecera. Então, voltou-se para a amiga Genevieve Zivera, a mulher cujo pequeno orfanato poderia fornecer cuidados e um lar amoroso que ela nunca seria capaz de dar para aquela criança.

"Minha mãe, porém, fez com que Genevieve lhe prometesse algo em troca do menino. Genevieve teria de lhe dar um nome e criá-lo como se fosse seu próprio filho, não como um órfão, mas como se fosse sangue do seu sangue. Minha mãe não pôde suportar o pensamento de que o filho pudesse descobrir sua linhagem terrível: um pai insano e uma mãe coberta de cicatrizes e prestes a ter um colapso nervoso.

Simon fez uma pausa.

— Durante anos, Genevieve nunca disse uma palavra, nunca fez alusão ao subterfúgio. E eu vi aquele menino algumas vezes quando visitava Genevieve ou quando ela o levava ao Vaticano. Nunca lhe dei muita atenção. Era quieto e seus olhos não refletiam emoções. Nunca o conheci bem o suficiente para perceber o quanto era perturbado... ou quão familiar seu rosto me parecia. Genevieve acabou quebrando a promessa que fez à minha mãe. Ela sofreu muito por revelar a verdade, não por achar que era desleal à minha mãe, mas por temer o quanto isso me afetaria ou o que eu faria se descobrisse a verdadeira linhagem do garoto.

"Pois lá estava um homem que literalmente matara a família, a esposa e o sogro só para assumir o ministério, um homem que explorava a palavra de Deus apenas para saciar a própria ganância; um homem que pregava de forma hipócrita e contradizia cada um de seus sermões.

Simon parou por um momento, seus olhos fixos em Michael, atento a cada palavra, até que ele sussurrou:

— Julian Zivera é o mais atroz dos homens, o reflexo mais puro do meu pai louco... E é meu irmão.

Michael apenas olhou para Simon, sem saber o que dizer.

— Isso não sai daqui — pediu Simon.

— Você tem de me prometer que vamos pegar Susan e Genevieve primeiro.

Simon concordou.

— É claro. — A cabine ficou no mais absoluto silêncio, enquanto o momento se arrastava. Encararam-se até que, por fim, Simon disse:
— E, então, eu volto para matar Julian.

Michael permanecia sentado em silêncio com Paul, Simon e Martin. Não conseguia afastar o sentimento de choque sobre o que Simon lhe contara. Tentava manter o foco. Olhou para a caixa de ouro no centro da mesa de conferência, uma caixa cujo valor estava em constante fluxo, mas que não deixava dúvidas quanto à sua periculosidade.

— Senhores, será que poderiam nos dar licença? — pediu Stephen em um tom indiferente.

Ele acabara de sair do quarto que havia nos fundos do avião, enquanto passava a toalha vigorosamente pelo cabelo molhado. Trocara a roupa de guarda de segurança por uma calça marrom e uma camisa branca de botão. Com a troca de roupa, parecia que sua personalidade também mudara. Voltou a assumir a atitude de comando que usara com Michael à porta de sua casa em Boston. Os três saíram do avião. Martin lançou um breve olhar para Stephen antes de sair e fechar a porta.

Stephen sentou-se à mesa de conferência, bem diante de Michael. Exceto pelo dia em que se conheceram em Boston, quando foram interrompidos, este era o primeiro momento de pai e filho que passavam juntos e a sós desde o nascimento de Michael. Michael analisou o rosto do pai e conseguiu ver a semelhança. O pai tinha os mesmos olhos, fortes e cortantes que vislumbravam até a alma da pessoa. Olharam-se por um tempo, avaliando, pensando, até que Stephen, por fim, transbordou:

— Meu Deus. O que está acontecendo?

Michael foi pego de surpresa pela explosão repentina.

— Quero saber todos os detalhes, cada um deles.

Michael obrigou-se a manter a calma, tentando não responder à altura. Forneceu os detalhes, informando ao pai sobre o Albero della Vita, Genevieve, a Rússia, e o motivo pelo qual ele possuía as habilidades para realizar aquelas tarefas. Embora talvez sentisse muita vergonha de contar ao pai adotivo, Alec St. Pierre, o homem que o criou, sobre suas explorações e carreira ilegal, Michael não teve muitos problemas para contar tudo ao homem sentado diante dele, pois mesmo que este fosse seu verdadeiro pai, ainda não havia uma conexão real entre eles, a não ser por um closet cheio de fotografias. Não havia uma história ou um motivo para sentir vergonha, embora Michael odiasse o fato de essa ser apenas a segunda conversa que tinham.

— Isso vai além do meu nível de fé — afirmou Stephen. — Sou um católico não praticante que nem costuma se lembrar dos dias santos. Agora você está me pedindo para acreditar...

— Não estou pedindo para você acreditar em nada — interrompeu Michael, passando a mão sobre a caixa. — Mas vou lhe dizer no que acredito. Este objeto — disse Michael, erguendo a caixa — contém a morte. De tudo. Tudo o que me disseram, tudo o que já vi, e eu não tenho a menor dúvida de que, se esta caixa for aberta, pessoas morrerão. Dezenas de milhares. Provavelmente mais.

— E se não a entregarmos, Susan morrerá — disse Stephen, de braços cruzados e cenho franzido enquanto pensava sobre as palavras de Michael, absorvendo seu significado antes de partir para o ataque de novo. — Como você a salvará só para colocá-la em tal perigo? Susan nem deveria ter ido com você para Moscou.

— O quê? — perguntou Michael na defensiva, inclinando-se para enfrentar o olhar altivo do pai.

— Você a colocou em perigo. Agora ela está presa no complexo de um louco, esperando para morrer por sua causa.

— Não me culpe por isso — disse Michael, levantando-se da cadeira e caminhando pelo jato. — Passei a semana fazendo de tudo para conseguir a caixa para salvá-lo. Ela não aceitou o meu "não" como resposta. Susan é impossível. Fiz de tudo, exceto amarrá-la. É mais teimosa que um burro empacado.

Stephen ficou ali sentado, olhando para Michael.

— Eu sei.

Michael, por fim, soltou um suspiro e ficou parado, assumindo a posição defensiva de novo.

— Mas isso a torna uma boa advogada — sorriu Stephen, e todo o seu humor mudou.

Foi até o bar. Dessa vez, abaixou-se e abriu o armário de baixo, remexeu no conteúdo, como se estivesse procurando alguma coisa. Perdeu algum tempo ali, até que, por fim, levantou-se, revelando um cofre de tamanho médio com a porta totalmente aberta e repleto de dinheiro, armas e documentos. Virou-se para Michael, que entendeu na hora.

Ele pegou a caixa de sobre a mesa, aproximou-se e colocou-a no cofre.

Stephen agachou-se, fechou a porta e virou a trava de combinação.

— Então, nós vamos resgatar Susan?

Michael assentiu, em um gesto respeitoso. Pegou o mapa do complexo, colocou-o sobre a mesa e virou-o de modo que o lado em branco ficasse para cima.

— Preciso que você faça um esboço do interior da mansão. Acha que consegue se lembrar da planta?

Stephen assentiu, pegou uma caneta e começou a desenhar. Depois de um tempo, virou-se para Michael:

— Mesmo eu tendo negado você como filho, você ainda veio em meu auxílio.

— É — respondeu Michael em tom suave. — Susan teve alguma coisa a ver com isso.

— É claro.

Ambos sabiam que não era tão simples assim.

— Olhe, quando eu abri mão de você... — continuou Stephen, sem parar de desenhar. As palavras lhe pareciam difíceis. — Depois que sua mãe morreu...

— Tudo bem. — Michael sorriu. — Você fez o que era certo. Eu não poderia ter tido pais melhores do que os St. Pierre... Sem ofensa.

— Não estou ofendido. — Stephen olhou para Michael, sentindo orgulho do homem diante dele. — Eles fizeram um bom trabalho. —

Continuou desenhando em silêncio, mas depois olhou para o filho de novo. — Você deve estar se perguntando sobre o meu quarto de segurança, com todas aquelas fotografias, e imaginando por que eu nunca tentei entrar em contato com você.

— Tudo bem. — Michael sorriu, percebendo o desconforto que o homem sentia por revelar suas emoções. — Você não precisa dizer nada. Mas eu ainda tenho uma pergunta. Minha mãe...

Stephen sorriu.

— Ela era jovem, muito bonita... e estava com medo. — Os olhos de Stephen perderam-se nas lembranças. — Também era muito... inteligente. Minha melhor amiga. Meu Deus, se pudéssemos saber quando os melhores momentos de nossa vida estão acontecendo para que pudéssemos prestar mais atenção...

Michael não disse nada. Sabia exatamente o que o pai sentia.

— Ficamos aterrorizados quando descobrimos a gravidez, mas ela o queria mais que tudo. Não tínhamos ideia do que fazer, como faríamos para que tudo desse certo, mas achamos que acabaríamos descobrindo um jeito. E depois de todo o medo, depois de toda a dor, ela o segurou no colo. A última coisa que ela viu na vida deu-lhe a maior alegria que ela já experimentara... Eu nunca a vira tão... feliz como naquele momento. — Stephen ergueu os olhos para o filho. — E foi por você.

Michael olhou-o em silêncio. Conhecia a dor de perder alguém que se ama, perder alguém que lhe dá um motivo para encontrar alegria no mundo, alguém que lhe dá esperança para se levantar todas as manhãs. Ele estava sentado diante de um homem que sofrera essa perda três vezes e, ainda assim, encontrou uma maneira de seguir em frente mesmo sozinho.

— Além disso — disse Stephen, remexendo em suas lembranças —, ela era uma fã inveterada do Red Sox.

— Ai, você está me matando — gemeu Michael. — Ela parecia perfeita até você dizer isso.

— Nem me diga.

Michael assentiu.

— Como você pode torcer por eles, quando tudo o que fazem é roubar os nossos melhores jogadores? Você torce, na verdade, por um bando de ex-Red Sox.

— É melhor você não continuar com isso. O Red Sox ganha um campeonato e acha que é o melhor time dos Estados Unidos. Quando vocês tiverem vencido 26, ligue para mim.

— Como você pode torcer pelos Yankees?

— Vamos lá. — Michael riu. — E eu aqui pensando que as coisas estavam indo tão bem entre nós... Acho que não vamos conseguir concordar em nada.

— E no futebol americano? Qual é o seu time? — perguntou Stephen, sério.

— Sou um superfã dos Giants. Tenho ingressos para todos os jogos da temporada — contou Michael.

— Torço pelos Patriots — respondeu Stephen. — Basquete?

— Knicks — disse Michael, erguendo as mãos. — E imagino que você seja um fã dos Celtics. Mas tudo bem, ambos são ruins mesmo.

— Hóquei — continuou Stephen. — Os Boston Bruins estão em ano de reformulação.

— É, por uma década já.

— Isso é um golpe baixo vindo de um fã do Ranger.

— Ah, você errou nessa. Red Wings. Nada é melhor do que assistir a um jogo com Joe Louis Arena.

— Red Wings?!?! Como você pode morar em Nova York e torcer pelo Red Wings?

— Fácil... do mesmo modo que eu assisto ao Manchester United. Uso uma antena parabólica. — Fez uma pausa. — Você jogava alguma coisa quando era jovem?

— Tudo — respondeu Stephen. — Beisebol, futebol, basquete. Eu até lutava boxe.

— Um boxeador? — Michael riu.

— Por que é tão difícil acreditar? Quando se vive na parte irlandesa de Boston, você tem de aprender a lutar, ou morre.

— E o seu filho? O que ele jogava? — perguntou Michael.

Stephen ficou em silêncio, afastando o olhar, e o momento se desfez.

— Sinto muito.

— Não, tudo bem. Era mais do tipo intelectual. Mas acho que você teria gostado dele. — Sorriu e afastou o olhar. — Você teria gostado muito dele, e acho que teriam sido ótimos irmãos. Mesmo que estivessem em lados opostos da lei. — Ele riu. — Olhe, sinto muito pela sua esposa.

— Tudo bem, todo o dinheiro do mundo não poderia tê-la salvo. Mas será que poderíamos parar com essas recordações? Acho que está meio que nos matando.

Stephen sorriu e empurrou o esboço concluído para Michael. Mostrava quatro andares, com alguns aposentos detalhados.

— Não fui a todos os lugares, mas é disto que me lembro.

Michael analisou o desenho, sabendo que, em algum lugar lá dentro, Susan, aterrorizada, perguntava a si mesma se alguém iria salvá-la.

— Afora tudo isso — disse Stephen com um tom otimista na voz —, acho que tenho muita sorte. Encontrei o filho que perdi e não terei que lidar com o período da adolescência. O que acha?

E ofereceu a mão para Michael, que a apertou de forma calorosa.

— Ouça, todo esse lance de pai... — disse Michael, desconfortável.

— Pode me chamar de Stephen.

Michael sorriu. Foi esse o momento em que pai e filho se reconheceram. Por fim, Michael pegou no bolso um pequeno estojo com capacidade para três charutos.

— Para que isso? Vamos comemorar fumando charutos? — perguntou Stephen.

— Depois. Preciso falar com você sobre como vamos resgatar Susan.

Stephen assentiu e colocou o pequeno estojo retangular no bolso.

— Guardemos isso para depois, quando realmente tivermos um motivo para comemorar.

CAPÍTULO 56

Julian olhou nos olhos da mãe; eram mais escuros do que lembrava. Ele costumava conseguir ver seu coração, mas agora só via mistérios.

— Estou tão feliz por você estar de volta — disse Julian, com sinceridade.

Mas Genevieve apenas fitou-o nos olhos, sem nada dizer.

— Eu tive medo de nunca mais voltar a vê-la.

Genevieve continuou a encará-lo em silêncio.

— Preciso de sua ajuda. — Julian virou-se e andou pelo laboratório. — Você sabe o que há dentro daquela caixa e creio que você saiba abri-la.

Por fim, virou-se e olhou de novo para a maca onde Genevieve estava deitada. Seus braços e pernas permaneciam amarrados, e uma faixa grossa lhe prendia o peito. A única maneira de escapar seria fechar os olhos, mas eles ficaram abertos em desafio.

Encontravam-se em um laboratório médico planejado por Vladímir Skóvokov, construído para estudar cadáveres, o que era parte de sua pesquisa. A temperatura, por volta de 1° C, ajudava a preservar os corpos. Julian diminuiu mais a temperatura.

— Aqui está tão agradável e frio. Isso não lhe lembra o retiro nas montanhas Dolomitas Italianas? Onde você morreu?

Não esperava uma resposta.

— Não sei como, mas você e aquela caixa estão ligadas. E quando ela chegar aqui, você vai me dizer como abri-la.

A respiração de Genevieve ficou mais lenta, enquanto mantinha o olhar desafiador para o filho.

— Vou acabar descobrindo como abri-la. Eu só esperava que talvez você pudesse adiantar meu trabalho.

Ele pegou uma seringa e a enfiou em uma garrafinha medicinal, puxando o êmbolo e enchendo o cilindro até o máximo.

— Amobarbital, tiopental, também chamados de soro da verdade, mas tudo o que provocam é sono. — Aproximou-se da maca, inclinou-se sobre ela, passando a mão livre sobre o cabelo da mãe. — E, se você não quer me contar a verdade, isso não vai me ajudar a arrancá-la de você. Mas a dor...

Julian parou, olhando-a bem nos olhos. Não sentia remorso nem vergonha enquanto falava, como se estivesse lidando com um gatinho preso numa caixa.

— Eu até poderia dizer que isso não vai doer, mas estaria mentindo. — Deu um passo para trás e ergueu a seringa no ar, em um gesto ritualístico, apertando o êmbolo enquanto uma pequena quantidade do líquido saía pela agulha, formando um pequeno arco. Gentilmente, pegou a linha intravenosa que entrava em seu braço. — Na verdade, você vai achar que tem fogo fluindo em suas veias, enquanto corre pelo seu corpo. Por favor, avise-me quando estiver pronta para falar em vez de gritar.

— Que Deus tenha piedade de sua alma — sussurrou Genevieve.

Julian foi pego de surpresa pelas primeiras palavras que ouvia a mãe dizer em anos. Permitiu-se um tempo para absorvê-las, guardando na memória aquelas que talvez fossem suas últimas palavras, e por fim sorriu. Olhou-a diretamente nos olhos e depois para o crucifixo que descansava em seu peito. Sem pensar duas vezes, ele arrancou-o de seu pescoço.

— Deus não tem nada a ver com isso. — E espetou a agulha no tubo intravenoso. — Você sempre soube: eu não tenho alma.

CAPÍTULO 57

As pernas de Michael balançavam no ar noturno enquanto ele se segurava com dois dedos a 18 metros da costa escarpada. Já havia tirado da consciência as ondas que arrebentavam lá embaixo e mantinha o foco na escalada. Seu pé direito balançou para fora, e ele o encaixou em uma saliência de pouco mais de 1 centímetro, mas que servia como ponto de apoio. Equilibrou-se e inseriu um came carregado com corda na fenda vertical de 1,5 centímetro, permitindo que se expandisse e se transformasse em um ponto de ancoragem forte. Inseriu um mosquetão e a corda reforçada pelo clipe de metal antes de continuar. Escalava os 60 metros sozinho, enquanto Paul e Simon, lá embaixo, nas rochas afiadas, olhavam para cima através do nevoeiro marítimo. Ele era um perito em escaladas e não queria perder os aliados devido à inexperiência. Faria a escalada e prenderia duas cordas para que eles subissem. Não podia haver mortes, disse para si mesmo, não para Susan, Genevieve, Paul ou Simon.

Michael continuou a escalada. A face da rocha tinha um ângulo de cerca de 80 graus, as fendas eram poucas e bem espaçadas, sobrecarregando mais os braços do que ele esperara. Nunca olhava para baixo ou para trás, concentrando-se apenas na saliência seguinte para apoiar as mãos. Continuou construindo um caminho seguro por meio de pontos de ancoragem ao longo da subida para tornar a jornada vertical de Paul e de Simon mais fácil.

Esta era a única maneira de entrar no complexo de Julian. Decidiu que o portão da frente estava fora de questão e que entrar pela alameda com a caixa na mão serviria apenas para assegurar mais uma morte: a dele. Pois todos sabiam que Julian não tinha a menor intenção de manter Susan viva, mesmo que conseguisse a caixa.

Então, teria de ser algo do tipo estraçalhar e agarrar. Só tinham um problema: não sabiam onde Susan se encontrava. Stephen detalhara a planta dos andares da mansão, junto com o perímetro e o horário das rondas dos guardas, mas Michael não tinha certeza se ela estava lá. Tinha de chegar até o prédio da segurança, que abrigava não apenas os guardas, como também o computador central e os monitores que cobriam todo o terreno. Era o local de onde um voyeur teria uma visão geral de tudo. Era ali que ele esperava confirmar onde mantinham Susan e Genevieve, além de conseguir uma ideia dos detalhes de segurança de Julian.

Cobriu os últimos 2 metros de rocha e olhou pela borda para certificar-se de que não havia guardas passando a ronda. À sua frente estendia-se um gramado de 6 metros entre o penhasco e a casa principal, sem nenhum lugar para se esconder, a não ser abaixo do topo do penhasco. Fixou mais dois cames de expansão e amarrou a ponta de duas cordas de 60 metros de comprimento. Dera a Paul e Simon arneses e grampos para ajudar na subida e preservar a energia para a tarefa que tinham pela frente. Pegou a corda azul, deu três puxões e observou enquanto as duas cordas se esticavam, firmes, com o peso dos companheiros.

Em silêncio, tirou o macacão azul de mecânico que pegara no hangar do aeroporto, revelando o uniforme preto de segurança, aquele que Stephen usara para escapar do complexo. Serviu-lhe quase tão bem quanto servira no pai. Espiou pela borda para verificar o progresso de Paul e Simon, mas não viu nada. A espera de cinco minutos seria dolorosa. Virou-se e olhou para a enorme casa, que preenchia todo o seu campo de visão. O estilo clássico era de tirar o fôlego. A mansão realmente fora feita para um rei, mas abrigava alguém que não merecia tal privilégio.

Michael teve um momento para parar e pensar e ficou grato pela presença de Paul. Embora Simon fosse um amigo, ele tinha interesse na história, um motivo oculto para entrar no complexo. Simon acreditava no poder da caixa e em seu potencial de devastação. Mas Paul... Ele não acreditava em nada daquilo; apesar do encontro literalmente infernal que tiveram no ano anterior, ainda achava que procuravam mitos e histórias inventadas para amedrontar, histórias para aumentar o poder majestoso de Deus. Ele estava ali, escalando o penhasco, por um único motivo: ajudar Michael.

Michael verificou a faca na coxa e tocou a pistola no coldre preso à cintura. Odiava armas, mas eram um mal necessário, considerando as circunstâncias. Virou-se e olhou para a Lua iluminando o mar.

— Vista maravilhosa, hein?

A voz veio de trás de Michael.

— Prefiro durante o dia — respondeu ele, sem se virar.

— Humm, mas não estamos aqui para ficar apreciando a vista, não é mesmo? — perguntou a voz.

Michael moveu-se lentamente e deparou-se com dois guardas, cada qual apontando um fuzil Heckler & Koch G3. O homem que falava era baixo e troncudo. O corte de cabelo estilo militar tinha a intenção de passar uma imagem de durão, mas não conseguia. Ele não tinha muita presença, mas o mesmo não podia ser dito em relação à arma em sua mão.

O guarda lançou um olhar ameaçador para Michael, encarando-o e avaliando-o.

— Nós não nos conhecemos.

— Não mesmo — respondeu Michael.

— Provavelmente porque seu lugar não é aqui.

O guarda fez um movimento com o fuzil em direção a Michael. O segundo guarda era careca e devia pesar mais de 120 quilos. Michael notou que se movia de modo econômico para um homem tão grande, enquanto caminhava na sua direção e encostava o fuzil nas costas de Michael.

O guarda líder olhou pelo penhasco e viu as cordas presas aos pontos de ancoragem, mexendo-se para a frente e para trás em pequenos incrementos contra a face rochosa devido aos movimentos abaixo. O guarda voltou-se para Michael.

— Quantos?

Michael não disse nada.

O guarda encarou-o por um momento e depois puxou a faca. Aproximou-se, posicionando a lâmina bem abaixo do olho esquerdo de Michael.

— Quantos? — perguntou de novo, enquanto passava a lâmina pela pele macia da pálpebra inferior de Michael, com pressão suficiente para quase cortar.

Michael nem piscou.

O guarda deu um passo para trás.

— Bem... — Caminhou até a beirada do penhasco e olhou novamente para as cordas que se moviam, mas ainda não conseguia ver os escaladores. Agachou-se e se debruçou, colocando a faca sobre a corda azul.

— Não importa quantos sejam, você vai perder um.

E começou a cortar. Levou apenas dois segundos para que a corda cedesse e caísse.

A expressão de Michael não mudou, mas ele sentiu seu coração se partir. Não sabia se era Paul ou Simon quem usava a corda azul, mas, quem quer que fosse, nunca sobreviveria à queda até a costa rochosa.

— Eis a sua chance de salvar quem quer que esteja na outra extremidade — disse o guarda, ainda agachado e posicionando a faca sobre a corda remanescente.

Ele ficou ali parado, com uma arma em suas costas, olhando para o guarda líder com o poder de vida ou de morte literalmente na ponta da faca. Sabia que se fizesse um movimento repentino seria trucidado por uma saraivada de balas nas costas. Precisava de uma distração, mas, por mais que pensasse, nada lhe vinha à mente.

O guarda continuou batendo na corda, a lâmina da faca balançando como se estivesse em um trampolim.

— Talvez eu deva fazer com que você corte a corda — disse o guarda sorrindo. — Venha até aqui.

Michael recusou-se a se mover até que o cano do fuzil bateu em suas costas, forçando-o a avançar. Relutante, ele foi até a beira, parando ao lado do guarda agachado com a faca e, com o outro braço sobre a extremidade, batendo com a faca sobre a corda.

Michael foi atingido nas costas novamente, dessa vez com força suficiente para que se ajoelhasse. Ficou cara a cara com o guarda.

— Se importa de dar um pouco mais de motivação para o seu amigo? — perguntou o guarda líder para o companheiro.

O outro guarda encostou o cano da arma na parte de trás da cabeça de Michael.

O guarda líder lhe deu a faca.

— Agora, é melhor você não tentar bancar o esperto.

Michael sentiu o peso da faca enquanto a movia na palma da mão. Um turbilhão de pensamentos passava por sua mente, mas sentia o cano frio da arma contra sua cabeça.

— Você pode fazer isso — afirmou o guarda. — É só se debruçar e começar a cortar.

Michael não cedeu. O guarda agarrou violentamente seu pulso, forçando sua mão em direção à corda. Michael resistiu. A corda ainda se movia contra a rocha. Michael espiou pela beirada, mas não viu ninguém. O guarda forçou a lâmina, tentando colocá-la sobre a corda. Michael usou toda a força para resistir à força do guarda.

O guarda começou a tremer devido à força e à raiva.

— Você tem três segundos para começar a cortar ou Carl aqui vai estourar os seus miolos.

Sem aviso, uma mão saiu de lugar nenhum, agarrando o braço do guarda e o puxando pelo precipício. O guarda passou por Simon, enquanto sacudia os braços e as pernas pelo ar, antes de desaparecer na escuridão. Houve um longo silêncio antes de ouvirem um *splash* ecoar lá de baixo.

Michael virou-se para o guarda surpreso, que assistira, horrorizado, à queda do companheiro. Com a mão esquerda, agarrou o cano da arma apontada para sua cabeça e, com a direita, enfiou a faca na virilha do guarda. Mas recebeu um chute forte no peito, lançando-o para trás, quase até a beirada do penhasco. O homem mergulhou, agarrando-o pela garganta com a mão esquerda enquanto o golpeava com a direita. Michael tentou se recuperar, mas o peso do homem o mantinha imóvel.

Simon passou pela beirada antes que o guarda pudesse reagir e agarrou-o pelos cabelos, acertando-lhe três golpes sucessivos na garganta. O homem caiu no chão, tentando respirar pela laringe esmagada até que, por fim, morreu.

Michael sentou-se, tentando recuperar o fôlego. Olhou para Simon, que já tirava a roupa do guarda, o rádio e o uniforme. Michael olhou para onde a corda de Paul estivera e quase começou a chorar pela perda do amigo.

— Ei — ouviu um sussurro vindo lá de baixo.

Olhando pela beirada, viu Paul subindo pela corda de Simon. Michael caiu de costas no chão de alívio, enquanto Paul subia os últimos centímetros.

— Mas que merda é essa? — sussurrou Paul, mais puto do que Michael já o vira em muito tempo. — Pensei que você fosse um perito em escalada.

Michael sorriu, feliz por ver o amigo que considerava morto.

— Foi sorte eu ter sentido que a corda estava cedendo. Olhe para as minhas mãos. — Paul estendeu as mãos com a palma para cima, onde dava para ver a marca da queimadura das cordas. — Você sabe que isso pode matar. Eu poderia ter morrido.

Michael continuou sorrindo.

— É bom ver você.

— Pode tirar esse sorrisinho do rosto. Não tem a menor graça.

CAPÍTULO 58

O pequeno hangar tinha tamanho suficiente para abrigar o jato de Stephen. O dono, um instrutor de voo de 73 anos, ficou mais do que satisfeito em tirar a frota de Piper Cubs aquela noite em troca de 5 mil euros. Finalmente, teria como levar a esposa para a Grécia, como prometera em cada um dos últimos vinte anos.

O hangar não era protegido. Na verdade, não passava de uma caixa de latão corrugado de tamanho gigante que datava da Segunda Guerra Mundial, mas teria de servir. Além disso, os cinco guardas armados que Martin arranjara pareciam melhores do que o portão de metal e os arames farpados. Stephen nunca questionara as habilidades de Martin para encontrar as pessoas certas para o trabalho, não importava onde. Todos os guardas eram fortes e tinham expressões imponentes de quem já tivera sua cota de brigas de rua. Todos pareciam estar à margem da lei, mas isso não era da conta de Stephen. Considerando as circunstâncias do momento, a lei que fosse para o inferno.

A pista era um espaço aberto cercado por florestas, montanhas e córregos, com uma abertura ao sul para o oceano. As estrelas pareciam brilhar mais forte naquela parte pacífica do mundo do que em qualquer outro lugar que já vira.

Sentia-se perturbado de saber das atrocidades que estavam sendo cometidas em nome de Deus a menos de 50 quilômetros de distância.

A pista — ele não conseguia chamar aquilo de aeroporto — ficava a 8 quilômetros da pequena vila litorânea, e de vez em quando Stephen sentia o cheiro do mar que tanto amava.

Stephen, sentado em uma cadeira dobrável no deque ao lado da pista, tomava uísque. Inclinou a cabeça, ouvindo a música clássica que saía das portas abertas da limusine estacionada perto dele. Martin saiu do hangar, trazendo uma garrafa de Macallan Scotch na mão e dois charutos. Sentou-se ao lado de Stephen, servindo-lhe mais uma dose e oferecendo-lhe um Cohiba Lanceros, mas Stephen não queria fumar charutos diante de tudo o que estava acontecendo. Preferia reservar o ritual de celebração para a volta de Michael com Susan.

— Você acha que ele é capaz de fazer isso? — perguntou Stephen.

Martin olhou para Stephen e assentiu.

— Os homens da sua família são tenazes e engenhosos. Michael conseguiu invadir o Krêmlin.

— Não dá para acreditar que ele realmente invadiu o Krêmlin.

Martin assentiu.

— Todos temos nossos talentos.

Stephen assentiu em resposta. De uma forma estranha, ficara mais do que impressionado. Não fazia ideia do que fora necessário para realizar tal proeza, mas se Michael fora capaz de invadir um lugar com o mais alto nível de segurança, então talvez conseguisse resgatar Susan sã e salva. Sentia a alma gelar por ela estar em tal perigo e pelo fato de que tudo que ele podia fazer era ficar ali esperando sem poder ajudar em nada.

— Odeio esperar.

— Você sempre odiou.

— Isso não muda a maneira como me sinto.

— Você sempre diz: o advogado certo, o especialista certo para o trabalho. Bem, este trabalho está nas mãos certas.

Stephen olhou para Martin. Já fazia vinte anos que Martin fora o yin do seu lado legal yang, equilibrando seus momentos de irracionalidade com perspicácia e clareza.

— Se você não se importa de eu dizer, existe mais do que uma pequena semelhança entre vocês dois. Ele pode ser muito diferente de Peter, mas não há dúvidas — Martin sorria — de que ele é seu filho.

Stephen desviou o olhar. Quanto mais tempo passava com Michael, mais se dava conta de que a semelhança entre eles ultrapassava a aparência. Embora em um primeiro momento tivesse achado que eles eram extremos opostos, agora percebia que eram lados opostos da mesma moeda. Havia o Michael que ele achava que conhecia e havia o Michael de quem ouvira falar. Ele só o conhecera por fotografias e artigos, nada de sua personalidade ou alma.

Os amigos de Michael estavam dispostos a arriscar a própria vida pelas crenças dele, uma qualidade ausente em muitos e que falava muito sobre o indivíduo inspirado por tal lealdade cega. E Michael arriscava a vida não apenas pelos amigos, mas por estranhos, pessoas desconhecidas até uma semana antes, pessoas como ele e Susan, que não lhe haviam causado propriamente uma boa primeira impressão. Michael arriscaria a pele com base em uma história que desafiaria até mesmo as pessoas mais devotas e crentes. Quando Stephen conheceu Genevieve, quando ela visitara seu escritório, deixando-lhe a caixa-forte que continha o mapa do subterrâneo do Krêmlin para Michael, ela dissera que Michael era uma das melhores pessoas que já conhecera, que ele achara difícil de engolir, sabendo que o filho era um ladrão. Ela insistira em que Stephen precisava conhecer Michael antes de julgá-lo. E agora que o conhecia, não tinha dúvidas em seu coração. Orgulhava-se de chamá-lo de filho.

O som de um caminhão quebrou o silêncio da noite. Era distante, mas parecia cada vez mais próximo. Eles não conseguiam ver nada, mas o som do motor foi suficiente para deixar todo mundo preparado.

Stephen apertou os olhos para ver além das luzes da pista, mas o caminhão nunca chegou.

Um dos guardas alugados veio apressado.

— É melhor vocês se protegerem — disse o guarda com forte sotaque italiano, correndo até a caixa de força em uma parede do hangar. Abriu-a, puxou uma chave, e o mundo foi engolido pela escuridão.

E então, sem aviso, os tiros começaram. Não apenas na frente dele, mas de todos os lugares. Eram mais altos do que qualquer coisa que Martin já ouvira, arrebentando seus ouvidos, enquanto a batalha de tiros continuava. Stephen instintivamente mergulhou ao lado da limusine. As vozes à sua volta gritavam ordens em explosões de italiano, e a confusão reinava. A batalha pareceu levar horas, mas terminou em menos de um minuto, quando o silêncio voltou a reinar. Stephen ficou deitado ali, totalmente confuso e em pânico; não se atrevia a falar por medo de denunciar sua posição. Olhou à sua volta, enquanto a raiva tomava o lugar do medo. Acalmou a respiração, recompôs-se e, lentamente, ergueu-se.

— Martin — sussurrou. Com toda a confusão, não vira se o amigo conseguira proteção. Reprovou mentalmente seu egoísmo diante do perigo. — Martin — sussurrou de novo.

Quando Stephen se levantou, viu o primeiro corpo, nem a 6 metros de distância. O guarda-costas estava deitado na pista, a cabeça sobre uma poça de sangue. O silêncio lançou uma questão no momento. Stephen não tinha certeza se sentiria uma bala saindo da escuridão para terminar com sua vida.

Cuidadosamente, agachou-se e pegou a arma do guarda, moveu-se pelo hangar e quase tropeçou em outro corpo; um dos homens de Zivera com o peito aberto pelos tiros.

Correu até a caixa de força e ligou a eletricidade, ao que a pista brilhou com luzes. Havia mais dois corpos na pista. Stephen manteve-se nas sombras e caminhou em torno. Contou oito corpos, verificando o pulso de cada um deles — não para ver se viviam, mas para lhes descobrir a identidade. Precisava encontrar Martin. Por fim, parou no portão. Não havia sinal dele ou de qualquer guarda vivo. O medo começou a infiltrar-se de novo, dominando seus sentidos.

— Martin! — gritou Stephen.

Mas não obteve resposta. Não ouviu nenhum som.

E então percebeu. Stephen começou a correr de volta ao hangar. Entrou correndo na garagem de metal escuro e subiu as escadas do jato. Já sabia antes mesmo de olhar. A porta do cofre fora aberta. Os documentos, espalhados pelo chão. Uma das pistolas não estava mais lá. E a caixa de ouro sumira.

Ficou ali, surpreso. Martin se fora, morrera em algum lugar da noite escura. Michael ia direto para uma armadilha. Stephen mexeu no cofre e pegou uma das pistolas que ainda estavam ali e a caixa de munição. De alguma forma ele voltaria ao complexo do qual havia fugido menos de 24 horas antes; tinha de chegar até Michael antes que fosse tarde demais. Ejetou o pente da 9 milímetros e a carregou.

Acalmou os pensamentos e virou-se para sair quando sentiu o cano frio de uma arma pressionada contra sua testa.

CAPÍTULO 59

Michael, Simon e Paul corriam pela floresta adjacente à mansão. Simon vestira a roupa de segurança e prendera o rádio de comunicação à orelha esquerda. Cada um levava duas pistolas, um fuzil e uma faca, além de duas armas que Simon tirara dos guardas. Só ouviram conversas de rotina pelo rádio, nada que indicasse que haviam sido localizados. Embora Michael tivesse protestado, Simon jogara o corpo pelo precipício, no mar. Não podia se dar ao luxo de outro guarda encontrar o corpo, trazendo toda a cavalaria atrás deles. Simon explicara que o gesto, apesar de abominável, era necessário.

A enorme estrutura semelhante a um castelo erguia-se sobre o penhasco, e a sombra provocada pela Lua parecia estender-se infinitamente. Michael não podia evitar pensar em Susan presa dentro da estrutura de pedra que se apresentava para a humanidade como o lar de um homem sagrado que, na verdade, era a antítese de tudo o que pregava. Rezava para conseguir encontrá-la a tempo. Verificou a bússola enquanto seguiam para nordeste em direção à casa dos seguranças. Tinha decorado o mapa do complexo e torcia para que estivesse correto.

Chegaram à pista de pousos e decolagens. Viu o jato de Zivera vazio e escuro, o único avião na pista e, exceto por alguns caminhões, o lugar estava deserto.

Moveram-se pela cerca de estuque que ficava bem atrás da pista. A estrutura fora planejada para copiar uma casa de fazenda do século XVIII, mas as semelhanças terminavam ali. Michael espiou pela janela; tratava-se de uma sala grande e segmentada. Havia uma televisão num canto e três guardas esparramados num grande sofá em forma de L. A outra extremidade era totalmente profissional. Michael conseguia ver o brilho dos monitores de segurança e o guarda no console. Virou-se para os amigos e mostrou quatro dedos.

Simon olhou pela janela e virou-se.

— Fico com os três da direita.

— O que está na mesa é meu — concordou Paul.

Aproximaram-se da porta. Checaram suas armas, ajustaram os silenciadores e deixaram uma bala na câmara. Trocaram olhares e acenaram. Paul ergueu a perna e chutou a porta.

Simon rolou para a sala e agachou-se, a arma equipada com silenciador já atirando. Os três guardas sentados ficaram com a expressão surpresa congelada no rosto enquanto as balas atravessavam suas cabeças e peitos. Estavam mortos antes de caírem no chão.

Paul mirou no cara sentado à mesa, mas ele foi mais rápido, já se virando com a arma na mão e abrindo fogo.

Paul desviou-se para a esquerda e acertou um único tiro no braço direito do homem, fazendo com que a arma caísse no chão. Paul e Simon estavam sobre ele em segundos, imobilizando-o no chão e amarrando os braços e pernas atrás do corpo e enfiando um trapo em sua boca.

Simon inclinou-se para ele.

— Você vai me responder algumas perguntas, ou então morre.

Michael virou-se, incapaz de lidar com o que sabia que estava por vir.

— Onde eles prenderam a mulher americana? — perguntou Simon, tirando o trapo da boca do homem.

O guarda lançou-lhe um olhar desafiador e virou-se.

— Resposta errada — disse Simon, enfiando o trapo de novo na boca do homem, posicionou a arma contra o ombro direito e puxou o gatilho. A bala passou direto pelo músculo do guarda e enterrou-se no chão. O som abafado pelo trapo implorava por misericórdia, enquanto o homem acenava com a cabeça de forma desesperada. Mas Simon apenas olhou para o homem, meneou a cabeça e enfiou o cano quente da arma na ferida aberta. O homem berrou de novo. — Agora, vou perguntar mais uma vez — disse Simon. — E, se você não me disser o que eu preciso saber, vou acabar com cada pedacinho do seu corpo.

O homem acenou com a cabeça de forma violenta, o suor brotando em sua testa enquanto Simon removia o trapo.

— A ala de negócios da mansão — disse o homem, sem fôlego. — Terceiro andar no extremo sudoeste.

— Como posso saber que você não está mentindo? — perguntou Simon, encostando a arma no outro ombro do guarda.

— Pare, pare — pediu o homem, lutando para levantar-se e fazendo caretas de dor. — Eu lhe mostro.

Simon ajudou-o a levantar-se e sentou-o de novo na cadeira.

— Preciso das minhas mãos — disse o homem, aludindo ao teclado do computador.

Simon lançou-lhe um olhar assustador.

— Um gesto de agressão ou insubordinação, e você nunca mais verá essas mãozinhas.

Simon cortou as amarras.

O homem começou a digitar com a mão esquerda, enquanto a direita ficava sem se mover do lado. Ambos os ferimentos deixaram uma mancha vermelha na sua blusa, e o sangue escorria pelo braço e pingava no chão. E uma imagem surgiu no seu monitor. Michael e Paul observaram enquanto ela entrava em foco.

E lá estava ela, o rosto tão bonito e desafiador quanto Michael se lembrava. Um alívio repentino tomou conta dele. Pensar na morte dela antes de sua chegada era algo que mantivera sob controle em sua mente, mas ali se encontrava ela, sozinha num quarto, batendo o pé no chão e olhando em volta.

Michael sentou-se ao computador adjacente e começou a trabalhar. O sistema de segurança era controlado por um grande mainframe de comunicação em um servidor dedicado. O sistema armazenava três dias de vídeo digital capturados pelas câmeras do complexo. Procurou alguma alimentação ao vivo via internet e encontrou duas linhas T1. Levou menos de dois minutos para reprogramar o computador e começar a enviar os dados de que precisaria via internet.

Simon virou a cadeira na qual o guarda estava sentado.

— E onde está a mãe de Julian?

— Quem?

Simon encostou o cano da arma na cabeça do homem.

— Não, não, não. Eu... Ela está no laboratório médico, no andar subterrâneo.

O homem apertou algumas teclas e uma imagem do laboratório apareceu no monitor.

— Onde? — perguntou Simon, olhando pelo laboratório.

— Naquele freezer — respondeu o guarda, apontando para uma grande caixa na extremidade do aposento.

— Freezer?

O homem olhou para Simon como se dissesse o óbvio.

— Está morta.

Simon escondeu as emoções, mas Michael não conseguiu disfarçar a tristeza, tampouco a raiva.

— Não acredito em você — declarou Simon, como se questionasse um simples fato.

— Juro que ela está ali. A autópsia está marcada para hoje à noite.

— Por que vão fazer uma autópsia? — perguntou Paul, enojado.

— Não vão — disse Simon, dando uma pancada na base do pescoço do guarda. O homem caiu para a frente, inconsciente, sobre a mesa.

Amarraram-no novamente, enfiaram-lhe o trapo na boca e o tiraram do caminho. Michael readquiriu o foco, teclando rapidamente até encontrar a configuração da direção das câmeras de segurança, todas com uma legenda da localização. Encontrou o laboratório médico e colocou a imagem do aposento vazio no monitor. A imagem estava estática, sem movimentos.

Mas isso mudou quando Michael conseguiu voltar a fita. De repente, viram as imagens de horas antes quando havia duas pessoas ali. Michael deixou as imagens se desenrolarem e a viu, Genevieve, amarrada à maca com uma entrada intravenosa presa ao braço. Julian, ao seu lado, segurava a via IV. Aproximou o rosto do dela, ficando bem acima da mãe, os olhos fixos um no outro. A imagem silenciosa assombrou Michael, enquanto ele os assistia conversar sem ouvir uma palavra, observando-a lutar contra as amarras, imaginando o que viria. Paul voltou-se, incapaz de assistir ao inevitável, mas não Michael, não Simon. Eles não conseguiram desgrudar os olhos do monitor, enquanto Julian injetava o conteúdo de uma seringa na via IV. O corpo de Genevieve de repente ficou rígido, contorcido de agonia, e os olhos arregalaram-se enquanto a boca formava um grito silencioso. O momento pareceu durar uma eternidade, antes de, por fim, o corpo amolecer. E durante todo o processo Julian continuou observando a agonia da mãe, os olhos a poucos centímetros do dela, o rosto uma máscara desprovida de emoção enquanto observava a vida esvair-se violentamente.

Sem dizer uma palavra, Michael, Simon e Paul lidaram internamente com o repulsivo matricídio. Quando Michael olhou para Simon, não tinha a menor dúvida do que o amigo faria. Mataria Julian, e nem Michael nem Paul poderiam impedi-lo.

O computador bipou, indicando a conclusão da transferência de arquivos e, assim, trazendo Michael de volta ao presente. Ele voltou sua atenção para o monitor em que Susan se encontrava, sentada a uma mesa de conferência coberta de comida; ali, em silêncio, não demonstrava emoções nem medo. Michael desviou os olhos da imagem e agachou-se debaixo da mesa. Encontrou o cabo que ligava o computador e chegou até um grande armário na outra extremidade da estação de trabalho. Lá, encontrou dois servidores, ambos funcionando e com díodos iluminados. Michael pegou um cartão de memória no bolso e o inseriu na parte de trás do servidor em uma entrada USB. Em segundos, o programa entrou no sistema. Ele faria com que todo o servidor e todas as funções correlatas parassem de funcionar em dez minutos. Tratava-se do seu vírus caseiro favorito e ele nunca falhava em apagar suas pegadas com toda a segurança.

— Podemos ir — disse Michael em voz baixa, enquanto fechava o armário do computador.

Um ar sombrio tomara conta deles depois que souberam da morte de Genevieve. Os três seguiram para a porta.

— Meus planos mudaram — disse Simon.

— Você não pode ir atrás de Julian até tirarmos Susan daqui.

— Não vou permitir que o corpo de Genevieve seja jogado em um lugar qualquer.

— Simon, não temos como carregá-la para fora daqui.

— Ela foi assassinada, Michael. Ela pediu, e eu sempre prometi que quando ela morresse eu atenderia ao seu último desejo.

— Que é?

— Você vai ver.

Por mais que quisesse discutir, Michael sabia que não conseguiria fazer Simon mudar de ideia.

— Você tem 15 minutos; depois, sairemos daqui.

— Tem certeza de que conseguirá chegar até Susan? — perguntou Simon a Michael.

— Não se preocupe comigo.

— Isso é uma merda — disse Paul. — Acho que devemos ficar juntos.

— Não temos tempo. Vá com ele — disse Michael para Paul, apontando para Simon. — Se um de nós falhar, pelo menos o outro terá a chance de conseguir. Vocês dois cuidem de Genevieve; que Deus dê descanso à sua alma torturada. Quinze minutos. Não mais do que isso.

Enfiaram a cabeça pela porta e, sem olhar para trás, desapareceram na noite.

CAPÍTULO 60

O laboratório médico ficava a 500 metros da casa principal. Originalmente, era a garagem de carruagens, acomodando um estábulo enorme e construída com o mesmo tipo de pedra usada no mosteiro. Embora a parte externa mantivesse o design europeu original, o interior fora completamente refeito e modernizado como um laboratório médico de última geração, planejado não apenas para vinte leitos para tratamento hospitalar e de emergência, como também possuindo instalações de pesquisa de ponta na parte de trás e nos níveis subterrâneos.

O Dr. Lloyd e seus três associados deixaram os escritórios e foram para o laboratório de pesquisa, onde as unidades refrigeradas haviam sido instaladas para os experimentos de Vladímir Skóvokov. Além de refrigeradores semelhantes aos dos necrotérios, um sistema especial fora instalado na sala de cirurgias, mantendo a temperatura ambiente a exatos 0,5° C. Desse modo, a decomposição dos corpos seria mínima durante os numerosos procedimentos de pesquisa.

Lloyd abriu a porta de 1 por 1 metro e puxou a bandeja, pensando nos muitos paralelos entre um necrotério e uma cozinha de restaurante. O corpo de Genevieve Zivera estava coberto com um lençol, enquanto seu rosto permanecia exposto para o mundo. Desviou os olhos e benzeu-se, esperando que isso de alguma forma servisse para diminuir os pesadelos com a imagem serena e inocente que seu rosto lhe causaria nos anos seguintes.

Julian dera-lhes a missão de cortar o corpo, tirar os órgãos para pesquisa médica, uma diretiva que criara uma pausa momentânea. Afinal, trabalhariam no corpo da mãe dele, mas, ainda assim, Julian não mostrara o menor sinal de tristeza, nenhum sinal de sentimentos pela mulher que o criara, pela mulher que ele matara havia uma hora apenas enquanto tentava fazê-la revelar-lhe os segredos da caixa.

Diferentemente da caixa, eles não tinham recebido informações sobre aquela mulher, além do fato que era a mãe de Julian. Mãe de nascimento ou por adoção, não sabiam. Todos sabiam que ele fora criado em um orfanato, mas não tinham informações sobre os detalhes de sua vida além dos fatos publicados pela Verdade de Deus. Sabiam que sua vida fora recriada. Todos haviam lido uma boa parte das publicações corporativas e médicas nas quais a licença poética fora permitida a fim de realçar as aparências, e Julian não era diferente. Mas o motivo por trás da autópsia e da retirada dos órgãos da mãe não fora discutido.

Lloyd e sua equipe debruçaram-se sobre Genevieve. Ficaram maravilhados com a pele imaculada, sem marcas, rugas, sardas ou cicatrizes. Os dentes não tinham sinais de obturação e eram brancos como no dia que despontaram na gengiva. Ela era extremamente bonita, pensou Lloyd, e isso o encheu de pena. Ali estava uma mulher com potencial para uma vida longa, mas, ainda assim, morrera durante um interrogatório. Aquilo o lembrava de pessoas que se exercitavam de forma vigorosa, evitavam todos os vícios e não comiam nada além de alimentos saudáveis para assegurar muitos anos de vida, apenas para serem atropeladas, sem aviso, por um ônibus. Todos os seus prazeres e sacrifícios na esperança de estender seus dias em vão, abrindo mão da indulgência dos sentidos para uma existência de quantidade em vez de qualidade.

Lloyd observou sua respiração formar uma condensação no ar frio e ficou feliz por ter vestido um suéter extra por sob o jaleco. Não importava, porém, quantos suéteres usasse, nada aqueceria o frio que corria pelo seu organismo. Ela estava além da perfeição e, em sua mente, não conseguia afastar a sensação de que lhe profanava a alma, roubando sua essência. Sentia como se estivesse prestes a violar Deus.

Contudo, como costumava acontecer, a mente científica lhe sobrepujou o coração, acalmando sua consciência, justificando para si mesmo que só estava fazendo o seu trabalho.

Olhou para os colegas médicos e sorriu.

— Senhores, podemos começar?

CAPÍTULO 61

Michael estava de pé na floresta em frente à ala de negócios da mansão, não muito longe do penhasco que dava para o mar. A adição elegante tinha a forma de um C gigante com duas partes se estendendo a partir da ala principal. Acrescentadas dois anos antes, serviam para aprimorar a estrutura já grandiosa, acrescentando um charme de castelo moderno. A parte externa, com seus quatro andares, trazia séculos de história. Os arquitetos corsos nunca imaginaram o caminho que a estrutura tomaria, mudando de um castelo de reis para um mosteiro e de um mosteiro para a residência de um megalomaníaco. As janelas na nova ala eram enormes e duplas, lembrando o design original; o cimento era novo e fresco, sem as marcas do tempo ou da chuva. Tratava-se de uma representação de grandiosidade raramente exibida em outros lugares do mundo.

Havia dois guardas, armados e alertas, cada um postado de um lado da única entrada. Nada da conduta discreta das pessoas que caminhavam pelo complexo, eles tinham algo a proteger.

Michael contornou o prédio, indo até a lateral que dava para o bosque. Diferente da parte de trás da construção, ali não havia sacadas para facilitar o acesso ou oferecer uma subida rápida. Não havia portas para abrir nem fechaduras para arrombar. E as janelas dos dois primeiros andares eram estreitas e altas, não tendo mais de 30 centímetros de largura. O terceiro andar, porém, era promissor: as janelas eram grandes, ornamentadas e, o mais importante, largas o suficiente para que ele passasse por elas.

Olhou para o exterior: as juntas de cimento forneciam uma fenda de 1 centímetro entre as pedras largas. Encaixou os dedos e começou a subir. Na verdade, a escalada era fácil, as juntas na pedra forneciam um lugar para os dedos das mãos e dos pés. As janelas eram duplas, fechadas a vácuo para reter o calor e estavam trancadas. Até mesmo no terceiro andar, a equipe de arquitetos de Zivera tomara todas as precauções: elas eram ligadas ao sistema de alarme e o pequeno LED vermelho confirmava sua ativação. O ponto de segurança da janela era um contato de baixa voltagem; uma vez que o contato fosse quebrado, o sistema seria ativado.

Michael pegou a faca e passou-a pela junção na parte do meio da janela, levantando o trinco. Segurava firme no peitoril, os dedos das mãos e dos pés ficando com cãibras pela posição precária. Verificou o relógio. Dez segundos. Olhou para a luz vermelha no contato da janela e ela piscou e apagou. O vírus que ele inoculara no mainframe acabara com o sistema de segurança na hora prevista.

Abriu a janela e entrou, pisando silenciosamente no piso de mármore. Moveu-se cuidadosamente pelo corredor, espiando pelas portas pesadas de madeira e vidro dos escritórios elegantes, decorados com móveis de mogno polido, cortinas de veludo e flores novas. Isso não se parecia em nada com uma exibição de humildade religiosa, ali não tinha esse negócio de voto de pobreza. Aquela era a base das operações religiosas de Zivera, do rosto que ele mostrava para o mundo, onde sua história de ficção era escrita, onde brochuras lustrosas para os membros eram criadas, deixando suas buscas mais nefastas ocultas.

Na última porta do corredor encontrou a sala de conferências. Sentiu o coração acelerar em antecipação. A mesa fora coberta de pacotes abertos de comida e de jornais. A televisão em um canto sintonizava a CNN, mas o volume estava no mudo. Michael respirou fundo e abriu a porta.

Mas Susan não estava ali.

De repente, as luzes se apagaram e a sala ficou na mais completa escuridão. Michael mergulhou no chão e sacou a pistola, rezando para que seus olhos se ajustassem rapidamente ao breu.

A porta abriu-se com uma explosão e oito guardas entraram, cada um com um fuzil apontado diretamente para ele. Sabia que acertaria alguns tiros, mas seria inútil, poderia ser morto rapidamente, o que acabaria com as chances de Susan sobreviver. Soltou a pistola e ficou deitado de bruços enquanto os guardas o cercavam.

Dois dos guardas ergueram-no e jogaram-no em uma cadeira. As luzes se acenderam enquanto Julian entrava na sala. Seu cabelo estava tão perfeito quanto no dia em que se conheceram, sem uma mecha fora do lugar. O casaco passado como se tivesse acabado de vesti-lo. Trazia um sorriso no rosto, mas não de felicidade e sim de triunfo, de vitória.

— Eu disse a você que a mataria se não seguisse as minhas instruções.

Michael lançou um olhar fulminante para o homem enquanto se amaldiçoava por ter entrado em uma armadilha.

— Pedi que trouxesse a caixa e não tentasse nada de corajoso. Ainda assim, aqui está você, bancando o herói. Tanto esforço apenas por Susan — disse Julian, com um tom de quem sabe tudo.

— Mate-a e você não terá nada — afirmou Michael, esperando que as palavras soassem verdadeiras. — Sem ela, você não terá chance de colocar as mãos na caixa.

Michael foi violentamente colocado de pé e virado para se deparar com o olho leitoso de Fetíssov. O rosto do homem abriu-se em um sorriso, enquanto tirava as armas de Michael e arrancava sua mochila. O troncudo general russo a abriu e enfiou a mão lá dentro. Retirou dois mosquetões de escalada, quatro pentes de munição e um kit médico cor de laranja. Abriu a caixa, mas só encontrou bandagens, algodão e uma seringa.

Fetíssov segurou a bandagem e começou a rir.

— Acho que isso não vai ajudar muito.

Ouviram um murmúrio no corredor: um guarda entrou e sussurrou algo no ouvido de Julian, que sorriu e foi até o corredor.

Michael olhou para seu material espalhado pela mesa e olhou para Fetíssov com raiva. Olhou para cada um dos oito guardas que apontavam seus fuzis para ele, prontos para atirar.

Julian voltou e esticou a mão.

— Você estava dizendo...

Michael não conseguia acreditar no que via nas mãos de Julian, como se não passasse de algo simples, como se não passasse de uma peça de decoração encontrada em uma estante de livros. O objeto que ele carregava só podia significar uma coisa: eles tinham invadido o jato do pai. Assim sendo, havia uma grande probabilidade de que Stephen Kelley, o pai que acabara de encontrar, o pai que não chegara a ter a chance de conhecer melhor, estivesse morto. Pois a caixa, com toda a sua glória de ouro, descansava nas mãos abertas de Julian.

— Realmente vale a pena ter uma rede ampla e conhecer seu inimigo — disse Julian para Michael. — É irônico saber que nossos amigos mais leais são os que têm a maior capacidade para nos trair.

Julian deu um passo para o lado, e Michael pôde ver o lado de fora da porta. Seu pai estava ali, com uma expressão indecifrável no rosto.

— Nunca se sabe em quem se pode confiar, não é, Stephen?

Mas Stephen permaneceu em silêncio.

Michael sentiu o estômago revirar enquanto olhava para Stephen, sem saber a profundeza da traição, mas então tudo ficou claro. Havia uma pessoa no avião em quem não podiam confiar.

Então Martin entrou na sala. Olhou para Michael e depois para seu pai sem dizer uma palavra.

— Martin, por que não leva o nosso amigo Stephen até a adega para tomar uma taça de Mouton Rothschild 1982?

Martin abriu um sorriso de orelha a orelha, enquanto pegava Stephen pelo braço e o acompanhava para fora da sala.

CAPÍTULO 62

A única bala atravessou a cabeça do guarda, explodindo na porta lateral das instalações médicas. O segundo guarda exigiu dois tiros. Simon alinhara os alvos da margem gramada do outro lado da rua. Ele e Paul correram e arrastaram os corpos para a casa de carruagens. Exceto pelos dois guardas, não havia mais ninguém ali. Enquanto corriam pelo pequeno vestíbulo, encontraram a escada de incêndio totalmente livre.

— Fique atento — disse Simon. — Isso vai levar apenas um minuto.

— O que você vai fazer? — perguntou Paul enquanto preparava o fuzil. — Você não vai conseguir carregá-la sozinho.

— Não vou carregá-la — respondeu Simon, olhando para ele. — Vou cremá-la.

— Cremá-la? — perguntou Paul, chocado.

— Tudo bem. Foi ela que pediu.

Simon desceu as escadas.

— Ele vai explodir tudo — disse Paul, erguendo o fuzil e olhando pela porta.

Simon chegou a um corredor grande. As luzes principais estavam apagadas, deixando-o ainda mais atento. Simon olhou na bolsa e pegou mais cinco cargas. Ele as pegara ainda em Moscou. O criminoso que fornecera a arma para Simon lhe cobrara 5 mil dólares a peça. A mistura de magnésio, cordite e sódio chegava a uma temperatura de 1.300° C, o que acabaria com aquela construção em questão de minutos, mas o prédio não era seu alvo.

Simon fizera uma promessa para Genevieve e estava prestes a cumpri-la.

Enquanto se movia pelo corredor, o ar ficou mais frio. As luzes de emergência forneciam a única iluminação, lançando sombras pesadas pelo caminho. A porta do laboratório estava bem à frente e totalmente aberta. A cada passo o ar ficava mais frio, até que Simon começou a ver a própria respiração.

Quando Simon se aproximou da porta, deparou-se com uma visão surreal. A umidade de verão que passava pelas portas externas abertas passou pelas portas internas brancas onde se condensou, enquanto anéis de fumaça semelhantes a um nevoeiro se erguiam do chão a cada passo que dava.

Passou pela porta. Olhou à sua volta, mantendo as costas voltadas para a parede, movendo-se de lado pela sala. As luzes iluminavam a mesa de operações vazia no centro da sala, onde havia uma bandeja preparada com instrumentos esterilizados.

Simon circundou a mesa, mantendo a arma erguida quando sentiu o coração quase parar. Havia quatro corpos espalhados pelo chão, todos com poças de sangue em volta da cabeça. Simon verificou o ferimento na cabeça do primeiro médico — seu crachá exibia o nome Lloyd — o buraco era pequeno, bem acima do olho direito.

Ergueu-se e continuou olhando em volta da sala, tentando descobrir o que acontecera. Não havia desordem e nada parecia fora do lugar: cada bisturi, serra e agulha em seus devidos lugares aguardavam uma autópsia que nunca aconteceria. Esses médicos haviam sido pegos de surpresa, mortos em questão de segundos. Nenhum deles tivera tempo de reagir. Não havia sinais de defesa: os telefones estavam no gancho e os celulares, nos cintos. Nenhuma arma improvisada para se defenderem contra o atacante.

Sem perder mais tempo, Simon foi até o freezer, benzeu-se e abriu a porta. Enquanto olhava para o espaço do tamanho de um caixão, apertou a maçaneta da porta com força, até as articulações dos dedos doerem. O freezer estava escuro e vazio. Olhou de novo para a maca.

Seus pensamentos pareciam um turbilhão.

O corpo de Genevieve desaparecera.

CAPÍTULO 63

Michael caminhava pelo longo corredor subterrâneo do prédio de ciências, os corredores vazios, exceto pelos quatro guardas que o cercavam e o russo careca que ia à sua frente e carregava a caixa de ouro.

Fetíssov não dissera nem uma só palavra para Michael enquanto caminhavam os 800 metros da mansão até ali. Era como se fossem estranhos, inconscientes da presença um do outro. Isso, porém, estava longe de ser o caso. Se Michael tivesse alguma chance, não hesitaria em matar o homem que se escondia atrás de uma fachada de senso de humor e charme russo e que sequestrara Susan e traíra a todos.

— Fetíssov? — gritou Michael.

O russo virou-se para Michael, encarando-o com o olho bom. Ele ergueu a caixa de ouro.

— Eu lhe disse que sou um homem que consegue as coisas.

Michael foi forçado a parar na frente de uma porta grande de escritório. Observou Fetíssov e a caixa desaparecerem na esquina do corredor e o russo entrar no laboratório adjacente. O guarda pegou uma chave, destrancou a porta e obrigou-o a entrar em uma sala quadrada branca, cheia de animais presos dentro de gaiolas. Os roncos e gorjeios semelhantes aos de um zoológico emudeceram quando ele entrou.

Susan estava em uma das gaiolas, o rosto estava marcado de lágrimas e os olhos, vermelhos e exaustos. Ela levantou-se quando viu Michael, o rosto um mar de emoções, e permaneceu parada no lugar. E, por fim, caminhou até ele, abraçou-o pelo pescoço e puxou-o para si.

— Achei que você estivesse... — A voz dela falhou.

— Achei o mesmo de você. Eles a machucaram?

Ela meneou a cabeça.

Quando a abraçou, Michael sentiu o alívio tomar conta dele. Ela ainda estava viva. Abraçaram-se, confortando-se naquele momento. Era a primeira vez que Michael realmente abraçava alguém desde que Mary morrera. E sentiu um calor, uma sensação de conforto e paz, uma sensação de que seu coração poderia se abrir de novo.

Michael olhou para a sala. Uma única lâmpada no teto iluminava uma mesa. A variedade de pássaros e animais ficara em silêncio como se sentisse a morte iminente. Na extremidade havia uma grande parede de vidro, coberta por uma cortina. Por fim, ele olhou de novo para Susan.

Susan ergueu a cabeça de seu peito e olhou-o nos olhos.

— E Stephen?

— Está vivo, pelo menos por enquanto. Ele fugiu, mas o pegaram de novo. — O olhar de Michael foi assustador. — Foi Martin.

Susan olhou para Michael, meneando a cabeça de forma sutil e os olhos cheios de vergonha.

— Ele nos traiu — disse Michael. — Todos nós: você, eu, Stephen.

— Você está com a caixa verdadeira?

Michael olhou-a nos olhos com um sorriso nos lábios.

— Você abriu a caixa.

— Acho que você sabia que isso aconteceria — respondeu ela, sorrindo, pois sabia que ele percebera sua fraqueza.

Não podia continuar zangada, estava feliz por ele estar vivo.

— Susan, a caixa está no laboratório ali ao lado.

Michael soltou-a e começou a caminhar pela sala, avaliando as gaiolas, olhando para os animais tímidos, verificando a iluminação e as tomadas elétricas. Passou a mão ao longo do vidro e descobriu que suas extremidades entravam na parede.

— Precisamos sair daqui antes que eles abram a caixa.

— Eu vi o laboratório. Tudo é de alta tecnologia. Disseram que pode conter qualquer vírus ou doença.

— Não estou preocupado com isso, estou mais preocupado com a explosão.

— Explosão? Que explosão?

— A que vai destruir este prédio.

— Michael, o que você fez? O que eles têm na outra sala?

— Cinco quilos de Semtex embalado em ouro, o suficiente para nivelar as duas salas. — Michael olhou no relógio. — E, em menos de vinte minutos, eles abrirão a caixa, ativando a bomba.

Susan olhou-o.

— Quantas caixas você tirou da Libéria de Ivan?

— Duas caixas reservas.

— Alguém mais sabe?

— Só você, eu e meu pai — contou Michael, enquanto continuava procurando um meio de saírem dali.

Quando Michael entrou no avião ainda na Rússia, seguiu imediatamente para o quarto de Stephen Kelley nos fundos do jato e usou a pequena mesa dali. Removeu as duas caixas de ouro da bolsa de mergulho junto com seu pequeno kit de ferramentas, um kit médico, o telefone celular e uma lata de tinta laranja.

Abriu a bolsa de surpresas de Simon e começou a remexer no conteúdo: bombas incendiárias, munição, Semtex, partes de fuzis, duas pistolas. Começou a trabalhar rapidamente. Desmontou o telefone celular dobrável e removeu a bateria e o circuito interno. Abriu a caixa de ouro falsa e colocou a bateria na tampa côncava, passando um fio pela dobradiça onde fixou o comutador. Testou o circuito, abrindo e fechando a caixa para se assegurar de que uma via elétrica verdadeira havia sido estabelecida e confirmado a eficácia do fuso de pressão carregado. Colocou o máximo de Semtex dentro da caixa, inseriu dois condutores na cobertura, enfiou-os na massa de explosivo maleável e fechou a tampa. Inseriu uma chave de fenda na fechadura simples e trancou-a, colocando-a de lado.

Michael pegou a caixa verdadeira, o Albero della Vita, a Árvore da Vida, com sua tampa bem entalhada, a caixa cujo poder de destruição era bem maior do que o dispositivo que acabara de criar. Pegou a caixa branca de suprimentos médicos e abriu-a. Estava cheia de algodão, bandagens, esparadrapo, seringas, suturas, pomadas e tesoura. Esvaziou seu conteúdo e segurou-a, virando-a e examinando-a atentamente. Era um pouco maior do que a caixa de ouro, mas não grande o suficiente para abrigá-la. Michael pegou sua faca, removeu os adesivos com a cruz vermelha e cortou a caixa ao longo das junções em seis partes separadas. Começou a trabalhar na caixa de ouro, fixando os pedaços de plástico ao longo dos lados e construindo um topo falso, no qual a tampa poderia ser erguida para revelar um espaço de 4 centímetros de profundidade para guardar os suprimentos. Michael pegou a lata de tinta spray laranja que usara para marcar o caminho no túnel do Krêmlin e pintou toda a caixa de laranja.

Quando a tinta de secagem rápida fez efeito, colou os adesivos da cruz vermelha. Ergueu a tampa e cobriu a caixa com fundo falso com algodão e bandagens, colocou as seringas e os outros suprimentos médicos lá dentro, preenchendo o espaço de 4 centímetros até a borda, praticamente escondendo o fundo falso abaixo. Michael olhou para suas duas criações, ambas mortíferas à sua maneira, sem saber como as usaria. Mas agora, sentando com Susan na sala ao lado de onde estava a caixa falsa, que logo seria aberta, começava a se arrepender.

CAPÍTULO 64

O Dr. Habib pegou a caixa de ouro das mãos de Fetíssov e dispensou-o com um aceno de cabeça. Voltou para o laboratório e colocou-a sobre um pequeno pedestal central da sala de contenção, a 9 metros da superfície. O avançado sistema de ventilação zunia enquanto o ar entrava. Hal Jenkins entrou na sala, usando terno branco, o cabelo descabelado e os olhos cheios de sono.

— Então, lá vamos nós em mais uma busca ao impossível?

— Eles interromperam um sonho em que eu sorvia um bom vinho em uma praia grega.

— Você precisa ter uma vida; fantasiar sobre vinho é patético. — Jenkins pegou os braços remotos e os ligou. Acendeu as luzes acima, fazendo-as refletir sobre a caixa de ouro, que de repente iluminou-se sobre o altar como se aguardasse ser adorada. — Esta caixa se parece muito com a última.

— Bem, se for como a última, vamos voltar para a cama em vinte minutos. — disse Habib, segurando-a. — Onde está Lloyd?

— Não sei. Mas não vou ficar esperando por aquele arrogante.

— Bom-dia, senhores — soou a voz de Julian pelos alto-falantes.

Jenkins escorregou a mão nas luvas de controle e esticou os braços. Os braços mecânicos do outro lado do vidro responderam do mesmo modo. Ele parecia um atleta preparando-se para uma corrida. Virou o pescoço de um lado para outro e para a frente e para trás, esticando e alongando os braços, enquanto o apêndice mecânico respondia com movimentos idênticos aos seus.

— Levaremos 15 minutos até ligarmos e prepararmos tudo aqui — informou Habib para a voz onisciente.

— Liguem quando estiverem prontos — respondeu a voz de Julian antes de desligar.

Habib ligou os computadores, os sensores e analisadores. Ajustou o foco das câmeras digitais. Fez uma leitura do ar para servir como base e aguardou a resposta do computador.

A mão esquerda mecânica de Jenkins pegou uma chave de fenda que estava sobre o balcão; girou-a na mão de robô, movendo-a para trás e para a frente em direção à fechadura da caixa. Virou-a de um lado para o outro como um arrombador de cofres em uma missão.

— Diga-me quando estiver pronto.

CAPÍTULO 65

— Quantos anos, Martin? — perguntou Stephen, enquanto caminhavam pela enorme adega, passando pela vasta coleção de vinhos cujo valor estava além de qualquer comparação.

— Que fiquei em sua sombra? — perguntou Martin, segurando a arma.

— Sombra? — A voz de Stephen soava angustiada apesar do fato de seu amigo estar segurando uma arma contra as suas costas. — Você é a única pessoa ao meu lado desde que comecei a firma.

— Isso mesmo. Desde que *nós* começamos a firma.

Continuaram caminhando, enquanto o silêncio os cercava.

— Você esteve comigo em todos os momentos — explodiu Stephen, confuso. — Você me ajudou a carregar o caixão de Peter. Pelo amor de Deus. As palavras que você disse no funeral do meu filho sobre nós, sobre família e lealdade. Era tudo fingimento? — Stephen parou de forma abrupta e virou-se. — Diga-me que você não é um seguidor da religião absurda desse cara.

Martin riu, enquanto cutucava Stephen com a arma para que ele continuasse caminhando.

— Dificilmente. Fiquei sabendo sobre eles há alguns anos, pensei que eram uma piada, mas eles nunca pararam de me convidar. Recebi um e-mail da Verdade de Deus com a foto de Genevieve Zivera, a mulher que o visitara, dizendo que se tratava da mãe doente e desaparecida de Julian. Tudo que fiz foi dar um telefonema. Não pedi nada em troca. Pensei apenas em fazer o que era certo. — Martin fez uma pausa antes de continuar: — Então, fizeram-me uma oferta do tipo que me daria uma aposentadoria imediata. Aceite o nosso dinheiro e se aposente, ou nós faremos com que você se aposente. Eu não tinha muita escolha. Mas quanto mais eu pensava... Todos trabalham para você, Stephen, tornando-o ainda mais rico. Já era hora de eu fazer a minha própria sombra.

— Mas Susan, você a entregou?

— Faça-me o favor. Ela não passa de uma criança mimada. — Martin manteve uma distância de 60 centímetros entre eles, segurando a arma enquanto guiava Stephen até as escadas nos fundos da adega.

Desceram pela escuridão, chegando a um aposento com cheiro de terra que contrastava com tudo o que havia nos andares de cima. Os olhos de Stephen se ajustaram à escuridão até ele perceber onde se encontravam. Os túmulos se espalhavam pela parede, iluminados por lâmpadas. O cheiro da cripta era antigo, azedo e mofado. Exceto pelas luzes, era como se tivessem voltado no tempo. Passaram pelos túmulos de Charlotte e Yves Trepaunt, do Dr. Robert Tanner, seu aspecto novo em agudo contraste com os túmulos de centenas de anos neste mundo subterrâneo. Por fim, pararam em frente a um túmulo aberto.

Stephen controlava-se ao máximo para não atacar verbalmente o homem que acreditara ser seu melhor amigo.

— Quando você abriu meu cofre e pegou a caixa, pegou também a minha arma? É a minha arma que está segurando agora?

Martin respondeu apertando o cano contra as costas de Stephen.

— Você nunca a sentiu deste ponto de vista, não é?

— Esta é a minha arma favorita, Martin.

— Vou tomar as providências para que seja enterrada contigo. Meu último tributo a você.

— Acabei de recuperar um filho — disse Stephen, virando-se e olhando direto nos olhos de Martin. — E você o mandou para a morte.

— Não se preocupe. Vocês não vão ficar longe um do outro por muito tempo.

Stephen o atingiu com força bem no meio da cara e sentiu-se bem com isso, como quando ainda era jovem, descarregando toda a força em alguém no ringue. Bateu no homem de 55 anos, descontando toda a raiva pelo sequestro e pela perda de Michael. Martin cambaleou para trás, mas não perdeu a consciência e rapidamente disparou a arma, cinco tiros em questão de segundos. A curta distância. O som dos disparos ecoou nas paredes de forma ensurdecedora. Mas Stephen continuou indo em sua direção.

— Meu garoto é muito esperto mesmo. Colocou balas de festim nas pistolas. Meu filho tinha razão, não se pode confiar em ninguém. Ele desconfiou que havia alguém fornecendo informações para Julian o tempo todo, mas nunca pensei que fosse você.

Arrancou a arma das mãos de Martin e socou-o de novo. Dessa vez com mais força ainda, concentrando toda a raiva nos punhos. Martin tentou se defender, mas de nada adiantou.

— Você tentou me matar, seu filho da puta.

Stephen perdeu toda a compostura, abandonando completamente o lado racional enquanto martelava com os punhos o rosto do homem que mandara Michael e Susan para a morte quase certa. E, com um esforço final, concentrou toda a sua força e seu peso em um soco mortal. Atingiu Martin com tanta força na testa que lhe esmagou o osso temporal, os fragmentos enterrando-se no cérebro do traidor. Ele estava morto antes que seu corpo atingisse o chão.

Stephen tomou a arma e ejetou o clipe. Pegou o estojo de charuto que Michael lhe dera, deixando claro que ele só deveria abri-lo mais tarde. Bem, agora era mais tarde. Abriu e pegou um pente com balas de verdade. Carregou a arma e saiu dali.

CAPÍTULO 66

Paul e Simon saíram correndo das instalações médicas, protegidos pelas árvores próximas ao prédio.

— O que você quer dizer com "o corpo desapareceu"? — perguntou Paul, ofegante. — Para onde o levaram?

— Os médicos não tiveram muita escolha — disse Simon, recarregando a arma enquanto fugiam.

— Quem seria capaz de roubar um corpo? — perguntou Paul, com repulsa.

— Não sei.

— Essa mulher desaparece com mais frequência do que o dinheiro que sai da carteira da minha mulher.

— Os corpos dos médicos ainda estavam quentes. Quem quer que tenha feito isso não deve estar longe.

— Quem você acha que foi?

Simon não disse nada, mas suas suspeitas fizeram seu coração afundar no peito.

Stephen Kelly correu ao longo da alameda de entrada, mais rápido do que já correra em vinte anos. Sabia para onde haviam levado

Michael e Susan, ouvira enquanto discutiam. Ele tinha visto o prédio na sua primeira incursão pelo complexo, conhecia o lugar por meio do mapa e sabia exatamente o que o general russo havia levado junto com eles.

Michael contara-lhe, e somente a ele, o que havia na caixa de ouro. Ele planejara a isca para Julian, disse que eles talvez usassem a força para recuperá-la e havia sido prudente ao tirar as armas extras, deixando apenas uma inútil. Disse para não subestimar a atração da caixa, pois ela continha uma promessa que poderia derrotar até mesmo homens de caráter forte, até mesmo o daqueles que acreditavam ser amigos. Não confie em ninguém, dissera ele, mas Michael confiara nele. Um gesto nobre de um filho que ele abandonara. Bem, Stephen não estava disposto a abandoná-lo de novo. Não tinha recuperado o filho apenas para voltar a perdê-lo. Colocou ainda mais energia nas pernas, mantendo-se nas sombras, alerta a todos os movimentos, aos guardas, a qualquer coisa que pudesse colocar fim à sua vida. E foi quando os viu à frente. Movendo-se nas sombras. O medo que sentia aumentou... Mas controlou-o rapidamente.

— Tem certeza de que eles estão lá? — perguntou Paul.

Estavam agachados a 45 metros do prédio de ciências, perdidos nas sombras e protegidos pelas árvores. O prédio de ciências era a única construção incompatível do complexo religioso. A estrutura de três andares de vidro e aço erguia-se em um contraste acentuado com as construções de pedra que prevaleciam por todo o complexo da Verdade de Deus. Havia dois guardas a postos, os fuzis preparados, mas as mentes distraídas com outra coisa, enquanto conversavam.

— Certeza absoluta — respondeu Stephen, sem olhar para Paul.

Simon estava deitado de bruços no chão, o suporte de duas pernas montado e o fuzil encaixado. Abriu a boca e estalou a articulação, mirou no primeiro guarda e depois virou para a esquerda, mirando no segundo. Repetiu o movimento três vezes e, na quarta, os guarda caíram mortos no chão, sem saber o que os atingira ou como a conversa que estavam tendo terminaria.

Simon pegou o fuzil, e então ele, Simon e Stephen correram para a porta e entraram.

— Excelente tiro, cara — disse Paul, verificando a pistola.

O saguão não dava pistas de que se tratava de um prédio para fins científicos. As colunas decorativas dividiam o espaço em áreas para as pessoas se sentarem e se encontrarem. Com panfletos de divulgação da Verdade de Deus espalhados pelas mesas de centro e de canto, parecia mais uma paróquia de igreja. Paul pegou um e o folheou.

— Mas que monte de merda! — exclamou. — Uma publicação da Verdade de Deus.

Simon olhou para o diretório na parede, verificou os corredores que davam no centro do prédio, abriu a porta da escada de incêndio e espiou.

— Onde eles estão? — perguntou Paul, dirigindo-se a Stephen.

— Disseram que iriam levá-los para o laboratório no subterrâneo.

Sem aviso, tiros vindo de fora explodiram em volta deles, ricocheteando pela sala. O volume aumentou, uma chuva de balas voando pelo saguão. As janelas se quebraram e os fragmentos espalharam-se por todos os lados, parecendo voar em vez de cair no chão. O ataque parecia crescer a cada segundo.

— Desça pelas escadas — orientou Simon para Stephen enquanto mergulhavam para se proteger. — Vamos segurar esses caras aqui, mas você tem de ser rápido.

E, sem uma palavra, Stephen abriu a porta da escada de incêndio e desceu.

— Você acha que ele vai ficar bem? — gritou Paul.

As balas continuavam atingindo o prédio, ricocheteando nas paredes e passando zunindo pelos seus ouvidos. Era praticamente uma zona de guerra.

— Preocupe-se conosco. Ele vai ficar bem.

Paul disparou vários tiros contra a floresta escura, sem saber se estava acertando o alvo. Já se envolvera em tiroteios, mas nada dessa magnitude. Viu rapidamente Simon, perguntando-se se ele fazia ideia de como passariam pela força invisível do lado de fora.

Madris Habib sentou-se na cadeira. O brilho da caixa refratava-se por todo o laboratório. A análise para agentes biológicos foi concluída, o computador imprimia os resultados negativos. Abrira mão do teste para detectar explosivos, acreditando que nenhum dispositivo nuclear poderia caber em uma caixa retangular pequena feita há milhares de anos.

— Certo — disse ele. — O show vai começar.

— Tudo bem — disse Jenkins, levantando-se da cadeira e esfregando os olhos. Enfiou as mãos novamente nas luvas remotas, flexionando o pulso e os dedos pela enésima vez naquele dia.

— Hora de confirmar que isso é apenas uma busca pelo impossível.

— Não sei não. Esta caixa é bem mais pesada do que a primeira. Com certeza tem algo dentro dela.

— Nesse momento, a não ser que seja uma loura com pernas bem longas, eu não dou a mínima.

Esticou a mão mecânica e pegou a chave de fenda. Com a outra mão segurou a caixa, mantendo-a na posição enquanto alinhava a ferramenta com a fechadura.

— Diga ao Sr. Zivera que estamos prontos.

* * *

Michael, de joelhos na frente da porta, tentava desesperadamente forçar a tranca. Pegara pedaços de gaiolas vazias e tentara arrombá-la, mas o metal, grosso demais, não iria funcionar. Não havia fechadura daquele lado da porta. Sua única chance de passar pela maçaneta estava indo muito mal. Olhou para o relógio. Já haviam se passado vinte minutos. Esperava a explosão a qualquer momento. Como tinha chegado tão longe apenas para falhar, perder o pai, perder Genevieve e agora... Olhou para Susan.

— Tudo bem — disse ela.

Michael meneou a cabeça.

— Não, não está nada bem.

Recomeçou a trabalhar na porta de forma desesperada, a irritação tomando conta dele, a antecipação da detonação inevitável pesando sobre sua cabeça. Cerrou os punhos e socou a porta em frustração.

E, sem aviso, a porta abriu-se com um estrondo. Michael mergulhou sobre Susan para protegê-la. A porta bateu contra a parede, provocando muito barulho. Ele olhou para cima.

Stephen estava no batente da porta, com um sorriso no rosto e uma arma na mão.

— Oi, gente, hora de sairmos daqui.

Paul e Simon controlaram o ataque, cada qual atrás de uma coluna de suporte larga o suficiente apenas para proteger seus corpos. Alternavam os movimentos de girar, atirar nos inimigos que não podiam ver e proteger-se. Não havia dúvidas de que estavam totalmente subjugados, enquanto o fluxo de tiros não parava de vir em sua direção. Então, de alguma forma, os tiros aumentaram. Não houve um momento sequer de silêncio. O ar estava repleto de balas e voavam fragmentos do vestíbulo para todos os lados em volta de seus corpos cansados. Poeira e fumaça se misturavam à medida que os resíduos se espalhavam pelo lobby.

Então Paul conseguiu ver por um breve instante — apenas um momento, mas foi tudo de que precisou. Viu o uniforme, um uniforme diferente daquele que os guardas usavam. De repente, tudo fez sentido: não estavam sendo atacados por uma simples equipe de seguranças, seus atacantes eram bem coordenados, liderados por um soldado, um militar que sabia como lutar contra seu oponente. Simon olhou pela porta, para a floresta, enquanto o general procurava cobertura. Nikolai Fetíssov os prendera em uma armadilha e sabia exatamente o que fazia.

De repente, a floresta escura pareceu ganhar vida, enquanto um contingente de guardas seguia para a porta. As balas vinham às centenas, estilhaçando as portas já cravejadas de tiros e arrebentando as paredes. Tratava-se de uma equipe de 15 homens, todos agachados e com o cano das armas ardendo no cerco. A confusão reinava no vestíbulo, que se transformara no mais absoluto caos.

Nem uma palavra precisou ser dita enquanto Paul e Simon olhavam para a porta da escada de incêndio. Simon enfiou a mão na mochila e pegou uma bomba incendiária, tirou a parte de cima e ajustou o timer para dez segundos. Olhou para Paul e indicou-lhe cinco dedos. Apertou o botão e lançou a bomba para a floresta.

Ouviram os gritos e ordens de retirada. Os tiros cessaram enquanto os guardas corriam em busca de um lugar no qual pudessem se proteger. A bomba explodiu. Um brilho alaranjado iluminou a noite, e o som ensurdecedor pareceu mais o rugido de um animal que a explosão de uma bomba. Simon sabia que aquilo era apenas uma distração momentânea, mas tudo de que precisava era um momento para que ele e Paul pudessem sair de trás das colunas. Deslizaram rapidamente pelo chão em direção à escada de incêndio e desceram a toda velocidade. Logo depois, a massa de guardas armados reassumiu a posição, tomando a porta da frente e cortando a rota de fuga deles.

* * *

Jenkins inseriu a chave de fenda na fechadura da caixa dourada. A mente continuava anuviada de sono.

— O que está esperando? — ecoou a voz de Julian pelo alto-falante.

Jenkins meneou a cabeça sem se importar que o chefe visse seu desdém. Arrependera-se de ter se deixado comprar de forma tão fácil. A sedução do dinheiro de Julian era forte, mas agora, enquanto ouvia a tentativa nada científica de apressá-lo, começava a se arrepender por ter se vendido. A emoção durou pouco quando se lembrou de quanto ganharia se fosse bem-sucedido e readquiriu o foco. Jenkins inseriu a chave de fenda e destrancou a fechadura.

Paul e Simon correram pela escada de incêndio e encontraram Michael, Stephen e Susan.

— Voltem, vamos logo! — gritou Simon enquanto seguiam pelo corredor.

Simon pegou as duas últimas bombas incendiárias na bolsa, deixando-as cair enquanto corriam.

— Oi — disse Paul para Susan enquanto corriam lado a lado.

Mas Susan não disse nada enquanto a cor sumia de seu rosto ao ouvir os tiros reverberando no andar de cima e parecendo tirar a vida de seus olhos.

— Tem de haver uma saída secundária — gritou Simon, enquanto corriam pelo corredor de 45 metros.

Então, sem aviso, Fetíssov passou pela porta de incêndio, seguido de perto por 15 guardas. Caminhou pelo corredor atrás deles, enquanto tiros explodiam por todos os lados. Pegou o rádio para pedir reforços para o outro lado, mas as paredes do porão eram grossas e não havia sinal.

Michael e seus amigos abriram a porta corta-fogo de metal e os cinco subiram as escadas, fechando a porta atrás deles. Subiram dois andares e saíram no vestíbulo. Ninguém parou de correr quando Simon apontou a arma e atirou na porta de vidro da qual se aproximavam. Passaram pela abertura e saíram para a noite escura. Não havia sinal de guardas aguardando sua chegada, apenas o silêncio quando correram para se protegerem na floresta.

E então, como se a ira de Deus estivesse em visita à Córsega, o mundo pareceu rachar.

A explosão cortou a calma da noite enquanto um ruído surdo aumentava até que uma bola de fogo explodisse pela porta do prédio de ciências com um golpe tão forte que lançou os cinco no chão. As chamas ergueram-se, iluminando as montanhas e transformando a noite em dia, enquanto o fogo lambia os céus. O calor da explosão queimou o prédio e as árvores, enegrecendo e alimentando-se de tudo o que havia pelo caminho.

As paredes grossas do laboratório resistiram, mas agiram como o cano de uma arma, enviando toda a força da explosão para cima, pela porta aberta das escadas e para fora. Os 15 guardas que estavam ali foram reduzidos a nada mais do que uma massa vermelha no meio dos destroços.

Simon e Paul descansavam deitados ao lado de uma árvore. Stephen sentou-se imediatamente e tocou em Susan ao seu lado. Michael, do outro lado, alongava as costas. Enquanto tentavam juntar suas coisas, deram-se conta de que tinham escapado por pouco. O prédio atrás deles lançava fumaça preta pela porta como uma chaminé em uma noite de inverno. Sons de coisas quebrando e rachando ecoavam da estrutura. Estavam confusos enquanto tentavam se recuperar dos efeitos da explosão. Embora doloridos e feridos, todos sobreviveram.

Antes de uma palavra ser dita, todos prenderam a respiração quando viram o cano de uma arma encostar na cabeça de Michael. Fetíssov apareceu acima dele, com o uniforme rasgado, a pele queimada e com bolhas, o sangue escorrendo pelo rosto. Com seu olho branco leitoso, parecia uma figura saída diretamente do inferno.

Simon procurou em volta, mas sua arma estava longe do alcance. Paul olhou para o chão em busca de uma arma no meio do caos, mas não encontrou nada. De repente, um tiro ecoou. Stephen caiu, a arma em sua mão escorregando entre os dedos. Fetíssov rapidamente encostou novamente o cano da arma na cabeça de Michael.

— Sinto muito, papai, mas este velho aqui ainda tem reflexos eslavos — disse Fetíssov com seu forte sotaque russo, enquanto a lua brilhava em seu olho morto.

— Seu filho da puta, deixe-nos em paz — disse Michael, sentado e impotente sob a sombra de uma árvore.

Susan engatinhou até Stephen. A bala o atingira no ombro esquerdo, e a camisa branca que usava se tingira de vermelho. Susan pressionou o ferimento enquanto seus olhos se enchiam de lágrimas. Stephen manteve o silêncio. Lutou para sentar-se e lançou um olhar fulminante para o russo.

— Tenho uma bala para cada um de vocês — disse Fetíssov, agarrando Michael pela parte de trás da camisa e fazendo com que se levantasse. Virou-se para Paul: — *Privet* — cumprimentou em russo. — Como vai, caubói?

Paul não respondeu; seus olhos brilhavam de ódio pelo homem que os traíra.

Fetíssov encarou-os, sangue ainda escorrendo pelo seu rosto, manchando-lhe o uniforme. Ele sorriu para o bando no chão. Estavam feridos, quebrados e desesperançados.

— Eu devia ter matado você na Rússia, teria sido bem menos doloroso...

— Camarada? — chamou uma voz atrás dele.

— *Shto?*

— *Kak ti mozehesh?*

— Como eu pude o quê? — perguntou Fetíssov.

E os canos de duas armas encostaram na cabeça de Fetíssov.

— Deixe-o ir.

Michael olhou para trás e viu o russo alto em pé ali, os braços tatuados retraídos enquanto seguravam uma arma em cada mão. Raechen estava parado, os olhos frios, mortos; o rosto, cansado. O som de sua voz parecia desinteressado.

Fetíssov soltou Michael e largou a arma.

— Você veio até aqui atrás de mim?

Raechen fez com que Fetíssov desse três passos para trás. Seus olhos não pousaram em mais ninguém, enquanto todo o seu foco se concentrava no seu colega russo, como se estivessem sozinhos em uma sala fechada.

Michael afastou-se dos dois homens. Todos ficaram congelados, atentos ao momento. Michael não sabia dizer se a situação melhorara ou piorara enquanto via a indiferença nos olhos de Raechen.

— Você roubou a esperança de mim, Nikolai, você roubou a esperança para meu filho — declarou Raechen, como se Fetíssov tivesse literalmente enfiado a mão no peito de seu filho e lhe arrancado o coração. — Você traiu seu uniforme, seu país. Você é um homem sem honra — disse Raechen.

— E você, camarada Raechen, é um perito em honra?

— Não, Nikolai, você sabe muito bem em que sou perito.

E, sem hesitar nem por um segundo, Raechen apertou o gatilho, explodindo a cabeça de Fetíssov em pedacinhos.

Raechen ficou ali em pé, apontando as armas para Michael e seus amigos.

Michael virou-se e olhou-o direto nos olhos.

— Você veio aqui atrás de mim também?

Raechen não disse nada.

— Deixe-os ir — pediu Michael, apontando para os amigos. — Vamos resolver isso entre nós dois.

— Aquele é seu pai? — perguntou Raechen, apontando para Stephen que, ferido, havia se deitado no chão.

Michael assentiu. Raechen olhou para Stephen e depois para Michael.

— Tome conta dele.

Michael olhou para o pai deitado ali, enquanto Susan pressionava o ferimento. Virou-se para falar com Raechen, mas ele se fora.

— Quem é ele? — perguntou Stephen.

— Um semelhante com um rancor muito maior. — Michael correu para o seu lado. — Como você está?

— Se conseguirmos fazer parar o sangramento, vou ficar bem. — Stephen ficou de pé, mantendo a mão pressionando o ferimento.

Michael virou-se para Paul e Simon com um olhar intenso.

— O que foi agora? — perguntou Paul, usando um tom resignado.

— Temos de voltar à mansão.

— O quê? — perguntou Paul. — Por quê?

Simon não precisou de uma explicação, já estava juntando as armas espalhadas pelo chão.

— Você a trouxe para cá? Depois de tudo que eu disse? — perguntou Simon com uma voz estável e suave, mas cheia de raiva. — Onde está?

— No terceiro andar.

Simon jogou um fuzil para Paul e uma pistola para Michael, que perguntou a Stephen:

— Você consegue andar?

— Eu voaria se fosse preciso.

— Onde está o quê? — perguntou Susan. — Do que estamos falando?

Stephen virou-se para Susan enquanto os cinco seguiam em direção ao castelo de Julian.

— A caixa verdadeira, a Árvore da Vida, está na mansão.

CAPÍTULO 67

Julian olhava fixamente para a imagem do laboratório no monitor do seu computador. O chuvisco estático foi precedido por um brilho laranja forte. Momentos depois o som da explosão reverberou até a mansão. Sentou-se ali por três segundos antes de se levantar da cadeira, a raiva superando todas as emoções ao perceber que fora enganado. Pegou o telefone e ligou para a instalação médica. Mas o telefone só tocou. Não havia dúvida de que algo tinha dado errado lá também. Bateu o telefone com força. Tudo ruía à sua volta. Achou-se tão esperto ao atrair Michael para uma armadilha, apenas para ser enganado por um ladrão, ter o seu desejo negado e, com isso, a própria vida. Olhou para o quadro da mãe e ficou furioso.

Julian tentou recobrar a compostura, controlar os pensamentos e o humor. Michael *roubara* a caixa verdadeira que estava no subterrâneo do Krêmlin, disso não tinha a menor dúvida. Martin o confirmara. Mas Michael criara um jogo, um jogo de três cartas, carregando a caixa por aí, enquanto levava as pessoas a caixas falsas e mantinha a verdadeira consigo, e, já que parecia não confiar em ninguém — nem mesmo no cofre do avião —, ele nunca a deixaria longe de si.

Julian clareou os pensamentos, esforçando-se para pensar o que faria se estivesse no lugar de Michael. Acalmou-se e pensou sobre a caixa, sobre a sua forma, sua textura e o melhor lugar para escondê-la.

Levou apenas um momento até que visse as coisas de forma clara. E, sem outro pensamento, saiu da biblioteca e subiu as escadas até o terceiro andar. Seguiu para a sala de conferência, olhou para a mesa e sorriu. E o sorriso ampliou-se até se transformar em uma gargalhada diante da esperteza do inimigo. Pensou em como a mente tem uma tendência de complicar demais as coisas, de procurar soluções bem mais complexas do que o necessário.

Julian pegou o kit de suprimentos médicos de Michael e o revirou nas mãos. Saiu da sala e seguiu para a biblioteca, carregando de forma reverente a caixa que colocou sobre a mesa. Distraído, sentou-se, abriu a tampa da caixa e olhou para os suprimentos médicos.

— Filho da puta — sussurrou ele, enquanto retirava a gaze, o algodão e as bandagens que havia no pequeno espaço, revelando, assim, um fundo falso.

Pegou um abridor de carta em uma gaveta e retirou o topo e as laterais falsas de plástico para revelar a caixa de ouro. Embora estivesse pintada de laranja, seu desenho era claro. Não tinha dúvida de que se encontrava diante do Albero della Vita, a Árvore da Vida entalhada na tampa.

Recostou-se na cadeira e pegou o telefone. Discou rapidamente para o interfone de todas as linhas disponíveis.

— Preciso de toda a segurança armada disponível aqui e agora. Quero todos aqui, desde o cozinheiro até os médicos. Todos que possam ser encontrados. Todos armados com o que puderem encontrar para assumir uma posição defensiva dentro da casa. Vigiem cada porta e cada janela de dentro.

Ainda distraído, Julian desligou o telefone e continuou olhando para a caixa. A respiração ficou acelerada quando entendeu que estava prestes a salvar a própria vida. A caixa diante dele era a resposta para a vida, podia sentir. Era a caixa da pintura que ficava no seu quarto, um mito, uma fábula que se perdera no tempo e agora fora descoberta. E estava diante dele.

Embora o laboratório estivesse destruído, sabia que poderia ser reconstruído. Não demoraria muito: os planos e as plantas estavam prontos. Um mês, no máximo. Não economizaria na construção de um laboratório para descobrir o mistério contido na caixa.

Julian olhou para a fechadura... Depois olhou de novo. Era diferente das outras. Não se tratava de uma fechadura simples. Era circular e sobreposta com um "x" perfeito. Parecia-lhe familiar, mas não conseguia se lembrar de onde já vira aquela imagem.

Julian estava perdido em pensamentos quando chegaram os guardas, 15 homens fortes com armas nas mãos e apontando diretamente para ele. Ele sorriu por um breve instante, antes de perceber que eles não estavam brincando. Julian ficou surpreso, e o medo correu por suas veias antes de ser substituído pela raiva.

— O que vocês estão fazendo? — gritou.

Mas não obteve resposta. Cada um dos guardas estava de pé ali, com o fuzil apoiado nos ombros, os dedos no gatilho, os lábios selados enquanto continuavam apontando e prontos para atirar a qualquer momento.

Julian olhou para cada um deles, passando os olhos pela fila de guardas, sem compreender o que os motivava. Mas, então, sentiu — uma presença, silenciosa, mas próxima —, e se deu conta de que os guardas não apontavam para ele. Lentamente olhou para trás para ver um homem alto, com os olhos cheios de ódio, com duas pistolas a 2 centímetros de sua cabeça.

E o ar lhe fugiu dos pulmões. Ele estava no meio de um impasse e era o alvo. Não o ouvira entrar, nenhum som. O homem continuava de pé, de costas para a parede, as duas armas apontadas para sua cabeça. Julian pegou a caixa, tentando se acalmar, preso entre um assassino e 15 guardas prontos para atirar.

— Saiba de uma coisa — disse a voz russa, a centímetros de seu ouvido. — Quando eles atirarem em mim, eu apertarei os dois gatilhos. Você não tem a menor chance de sobreviver.

— Raechen? — perguntou Julian, quando percebeu com quem falava.

— Que bom, você poderá dizer ao diabo quem o mandou entregar.

Julian ficou ali sentado, segurando a caixa, sua cobertura de ouro brilhando. Olhou para ela, perguntando-se o que haveria ali dentro de verdade. Será que o conteúdo poderia salvá-lo? Era uma resposta que agora sabia que lhe seria negada para sempre. E tão perto de seu objetivo.

— Meu filho morreu — sussurrou Raechen. — Essa falsa esperança começou com você e vai terminar com você.

Julian não tinha para onde ir; sentiu o suor começar a escorrer pelo pescoço e pelas costas. Tentou controlar as mãos, mas elas não paravam de tremer. Não sentia tanto medo assim desde aquele dia no playground. Desde que a crueldade infantil provocara-lhe um ataque de asma e ele fora envolvido pela escuridão, enquanto o ar lhe saía dos pulmões. A lembrança era tão clara como sempre fora. Ele morrera naquele dia enquanto as outras crianças assistiam. Ficara aterrorizado diante do vazio, do nada que tinha diante de si, até que fora abruptamente trazido de volta. Agora, com o diagnóstico de sua doença, teria de enfrentar outra vez aquele vazio. E, então, fez pesquisas sobre a vida, não se detendo diante de nada a fim de encontrar a chave para a eternidade terrena. Correu atrás de mitos e lendas, todos se provando uma busca insana de um louco. Todos, exceto esta, a solução dentro da caixa para a qual olhava agora.

Quando sentiu o cano das duas armas encostarem em sua cabeça, foi tomado pelo desespero, enquanto sua mente buscava uma solução, uma resposta sobre como poderia sobreviver à mais mortal das situações. Esse momento extremo arrancava-o de seu maior triunfo

E, então, lembrou-se de onde vira a tranca na caixa diante dele. Enfiou a mão no bolso e tirou o cordão da mãe com o crucifixo pendurado. Olhou para ele: não se tratava de um crucifixo, mas de uma espada. Ela sempre a usara no pescoço, sempre estivera ali desde que podia se lembrar. Ele a arrancara violentamente de seu pescoço menos de duas horas antes. E, enquanto o analisava, notou a lâmina: a ponta era um encaixe perfeito para a fechadura da caixa. Durante todos aqueles anos ela a usara, e ele acreditara se tratar de uma expressão de fé. Mas apenas aqueles que seguravam a caixa percebiam que, na verdade, era uma chave. A chave para desvendar o mistério.

— Você tem dez segundos para fazer as pazes com Deus — disse Raechen.

Julian segurou a miniatura de espada na mão, apertando-a como se de alguma forma ela pudesse livrá-lo desse terror. Pois não havia como escapar. Sentia o metal frio do cano das pistolas pressionarem sua cabeça. Olhava para o contingente de guardas com seus fuzis apontados para Raechen. O que não passava de um gesto infrutífero, já que não seria suficiente para impedir sua morte inevitável.

A dor das perguntas sem resposta crescia dentro dele. Ele morreria sem conhecer o conteúdo da caixa, seus mistérios escondidos por Ivan, o Terrível, escondida por seus ancestrais europeus e perdida da consciência coletiva dos homens. As respostas que procurara durante toda a vida lhe seriam negadas. Será que a vida eterna era apenas uma lenda? Será que a morte era como as pessoas diziam? Será que Deus se revelaria e seu sussurro seria ouvido? Ou será que a caixa liberaria a morte nas suas formas mais dolorosas?

Então, sem parar para pensar, como se seu corpo tivesse se separado da mente, Julian inseriu a chave na caixa. Foi um momento. Não tinha escolha, precisava saciar a própria curiosidade, precisava que a caixa lhe revelasse suas verdades. E se contivesse a morte, ele já ia morrer mesmo e, se isso era verdade, levaria a vida do assassino e quantas mais pudesse conseguir.

Virou a chave e ouviu o clique da fechadura. Julian Zivera ergueu a tampa da Árvore da Vida.

CAPÍTULO 68

Michael corria pela alameda em direção à mansão. Carros e limusines estavam abandonados, não havia patrulhas e ninguém vigiava nenhuma das portas da enorme casa. Era como se todos tivessem desaparecido na noite, como se tudo estivesse certo no mundo e não houvesse mais a necessidade de protegerem Julian.

— Para onde foi todo mundo? — perguntou Paul, alcançando Michael.

Susan e Stephen pararam ao lado deles com Simon seguindo logo atrás. Estavam no jardim, olhando para a antiga casa real, o antigo mosteiro que foi redecorado para exibir ao mundo o poder do homem que agora vivia ali. Mas para este homem de tanta riqueza e comando, a proteção havia desaparecido. Michael virou-se procurando por alguém, qualquer pessoa, mas todos tinham sumido. O complexo era um deserto. Simon ergueu a arma.

— Tem alguma coisa muita errada acontecendo — disse Michael.

Então o chão explodiu ao redor deles. Tiros vieram de todas as janelas e portas, todos na direção deles. A escuridão da noite de repente foi iluminada pelos tiros de quarenta armas. A cacofonia de sons arrebentando seus tímpanos aumentava a confusão. Sem pensar, todos reagiram e procuraram se proteger, correndo para trás de árvores e mergulhando atrás de pedras, carros e caminhões.

Simon assumiu posição atrás de uma fileira de árvores. A 18 metros dele, Susan e Stephen ficaram atrás de uma pedra. Susan examinou o ombro de Stephen, aplicando pressão no ferimento, que aumentara de tamanho. A corrida pela alameda só servira para aumentar o fluxo de sangue e piorar o ferimento. Susan arrancou a manga da camisa de Stephan e improvisou uma bandagem, usando o cinto que ele usava para pressioná-lo, manter a proteção temporária e imobilizar o ombro.

Os tiros continuavam. Simon viu Michael cortar caminho por entre as árvores, seguindo em sua direção, e abriu fogo de supressão, esperando forçar os atacantes a assumir uma posição defensiva.

Michael parou atrás de um grande pinheiro e sentou-se para recuperar o fôlego. Deu uma olhada rápida pelo lado do tronco para a entrada da mansão. Estavam a 45 metros da entrada, não havia como chegarem até lá. Cada janela tinha um atirador rezando para que um deles saísse da proteção da floresta. Não havia como entrar, e Michael não tinha a menor dúvida em relação ao que protegiam. Amaldiçoou-se por ter deixado a caixa lá.

— Temos de tirá-los dali — disse Simon para Michael, indicando Susan e Stephen.

— Nem pensar — gritou Stephen acima do som dos tiros. — Não sou uma criancinha que será mandada para esperar em casa.

— Não quero ser frio nem nada — disse Simon —, mas eu não posso carregar o peso de uma mulher e de um homem ferido nos retardando. Podemos morrer enquanto tentamos proteger vocês.

Stephen olhou para Simon sem dizer nada. Compreendeu o sentido como se fosse a sentença de um juiz e assentiu.

Michael olhou para a ala leste do castelo, a 180 metros de distância, e no heliporto notou um grande helicóptero branco, suas pás silenciosas dormindo sob o céu noturno. O lado mais próximo do heliporto era cercado por um muro sólido de metal como braços longos protegendo o terreno, uma barreira contra o vácuo do helicóptero que serviria como um ponto perfeito de proteção para Stephen e Susan contra a linha de fogo, além de mantê-los escondidos e seguros.

Simon seguiu o olhar de Michael e entendeu na hora.

— Vá. Pode deixar que dou cobertura.

Sem dizer uma palavra, Michael olhou para Stephen e Susan, e todos partiram para o muro de aço, mantendo-se nas sombras e atrás das árvores. Simon manteve o fogo de supressão, uma manobra militar eficaz para manter o oponente em posição defensiva, apontando para as janelas e esperando atingir algum guarda displicente.

O trio seguiu por entre as árvores, enquanto o mundo explodia em volta deles. Michael virou-se para trás e olhou para Stephen, que, apesar do ferimento, não vacilou nem um minuto, lutando contra a dor e sem diminuir o passo.

Deslizaram para trás da grande estrutura, surpresos por seu tamanho: 6 metros de altura, 45 de comprimento e feito de aço. Seria um ponto de proteção perfeito para Stephen e Susan. Michael agachou-se e olhou para o ombro de Stephen, verificando o trabalho de Susan, que havia imobilizado o braço a fim de evitar que o ferimento abrisse ainda mais. O tecido da manga de Stephen estava encharcado de sangue. Teriam de levá-lo para o hospital o mais rápido possível.

— Segure isto — disse Michael para Susan, colocando uma pistola 9 milímetros na mão dela. — Não dou a mínima para quem seja: qualquer um que chegue perto de vocês, mate na hora. Não hesite, porque eles vão matá-los assim que tiverem chance.

— Me dê a arma, Susan — pediu Stephen, em tom sério.

— Não, você é destro e está ferido. Confio nela. Você deve fazer o mesmo — retrucou Michael.

Michael acenou com a cabeça para eles e correu de volta para o local onde estava Simon.

E, enquanto corria, olhando para a mansão e para a barreira sem fim de balas e, depois, para Simon e Paul que devolviam os tiros de forma intermitente, seu coração se encheu de horror. Não havia para onde ir, e retroceder não era uma opção. Julian estava com a caixa e se escondia atrás de uma chuva de tiros.

Não importava o que fizessem. Michael temia que já fosse tarde demais.

CAPÍTULO 69

Julian segurava a pequena caixa de ouro no colo. Prendeu a respiração enquanto olhava lá dentro. A ameaça das armas de Raechen às suas costas não era mais o foco de sua atenção enquanto olhava o conteúdo da caixa que procurara por tantos anos.

O interior era impossivelmente escuro. Embora a caixa tivesse apenas 10 centímetros de profundidade, parecia não ter fundo. Julian deu uma olhada. O pequeno estojo de ouro pareceu tremular e mover-se, sutilmente no princípio. Ele desviou o olhar para o aposento; as luzes pareceram diminuir, enquanto os raios eram atraídos na direção dele, na direção da caixa, onde desapareciam. De modo oposto, a escuridão parecia sair da caixa, fluindo para fora, uma bruma negra saía pela beirada, descendo por suas pernas e espalhando-se pelo chão, seguindo o caminho escuro, envolvendo o tapete, as cadeiras, cobrindo todo o aposento com uma escuridão irreal e roubando toda a luz do mundo.

E a bruma fluiu por trás dele, em direção ao assassino russo que mantinha as duas pistolas apontadas para sua cabeça. Raechen olhou para a caixa e ficou congelado. Julian observou a sombra se mover pelos pés do assassino, subir por suas pernas, por seu peito e seus ombros até, por fim, chegar à cabeça. E Raechen começou á tremer, sua respiração ficou difícil, ele começou a ofegar. Seus olhos encheram-se de lágrimas de sangue, que escorreram pelo rosto em forte contraste com a escuridão que o cobria. E, então, a escuridão afastou-se de forma espontânea, como uma sombra errante que possuísse vontade própria.

Os guardas, pregados no chão, assistiam ao impossível acontecer diante deles; a escuridão fluía para fora, enquanto o corpo de Raechen caía morto ao lado de Julian. Então, de repente, a sombra expandiu-se e começou a mover-se com mais velocidade. Os guardas tentaram fugir, mas não conseguiram, as sombras os engoliam, derrubando-os no chão e cobrindo seus corpos.

Julian ficou paralisado, seu cérebro congelou enquanto ele assistia à matança. Apesar dos gritos e do terror, porém, não sentiu nada; a praga, semelhante a uma sombra, pareceu ignorá-lo como se ele estivesse marcado com o sangue do cordeiro.

A escuridão saiu da biblioteca pelas frestas das portas e seguiu para o corredor. Julian podia ouvir os gritos e os corpos caindo. O horror ecoava pela mansão, deixando-o aterrorizado.

Então viu, no fundo da caixa, um brilho fraco que começou a se intensificar. Ele o pegou. Era luz, dourada e pura. Não tinha substância, nem textura ou materialidade. Era apenas uma luz dourada a envolvê-lo em calor, enchendo-o de esperança, removendo a dor de seu coração e de sua mente.

Então, ergueu o olhar, e ela estava ali, diante dele, em pé entre os corpos mortos. Em silêncio, caminhou em sua direção, lançando-lhe um olhar de quem julga. Tirou a caixa de suas mãos e, gentilmente, fechou a tampa. Genevieve estava lá, uma luz irradiando de seu corpo enquanto olhava para o filho.

Julian ficou chocado, olhando sem entender para a mãe. Tentou falar, mas, como se fosse um sonho, emudeceu de repente; seus lábios se moviam, mas nenhum som saía. Estremeceu, com mais medo da mãe do que da morte à sua volta.

Genevieve deu um sorriso caloroso e carinhoso, o que o aterrorizou ainda mais... Pois ele a havia matado e vira seu corpo apenas algumas horas antes.

Julian olhou pelo aposento com corpos sem vida espalhados pelo chão, sem saber por que não estava entre eles. Sua mente aguda parecia em colapso. Nunca questionou a fragilidade da própria psique, sabendo que a divisão entre a genialidade e a insanidade era tênue, mas não conseguia entender o que se passava ali. Estava paralisado de medo, o coração disparado e a mente dormente e confusa.

— Julian — disse Genevieve sem mover os lábios, embora sua voz soasse clara em sua mente.

— O que é você? — perguntou Julian, tremendo de medo e respirando com dificuldade. — Um anjo cuja tarefa é guardar o segredo da vida? — Julian fechou os olhos, tentando se fortalecer. Então explodiu: — O que é você?

Genevieve lançou-lhe um olhar desapontado.

— Você leu muitos livros. — Seu sussurro ecoou-lhe na mente. — Aquelas eram histórias escritas por homens que não testemunharam os mistérios que ocorreram através dos tempos. Alguns fatos são fábulas e, como você bem sabe, algumas fábulas são fatos, mas você ignora suas intenções, você ignora os fatos, esquecendo-se seu propósito de orientação e o uso de metáforas.

Julian olhou para a caixa que Genevieve agora segurava.

— O que há nessa caixa?

— Você sabe o que há aqui. Você sabia e optou por ignorar os avisos. Ela contém o poder de dar a vida eterna, mas, como você poder ver — Genevieve olhou para os corpos estendidos no chão —, não é nada do que você imaginou. É a morte, pura e simples. Ao liberar o homem dos seus laços terrenos para que ele possa receber seu prêmio justo, seja lá em cima ou lá embaixo. É o mal e a escuridão, um caminho para os portões do inferno para aqueles que não merecem o Paraíso. Ela leva as pessoas ao seu lugar de direito na eternidade.

— Por que eu não estou morto? — perguntou Julian, confuso, enquanto olhava os corpos à sua volta. — O que eu sou? Por que não estou morto?

Genevieve inclinou-se e tirou das mãos de Julian o crucifixo semelhante a uma espada que sempre usara no pescoço. Olhou para o objeto por um momento e, depois, para Julian.

— Algumas vezes os maiores poderes não são dinheiro ou violência. Eles estão ocultos nas coisas mais simples e pequenas. — Genevieve ergueu o crucifixo até o pescoço, onde ele descansara por tantos anos, e recolocou-o. — Nas coisas mais sagradas.

— Eu ainda estou morrendo?

Genevieve sorriu.

— Todo mundo morre, Julian. É como escolhemos viver que determina o nosso destino. Nenhum homem sabe realmente quanto tempo viverá e, ainda assim, seria capaz de sacrificar o próprio prazer e satisfação, esquecendo-se de viver o momento, trocando a qualidade por quantidade. Você virou as costas para a família, a fé, a esperança e, sobretudo, para o amor. Você é o epítome da ganância. E apesar de tudo que aconteceu aqui, de tudo que aconteceu em sua vida, não sente um pingo de remorso, nenhum arrependimento por todos aqueles que matou. Assim, quando você finalmente morrer, o que poderia ser daqui a dezenas de anos, você ficará preso em uma noite eterna, pois abandonou sua alma. Ficará preso por toda a eternidade no lugar que mais teme.

— E quanto ao perdão? — suplicou Julian, sua mente prestes a entrar em colapso. — E o paraíso?

— Para conhecer o perdão é necessário conhecer o arrependimento, o sacrifício. Coisas que você não conhece, Julian. Quanto ao paraíso, é o lugar mais lindo que alguém já viu. Você já o vislumbrou, sentiu seu amor e calor e sabe o que deixou para trás, o que nunca terá. Você pode tentar evitar, mas a morte virá, e até esse dia você saberá o que o aguarda, você pode contemplar uma eternidade de sofrimento. Sinto muito.

Julian ficou ali sentado, ouvindo a voz em sua cabeça proclamar sua sentença à escuridão, ao nada, ao que assombrara seus sonhos desde o dia em que morrera no playground. O vazio do qual quisera tão desesperadamente fugir o envolveria quando morresse. O medo revirou sua mente, virando-se contra ele, paralisando-o até que toda a sua sanidade esvaiu-se. E, quando isso aconteceu, o medo de Julian de repente se transformou em raiva, que lhe subiu pelo corpo, deixando-o forte e enchendo seu coração do ódio que o sustentara por tantos anos.

— Você não está aqui. Você está morta. Eu a vi. Eu vi seu corpo.

— Viu? — perguntou Genevieve, sua imagem parecendo flutuar. — Você me vê agora?

Julian ergueu-se da cadeira, caminhou até a mãe e agarrou-a pelo pescoço. Sua mente enlouquecera, a sanidade fora esquecida. Apertou-a e sacudiu-a de forma violenta.

— O que você é?

E, de repente, Genevieve sumiu, o corpo se dissolvendo na luz do dia. Julian ficou ali, sem compreender. Por fim, desmoronou. Pensamentos incoerentes tomavam conta dele, enquanto a insanidade o consumia.

Os olhos de Julian se abriram, os ecos do pesadelo ainda martelando na cabeça. Estava deitado entre os guardas, todos mortos, os corpos contorcidos e marcados. Levantou-se tentando se lembrar do sonho, tentando se lembrar do que acontecera ali, enquanto o sol começava a se erguer no horizonte.

Viu o corpo de Raechen, o homem que viera matá-lo, atrás da mesa. E, como uma lembrança que estava quase ao seu alcance, tentou várias vezes relembrar o que acontecera.

Aos poucos a névoa que tomara conta de sua mente pareceu lhe dar trégua, mas não conseguiu se lembrar do que tinha acontecido. Tudo de que se lembrava era que estava sentado em sua cadeira com a caixa no colo.

Deu-se conta de que a caixa e a chave tinham desaparecido; olhou pelo aposento, mas não as encontrou. Olhou em todos os lugares, protegendo os olhos do sol matinal que surgia no horizonte e entrava pelas grandes janelas da biblioteca.

Foi até o corpo de Raechen e arrancou as duas pistolas presas nas mãos rijas. Caminhou pelo corredor da mansão e foi recebido por uma visão semelhante. Corpos espalhados por todos os lugares, perto das janelas e portas, onde seus empregados haviam se posicionado para proteger Julian e sua caixa do mundo externo... Só que a única ameaça verdadeira já estava dentro da casa. Não precisou olhar mais para saber que toda a sua equipe morrera.

Parou por um momento, tanto no sentido literal quanto no figurativo. Ele sobrevivera a toda a escuridão e toda a morte. Ainda estava vivo. E, naquele momento, ele soube que a caixa era bem mais poderosa do que jamais imaginara. Não importava o quanto lhe custaria, tinha de encontrá-la.

E já suspeitava onde estava.

Atravessou o corredor e saiu pela porta lateral, sendo saudado pelo ar agradável da manhã de verão. Os primeiro raios de sol davam ao seu helicóptero um halo dourado. E, encolhidos em um canto, ele os viu: o homem e a mulher encostados contra o muro de metal na parte de trás do heliporto, como se estivessem se escondendo, mas sem notar sua aproximação.

Embora a situação fosse desesperadora, Julian encontrara esperança.

CAPÍTULO 70

O silêncio repentino pareceu cortar a manhã. Depois de ouvirem gritos terríveis vindos de dentro da mansão, Michael sentiu-se realmente assombrado. Nunca antes ouvira gritos de tanto terror e agonia. Depois de todo o tiroteio que o mantivera e a Paul angustiados, uma calma repentina reinava à volta deles.

A chuva de balas os detivera, não permitindo que se aproximassem da mansão. Agora, era como se seus oponentes nunca tivessem existido. E a ausência de batalha causava-lhe um medo ainda maior.

Não precisava perguntar o que havia acontecido: não havia dúvida de que Julian abrira a caixa. Agora, pensou Michael, seria apenas uma questão de tempo antes que todos sucumbissem ao mesmo destino daqueles cujas últimas palavras foram apenas gritos, cujos últimos pensamentos foram o medo.

E quando olhou para Paul e Simon, ela estava lá, de pé a 1 metro dele. Depois de todos os horrores que Michael acabara de ouvir, depois de todos os gritos de pânico e de morte, a visão de Genevieve foi o que mais o amedrontou. Lá estava a mulher que vira no monitor de segurança, o corpo sem vida, frio e azul, sem dúvida morta. Ainda assim, ali estava ela, diante dele, como se sua morte não tivesse passado de um sonho. Mas quando ele se aproximou, uma sensação de calma o acometeu. O rosto de Genevieve parecia radiante ao sol da manhã, seus olhos claros e vivos, e dela emanava um brilho suave. Em sua mão, carregava a caixa de ouro. Michael via a mancha de tinta laranja que marcava a textura dourada. Sem dizer uma palavra, ela estendeu a mão. Michael pegou a caixa e segurou-a firme.

— Você sabe o que deve fazer — disse Genevieve. — Eu não posso. Nas profundezas do oceano, Michael, onde nunca mais poderá ser encontrada.

Michael ficou estupefato, sem medo, em um estado de compreensão total, olhando para a mulher que vira morrer pelas mãos do próprio filho, a quem tentara salvar dez andares abaixo do Krêmlin, a mulher que fora sua amiga. Mas não questionou o momento enquanto olhava para o crucifixo em seu pescoço e para a caixa em suas mãos, pois não tinha a menor dúvida de quem era ela de verdade.

Sem outra palavra, observou-a enquanto se dissolvia na luz da manhã. Michael sentiu como se tivesse acordado de um longo sono, a mente sem foco fixa na caixa em sua mão.

Um chamado distante arrancou-o da névoa, trazendo-o de volta à realidade. Uma confusão se formara. O som do motor de um helicóptero elevou-se para, acompanhado por gritos, apagar a calma da manhã.

Virou-se e viu Paul e Simon correndo para Susan, que acenava freneticamente com os braços. Michael disparou na direção deles, passando por árvores até alcançar Paul e Simon. Os três chegaram ao lado de Susan e a encontraram trêmula e com o rosto manchado de lágrimas.

E o ronco do helicóptero ensurdecendo a todos, impedindo que ouvissem as palavras desesperadas de Susan.

Todos se viraram quando o helicóptero branco mergulhou do penhasco e desapareceu na manhã. Michael não precisou ouvir o que Susan dizia.

Julian capturara seu pai.

CAPÍTULO 71

O pesqueiro de Gian Beliana cortou o mar de fim de tarde. Era a primeira e única vez que o pescador da Córsega alugava seu barco. Nunca tivera a intenção de deixar qualquer pessoa pisar na sua fonte de renda e hesitou em emprestar o barco quando Michael o solicitou, mas os 120 mil euros que Susan lhe ofereceu não apenas cobririam os lucros do ano, como seriam suficientes para comprar outro barco, tornando-o capitão de duas embarcações.

Tratava-se de um modelo da Hatteras Yachts, com dois motores a diesel, os utensílios armazenados no andar de baixo, as redes e varas fixadas a bombordo e a estibordo para uma viagem de 90 quilômetros. Michael se posicionara no deque, segurando o leme com o vento soprando seu cabelo castanho encaracolado no rosto. Apesar dos olhos cansados, da expressão do rosto exausta, não sentia nada além de determinação, e assim seguia o curso que Julian dera a Susan.

Julian os pegara de surpresa, apontando-lhes as duas pistolas de Raechen. Susan estava inconsolável por não ter conseguido proteger Stephen, congelando na mente o momento em que deixara a arma que Michael lhe dera a seu lado e sem uso, até que Julian a pegara. Observou, impotente, Stephen ser levado, amarrado e jogado no helicóptero.

Entregou-lhe um bilhete simples contendo a indicação da latitude e da longitude acompanhado por palavras simples: "Traga a caixa, venha sozinho. Ou papai morrerá."

Michael tentou colocar os sentimentos de lado, sabendo que eles atrapalhariam seu julgamento e sua concentração na tarefa que tinha pela frente, pois não chegara tão longe apenas para perder o pai que acabara de encontrar.

Olhou para a caixa de ouro, o Albero della Vita, a Árvore da Vida à sua frente, tendo testemunhado as consequências do seu poder e sabendo que a levava para a última pessoa na face da Terra que deveria possuí-la, a única pessoa que conhecia seu conteúdo e suas capacidades causava-lhe um tremor no corpo.

Paul subiu as escadas vindo da cozinha do navio, o cabelo louro pegando a brisa enquanto se posicionava ao lado de Michael.

— E aí?

— Mais 20 quilômetros. Chegaremos logo depois que escurecer.

— Tem certeza de que sabe o que está fazendo?

Michael olhou brevemente na direção de Paul e, depois, de novo para o horizonte.

— Desculpe por ter perguntado.

Simon, sentado na proa, tinha diante de si diversas armas: fuzis, pistolas, as últimas bombas incendiárias e três pacotes de Semtex. Verificou e carregou todas e colocou-as em uma bolsa à prova d'água.

— Como vamos saber onde Julian o está mantendo? — perguntou Paul.

— Não saberemos — respondeu Michael.

— Como vamos saber que ele estará no barco?

— Não temos como saber.

— O que sabemos?

— Não muito.

— Tudo bem — assentiu Paul. — Eu só queria ter uma ideia de onde estamos nos metendo.

O sol já havia descido no horizonte e a lua erguia-se no céu noturno, seu brilho fantasmagórico cintilando nas ondas, pintando uma estrada para Michael seguir. Ele avistou o iate de Julian. Não um iate no senso da palavra. Na verdade, o *God's Whisper* era um navio. Um enorme barco de mais de 350 pés de comprimento. O casco azul-escuro erguia-se por cinco andares sobre o nível do mar e as janelas exibiam uma luz alaranjada. Tratava-se de uma ostentação de riqueza com diversos salões e deques, e tudo isso para um homem que não tinha família nem amigos para aproveitar esse luxo tão caro. Michael calculou que o navio devia valer mais de 200 milhões de dólares, sem incluir os diversos veículos nem o helicóptero de Julian, pousado no deque superior, parecendo um enorme inseto.

O coração de Michael afundou. Não estava preparado para um navio daquele tamanho, devendo conter tantos camarotes que Michael levaria uma semana até encontrar o pai.

Sentiu a mão de alguém pousar em seu ombro.

— Não se preocupe.

Ele se voltou para Simon.

— Não importa o tamanho. Nosso plano vai funcionar.

Enquanto Michael se aproximava do navio, Paul e Simon desceram.

Michael parou a estibordo do iate, onde um grande convés de 3 por 6 metros abriu-se, revelando dois homens armados. Michael desligou o motor do Hatteras e deixou o barco deslizar em silêncio. Jogou uma corda para um dos guardas, que a pegou e puxou a embarcação. Pegou a caixa de ouro, colocou-a na mochila ao seu lado e caminhou para bombordo.

Os dois guardas pularam a bordo e, em silêncio, forçaram Michael contra uma parede, revistando-o. Fizeram um gesto para tomar-lhe a bolsa, mas ele os repeliu.

— Temos de revistar; caso contrário, você não pode subir — afirmou um guarda magro com sotaque francês.

Ele abriu a bolsa a fim de revelar o único objeto que carregava. Os guardas, por fim, fizeram um gesto de concordância com a cabeça, permitindo que Michael entrasse no iate. Mas os guardas não se juntaram a ele. Desceram as escadas e entraram nas cabines. Michael não disse nada, tentando acalmar-se enquanto ouvia as portas abrirem e fecharem, acompanhados de gritos intermitentes entre os dois. Então, subiram sem dizer uma palavra, sem olhar para ele.

Michael entrou no navio, o guarda magro bem ao seu lado. Mas o outro ficou para trás. Ele foi até o leme e ligou o motor do Hatteras, que ainda estava quente e logo pegou. Virou o leme a 45 graus, subiu a alavanca do acelerador e, enquanto o pesqueiro seguia para o mar aberto, deu três passos rápidos, voltado para o *God's Whisper*. Michael observou, impotente, o barco afastando, mas aliviado porque Simon e Paul não haviam sido encontrados.

O alívio, porém, durou pouco. Logo percebeu que os guardas pareciam hipnotizados pelo barco que se afastava, os olhos colados no pesqueiro como se este fosse levantar voo a qualquer momento. Havia uma expectativa no ar. O barco de Gian, então, explodiu em uma enorme bola de fogo, seu casco abrindo-se como uma folha de papel. Michael sentiu o coração saltar, enquanto observava os restos do barco afundarem rapidamente, deixando destroços na água sob um cobertor de fumaça. Observou a água, mas não havia sinal de Paul nem de Simon.

Os dois guardas fitaram-no com um amplo sorriso no rosto. O líder pegou-o pelo braço e acompanhou-o pelo navio.

* * *

O andar mais alto do navio era acessível tanto por elevador quanto por escada. O salão era a principal área de entretenimento e fundia-se com o céu estrelado do lado de fora. A decoração era inspirada em uma cabana nas montanhas, formando um contraste acentuado com a natureza marinha à volta deles. Espreguiçadeiras forradas com tecidos pesados e escuros e um bar de madeira com cadeiras combinando ficavam na parede dos fundos. Lustres e castiçais de cobre nas paredes e uma lareira resultavam em uma atmosfera quase nórdica.

Julian estava sentado em uma grande cadeira de madeira na parte externa do salão traseiro. Um conjunto de sofás e poltronas e mesas estavam espalhados pelo deque. A corda do navio estava enrolada e colocada em um canto.

Michael saiu para o grande salão aberto, segurando a mochila bem perto do corpo, sentindo a presença do guarda onipresente logo atrás.

— Então, que caixa você me trouxe esta noite? — perguntou Julian em tom confiante e forte.

— Onde está meu pai?

— Nossa, já o está chamando de pai. Que avanço, hein?

— Onde ele está?

— Eu quero ver a caixa.

— Só quando eu vir meu pai.

— Michael —Julian sorriu —, eu realmente não acho que você esteja em condições de dar ordens. Agora, deixe-me ver a caixa.

— Qual é a pressa? Para onde você acha que eu posso ir? Você pensou em tudo, não é? Você deve ter uma tripulação de uns vinte guardas para protegê-lo.

— Na verdade, 15. Este barco só precisa de duas pessoas para funcionar. Todo o resto é computadorizado.

— Quinze guardas protegendo você — repetiu Michael, olhando para sua escolta.

Julian continuou sorrindo.

— Você é um homem inteligente. Eu o subestimei, mas você também me subestimou, e muito.

— O que vai fazer com isto? — perguntou Michael, estendendo-lhe a mochila.

Ele caminhou pelo salão observando tudo e por fim saiu para o deque. Aproximou-se de Julian, as estrelas salpicando o céu de ponta a ponta no horizonte. Olhou por sobre o parapeito para o mar cinco andares abaixo, esperando que os amigos tivessem sobrevivido à destruição do único meio que tinha de escapar.

— Deixe-me ver a caixa — disse Julian.

Michael abriu um pouco a mochila, permitindo a Julian apenas um breve vislumbre da caixa.

— Quero ver meu pai. Quero ter certeza de que ele está vivo.

Julian riu.

— Você não pode exigir nada.

Michael segurou a grade, mantendo-se de costas para o parapeito, sentiu o frio do metal contra a pele. Olhou para Julian e, sem aviso, passou a mochila por sobre a grade do navio.

— Você não vai fazer isso — afirmou Julian, sorrindo.

— Eu vou jogá-la se você não me deixar ver meu pai. Como posso saber se ele já não está morto?

— Você não vai jogar.

— Quatro mil metros de profundidade, cobrindo 4 quilômetros. Você nunca vai encontrá-la.

Os dois homens se encararam, ambos teimosos, ambos desafiadores, ambos cheios de ódio. Ambos tendo a capacidade de destruir o desejo do outro, ambos detendo a capacidade de destruir o que o outro queria. Era um teste de vontades, um desafio para ver quem cederia primeiro.

Por fim, Julian chamou o guarda e assentiu.

* * *

O guarda magro, de pé na proa a estibordo, observava as últimas chamas se extinguirem O pesqueiro afundara. Olhou para a Lua e pendurou o fuzil no ombro esquerdo.

Sem aviso, uma figura negra saiu do mar, agarrando-o pelas pernas e jogando-o na água escura. Prendeu a respiração quando afundou, mas, apesar dos esforços, a água entrou em seus pulmões, pois não havia nada que pudesse fazer quanto ao ferimento de faca no pescoço.

Simon passou pela entrada a estibordo, puxou a bolsa à prova d'água e pegou as armas, prendendo-as ao próprio corpo. Depois retirou uma grande caixa cinza e fixou-a no casco do navio na parte traseira do aposento e apertou um botão. O misturador de frequências enviou um sinal não detectável pelo ar, causando interferência em todas as transmissões de rádio, deixando o navio surdo e mudo em relação ao mundo externo.

Depois de descerem as escadas do pesqueiro, ele e Paul saíram pela parte estibordo da embarcação e mergulharam nas águas. Usavam roupa de mergulho e permaneceram sob a segurança do *God's Whisper* enquanto o pesqueiro era destruído.

Simon ficou em pé e olhou em volta do grande deque. Caminhou até um canto e analisou a embarcação pendurada na grade do teto. Tratava-se de uma lancha de 20 pés, com um grande motor externo, que tinha a finalidade de transportar os passageiros à praia e trazê-los de volta. Simon estendeu a mão e soltou a alavanca, observando o barco deslizar pela trilha suspensa em direção à abertura a estibordo. Quando chegou à porta aberta, o trilho se estendeu para fora e desceu, permitindo que o barco pousasse silenciosamente na água. Simon o soltou da trava acima e fez com que o trilho retrocedesse. Deu um empurrão leve no barco, deixando-o à deriva. Verificou as armas e seguiu para o interior do navio.

* * *

Paul nadou pelas águas escuras do Mediterrâneo, sua lanterna de mergulho não lhe dando nenhum conforto enquanto estava sob o enorme casco do *God's Whisper*. Odiava mergulhar sozinho e, na verdade, não fazia isso desde que era adolescente. Mas não era só o fato de estar sozinho, era o fato de estar cercado pela escuridão total, sem saber o que acontecia atrás ou abaixo de si. Era o medo de saber que havia 4 quilômetros de nada abaixo. Era o medo de ficar preso no inferno solitário e frio, sempre perto da morte. Paul sempre respeitara a regra número um dos mergulhadores: nunca mergulhar sozinho. Mas agora não tinha tempo para as regras; se quisesse salvar o pai de Michael, as regras deviam ser a última coisa em sua mente.

Nadou ao longo do casco escuro seguindo a luz da lanterna, que fora inspecionada três vezes ainda a bordo. O pai de Paul era um pescador que navegava e pescava pelo Atlântico como seu pai fizera antes dele, de modo que Paul conhecia barcos: suas estruturas e, o mais importante no momento, suas fraquezas. Sabia exatamente o que estava procurando e encontrou. Prendeu a lanterna à roupa de mergulho e pegou a bolsa, retirando um grande dispositivo cônico. Com a lanterna iluminou a junta ao longo da proa do enorme navio. Fixou o dispositivo diretamente sobre a junta, a atração magnética prendendo-o firme ali. Michael planejara a carga e usando pedaços de ferro confeccionara três tigelas, enchendo-as com Semtex. O modelo daria forma à carga, direcionando a força da explosão para dentro, quase duplicando a força da explosão em direção ao navio, causando os maiores danos possíveis.

Paul nadou rapidamente ao longo do navio e fixou a segunda bomba na junção da popa antes de voltar ao centro e colocar a última bomba na junção a bombordo. Cada bomba fora feita de modo a causar profundos rombos no casco, quebrando seus pontos mais vulneráveis, assegurando que, se houvesse compartimentos selados para o caso de uma única brecha, seu uso seria inútil diante de três pontos de ataque.

Paul verificou o relógio: tinha cinco minutos antes de nadar para se proteger. Rezava para que Michael tivesse encontrado o pai, pois uma vez que as bombas explodissem, não haveria como salvar ninguém a bordo do *God's Whiper*.

Simon virou a curva do nível mais baixo, mantendo-se grudado à parede. Dois guardas andavam em sua direção, perdidos na conversa, sem perceberem sua presença, e nem se deram conta do que os atingira quando as balas de Simon atravessaram suas cabeças. Simon arrastou os dois corpos para a despensa e continuou o caminho. Encontrou e abriu uma porta de metal que revelou ser a sala da tripulação; confinados e no escuro, cinco guardas dormiam, mantendo as respectivas armas ao lado como se fossem um cobertorzinho de segurança de uma criança.

Em silêncio, Simon fechou a porta, pegou uma corrente curta em sua bolsa e prendeu a porta, evitando que ela se abrisse. Continuou caminhando em direção à popa do navio. Encontrou a sala de máquinas e, com cuidado, abriu a grande porta de metal.

Os dois motores eram enormes, cada qual do tamanho de um caminhão pequeno. A sala era mais do que imaculada. O piso cinza brilhava como se acabasse de ser pintado. Embora estivessem parados, os motores roncavam em espera. Os motores menores, da parte de trás, eram estabilizadores da popa e estavam em sincronia com os estabilizadores da proa para manter o navio na posição atual sem precisarem usar uma âncora. Não havia ninguém ali, não era necessária uma tripulação nessa era da automação, pois a obrigação do grande computador na parede lateral era monitorar as operações. Mas Simon sabia que eles não confiariam tudo à automação, e suas suspeitas se confirmaram quando sentiu uma arma apontada para sua cabeça.

O guarda que o capturou não deu ordens nem fez perguntas, apenas manteve a arma encostada na cabeça de Simon, que ouviu quando ele pegou o rádio, chamando o capitão, mas Simon sabia que era um esforço inútil, pois o misturador de frequências impediria todas as comunicações.

Enquanto estavam ali na sala de máquinas, o tempo pareceu parar. Simon sabia que não poderiam ficar ali. Quando as explosões começassem, aquele lugar seria o primeiro a ser inundado, e eles, os primeiros a morrer.

Stephen Kelley caminhou pelo salão até o deque da popa. O revólver Magnum 357 do guarda às suas costas era um lembrete para não tentar fugir. Michael, ainda segurando a mochila por cima do parapeito, tendo apenas o mar abaixo dela, olhou para ele, feliz porque o pai ainda estava vivo, mas não sentiu alívio. A tipoia feita por Susan funcionava melhor do que o esperado. Michael viu o brilho de raiva nos olhos do pai, e essa era a exatamente a emoção que esperara.

— Michael, não me diga que você trouxe aquela coisa para dentro deste barco — disse Stephen.

Michael olhou para o pai sem dizer nada.

— Não se trata de um ato heroico nem de baixa autoestima. Mas pode acreditar que nenhuma vida vale ser trocada por aquele troço.

— Parece que ele não pensa como você — declarou Julian aproximando-se do local onde Michael ainda mantinha a mochila suspensa sobre o Mediterrâneo. — Agora, dê-me a caixa.

Michael não disse nada e manteve a mochila suspensa sobre o oceano escuro quatro andares abaixo.

— Kadrim — disse Julian para o guarda.

E, como se obedecesse a um roteiro, o guarda levantou a arma até encostá-la na cabeça de Stephen.

— Três segundos, é o que vou esperar.

Michael olhou para Stephen, que continuava meneando a cabeça de forma sutil. E, enquanto observava, soube que não tinha escolha.

Entregou a mochila para Julian.

O italiano pegou a mochila, ansioso como uma criança ao abrir o presente de Natal, e retirou dali a caixa de ouro. Ergueu-a, abrindo um amplo sorriso de triunfo.

— Kadrim — disse Julian.

O guarda baixou a arma.

— Não, não, não. Não precisa baixar a arma. Por favor, mate os dois.

Michael olhou fixamente para o pai e estabeleceram contato visual, enquanto um mundo de emoções viajava entre eles. Não passavam de estranhos. Ainda assim, eram pai e filho. De alguma forma haviam sobrevivido à última semana, apenas para chegar até aqui, neste momento, esperando que a última gota de esperança lhes fosse arrancada.

Michael olhou para Julian, cuja mente perdera-se na satisfação da ganância atendida. Seus olhos estavam presos na caixa de ouro, o Albero della Vita. Michael olhou pelo barco em busca de uma arma, mas não havia nada ao seu alcance. Olhou para a bobina de corda, mas estava a 6 metros de distância. Olhou para a porta esperando que Simon chegasse para salvá-los, mas para onde quer que olhasse não encontrava esperança. O plano de Michael, que havia sido bolado às pressas, se desdobrava diante dele. Kadrim estava a 1 metro de distância de Stephen. Ergueu a arma e apontou-a para a cabeça de Stephen. Não havia escapatória. Michael caíra em uma armadilha e trouxera todo mundo com ele. E, como resultado de seu fracasso, teria de assistir à morte do pai.

O capitão Bertram, no leme, olhava para o mar aberto. Vivia seu sonho: ser o capitão do navio mais luxuoso de todo o mundo. Já trabalhava havia dois anos para Julian Zivera e nunca se arrependera. Era bem mais compensador e arriscado do que a ridícula patente que tinha na marinha francesa. E o pagamento que recebia permitiria que se aposentasse dali a três anos, e com dinheiro suficiente para comprar o próprio barco e viajar pelo mundo.

Pegou o rádio e ligou o botão.

— Jean Claude? — chamou Bertram, querendo falar com o engenheiro do navio.

Deviam partir em menos de uma hora e queria certificar-se de executar os procedimentos pré-operacionais antes de seguirem caminho. Mas não obteve resposta, o que o deixou preocupado. O chefe de engenharia era o melhor dos melhores e só estaria longe do posto se necessário fosse. Bertram pegou o café belga gelado e deu um longo gole, antes de olhar para a noite calma de verão.

Ter uma arma apontada para a própria cabeça é algo aterrorizante, uma sensação que faz com que as vítimas tremam de medo e percebam a própria vulnerabilidade. Mas para Simon, isso era uma vantagem. Com um atacante a 1 metro de distância, a bala poderia entrar na sua cabeça antes que pudesse dar um passo. Mas onde ele estava agora, com o engenheiro do navio encostando a arma na sua cabeça, tinha opções e as usou. Simon simultaneamente baixou a cabeça e girou, agarrando o cano e forçando-o para cima, enquanto dava um soco na garganta do homem.

O homem não treinado soltou a arma e caiu para trás, segurando o pescoço em uma tentativa vã de afastar a morte; o ar não lhe passando pela laringe esmagada. Simon apontou-lhe a arma, colocando fim ao sofrimento do homem.

Simon tinha apenas alguns segundos antes que as bombas explodissem abaixo da sala de máquinas. Saiu correndo dali, deixando o homem morto no chão, abriu a porta e correu pelo corredor.

E a primeira carga explodiu.

* * *

As explosões aconteceram em uma rápida sucessão, o casco do navio rangia enquanto suas juntas se arrebentavam.

O barco balançou devido às explosões consecutivas que foram imediatamente seguidas por um som terrível enquanto a água escura entrava pelo navio. O *God's Whisper* perdeu imediatamente o equilíbrio, inclinando-se para a frente e para trás, enquanto o mar violava os deques mais baixos.

Kadrim perdeu o passo e caiu para trás.

Julian arregalou os olhos ao se dar conta do plano oculto de Michael, a inevitabilidade de tudo ser destruído. Cambaleou contra a parede, caiu de joelhos e a caixa de ouro escorregou pelo chão.

O navio começou a tombar para a direita. Vidros, fotografias, qualquer coisa que não estivesse presa, caiu e quebrou.

Michael correu para o pai, mas parou na hora quando viu Kadrim rastejar e agarrar o pescoço de Stephen, dando-lhe uma pancada na cabeça com a Magnum. Michael continuou se movendo na direção do pai quando Kadrim disparou dois tiros de aviso para cima, fazendo com que Michael parasse.

As luzes principais se apagaram, e a escuridão caiu sobre o salão, fazendo com que o navio se misturasse com a noite. Então, as luzes de emergência se acenderam, piscando de forma intermitente. Julian levantou-se e cambaleou pelo chão inclinado até pegar uma das lanternas presas à parede.

— O que está esperando? — gritou Julian para Kadrim. — Mate-o agora.

Quando as explosões o tiraram da posição, o capitão Bertram soube na hora que estavam sob ataque. O som do casco aberto era claro. Não precisava verificar para saber que o navio tinha apenas poucos minutos antes de ser perdido para sempre. Tentou comunicar-se pelo rádio, mas tudo o que conseguiu ouvir foi som de estática; apertou o botão de perigo para enviar um *mayday* automático, mas o sinal de emergência parecia estar com alguma interferência. Acionou o alarme, indicando que todos deviam abandonar o navio. Abriu a gaveta no centro do leme tirou a pistola e dirigiu-se à ponte.

Simon corria pelo corredor inferior quando foi derrubado no chão pela primeira das três explosões consecutivas. Lutou para ficar de pé, quando as outras explosões abriram o navio, na verdade erguendo-o vários centímetros na água.

E o mar estava instantaneamente ali, invadindo o iate como se fosse uma represa que acabara de explodir. Simon seguiu pelo corredor à frente da onda crescente que entrava no barco e chegou à escada no momento em que a água quase o carregara. Subiu os seis andares, galgando três degraus de cada vez. As luzes de emergência iluminavam apenas o suficiente. Não havia guardas para impedir seu caminho. Ele mesmo certificara-se de impedi-los de realizar essa tarefa ou pela armadilha no quarto ou apagando-os do mundo.

Simon subiu ao último andar do navio e chegou ao corredor de cantiléver, lutando para manter o equilíbrio, abrindo caminho no navio inclinado até chegar ao salão. Vendo as sombras e ouvindo as vozes de Michael e Julian, encostou-se à parede e espiou por um canto. Viu Michael e o pai acuados por um grande guarda que mantinha a arma apontada para Stephen.

Simon lentamente ergueu a pistola e apontou para a cabeça do guarda. Apoiou-se na parede e puxou o gatilho.

A cabeça do guarda explodiu, e sua arma disparou um tiro na parede quando caiu morto. Simon apontou a pistola para Julian e, pela primeira vez, olhou para o homem. Polido e bonito, carismático e refinado; a fachada perfeita para um homem que era a antítese de tudo pelo que Simon lutava. Que era a manifestação de tudo contra o que lutava, que se envolvera em um manto de Deus para ocultar sua verdadeira personalidade, para esconder o demônio que vivia dentro dele. Um homem que matava sem remorso, que prometia o paraíso em troca de dólares, um homem que matara a própria mãe, assistindo com alegria enquanto a luz de seus olhos se extinguia. E Simon via algo mais.

E foi aquele momento de raiva, porém, por mais breve que tenha sido, que lhe custou caro. Pois no momento em que apontou a arma e o contemplou por um instante de raiva, um instante de reconhecimento, sentiu o cano de um revólver encostar às suas costas e depois se afastar. Simon olhou por sobre o ombro e viu o capitão do navio a uma distância segura — o homem não era tão tolo quanto o engenheiro — fora treinado para situações como aquela. Simon sabia que qualquer movimento que fizesse resultaria em sua morte e não estava preparado para morrer sabendo que Julian ainda vivia e que a caixa precisava ser destruída.

O capitão forçou Simon a entrar no salão e tirou-lhe a pistola das mãos.

— Senhor, este navio vai afundar em três minutos — informou o capitão Bertram a Julian enquanto lhe entregava a arma de Simon. — Precisamos ir para o bote salva-vidas.

— Onde estão os outros? — perguntou Julian.

— Mortos — respondeu o capitão, olhando para Simon.

Julian olhou para o homem de cabelos escuros e caminhou em sua direção.

Julian e Simon estavam cara a cara, olhando um para o outro, examinando, pensando e ponderando.

— Quem é você? — perguntou Julian.

Simon sorriu.

Julian aproximou-se ainda mais, e logo depois as emoções varreram seu rosto, quando pareceu compreender.

— Você consegue ver? — perguntou Simon, os olhos azuis idênticos se encarando. A não ser pela cor dos cabelos, poderiam ser irmãos gêmeos com 16 anos de diferença. — Olá, irmão — cumprimentou Simon, com um sorriso mortal.

— Irmão. — Julian riu. Mas seu sorriso foi diminuindo enquanto observava os olhos de Simon e via a verdade. Seus pulmões lutavam para respirar. — Como...?

— Nunca soube da sua existência até quatro meses atrás. Até Genevieve me contar a verdade sobre seu filho. Você sabia que ela não podia engravidar?

Julian ficou em silêncio por um momento, perdido em pensamentos enquanto o navio continuava afundando. Ficou ali de pé, os braços ao lado do corpo e a arma na mão esquerda.

— Senhor — chamou o capitão.

Julian ignorou-o e continuou a fitar o irmão.

— Senhor — gritou o capitão, com pânico na voz. — Se não sairmos do navio agora, morreremos.

— Deixe-me tirar essa preocupação de sua mente.

E, sem nem olhar para o capitão, Julian ergueu a pistola e atirou no rosto de Bertram.

— Por que você está aqui? — perguntou Julian, ainda olhando para Simon, analisando seu rosto e percebendo a semelhança entre eles, exceto pela cor do cabelo e pela idade.

— *Nascentes morimur:* desde o momento em que nascemos, começamos a morrer.

— Você está aqui para rezar por mim?

— Não, para matar você — disse Simon, sem qualquer emoção na voz, um tom muito familiar a Julian.

Julian riu, uma risada genuína, rica e sincera... e morta.

— É claro — falou um pouco mais alto, enquanto o humor o arrancava do transe familiar. — Afinal, você é meu irmão.

O navio tombou mais para a direita, a enorme estrutura rangendo enquanto se retorcia e mergulhava no mar cruel.

Julian deu um passo para trás, seu foco voltando para o assunto em questão. Abaixou-se e pegou a caixa de ouro que estava ao lado da parede, encantado por estar no comando de tal poder, do verdadeiro poder cósmico. E quando olhou mais de perto, notou a tranca e sua aparência modificada.

Julian olhou para a caixa, para a fechadura que havia sido fechada.

— O que você fez?

— Esta caixa nunca mais será aberta — disse Michael.

— Abra agora.

— Não posso — respondeu Michael.

— ABRA! — gritou Julian, encostando o cabo da pistola na testa de Michael e pressionando com força.

— Eu não tenho a chave — respondeu Michael com calma.

— Você tem, sim. Tem de ter. Ela tem de ter dado a chave a você.

— Não. A chave está com Genevieve, e você a matou, lembra?

Julian olhou para Michael e, sem nenhuma palavra, sem nenhum aviso, apontou a arma para Stephen e o acertou na perna.

— Abra — ordenou Julian em voz suave.

Michael viu o pai deitado, segurando a perna e rolando de dor. Ele meneou a cabeça.

— Não, Michael. Não faça isso.

A arma disparou de novo, acertando o ombro direito de Stephen.

— Abra a caixa — sussurrou Julian.

Stephen fechou os olhos, a camisa já tingida de vermelho, mas continuou negando com a cabeça.

— Eu não posso — respondeu Michael, honestamente, sentindo o coração se partir dentro do peito enquanto assistia à lenta execução do pai que nunca chegara a conhecer.

— Abra a caixa — sussurrou Julian em um tom ainda mais suave.

Ergueu a arma de novo e disparou, atingindo dessa vez o lado direito do peito de Stephen.

Michael, porém, não se moveu, sentindo uma dor no peito como se ele mesmo houvesse sido atingido.

Julian aproximou-se de Stephen, que mal podia se mover, e encostou a pistola na sua cabeça.

— ABRA A CAIXA!!! — gritou Julian, perdendo completamente a compostura.

Michael via, horrorizado, Stephen deitado, cravejado de balas, mantendo-se vivo. Os olhos semicerrados olhavam na direção de Michael, e seus olhares se cruzaram em um momento sem palavras.

— Sinto muito — sussurrou Michael.

E Julian apertou o gatilho da pistola de Simon. Michael deu um pulo, sentindo como se ele mesmo estivesse executando o pai.

Para a surpresa de todos, porém, a arma não disparou: o pente estava vazio.

Então a raiva tomou conta de Michael, que foi em direção a Julian e o socou com força, jogando-o contra a parede. A caixa caiu no chão. Michael socou-o com toda a força do corpo, fraturando-lhe as costelas. Julian tentou lutar, mas foi inútil. A raiva e a fúria deram a Michael uma força muito superior à de seu oponente. Julian caiu, mas Michael não parou. Pegou a arma vazia, ergueu-a acima da cabeça, pronto para desferir um golpe mortal. E quando estava prestes a dar o golpe que acabaria com a vida daquele homem e com toda a sua raiva e toda a sua dor, foi impedido. Simon segurou seu braço, não permitindo que Michael matasse Julian.

Michael olhou para Simon.

— Não se atreva a tentar me impedir...

Simon meneou a cabeça e tirou a arma da mão de Michael, jogando-a para o lado.

— Michael — disse em voz baixa. —, vá ajudar seu pai.

Michael, relutante, levantou-se. Correu para o lado do pai enquanto a água inundava o salão. Mais de três quartos do navio já haviam afundado. As ondas do oceano quebravam sobre o parapeito do deque, inundando tudo.

Simon olhou para o irmão, para o rosto ferido e cheio de sangue, e não sentiu nada, apenas nojo.

— Obrigado — sussurrou Julian por entre os lábios feridos e rachados.

Simon pegou a bobina de corda e amarrou os pés de Julian.

— Há um motivo pelo qual Genevieve manteve a sua linhagem verdadeira em segredo. Ela me conhecia e sempre temeu pelo que eu poderia fazer-lhe. Você... — Fez uma pausa. — Você pode até ser meu irmão, mas saiba que isso não vai me impedir de fazer o que tenho de fazer.

— Você não pode me matar.

Simon sorriu e passou a corda pelas costas de Julian, dando um nó em torno do pescoço do inimigo. Simon virou Julian e amarrou suas mãos na frente do corpo, deixando o pregador amarrado no chão do deque do navio. Ergueu-se, pegou a outra ponta da corda de 45 metros e a amarrou no parapeito do deque, prendendo o irmão ao navio amado.

— Se você foi abençoado de alguma forma, se a caixa foi capaz de lhe dar a vida, se de alguma forma você conseguiu se curar da sua doença e encontrar a vida eterna na Terra... — Simon sorriu e fez uma pausa. — Bem, então você vai passar a eternidade contemplando o fundo do oceano, um mundo de escuridão eterna, onde estará totalmente sozinho, onde seu corpo será esmagado, onde seus pulmões gritarão por ar... Um mundo onde ninguém ouvirá seus gritos. Realmente, espero que você não morra. Espero que você encontre sua eternidade.

O *God's Whisper* afundava cada vez mais rápido. A água atravessava os corredores, ultrapassando o salão superior e começando a inundar o deque, enquanto Michael inclinava-se sobre o pai à beira da morte.

Stephen olhou para Michael, lutando para esconder a dor.

— Tudo bem, isso dói pra caramba.

— Não se mexa — disse Michael, pegando a mochila e fazendo com a alça um torniquete para o ferimento da perna. Verificou o ferimento no peito, mas não podia dizer se algum órgão vital havia sido atingido.

— Precisamos sair deste navio.

Simon correu para eles.

— Encontre Paul — pediu Michael. — Precisamos tirar Stephen daqui. — Ele olhou para a caixa de ouro ao lado deles. — E afunde essa coisa junto com o navio.

Simon correu até a cozinha do navio, procurou nas gavetas e encontrou um rolo de papel-alumínio. Rapidamente embrulhou a caixa, cobrindo-a completamente. Jogou-a no forno e o travou, enquanto as águas invadiam o lugar. Simon lutou contra a corrente antes de mergulhar e sair nadando da cozinha. Tinha de encontrar Paul e a lancha, pois, se não conseguisse, todos morreriam no meio do Mediterrâneo, bem afastados da rota de navios e sem ninguém saber para onde tinham ido.

* * *

A popa do *God's Whisper* era a última parte que permanecia visível sobre a superfície antes de começar a jornada de 3 quilômetros para o fundo do Mediterrâneo.

Michael já estava com água na cintura, e seu pai flutuava em almofadas do sofá.

Julian tentava desesperadamente se soltar, mordendo as cordas e esforçando-se em uma tentativa de escapar do inevitável. Lutara toda a vida para viver, e agora...

Michael passou por ele, agarrou o parapeito, segurou o pai, e ambos começaram a flutuar, enquanto o deque continuava a afundar. Flutuaram para o mar aberto, observando o navio submergir. Julian boiou ao lado deles com os olhos implorando por misericórdia.

E então o salão desapareceu: a única parte visível do navio de quase 400 pés era a popa e 15 metros de corda que flutuava na superfície. Michael vir Julian lutando com todas as forças para manter a cabeça fora da água, apenas para postergar o inevitável. Chutou, retorceu-se e fez o que podia para se libertar, mas tudo em vão.

A popa desapareceu sob a água e o navio afundou. Várias bolhas se formaram à volta deles. A corda que prendia Julian deslizou pela água, mergulhando nas ondas pequenas como uma cobra no gramado. Julian observou, horrorizado, enquanto a corda desaparecia; só tinha 15 metros e foi diminuindo, cada vez mais rápido, e, sem um som, Julian foi silenciosamente puxado para as profundezas do oceano, junto com o navio arrebentado. A caixa de ouro, o Albero della Vita, a Árvore da Vida, ia escondida lá dentro, para ser perdida para toda a eternidade. Julian seria enterrado para sempre com o objeto que constituíra a obsessão de sua vida.

O fundo do mar chegava a 4 quilômetros de profundidade, muito mais profundo do que qualquer missão de salvamento. Tinham silenciado o rádio desde que deixaram a Córsega atendendo às ordens diretas de Julian. Nenhum pedido de socorro chegou a ser enviado. O navio realmente ficaria perdido, e seu dono junto com ele, deixando para trás nada, apenas mistério, apagando Julian Zivera da face da Terra.

Michael e Stephen boiavam sozinhos nas águas escuras do mar Mediterrâneo. A Lua já havia descido no horizonte, deixando uma escuridão que acentuava a situação mortal em que se encontravam. Os únicos sons que ouviam eram da água e da respiração difícil de Stephen.

Michael segurou a cabeça do pai acima da superfície, enquanto o corpo repousava precariamente sobre as almofadas. Apesar da noite, Michael ainda conseguia ver o sangue do pai se esvaindo pelas ondas pequenas. Contou os três ferimentos a bala e tentava pressionar todos.

— Aguente firme — pediu, boiando ao lado do pai.

Batia os pés, nadava e fazia tudo que estava ao seu alcance para mantê-lo na superfície.

— Deixe-me ir — pediu Stephen num sussurro.

Sua respiração estava fraca, entre longas pausas, fazendo o coração de Michael quase parar.

— Nem pensar. — Ele meneou a cabeça. — Depois de todo esse esforço? Você ficou louco?

Stephen sorriu, os olhos semicerrados.

— Está tudo bem, Michael.

Michael ouviu o motor de uma pequena lancha. Simon e Paul gritavam na aproximação, a luz do barco de repente em cima deles, enquanto Paul desligava o motor e deixava o barco deslizar.

— Michael, quando Mary me procurou antes de morrer, falou de você com muito amor. Disse-me que você era o melhor dos homens e que um pai ficaria orgulhoso de chamá-lo de filho. — Stephen fechou os olhos, mas forçou-se a abri-los novamente. — Ela estava certa. Durante o ano que passou, tudo em que eu pensava era na morte, pois não tinha nada pelo que viver, mas agora...

— É melhor que tenha valido a pena salvar você — disse Michael, com um sorriso forçado nos lábios.

Stephen olhou para Michael, lutando para manter os olhos abertos, e sorriu de volta para o filho antes de, finalmente, perder a consciência.

CAPÍTULO 72

Michael, Simon e Paul estavam diante do túmulo fresco. A lápide, apesar de já desgastada pelo tempo, ainda apresentava boas condições. A pedra de granito recentemente entalhada fora colocada naquela manhã em frente a uma pilha de coroas de flores.

Tanto Simon quanto Michael falaram durante o funeral. Suas palavras foram elegantes e emotivas, um tributo a uma vida honrada, marcada pela caridade, pelo amor e pela família. Michael olhou para o nome na lápide. O último nome do marido e da esposa que morreram com uma distância tão grande. Mas na lápide... Decidiram apenas escrever os nomes e evitarem as datas, apesar de ninguém fazer ideia das datas de nascimento. Não havia registros, certidões de nascimento, ou qualquer outra evidência de que ela tivesse nascido.

Pela segunda vez Genevieve era relembrada em réquiem. Pela segunda vez Michael se colocava diante de seu túmulo, chorando por ela.

Olhou para a lápide de Julius Urian Zivera, o marido de Genevieve, que morrera tantos anos antes. Ela raramente falava dele, e quando o fazia, era apenas com Simon. Ele a conhecia melhor, a entendia acima de tudo. Ele sabia sobre o grande amor que ela tivera por um breve momento da vida. Simon conhecia a sua verdade, uma verdade que não compartilhara com ninguém, a não ser Michael e Paul. Uma verdade que dizia que é melhor que alguns mistérios e alguns segredos não sejam revelados.

Genevieve era bem mais velha do que qualquer um suspeitava. Ela criara não apenas Julian, mas também a mãe de Simon e quem sabe mais quantos antes dela. Simon soube que ela desaparecera diversas vezes antes de reaparecer de novo, pois ela, assim como Simon, era a guardiã de segredos tanto da terra quanto do céu, segredos que ninguém queria saber.

Michael olhou para a lápide do marido de Genevieve, e a data não o chocou, pois sabia que ela era bem mais velha do que o marido, que morrera em 1845.

Paul, como lhe era peculiar, achou tudo inconcebível e além da razão. Michael discretamente perguntou se sua idade era próxima à da proteção da caixa, talvez até da sua abertura, ou se ela era algo mais...

Simon não tinha uma resposta, mas preferia acreditar que, com seu coração bondoso, era algo mais.

Os três amigos encheram a mão de terra e jogaram-na no túmulo. Logo depois, saíram do cemitério. Eles seriam os únicos no mundo a saber que haviam jogado terra sobre um caixão vazio.

Os médicos fizeram tudo o que puderam, removeram as balas da perna, do ombro e do peito, onde atingira o pulmão. A perda de sangue havia sido grave. Ele perdera uma quantidade muito grande durante a viagem. O helicóptero particular providenciado por Susan estava cheio de médicos que começaram a tratá-lo antes de sequer levantarem voo a caminho do hospital corso. O corpo de Stephen estava em choque grave, e os médicos estimaram em apenas dez por cento sua chance de sobreviver. Michael e Susan ficaram em vigília, não saindo do lado dele a não ser para comer. Stephen teve duas paradas cardíacas, apenas para ser ressuscitado para sobreviver por mais uma hora.

As palavras de Michael e Susan eram poucas e esparsas, mas respeitosas e gentis. Ambos já haviam perdido os respectivos cônjuges e, agora, sofriam juntos e rezavam para que o homem ali sobre a cama, pelo qual ambos haviam lutado tão bravamente, sobrevivesse.

Eram 3 horas da manhã quando ele e Susan cochilaram.

Michael sonhou com o Krêmlin, tanto com a superfície quanto com o subterrâneo, com as jornadas que empreenderam apenas para acabar sem esperança. Sonhou também com os pais adotivos, os St. Pierre, e sonhou com Mary.

Já fazia meses desde que a vira nos sonhos pela última vez, seu rosto sorridente sempre se transformava em uma lembrança boa da manhã que o ajudava durante o dia. Ela finalmente voltara, fitando-o com os olhos verde-esmeralda dos quais ele se lembrava tão bem. Estavam todos em sua casa, no seu grande salão, iluminado pelo sol que entrava pela janela, mais brilhante do que nunca.

E Stephen estava entre eles, como se todos se encontrassem pela primeira vez. Ninguém disse nada, mas as palavras eram desnecessárias. Eles eram a família de Michael, cada um de uma forma particular contribuindo para sua vida e... todos perdidos.

E de um canto surgiu Genevieve. Ela apenas olhou para Michael e sorriu por um breve instante, um sorriso bondoso e cheio de respeito; um sorriso cheio de amor e apreço. Um agradecimento silencioso pelos feitos e sacrifícios que ele fizera. Então, desapareceu, perdida no halo de luz, saindo de sua sala, de seu sonho. E, assim como ela, todos o deixaram: os St. Pierre, Mary e, por fim, Stephen, deixando Michael uma vez mais sozinho enquanto seu mundo escurecia.

Michael acordou com o pescoço dolorido devido à posição desconfortável na cadeira. Levou um momento para afastar o sonho da mente.

Sacudiu a cabeça e passou os olhos pelo quarto até seu olhar pousar em Susan, que ainda descansava com a cabeça apoiada na parede branca do hospital, enquanto a escuridão do lado de fora cedia aos primeiros raios de sol.

Então, olhou para Stephen, deitado ali em silêncio, observando-o como se pensassem a mesma coisa. Eles haviam tido o mesmo sonho. E foi naquele momento que soube que Stephen, seu pai, sobreviveria.

CAPÍTULO 73

Sergei Raechen correu pelo quintal de sua casa em Alexandria, Virgínia. Sua avó, Vera Bronchenko, observava enquanto ele subia a escada e depois escorregava pelo brinquedo. Seu coração estava cheio de alegria. Não havia explicação para a doença do menino e nenhuma explicação para sua cura. Tudo de que se lembrava era que ele tinha ido dormir à beira da morte, chamando pelo pai, e tinha acordado no dia seguinte contatando à avó, em uma explosão de palavras, que sonhara com um lugar muito bonito.

— Papai estava lá com mamãe — contou Sergei. — E havia também uma linda moça que não parava de sorrir para mim.

Vera ouviu o neto, sentindo uma alegria infinita de ver a saúde brilhando nos olhos de Sergei.

— Papai disse que tudo vai ficar bem agora — continuou o menino enquanto escorregava mais uma vez, divertindo-se com a brincadeira.

E quando Vera Bronchenko olhou para o neto, soube que ele estava bom e que tudo ficaria bem.

Julian Zivera foi exposto diante do mundo. O rosto carismático que o mundo religioso conhecera foi, finalmente, revelado. Capas de revistas e de jornais exibiram imagens dele torturando e matando a mãe, dos corpos espalhados pela mansão sem nenhuma causa aparente da morte, presumindo-se um suicídio em massa. Tratava-se de uma enxurrada sem fim de notícias de primeira página, enquanto a mídia e o público em geral sentiam-se em frenesi devido ao homem de Deus e toda a sua hipocrisia. Sua vasta propriedade, o trono de seu reino, foi tomado pelas cortes e, numa manobra muito adequada, convertido em um lar para órfãos, pobres, pessoas sem casa, para as almas rebeldes do mundo.

Sua congregação, seus seguidores e membros desapareceram como se nunca tivessem existido. Ninguém queria assumir o risco de admitir ter sido um seguidor de Julian Zivera, de suas filosofias egoístas. Alguns procuraram grupos mais radicais, enquanto outros se voltaram para as religiões tradicionais nas quais cresceram acreditando e que nunca haviam deixado seus corações, mas, em vez disso, aguardavam, pacientes, por sua volta.

Do mesmo modo que os membros da Verdade de Deus, seu líder simplesmente desapareceu. O paradeiro de Julian Zivera permanecia um mistério perdido no tempo. Como Jimmy Hoffa, Amelia Earhart, August Finster e D. B. Cooper, sua morte seria fonte de especulações, conjectura e teorias de conspiração por toda a eternidade.

O pedido de Julian Zivera pela vida eterna foi conseguido; ele só não viveu para ver.

CAPÍTULO 74

Michael olhava pela janela do quarto enquanto o sol de final de tarde entrava. Paul ocupava-se no grill e a carne estava quase pronta quando sua esposa, Jeannie, e os dois filhos chegaram. Stephen Kelley veio do quintal dos fundos seguido de perto por Hawk e Raven. Apesar de ser uma tarde de sábado, ele ainda usava terno e gravata e ocupava-se com uma conversa de negócios ao celular.

Os olhos de Michael pousaram em Susan enquanto ela colocava a mesa e seu cabelo escuro caía sobre o rosto, que parecia estar sempre sorrindo desde que tinham voltado para os Estados Unidos. Abandonara a postura de durona, tornando-se uma mulher relaxada que parecia capaz de apreciar a vida de novo. Não havia como negar sua beleza, tanto exterior quanto interior.

Ele não sabia o que o amanhã lhe traria. A relação deles se baseava em experiências compartilhadas quando arriscaram a vida, o que não era uma boa maneira de começar um romance. Os dois eram bem mais diferentes do que se dispunham a admitir. Mas, fosse com Susan ou com outra pessoa, Michael sabia que Mary gostaria que ele encontrasse o amor de novo.

Olhou para a aliança de ouro sobre a cômoda, pensando. Por fim, enfiou-a na corrente de ouro e colocou-a no pescoço, deixando-a descansar sobre sua pele. Parecia-lhe errado. Parecia que faltava algo em sua mão esquerda, mas precisava tentar. E, embora não sofresse mais por Mary, nunca deixaria de se lembrar dela.

— Ei, sabe sobre o que nunca conversamos? — perguntou Paul, entrando no quarto, oferecendo uma cerveja ao amigo e arrancando Michael de seus pensamentos.

— Sobre o quê?

— Seu pai.

— Você quer dizer Stephen?

— É, o seu pai. Já passou pela sua cabeça?

— O quê?

— Que seu pai é rico — disse Paul, as sobrancelhas erguidas.

Michael sorriu e assentiu.

— Isso me lembra uma coisa. — Michael abriu uma gaveta da penteadeira e tirou uma pequena bolsa. — Me dê sua mão — pediu Michael.

Paul olhou de forma questionadora para o amigo, colocou a cerveja sobre o móvel e estendeu a mão com a palma virada para cima. Michael desamarrou o laço da bolsinha, depositando o conteúdo na mão de Paul.

Os olhos de Paul se arregalaram quando viu o colar de rubi que Michael tirara de Libéria: as gemas vermelhas preciosas brilhando sob a luz do sol que se infiltrava pela janela.

— O que eu devo fazer com isto?

— Loteria de hoje... Cortesia de Ivan, o Terrível.

— É, mas não combina com meus olhos. — Paul sorriu, segurando a joia elegante na mão por um momento, passando o dedo e sentindo toda a sua beleza. — Quanto você acha que vale?

— Sinceramente, trata-se de uma peça que não tem preço. Eu poderia vendê-la no mercado negro, e você não precisaria se preocupar com dinheiro pelo resto da vida; na verdade, acho que por dez gerações...

— Não sei. É um gesto nobre que eu realmente agradeço — disse Paul, olhando para a joia. — Mas quando olho para isso, penso no antigo ditado: a antecipação é bem melhor do que a realização. Depois de tudo que passamos, não sei se sou fã de atalhos. É um lance de carma. Talvez eu dê de presente para Jeannie, dizendo que se trata de uma réplica. Talvez ela comece a falar comigo de novo.

Já passava das 21 horas, todos já tinham ido embora com um sorriso no rosto. Até mesmo Paul e Jeannie, que finalmente haviam voltado a se falar durante a sobremesa. A casa estava silenciosa, Hawk e Raven dormiam em frente à lareira.

Michael relaxava no sofá do salão. O mapa do subterrâneo do Krêmlin diante dele. Pensou no seu valor enquanto olhava para a lareira que tinha acabado de acender na noite agradável de verão. O mapa levava a um mundo escondido há muito tempo, um mundo de riquezas e história e, agora que não havia mais vidas em jogo, ele pensou que talvez, algum dia...

Amanhecer. Michael estava em pé no cemitério Banksville, cercado pelos túmulos daqueles que o deixaram para trás. Mary, seus pais adotivos, os St. Pierre. Sozinho, permitia que a tristeza tomasse conta de si. A perda que havia deixado seu coração vazio.

Acordara de repente, o quarto escuro às 4 horas da manhã. Ele a viu sentada em silêncio na cadeira favorita de Mary. Ela não o assustou nem um pouco. Era como se a esperasse.

— Ela pediu para eu agradecer-lhe — disse Genevieve com voz suave.

Michael sorriu, mas não sabia o que dizer.

— Ela quer poder descansar e parar de se preocupar com você. — A voz de Genevieve era como uma brisa suave. — Mary falou que a cesta de roupa suja está um pouco cheia demais e pediu que você limpasse a geladeira de vez em quando, mas você pode se preocupar com isso depois que acordar.

Michael virou-se. O sol da manhã entrava pela janela. A cadeira estava vazia, coberta por uma pilha de roupa suja. Hawk e Raven ainda dormiam aos pés da cama. Quando caminhou até o salão com os dois cachorros ao seu lado, olhou para a pintura pendurada sobre a lareira, o anjo com braços abertos brilhando sob a luz matinal.

Quando sua picape parou no caminho de cascalho do cemitério, olhou para as mãos que seguravam o volante. Seus olhos foram atraídos para o anelar da mão esquerda e para a marca branca e circular que não parecia natural.

E agora, de pé diante dos túmulos sob o sol da manhã, sentia o peso da aliança na corrente de ouro que levava no pescoço, balançando no peito. Sua mente ainda estava anuviada e sonolenta. Não havia decidido conscientemente ir até ali, apenas sentira que tinha de ir. Sentia saudade dela, sentia falta de sua companhia e precisava sentir sua presença. A solidão se instalara de novo, sufocante. Ele sabia que estava sozinho.

Então, olhou para a extensão do cemitério e a viu lá, o rosto radiante, o sorriso caloroso. Pensou na carta que ela escrevera, nas suas palavras tão sinceras...

A família tem um modo de nos tornar completos, preenchendo o vazio que se espalha em nossos corações, restaurando a esperança que acreditávamos para sempre perdida.

Amo você, Michael, sempre amarei. Sempre estarei com você, eternamente no seu coração.

Mary assentiu discretamente para ele, ao que Michael abriu um sorriso, a sensação de sono o abandonando. A imagem dela simplesmente se dissolveu na bruma da manhã.

Ele ouviu o carro se aproximar, os pneus esmagando os cascalhos, a porta se fechando calmamente. Ouviu passos se aproximarem. Um pouco depois, sentiu a mão sobre seu ombro; era grande e reconfortante, preenchendo-o com uma sensação que ele não conhecia havia muito, muito tempo. E quando se virou para olhar para Stephen, para o pai, seu coração começou a se aquecer, a se encher de algo que pensara ter perdido.

Esperança

Este livro foi composto na tipologia Palatino,
em corpo 10,5/17, impresso em papel off-white 80g/m^2,
no Sistema Cameron da Divisão Gráfica
da Distribuidora Record.